EXCALIBUR

Herausgegeben von
Melissa Andersson
und
Gerd Rottenecker

Das Schwert der Schatten im Droemer Knaur Verlag:

1. Das dunkle Herz der Nacht (Band 70174)
2. Im Schatten von Spire Vanis (Band 70175)

Weitere Bände in Vorbereitung.

J. V. Jones

DAS SCHWERT DER SCHATTEN

2

Im Schatten von Spire Vanis

Ins Deutsche übertragen von
Regina Winter

Knaur

Die amerikanische Originalausgabe erschien 1999 unter dem
Titel »The Sword of Shadows: A Cavern of Black Ice, Part 2«
bei Warner Books, New York

Besuchen Sie uns im Internet:
www.droemer-knaur.de

Deutsche Erstveröffentlichung 5/2000

Umschlagkonzept: Melissa Andersson
Umschlaggestaltung: Agentur Zero, München
Umschlagillustration: Donato Giancola
Karte: Detlev Henke, Bielefeld
Lektorat: Ralf Reiter
Satz: Ventura Publisher im Verlag
Druck und Bindung: Clausen & Bosse, Leck
Printed in Germany
ISBN 3-426-70175-8

2 4 5 3 1

Für Paul,
der auf der anderen Atlantikseite
zu ebenso seltsamen Zeiten arbeitet
wie ich

Karte

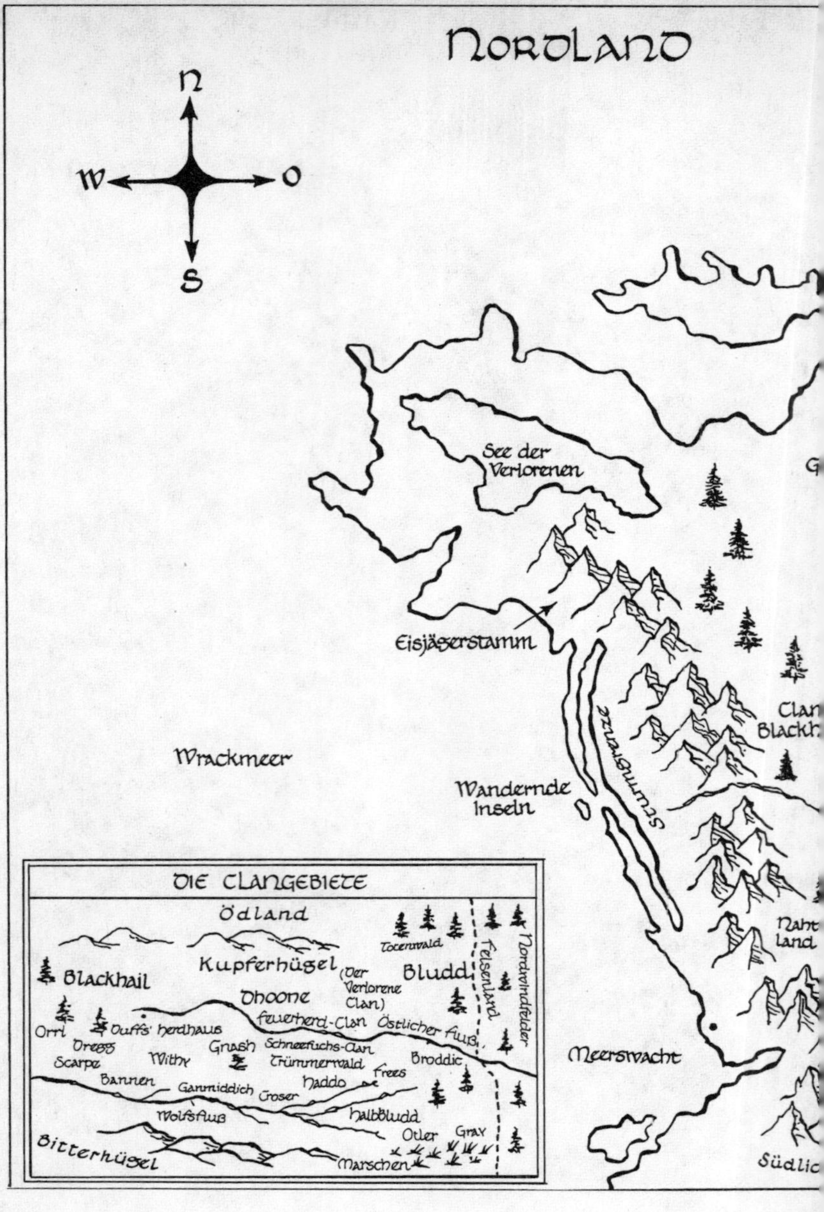
Nordland
N
W
O
S
See der Verlorenen
Eisjägerstamm
Wrackmeer
Wandernde Inseln
Sturmgrenze
Meerswacht
Die Clangebiete
Ödland
Totenwald
Nordwindfelder
Felsenland
Kupferhügel
(Der Verlorene Clan)
Bludd
Blackhail
Dhoone
Orrl
Duffs' Herdhaus
Feuerherd-Clan
Östlicher Fluß
Dregg
Grash
Schneefuchs-Clan
Scarpe
Withy
Trümmerwald
Broddic
Frees
Bannen
Haddo
Ganmiddich
Croser
Wolfsfluß
Halbbludd
Otler
Gray
Bitterhügel
Marschen

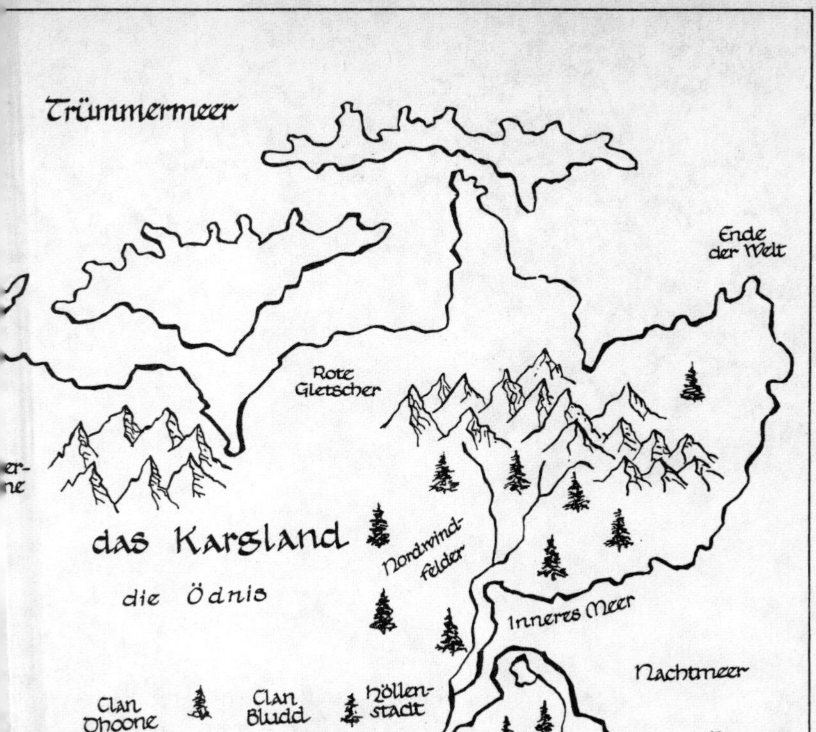
Trümmermeer
Ende der Welt
Rote Gletscher
das Kargland
Nordwindfelder
die Ödnis
Inneres Meer
Nachtmeer
Clan Dhoone
Clan Bludd
Höllenstadt
Der Nagel
Östlicher Fluß
Felsenland
Wolfsfluß
Trance Vor
Ille Glaive
herzland der Sull
(Lage der Ortschaften nicht bekannt)
Morgenstern
Steinbrüche
Der Schwarze See
die Bitterhügel
Spire Vanis
Bergblutsee
Geiersumpf
See der Seelen
Gottesblick
Grenzlande
Bren

1
Frostbeulen

Sarga Veys öffnete die Augen. Anders als andere Menschen, die Zeit brauchten, um richtig wach zu werden, die Traumwelt hinter sich zu lassen und sich wieder zu erinnern, daß ein Tag vor ihnen lag, wußte Sarga Veys im selben Augenblick, in dem er erwachte, alles sofort. Er träumte nie. Das war eine jener menschlichen Schwächen, von denen er frei war.

Die Dachbalken über ihm waren schwarz und pelzig von Schimmel, und die gesamte Decke beugte sich unter dem Gewicht des angehäuften Schnees. Seit mindestens zwei Jahren hatte in der Hütte des Forellenfischers keiner mehr gewohnt, aber es stank immer noch nach Fisch und alten Männern. Uralte Ölhäute, jetzt brüchig und verstaubt, hingen zusammen mit Schneeschuhen, verrotteten Netzen und Gestellen zum Fischetrocknen an der Wand. Der Eichenboden war salzverkrustet. In einer abgelegenen Ecke, versteckt hinter Bergen verrotteten Feuerholzes und zerbrochener Kisten, befand sich ein kleiner Buchenholzschrein des Schöpfers. Sarga Veys verzog höhnisch die Lippen, als er ihn sah. Fischer, ob sie nun das Wrackmeer befuhren oder an einem Seeufer saßen und mit den Händen fischten, waren immer abergläubisch, was Gott anging.

Sarga Veys nahm seine ganze Kraft zusammen und hob die Schultern vom Boden. Nackt unter dem Hirschlederzeug, das er auf einem Stapel nahe der Salzgrube gefunden hatte, schauderte sein gesamter Körper und arbeitete gegen Sarga Veys' Willenskraft, als er versuchte, sich zu bewegen. Säuerliche Flüssigkeit stieg in seiner Kehle auf, und er preßte die Lippen an die Zähne. Nein, er würde sich nicht übergeben. Diese Fäulnis würde nicht von seinem Magen in seinen Mund übergehen.

Ein paar Sekunden später ließ die Übelkeit nach, aber er

fühlte sich kaum besser. Sein Kopf pochte, seine Beine schienen geschwollen und voller Wasser zu sein. Der Geruch seines eigenen Körpers widerte ihn an: der Gestank Ertrunkener nach Fischöl und Algen und Angst.

Veys atmete aus. Er wäre da draußen beinahe wirklich ertrunken, in diesem fettigen Wasser, das man so angemessen den Schwarzen See getauft hatte. Der erste Schock über die Kälte war atemberaubend gewesen. Er erinnerte sich daran, wie eisiges Wasser nach seiner Kehle und seinen Lenden gegriffen und äußerste Dunkelheit ihm die Gedanken geraubt hatte. Es war eine Art Hölle gewesen. Eine kalte Hölle. Die Schreie, das brechende Eis, die Pferde … Veys schauderte. Es hatte vier erwachsene Männer zu Tieren gemacht.

Dennoch, dachte er. *Dennoch.* Es war eine Prüfung aus Eis und Dunkelheit gewesen, die er bestanden hatte. Nun mußte er doch sicherlich stärker sein? Er, Sarga Veys, Sohn keines Mannes, der ihn beanspruchte, und einer Mutter, die sich das Leben genommen hatte, indem sie sich ein dutzendmal mit einem Juweliermesser in den Bauch stach, war mitten im Winter im Schwarzen See geschwommen und hatte *überlebt.*

Dazu hätte er nicht in der Lage sein dürfen. Nur Minuten bevor das Eis gebrochen war, hatte er alles, was er in sich hatte, darauf verschwendet, einen Korridor im Nebel zu öffnen. Solche Magie kam niemals umsonst. Sarga Veys konnte hundert beeindruckendere Dinge tun: kleine Tricks mit Feuer und Rauch, die dafür sorgten, daß Kinder und ehrenhafte Frauen ihn fürchteten. Aber den Nebel zu teilen, was niemanden beeindruckte, besonders nicht Marafice Eye, hatte erheblich mehr gekostet als solche Taschenspielerkunststücke. Fünf lange, quälende Minuten hatte Sarga Veys seinen Willen gegen die Natur gestellt.

Ihm war kaum genug Kraft geblieben, um zu atmen oder zu denken. Als das Eis brach und der Tag zur Nacht wurde und schwarzes Wasser aufstieg, um ihn zu verschlingen, war er so schlaff und machtlos gewesen wie ein Mann aus Stroh. Aber die Todesangst hatte etwas in ihm geweckt. Ein winziger Funke verborgener Kraft hatte in seinem Herzen gezündet. Es war nicht viel, aber er war Sarga Veys, der brillanteste Zauberer in einem halben Jahrhundert, und er konnte auch aus *nicht viel* einiges machen.

Das Pferd war beinahe tot gewesen, als er es genommen hatte. Seiner Willenskraft beraubt, hatte es wenig tun können, um gegen den Zauber anzukämpfen. Als er von innen angefangen hatte, wärmer zu werden und dann zu kochen, war der Kadaver nach oben getrieben, zum Licht. Sarga Veys hatte das Pferd an die Oberfläche geritten wie ein Gespenst sein Geisterpferd aus der Hölle. Die Hitze des Fleischs hatte ihn gewärmt, und der Auftrieb des gasgefüllten Kadavers hatte mehr als genügt, um seinen eigenen Körper über Wasser zu halten. Er hatte sich an das schwarze, stinkende Fleisch geklammert und war mit Beinen und Füßen zur nächsten Scholle gepaddelt.

Jeglicher Kraft beraubt, hatte er sich auf festes Eis gezogen. Wie er über den See und das Ufer hinauf in Sicherheit gekrochen war, würde er lieber vergessen. Die Haut an seinen Ellbogen und Knien würde wieder heilen. Frostbeulen würden verblassen. Die Verbrennungen an seinen Händen waren etwas anderes, aber er hatte die geheimen Historien aller brillanten Zauberer gelesen, und solche Narben und Deformierungen waren bei ihnen nichts Ungewöhnliches. Alle, die zu Größe geboren waren, waren auf eine gewisse Art gezeichnet.

Erst als er die Hütte des Forellenfischers gefunden und sich die starr gefrorenen Kleider vom Leib gerissen hatte, hatte er sich seiner Erschöpfung überlassen. Nach dem Licht zu schließen, das nun unter der Tür hereinfiel, hatte er beinahe einen ganzen Tag lang geschlafen.

Überwältigt vom Durst und dem plötzlichen Bedürfnis, sich zu erleichtern, prüfte Veys seine Kraft, indem er sein Bein über dem salzverkrusteten Boden ausstreckte. Schwäche ließ ihn zusammenzucken wie ein Kind. Haß auf Penthero Iss erfüllte ihn. Wie hatte es dieser Mann wagen können, ihn wieder nach Norden zu schicken? Seine Begabung war hier am Ostufer des Schwarzen Sees damit verschwendet, die sich herumtreibende Tochter des Surlords und Angus Lok, den treuen Hütehund der Phage, zu verfolgen.

Der Zorn weckte Veys genügend, daß er aufrecht stehen konnte, und er raffte das rauhe Leder um sich und taumelte auf die Tür zu. Selbstverständlich sagte allein die Tatsache, daß Iss ihn in einer Sept mit Marafice Eye nach Norden geschickt hatte, schon genug darüber aus, wie wichtig es war, Asarhia March zurückzubringen. Dieses Mädchen war gefährlich. Veys hatte diese Wahrheit schon an dem Abend, als Iss ihn in die Rote Schmiede gerufen und ihn angewiesen hatte, die Stadt zu verlassen, um seine Pflegetochter zu finden, gespürt. In dieser Nacht hatte jemand Macht heraufbeschworen. Finster und unvertraut, hatte sie seine Haut berührt wie Zugluft aus einem Minenschacht oder dem tiefsten, trockensten Brunnen. Das war von Iss' Beinahe-Tochter ausgegangen, und es erregte ihn auf eine Weise, die er selbst kaum verstand.

Seitdem war er ihrer Spur gefolgt. Selbst jetzt konnte er diese Spur noch auf der Zunge spüren. Sie bewegte sich weiter nach Norden. Er wußte es, selbst ohne seinen Körper zu verlassen, so deutlich war die Spur, die sie zurückgelassen hatte.

Als er die Tür erreicht hatte, stützte sich Veys gegen den Türrahmen und wartete noch einen Augenblick, um weitere Kraft zu sammeln. Er fluchte darüber, daß er seine Satteltaschen verloren hatte. Drogen, gewachste Verbände, Nelkenöl, Mohnblut, Augentrost, Messer, aufgerollter Draht, Kämme, Wachskerzen, Feuersteine, Honig, gesüßte Milch, Ersatzkleidung und saubere Bettwäsche – all das war verloren. Bis auf die Lebensmittel war nichts davon wirklich notwendig, aber der Gedanke gefiel ihm nicht. Eine Kindheit im stinkenden, glänzenden Schlamm des Drecksees hatte dafür gesorgt.

Als er einen Blick zurück auf den gefrorenen, fettigen Haufen seiner Kleidung warf, schauderte er. Das bewegte Muskeln in seiner Brust und den Lenden. Er brauchte unbedingt ein Geistermahl. Er sehnte sich nach warmer Milch mit Honig und dem beruhigenden Sud des Augentrosts, der aus einer hohlen Nadel in seine Augen getropft wurde. Seine Augen störten ihn im Augenblick nicht, aber das würde bald genug der Fall sein. Schwache Augen, die sich leicht röteten und entzündeten, waren sein Fluch. »Es ist ihre Farbe«, hatte ein Mann in Ille Glaive einmal gesagt. »So ungewöhnlich … wirklich verblüffend. Bei einer Frau würde man sie feiern und malen. Bei einem Mann hält man sie für Unglück, aber ganz gleich, Ihr werdet viel Ärger damit haben. Purpur ist die Farbe der Götter.«

Gestärkt von dieser Erinnerung, löste Veys den Riegel und ging nach draußen.

Kalte Luft schlug ihm ins Gesicht, und der scharfe Geruch von Schnee füllte seine Nase und seinen Mund. Eine weiße Landschaft präsentierte sich seinen tränenden Augen. Er sah den See unter sich in Nebel gehüllt, sah hohe Fichten und weiße Eichen, die vor Reif glitzerten, und seine eigene blutige Spur im Schnee. Er war nicht so weit gekommen, wie er gedacht hatte. Die Forellenfischerhütte war kaum vierzig Schritte vom Wasser entfernt in einer Gruppe mannshoher Birken oberhalb des Ufers. Veys schauderte heftig. Dann sagte er sich, daß die Entfernung kaum zählte; es verringerte nicht, was er geleistet hatte.

Aus dem Augenwinkel bemerkte er eine Bewegung. Instinktiv wich er zurück in den Schatten der Tür. Als er nach links schaute, sah er die Bewegung wieder. Dort unten am Ufer bewegte sich etwas Graues. Sarga Veys leckte sich die trockenen Lippen. Es war ein Mann … nein, *zwei* Männer. Einer lag auf dem Ufereis, der andere kniete daneben und kümmerte sich um ihn. Veys' Magen zog sich zu einem Knoten zusammen. Der Umhang des knienden Mannes war nicht grau … es war schwarzes, schneeverkrustetes Leder. Die Renegatenwache. Er hatte geglaubt, sie los zu sein.

Ein langer Augenblick verging, in dem Veys das Ufereis betrachtete, darüber nachdachte, wie dick es sein mochte und ob sich genügend Wasser darunter befand, zwei Männer zu ertränken. Aber Eis war ein Geheimnis, über das er wenig wußte, und er schob den Gedanken an Mord beiseite, bevor er sich vollständig ausgeformt hatte.

»Halbmann! Hier drüben!«

Erschrocken konzentrierte Veys den Blick wieder auf den knienden Mann. Er hatte die Hand über dem Kopf erhoben, und Veys entdeckte sofort, daß etwas damit nicht stimmte. Zwei blutige Stümpfe wackelten, wo eigentlich Finger hätten sein sollen. Der Anblick dieser Schwäche ließ Veys' Herz wieder ruhiger schlagen, und er trat aus dem Schatten ins Licht.

Der Name des Mannes fiel ihm wieder ein, als er durch den Schnee aufs Ufer zustapfte. Hood. Ein schmutziger Bruder-der-Wache mit Dreck unter den Nägeln und Essensresten zwischen den Zähnen, der behauptete, mit dem Lord der Strohlandsitze verwandt zu sein und zum Beweis ein Wappen – Waffen in Kreuzform – auf der Brust trug. Veys verachtete ihn. Er war Marafice Eyes Geschöpf – wie alle anderen in der Sept, aber Hood war es mehr als die anderen. Er konnte den Mund nicht öffnen, ohne daß Dreck herauskam.

»Helft mir, ihn in die Hütte zu bringen. Sein Fuß ist erfroren.«

Veys kümmerte sich wenig um das, was Hood sagte, als er über den gefurchten, gefrorenen Schlamm des Ufers ging. Nun konnte er den zweiten Mann besser sehen, und abermals begann sein Herz wild zu schlagen. Der riesige Kopf, das feine, hellbraune Haar und Schultern wie Schafe: Es war Marafice Eye. Sarga Veys wurde bleich. Er hatte geglaubt, der Schwertführer sei tot, verloren im schwarzen Wasser des Schwarzen Sees.

»Halbmann, Ihr habt mich dem Teufel überlassen, und der Teufel hat mich wieder ausgespuckt.« Ein kleines Auge von vollkommenem Blau betrachtete Sarga Veys mit so etwas Ähnlichem wie Zufriedenheit. Der Generalprotektor der Renegatenwache lag auf der Seite, halb auf dem Ufer, halb auf dem Eis. Die Haut seines Gesichts war gelb und wächsern, seine Wangen und Nase waren gerissen, weil das Gewebe gefroren war. Hautstreifen hingen von seinem kleinen Mund und bewegten sich, wenn er atmete und sprach. Ein Auge war zugefroren. Eine Hand war verkrümmt wie die Klauen eines Vogels, gelb und schuppig und zuckend. Der gefrorene Fuß steckte noch im Stiefel und ruhte auf dem Eis wie eine Schaufel.

Marafice Eye lächelte – auf dem erfrorenen Gesicht ein schrecklicher Anblick. »Ihr habt guten Grund, verängstigt dreinzuschauen, Hauptmann. Ich habe Euch mit Stagros Pferd gesehen. Ich habe im Wasser nach Euch gekrallt und zugesehen, wie Ihr Euch aufs Eis gezogen habt.«

»Ich habe nach Euch Ausschau gehalten, aber das Eis kochte geradezu. Es war unmöglich, etwas zu sehen …«

»Hebt Euch die Lügen für jene auf, die sie brauchen, Halbmann.« Marafice Eye zuckte zusammen, als Hood begann, den Stiefel von dem erfrorenen Fuß zu schneiden. »Für mich zählt nur, ob Ihr aus Feigheit oder Bosheit gehandelt habt. Es wäre Euch wohl ganz recht gewesen, daß ich sterbe, wie? Oder wart Ihr so damit beschäftigt, die eigene Haut zu retten, daß Ihr mir und meinen Männern keinen Gedanken gegönnt habt?«

Veys trat von einem Fuß auf den anderen. Er sah, wie Hood beim Schneiden langsamer wurde und auf seine Antwort wartete. Marafice Eye atmete stetig, die rote Hand verkrampft, um den Schmerz unter Kontrolle zu bekommen. Zwei Männer, beide verletzt, aber immer noch gefährlich. Veys schluckte Galle, dann sagte er: »Ich wünsche Euch nicht den Tod, Schwertführer. Das dürft Ihr nicht bezweifeln. Ich hatte das Eis nicht unter Kontrolle. Es war die Schuld des Mädchens, daß es gebrochen ist … sie hat uns zu weit herausgelockt. Ihr Pferd war weniger belastet, und es wußte, wie man auf dem

Eis tanzt. Als ich ins Wasser fiel, hatte ich nur im Sinn, mich in Sicherheit zu bringen. Ich habe kaum nachgedacht … Stagros Pferd war in meiner Nähe … ich habe getan, was ich tun mußte. Als ich aus dem Wasser kroch, hatte ich für nichts mehr Kraft.«

»Und dennoch habt Ihr es bis zur Hütte geschafft«, meinte der Schwertführer.

»Und Euch die gefrorenen Kleider ausgezogen«, fügte Hood hinzu.

»Das habe ich getan, ohne nachzudenken. Ich …«

»Still, Mann. Ihr geht mir auf die Nerven wie Filzläuse. Ihr behauptet, ein Feigling und kein Mörder zu sein. Dann müßt Ihr das beweisen, indem Ihr Eure faule Magie für mich einsetzt. Ich will meinen Fuß und meine Hand nicht verlieren. Ich will es nicht. Ihr werdet sie für mich retten.«

»Aber …«

Der Schwertführer schlug mit der gesunden Hand aufs Eis. »Ich habe gesehen, was Ihr mit dem Pferd gemacht habt. Ihr habt sein Fleisch gewärmt. Jetzt müßt Ihr dasselbe bei mir machen, nur sanft, ohne zu brennen. Hood wird dabeisein. Er wird aufpassen, daß Ihr keinen Schaden anrichtet.«

Hood lächelte freundlich und entblößte Fasern von Trockenfleisch zwischen seinen Zähnen. »Nicht einmal der Teufel wird Euch helfen können, wenn Ihr ihm etwas tut, Halbmann.«

Veys wich einen Schritt zurück. Zu Heilen – und ausgerechnet den Schwertführer! Ein schrecklicher Gedanke. Er war kein Arzt, er kannte sich nicht so gut mit Blut und Organen aus wie andere Zauberer. Krankheiten ekelten ihn an. Marafice Eyes gelb geschwollene Haut stieß ihn ebenso ab wie der Anblick von Maden auf einer Leiche. Und außerdem fehlte es ihm an Kraft. Wie konnte man von ihm erwarten, Magie heraufzubeschwören – nach all dem, was gestern geschehen war? Er mußte sich ausruhen, er brauchte Schlaf.

»Kommt. Ihr müßt Hood helfen, mich in die Hütte zu tragen.«

»Ich kann Euch nicht heilen. Das ist unmöglich. Unmöglich.«

Marafice Eye schüttelte den Kopf. Die Anstrengung kam ihn teuer zu stehen und zerriß Gewebe und Fasern, die nicht hätten belastet werden dürfen. »Nein, Halbmann, ich lasse Euch keine Wahl. Vier meiner besten Männer sind tot. Einer mit einem Pfeil in der Leber, der andere mit einer Klinge im Herzen. Zwei weitere starben hier« – er schlug mit der Faust aufs Eis – »im See. Und wenn Ihr den Mumm gehabt hättet, hättet Ihr sie retten können. Vergeßt nicht, Sarga Veys, daß ich die Finsternis in Eurem Herzen kenne. Ihr hattet vor, nach Spire Vanis zurückzukehren, zu Eurem Meister Penthero Iss, und ihm eine Geschichte zu erzählen, in der Ihr als der Held dasteht und meine Männer und ich Opfer des Sees wurden. Das wird nicht geschehen. Hood mag zwei Finger verloren haben, aber mit acht Fingern ist er immer noch ein besserer Mann als Ihr mit zehn. Er wird Euch töten, sobald ich es ihm befehle, und glaubt nicht, daß ich nicht dazu versucht wäre. Euer einziger Nutzen für mich ist jetzt Eure Heilkunst. Also heilt mich, und vielleicht wird Hood vergessen, daß er seine geschworenen Brüder verloren hat, und Euch leben lassen.« Veys schaute in das offene Auge des Schwertführers. Selbst hier, auf dem Eis liegend, war er ein gefährliches Tier. Veys glaubte, daß dieser Mann zu allem fähig war, und er war genau die Art von Mann, der überleben würde, wenn man ihn in dieser gefrorenen Wüste aussetzte. *Er hat sich aus dem See gezogen!* Allein das sagte genug über seine Willensstärke aus.

»Kurz vorm Weinen, Halbmann?«

Veys warf Hood einen erbosten Blick zu, mit dem befriedigenden Ergebnis, daß dieser stiernackige Dachs von einem Mann den Blick abwenden mußte. Es war nicht das erste Mal, daß einer der Sept einen Kommentar über seine roten, brennenden Augen abgegeben hatte. Wütend wischte er die Tränen weg. »Bringen wir ihn in die Hütte.«

Der Schwertführer sagte nichts, als sie ihn das Ufer hinaufschleppten. Hood nahm den größten Teil des Gewichts, und Veys schleppte Beine und Füße. Es war schwierig, und Marafice Eye mußte große Schmerzen dabei erlitten haben, aber er schrie oder fluchte nicht und zeigte nicht die geringste Spur einer Reaktion. Veys nahm an, daß einige so etwas Tapferkeit nennen würden, aber er hatte wenig dafür übrig. Die Furcht vor der Aufgabe, die vor ihm lag, lag wie Blei auf seiner Brust.

Als sie schließlich die Hütte des Forellenfischers erreichten, wurde sich Veys eines neuen Drucks in seinem Geist bewußt, der dort pochte wie ein schmerzender Zahn. »Bringt ihn hinein«, sagte er zu Hood, »und zieht ihn aus. Stemmt die Dielen heraus für Feuerholz. Wir brauchen ein heißes Feuer.«

»Bleibt nicht an der Tür, Halbmann. Ihr kommt mit uns.« Hood zerrte Marafice Eye über die Schwelle. Der Schwertführer selbst sagte kein Wort. Vielleicht hatte das Delirium begonnen. Das war Veys gleichgültig.

»Mein Meister ruft. Ich muß mit ihm sprechen.«

Die Worte hatten eine gewaltige Wirkung auf Hood, der wie alle Barbaren in der Renegatenwache Zauberei so fürchtete wie den Gehäuteten selbst. Er hob die Hand, um das Wappen an seiner Brust zu berühren, und murmelte den Namen des Schöpfers vor sich hin.

»Geht«, zischte Veys, der sich über die abergläubische Furcht des Mannes freute und sich der Tatsache sehr wohl bewußt war, daß es ihm nicht schaden würde, sie auszunutzen. »Ich denke, Ihr wollt lieber nicht hier stehenbleiben, wenn er vor mir erscheint.«

Für einen Mann mit acht Fingern bediente Hood den Riegel rasch. In seiner Hast klemmte er den Rand seines Umhangs in der Tür ein, und Veys hörte ein Reißen von der anderen Seite, als der Mann offenbar entschied, es wäre besser, eine Faustvoll Leder zu verlieren, als die Tür zu öffnen und ein Gespenst zu sehen.

Veys lächelte boshaft. Gespenster, Geister, Erscheinungen – sie waren immer gut, um Kinder und Dummköpfe zu erschrecken.

Das Lächeln verschwand so rasch, wie es gekommen war, als Veys sich an die Außenwand der Hütte lehnte und sich dem öffnete, der ihn gerufen hatte.

Schock und Schmerz nahmen ihm den Atem. Penthero Iss war da, plötzlich in ihm wie ein neues Herz. Jedes Haar an Veys' Körper sträubte sich, jede Pore öffnete sich und kippte Schweiß aus. Wie konnte er so etwas tun? Die Macht, die es brauchte, einen solchen Zauber aus solcher Entfernung zu wirken, war unglaublich. Das war nicht einfach Fernsprache, das war Eindringen in die Haut eines anderen. Und das bei der Gefahr des Rückstoßes! Es stimmte, er hatte Iss eingeladen, aber Geist und Körper arbeiteten bei der Zauberei nicht immer zusammen, und der Instinkt, sich selbst zu schützen, war stärker als bewußte Gedanken. Was, wenn die Verbindung riß?

Beruhigt Euch, Sarga Veys. Habe ich Euch nicht gesagt, daß ich unterwegs mit Euch sprechen würde?

Veys schauderte so heftig, daß Knochen in seiner Wirbelsäule knackten. Die Angst brannte mit reiner und heftiger Flamme wie Alkohol, der auf seiner Haut flackert. *Was wollt Ihr von mir?*

Ist Asarhia bei Euch?

Nein. Sie ist auf dem Weg nach Norden, nach Ille Glaive. Der Schwertführer hat gestern auf dem See versucht, sich ihrer zu bemächtigen, aber das Eis brach unter uns ein, und sie entkam.

Und die Sept?

Die Sept existiert nicht mehr. Der Schwertführer hat Erfrierungen; Hood hat Finger an seiner Schwerthand verloren. Die anderen sind tot. Es fiel Veys nicht ein zu lügen. Iss war in ihm; was konnte er schon tun?

Ich werde eine weitere Sept schicken. Reitet weiter nach Ille Glaive und wartet dort auf sie.

Aber wir müssen nach Spire Vanis zurückkehren. Der Schwertführer braucht …

Kümmert Euch um ihn, Sarga Veys. Dazu seid Ihr da. Ihr müßt Asarhia nach Norden folgen. Sie muß zurückgebracht werden. Angus Loks Familie wohnt in der Nähe von Ille Glaive; er wird dort nicht vorbeiziehen, ohne sie zu besuchen. Ihr könnt sie also ebenfalls für mich finden.

Veys wußte, daß er dem nicht widersprechen konnte. Penthero Iss schien so viel *mehr* zu sein als er. Seine Macht war etwas Fremdes. Sie schmeckte nach einer anderen Welt.

Enttäuscht mich nicht. Die Worte erstreckten sich nach Süden, über einen halben Kontinent hinweg, als Iss sich nach Spire Vanis und in die Wärme seines Körpers zurückzog.

Veys sackte an der Hüttenwand zusammen, und seine Schultern kratzten den Reif von den Holzbalken. Iss' Präsenz hatte einen klebrigen Film in seinem Mund hinterlassen, aber er wollte nicht ausspucken, also schluckte er es statt dessen. Woher hatte Iss diese Macht? Er war ein Schwächling; Veys hatte das von dem Tag an, an dem sie sich zum ersten Mal gesehen hatten, gewußt, als eine diskret und sanft eingesetzte Sonde ihm alles über diesen Mann verraten hatte, was er wissen mußte. Und nun das.

Er fuhr sich mit der Hand übers Kinn und versuchte sich zu beruhigen. Tage alte Stoppeln bewirkten, daß er angewidert den Mund verzog.

»Kommt jetzt sofort rein, Halbmann!«

Veys zuckte zusammen, als er Hoods Stimme hörte. Er machte ein paar flache Atemzüge, schob sich von der Wand weg und ging in die Hütte. Dort wartete Marafice Eye, sein Fuß gelb von gefrorener Galle, und die Haut auf seinem Gesicht mit den Frostbeulen riß in Streifen ab, die so feucht und glitschig waren wie Gemüseschalen. Veys sammelte Kraft, und die Angst verließ ihn so rasch, wie Angst immer einen Mann verläßt, der wütend und versessen darauf ist, sich jenen zu beweisen, die sich für besser halten. Hood würde ihn also umbringen, wenn er versagte? Nun, wer konnte schon sagen, ob Hood nicht eines Morgens aufwachen würde, um festzustellen, daß seine restlichen acht Finger denselben Weg gegangen waren wie die anderen zwei? Und wer wußte schon, ob Penthero Iss nicht eines Tages feststellen würde, daß jemand in seinen *eigenen* Körper eingedrungen war und die geheime Kraftquelle gefunden hatte, die er anzapfte und die dann von einem besseren Mann als ihm übernommen wurde?

Solche Gedanken blieben lange genug in Veys' Kopf, um ihn zu beruhigen. Er hatte etwas zu tun, und obwohl er Marafice Eye zutiefst haßte, verlangte sein Stolz, daß er auch hier sein Bestes tat.

Er unterdrückte ein angewidertes Schaudern und drang in die gefrorenen Kanäle im eisigen Fleisch des Schwertführers ein.

2
Ille Glaive

Raif erkannte die Dhoonemänner schon auf fünfhundert Schritt Entfernung. Wegen des Krieges im offiziellen Blau und Kupfer von Dhoone gekleidet, auf vollständig aufgezäumten Pferden, die Speere so poliert, daß sie wie Glas schimmerten, ritten sie auf der Glaivestraße nach Süden und sorgten dafür, daß Bauern und Jungen mit Karren ihnen auswichen. Nur zwei Männer, aber sie strahlten eine Macht aus, die aller Augen so sicher anzog wie ein Berg aus Stahl. Sie saßen aufrecht im Sattel und schauten direkt nach vorn. Sie hatten die linke Hand am Speer, und ihre blauen Tätowierungen pochten wie Adern unter ihren Dhoonehelmen.

Angus sagte etwas, vielleicht eine Mahnung, den Blick zu senken, wenn die Dhoonemänner näher kamen, aber Raif hörte nicht zu.

Clansmänner – hier im Glaiveland. Unwillkürlich griff Raif in seinen Nacken zu dem Lederband, das sein Haar hielt. Das Blackhail-Silber war weg. Selbst das schwarze Garn seines Elchmantels war nun unter einer Schicht Dreck verschwunden. Alles, was noch auf seinen Clan schließen ließ, war der Silberdeckel, der seinen Anteil am Heiligen Stein im Behälter versiegelte, und ein wenig Silberdraht um den Griff von Tems Schwert. Bald würde selbst sein Haar über seinen Clan hinauswachsen. Hailsmänner trugen ihr Haar von allen Clans am kürzesten, verachteten die komplizierten Flechtarbeiten, das Öl oder die teilweisen Rasuren, die so sehr zum Clanland gehörten wie das weiße Heidekraut, das jedes Frühjahr blühte.

»Raif. Weich zur Seite aus und laß sie durch.«

Aus dem Augenwinkel bemerkte Raif, wie Angus die Zügel des Fuchses zog und das Sullpferd auf einen Weg führte, der seine Reiter von der Straße bringen würde. *Selbst Angus weicht den Dhoonemännern aus.* Der Gedanke ließ etwas in Raifs Brust schmerzen.

Die schwer beschlagenen Hufe der Pferde klirrten auf der Straße aus gestampfter Erde. Die Spätnachmittagssonne schien direkt in die Gesichter der Dhoonemänner, als sie im Trab auf Raif zukamen. Raif sah, wie sie ihm einen Blick zuwarfen und dann ebenso schnell wieder wegschauten. Obwohl Raif noch mitten auf der Straße war, versuchten sie nicht im geringsten, ihm auszuweichen, sondern ritten weiter auf ihn zu, als wäre er nicht mehr als ein Dreckfleck.

Abrupt wendete Raif Elch und verließ die Straße. Noch bevor Pferd und Reiter den Graben erreicht hatten, beanspruchten die Dhoonemänner den Raum, den sie frei gemacht hatten. Mit hocherhobenen Köpfen ritten sie weiter nach Süden und schauten kein einziges Mal zurück.

Minuten vergingen. Grauer Schnee, den die Dhoonemänner aufgewirbelt hatten, trieb zum Boden zurück. Raif konnte Angus' Blick auf sich spüren, aber er drehte sich nicht um, um diesen Blick zu erwidern, nicht einmal, als sein Onkel ihn ansprach. »Kehren wir auf die Straße zurück. Ich will die Stadt vor Einbruch der Dunkelheit erreichen.«

Raif atmete und atmete, und nach einer Weile nickte er. Nachdem er Elch aus dem Graben gelenkt hatte, ritt er vor Angus auf die Straße und legte entschlossen ein Tempo vor, das ihn vor dem schwerbeladenen Fuchs halten würde.

Er war für die Dhoonemänner weniger als nichts gewesen.

Raif wickelte Elchs Zügel um die Faust, als er über die Kurven und Buckel der Glaivestraße ritt. Der See lag hinter ihm, seine ölige Oberfläche von der ersten echten Sonne seit Tagen in die Farbe von Vogelblut getaucht. Bauernhäuser, Mühlen, Räucherhäuser, Herdhäuser, eingestürzte Wachtürme und Befestigungen und Pfahlbauten über dem See, all das lag nicht weit von der Straße entfernt. Auch andere waren hier unterwegs, überwiegend Fuhrleute oder Viehtreiber und Markthändler, aber hin und wieder auch eine feine Dame in rotem Samt und Zobelpelz, begleitet von ihren Leibwächtern oder ein paar Abschwörerrittern, die einen von Knochenöl glitzernden Schuppenpanzer, Umhänge und die Dornenkrägen, die als »Buße« bekannt waren, trugen.

Raif achtete kaum auf sie. Angus rief ihm zu, daß jeden Augenblick die Stadt selbst in Sicht kommen würde, aber Raif hielt nicht nach ihr Ausschau. Der leere, uninteressierte Blick der Dhoonemänner hing ihm noch vor Augen. Er gehörte nicht mehr zu ihnen. Irgendwie hatten die Tage, die er mit Angus verbracht hatte, ihn verändert, obwohl seine Kleidung beinahe noch dieselbe und sein Haar kaum gewachsen war. Einen Monat zuvor hätten die Dhoonemänner ihn gegrüßt, ihn nach Neuigkeiten von den Dhoonejahrmännern gefragt, die im Blackhail-Rundhaus lebten, wissen wollen, welche Seen im Hail-Land zugefroren waren, was er so weit von zu Hause machte und ob er Hilfe oder etwas zu essen oder Gesellschaft brauchte. Sie hätten ihn als einen der Ihren betrachtet. Statt dessen hatten sie nichts anderes als einen Mann auf einem Pferd gesehen, der in ihrer Welt keinen Status und keinen Respekt genoß.

Raif atmete schwer. Er mußte sich zwingen, den Griff um die Zügel zu lockern und sich auf etwas anderes zu konzentrieren. Er setzte sich tiefer in den Sattel und versuchte nur noch daran zu denken, den Wallach den steilen Abhang zu dem Hochland über dem See hinaufzulenken.

Hier in der Steigung war die Straße besonders schlecht, und Schlamm brach in gefrorenen Klumpen ab, als Elch im Eis nach Halt suchte. Fünf Stunden Sonne hatten Teile der Oberfläche geschmolzen, und Raif betrachtete gerade mißtrauisch einen besonders verräterisch aussehenden Graben, der mit Geröll und feuchtem Eis gefüllt war, als Angus leise hinter ihm pfiff. Sofort schaute Raif auf.

Ille Glaive erhob sich vor ihm wie ein Steilhang aus goldenem

Licht. Er sah Steinmauern und Schieferdächer und nadeldünne Türme, alles vom Sonnenuntergang in schimmerndes Metall verwandelt. Tausend tränenförmige Fenster sammelten Schatten in der Farbe dunklen Bernsteins, und ein Netzwerk von Brücken, Simsen und Vorsprüngen schimmerte wie menschliche Wirbelsäulen, die man in Gold getaucht hatte. Am Fuß der Südmauer spiegelte der See eine kleinere, rauchige Version der Stadt wider, ein Bild wie durch altes Glas gesehen.

Als Elch das Ende der Anhöhe erreicht hatte, betrachtete Raif das Seeufer und fragte sich, wie viele Männer es wohl gebraucht hatte, das Eis zu brechen und wegzuschaffen. Dann fielen ihm der Dampf und das blubbernde Wasser am Ufer auf.

»Heiße Quellen«, sagte Angus, der nun neben ihm war. »Ille Glaive wurde über ihnen errichtet. Sie fließen das ganze Jahr über in den See.«

Raif nickte. Nach dem, was in Spire Vanis geschehen war, mochte er Städte nicht mehr, aber er mußte dennoch die goldenen Sandsteinmauern von Ille Glaive bewundern. Heftig kratzte er an den Narben auf seiner Brust. Die Haut war inzwischen vollkommen geheilt, aber die Geister der Schwerter der Bluddmänner verließen ihn nicht. Zwei Tage zuvor war er mit getrocknetem Blut unter den Fingernägeln aufgewacht, und die Narben waren wund gekratzt gewesen.

»Ich denke, wir nehmen die Hintertür«, meinte Angus und spähte blinzelnd nach vorn. »Um diese Tageszeit ist es wohl am sichersten, über den Markt in die Stadt zu kommen.« Er wies auf Ash, die hinter ihm saß, und fügte hinzu: »Je schneller wir unser kleines Mädchen hier zu Heritas Cant bringen, desto besser.« Raif antwortete nicht. Städte waren Angus' Angelegenheit. Es war seine Sache zu sagen, wie sie hereinkamen und wo sie blieben. Solange sich jemand rasch um Ash kümmerte, war ihm alles andere gleichgültig.

Als er zu ihr hinsah, erkannte er, daß ihr Zustand sich nicht verändert hatte. Sie saß gegen Angus' Rücken gesackt, mit geschlossenen Augen, die Lider bleich und unbewegt, das Haar gegen Angus' Schultern flachgedrückt, und ihr kleiner rosa Mund öffnete sich nur genug, um die Luft hineinzulassen. Seit der Nacht bei den weißen Eichen hatte sie kein Wort gesagt. Sowohl Raif als auch Angus hatten in den vergangenen vier Tagen viele Male versucht, sie aufzuwecken, aber obwohl ihr Körper zu reagieren schien, manchmal zusammenzuckte oder von einer groben oder unangenehmen Berührung zurückwich, schlug sie selten die Augen auf. Angus hatte sich sehr angestrengt, sie zum Trinken zu zwingen, ihr die Kiefer auseinandergezwungen und klare Brühe oder Wasser in ihren Mund gegossen. Aber er konnte sie nicht dazu bringen, etwas zu essen.

Manchmal, wie an diesem Morgen, bevor sie das Lager abgebrochen hatten, wurde sie unruhig und hob langsam die Arme. Wann immer das geschah, zwang Angus ihr die Handgelenke auf den Rücken und band sie mit Schaffell zusammen, fesselte sie wie ein gefährliches Pferd. Manchmal knäulte er Wildledertücher in der Faust zusammen und steckte sie ihr so tief in den Mund, daß sie bis tief in ihre Kehle reichten. Raif haßte es zuzusehen. Was in ihr war so schrecklich, daß sie gefesselt und geknebelt werden mußte?

Raif fuhr sich über seinen eine Woche alten Bart und runzelte die Stirn. Selbst jetzt, wenn er sie nicht ansah und zwölf Schritte Abstand zwischen ihnen lagen, war er sich ihrer Gegenwart bewußt, die sich gegen ihn drängte. Wie stets spürte er sie in seinem Zeichen. Irgendwie drängte sie sich in seinen Geist, beanspruchte Raum, der Drey und Effie und Tem gehörte.

Mit einem heftigen Kopfschütteln riß sich Raif davon los, seine Gedanken weiter in die Vergangenheit wandern zu lassen. Am Abend zuvor, als er ein feuchtes Tuch vom Feuer genommen und Ash den Straßendreck vom Gesicht gewischt hatte, hatte Angus gesagt: »Du behandelst sie so sanft, als wäre sie Effie.« Raif hatte mit dem, was er tat, aufhören und in den

Schatten hinter dem Feuer gehen müssen. Asarhia March war nicht Effie, und er haßte Angus dafür, beide im selben Atemzug zu erwähnen und sie dadurch miteinander zu verbinden. Er kümmerte sich um Ash, weil es das war, was er und Angus getan hatten, seit sie sie am Leeren Tor gerettet hatten. Es war ebenso notwendig, wie die Pferde zu bürsten und jeden Abend ein Feuer zu entzünden, über dem sie ihre Kleidung trockneten. Ash war keine Verwandte. Sie würde Effie oder Drey in seinem Herzen niemals ersetzen.

Aber sie hatte ihm zumindest die Wahrheit gesagt. Während Angus um die Wahrheit herumtänzelte wie ein Steinhüter um die Feuer in der Götternacht, hatte sie ihm gesagt, wer sie war. *Das* rechnete er ihr hoch an. Das war eine Tat, die einer Clansfrau würdig war.

»Halt die Zügel einen Augenblick lang, Raif, während ich mich um unser betrunkenes Mädchen hier kümmere.« Mit glitzernden Kupferaugen reichte Angus Raif die Zügel des Fuchses und beschäftigte sich dann mit anderen Dingen. Am Morgen zuvor hatte er Raif und Ash im Schutz eines Espenhains warten lassen, während er zu einem Bauernhaus eine Viertelmeile von der Straße entfernt gegangen war. Eine Stunde später war er mit frischem Essen, neuen Wasserschläuchen, einer uralten, schmutzverkrusteten ledernen Satteltasche, einem Eimer frischer Milch und einer frischgeschwollenen Kaninchenfellflasche zurückgekehrt, gefüllt bis zum Korken mit der Art von beißendem Birkenalkohol, der Angus so schmeckte. Nun nahm er diese Flasche aus dem Mantel, riß mit den Zähnen den Korken heraus und begann Ashs Kopf und Schultern mit Alkohol zu besprenkeln.

»Sollte jemand fragen – sie hat gegen Mittag einen ganzen Schlauch getrunken.«

Raif nickte. Ashs Atemzüge waren nun sehr flach, und er machte sich Sorgen, weil sie auf die eisigen Tropfen nicht einmal reagierte. Er spähte nach vorn und versuchte einzuschätzen, wann sie die Stadt erreichen würden. »Wird dieser Mann, zu dem wir gehen, ihr helfen können?«

Angus steckte den Korken wieder in die Flasche, dann hob er die Hand, damit Raif ihm die Zügel zurückgab. »Heritas Cant weiß viele Dinge: Er kennt sich mit Stürmen aus, er kennt die wahren Namen sämtlicher Götter, er kann die geheime Sprache von Prophezeiungen lesen und den alten Dialekt der Jäger und Sull verstehen. Er kann Falken dazu bringen, auf seinen Befehl zu fliegen, sämtliche Schlachten aus der Schattenzeit aufzählen, Krankheiten von Blut und Geist heilen und Muster in den Sternen erkennen. Wenn irgend jemand ihr helfen kann, dann er.«

»Benutzt er auch Magie?«

Angus saugte mit einem leisen Zischen die Luft zwischen die Zähne. »Er wird tun, was er tun muß.«

Unfähig zu entscheiden, was für eine Art Antwort das sein sollte, und unwillig, weiter mit Angus um Lügen und Wahrheit herumzutänzeln, ließ Raif das Thema fallen. Den Blick fest geradeaus gerichtet, konzentrierte er sich auf Ille Glaive. Die Stadt befand sich am Anfang einer schmalen Ebene. Spuren im Schnee, Bauernhäuser aus geteerten Stämmen und Fahnen blauen Holzrauchs machten deutlich, daß das umgebende Land überwiegend zum Getreideanbau genutzt wurde. Ein spärlicher Wald reichte westlich rund um das Bauernland, und die niedrigen, zerklüfteten Gipfel der Bitterhügel erstreckten sich nach Norden ins Clanland von Bannen, Ganmiddich und Croser.

Nun, da das helle Licht des Sonnenuntergangs langsam verging, sah Ille Glaive älter, kleiner und weniger strahlend aus als in dem Augenblick, als Raif es zum ersten Mal erblickt hatte. Wo Spire Vanis die harten Linien, den weißen Mörtel und den präzise geschnittenen Stein einer jungen Stadt vorwies, die von einer einzigen Generation von Maurern errichtet worden war, bot Ille Glaive den vielschichtigen, abgekämpften, unordentlichen Anblick von etwas, das im Lauf von Jahrhunderten von vielen unterschiedlichen Händen errichtet worden war. Anders als Spire Vanis lebte Ille Glaive nicht ausschließlich innerhalb seiner Mauern, und Hütten, Ställe, Kasernen, Markthallen, Stücke freistehender Mauern, geborstene Torbogen und vom Blitz getroffene Türme ergossen sich durch Risse in der Haut seiner Ostmauern nach draußen.

Angus führte den Fuchs von der Straße auf das Durcheinander von Gebäuden und Märkten zu. Raif roch Holzrauch und verkohltes Fett und dann den schwach schwefligen Duft heißer Quellen. Der Wind brachte Geräuschfetzen mit: ein Baby schrie, Fleisch brutzelte auf einem Grill, zwei Hunde stritten sich, und Wasser wurde unter Zischen und Klappern durch Rohre gezwungen. Als sie sich der ersten Reihe von Gebäuden näherten, wies Angus Raif mit einer Geste an, vom Pferd zu steigen. Angus hatte sich mit der stumpfen Seite seines Messers das Öl und Wachs vom Gesicht geschabt und begann nun, die Lederklappen über seinen Ohren aufzubinden. Die Schneeschicht am Boden war nur dünn, und Raif fand es angenehm, gehen zu können. Er verstand, wieso Angus ihn vom Pferd hatte steigen lassen: Zwei bewaffnete Männer auf Pferderücken zogen Blicke an. Diskret schob er die Scheide mit Tems Schwert an seinem Gürtel ein Stück weiter nach hinten und zog sie in den Schatten seines Mantels. Er brauchte keinen Angus, der ihm sagte, daß er besser allen Blicken auswich, und er sah wenig mehr als das Stiefelleder der ersten Leute, an denen er vorbeikam.

Angus führte sie auf einem Fuchspfad rascher Wendungen und plötzlicher Stopps über den Markt. Buden aus Holz mit Leder oder Flechtwerkdächern erinnerten Raif an die Clanmärkte, die jedes Frühjahr auf dem Dhooneland stattfanden. Auch die Waren waren zum Teil dieselben: Messer mit geschnitzten Griffen, getrocknete Fischhäute für Bögen, Fasanenfedern, bereits fertig für Federungen zugeschnitten, Daumenringe für Bogenschützen, Hornarmbänder, eingelegt mit Blackhail-Silber, Tiegel mit Bienenwachs, Klauenfußöl und hellgelbem

Tungöl, das in Vogelschädeln den ganzen Weg aus dem Süden hierher gebracht worden war, Luchsfelle, Meeresotterfelle, buntgefärbtes Leder aus einer Stadt namens Leiss, Bernsteinperlen, aufgefädelt auf Karibusehnen, schimmernde lila Seidenstoffe aus Hanatta, blaue Muscheln, getrocknete Pilze, grünes Seehundfleisch, eingelegtes Kalbsbries, ganze Eiderenten, Räder marmorierten gelben Käses, warmes, mit Eiern versetztes Bier, heiße Würstchen, gestopft mit unkenntlichem Fleisch, und fette weiße Zwiebeln, die schwarz gebraten waren.

Raif lief das Wasser im Mund zusammen. Die letzten drei Tage hatte es wenig zu essen gegeben. Angus jedoch zeigte kaum Interesse an dem Essen und wand sich weiter an den Buden vorbei, wie ein Mann, der ziellos über einen Markt schlendert. »Jetzt kommen sie«, flüsterte er plötzlich. »Schau niemanden an. Ich kümmere mich schon darum.«

Raif, der sehnsuchtsvoll eine gebratene Lammkeule mit einer Kruste aus weißem Pfeffer und Thymian betrachtet hatte, hatte keine Ahnung, wer *sie* waren. Er verlangsamte seinen Schritt, fiel zu Angus zurück und fand an seiner Stiefelspitze etwas Interessantes, was er sich anschauen konnte.

Schritte von zwei paar Füßen erklangen auf dem festgefrorenen Schlamm. Raif hörte das matte Klirren von Metall, dann sah er, wie die Spitze eines Stocks aus Weidenholz ans Hufbein des Fuchses gesetzt wurde.

»Was haben wir denn da, Bollick?« ertönte eine tiefe, rauhe Stimme.

»Fremde, Nouse. Arm, wenn man nach ihrer Kleidung geht, aber reich, wenn man sich mit Pferden auskennt.«

Raif blickte auf. Zwei Männer im Weiß von Ille Glaive mit den schwarzen, roten und stahlfarbenen Tränen auf der Brust standen am Kopf des Fuchses. Nouse, der Mann mit dem Stock, hatte die kleinen Augen und den glänzenden schwarzen Kopf einer Elster. Bollick sah so aufgequollen und faltig aus wie eine Fingerspitze, die zu lange im Wasser gewesen war.

Angus wandte sich an Nouse. »Guten Abend, meine Herren. Wenn der Meister Tribut auf Tribut braucht, dann wird er uns gerne in die Stadt lassen.« Obwohl seine Hände beide deutlich sichtbar waren, gelang es Angus, während er sprach, das Geräusch von klickenden Münzen zu produzieren.

»Der Meister braucht keinen Tribut«, meinte Bollick. »Er nimmt ihn sich einfach – aus keinem anderen Grund als dem, daß er das kann.«

Angus nickte einmal und richtete seine Worte abermals an Nouse. »Ich wollte selbstverständlich damit nicht andeuten, daß der Meister Geld braucht. Ich wollte nur bekanntgeben, daß mein Beutel mehr als schwer ist und ich es als einen Gefallen anrechnen würde, wenn man mich erleichterte.«

Nouse kniff die Augen ein wenig zusammen und strich über das ölige Gefieder seines Bartes. »Was meinst du, Bollick?«

Bollick zuckte die Schultern. »Der Mann erweist uns und dem Meister den notwendigen Respekt, und ich wäre geneigt, seinen Geldbeutel zu nehmen und ihn durchzulassen, obwohl ich sagen muß, daß mich das Mädchen an seinem Rücken beunruhigt. Wir wollen kein ausländisches Fieber in Glaive.«

Angus warf über die Schulter einen Blick zu Ash. »Die da? Fieber? Ich wünschte, es wäre so. Sie hat sich vollgesogen wie der Lumpen eines Bierbrauers … und der Schöpfer möge mir helfen, wenn meine Frau jemals davon hören sollte, denn sie kann gut mit ihrem Häutemesser umgehen und neigt dazu, es auch zu benutzen.«

Nouse schubste Ash fest mit seinem Stock. »Besoffen, sagt Ihr?«

»Ja.« Angus' Stimme war gleichmütig, aber Raif sah, wie seine Knöchel an den Zügeln weiß wurden.

»So riecht sie auch«, meinte Bollick. »Ich sage, wir nehmen den Tribut für den Meister und lassen sie durch.«

Nouse kniff die scharfen, kleinen Augen zusammen und sah Angus an. »Ich habe Euch doch schon einmal hier gesehen.«

»Ja, und wahrscheinlich werdet Ihr mich noch öfter sehen. Und jedesmal werdet Ihr und der Meister danach ein wenig reicher sein.« Angus nahm die Hand vom Zügel und griff in seinen Mantel nach seinem Geldbeutel. Er hatte die Größe einer Schafsblase und war prall mit Münzen gefüllt. Er warf ihn nicht allzu sanft nach Nouse, der ihn abfing wie einen Schlag vor die Brust. »Und nun, wenn Ihr Herren mich entschuldigt, habe ich eine Tochter, die wieder nüchtern werden muß, einen Lehrling, der sich eine Hure suchen will, und mein eigenes hübsches Gesicht, das ein Rasiermesser und die Annehmlichkeiten des heimischen Herdes braucht.« Damit trieb Angus den Fuchs weiter. »Seid so freundlich, den Meister von mir zu grüßen.«

Der Weidenholzstock zuckte in Nouses linker Hand, als er den Beutel mit der rechten wog. Bollick gab ihm mit den Augen Zeichen. Nouse betrachtete den Geldbeutel. Endlich senkte er den Stock zur Flanke des Fuchses. »Also gut. Ihr könnt passieren. Bollick und ich werden Euch im Auge behalten. Pißt zu hoch an eine Mauer, und wir werden es erfahren.«

Raif führte Elch an den beiden Bewaffneten vorbei und vermied es sorgfältig, Nouse anzusehen. Er wußte nicht, was er mit dem Gespräch zwischen den drei Männern anfangen sollte. Der Meister von Ille Glaive regierte die Stadt und das Land ringsumher von der Seefestung aus, und Angus hatte erzählt, er sei mehr ein König als der Surlord von Spire Vanis, da der Titel des Meisters vom Vater auf den Sohn überging.

»Threavish Cutler nennt sich gern König vom See«, hatte Angus noch diesen Morgen gesagt, als der Weg, auf dem sie sich befanden, auf die Glaivestraße gestoßen war. »Und seine Söhne und angeschworenen Männer nennen sich Lords. Denke daran, eines Tages wird der alte Threavish das ganze Gold, das er als Tribut eingenommen hat, in einem Topf einschmelzen und sich eine Krone schmieden. Eine sehr große Krone, eine, die groß genug ist für seinen aufgeblasenen Kopf …«

»Das war nicht schwer«, meinte Angus nun, sobald sie außer

Hörweite von Nouse und Bollick waren. »Letztes Mal hat es mich meinen Geldbeutel *und* meinen Sattel gekostet.«

Verärgert über Angus' gute Laune sagte Raif: »Ich hätte ihnen überhaupt nichts gegeben.«

Angus seufzte, aber nicht tief. »Junge, du hast noch viel zu lernen. Das da war ein gut eingespieltes Tänzchen. Sie wußten, daß wir unbemerkt in die Stadt schleichen wollten; wäre es anders, hätten wir das Tor an der Senke benutzt. Und dafür mußten wir eben zahlen.«

Raif antwortete nicht. Er war relativ sicher, daß sich die Schritte dieses Tänzchens gewaltig verändert hätten, wenn Nouse Ash etwas fester mit dem Stock gestoßen hätte. »Bringen wir Ash in Sicherheit.«

Angus warf ihm einen Blick zu. »Du wirst dich daran gewöhnen müssen, wie es in den Städten zugeht, Raif, ob es dir gefällt oder nicht. Herdgesetze, Durchgangsrechte, Respekt: all das verschwindet rascher als Schnee auf einem Feuerrost, sobald du das Clanland hinter dir läßt. Glaub nicht, daß es diesen beiden Dhoonemännern, die uns von der Straße gezwungen haben, anders ergangen ist. Ihr Tribut allein wird Bollick eine Woche lang mit Bier und Wurst versorgen.«

Raif wurde rot vor Zorn. »Sie hätten das Tor genommen!«

»Ach ja? Zwei bis an die Zähne bewaffnete Clansmänner?« Angus schüttelte heftig den Kopf. »Kein Torhüter, der seine Ration wert ist, hätte zwei für den Krieg gerüstete Dhoonemänner in die Stadt gelassen, nicht so, wie es im Augenblick im Clanland zugeht. Nein, Junge. Nouse und Bollick haben sie ordentlich gemolken.«

Raif sah zu, daß er weit vor Angus ging, weil er das alles nicht mehr hören wollte. All die Schande, die er gespürt hatte, als ihn die Dhoonemänner übersahen, kam nun zurück und zog ihm die Brust zusammen. Er war so nah am Clanland … ein angestrengter Tagesritt würde ihn aufs Ganmiddich-Land bringen. Es hieß, daß »Krabbe« Ganmiddich, der Häuptling des

Ganmiddich-Clans, von seiner Insel im Wolfsfluß, die man als den Zoll kannte – genauer gesagt, von dem Turm aus, der dort stand –, in der Nacht die Lichter von Ille Glaive sehen konnte. Raif hob den Kopf und spähte nach Norden. Der Himmel über den Bitterhügeln war bereits dunkel und voller Sterne.

»Durch den Torbogen, Raif.«

Raif nahm Angus' Anweisung mit einem knappen Nicken entgegen, führte Elch durch eine von Balken gestützte Bresche in der Mauer und betrat damit die eigentliche Stadt Ille Glaive. Sofort wurde es viel dunkler, vom Sonnenuntergang zur finsteren Nacht. Raif kümmerte sich kaum um seine Umgebung, sondern eilte nur in die Richtung, die Angus ihm angab, was Abbiegen, Kreuzungen und Orte anging, die zu vermeiden waren. Ille Glaive war alt, *alt*. Es roch nach vergehenden Jahrhunderten, Schimmel, ausgeweideten Kadavern und langsam verfaulenden Dingen. Die Straßen waren gepflastert und selten gerade. Sandsteingebäude waren zum Teil eingestürzt und dann wieder mit massiven Blutholzbalken gestützt worden, und aus tausend Rissen und Löchern drangen Rauch und Lampenlicht. Ein Irrgarten gebogener Brücken verband Befestigungen mit Türmen und steinernen Kasernen, und weit im Westen fingen die bleiüberzogenen Kuppeln der Seefestung das letzte, rote Sonnenlicht ein.

Raif hatte wenig dafür übrig. Das einzige, was ihn interessierte, war die Gestalt, die an Angus' Rücken zusammengesackt war. Ashs Atem wurde schwerer, als sie ihren Weg durch Straßen fanden, die nicht breiter waren als zwei Schweine. Wenn Raif näher kam, hörte er die Luft in ihrer Kehle kratzen. Nach einiger Zeit blieb Angus stehen und band ihre Arme mit einem Seil. Er sagte nichts zu Raif, aber seine Miene war ernst, und seine Bewegungen ersparten ihm selbst und dem Fuchs nichts. Als sie weiterzogen, spannte Ash die Arme gegen die Schaffellbänder an, riß immer wieder daran, bis ihre Haut begann, sich zu röten. Raif ging schneller.

»Da. Durch das Eisentor.«

Angus' Stimme riß Raifs Gedanken nur gerade so von Ash los. Er bemerkte kaum die Steinmauer und den Torbogen mit dem Tor, vor dem sie angekommen waren, und als er versuchte, den schweren Riegel mit Kette am Tor zu lösen, machte er viel Lärm. Dahinter lag ein trüb beleuchteter Hof. Ein schmales, dreistöckiges Haus, die Mauern verborgen unter dem Vogelkot von fünfhundert Jahren und einer Reihe abgestorbener Ranken, bildete die vierte Mauer. Die Fenster des Hauses waren fest mit Holzläden verschlossen und die Tür mit Eisenbändern beschlagen, die, wie Raif auffiel, das einzige Neue, gut Erhaltene waren, das er hier entdecken konnte. Angus bat Raif, an die Tür zu klopfen, während er abstieg und sich um Ash kümmerte.

Raif hielt sein Rabenzeichen in der Faust, als er ans Holz klopfte. Ihm gefiel es nicht in diesem engen, ummauerten Hof.

Die Tür öffnete sich lautlos auf gut geölten Scharnieren. Einen Augenblick lang geblendet von dem säuerlichen Licht einer Gänsefettlaterne, trat Raif einen Schritt zurück, und seine Hand zuckte automatisch zu Tems Schwert. Einen Augenblick später erkannte er die magere, gebückte Gestalt einer sehr alten Frau. In dunkelblaue Wolle gekleidet und mit einem groben Netz über dem Haar, erinnerte sie Raif an die alten Frauen des Clans, die sich immer ganz einfach anzogen, wenn sie die Toten wuschen. Ihr stargetrübter Blick glitt von Raifs Gesicht zu seinem Schwertgriff. Raif, der diesem Blick sofort gefolgt war, zog die Hand weg.

»Klosterin Gannet.« Angus drängte sich an Raif vorbei und nickte der alten Frau zu. Ash hatte er fest an die Brust gedrückt.

»Es ist vierzig Jahre her, seit ich mich zum letzten Mal um Seelen gekümmert habe, Angus Lok. Ich habe keinen Anspruch mehr auf den Titel, den Ihr mir gebt.« Die Stimme der alten Frau war trocken und hart. Die Hand, die die Lampe hielt, zitterte nicht. »Kommt herein. Ich sehe, Ihr bringt ein krankes Vögelchen für den Meister.«

Die Klosterin führte sie einen dunklen Flur entlang in den hinteren Teil des Hauses und dann in einen Raum, wo ein Feuer mit müden, roten Flammen brannte. Angus legte Ash auf einen Teppich am Feuer. Raif kniete sich neben die Feuerstelle und wärmte sich die Hände, bevor er Ash berührte. Er hörte nicht, daß die Klosterin wieder ging.

»Was ist los? Was ist los?« Ein verrenktes Geschöpf mit krummen Beinen und zu vielen Knochen in der Brust kam mit Hilfe von zwei Stöcken herein. *Klick, klick, klick.* Scharfe grüne Augen schätzten Raif in weniger als einem Augenblick ein und wandten sich dann Angus und Ash zu. Ein Knochen, der hoch in der Schulter des Mannes gewachsen war, zuckte. »Ich empfange nach Einbruch der Dunkelheit keine Besucher mehr. Wärmt Euch und verschwindet dann. Ihr werdet nicht mehr Feuer aus mir herausholen.«

»Heritas, das ist mein Neffe, Raif Sevrance.« Angus sprach mit einem Tonfall, den Raif nie zuvor gehört hatte – gekünstelt und bedeutungsschwanger.

Heritas Cant hebelte seinen Körper herum, veränderte die Biegung seines Halses und bedachte Raif mit einem harten Blick. Unbehaglich wandte Raif sich ab. Er ließ den Blick auf Heritas Cants bleicher, knochengefüllter Hand ruhen. Die Knöchel waren nicht dort, wo sie hingehörten. Zwei hatten sich vollkommen verdreht und zeigten nach unten wie die Handfläche.

Als er sich aufrichtete, bemerkte Raif den letzten Rest eines Austauschs zwischen Angus und Heritas Cant, eines Blickes voller Botschaften, bei dem der alte Mann grimmig dreinschaute und Angus ihn anflehte wie ein Welpe, der etwas ganz besonders Ekelhaftes im Garten ausgegraben und ins Haus gebracht hat.

»Ich nehme an, Ihr wollt etwas essen?« sagte Cant, jedes Wort ein kleiner Messerstich. »Und auch noch um diese Tageszeit. Ihr werdet nichts Warmes mehr bekommen. Für einen Waldläufer, einen Clansmann und ein krankes Mädchen werde ich in der Küche kein Feuer mehr anzünden lassen. Ihr müßt Euch mit kaltem Lammfleisch, und zwar mit dünnen Scheiben davon und den Krusten, die ich selbst nicht essen konnte, zufriedengeben. *Frau!*«

Die Klosterin erschien in der Tür.

»Abendessen für diese Leute. Zünde keine Kerze mehr an als notwendig und gib ihnen nur die drittbesten Schüsseln.«

Die Klosterin erwiderte kein Wort, sondern nickte nur.

»Und paß auf, wo du hintrittst, Frau. Komm nur ein einziges Mal hier herein, um das Essen zu bringen, dann nicht mehr. Ich werde nicht zulassen, daß der Teppich von unnötigen Schritten abgetragen wird.« Heritas Cant wandte sich Raif zu. »Und es gefällt mir auch nicht, wenn nur ein einzelner Mann die Wärme des Feuers für sich beansprucht.«

Raif kniff die Lippen zusammen und ging ein paar Schritte vom Feuer weg. Er mochte diesen geizigen kleinen Mann überhaupt nicht.

Nachdem die Klosterin gegangen war, klickte Cant erneut mit den Stöcken auf den Dielenboden. »Du bringst mir also etwas Krankes, was ich mir ansehen soll, Angus Lok. Ich hoffe, sie hat kein Fieber, denn ich will keine ansteckenden Krankheiten in meinem Haus.« Während er sprach, bewegte er sich mühsam durch das Zimmer auf Ash zu. Seine Bewegungen erinnerten Raif an einen alten schwarzen Bären, den Drey eines Sommers im Alten Wald geschossen hatte. Dreys Pfeil war in den unteren Teil der Wirbelsäule des Bären eingedrungen, aber das Geschöpf hatte sich ins Unterholz geschleppt, bevor Raif oder Drey die Gelegenheit gehabt hatten, es zu töten.

Um von Heritas' ungelenken Bewegungen, als dieser sich über Ash beugte, abzulenken, sagte Angus: »Heritas ist Verwalter allen Geldes, das am Alten Sulltor eingenommen wird.«

Heritas schnaufte. »Und sie geben mir für meine Arbeit nicht mehr als ein Kupferstück pro Krähengewicht. An einem einzigen Nachmittag bleibt mehr Gold in den Taschen des Torhüters hängen, als ich an einem ganzen Morgen des Geldzählens sehe.« Heritas Cants gesunde Hand bewegte sich über Ashs Körper, während er sprach, drückte ihre Kehle, die Höhlungen unter ihren Augen, ihren Bauch und die Muskeln in Schultern und Seiten.

Raif tat so, als interessierte er sich für das Gesprächsthema, obwohl er in Wahrheit nur damit beschäftigt war, zuzusehen, wie Heritas Cants Hände auf Ash ruhten. »Wieso heißt es das Alte Sulltor?«

»Weil es immer unter diesem Namen bekannt war.« Heritas Cant ließ etwas zwischen Ashs Lippen gleiten, etwas Dunkles, Brüchiges, wie ein getrocknetes Blatt. »Threavish Cutler hätte es lieber anders; er hat versucht, es Königstor, Seetor oder sogar Reihertor nennen zu lassen, nach dem elenden Narren von Bruder, den er hatte und der starb, als er bis zur Taille im Schnee gegen ein Dutzend Crosermänner um ein Stück Land kämpfte, auf das seine Ansprüche bestenfalls fraglich waren. Cutlers Ziel dabei – wenn man einmal davon absieht, daß er seiner Trauer Ausdruck verleihen wollte – bestand darin, alle vergessen zu lassen, daß diese Stadt einmal den Sull gehörte.«

»Aber ich dachte …«

»Du dachtest was?« Heritas Cant warf Raif einen mörderischen Blick zu und beantwortete dann seine eigene Frage. »Daß Ille Glaive immer zu den Bergstädten gehörte? Daß die Sull immer in ihren Wäldern im Osten gelebt haben und nie etwas Ehrgeizigeres bauten als eine Steinhütte und ein paar Grabhügel? Nein. Die Sull waren die ersten, die die Berge überquerten und das Nordland besiedelten. Noch bevor die Clans nach Süden kamen, waren die Sull hier und zogen zum Ufer des Schwarzen Sees und bauten eine Stadt um die Quellen. Diese Stadt kann man heute noch sehen, wenn man sie sehen will. Sie besteht noch in den Fundamenten alter Gebäude und dem dicken Pflaster und hastig verlegten Kacheln. Über der Erde gibt es nichts – Türme, Statuen und Erdarbeiten sind alle verschwunden, systematisch zerstört von einer langen Reihe von Menschen vom Schlage eines Threavish Cutler –, aber unter dem Boden, im Herzen von Ille Glaive, liegen Sull-Fundamente, Sull-Tunnel und Sull-Stein.«

Raif mochte Heritas Cants Tonfall nicht. Wäre der Mann kein Krüppel gewesen, hätte er ihn gern geschlagen. Um Ashs willen nahm er sich zusammen. »Also haben die Lords von Ille Glaive die Sull aus der Stadt vertrieben?«

Heritas Cant nahm die linke Hand von Ashs Bauch und massierte den verrenkten Knochenhaufen, der sein rechtes Handgelenk darstellte. »Ja und nein. Es gab eine Belagerung, es gab viele Kämpfe, aber am Ende haben die Lords von Ille Glaive die Stadt beinahe umsonst bekommen. Die Sull haben Dämonen, die anders sind als die anderer Menschen. Sie haben für diese Stadt gekämpft und hätten sie halten können, wenn sie nicht ältere, wichtigere Kämpfe hätten gewinnen müssen. Sie haben die Stadt den Lords und ihrem Anführer Dunness Fey so gut wie geschenkt ... und das war nicht das erste Mal, daß so etwas auf Kosten der Sull geschah. Aber wir sollten alle beten, daß es das letzte Mal war.«

Raif spürte, wie seine Wangen brannten. Er war zornig, aber es gab hier noch mehr. Beinahe gegen seinen Willen hatte er die Hand an sein Rabenzeichen gelegt. Heritas Cants scharfen, grünen Augen war das sofort aufgefallen, obwohl Raif die Hand wieder weggenommen hatte.

»Was ist dein Zeichen?«

Das war eine unhöfliche Frage, und Heritas Cant wußte es. Wenn ein Clansmann einem Mann von einem anderen Clan begegnete, würde er ihn nie direkt nach seinem Zeichen fragen. Solches Wissen wurde immer indirekt erworben. Raif überlegte, ob er überhaupt antworten sollte. Er kannte diesen Heritas Cant nicht, und nur, weil Angus ihm traute, bedeutete das nicht, daß *er* dasselbe tun sollte. Aber etwas anderes war ihm an dem kleinen, gebrochenen Mann aufgefallen: Er hatte sofort gewußt, daß Raif ein Clansmann war. Angus hatte ihn nicht als solchen vorgestellt, und Raif wußte, daß seine Kleidung und seine Ausrüstung das nicht länger verrieten – die Gleichgültigkeit der Dhoonemänner auf der Glaivestraße hatte ihm das nur zu deutlich gemacht. Wußte Heritas Cant also, daß er Clansmann war, weil ihm etwas an seinem Akzent oder seinem Verhalten aufgefallen war, oder hatte Angus die Familie seiner Schwester einmal in diesem Haus erwähnt? Beides ließ Raif unsicherer werden. Er warf Cant einen Blick zu. Das kluge, von Schmerz gemeißelte Gesicht schimmerte im Feuerlicht wie poliertes Holz.

»Mein Zeichen ist der Rabe«, sagte Raif.

»Totenwächter.« Cant klickte mit seinen Stöcken. »Ein schwieriges Zeichen. Es wird dich heftig antreiben, wird dich verzehren und dir im Gegenzug wenig mehr als Verluste schenken.«

Raif regte sich nicht; er blinzelte weder, noch atmete oder zitterte er. Die Worte fühlten sich wie ein Urteil an, und es kam ihm so vor, als bliebe ihm nichts anderes übrig, als dieses Urteil zu akzeptieren. Dieselbe namenlose Angst, die er Augenblicke zuvor verspürte, als Cant die Sull erwähnt hatte, erfüllte seine Brust abermals.

Angus verlagerte das Gewicht, und unter seinem Fuß knarrte eine Diele. »Ach komm schon, Heritas. Das solltest du nicht so trostlos sehen. Raben sind kluge Tierchen. Sie sind die einzigen Vögel, die einen ganzen Winter im Kargland überleben können. Sie sind stark und haben Flügel wie Messer und passende Stimmen. Es stimmt, es sind nicht gerade die hübschesten Geschöpfe, aber wenn der Steinhüter eines Clans die Zeichen nur nach Aussehen ausgäbe, wären wir alle Kätzchen und rehäugige … *Rehe.*«

Heritas Cant hatte seine tote Hand auf Ashs Stirn gelegt, während Angus sprach. Nun rückte er die verbogenen Finger mit seiner guten Hand zurecht, breitete sie weit aus, schob sie in Ashs Haar, über ihre Nasenwurzel, über ihre Brauen. »Das ist wahr«, sagte er, während er weiterarbeitete. »Der Rabe ist ein schlauer Vogel. Er wartet im Schatten auf den Tod.«

Bei diesen Worten veränderte sich Cant, wurde einen Augenblick lang etwas anderes, als hätte man eine schwere Substanz wie geschmolzenen Felsen in seinen Körper gegossen und ihn einen Augenblick lang gehärtet. Die tote Hand, die nur mit der Hilfe der anderen bewegt werden konnte, *packte* Ashs Fleisch. Cant öffnete den Mund, und er gab etwas von sich, das nichts mit Sprache zu tun hatte.

Ashs ganzer Körper bewegte sich auf ihn zu. Ihr Kopf hob sich vom Boden. Sie riß den Mund auf, und Raif konnte das tote Blatt auf ihrer Zunge sehen. Er sah, wie die Sehnen an ihrem Hals und den Handgelenken sich anspannten. Der Gestank von geschmolzenem Metall hing plötzlich im Raum, so intensiv, daß man ihn nicht nur riechen, sondern auch schmecken konnte. Winzige Speicheltröpfchen schäumten von Heritas Cants Lippen. Seine Stöcke fielen klappernd zu Boden. Einen winzigen Augenblick lang war alles still, dann schwankte Cant und wäre beinahe gestürzt, und Ash sackte zurück auf den Teppich.

Angus eilte an Cants Seite, stützte ihn, half ihm, sich zu erheben, und führte ihn zu einem Stuhl.

Raif achtete nicht auf sie. Er ging zu Ash und kniete sich an die Stelle, die Cant gerade verlassen hatte. Noch während er die Arme ausstreckte, um sie zu berühren, öffnete sie die Augen.

Er war vor Erleichterung ganz überwältigt und fühlte sich so betrunken und atemlos und dümmlich erfreut, daß er am liebsten Tems Schwert hingelegt hätte und um die Klinge getanzt wäre. All dieses Gerede von Raben und Tod war vergessen. Rasch dankte er den Steingöttern; sie waren eifersüchtig und fordernd und würden vielleicht etwas zurücknehmen, wenn man ihnen nicht den nötigen Respekt erwies. Ash war *wach*. Ihre großen, grauen Augen, die er zum ersten Mal

Wochen zuvor im Heiligen Stein gesehen hatte, schauten und sahen und erkannten.

»Du bist in Sicherheit«, sagte Raif. »Wir sind im Haus eines Freundes.« Er zögerte, denn er wußte, daß ihre seltsame Beziehung verlangte, ihr immer zu sagen, wie lange sie geschlafen hatte. Er wollte sie nicht mit der Wahrheit erschrecken, aber er würde sie auch nicht belügen. »Du hast vier Tage lang geschlafen.«

Ash sah ihm in die Augen. Ihre Lippen zitterten.

Was hatte sie durchgemacht? Er bemerkte, daß ihm der Gedanke an ihr Leid nicht gefiel. Langsam und entschlossen beugte er sich nieder und nahm sie in den Arm, zog sie fest an seine Brust. Sie war so kalt, daß es ihn erschreckte.

»Immer mit der Ruhe, Raif.« Angus legte ihm die Hand auf die Schulter. »Laß sie gehen.«

Raif schüttelte den Kopf. »Ich werde nicht zulassen, daß sie sie wieder mitnehmen.«

Angus bückte sich und sah Raif lange an. Er schien zu erforschen, was er im Gesicht seines Neffen sah, und sagte dann sehr müde: »Und so nimmt es seinen Anfang.«

Erst eine Viertelstunde später konnten sie Raif endlich überreden, Ash wieder loszulassen.

3
Ungeheuer beim Namen genannt

Ich habe jeden möglichen Schutz zwischen Ash und das gestellt, was sie ruft. Später werde ich noch mehr tun. Aber ihr müßt Folgendes wissen: Die Gebundenen und die Ungeheuer des Blinden Landes werden nicht ewig ferngehalten werden können. Sie wissen, was Ash ist, und sie werden ihr keine Ruhe geben, bis sie ihnen gibt, was sie wollen.«

Heritas Cant hatte seinen auf einem Rad gebrochenen Körper zu einem Stuhl aus schwarzem Hartholz geschleppt. Seit Ash erwacht war, war eine Stunde vergangen. Alle hatten ein leichtes Abendessen aus verwässertem Bier, Brot und kaltem Lammbraten zu sich genommen, währenddessen Cant sich ausführlich über die Anzahl der Gäste, die Menge des Gegessenen, die verschwendeten Krümel, die wieder ausgespuckten Knorpel, die Benutzung des Feuers und den Abrieb an Teppich, Stühlen, Holzschüsseln und Löffeln beschwert hatte. Nach dem Abendessen hatte er die Klosterin zu sich gerufen und sie darüber informiert, daß er seine Gäste »in den Bau« bringen würde, um ihnen seine Sammlung ausländischer Münzen zu zeigen. Die Klosterin hatte einmal genickt wie ein Spatz, der Insekten aus der Luft pickt, aber selbst als ihr Gesicht und das Kinn zum Boden wiesen, war ihr milchiger Blick ihnen durch den Raum gefolgt.

Der »Bau« befand sich am hinteren Ende des Grundstücks hinter Heritas Cants Haus. Vollkommen unterirdisch gelegen, erinnerte er Raif an die Fettgruben im Ödland, die gegraben worden waren, damit dreißig Elche gleichzeitig ausgelassen werden konnten. Die Erdmauern waren von Balken gestützt, die so dick waren wie ein ausgewachsener Mann, und die Decke bestand aus Buchenholzscheiten. Zwischen den Scheiten wuchsen Dinge: silbrige Kräuter, die sich mit jedem von Raifs Atemzügen bewegten. Der Boden war guter, fester Stein, blauer Schiefer, und sehr abgetragen. Die Luft darüber roch nach feuchtem Boden und Alter.

Heritas sagte, dieser Keller sei ein halbes Jahrhundert zuvor vom letzten Besitzer des Hauses gebaut worden, einem exzentrischen Mann, der überzeugt gewesen war, daß eines Tages kopflose Dämonen die Erde beherrschen und nur jene überleben würden, die sich unter der Erde in Sicherheit gebracht hatten. Raif hatte gelacht. Angus hatte erklärt, das eigentliche Motiv des Mannes habe wahrscheinlich darin bestanden, ein wenig Ruhe vor seiner Frau zu haben. Heritas Cant hatte auf beides mit schlechter Laune reagiert.

Er war auch nun mürrisch, saß ungelenk auf seinem Stuhl am Kopf des breiten Eichentisches, der mit angeketteten Büchern, Pergamentrollen und Kupfertäfelchen so dünn wie Klingen bedeckt war. Schlamm glitzerte auf den Wänden hinter ihm, und die Feuchtigkeit wurde größer, als die Gänsefettlaterne den Raum langsam wärmte.

»Ich verstehe das nicht«, sagte Ash. »Was ist das Blinde Land?«

Heritas Cant und Angus wechselten einen Blick. Raif beobachtete das Gesicht seines Onkels sorgfältig und versuchte, hinter Angus' Maske guter Laune zu blicken. Angus und Ash saßen dicht nebeneinander auf einer Bank gegenüber von Cant. Raif saß mit dem Rücken zur abgelegenen Wand, froh über seinen Platz im Hintergrund dieses bedrückenden, niedrigen Raums.

»Das Blinde Land ist ein Ort der Dunkelheit«, sagte Heritas. »Einige würden es die Unterwelt nennen, andere vielleicht sagen, es sei ein Grenzbereich, wo Hölle und Erde aufeinanderstoßen. Gelehrtere behaupten, es sei ein Ort, an dem etwas festgehalten wird, so etwas wie ein Gefängnis, in dem Geschöpfe, die niemals hätten existieren sollen, von den Ziegeln und dem Mörtel uralter Bannsprüche umgeben sind.« Schweigen folgte, währenddessen Heritas seine verkrüppelten Beine vor dem Stuhl in eine erträglichere Position brachte. Als er weitersprach, war seine Stimme scharf vor Schmerz, aber schließlich schien alles – die Kammer, die Erdmauern, das Licht der Laterne und selbst sein eigener Schmerz – zu verschwinden.

»Im Blinden Land leben jene, die eigentlich tot sein sollten. Dort leben Dinge, die sich nach dem Licht und der Wärme unserer Welt sehnen. Hunger ist alles, was sie kennen. Gier ist alles, was sie spüren. Eintausend Jahre lang ist keiner von ihnen ans Licht gekommen, aber sie haben es immer noch nicht vergessen oder aufgehört, sich danach zu sehnen. Ihre Begierde wird im Lauf der Zeit nur heftiger. Das Blinde Land ist so kalt und leer wie die Ewigkeit; die dunklen Flüsse der Hölle münden hier, an Ort und Stelle gehalten durch Bannsprüche, so schrecklich, daß es jemanden töten kann, diesen Grenzen auch nur nahe zu kommen. Die Geschöpfe, die dort warten, sind mit Blut angekettet. Sie hassen die lebenden Menschen aus ganzer, tiefster Seele. Auch sie waren einmal menschlich. Auch sie verweilten einmal in unserer Welt, aber dann kamen dunkle Zeiten und einige würden sagen, die Erde öffnete sich, und aus diesem Riß kamen die Herren der Finsternis. Sie haben viele Namen: Herren der Schatten und Herren der Nacht, die Losgelassenen, die Verdammten, die Schattenkrieger. Es braucht nur eine Berührung eines Herrn der Finsternis, um Körper und Seele eines Menschen zu nehmen. Ihre Haut blutet Finsternis. Schneide sie auf, und das reine, schwarze Böse dringt heraus. In der Zeit der Schatten brachten sie große Kriegsheere zusammen, die sich von Meer zu Meer erstreckten. Sie waren schrecklich anzusehen, menschlich und dennoch nicht menschlich, mit den Gesichtern der Männer und Frauen, die sie genommen hatten, stinkend nach Tod, mit schwarz- und rotbrennenden Augen, ihre Körper wehende Schatten. Die Herren der Finsternis ritten an der Spitze ihrer Armeen, gewaltige Ungeheuer auf schwarzen

Pferden, mit Waffen geschmiedet aus Stahl, der kein Licht reflektierte. Es heißt, sie seien zur selben Zeit entstanden wie die Götter – wenn es das Ziel der Götter ist, Leben zu schaffen, dann ist es das der Herren der Finsternis, es zu zerstören. Macht euch nichts vor, diese Welt *wird* ein Ende finden, vielleicht wird es noch tausend mal tausend Jahre lang dauern, aber wenn es geschieht, dann werden die Herren der Finsternis auf den Trümmern tanzen.

Alle tausend Jahre reiten sie über die Erde, um mehr Krieger für ihre Armeen zu beanspruchen. Wenn ein Mann oder eine Frau von ihnen berührt wird, ist es so, als hätten sie nie gelebt. Nein, sie sind nicht tot, *niemals* tot, aber sie werden zu etwas anderem, kalt und voller Gier. Die Schatten dringen in sie ein, löschen das Licht in ihren Augen und die Wärme in ihren Herzen. Alles ist verloren. Als erstes verlieren sie ihre Erinnerungen, sie rinnen aus ihnen heraus wie Blut aus gehäutetem Fleisch. Als nächstes folgt die Fähigkeit zu denken und zu verstehen und damit auch alle Gefühle – alles, außer der Gier. Blut und Haut und Knochen sind verloren und verändern sich zu etwas, das die Sull *Maer Dan* nennen: Schattenfleisch. Diese Männer und Frauen sind als die Schattenhaften bekannt, als die Gebundenen, die Genommenen. Die Herren der Finsternis haben auch andere geholt, Ungeheuer aus längst vergessenen Zeitaltern, Dinge, die halb Mensch und halb Untier sind, Riesen, Blutgespenster … Dinge, die nicht mehr auf Erden weilen. Alle haben nur noch eine Erinnerung: das Wissen, daß sie einmal lebten. Das ist der ganze Kern ihrer Existenz. Das ist es, was sie in den Kampf treibt … und in den Haß. Es gab eine Zeit, als die Schattenträger und ihre Herren sich frei auf unserer Welt bewegten. Sie wurden immer mehr, ihre Macht wurde größer, und die lange Nacht der Dunkelheit begann. Schreckliche Kriege wurden geführt. Kriege, so uralt und vernichtend, daß nur Bruchstücke ihrer Geschichte geblieben sind. Kriege von Blut und Schatten, die Kriege des Blinden Landes. Hunderttausende starben. Generationen von Magierkriegern wurden niedergemetzelt. Die Verluste waren so gewaltig, daß jene, die kämpften, nicht mehr an einen Sieg glaubten, nur noch an das vollständige und äußerste Schweigen der Zerstörung. Damals kamen die Zehn zusammen, um ein Ende der Kriege zu bewirken, um die Schattenhaften und die Herren, die sie hergestellt hatten, zu verbannen, sie an einen Ort zu bringen, wo ihre Macht nicht zählte, damit sie nicht länger auf Erden weilten. Ich weiß nicht, ob die Zehn das Blinde Land geschaffen oder es gefunden haben. Einige sagen, das Blinde Land sei der Ort, aus dem die Herren der Finsternis kamen, daß sie von einem Ort außerhalb der Grenzen unserer Welt stammten und daß die Zehn nichts weiter taten, als sie zurückzutreiben. Andere werden behaupten, daß das Blinde Land eine Schöpfung von Menschen ist, so künstlich wie ein Glasauge und so monströs wie ein Käfig mit nach innen weisenden Stacheln.

Aber eines ist sicher: Die Zehn haben das Blinde Land *versiegelt.* Die zehn größten Blutlinien von Magierkriegern kamen zusammen und arbeiteten zehn Generationen lang an diesem Siegel. Bannsprüche und dunkle Zauber, schwer von Blut, durchtränkt von der Zeit, geteilte Opfer und Verluste, wurden innerhalb von dreihundert Jahren miteinander verwoben. Die Zehn schufen neue Zauber dabei, erfanden neue Arten des Sehens, neue Möglichkeiten, ihre Kraft zu vereinen und sie im Lauf der Zeit anwachsen zu lassen. Auf diese Weise bauten sie eine Mauer um das Blinde Land, eine Mauer, wie sie noch niemand je gesehen hat oder sich auch nur vorstellen könnte, eine, die niemals wieder gebaut werden könnte, deren Geheimnisse mit den Generationen von Magierkriegern gestorben sind, die sie geschaffen haben und deren Blut, Knochen, Asche und Seele in die Substanz der Mauer eingegangen ist. Und so wurde das Blinde Land versiegelt und bleibt versiegelt, und jene Wesen, die von Menschen leben, verharren dort, erinnern sich, warten, leben ein Schattenleben ohne jedes Licht. Das Blinde

Land ist ihr Gefängnis und mag eines Tages zu ihrem Grab werden, und niemand, kein Mann, keine Frau, kein Magier, kann dorthin gelangen. Niemand, mit einer einzigen Ausnahme.«

Irgendwann während dieser Ansprache hatte Heritas Cant aufgehört, ein verkrüppelter Mann mit zu kurzen, krummen Beinen und einer verzogenen Wirbelsäule zu sein, und war statt dessen zu einem mächtigen Zauberer geworden. Nun, nachdem er zu Ende gesprochen hatte, richtete er den Blick der grünen Augen auf Ash, um zu sehen, was sie tun würde. Er schrumpfte, während er wartete. Die Entfernung zwischen seinen Schulterblättern zog sich zusammen, seine Brust sackte ein, und die Haut auf seinen Händen wurde enger und enthüllte weiße Knochengebirge.

Er ist zwei Menschen, dachte Raif, *einer gebrochen und verrenkt wie sein Körper, einer mächtig und voller Schmerzen, der nicht oft erscheint.*

Niemand sagte ein Wort. Ash saß da und ertrug Heritas Cants Blick, als wäre es eine notwendige Folter. Seit sie eine Stunde zuvor geweckt worden war, hatte sie wenig gesagt und schien froh zu sein, nur zuzuhören. Nun lagen alle Augen auf ihr, als sie sich bereitmachte zu sprechen.

Raif bemühte sich um eine ausdruckslose Miene, wie er es die ganze Zeit getan hatte. Er würde diesem Mann seine Angst nicht zeigen … und Ash ebenfalls nicht. Besonders nicht Ash.

Endlich regte sie sich und beugte sich auf der Bank vor, so daß ihr Gesicht im Licht lag. Angus hob die Hand, um sie am Handgelenk zu berühren, aber sie schüttelte ihn ab, als wäre er eine Motte oder ein Staubkorn. Graue Augen begegneten Cants Blick, und ihre Worte klangen wie ein Befehl: »Sagt mir, was ich bin.«

Heritas hob die gesunde Hand, um den sackenden Unterkiefer zu stützen. Eine dünne Speichellinie zog sich über sein Kinn. »Um zu wissen, was Ihr seid, müßt Ihr verstehen, wo sich das

Blinde Land im Verhältnis zu unserer Welt befindet. Die beiden existieren nebeneinander und *innerhalb* voneinander, bleiben aber vollständig getrennte Orte. Sie sind getrennt von einer grauen Ebene, einem Niemandsland, das bekannt ist als das Grenzland oder die Graue Marsch.«

»Die Graue Marsch«, wiederholte Ash und zeigte dabei die Zähne.

»Ja. Marsch ist ein altes Wort für das Grenzgebiet zwischen Ländern.« Heritas Cants Lächeln war wissend. Angus hatte ihm nicht gesagt, wer Ash war, aber er hatte es offensichtlich selbst herausgefunden. Mit einem leisen Klicken seiner Stöcke fuhr er fort. »Dieses Grenzland trennt das Blinde Land von unserer Welt. Mächtige Zauberer können es betreten, einige können sogar einen Blick auf die Mauer werfen, die es umgibt, aber nur alle tausend Jahre wird ein Mensch geboren, der es wirklich kennen kann. Und niemand außer diesem Menschen kann die Hände auf die Mauer legen und sie *brechen.*«

Ash zuckte bei dem Wort *brechen* zusammen. Angus murmelte ein Stoßgebet, an welche Götter er auch immer glauben mochte. Raif konzentrierte sich auf die Erdmauer hinter Heritas Cants Rücken und sah zu, wie sie Feuchtigkeit absonderte und sich langsam auflöste, während er sich vorstellte, Cant ins Gesicht zu schlagen. Diese ganze Sache machte dem Krüppel offensichtlich Freude. Seine grünen Augen glitzerten, als er wieder Luft holte und weitersprach.

»Alle tausend Jahre kommt ein Mann oder eine Frau zur Welt, die das Grenzland betreten und sich der Mauer nähern können, um die Geschöpfe dahinter zu befreien.«

Als er sicher war, daß der Zorn aus seinem Blick verschwunden war, drehte sich Raif wieder zu Ash um. Sie zitterte nur ganz wenig. Sie hatte die Hände auf dem Tisch vor sich fest gefaltet, und die Sehnen an den Handgelenken zuckten. Langsam hob sie den Kopf, um ihn anzusehen. Eine Frage stand in ihren großen, grauen Augen, und noch bevor er vollkommen verstanden hatte, worin diese Frage bestand, antwortete Raif mit einem Nicken.

Sie nahm seine Antwort mit einem Lächeln entgegen, das nicht kühl genug war, um ihre Erleichterung zu verbergen, wandte sich wieder Heritas Cant zu und sagte: »Ihr glaubt also, daß ich eine solche Person bin?«

»Ja.«

»Und Ihr glaubt, ich wäre geboren worden, um die Geschöpfe des Blinden Landes zu befreien?«

»Ja.«

»Und wenn ich Euch sagte, daß ich in den vergangenen sechs Monaten davon geträumt habe, daß Wesen nach mir rufen, mich anflehen, die Arme auszustrecken und ihnen zu helfen, dann werdet Ihr mir sagen, daß ich die Geschöpfe des Blinden Landes gehört habe?«

»Ja.«

Ein Muskel in Ashs Mundwinkel begann zu beben. Schnell hielt sie ihn auf, indem sie sich von innen auf die Lippen biß. »Dann sagt mir eins, Heritas Cant: wenn ich nicht die erste solche Person bin, warum besteht die Mauer, die das Blinde Land umgibt, dann noch?«

Angus und Heritas Cant wechselten einen Blick. Heritas rutschte unruhig hin und her und zupfte mit seiner gesunden Hand ungelenk an seinen Beinen herum. Als er wieder sprach, hatte seine Stimme einen nörgelnden Unterton. »Es gibt mehrere Gründe, wieso die Mauer noch besteht. Als erstes können Lücken in dieser Mauer wieder versiegelt werden, wenn es rasch geschieht und bestimmte Bedingungen eingehalten werden. Zweitens haben nicht alle diese Personen ein Alter erreicht, in dem sie eine solche Lücke herstellen konnten. Und drittens gibt es einen Ort, an dem eine solche Person die Macht verströmen kann, die sich in ihr aufbaut, ohne daß der Mauer etwas geschieht.«

Raif runzelte die Stirn. Verglichen mit Cants anderen Antworten war diese kurz und ausweichend gewesen. Raif dachte daran, zu fragen, wieso einige dieser Leute nicht lange genug lebten, um in die Lage zu kommen, die Mauer zu brechen, dann entschied er sich dagegen. Alle vorstellbaren Antworten wären unangenehm gewesen.

Ash antwortete nicht sofort. Sie fuhr mit den Fingern über die Tischkante, kratzte Wachs ab. Endlich sagte sie: »Habe ich keine andere Wahl, als diese … diese Macht, die sich in mir aufbaut, zu verbrauchen?«

Heritas Cant nickte. »Ihr seid jetzt gerade erst zur Frau geworden, und eigentlich solltet Ihr die Mauer bereits eingerissen haben. Große Macht konzentriert sich in Euch; das habe ich gespürt, als ich Eure Haut berührte. Sie drängt mit kalter Kraft heraus, verdrängt die Organe, ernährt sich von Eurem Blut, treibt die Luft aus Euren Lungen. Sie muß freigesetzt werden, oder sie wird Euch zerstören.«

»Aber sie hat doch schon so lange dagegen angekämpft«, rief Angus.

»Ja, und sieh doch, was es ihr angetan hat. Sie wird von innen her aufgefressen. Sie ist nur noch Haut und Knochen, ihre Haut ist gelb vor Gelbsucht, sie atmet flach. Und ihr könnt nicht sehen, was ich gespürt habe … die durchlöcherte Niere, die zusammengedrückten Brustorgane, die Gifte, die sich in ihrer Leber sammeln, ihr zu schneller Herzschlag. Bald schon wird ihr Mund nur noch trocken sein, ihr Zahnfleisch wird grau werden und reißen, die Augen werden in die Höhlen sinken, ihr Haar und ihre Fingernägel werden …«

»Das reicht!« Raif stand auf. In seinem Zorn tat er das so heftig, daß der Stuhl hinter ihm umfiel. Angus und Ash sahen ihn an. Heritas Cant betrachtete ihn interessiert, als hätte er zum ersten Mal eine neue Insektenspezies vor sich. Raif warf ihm einen Blick zu, der ihm alle Faszination aus dem Gesicht wischen sollte. »Sagt uns, was wir tun müssen.«

Wieder fand eine lautlose Kommunikation zwischen Angus

und Cant statt. Das war Raif gleichgültig. *Wirst du mir helfen?* hatte Ash ihn Augenblicke zuvor wortlos gefragt, und er hatte sofort mit *Ja* geantwortet.

Als er quer durch den Raum ging, war sich Raif der Größe und Gesundheit seines eigenen Körpers neben der gebrochenen Hülse von Heritas Cant sehr bewußt. Er sah Neid und sogar das kalte Glitzern von Angst in den grünen Augen des Mannes und konnte nicht behaupten, daß ihm das leid tat. Er richtete sich zur vollen Größe auf und legte die Hand auf den Schwertgriff.

Heritas Cant wich zurück.

»*Raif*«, warnte Angus.

»Halte dich raus, Angus«, sagte Raif, ohne sich umzuschauen. »Falls ich jemandem wegen dieser Angelegenheit Schaden zufügen wollte, dann wärst du es. Du hast es von Anfang an gewußt, vom ersten Augenblick vor dem Leeren Tor. Deshalb hast du sie gerettet: um sie hierher zu Cant zu bringen.«

»Nein.« Angus stand auf. Raif hörte das leise Kratzen von Stuhlbeinen am Boden, sah Angus' größer werdenden Schatten an der Wand. »Ich hatte andere Gründe, um Ash zu retten. Ich ...«

»Ich weiß, was du sagen willst, Angus. Du hast deine Gründe, aber du kannst darüber nicht sprechen.« Raif wandte sich seinem Onkel zu. »Glaub nicht, daß du mich, nur weil du ein Thema wechselst oder dich vollkommen weigerst, darüber zu sprechen, davon abhalten kannst, weiter darüber nachzudenken. Du bist mein Onkel, und ich bin verpflichtet, dich zu achten, aber ich werde nicht einfach tatenlos zusehen, wie du Ash diesem Mann überläßt.« Erst als er diese Worte aussprach, erkannte er die Wahrheit dessen, was er gesagt hatte: Heritas Cant *wollte* Ash tatsächlich. Mit all seinen gebrochenen Knochen und schiefen Gliedern erinnerte er Raif plötzlich an eine Spinne.

Angus schüttelte den Kopf, aber seine Augen waren hart und golden. »Niemand hier will, daß Ash etwas geschieht. Niemand.

Heritas hat uns von den Gefahren berichtet, und er lügt nicht. Nun müssen wir eine Möglichkeit finden, sie zu retten. Du hast gehört, was er gesagt hat – sie wird sterben, wenn wir nicht handeln.«

Raif machte eine wegwerfende Bewegung. Er glaubte es auch, daß Heritas Cant die Wahrheit gesagt hatte – einen Teil der Wahrheit –, aber er war auch überzeugt, daß Cant sich mehr um eine mögliche Lücke in der Mauer um das Blinde Land sorgte als um Ash. Er wandte sich Cant zu und sagte: »Wie heißt dieser Ort, an den sie gehen muß, um ihre Macht sicher abzustreifen? Ich werde sie dorthin bringen.«

»Es ist nicht mehr viel Zeit«, sagte Heritas Cant, und der Zorn darüber, sich ducken zu müssen, ließ seine Stimme schrill werden. »Ihr habt selbst gesehen, wie sie das Bewußtsein verliert. Das wird noch schlimmer werden. Und ihre Gesundheit wird noch mehr nachlassen. Wie ich zuvor sagte, ich kann einen Schutz um sie legen, der die Stimmen in Schach hält, kann ihr Arzneien geben, um ihren Geist zu festigen, aber diese Maßnahmen werden nicht lange anhalten. Der Ort liegt mehrere Wochen nach Norden. Es ist zu keiner Jahreszeit eine einfache Reise, aber nun, im Winter …« Cant klickte mit seinen Stöcken. »Die Götter mögen uns schützen.«

»Sagt uns einfach, wo es ist.« Ash klang müde. Raif sah, wo sie mit ihren Nägeln die Beize vom Tisch gekratzt hatte.

»Ich bin nicht ganz sicher, wo sich die Höhle aus schwarzem Eis befindet …«

»Schwarzes Eis?« sagte Ash und erbleichte sichtlich.

»Ja. Die Höhle liegt im Westen, hinter der Sturmgrenze. Ich habe gehört, daß sie sich unterhalb des Flutbergs befindet, in dem Tal, wo der Berg und der Hohle Fluß einander begegnen, zehn Tage südlich des Eisjägerlandes.«

»Was ist denn?« fragte Angus Ash und ignorierte vollkommen, was Cant gerade gesagt hatte.

Ash senkte den Kopf. »Solange ich mich erinnern kann, hatte

ich Alpträume von einer Höhle. Schreckliche Träume, in denen ich zerdrückt werde oder den Rückweg nicht mehr finde.«

»Und die Wände dieser Höhle waren aus schwarzem Eis?« Cants Augen blitzten interessiert. Ash nickte, und er gab ein kleines, zufriedenes Geräusch von sich. »Dann haben Eure Träume Euch gesagt, wie Ihr überleben könnt. Diese Höhle ist so alt wie das Blinde Land und besteht vielleicht tatsächlich aus derselben Substanz. Ich bin nicht sicher. Was ich weiß ist, daß sie schon zuvor von Menschen wie Euch benutzt wurde. Es heißt, sie absorbiert die Macht einer solchen Person, hält sie in ihren Wänden und verhindert so, daß ein Riß in der Mauer entsteht.«

Ash schien nicht überzeugt zu sein. Sie warf Raif einen Blick zu, aber er konnte ihr keine Hilfe bieten. »Aber die Alpträume ...«

Cant machte eine beschwichtigende Geste. Als er wieder sprach, war seine Stimme überraschend sanft. »Die Geschöpfe im Blinden Land können in Eure Träume eindringen. Auf diese Weise rufen sie Euch. Jedesmal wenn Ihr einschlaft, seid Ihr ihnen gegenüber verwundbar. Nun, da sie spüren, daß Ihr nahe daran seid, Eure Macht freizusetzen, werden sie unverschämter und belagern Euren Geist, auch wenn Ihr wach seid. Angst ist ihre Waffe. Ihr habt sie bisher bekämpft, mit einer Kraft, die ich mir kaum vorstellen kann.« Mit einem leichten Schulterzucken betonte Cant seine eigene körperliche Schwäche. »Laßt nicht zu, daß sie Euch von etwas abhalten, was Ihr tun müßt.«

Raif lehnte sich an den Tisch. Plötzlich wußte er nicht mehr, was er von Heritas Cant halten sollte. Hier war nichts offen und geradeaus. Geheimnisse und Fallen lagen hinter jedem Wort. Es gab Wahrheit, aber es war nie die *ganze* Wahrheit, und er fragte sich, wieviel Cant für sich behielt.

Rauch erhob sich von der Laterne und schauderte wie ein fünftes lebendes Wesen im Raum. Raif beobachtete, wie Ash tief Luft holte, dann sagte sie: »Wenn ich zu dieser Höhle gehe, ist es dann das Ende dieses … dieses Dings, von dem ich ein Teil bin?«

Cant seufzte tief, und man erkannte, daß es in seinem Gesicht auch unversehrte Stellen gab. »Ja und nein. Die Macht, die sich in Euch aufbaut, hat nur einen einzigen Zweck, und sobald sie erst einmal sicher freigesetzt ist, werdet Ihr so etwas nie wieder erleben. Aber Ihr werdet immer noch von Macht erfüllt sein; daran wird sich nichts ändern. Ihr werdet die Grenzlande betreten können; wenn Ihr wollt, werdet Ihr die Geschöpfe, die dort leben, hören und fühlen können, und Euer Fleisch wird *Rahkar Dan*, das den Sull heilig ist. Warum, das weiß ich nicht. Warum Menschen wie Ihr existieren, kann ich Euch nicht sagen – vielleicht war die Magie, mit der man das Blinde Land ursprünglich versiegelt hat, mit Makeln behaftet. Vielleicht ist es unmöglich, ein Gefängnis ohne einen Schlüssel zu bauen.« Cant lächelte kurz. »Vielleicht werde ich eines Tages, wenn Ihr mir diese Frage wieder stellt, eine Antwort haben, die uns beide zufriedenstellt. Einer Sache bin ich mir allerdings sicher: Wenn die Herren der Finsternis und jene, die sie sich genommen haben, aus dem Blinden Land befreit werden, werden sie uns alle zerstören. Sie wandeln in Tod, sie leben vom Haß, und ihre Erinnerungen sind so beständig wie die Sonne. Ja, Asarhia March. Ihr tut recht daran, Angst zu haben. Ich, der ich mein Leben damit verbracht habe, über diese Dinge so viel wie möglich zu lernen, habe mehr Angst, als Ihr mir ansehen könnt. Ich kenne die Namen der Ungeheuer. Ich weiß, was dort ist. Zumindest einiges davon, und selbst mein geringes Wissen brennt wie Höllenfeuer in meinem Geist. Also reist nach Norden, an der Sturmgrenze entlang, zusammen mit diesem jungen Mann, der einen meiner Stühle zerbrochen hat und mir nicht über den Weg traut, geht und watet durch hüfthohen Schnee, kriecht über schwarzes Eis und setzt Eure Macht frei. Und wenn Ihr das getan habt, kommt zu mir zurück, und dann werde ich Euch vielleicht von den Geschöpfen des Blinden Landes erzählen, Euch eine Liste ihrer Namen und ihrer Taten geben. Denn wenn ich es Euch jetzt sagen würde, würde ich meine Last nur an Euch weitergeben. Und obwohl ich ein kranker Mann bin und für wenig mehr weiterlebe als mein Wissen und das Geldzählen, handele ich selten aus Bosheit.«

Grüne Augen, die von heftigen Gefühlen glitzerten, wandten sich kurz und anklagend Raif zu. »Es ist besser, daß *ich* viel weiß und Ihr wenig. Ich werde mir Sorgen machen, und Ihr handelt.«

Raif spürte, wie das Blut ihm in die Wangen stieg. Er wußte nicht, ob Cants Worte für ihn oder für Ash bestimmt waren. Wie auch immer, er war verängstigt. Er wollte weg von hier, weg von Cant, der in diesem Raum unter der Erde die Seide seines Wissens spann, weg von Angus und seinen verborgenen Motiven, er wollte zurück auf das weite, offene Clanland. Er wurde von allen Seiten von Geheimnissen bedrängt. Die Wahrheit herauszufinden schien unmöglich zu sein; Cant war zu schlau und Angus zu geübt. Gemeinsam würden sie Ash beherrschen und ihn vermutlich ebenso.

Die Tür des Raums sah einladend aus; nur eine einzige Bewegung, und sie wäre offen, ein kurzer Weg durch den anschließenden Tunnel, und er wäre draußen in der Nacht. Wenn er Elch scharf ritt, wäre er in weniger als einem Tag auf dem Clanland. Blackhail würde ihn nie wieder aufnehmen, aber Dhoone vielleicht, oder einer der geringeren Clans wie Bannen oder Orrl. Ausgestoßene konnten eine Heimat in anderen Clans finden; Gat Murdock war von Blackhail aufgenommen worden, nachdem er mit Wort Croser über eine Frau und ihre Mitgift von zwei schlecht bewässerten Feldern gestritten hatte. Raif überlegte, ob er sich noch an andere erinnern konnte, aber niemand fiel ihm ein. Er schaute von der Tür zu Ash, und sobald ihre Blicke sich begegneten, wußte er, daß er nirgendwo hingehen würde, nicht heute abend. Sie hatte ihn gefragt, ob er bei ihr bleiben würde, und er hatte zugestimmt. Und als Clansmann war er an sein Wort gebunden.

Ein Laut wie ein halber Atemzug entrang sich seinen Lippen. Wer war er, sich hinter einem Versprechen zu verstecken? Er, dem selbst sein eigener Bruder und sein Clan nicht mehr trauten? Raif schloß einen Augenblick lang die Augen und versuchte, den Schmerz niederzuzwingen.

»Ich kenne die Sturmgrenze ebensogut wie jeder andere«, sagte Angus und brach damit das Schweigen, das sich über den Raum gesenkt hatte, seit Cant mit seiner Rede zu Ende gekommen war. Er schien ungewöhnlich verlegen und konnte nichts finden, womit er seine großen Hände beschäftigen konnte. »Ich werde euch bis zum Flutberg bringen. Ihr werdet jemanden brauchen, der euch zeigt, wie man mit dem Eis zurechtkommt. Die Sturmgrenze wird im Winter von weißem Wind heimgesucht. Es ist leicht, sich zu verirren oder der Kälte zum Opfer zu fallen. Ich kann euch beibringen, wie man Stürme übersteht, wie man unter dem Eis etwas zu essen findet und eine Zuflucht, indem man sich in altem Schnee vergräbt. Rudel von Eiswölfen jagen dort, und in dieser Jahreszeit sind sie verzweifelt genug, auch Menschen anzugreifen. Ich kenne ihre Spuren und ihre Zeichen und weiß, wie man ihnen am besten aus dem Weg geht. Ich werde dafür sorgen, daß ihr lebendig und unbeschadet und so schnell wie möglich zum Flutberg kommt.«

Angus sah erst Ash, dann Raif an. Es war das nächste an einem Flehen, das Raif an seinem Onkel je gesehen hatte. Raif wußte, daß Angus über Fähigkeiten verfügte, die er selbst nicht hatte, aber jeder Clansmann, der sein Zeichen wert war, lernte früh, wie man im weißen Wetter überlebte. Wölfe und Eisstürme gehörten zum Clanleben. Warum war es dann so wichtig, daß Angus mit ihnen kam?

Ash sah erst Raif, dann Angus an. »Wann gehen wir?«

Von diesem Augenblick an schmiedeten sie nur noch Pläne.

Heritas Cant verließ sie, als sie von Vorräten und Routen, Kleidung und Pferden zu reden begannen. Er erhob sich ungelenk von seinem schwarzen Holzstuhl und murmelte etwas über

Dinge, die er vorbereiten mußte. Als Raif ihm zusah, wie er sich auf zwei Stöcken vorwärts bewegte, fiel ihm auf, daß er die Willenskraft bewunderte, die wie Eisen unter Cants Haut lag. Er traute dem Mann nicht, aber er achtete ihn, und ihm fiel ein, daß dies in Städten vielleicht das Höchste sein konnte, das er von einem anderen Mann erwarten durfte.

Nachdem Cant weg war, übernahm Angus wieder die Führung und begann, eine Route zu planen, auf der sie nur geringe Zeit auf Clanland zubringen würden. Raif erkannte Fürsorglichkeit dahinter und war dankbar dafür, und während der Abend weiterging und er mehr über die Sturmgrenze und das windgepeitschte Ödland erfuhr, das den Flutberg umgab, dankte er schließlich den Steingöttern, daß Angus bei ihnen sein würde.

Später, viel später, als die Gänsefettlaterne beinahe ausgetrocknet war und die Flammen fast am letzten Stück Docht kauten, kehrte Cant mit zwei Kupferschalen und einem Messer aus grauem Stahl in die Kammer zurück. Angus, der Ash gerade vor der Kältekrankheit gewarnt hatte, brach mitten im Satz ab und stand auf, um Cant zu helfen. Auf Angus' breitem, rotem Gesicht zeichnete sich die Anstrengung ab, und als er den verkrüppelten Mann begrüßte, fehlte sein übliches Lächeln.

Es war für sie alle ein langer Tag gewesen. Ash und Raif sahen einander über den Tisch an, als Angus und Cant am anderen Ende des Raumes irgend etwas vorbereiteten. Raif wünschte sich plötzlich, sie wären allein. Es gab Dinge, die er ihr sagen wollte, kleine Dinge, die niemand sonst gefragt oder ausgesprochen hatte. Er wollte wissen, ob sie sich stark genug für die Reise nach Norden fühlte, ob sie Angst hatte und wieviel von dem, was Heritas Cant gesagt hatte, sie glaubte.

Ash lächelte sanft und rieb sich ihre Augen, die beinahe rot waren. »Du wolltest vorhin niemanden in meine Nähe lassen.«

Raif spürte, wie er rot wurde. »Ich wollte nicht, daß du wieder einschläfst«, sagte er. Selbst für ihn hörte sich seine Stimme mürrisch an.

»Ich bin froh, daß du mit mir kommst.«

Mit diesen Worten veränderte sich der Abend ein letztes Mal. Cant trat vor, die erste Kupferschale in der Hand. Seine Augen glitzerten wie zwei Stücke Seeglas, als er zu Ash sagte: »Legt Euch auf die Bank. Ich muß Euch mit jedem möglichen Schutz umgeben.«

Ash warf Raif einen Blick zu. Sie verzog ihren Mund in plötzlicher Angst.

»Ich werde Euch nichts tun«, sagte Cant. »Ich allein werde den Preis dafür zahlen.«

»Aber ...«

»Aber was? Wäre es Euch lieber, wenn ich nichts täte und die Geschöpfe des Blinden Landes Euch ungestört übernehmen können? Das letzte Mal haben sie Euren Geist vier Tage lang in Besitz gehabt; wollt Ihr, daß sie das wieder tun?«

Ash schüttelte den Kopf.

»Dann legt Euch hin und laßt mich tun, was ich tun muß.«

Nach einem weiteren Augenblick des Zögerns zog Ash die Beine hoch und legte sich auf die Bank. Raif bemerkte, daß sie zitterte. Cant ebenfalls.

»Angus, wenn dieser junge Mann hierbleiben und zusehen will, mußt du ihn zurückhalten. Ich werde nicht zulassen, daß er seine ganze jugendliche Clansmannkraft einsetzt, um über Dingen zu toben, die er nicht versteht.«

»Ja, Heritas.« Angus winkte Raif an seine Seite. »Der Junge wird bei mir bleiben, darum werde ich mich kümmern.«

Es gefiel Raif nicht, daß man von ihm sprach wie von einem Kind, und er nahm an, daß Heritas Cant das tat, um ihn ein letztes Mal dafür zu bestrafen, daß er den Stuhl zerbrochen hatte. Dennoch, er ging zu Angus an den Kopf des Tisches und lehnte sich an die Kante.

Cants Wirbelsäule hatte zu viele Wirbel. Als er sich bückte, um die Bänder an Ashs Kehle zu lösen, stachen sie durch den dünnen Stoff seines Gewandes wie Fischgräten. *Wer hat ihn gebrochen?* fragte sich Raif. *Welche Verbrechen werden mit dem Rad bestraft?*

»Legt das hier auf Eure Zunge.« Cant reichte Ash ein getrocknetes Blatt. »Beißt es durch, wenn ich es Euch sage.« Ash kam der Anweisung nach. Raif beobachtete sie so intensiv, daß er nicht einmal sah, wie Cant das Messer zog.

»Immer mit der Ruhe, Junge«, sagte Angus leise, als er bemerkte, welche Spannung Raif so plötzlich wie ein Blitz durchzuckte.

Raif lehnte sich ein wenig zurück, um Angus zu beruhigen, und sah zu, wie Cant das Messer an sein Handgelenk hob. Die Klinge ruhte dort über einer Ader, so dünn und substanzlos wie ein Rauchfaden, während Cant Worte aussprach, die Raif nicht hören konnte.

Es wurde dunkler im Raum. Die Luft wurde dunkler, kälter, schwieriger wieder aus den Lungen zu treiben. Der Gestank nach Kupfer und Blut erhob sich wie Nebel von einem Feld, nachdem die Schlacht beendet ist. Raif schoß der Speichel in den Mund. Angeekelt schluckte er.

Ashs Gesicht glitzerte vor Schweiß. Sie hatte die Augen geschlossen und den Mund geöffnet, und die Haut an ihrer Kehle, die Cant entblößt hatte, war gerötet. Cant beugte sich über sie, verbunden mit ihr durch die Substanz, die aus seinem Mund floß. Raif sah sie als dicken Schatten, eine Mischung von Worten und Luft und etwas anderem, wofür er keine Bezeichnung hatte. Licht floß über die Messerklinge, als Cant in seine Haut schnitt.

Blut floß in einer vollkommen geraden Linie, so rot und kräftig, daß es schockierend war, es aus so bleichem, verzogenem Fleisch fließen zu sehen. Es folgte der Klinge, tröpfelte in die gehämmerte Kupferschale und machte Geräusche wie die Schritte eines Kindes auf einem Kachelboden.

»Beißt das Blatt durch«, sagte Cant.

Ash schloß den Mund. Ihr Kiefer bewegte sich einmal und war dann wieder reglos. Cant ließ das Messer fallen und legte seine gute Hand auf das Gewebe von Ashs Kehle. Die Luft im Raum bewegte sich, als hätte jemand eine Tür geöffnet. Raif spürte, wie das Rabenzeichen an seiner Haut heiß wurde. Cants Präsenz wurde irgendwie *weniger* als zuvor, flackerte, als würde Raif sie durch die Hitze eines Feuers wahrnehmen. Raifs Herz raste, und er hatte das Gefühl, in schrecklicher Gefahr zu sein. Ash hatte die Macht, diese Mauer um das Blinde Land zu durchbrechen; das bedeutete altes Können und altes Wissen und Kraft, die weit über alles hinausging, was er kannte. Wenn sie sich gegen Cant wehrte, würde sie ihn töten können.

Raif warf Angus einen Blick zu und erkannte dasselbe Wissen in den Augen seines Onkels.

Ash und Cant waren nun wie eins, so fest verbunden wie zwei Hirsche, die ihre Geweihe ineinander verkantet hatten. Raif schauderte, als ihm dieses Bild einfiel. Vor drei Sommern hatten er und Drey zwei Elchkadaver am Fuß der kahlen Hügel gefunden: Kopf an Kopf, alles Fleisch weggefressen, die Geweihe so fest ineinander verhakt, daß kein Tier imstande gewesen war, sich von dem anderen zu befreien. So waren sie gestorben, nachdem sie zahllose Tage und Nächte versucht hatten, sich voneinander loszureißen. Brunstkadaver hatte Tem sie genannt. Er sagte, so etwas geschähe nur, wenn zwei Tiere von gleicher Kraft aufeinanderstießen.

Blutrauch erhob sich zwischen Ash und Cant, als der Inhalt der Kupferschale zu dampfen begann. Cants Gesicht war grau vor Anstrengung. Er bewegte die Lippen heftig, sprach eine zähflüssige Mischung aus Worten und Zauberei.

Unfähig, noch länger hinzusehen, wandte Raif den Blick ab. Er konzentrierte sich auf die Schatten, die die beiden auf die Wand warfen, und nach einer Weile konnte er nicht einmal das mehr ertragen. Zauberei war ihm niemals so falsch und unnatürlich vorgekommen, und zum zweiten Mal an diesem Abend schaute er sehnsuchtsvoll zur Tür.

Das Clanland lag nur einen Tagesritt weiter nördlich, aber es hätte sich genausogut im erstarrten Herzen des Karglands befinden können. Raif hatte sich nie weiter von allem, was er kannte, entfernt gefühlt als jetzt, als er darauf wartete, daß Heritas Cant endlich fertig wurde.

4
Shanks-Hunde

Effies Zeichen *drückte* sie wach. Sie hatte einen seltsamen Traum über Raif gehabt, daß er unter der Erde gefangen war und keinen Ausweg hatte, als ihr Steinzeichen so fest gegen ihre Brust drückte, daß es weh tat. Effie öffnete sofort die Augen. Die Art der Dunkelheit in ihrer Zelle sagte ihr, daß es immer noch Nacht war. Stirnrunzelnd griff sie in den Halsausschnitt ihres wollenen Hemds und nahm das Zeichen in die Hand.

Es drückte.

Effie ließ den Stein fallen wie ein Stück glühende Kohle. Sie mußte gehen, sie mußte ihre Zelle sofort verlassen. Der Gedanke war ihr nicht in Worten gekommen; es war eigentlich kein richtiger Gedanke. Es war nur etwas, was sie wußte, wie die Tageszeit oder ob die Luft, die sie einatmete, kalt oder warm oder feucht war.

Sie setzte sich hin und stellte die Füße auf den Boden. Stiefel oder Hausschuhe? *Stiefel sind wärmer*, sagte eine leise Stimme. *Hausschuhe sind leiser*, erwiderte eine andere. Effie schob die Füße im Dunkeln hin und her, bis sie mit den Zehen gegen den weichen Pelz ihrer Eichhörnchenfellhausschuhe stieß. Nachdem diese Frage erledigt war, zog sie die Decke vom Bett und wickelte sie sich um die Schultern. Sie hatte keine Zeit für einen Schal.

Ihre Beine halfen ihr nicht sonderlich, als sie aufstand. Sie fühlten sich an wie regennasse Zweige, die nichts mit dem Rest ihres Körpers zu tun hatten und ihr Gewicht nicht tragen wollten. Effie spürte, wie ihre Unterlippe zu zittern begann, als sie zur nächsten Mauer schlurfte.

Es drückte.

»Hör auf«, flüsterte sie – froh über die Gelegenheit, ihrer verräterischen Unterlippe etwas zu tun zu geben.

»Ich *weiß*.«

Als sie daran dachte, was Inigar Stoop wahrscheinlich sagen würde, wenn er hörte, daß sie mit ihrem Zeichen sprach, fühlte Effie sich besser. Den ganzen vergangenen Sommer hatten alle im Rundhaus über Rufus Pole gelacht, der mit seinen Schafen sprach. Effie hatte Rufus' Schafe gesehen – sie waren sauber und gesund und so fett wie Regenwolken –, und sie hatte beinahe laut gekichert, als er erklärt hatte, er würde lieber mit ihnen sprechen als mit einem guten Viertel der Leute im Clan.

Schafsgedanken halfen, und Effie spürte, wie ihre Beine fester wurden, bereit zur Flucht. Sie zog sich die Bettdecke fest um die Schultern und ging zur Tür.

Sie war selbstverständlich geschlossen – offene Türen waren das Nächstschlimme nach offenem Gelände –, aber sowohl Raina als auch Drey hatten sie gewarnt, sich selbst nicht einzuschließen. Sie strich mit den Fingern über den Riegel, dachte daran, ihn zu verschließen und sich einfach vor der Gefahr zu verstecken, worin immer sie auch bestehen mochte. Aber sie wußte sofort, daß das dumm war. Türen konnten leicht eingebrochen werden. Sie holte Luft, drückte gegen das Holz und ging hinaus in die neue Dunkelheit, die auf der anderen Seite wartete.

Nachts war das Rundhaus eiskalt und bevölkert von seltsamer Zugluft und knirschenden Geräuschen. Effie kannte es gut. Die Geräusche kamen von den Steinblöcken in den Wänden, die sich gegeneinanderbewegten, wenn die Balken, die sie trennten, abkühlten und Zugluft durch verborgene Löcher im Steindach blies. Langkopf behauptete, daß dort im Frühjahr Schwalben nisteten, und Effie dachte eine Weile darüber nach, als sie den Gang entlang ging, der von ihrer Zelle wegführte. Sie fragte sich gerade, was die Schwalben da oben wohl zu fressen fanden, als sie Schritte auf der Steintreppe direkt vor sich hörte. Ein Lichtschein kam von oben herunter. Jemand, ein Mann, hustete mit dem lauten, hackenden Geräusch, das immer etwas Spuckenswertes produzierte. Effie, immer noch im Dunkeln dicht an der Wand stehend, tastete nach der nächsten Tür.

Ihre Hand fand die splitterige, rauhe Oberfläche von Holz gerade in dem Augenblick, als die Stiefel des Mannes in Sicht kamen. Sie dankte allen Steingöttern – selbst Behathmus, dessen Erwähnung ihr immer einen Schauder über den Rücken jagte und dessen Namen beinahe nur die Hammermänner nannten –, schob die Tür auf und ging in die fremde Zelle hinein. Die Türen im Rundhaus waren nie verschlossen, und zum ersten Mal in ihrem achtjährigen Leben war Effie froh darüber.

Mehr Dunkelheit herrschte in dieser Zelle – tatsächlich so viel, daß sie nicht einmal die Hand sehen konnte, die sie benutzte, um die Tür hinter sich zu schließen. Eine Reihe leiser Schnarchgeräusche erklang direkt aus der Nähe. Leute schliefen. Früher einmal hätte Effie die Namen und Gesichter aller gekannt, die in den Zellen nahe ihrer eigenen wohnten, aber jetzt konnte sie nicht mehr sicher sein, wer wo schlief. Das Rundhaus war angefüllt mit gebundenen Clansmännern und ihren Familien, die alle gekommen waren, um Schutz vor dem Hundelord zu suchen. Die meisten schliefen, wo immer sie konnten. Einige hatten sogar Streit ausgelöst. Erst letzte Woche hatte Anwyn Bird eine gebundene Clansfrau mit einem Holzlöffel windelweich geprügelt, weil diese gewagt hatte, die Nacht in der Küche zu verbringen. Nach allem, was man hörte, war die Frau leicht davongekommen, und ihre blauen Flecke waren nichts, was nicht mit ein paar Wochen Bettruhe kuriert werden konnte.

Schnuppernd spähte Effie in die Schatten. Nach einiger Zeit konnte sie Umrisse erkennen: einen Strohsack mit mehreren Gestalten darauf, einen Bluthölzbalken, der die Decke stützte, und eine Reihe dicker Getreidesäcke, die an den Dachbalken hingen, damit ihr Inhalt trocken blieb. Effie lauschte den

Atemzügen und dem Schnarchen vom Strohsack und überzeugte sich davon, daß die, die dort lagen, tief schliefen. Dann, gerade als sie sich sicher genug fühlte, um darüber nachzudenken, was sie als nächstes tun sollte, fiel ein Lichtschein unter der Tür durch. Der Mann von der Treppe kam in diese Richtung!

Effie erstarrte. Leise Schritte kamen näher … das Licht wurde heller … und dann wieder dunkler, als der Mann von der Treppe an der Tür vorbei war. Plötzlich bemerkte Effie, daß sie die Luft angehalten hatte, und atmete erleichtert aus. Dabei hörte sie das vertraute Quietschen von Türangeln, die von der Feuchtigkeit so verrostet waren, daß kein Öl der Welt sie wieder zum Schweigen bringen konnte. Die Tür zu ihrer kleinen Kammer. Effie holte tief Luft und nahm ihre Erleichterung wieder zurück. Ihr Zeichen schlug gegen ihre Brust wie ein zweites, kleineres Herz.

Sie drückte die Stirn gegen die Tür und horchte nach mehr Geräuschen von dem Mann von der Treppe. Nichts. Was *machte* er da? Effie stellte sich seine Stiefel vor; das Leder war grünlich und verschimmelt, die Zehen von Salzrändern umgeben, und an den Sohlen hatten schlammige Heuhalme gehangen. Nicht die Stiefel eines vollen Clansmanns. Effie schüttelte den Kopf. Nicht einmal ein Jahrmann.

Das Quietschen erscholl wieder und vertrieb alle Stiefelgedanken aus ihrem Kopf. Effie spannte sich an. Plötzlich konnte sie nicht mehr atmen. Ihre Kehle fühlte sich an, als hätte jemand die Hände darum geschlungen.

Wieder Schritte, *trapp, trapp, trapp* – sie waren so nahe, daß Effie ihre Vibration in dem Teil ihres Kopfes spüren konnte, der die Tür berührte. Sie wurden langsamer. Blieben stehen. Effie stellte sich Ungeheuer vor. Sie wußte, wie die Stiefel dieses Mannes aussahen, aber was war mit seinem Gesicht, seinen *Zähnen*? Winzige, feste Krämpfe zuckten in ihrem Bauch. Sollte sie die anderen Leute in der Zelle aufwecken? Oder waren das am Ende auch Ungeheuer?

Dann begannen die Schritte abrupt wieder und zogen sich mit einer Langsamkeit zurück, die an sich schon eine Folter darstellte. Effie wartete. Selbst nachdem die Schritte längst verhallt waren und die üblichen Nachtgeräusche wieder erklangen, wartete sie, die Stirn gegen die Blutholztür gedrückt, so reglos, daß Staub sich auf ihren Rücken niederließ.

Das leise Knirschen eines Körpers, der über getrocknetes Gras rollte, brach den Bann. Effie hob den Kopf von der Tür und warf einen Blick über die Schulter. Durch einen winzigen Riß in der Decke tröpfelte ein Rinnsal Licht. Der Strohsack war jetzt genauer zu erkennen. Drei Menschen drängten sich auf dem knappen Raum: ein magerer Bauer mit einem silbrigen Bart, eine Frau mit dunklen Haaren und einem bleichen Rücken und ein kleines, dunkelhaariges Kind. Effie brauchte einen Augenblick, um zu begreifen, daß das Kind wach war. Es hatte die Augen weit offen und sah sie auf die interessierte Art an, wie Kinder Dinge ansehen, die vielleicht gefährlich sind, vielleicht auch nicht.

Effie legte einen Finger an die Lippen, damit der Junge nicht aufschrie. Er war klein und mager und ein ganzes Stück jünger als sie, und obwohl Effie sich normalerweise nicht dazu herabgelassen hätte, einen solch kleinen Jungen zur Kenntnis zu nehmen, wußte sie dennoch, daß sie aus derselben Kindersubstanz bestanden. Auch der Junge wußte das und erwiderte ihre Geste. Effie achtete darauf, daß man ihr die Erleichterung nicht ansah. Sie mochten beide Kinder sein, aber sie war dennoch die ältere, und selbst wenn man ihr einen Gefallen tat, mußte sie eine gewisse Überlegenheit wahren.

Lange Zeit regten sie sich nicht und beobachteten einander im heller werdenden Licht, weder freundlich noch unfreundlich, nur wartend. Als die Mutter des Kindes sich rührte und mit der Hand nach ihrem Sohn tastete, wußte Effie, daß es Zeit war zu gehen. Ein Teil von ihr mochte den Gedanken, nach draußen zu gehen, nicht, aber der vernünftig denkende Teil wußte, daß der Morgen nun wirklich dämmerte und daß niemand es wagen würde, ihr am hellen Tag etwas zu tun.

Sie hob die Hand, dankte dem Jungen mit angemessener Ernsthaftigkeit und ging hinaus.

Der Flur war nicht mehr dunkel. Aus dem oberen Stockwerk erklangen das Klappern von Töpfen, das Dröhnen von Schritten und laute Befehle. Anwyn war in der Küche, fachte das Feuer an und wärmte die Brühe und das Haferbrot des vergangenen Abends. Effie warf einen Blick zu ihrer Zelle.

Es drückte.

Nein, lieber nicht dorthin zurückkehren.

Sie massierte sich den Teil der Stirn, den sie an das Holz der Zellentür gepreßt hatte, und dachte darüber nach, was sie nun tun sollte. Drey würde an der großen Feuerstelle sein wie all die anderen Jahrmänner. Er wurde dieser Tage immer wichtiger. Rory Cleet, die Shankbrüder, Bullhammer, Craw Bannering: alle anderen Jahrmänner wollten, daß er sie anführte, Streitigkeiten schlichtete und sich gegenüber Mace Blackhail für sie einsetzte. Er war oft weg vom Rundhaus: auf Grenzpatrouillen, bei Spähtrupps, die bis nach Gnash ritten, oder er trug Botschaften zwischen Blackhail und exilierten Dhoonemännern hin und her. In der vergangenen Woche war er mit Mace Blackhail und einem Heer von zweihundert vollen Clansmännern losgeritten, um Bannen gegen den Hundelord zu verteidigen.

Drey sagte, der Hundelord wolle alle Dhoone angeschworenen Clans erobern und so seine Stellung im Dhooneland festigen. Er hatte bereits den Clan Withy übernommen, dessen seltsames kleines Rundhaus mit seinen Minenschächten und Maulwurfslöchern zwei Tage südlich von Dhoone lag. Selbst mit den vereinigten Kräften von Dhoone, Blackhail und Bannen war es schwierig gewesen, das Bannenland zu verteidigen. Drey sagte, die Bluddmänner hätten gekämpft wie Besessene und der Hundelord selbst sei an ihrer Spitze geritten.

»Du hättest ihn sehen sollen, Effie«, hatte Drey ihr bei seiner Rückkehr anvertraut, »er ritt ein häßliches schwarzes Pferd und hatte nur ganz einfache Waffen, aber kein Clansmann, der den Hammer gegen ihn erhob, hat das überlebt.« Danach hatte Drey auf seltsame Art geschaudert, und Effie hatte ihn gefragt, was los war. »Er hat nach uns gebrüllt, Effie. Er hat nach Blackhailblut geschrien.«

Das hatte Effie auch schaudern lassen. Drey hatte erzählt, daß der Kampf bis weit in die Nacht gedauert hatte, und obwohl die Bluddmänner in der Unterzahl waren, war es ihnen gelungen, durch die Dhoonelinie zu brechen und mehr Männer zu töten, als sie selbst auf dem Schlachtfeld hinterließen.

Drey war beim Rückzug der Bluddmänner verletzt worden. Mace Blackhail hatte ihn und zwei Dutzend andere Hammermänner dem Hundelord und seinen Söhnen hinterhergeschickt. Zehn Hammermänner waren dabei umgekommen. Drey war von einem stachelbewehrten, bleibeschwerten Bluddhammer aus dem Sattel geschlagen worden. Die Stacheln waren an zwei Stellen durch seine Rüstung gedrungen, und er war fest auf steinigen Boden aufgeprallt.

Effie saugte die Wangen ein. Raina hatte gesagt, sobald die Schwellung und die blauen Flecken verschwunden wären, würde es nicht mehr so schlimm sein. Er hatte nur zwei Rippen gebrochen.

Kopfschüttelnd beschloß Effie, nicht zu Drey zu gehen. Sie wußte, er würde ihr zuhören, ganz gleich, wieviel er zu tun hatte – wann immer er nach Hause zurückkehrte, war ihr Gesicht das erste, nach dem er Ausschau hielt, und ihr Name war der letzte, den er bei seinen Worten an die Steingötter an jedem Abend aussprach. Dennoch, sie wollte ihm keine Last sein. Er machte sich bereits zu viele Sorgen.

Daß Raif gegangen war, tat ihm immer noch weh. Er sprach nie darüber, aber Effie hatte gesehen, wie er zornig erstarrte, wenn jemand wagte, in seiner Gegenwart Raifs Namen auszusprechen. Aber dieser Tage war es schwierig, an der großen Feuerstelle nicht zu hören, wie Raif Sevrance erwähnt wurde. Das ganze Clanland war darüber in Aufruhr, was in Duffs Herdhaus geschehen war. Drei Bluddmänner waren von Raifs Hand gestorben. Drei. Effie schauderte. Das war undenkbar. Totenwächter nannten sie ihn jetzt.

Effie ging die Treppe zur Eingangshalle hinauf. Sie wünschte sich, Raif wäre jetzt hier. Sie konnte Drey nichts von dem Mann auf der Treppe erzählen; er würde direkt zu Mace Blackhail gehen, und diesmal würde es vielleicht wirklich zum Kampf kommen. Effie schüttelte den Kopf. Das durfte nicht passieren. Mace war ein böser Mann. Drey war stärker und der bessere Kämpfer, aber irgendwie wußte Effie, daß das nicht genügte. Mace tat Leuten auf andere Art weh. Er hatte Raina weh getan und sie verändert. Er würde Drey vielleicht vom Clan wegschicken oder noch Schlimmeres.

Bis sie die Eingangshalle und die Küche hinter sich gelassen hatte, wußte sie, was sie tun wollte. Sie sagte sich, daß sie nicht wirklich wußte, ob Mace Blackhail irgend etwas mit dem Mann auf der Treppe zu tun hatte, daß sie nicht sicher sein konnte, ob der Mann ihr etwas hatte tun wollen. Sie spürte das Drücken ihres Steinzeichens und schlug ungeduldig mit der Faust darauf. Plötzlich wollte sie unbedingt an einem Ort sein, wo sie sich sicher fühlte.

Sie stellte sich auf die Zehenspitzen und löste den Riegel an der Seitentür, die auf den Hof hinausführte. Kalte Luft schlug ihr ins Gesicht, als die Tür aufging. Der Schnee wirbelte in schweren grauen Flocken nieder, und der Wind kam aus dem Norden. *Wieder ein Sturm*, dachte Effie, als sie nach draußen ging. Der dritte in ebenso vielen Tagen.

Die große Stalltür war gegen den Wind geschlossen und verriegelt, und Effie konzentrierte sich auf ihre Form und die Tatsache, daß sie *da* war, als sie über den Hof ging. Die offene Fläche der Weide, die Hügel in der Ferne und die Horizontlinie waren vom Schnee verwischt, aber Effie wollte trotzdem lieber nicht hinsehen. Allein die Tatsache, daß dieses offene Land existierte, ließ ihr Herz rasen. *Es ist nicht weit bis zur kleinen Hundehütte*, sagte sie sich. *Nicht mehr weit.*

Jebb Oneacre, ein angeheirateter Verwandter der Shanks, der sich um all ihre Pferde und Hunde kümmerte, kam auf seinem Rückweg vom Stall in ein paar Schritten Entfernung an Effie vorbei. Als er sie sah, lächelte er und hob die Hand zum Gruß. Effie mochte Jebb; er war ruhig und konnte gut mit Tieren umgehen und sagte nie jemandem etwas, wenn er sie in der Hundehütte fand. Normalerweise winkte sie immer zurück, aber heute senkte sie nur den Kopf und ignorierte ihn. Auch an *seinen* Stiefeln hing Schlamm, bemerkte sie. Es war gut möglich, daß er zusammen mit dem Mann auf der Treppe gefrühstückt hatte.

Verstört von diesem Gedanken, begann sie zu laufen … nach Norden an den Ställen entlang. Als sie die Hundehütten erreichte, waren ihre Eichhörnchenfellhausschuhe starr vor Eis. Sie zog sich die Bettdecke fest um die Brust und ging an der größeren der beiden Hütten vorbei zu dem kleinen Steingebäude, das hinter ihr lag, dessen runde Mauern tief in den Schnee eingesunken waren wie eine Miniaturversion des Rundhauses. Die kleine Hundehütte. Effies Brust zog sich zusammen, als sie sie sah.

Hundegeruch und Hundegeräusche trotzten dem Brausen des Sturms. Schon hatte einer der Shanks-Hunde sie gewittert und heulte wie verrückt durch das Dach. Effie grinste. Dem Klang nach war das Schwarznase; er heulte immer wegen irgendwas. Sie hockte sich vor die hundegroße Tür, löste den Riegel und ruckte dann an den Türangeln, wie es notwendig war. Bis sie die Tür endlich aufhatte, wartete auf der anderen Seite schon eine Mauer von Hunden.

Effies Herz füllte sich mit Freude. »Hört auf! Immer mit der Ruhe. Nein, nicht an meinen Schuhen kauen. Gib mir diese

Decke zurück! Böse Hunde. Böse Hunde.« Die Hunde begleiteten sie in ihre warme, dunkle Höhle, wedelten mit den Schwänzen, leckten sie ab, und ihre Bernsteinaugen blitzten vor Neugier und Zärtlichkeit.

Die meisten Leute im Clan waren der Ansicht, daß die Shanks-Hunde die unangenehmsten, bösartigsten, widerwärtigsten Tiere waren, die jemals auf dem Hail-Land einen Stock wiedergebracht hatten. *Höllenbrut*, nannte Anwyn sie. *Bären mit Schwänzen*, hatte jemand anderes gesagt. Aber seit sie das Bauernbaby lebendig im Schnee gefunden hatten, hatte sich selbstverständlich eine Art Legende um sie gebildet. Man zollte ihnen Respekt ... aber immer aus sicherer Entfernung. Anwyn hatte sich angewöhnt, Mog Wiley mit Küchenabfällen hinauszuschicken, und Jenna Walker, die nun das gerettete Kind in ihrer Obhut hatte, wollte kein böses Wort mehr gegen die Hunde hören. Orwin Shank, den jeder für den reichsten Mann im Clan hielt, hatte Paille Trotter sogar eines seiner besten Zuchtschafe für ein Lied über die Hunde gegeben. Effie hatte das Lied gehört. Es war nicht sehr gut, weil es ihrer Meinung nach zu viele Worte enthielt, die sich auf *Hund* reimten, aber sie mußte zugeben, daß die Melodie mitreißend war.

Mit Effie waren die Shanks-Hunde so liebevoll und verspielt wie Kätzchen. Manchmal erkannten sie ihre Kraft nicht so recht, und ein- oder zweimal war sie mit blauen Flecken ins Rundhaus zurückgekehrt, weil die Tiere sie in ihrer Begeisterung, sie zu begrüßen, umgerissen hatten. Aber das störte Effie nicht sonderlich. Die Prellungen hatten kaum weh getan.

Die Hunde, die vielleicht noch einen Rest von Effies Angst spürten, waren besonders sanft, als sie sich mit dem Rücken zur geschlossenen Tür niederließ. Schwarznase schob ihr die schöne, feuchte Nase ins Gesicht und schnupperte besorgt. Biene kam und setzte sich dicht neben sie, drückte ihren warmen Körper gegen Effies und wärmte das magere, kleine Ding, das aus der Kälte hereingekommen war. Effie streichelte ihren schönen, schwarzgelben Hals. Ihr war schon lange klar, daß Biene sie für einen ihrer Welpen hielt. Der alte Kratzer legte ihr einfach den großen Kopf in den Schoß und schlief sofort ein. Cally und Hauzahn nagten an ihren Hausschuhen und schnaubten leise, als sie an ihren Zehen knabberten. Katze kam, setzte sich in würdigem Abstand von allen anderen hin und wartete auf ein Zeichen von Effie, bevor sie sich dazu herabließ, näher zu kommen.

Dort auf dem festgetretenen Boden der Hundehütte, umgeben von allen Shanks-Hunden, fühlte Effie sich sicher. Ihr Zeichen war jetzt ruhig und schlief. Der Gedanke an den Mann auf der Treppe machte ihr keine angst mehr, und sie begann sich zu fragen, ob sie sich vielleicht zuviel Sorgen gemacht hatte. Sie hatte bereits ein schlechtes Gewissen, weil sie Jebb Oneacre auf dem Hof ignoriert hatte.

Schwarznase sah sie mit seinen klugen Hundeaugen an, während die anderen Shanks-Hunde sich niederließen, jeder entschlossen, einen Teil von Effie als Kissen zu benutzen. Effie liebte es, wie sich ihre schweren Köpfe und Pfoten anfühlten. Selbst die würdevolle, hochnäsige Katze kam am Ende, angelockt von Effies ausgestreckter Hand und ihrem leisen Schnalzen.

Effie liebte die Shanks-Hunde. Sie waren gute Hunde. Sie rochen ein wenig, aber Jebb Oneacre hatte ihr gesagt, daß die Hunde wahrscheinlich ebenso der Meinung waren, daß Effie schlecht roch.

Effie rollte sich unter ihrer Decke aus Hunden zusammen und döste ein. Sie war so froh, daß sie nicht zu Drey gegangen war. Die Shanks-Hunde würden sie beschützen.

Hundeträume folgten ihr in den Schlaf.

Grrrrrr.

Effies schlafendes Hirn reagierte zunächst auf das Knurren, indem es das Geräusch zu einem Teil ihres Traumes machte. Aber das Knurren ging weiter und weiter, und bald fielen die anderen Hunde mit ein, und das Geräusch wurde zu laut, um es noch ignorieren zu können.

Effie erwachte blinzelnd. Sie brauchte einen Augenblick lang, um sich an die Streifen von Lichtern, die durch das Dreckloch an der Rückseite der Hundehütte einfielen, zu gewöhnen. Noch bevor sie richtig sehen konnte, bemerkte sie, daß die sechs Hunde im Halbkreis um sie standen, die Nackenhaare gesträubt, die Köpfe gesenkt, die Schwänze flach an den Hinterbeinen. Einen Augenblick lang sah sie nichts anderes als gelbe Reißzähne und glühende Augen, und da verstand sie plötzlich all die schlimmen Dinge, die die Leute im Clan über die Shanks-Hunde gesagt hatten. Diese Hunde würden ohne zu zögern einen Menschen töten.

Noch während sie die Hand hob, um sie zu beruhigen, hörte sie Stimmen von draußen. Zwei Stimmen. Ein Mann und eine Frau, die laut schrien, um sich über den Sturm hinweg verstehen zu können.

»Dieses Mädchen ist eine Hexe. Eine Hexe. Cutty schwört, daß sie direkt vor seiner Nase verschwunden ist. Er nimmt an, daß sie wußte, daß er hinter ihr her war, und zwar sobald er die Schwelle des Rundhauses überschritten hatte. Es ist dieses Zeichen von ihr. Wenn du mich fragst …«

Effie strengte sich an, über den heulenden Wind und über das Knurren der Hunde hinweg mehr zu hören. Sie bewegte die Hände, um die Hunde wortlos zu beruhigen. Sie hatte sofort erkannt, wer da sprach.

Diese tiefe, männliche Stimme gehörte der Fackelfrau Nellie Moss. Cutty Moss war ihr Sohn. Er war etwa in Dreys Alter, war aber nie Jahrmann geworden. Im letzten Sommer hatte man ihn erwischt, wie er aus Merritt Ganlows Stall Hühner gestohlen hatte, und im Winter zuvor hatte es einen Vorfall gegeben, der mit den Tannamädchen zu tun hatte und von dem Effie nur eine vage Vorstellung hatte. Sie kannte Cutty Moss kaum und war ziemlich sicher, daß er den größten Teil des Jahres nicht im

Rundhaus verbrachte. Das einzige, woran Effie sich lebhaft erinnern konnte, waren seine Augen: Eines davon war braungrün und das andere blau.

»*Still, Frau!*« rief eine Männerstimme und schnitt damit die letzten von Nellie Moss' Worten sauber ab. »Ich will nichts von diesem abergläubischen Gebabbel mehr hören. Das Sevrance-Mädchen hat ebensowenig Hexenkräfte wie du oder ich. Wenn sie sich tatsächlich davongestohlen hat, war es wahrscheinlich, weil sie deinen dummen Sohn hat kommen hören.«

Die von den Hunden gespendete Wärme wich aus Effies Gesicht. Der zweite Sprecher war Mace Blackhail, da war sie sich ganz sicher. Seine Stimme drang durch die Steinwände der Hundehütte wie eisige Regentropfen.

»Cutty ist nicht dumm«, fauchte Nellie Moss. »Er hat getan, was man ihm gesagt hat.«

»Dann wird er es noch einmal tun müssen, denn ich will nicht, daß dieses kleine Miststück weiter im Rundhaus herumschleicht und mich mit den toten Augen ihres Vaters ansieht.«

Die Hunde aus den größeren Hütten kläfften und heulten, als Mace sprach, aber er mußte nur mit einem Stück Leder durch die Luft peitschen, um sie zum Schweigen zu bringen. Das leise Klirren von Metall folgte, und Effie nahm an, daß Mace Leinen zu den Hütten gebracht hatte, um seine besten Hunde wegen des Sturms ins Haus zu holen.

»Du fühlst dich wohl schuldig, wenn du sie siehst, wie?« Nellie Moss klang erfreut.

»Tu einfach, was wir abgemacht haben.«

»Es wäre leichter, wenn sie draußen vom Bolzen eines Kapuzenmanns erwischt würde … wie Shor Gormalin.«

Eine rasche Serie von Klängen folgte. Stiefeltritte auf Schnee, Stoffrascheln, und dann gab Nellie Moss ein leises, kehliges Jammern von sich.

»Du wirst Shor Gormalin nie wieder erwähnen, Frau. Ist das klar?« Ein Augenblick verging, in dem Effie nur den Wind und das leise, nachdrückliche Knurren von Schwarznase hören konnte, und dann: »Ich habe gesagt, ist das klar?«

Jemand holte scharf Luft. »Ja. Klar. Niemand wird von mir die Wahrheit hören.«

»Gut.« Ein Geräusch wie viele knackende Knöchel begleitete das Wort.

Effie sank zutiefst erschüttert wieder unter die Shanks-Hunde zurück. Biene begann, Effies Ohren zu lecken, wie sie es bei einem kranken Welpen machen würde. Kratzer, Cally und Hauzahn konzentrierten sich immer noch auf die Leute draußen, leicht geduckt, die Schnauzen verzogen und bebend. Schwarznase und Katze, die Effie immer für die Anführer des Rudels hielt, waren wachsam, liefen vor der Tür hin und her, lauschten. Alle Hunde, mit Ausnahme von Biene, knurrten weiter.

Shanks-Hunde. So hatte Shor Gormalin sie genannt. Effie erinnerte sich, wie sie gelächelt hatte, als er den Namen aufbrachte. Nun wußte sie, daß es ihr wirklicher Name war. Der einzige, der zählte.

Eine Leere klaffte in Effies Brust auf. Shor Gormalin hatte sich mit Hunden ausgekannt. Er hatte sich auch mit ihr ausgekannt. Er war der einzige gewesen, der verstand, wieso sie manchmal davonrennen und sich verstecken mußte. Er hatte sogar gesagt, daß er es selbst oft tat. Das hatte Effie viel bedeutet. Das hatte geholfen, einige der schlimmen Dinge zu vergessen, die Letty Shank und die anderen immer sagten. Sie konnte nicht *so* anders sein. Nicht, wenn der beste Schwertkämpfer des Clans ihr erzählt hatte, daß sie ihn an seine eigene Kinderzeit erinnerte.

Nun war etwas Schreckliches geschehen. Nellie Moss hatte so gesprochen, als wäre Shor Gormalin nicht wirklich von einem Kapuzenmann getötet worden, als hätte Mace Blackhail irgendwie dafür gesorgt.

Effie begann, sich hin und her zu wiegen. Ihr war furchtbar übel, als hätte sie eine Mahlzeit aus Dreck und Fett gegessen. Als Biene wieder ihr Ohr leckte, schob sie den Hund weg. *Shor Gormalin.* Mace Blackhail hatte Shor Gormalin getötet. Er hatte Raina weh getan und … Effie hörte auf, sich zu wiegen, als ein Gedanke durch die anderen krachte wie ein Stein durch Eis.

Mace hatte Shor wegen Raina getötet. Shor liebte Raina. Er hätte sie beschützt, er hätte nicht zugelassen, daß sie Mace heiratete. Effie hatte gesehen, wie Shor sich in Rainas Nähe benahm, wie sanft er sie behandelt hatte, als sie von Dagros Tod gehört hatte. Er hatte alles für sie getan, was ihm möglich gewesen war. Er hatte ihre Pflichten gegenüber den gebundenen Clansmännern übernommen, hatte sich um die Getreidevorräte und das Öl gekümmert … er war sogar in den Alten Wald hinausgeritten, um nach Rainas Fallen zu sehen.

Effies Magen wurde flüssig. Shor hatte auch auf Rainas Bitte gehandelt, als er sie hier in der kleinen Hundehütte gefunden hatte. Übelkeit durchströmte Effies Kopf und Brust, und sie wandte sich von den Hunden ab, um sich zu übergeben. Noch während sie sich mit der Faust über den Mund fuhr, um ihn zu säubern, begann Biene bereits aufzulecken, was sie von sich gegeben hatte.

»Was war das?« Mace Blackhails Stimme erklang plötzlich ganz in der Nähe.

»Die Shanks-Hunde. Wenn wir Glück haben, werden sie alle krank.«

Mace Blackhail grunzte. »Verschwinde, Frau, und folge mir nicht wieder hierher. Es wird den Leuten auffallen, wenn wir zusammen gesehen werden.« Die Leinen, die er in der Hand hielt, klirrten. »Tu deine Arbeit.«

»Cutty wird sich Zeit lassen. Er wird warten, bis die Unruhe sich gelegt und das Mädchen ihn längst vergessen hat, und dann wird er sie sich an einem Platz vornehmen, wo sie nicht davonkommen kann.«

Ein angewidertes Schnauben wurde beinahe vom Wind übertönt. »Ich will sie loswerden, und zwar bald.«

»Cutty läßt sich nicht drängen. Nicht jetzt, wo er weiß, daß sie Hexenkräfte hat.«

Mace Blackhail sagte etwas, aber der Wind fegte die Worte weg.

»Du brauchst mir und Cutty keine Vorträge zu halten.«

»Und ich brauche keine Vorträge von einer Frau, die sich ihr Essen mit Fackelanzünden verdient. *Verschwinde.*« Das Wort wurde nur geflüstert, aber es war deutlicher zu verstehen als alles andere, was Mace Blackhail gesagt hatte. So zwingend war es, daß Effie selbst gehorchte und weiter von der Tür zurückwich. Selbst die Shanks-Hunde wurden still.

Die Schritte verklangen in Richtung auf das Rundhaus zu. Einen Augenblick lang war alles still, dann rief Mace seine Hunde. Eine Tür wurde geöffnet, Hunde winselten und heulten und rannten durch den Schnee. Eine feuchte Nase schnüffelte an der Tür zur kleinen Hütte. Und dann ertönte ein Befehl, und Mace Blackhail führte seine Hunde davon.

Tief in der Hütte schlang Effie die Arme um die Knie. Die Shanks-Hunde bildeten eine Hundebarriere um sie herum, aber zum ersten Mal in all den Monaten, in denen sie hierher kam, fühlte sich Effie auch hier nicht mehr sicher.

5
Männer kaufen Mädchenkleider

»Wie geht es dir?« Raifs Miene war ernst, als er diese Frage stellte. Mit der vernarbten Hand strich er den Rand der Decke glatt, mit der sie zugedeckt war.

»Gut …, glaube ich.« Ash rieb sich die Augen. »Ich fühle mich drinnen ein wenig verknotet, als hätte Heritas Cant all meine Organe mit Garn gebunden.« Raif mochte Heritas Cant nicht; das sah Ash an dem kurzen Muskelzucken um seinen Mund, als sie den Namen aussprach.

»Geht es dir gut genug, daß du reiten kannst?«

»Habe ich denn eine Wahl?«

Raif antwortete nicht. Er sah sie mit dunklen Augen an, dann wandte er sich ab.

Sie saßen in dem Raum, in dem Heritas Cant sie am ersten Abend begrüßt hatte. Den Bändern grauen Lichts nach zu schließen, die unter den Fensterläden durchfielen, war es kurz nach Mittag. Ash hatte auf einer gepolsterten Bank nahe dem Feuer geschlafen. Sie konnte sich nicht daran erinnern, daß man sie hergebracht hatte, wußte nicht einmal, ob sie selbst auf ihren eigenen Beinen gegangen war oder man sie getragen hatte. Das letzte, woran sie sich erinnerte, bevor sie aufwachte und sich hier zugedeckt am warmen Feuer fand, war der Klang von Heritas Cants Blut, das in eine Schale tröpfelte. Ash schauderte. Sie konnte die Angst immer noch schmecken.

»Ich lasse dich jetzt allein«, sagte Raif. »Iß dein Frühstück.« Er runzelte die Stirn. »Angus und ich sind heute früh auf den Markt gegangen. Wir haben dir ein paar neue Kleider gekauft. Sie sind in dem Korb neben dem Tisch.« Er öffnete die Tür. »Und draußen ist noch ein Pony für dich.«

Ash erhob sich von der Bank. »Ein Pony?«

»Ja. Ein Bergpony. Grau wie eine Sturmwolke. Eine Stute.«

»Hast du sie ausgesucht?«

Raif nickte. Ihre Blicke begegneten sich.

Ein Augenblick verging. Dann sagte Ash: »Ich werde dich nicht an dein Versprechen binden, das du letzte Nacht gegeben hast. Es war alles so …« Sie schüttelte den Kopf. »Ich hatte nicht das Recht, dich um Hilfe zu bitten.«

Ein Ausdruck, den Ash nicht verstand, glitzerte mit kaltem Licht in Raifs Augen. Einen Augenblick lang sah er älter und härter aus – wie jemand, dem sie auf der Straße aus dem Weg gehen würde. »Ich nehme keine Versprechen zurück, weder ausgesprochene noch unausgesprochene. Ich bin meinem Onkel Loyalität schuldig und werde kein Wort gegen ihn sagen, wenn er nicht anwesend ist. Und ich werde auch nichts gegen Heritas Cant sagen, denn ich respektiere seine Willenskraft und bin dankbar für alles, was er getan hat. Aber eins solltest du wissen. Meine Gründe, dir zu helfen, sind nicht dieselben wie die ihren. Ich habe kein Interesse an dir als jemand, der die Mauer des Blinden Landes niederreißen kann.«

»Ich weiß. Deshalb habe ich mich gestern abend an dich gewandt. Deshalb habe ich dir am Schwarzen See die Wahrheit gesagt.«

Raif sah sie an und sagte kein Wort. Einen Augenblick später wandte er sich zum Gehen.

»Es tut mir leid«, sagte sie und hielt ihn damit auf.

»Was?«

Ash suchte nach den richtigen Worten. Er gab ihr so viel … ruhig und unaufwendig. »Daß du an dem Tag am Leeren Tor zugelassen hast, daß ich dich berührte.«

Raif hob die Hand an die Kehle, wo er tastete, bis er das schwarze Stück Horn fand, das er sein Zeichen nannte. Zu ihrer Überraschung lächelte er, und es war ein solch schöner Anblick, daß Ash die Luft anhielt. »Ich schulde dir Respekt, Asarhia March.«

Bevor Ash sich so recht sicher war, welche Art Antwort das sein sollte, schloß sich die Tür, und er war verschwunden. Dümmlich starrte sie die Stelle an, an der er gestanden hatte.

Danach ließ sie sich Zeit, sich vorzubereiten, und aß langsam die Scheiben kalten gebratenen Brots und saurer Winteräpfel. Irgendwer, wahrscheinlich Klosterin Gannett, hatte dafür gesorgt, daß sie alles hatte, was sie zu einem Bad brauchte. Es schien lange her zu sein, seit sie das letzte Mal den Luxus von Seife und warmem Wasser genossen hatte, und sie zog sich aus, stellte sich nackt in die Kupferwanne und ließ den heißen Dampf an ihre Haut. Nach einiger Zeit schrubbte sie sich den Dreck vom Körper und wusch sich das Haar mit einer Seife, die schäumte und nach Weizen und Winterminze roch. Das Wasser unter ihr wurde bald grau, und einen winzigen Augenblick dachte sie daran, Katia zu rufen, ihr mehr zu bringen.

Ash stieg aus der Wanne. Das Wasser kam ihr plötzlich kalt vor, und sie konnte sich nicht schnell genug abtrocknen. Katia war tot. Aufgehängt, so daß die Krähen an ihr picken und die ganze Welt sie sehen konnte.

Und Penthero Iss hatte dafür gesorgt, daß sie an den Galgen kam. Ash ließ das wollene Handtuch in die Wanne fallen und sah zu, wie es das schmutzige Wasser aufsaugte. Nun verstand sie ihren Pflegevater besser. Am Abend zuvor, als Heritas Cant vom Blinden Land und den Geschöpfen, die sich dort befanden, erzählt hatte, hatte Ash an Iss gedacht. Alles, was er je für sie getan oder zu ihr gesagt hatte – jede Freundlichkeit, die er ihr gezeigt hatte, jeder Kuß, den er ihr gegeben hatte, jede kleine Aufmerksamkeit – es waren Lügen gewesen. Sie konnte die Mauer durchbrechen, die das Blinde Land umgab, und er hatte es gewußt. Deshalb war er spät in der Nacht zu ihr gekommen und hatte ihr heimtückisch formulierte Fragen über ihre Träume gestellt. Deshalb hatte er ihre Kammer von Katia bewachen lassen, hatte ihr seinen Schwertführer vor die Tür gestellt und ihre Sachen von Caydiss Zerbina stehlen lassen.

Penthero Iss hatte jemanden haben wollen, der diese ungeheuerliche Macht hatte.

Ash stand mitten im Zimmer und versuchte, das zu verdauen. Gänsehaut kribbelte auf ihren Armen und der Brust, und nach einer Weile begann sie zu zittern. Ihr Pflegevater hatte vorgehabt, sie im Splitter einzuschließen und sie dort für sich zu behalten. Er hatte dort bereits etwas anderes gefangen, und sie war das nächste Stück, das er seiner Sammlung hinzufügen wollte.

Wie lange hatte er schon gewußt, was sie war? Immer? War das der einzige Grund gewesen, wieso er sie gerettet und aufgenommen hatte?

Ash wußte nicht, wie lange sie zitternd dagestanden hatte, sie wußte nicht einmal, ob sie aus Zorn, Entsetzen oder vor Kälte zitterte. Heritas Cants Worte hatten ihr ganzes Leben verändert. Ihre Erinnerungen waren nun so schmutzig wie das Wasser in der Wanne.

Das Klacken von Holz auf Holz riß sie aus ihren Gedanken. »Ja?« rief sie und fiel so rasch in ihre befehlsgewohnte Haltung zurück, als hätte sie die Maskenfestung nie verlassen.

»Ich bin es, Heritas Cant. Ich muß mit Euch reden, bevor Ihr geht.«

»Wartet einen Augenblick, ich muß mich noch anziehen.« Ashs Stimme war so kalt wie ihr Körper. Sie ging zu dem Tisch, wo der Korb mit ihren neuen Kleidern stand, und begann, sie sich anzusehen. Zwei Männer hatten Kleider für ein Mädchen gekauft! Ein verrücktes, tränenerfülltes Lächeln zuckte über Ashs Lippen, als sie sich ansah, was sie gekauft hatten. Sie hatten sie verwöhnen wollen. Sie hatten an alles mögliche gedacht, hatten rote Seidenröcke und hübsche, bestickte Blusen und den schönsten, weichsten Wollumhang gekauft, den sie je gefühlt oder gesehen hatte. Alles hatte wunderbare, leuchtende Farben: eine pfauenblaue Weste, smaragdgrüne Bänder und rostbraune Wildlederstiefel.

Ash merkte, daß sie begonnen hatte, gleichzeitig zu weinen und zu lachen, als sie ein besticktes Mieder hochhielt, das so schön war wie die der adligen Damen in der Maskenfestung. Es gab warme Hausschuhe und Tücher und feine Wollhandschuhe, Spitzenkragen, Knochenknöpfe und Schuhe: alles, was ein Mädchen nach der Vorstellung von zwei Männern brauchte. Alles, wovon sie glaubten, daß es ihr gefallen würde.

Und es gefiel ihr. Sie liebte diese neuen Kleider so sehr, daß sie sie wie lebende Wesen an die Brust drückte. Der Gedanke an Angus und Raif, wie sie auf einem Markt umhergingen, Farben auswählten, Stoffe betasteten, über Größen nachdachten und sich über Spitzenbesätze unterhielten, ließ sie kichern wie ein Mädchen. Auf der anderen Seite der Tür hörte sie Heritas Cant ächzen. Mit einem seiner Stöcke tippte er ungeduldig auf den Boden.

Sie sollte sich lieber anziehen. Aber sie fand weder Wollstrümpfe noch Unterwäsche in dem Korb. Ash zuckte die Achseln. Man konnte schließlich nicht annehmen, daß Männer an so etwas dachten. Sie würde nehmen müssen, was sie hatte.

Nachdem sie den einfachsten Wollrock, eine weiße Bluse, die mit einem winzigen Vergißmeinnichtmuster bestickt war, und die pfauenblaue Weste ausgewählt hatte, faltete Ash die anderen Kleider und packte sie weg. Als sie den roten Seidenrock hochhob, fiel ein kleiner Musselinbeutel aus den Falten. Sie hob ihn auf und löste die Schnur, mit der er zugebunden war. Unterwäsche. Der Beutel enthielt schöne Damenunterwäsche, parfümiert und mit Schleifen zu schließen. *Angus*, dachte sie sofort. *Angus hat daran gedacht, diese Sachen zu kaufen.*

Fünf Minuten später öffnete sie Heritas Cant fertig angekleidet die Tür.

Er sah nicht gut aus. Die beiden Stöcke, die er zum Gehen benutzte, bebten von seinem Gewicht. Sofort fühlte Ash sich schuldig, weil sie ihn hatte warten lassen, und ging ihm entgegen, um ihm zu helfen. Er schüttelte sie ab, und sie verbrachten ein paar unangenehme Minuten, während er auf das Feuer zuhinkte und sich dann auf einen hohen, hochlehnigen Stuhl niederließ, der, wie Ash vermutete, wohl speziell für ihn gezimmert worden war.

Seine ersten Worte zu ihr waren *Geldverschwendung*, und sie brauchte einen Augenblick, um zu begreifen, daß er von ihrer neuen Kleidung sprach.

Sie sagte kein Wort.

»Geht es Euch gut?« Cants grüne Augen schienen die Antwort aus ihr herauszuziehen, noch bevor sie sprach, und ihr Nicken erfolgte nur noch nachträglich. »Gut. Gut. Die Blutbänne, die ich auf Euch gelegt habe, sind also an Ort und Stelle. Könnt Ihr sie spüren?«

»Ich glaube schon. Drinnen in mir fühlt sich alles angespannt an, beinahe, als wäre ich verprügelt worden.«

»In gewisser Weise ist das auch so.« Cant bemühte sich, sein rechtes Bein zurechtzurücken, das auf seltsame Weise unter ihm ruhte. »Ein solcher Bann bewirkt zweierlei. Als erstes verbirgt er Euch und macht es Zauberern und den Geschöpfen des Blinden Landes schwer, Euch zu finden. Das bedeutet nun nicht, daß sie Euch überhaupt nicht finden werden oder können, denn wenn Ihr Eure Macht einsetzt, könntet Ihr auch gleich ein Leuchtzeichen auf dem höchsten Hügel aufstellen und ein Horn an die Lippen setzen und blasen. Nein. Diese Bannsprüche sind nur ein Trick, um jene hinters Licht zu führen, die nicht so genau hinsehen.«

Ash zwang sich zu einem Nicken.

»Als zweites schützen sie Euch. Die Anspannung, die Ihr spürt, gehört zu der Barriere, die ich errichtet habe. Euer Körper ist in Zauberei eingebunden. Schnüre von Zauber wickeln sich um Euer Herz, Eure Leber, Euer Hirn, Euren Unterleib, schützen sie vor Schaden und Einfluß von außen. Sie sind jetzt stark, aber die Zeit wird sie schwächen. Ich bete, daß sie genügen, bis Ihr die Höhle aus schwarzem Eis erreicht, aber ich kann nicht sicher sein. Ihr könnt selbst etwas dazu beitragen, indem Ihr Euch stärkt. Eßt gut und häufig, schlaft, solange Ihr könnt, strengt Euch nicht zu sehr an, bringt Euch niemals in eine Lage, wo Angst Euch dazu veranlassen wird, Eure Zauberkraft einzusetzen.«

»Ich bin nicht sicher, daß ich das verstehe.«

»Ihr seid nur für eine Sache geboren: die Mauer niederzureißen, die das Blinde Land umgibt. Die Macht ist hier« – er bohrte ihr einen Finger in die Brust – »in Euch drinnen. Und nichts aus Fleisch und Blut kann Euch standhalten, wenn Ihr Euch mit Zauberkraft dagegen wendet.« Cants Augen waren plötzlich harte, grüne Edelsteine in einem so bleichen Gesicht, daß es gut hätte einer Leiche gehören können. »Ihr glaubt, ich will Euch Angst einjagen, Asarhia March. Nun, vielleicht ist das so. Vielleicht habe ich selber Angst. Wir leben in einem alten Land, und alte Mythen und alte Mächte sind hier erhalten geblieben. Bevor die Clans und die Stadtmenschen herkamen, selbst bevor die Sull hier ihre Städte aus Eis, Holz und Stein errichteten, gab es andere, keine Menschen, nicht nach unseren Begriffen, aber sie hatten Augen und Münder wie Menschen und bauten große Hallen aus Erde und Holz im Herzen des Karglands. Ich kann Euch nicht sagen, wieviel Jahrhunderte sie lebten, aber ich weiß, daß sie innerhalb von einem Jahrhundert ausgestorben sind. Niedergemetzelt oder genommen von den Geschöpfen des Blinden Landes. Die Sull nennen es *Ben Horo*, die Zeit zuvor. Sie wissen von diesen Anderen und geben das Wissen darüber von einer Generation zur anderen weiter, obwohl sie diesen Geschöpfen nicht ähnlich und nicht mit ihnen verwandt sind. Sie tun das, um die Erinnerung an die Alten, wie sie sie nennen, zu ehren und die Angst vor den Herren der Finsternis am Leben zu erhalten.«

»Warum sagt Ihr mir das jetzt?«

»Weil Ihr wissen müßt, was auf dem Spiel steht. Jeder, der Zauberei anwendet, ohne dazu ausgebildet zu sein, ist gefährlich. Zorn, Schrecken, Angst: jedes heftige Gefühl kann Macht konzentrieren. Ihr müßt Euch gegen solche Dinge schützen. Schlagt im Zorn zu, und die Magie kann mit dem Schlag selbst freigesetzt werden. Ihr könnt es Euch nicht leisten, die Kontrolle über Eure Gefühle zu verlieren. Mehr als Euer eigenes Leben hängt davon ab.«

Ash beschloß, nichts zu sagen … und keine Angst zu haben.

»Wenn wir mehr Zeit hätten, würde ich Euch zeigen, was die Sull *Saer Rahl*, den Weg der Flamme, nennen – einen Weg, der Männer und Frauen zeigt, wie sie ihre Emotionen beherrschen können, so daß sie niemals aus Angst oder Zorn handeln.« Cant lächelte dünn. »Ich hatte nie etwas dafür übrig, aber ich bin auch an den Abhängen der Geborstenen Berge geboren und keine der Flammen, die ich kannte, hat jemals kalt gebrannt.«

Cant klickte mit den Stöcken auf den Boden. »Also muß ich Euch nach Norden schicken, allein mit den Bannsprüchen, die Euch schützen. Und vielleicht sollten wir beide darum beten, daß das nächste Mal, wenn wir uns begegnen, Eure Macht verschwunden ist und Ihr es nicht nötig habt, daß Euch ein alter Mann wie ich über Selbstkontrolle belehrt. Aber denkt daran: jede Art von Zauberei, die Ihr einsetzt, bevor Ihr die Höhle erreicht, wird meine Bannsprüche durchbrechen.« Speichel tropfte von Cants Lippen. »Ist das klar?«

»Ja.«

»Die Bannsprüche werden Eurer Macht nicht standhalten.« Er hielt einen Augenblick lang inne, und dann murmelte er: »Nur weniges kann das.«

Ash saß hoch aufgerichtet. Sie würde diesem Mann ihre Angst nicht zeigen.

Cant beobachtete sie einen Augenblick lang, dann zuckte er die Achseln. »Nun, das ist alles, was ich sagen wollte.« Er begann wieder mit dem langen Prozeß, sich vom Stuhl zu erheben, und Ash wandte sich ab, um ihn seine Beine und Stöcke ungestört zurechtrücken zu lassen. Seine Atemzüge klangen hinter ihr wie abgeschossene Pfeile. Als er endlich schon dicht an der Tür war, drehte sie sich um und fragte: »Woher wußte mein Pflegevater, daß ich diese Macht habe?«

»Wollt Ihr wissen, *wie* oder *wann*?«

Überrascht von seiner Klugheit gestand Ash die Wahrheit. »Ja, wann?«

Ein Ausdruck, der Mitgefühl nicht unähnlich war, glättete die schlaffen Muskeln auf Cants Gesicht. »Prophezeiungen, die die Ankunft der nächsten Person, die die Mauer brechen kann, verkündeten, sind seit Jahrhunderten von Mund zu Mund weitergegeben worden. Ich habe viele von ihnen selbst gelesen oder davon gehört. Einige sind offensichtliche Fälschungen, verfaßt von jener Art Männer oder Frauen, die sich an Scherzen und Streichen erfreuen. Andere sind für Gelehrte gedacht und erfüllt von so vielen uralten Anspielungen und Metaphern, daß sich keine zwei Menschen über ihre Bedeutung einig werden können. Wieder andere sind in toten Sprachen verfaßt, die in der Übersetzung Subtilität und Sinn verlieren. Nur ganz wenige kommen mir ehrlich vor. Eine von diesen Prophezeiungen ist gehalten wie ein Kindervers. Sie ist im Norden schon seit vielen Jahren bekannt.« Cant zögerte.

»Wie lautet sie?«

Cant nickte. Er rückte seine Stöcke zurecht, damit sie sein Gewicht besser trugen, und sagte dann mit der leisen Stimme, die man für gewöhnlich für Geständnisse und Geheimnisse benutzt:

Erster Atemzug am Berg
Erster Blick auf ein Tor ins Nirgendwo
Erste Ahnung noch in Gefangenschaft
Wird sie die letzte sein, die von ihrem Schicksal erfährt.

Schweigen drang in das Zimmer ein wie kaltes Wasser. Ash atmete und dachte, bewegte sich aber nicht. Cant wartete. Die

Luft, die sie umgab, war dick und trübe, erfüllt vom Duft alter Dinge. Ash begegnete Cants Blick und wich nicht aus, bis er den Blick abwandte. Sie hatte keine Lust, diese Verse mit ihm zu besprechen. Die Bedeutung war klar. Man hatte sie an der Nordwand des Totenbergs ausgesetzt, fünf Schritte vom Leeren Tor entfernt, einem Tor, das nirgendwo hinführte, und Penthero Iss, Angus Lok und der Mann, der hier vor ihr stand, hatten alle gewußt, wer und was sie war, bevor sie es selbst erfahren hatte.

Ja, Cant hatte ihre Frage beantwortet – die wirkliche Frage, die sie nicht gestellt hatte. Ihr Pflegevater hatte es die ganze Zeit gewußt. Unmengen von Kindern wurden jedes Jahr in Spire Vanis ausgesetzt, vor den Türen großer Herrenhäuser, auf der Treppe des Knochentempels, am Sockel von Theron Pengarons Statue, auf dem Platz der vier Gebete. Hunderte von Kindern mußten durch Iss' Hände gegangen sein, aber er hatte sich entschieden, nur dieses eine zu behalten. Ein kleines Mädchen, das man vor dem Leeren Tor ausgesetzt hatte, damit es dort starb.

Ash schloß die Augen und sagte sich, daß sie stark sein müsse. »Geht jetzt«, sagte sie zu Cant. »Sagt Angus, daß ich bereit bin.«

Cants Lippen arbeiteten an einem Wort, aber er sprach es nicht aus. Wie ein Diener, der Befehlen gehorcht, nickte er und ging.

Erst als die Tür sich hinter ihm geschlossen hatte und sie hörte, wie er weiterging, griff sie hinüber und hielt sich am Tisch fest. Sie hatte einmal geglaubt, daß ihr Vater sie liebte.

Minuten später, als Angus das Zimmer betrat, war sie gefaßt, und ihrer Miene war nichts anzusehen. Sie war überrascht, wie erleichtert sie sich fühlte, als sie sein großes, rotes Gesicht sah. Er sah gesund aus und hatte sich die Mühe gemacht, sich zu rasieren und sich das Haar zu schneiden.

»Hübsch siehst du aus«, sagte er, und seinem Blick entging

keine Einzelheit ihres Haares, der Kleidung oder der Füße. »Blau steht dir gut. Das dachte ich mir schon.«

Sie hatte ihre neuen Kleider ganz vergessen, sogar vergessen, daß sie sie trug. Sie setzte zu einer Antwort an, aber aus irgendeinem Grund fiel es ihr schwer zu sprechen. Statt dessen lächelte sie und drehte sich herum, um ihre Kleidung zu zeigen. Als der Wollrock ihr gegen die Fußknöchel wippte, mußte sie daran denken, daß sie diese kleine Zeremonie zahllose Male für Penthero Iss vollführt hatte.

Angus sah sie ohne ein Lächeln an. Plötzlich schien auch er keine Lust mehr zum Reden zu haben.

»Ich möchte dir danken«, begann Ash, »für all die schönen Dinge …«

»Still«, sagte Angus nicht sonderlich sanft. »Das war gar nichts. Nichts.« In seiner Stimme lag eine Grobheit, die sie nicht verstand. »Wir sollten uns lieber auf den Weg machen. Raif wartet draußen mit den Pferden.« Damit griff er nach dem Korb, der ihre restlichen Kleider enthielt, und verließ das Zimmer.

Ash zog ihren neuen Umhang und die Handschuhe an, und dann folgte sie ihm. Im dunklen Flur begegnete sie Klosterin Gannett. Die winzige schwarzgekleidete Frau grüßte sie nicht, sondern kniff ihren trockenen, kleinen Mund nur zu einer noch dünneren Linie zusammen.

Angus hielt Ash die Tür gegen den Wind auf. Ein Sturm kam auf, und Schneeflocken segelten durch die Tür herein und landeten auf dem roten und cremefarbenen Teppich, der den Boden bedeckte. *Das wird Cant überhaupt nicht gefallen*, dachte Ash und band sich rasch den Umhang zu.

Ihre neuen Stiefel sanken tief in den Schnee, als sie über den Hof auf Raif zuging. Er stand an einem schwarzen, schmiedeeisernen Tor und hielt Elch, den Fuchs und ein großes Pony mit kräftigen Beinen und einem starken Hals an den Zügeln. Das Tier war grau wie Elch, aber dunkler und fleckiger und nicht so elegant gebaut, wie Meister Strohwisch es ausdrücken würde.

Die Stute hatte einen großen Kopf und drei weiße Socken und war überhaupt kein Pferd zum Angeben.

Raif grinste, als sie näher kam. Der Sturm gefiel ihm. Er schauderte nicht und stampfte nicht mit den Füßen, wie es die meisten Leute bei schlechtem Wetter taten. Er nickte zu dem Pony hin und sagte: »Sie ist eine Schönheit, nicht wahr?«

»Ja.« Ash blieb in gewissem Abstand von dem Tier stehen, um es nicht bei der ersten Begegnung gleich zu erschrecken. »Wie heißt sie?«

»Schneeschuh.« Raif grinste immer noch.

Ash grinste wie verrückt zurück. »Das ist ein wunderbarer Name. Ganz wunderbar.« Sie zog ihre neuen Handschuhe aus und näherte sich dem Pony von der Seite. »Schneeschuh«, sagte sie leise, um die Aufmerksamkeit der Stute auf sich zu lenken. Die Arme an den Seiten, ging sie näher auf das Tier zu, ließ sich beschnuppern. Meister Strohwisch hatte darauf immer großen Wert gelegt. *Laßt Euch von einem neuen Pferd beschnuppern, bevor Ihr es berührt*, hatte er gesagt. *Ansonsten ist es, als käme ein vollkommen Fremder zu Euch und würde Euch den Finger in den Hals bohren.* Ash wollte unbedingt, daß Schneeschuh sie mochte. Ganz plötzlich war es das Wichtigste auf der Welt.

Schneeschuh schnupperte und sah sie an, dann machte sie eine rollende Bewegung mit dem Kopf. Ash warf Raif einen Blick zu, und Raif nickte. Sie beugte sich auf das Pony zu, hob die Hand und streichelte die Stute unten am Hals. Schneeschuhs große, braune Augen beobachteten sie genau. Bis Ash mit der Hand bis zum Halsansatz gekommen war, bewegte Schneeschuh ihre Brust schon vorwärts, jedem Streicheln entgegen. Ashs Herz zog sich vor Freude zusammen. Als Raif die Hand ausstreckte und ihr einen kleinen grünen Apfel reichte, den sie dem Pony geben konnte, hätte sie vor Freude beinahe geweint.

»Nimm ihn«, sagte er. »Der letzte Besitzer sagte, den mag sie am liebsten.«

Der Apfel wurde angeboten und akzeptiert. Schneeschuh gestattete Ash, ihre Mähne und den Rücken zu streicheln, während sie den Apfel fraß.

»Ah, ihr habt schon Freundschaft geschlossen«, sagte Angus, der mit dem letzten Gepäck kam. Ash lächelte ihn an, als er die Pferde belud. Die Hundebisse an den Flanken des Fuchses waren nicht mehr verbunden, und Ash sah erleichtert, daß sie sich geschlossen hatten und trocken waren. Als sie den Blick von der Flanke des Wallachs hob, bemerkte sie Heritas Cant, der in der Tür stand und sie beobachtete.

»Gib mir dein kleines Füßchen.« Angus beugte sich vor, bereit, ihr aufs Pferd zu helfen.

Ein wenig nervös wegen Cants Gegenwart, setzte Ash den linken Fuß in Angus' Hände und schwang sich auf Schneeschuhs Rücken. Der Sattel paßte hervorragend, und Raif schnallte rasch die Steigbügel in die richtige Länge. Schneeschuh blieb die ganze Zeit vollkommen ruhig stehen, als begegnete sie jeden Tag neuen Reitern mitten in einem Sturm.

Als alle auf dem Pferd saßen und bereit waren, rief Cant von der Tür aus: »Die Straße nach Norden sollte frei sein. Folgt ihr bis Einbruch der Dunkelheit und wendet euch dann nach Westen, wenn ihr an den beiden Sturmscheunen vorbei seid.«

Angus nickte. »Ja, Heritas. Das werden wir tun. Ich danke dir für die Wärme deiner Feuerstelle und dein Wissen, das du mit uns geteilt hast. Wenn die Götter es wollen, werden wir uns wieder begegnen, noch bevor dieser Winter zu Ende ist.«

Cant antwortete nicht, sondern klickte nur mit den Stöcken auf die Steinschwelle.

»Ich bin Euch etwas schuldig, Heritas Cant«, sagte Raif und hob die Stimme, um gegen den Sturm anzuschreien. »Ich werde meine Schuld abzahlen, wenn wir uns wieder begegnen.«

Cant schüttelte den Kopf. »Ich werde Euch keine weitere Last auferlegen, Clansmann, indem ich eine Schuld von Euch einfordere.«

Ash beobachtete Raifs Gesicht, als er diese Antwort vernahm. Ein Muskel hoch an seiner Wange zuckte, dann senkte er den Kopf und wandte den Blick ab. Ash strich über Schneeschuhs Hals, auf der Suche nach Wärme. Sie lenkte das Pony auf die Straße zu und nickte Heritas Cant noch einmal zu.

Ille Glaive war anders als Spire Vanis. Als Ash das Pony durch die Straßen lenkte, vorbei an einstürzenden Mauern, Häusern mit spitzen Dächern, versiegelten Abflußgräben und Bleirohren, aus denen Dampf herausdrang, begann sie die einzelnen Schichten im Stein zu erkennen. Die Keller, die von der Straße aus kaum sichtbar waren, bestanden aus feinem, behauenem Stein, der schwarz vor Ruß und Alter war. Ash sah, daß Monde und Sterne seitlich in die Kellertreppen und an die Unterseiten von Torbögen eingemeißelt waren. Oberhalb des Bodens war der Stein neuer, heller, die Mauern aus weicherem, vielleicht leichter zu bearbeitendem Sandstein. Alles schien auf etwas anderes aufgehäuft, und die Gebäude knarrten und bogen sich unter dem Gewicht hinzugefügter Stockwerke, Türme und Holzbrücken. In der Ferne waren die fünf bleiüberzogenen Kuppeln der Seefestung deutlich zu sehen, wie sie sich über der gewaltigen Mauer erhoben, die sie umgab. Die drei Tränen von Ille Glaive – die schwarze Träne des Sees, die rote Träne von Sullblut und die Stahlträne von Dunnes Feys' Schwert – waren auf den weißen Flaggen deutlich zu erkennen. Ash erinnerte sich, daß ihr Pflegevater ihr einmal erzählt hatte, die Seefestung sei um einen Teich schwarzen Wassers herum gebaut, der als das Seeauge bekannt war. Angeblich war dieser Teich tiefer als der See selbst, und merkwürdige blinde Fische schwammen darin.

Je näher sie der Nordmauer von Ille Glaive kamen, desto heruntergekommener war die Stadt. Viele Gebäude waren kaum mehr als bewohnte Ruinen. Ash betrachtete die eingestürzten Dächer, verbarrikadierten Fenster und vereisten Abflußrohre mit Augen, die solche Dinge schon einmal gesehen hatten. Sie wußte, wie es war, auf der Straße zu leben, frierend und hungrig und einsam. Eine Reise nach Norden entlang der Sturmgrenze war verglichen damit nicht viel.

Rasch, bevor ihre Gedanken sich wieder Heritas Cant und allem, was er gesagt hatte, zuwenden konnten, begann Ash Schneeschuhs Hals zu tätscheln und sagte laut irgendwelche Pferdedinge. Sie konnte nicht darüber nachdenken, diese schreckliche Macht zu haben. Nicht jetzt. Noch nicht.

Die Sturmwolken wurden dunkler, als sie sich dem alten Sulltor näherten. Berge von braunem Schnee waren zu beiden Seiten der Torpfosten aufgetürmt, und Reihen von Eiszapfen hingen vom Tor herab, naß und triefend wie die Zähne von Ungeheuern. Angus stieg ab, wies Ash aber mit einer Bewegung an, im Sattel zu bleiben. Er schien ruhig, aber Ash sah, wie sein Blick vom Torturm zu den Wachen in weißen Kettenhemden und den Bogenschützen auf der Mauer zuckte.

Das Nordtor von Ille Glaive war alt und aus honigfarbenem Stein gemeißelt. Es paßte weder zu der Farbe noch zum Stil der Mauer, in der es sich befand. Anders als die Tore von Spire Vanis war es nicht dazu entworfen, jemanden mit seinen Ausmaßen und seiner Großartigkeit zu beeindrucken, es existierte einfach als ein schöner Gegenstand, wie ein Eingang zu einer heiligen Stätte. Eine Landschaft von sanften Hügeln, Tälern, dichten Wäldern und Schluchten mit Wasserfällen war in die Pfosten und Bogen gemeißelt.

»Das Clanland«, murmelte Raif.

Ash wandte sich ihm zu. Schnee wirbelte um sein Gesicht, flog mit jedem Wechsel der Windrichtung hierhin und dahin. Raif hielt Elchs Zügel fest, und seine Miene erinnerte Ash daran, wie er aussah, wenn er einen Bogen spannte.

»Ja«, sagte Angus. »Es sind Teile von Dhoone und Blackhail und Bludd da oben. Der Stein wurde von Sullsteinmetzen bearbeitet. All ihre Tore erzählen etwas über das Land, das hinter ihnen liegt.«

Raif schien nicht zu hören, was er sagte. Ash sah ihm zu, während sie sich in die Schlange der Leute einreihten, die darauf warteten, die Stadt verlassen zu können. Er schaute nicht wieder zum Tor zurück.

Eine Bäuerin mit einem Hund und einem Karren und ein alter Jäger in Kaninchenfell, das wie die Hölle stank, standen vor ihnen in der Reihe. Zwei Soldaten mit den drei Tränen auf ihrer Brust ließen sie ohne Schwierigkeit passieren. Ash erwartete, daß Angus erleichtert sein würde, als er das Tor ohne weitere Herausforderung durchqueren konnte, aber er entspannte sich nicht. *Wovor hat er Angst?* fragte sie sich, als sie bemerkte, daß er ein weiteres Mal über die Schulter schaute.

Hinter der Stadtmauer tobte der Sturm. Ashs Augen und Mund füllten sich mit Schnee, sobald das Pony das Tor durchquert hatte, und sie war gezwungen, ihre Fuchskapuze so dicht zuzuziehen, daß sie die Welt nur noch durch einen Filter aus grauem Pelz sah. Die Nordstraße erstreckte sich vor ihnen gerade wie ein Pfeil und vier Wagen breit. Das Land, das zu Ille Glaive gehörte, mit ausgedehnten Bauernhöfen, kräftigen Mauern und eng zusammengedrängten kleinen Dörfern, in denen jedes Gebäude mindestens eine Mauer mit einem anderen teilte, breitete sich als reine Schneelandschaft bis zum Horizont aus. Alles war weiß, sogar der Himmel. Die einzigen dunklen Flecke waren Kamine und Rauchlöcher auf den Dächern von tausend Bauernhöfen.

Angus stieg in den Sattel und führte sie in raschem Trab nach Norden.

Den ganzen Weg lang wurde den Pferden der Schnee ins Gesicht getrieben. Die Dunkelheit kam früh und bewegte sich über das Land nach Süden wie ein zweiter Sturm. Der Wind erstarb mit dem Licht, und die Temperatur sank plötzlich bis zum Frost. Ash verkroch sich in ihre Ölhaut und war sich jedes schlecht genähten Saums und jedes winzigen Risses bewußt. Kälte kroch in ihre Brust wie eine Krankheit. Jeder Atemzug, den sie wieder von sich gab, fing sich in ihrer Kapuze und verwandelte sich in blaues Eis. Lichter von Gasthäusern an der Straße sahen immer verlockender aus, aber Angus zeigte wenig Interesse daran, einen Halt einzulegen. Rauch, der nach Braten und Zwiebeln roch, brannte schwarz über die Straße und ließ Ash das Wasser im Mund zusammenlaufen und ihren Magen knurren. Stunden vergingen, aber Angus weigerte sich immer noch, eine Rast einzulegen.

Ash versank in das Elend schmerzender Oberschenkel, tauber Finger, gerissener Lippen und einer vollen Blase. Sie schaute immer wieder in den sternlosen Himmel und fragte sich, wie lange es noch bis zum Morgengrauen dauern würde. Sie war der Ansicht, daß Angus die Nacht durchreiten wollte.

Endlich meldete sich Raif, sagte etwas zu Angus, das Ash nicht verstehen konnte. Die beiden flüsterten miteinander. Angus schüttelte den Kopf. Raifs Stimme wurde gefährlich tief … Ash hörte, wie er ihren Namen aussprach. Angus' Schultern wurden einen Augenblick starrer, aber beim nächsten Atemzug gab er nach. Er warf einen Blick zu Ash und sagte: »In Ordnung. Eine kurze Rast wird uns nicht schaden.«

Ash versuchte, sich die Erleichterung nicht anmerken zu lassen.

Sie ritten noch eine Weile länger, bis sie frei vom Licht der nahen Dörfer waren und Angus die Dichte der Bäume an der Straße zufriedenstellend fand. Ash roch den scharfen, essigartigen Duft von Harz, als sie auf eine Reihe Fichten zuritten. Schneeschuh war entzückt, von der Straße wegzukommen, und fand unter dem Schnee vieles, was beschnuppert werden mußte. Ash spähte über die Baumwipfel hinweg, als sie darauf wartete, daß ihr Pony den Kopf wieder hob. Der nördliche Horizont wurde von einer Reihe felsiger Gipfel eingenommen, die sich als dunkle Schatten gegen einen beinahe schwarzen Himmel abzeichneten.

»Die Bitterhügel«, sagte Angus, und unter seinen Stiefeln

knirschte der Schnee. »Dahinter befindet sich das Clanland. Ganmiddich, Bannen und Croser liegen in dieser Richtung.«

Als sie Angus sprechen hörte, wußte Ash, daß er sie beobachtet hatte. Sah er immer so genau hin, daß er bemerkte, wohin sie schaute? Schweigend stieg sie aus dem Sattel, unwillig, Angus weiter über die Clans zu befragen. Irgendwie wußte sie, daß Raif das nicht begrüßen würde.

»An bestimmten Tagen kann man, wenn man nach Nordosten schaut, ein Licht über den Hügeln sehen. Ganmiddich hat einen Turm, obwohl ich nicht behaupten kann, daß sie ihn gebaut haben, und sie zünden Feuer in der obersten Kammer an, so daß der Schein überall im Norden zu sehen ist.«

Ash warf Raif einen Blick zu. Er war von Elch abgestiegen und damit beschäftigt, sich um die Nase und das Maul des Wallachs zu kümmern. Er zeigte nicht, ob er gehört hatte, was Angus sagte, aber in dieser Halle aus Fichten trugen Geräusche weit.

Angus begann, die Futterbeutel mit Hafer zu füllen. »Das letzte Mal habe ich das Licht auf dem Turm gesehen, als der alte Häuptling Ork Ganmiddich starb. Sie haben das Holz mit Magnamilch begossen, damit die Flammen weiß brennen.«

Aus den Augenwinkeln sah Ash, wie Raif mit der Hand das silberverschlossene Horn berührte, das er an seinem Gürtel trug. *Er erweist seinen Respekt*, dachte sie.

Vielleicht war auch Angus die Geste aufgefallen, denn er sprach nicht mehr über den Turm oder die Clans, sondern beschäftigte sich einfach weiter mit den Pferden.

Ash stampfte mit den Füßen im Schnee, um die Krämpfe aus den Beinen zu bekommen. Nach einer Weile brachte Raif ihr etwas zu essen. Es gab rechteckig geschnittenes Haferbrot, klumpigen, weißen Käse, kalten, schwarz gebratenen Schinkenspeck, harte Äpfel und abgestandenes Bier. Nach einiger Zeit gesellte Angus sich zu ihnen und verschlang außer dem Bier alles begeistert. »Das kann ich einfach nicht«, rief er und schlug sich mit der Hand aufs Herz. »Ich trinke warmes Bier, kaltes Bier, Bier, das dick von Hafer ist, von mir aus auch voll Sägespäne und Eier, aber ich kann dieses abgestandene Zeug einfach nicht runterkriegen. Alles hat seine Grenzen.«

Es tat gut zu lachen. Angus reichte seine Kaninchenfellflasche herum und bestand darauf, daß sowohl Ash als auch Raif einen Schluck »echter Wärme« zu sich nahmen. Ash trank, obwohl der Inhalt der Flasche wie Lampenöl schmeckte und nach toten Bäumen roch. »Das sind die Birken«, erklärte Angus, als Ash Tränen in die Augen traten. »Unten in der Flasche ist ein Stück Rinde. Davon wächst du so hoch und gerade wie ein Baum … oder war es, daß du so dick wie einer wirst? Ich kann mich nicht mehr genau erinnern.« Ash grinste. Es war unmöglich, Angus Lok nicht zu mögen. Sie gab die Flasche zurück, stand auf und bürstete sich den Schnee vom Rock. »Ich will mir nur die Beine ein wenig vertreten.«

»Ich komme mit dir«, sagte Raif und wollte ebenfalls aufstehen.

Angus legte ihm die Hand auf den Arm. »Ich glaube, unser kleines Eismädchen braucht ein wenig Abgeschiedenheit.«

Raif schaute einen Augenblick lang verstört drein, dann schien es ihm zu dämmern. Rasch setzte er sich wieder hin.

Angus' kupferfarbene Augen zwinkerten, als er sich Ash zuwandte und sagte: »Geh schon. Wir sind hier, wenn du uns brauchst.«

Unfähig zu entscheiden, ob sie nun verlegen oder amüsiert war, ging Ash weiter. Angus Lok wußte einiges über Mädchen.

Sie fand eine Stelle mit ausgedehntem Unterholz und erleichterte sich im Schutz der Büsche. Die Verschlüsse ihrer neuen Kleidung ärgerten sie, und ihre Finger waren halb gefroren und beinahe nutzlos. Als sie die Lichtung wieder erreichte, saßen Raif und Angus schon wieder zu Pferd und waren bereit weiterzuziehen. Futtersäcke und schweinslederne Wassereimer waren weggepackt, und alles, was von ihrer Mahlzeit übriggeblieben war, waren ein paar braune Apfelreste im Schnee.

Schneeschuh zeigte keine Anzeichen von Müdigkeit und blieb ganz ruhig, als Ash wieder in den Sattel stieg. Entschlossen, ihre eigene Erschöpfung nicht zu zeigen, strengte Ash sich an, sehr aufrecht zu sitzen, als Angus sie durch die Fichten weiter nach Norden führte. Endlich kamen sie zu einem Wildpfad, der nach Westen führte, und Angus schien damit zufrieden zu sein, ihm zu folgen. Sie ritten noch einige Zeit während der dunklen Stunden der Nacht, kamen an verlassenen Bauernhöfen vorbei, an gefrorenen Bächen und nebligen Wäldern, und dann überraschte Angus alle, indem er einen Halt ankündigte.

Er wandte sich direkt nach Osten, richtete sich in den Steigbügeln hoch auf und spähte zurück zu dem Pfad, den sie gerade genommen hatten. Er schüttelte den Kopf und sagte: »Das ist nicht die beste falsche Spur, die ich je gelegt habe, aber sie wird genügen müssen.« Er trieb den Fuchs weiter an. »Und jetzt ist es Zeit, daß wir nach Hause gehen.«

6
Verlorenes wird gefunden

Meeda Langläufers Hunde fanden den gefrorenen Rabenkadaver zwei Fuß tief unter vereistem Schnee. Sie hatte vor, in dem frisch gefallenen Schnee östlich des Herzens Nerze zu fangen, als ihre Terrier begannen, im Schnee zu graben. Meeda hatte auf der Hochebene, die als Großvaters Rippe bekannt war, seit fünfzig Jahren Nerze gefangen, und sie wußte schon in dem Augenblick, als ihre Hunde zu graben begannen, daß es dort nichts als Felsen unter dem Schnee gab. Beinahe hätte sie die Tiere zurückgerufen. Sie hatte vorgehabt, das leere Bachbett zu überqueren und am waldigen Ufer weiterzusuchen, wo zehntausend Jahre von Baumbewuchs den Felsen zu feiner, krümeliger Erde gebrochen hatten: weiches Land, wo, wie sie wußte, eine Mutter und ihre drei Jungen lebten. Aber die Hunde waren über etwas schrecklich aufgeregt, und es bestand immer die Möglichkeit, einen Kadaver zu finden. Meeda hatte schon erlebt, daß weibliche Nerze in einem Anfall wahnsinniger, beschützerischer Mütterlichkeit den Männchen Pfoten und Genitalien abbissen und sie dann tot liegen ließen. Ein gefrorenes, blutiges Nerzfell taugte nicht für einen Umhang oder einen Mantel, aber man konnte es waschen und als Futter für Handschuhe, Beutel und Kapuzen verwenden. Das war es wert, einige Zeit darauf zu verschwenden. Gerade eben so.

Meeda steckte sich einen Streifen Birkenrinde zwischen die Lippen, die vom Alter völlig farblos waren, und wartete darauf, daß ihre Hunde mit dem Graben fertig wurden. Ihre Terrier, wegen ihrer geringen Größe, ihrer kleinen Hirne und kleinen Schnauzen oft Gegenstand boshafter Bemerkungen von Männern, fegten den Schnee mit so scharfen, kräftigen Krallen beiseite, daß Meeda selbst jetzt, nachdem sie sich fünfzig Jahre mit dieser Rasse auskannte, immer noch fürchtete, sie dicht an ihr Gesicht zu lassen. Die Männer hatten recht: Die Hirne dieser Hunde waren tatsächlich winzig. Aber Meeda Langläufer wußte schon lange, daß ein sehr konzentriertes kleines Hirn oft nützlicher war als ein großes, das sich zu vielen Gedanken zuwandte. Als sie einen ersten Blick auf die dunkle Gestalt unter dem Schnee werfen konnte, spuckte Meeda die Birkenrinde aus und gab ein paar ausgewählte Flüche an den Herrn der Gejagten von sich. Dunkel war nicht, was sie wollte. Dunkel war nicht, was Slygo Zahnspalter gegen ein paar neue, gute Stiefel und einen metallenen Schwertkopf eintauschen würde. Slygo wollte weiß. Dunkle Nerzfelle waren ihr doppeltes Gewicht in Pfeilköpfen wert. Weiße Felle brachten zehnmal soviel und mehr.

»*Mashi!*« rief Meeda den Terriern zu, und die Tiere hörten sofort auf mit dem, was sie taten. Sie würde keine Zeit mehr darauf verschwenden, einen dunklen, blutigen Kadaver aus dem Schnee zu graben.

Die Terrier fürchteten Meeda beinahe ebenso, wie sie es liebten, nach Fleisch zu graben, und wie ein einziges Tier traten sie alle beiseite und erlaubten ihrer Herrin, ihre Arbeit zu begutachten. Meeda war stolz darauf, die beste Nerzjägerin im Felsenland zu sein. Fünfzig Jahre Erfahrung, elf Generationen von Hunden, fünftausend Meilen zu Fuß und weitere zehntausend zu Pferd, und dabei nur achtundzwanzig Tage an Kindbett und Trauer und Krankheit verloren. Welcher Mann konnte so etwas schon von sich behaupten? Wie immer, bevor sie ihren ersten Fang des Tages gemacht hatte, war Meeda ungeduldig mit sich selbst und ihren Hunden, aber sie wußte, daß man sich an bestimmte Rituale halten mußte.

Terrier waren wie Kinder: Wenn sie sich die Mühe machten, einen Bau, einen frisch getöteten Kadaver oder sogar ein paar alte Knochen auszugraben, wollten sie für ihre Anstrengung gelobt werden. Meeda blickte zu vier begierigen Augenpaaren nieder, und obwohl ihr nicht sonderlich danach zumute war, holte sie ihren Eisholzstock vom Gürtel.

»Was haben wir denn da?« sagte sie und stieß den Stock in den Schnee, der den dunklen Kadaver von Nerzgröße immer noch bedeckte. Zwei Söhne hatte sie zur Welt gebracht, aber ihre Namen hatte sie seltener ausgesprochen als diese fünf Wörter.

Die Muskeln in den Nacken der Terrier spannten sich an. Einer, noch ein Welpe von kaum acht Monaten, begann aufgeregt, in den Schnee zu pinkeln. Meeda runzelte die Stirn. Das würde sie aus ihm herausprügeln müssen: was, wenn dort ein perfekter, weißer Nerz gelegen hätte statt

– eines Raben.

Meeda Langläufers Gesicht unter ihrer Luchskapuze wurde kalt, als sie eine Wolke von Schnee aufwirbelte, um den blauschimmernden Rabenschnabel zu entblößen. *Ein schlechtes Vorzeichen.* Der Gedanke kam so rasch, als hätte sich ein Fremder über ihren gebeugten Rücken gelehnt und ihr die Worte ins Ohr geflüstert. Meeda hatte Lust, sich einfach umzudrehen, ihre Hunde zu rufen und so schnell, wie ihre Kniegelenke es zuließen, auf das leere Bachbett und das waldige Ufer zuzurennen. Sie war Nerzjägerin, nichts weiter. Es war nicht ihre Sache, sich um Botschaften und Vorzeichen zu kümmern. Aber noch während sie sich mit Ausreden aufplusterte, wußte sie, daß es ihr Schicksal gewesen war, den Raben zu finden, und ihre Pflicht, ihn nach Hause zu bringen.

Heute würde ihr kein Nerz in die Falle gehen.

Sie herrschte die Terrier grober als sonst an und hielt sie beiseite, während sie mit ihren eigenen behandschuhten Händen weitergrub. Der Rabe war von Habichten getötet worden; sie hatten ihm die Augen ausgepickt, und das weiche, schwarze Daunengefieder an seiner Kehle war starr von glitzerndem, getrockneten Blut. Die Habichte hatten ihn mitten im Flug angegriffen, und der Sturz hatte seinen linken Flügel abgetrennt und ihm den Brustkorb ins Herz gedrückt. Meeda fluchte leise, als sie den Schnee wegkratzte. Habichte hatten wenig für andere Raubvögel übrig, die sich in ihr Territorium wagten, aber selten war sie Zeugin einer solchen Attacke geworden. Nie hatte sie erlebt, daß sie einen Raben vom Himmel geholt hatten.

Als sie den unteren Teil des Tieres vom Schnee befreite, bemerkte Meeda etwas Silbernes, Schuppiges wie Fischhaut, das im Winterlicht schimmerte. Da wußte Meeda Langläufer, daß der Rabe nicht nur ein schlechtes Vorzeichen ins Felsenland gebracht hatte. Er trug auch eine Botschaft.

Sie zog ihre dicken Arbeitshandschuhe aus Pferdefell aus und entblößte Hände mit Dutzenden Narben scharfer Nerzzähne. Sie ließ sich auf den Knien im Schnee nieder und hatte das Messer in der Hand, noch bevor sie es wußte. Ein Päckchen von der Größe eines Kinderfingers war dem Raben ans linke Bein gebunden. Das silbrige Material war Hechthaut – ihre Jägeraugen bemerkten diese Einzelheit sofort, obwohl ihre Gedanken auf etwas anderes konzentriert waren. Sollte sie das Päckchen öffnen und die Botschaft lesen?

Der Rabe hatte einen langen Weg zurückgelegt, das wußte Meeda. Niemand im Felsenland benutzte Hechthaut, um Botschaften an Vogelbeine zu binden, und nur zwei Männer im nördlichen Land benutzten Raben, um Botschaften zu versenden. Von dem ersten wußte sie wenig; er gehörte zur weit entfernten Familie und wohnte an der Westküste, wo er sich im Sommer vom Fett der großen Wale ernährte und in den langen Winternächten tief im Boden eingegraben saß und Seehundhaut kaute. Der zweite Mann war ihr Sohn.

Diese Botschaft war für ihn, konnte nur für ihn sein. Und wenn man von der Austrocknung des Rabenkadavers ausging, kam sie bereits elf Tage zu spät.

Meeda Langläufer schnitt die Botschaft ab. Die trockenen, eisigen Winde hatten dem Vogel alle Körperflüssigkeit genommen, aber selbst jetzt gab Meeda ihre Vorsicht nicht auf: Eine

Nerzjägerin brach niemals die Haut. Es war verrückt, das wußte sie, aber so war sie nun einmal. Sie war zu alt, um sich noch einmal zu verändern.

Sie war auch zu alt, um auf die Hände und Augen ihres Sohnes zu warten, was das Öffnen und Lesen der Botschaft anging. Sie war für ihn bestimmt – sie würde und konnte nichts anderes annehmen –, aber es waren *ihre* Hunde gewesen, die sie aus dem Schnee gegraben hatten. Der Fund gehörte ihr. Und in Meeda Langläufers Welt von Jägern und Fallenstellern bedeutete das, daß sie damit tun konnte, was sie wollte.

Mit Händen, die trotz ihres Alters und der Vernarbung überraschend geschickt waren, öffnete Meeda das Hechthautpäckchen in der Mitte, wo es mit Fischleim versiegelt war. Ein Stück weißer Baumrinde, nicht unähnlich der, die sie zuvor in den Schnee gespuckt hatte, fiel in ihre Handfläche. Es war weich und sowohl mit Speichel als auch mit einer Art Tierfett, das sie nicht erkannte, hervorragend bearbeitet. Die Botschaft war in das Holz gebrannt.

Meeda las sie langsam und brauchte Minuten, obwohl sie in Wirklichkeit kaum zwei Sätze lang war. Ihr Vater war ein gelehrter Mann gewesen, der sowohl seinen Söhnen als auch den Töchtern das Lesen, die Überlieferungen und Geschichte beigebracht hatte, aber so lange sie sich erinnern konnte, hatte Meeda die Freiheit ihres eigenen Körpers höher geschätzt als die geistige. Als Kind war sie vom Unterricht davongelaufen, selbst mitten im Winter, wenn ihr Vater und sein Hoher Sprecher schworen, daß die Temperaturen draußen genügten, ein Mädchen mit weicher Haut innerhalb von Minuten zu töten. Meeda hatte ihnen das Gegenteil bewiesen, obwohl sie sich nun im hohen Alter ein wenig dafür schämte, ihren Vater so verspottet und solche Freude dabei empfunden zu haben. Der Hohe Sprecher war, anders als ihr Vater, noch am Leben. Er war der älteste Mann in Felsenland und stand an Macht nur ihrem Sohn nach. Er hatte keine Augen mehr, aber auch das hielt

Meeda nicht davon ab, seinem Blick hin und wieder auszuweichen.

Schaudernd faltete sie die Botschaft und steckte sie in den Gürtel. Die Terrier, die glaubten, daß sie nach ihrer Tasche mit den Belohnungen griff, begannen, sich um die beste Position direkt vor ihr zu streiten. Meeda schüttelte den Kopf. Keine Belohnung. Nicht heute.

»*Mis!*« sagte sie ihnen. Nach Hause.

Das waren achtzehn Meilen wie bis ins Herz der Sull. Meeda Langläufer legte sie nicht schneller oder langsamer zurück als üblich, aber sie kosteten sie mehr als jede andere Wegstunde ihres Lebens. Als der Weg sich aus dem Talboden hob und die weißen Kreidefelsen über den Herzfeuern sichtbar wurden, entdeckte sie in der Ferne zwei berittene Gestalten.

Ark Knochenspalter und Mal Neinsager.

Fernreiter, die von einem Auftrag zurückkehrten, zu dem ihr Sohn sie ausgeschickt hatte. Meeda ließ die Hand an den Gürtel sinken und tastete nach der Botschaft, die sie dort trug. Die beiden Männer wußten es noch nicht, aber sie würden kaum Zeit haben, ihre Pferde zur Ader zu lassen und sich die Hände in der Asche der Herdfeuer zu schwärzen. Jetzt würden sie nach Norden reiten müssen. Meeda Langläufer, Tochter der Sull, hatte den Belehrungen ihres Vaters lange genug zugehört, um zu wissen, daß Fernreiter dem lautlosen Ruf der Götter folgten.

Sie ritten die Nacht und den größten Teil des nächsten Tages nach Osten. Die Morgendämmerung brachte mehr Schnee und jene Art tiefer, böiger Winde, die aus allen Richtungen kamen und gegen die man sich unmöglich schützen konnte. Je weiter sie sich von Ille Glaive entfernten, desto leerer wurde die Landschaft. Dörfer waren nur noch selten, und das Land war bevölkert mit knochenbrechenden Felsen, gefrorenen Löchern im Boden und Wäldern hoher, schweigender Bäume. Raif nannte es Taiga. Er erklärte, ein großer Teil des Clanlandes sei so.

Sie ruhten am Abend des zweiten Tages und schlugen ein kaltes Lager in einiger Entfernung von einem winzigen Dorf auf, in dem es ein Bierhaus gab, eine Schmiede und eine alte Mauer, die gebaut worden war, um den Schnee und den Schlamm, der von den Bitterhügeln herabrutschte, fernzuhalten. Ein paar Schafe und ihre einjährigen Lämmer in einem Pferch an einem nahen Abhang waren ihre einzige Gesellschaft, als sie die Nacht durchschliefen.

Ash wurde von Angus geweckt. Es war immer noch dunkel, aber ein Streifen von Licht am südöstlichen Horizont zeigte, daß die Dämmerung bevorstand. Ash hatte auf einer Matratze aus gehäuftem Schnee geschlafen, eingewickelt in zwei Schichten aus Ölhaut und mit einer Maske gefetteten Leinens über dem Gesicht. Erfrierungen waren eine echte und stetige Gefahr, und diverse Male während der Nacht hatte sie Hände gespürt, die ihre Nase und ihre Wangen durch das Tuch berührten. Angus bestand darauf, das auch jetzt noch einmal zu tun, und seine groben Finger tasteten nach starrer oder gefrorener Haut. Raif kümmerte sich um die Pferde und teilte dann ein Frühstück aus kalten Vorräten aus. Das Haferbrot, das am Abend zuvor noch weich und knusprig gewesen war, war jetzt voller Eiskristalle.

Während Ash und Raif die Wasserschläuche mit Schnee füllten, stieg Angus ein Stück den Abhang hinauf und betrachtete die Umgebung. Jetzt kannte Ash endlich den Grund hinter seiner ununterbrochenen Wachsamkeit: Er wollte nicht, daß ein uneingeladener Gast ihnen nach Hause folgte.

Er hatte Heritas Cant nicht vollständig vertraut. Ash erinnerte sich genau, daß er Cant gesagt hatte, sie würden sich nach Norden und dann nach Westen wenden. Aber er hatte niemals vorgehabt, das zu tun. Sobald er es für sicher hielt, war er statt dessen nach Osten weitergezogen. »Nur ein kleiner Besuch«, hatte er am Vorabend gesagt. »Es wird uns nur drei Tage kosten – einen Tag dort, einen Tag für die Rückreise und einer in der Mitte, damit wir einmal unter einem sicheren Dach ordentlich Rast machen können und meine Frau mich ein wenig ausschimpfen kann.«

Ash hatte diese Entscheidung sofort akzeptiert. Sie konnte Angus und Raif nicht davor zurückhalten, ihre Familie zu besuchen. Wie konnte sie etwas dagegen haben, daß diese beiden Männer ihre Verwandten sehen wollten – sie, die nichts von Vätern und Töchtern und Cousinen und Tanten wußte? Cants Schutzzauber würden die weiteren Tage halten. Sie mußten einfach.

Der Sturm hatte sich über Nacht gelegt, aber der Schnee unter ihren Füßen hatte sich immer noch nicht zurechtgesetzt. Es war schwierig, sich fortzubewegen, aber nach ein paar Stunden brach die Sonne durch die Wolken und schuf eine Welt aus glitzerndem blauem Frost. Alle fühlten sich gleich besser. Angus summte eine ganze Reihe von Melodien; Ash erkannte eine von ihnen als »Dachs im Bau«. Raif schwieg, aber seine Hände an den Zügeln waren weniger verkrampft, und er beugte sich häufig vor, um Elchs Nacken zu kraulen und dem Pferd irgendwelchen Unsinn zu erzählen. Als Ash sah, wie die Männer bei der Aussicht, nach Hause zu kommen, zusehends aufgeregter wurden, wurde sie nervös. Der Gedanke an Angus' Töchter zog ihr den Magen zusammen.

»Raif«, sagte Angus, als die schneegedeckten Dächer eines kleinen Dorfes in der Ferne auftauchten, »was hieltest du davon, diesen geliehenen Bogen zu nehmen und etwas Gutes für Darras Kochtopf zu schießen? Sie wird Schleudern aus meinen Schenkelsehnen machen, wenn ich zwei Gäste mitbringe, aber nichts zu essen.«

Muskelstränge an Raifs Nacken spannten sich, als sein Onkel ihn ansprach, und Ash dachte einen Augenblick lang, er würde sich weigern. Aber dann griff er hinter sich und holte den Bogen aus dem Kasten. Der Bogen war einer der wenigen Gegenstände, die am See nicht verlorengegangen waren. Es war ein wunderschöner Gegenstand aus Horn und Holz, die beide auf Hochglanz poliert waren. Raif zog die Handschuhe aus, um ihn zu spannen. Er arbeitete rasch, band Knoten, wärmte die wachsbedeckte Sehne, knetete den Bauch des Bogens, als er ihn durchbog. Im Bogenkasten lagen nun auch ein Dutzend gerade, gut gearbeitete Pfeile, und Raif wählte einen aus und legte ihn auf.

Etwas in seiner Miene veränderte sich, als er das umgebende Land nach Wild durchsuchte. Ash sah nichts, nur Fichten, Schierling, Gras und Schnee, aber Raifs Blick konzentrierte sich auf die Räume *zwischen* den Dingen, und seine Augen blitzten, als folgten sie den Spuren unsichtbarer Geschöpfe. Minuten vergingen. Angus beschäftigte sich damit, mit der Messerspitze den Dreck unter den Fingernägeln wegzukratzen. Ash konnte den Blick nicht von Raif lassen. Er wurde ganz anders, wenn er einen Bogen in der Hand hatte – er wurde zu etwas, wofür sie keinen Namen finden konnte.

Tock. Der Bogen schnappte mit einem *Twack* zurück, und Raif fing den Rückschlag mit der Hand ab. Ash folgte Raifs Blick, konnte aber nichts erkennen. Kein Geschöpf schrie getroffen auf. Ein Geruch wie Schwefel oder Kupfer füllte ihre Nase und den Mund. Als sie ihn geschluckt hatte, war er auch schon verschwunden.

Angus, der, wie Ash annahm, sich nicht sonderlich für das Nägelsäubern interessiert hatte, wandte den Fuchs in Schußrichtung. Noch während unter den Hufen des Fuchses der Schnee aufwirbelte, schoß Raif ein zweites Mal.

»Zwei Schneehühner sollten genügen«, sagte er leise.

Ash wußte nicht, was sie antworten sollte. Sie nickte rasch.

Er drehte sich zu ihr um. Er hielt den Bogen nur noch in der linken Hand, und Ash konnte die frische, rosafarbene Haut über einer kürzlich verheilten Wunde auf seiner Handfläche sehen. »Du siehst verängstigt aus.«

Sie versuchte zu lächeln, aber es gelang ihr nicht. »Ich habe früher schon gesehen, wie du schießt.«

»Das ist keine Antwort.«

Es war keine, und sie wußte es. Als sie ihm in die Augen sah, sah sie, wie dunkel sie waren, selbst im Licht der Sonne. Sie versuchte, abermals zu lächeln, und sagte: »Hast du Angst vor *mir?*«

Raifs eigenes Lächeln brauchte einige Zeit, aber als es schließlich erschien, wärmte es ihr das Herz. »Noch nicht.«

Dieser Augenblick zwischen ihnen dauerte nur so lange, wie Angus brauchte, um mit den Schneehühnern zurückzukommen, aber es genügte. Sie lenkten ihre Pferde ein wenig voneinander weg, als Angus die beiden fetten, weißen Vögel über den Kopf hob und rief: »Heute nacht darf ich im großen Bett schlafen!«

Sowohl Ash als auch Raif lachten.

Danach ging die Reise schnell weiter. Sie unterhielten sich, während sie ritten; sie tauschten Geschichten aus. Ash war überrascht zu hören, daß Raif Angus' Bauernhof nie zuvor besucht oder Angus' Töchter kennengelernt hatte. Sie fand es seltsam, daß Angus seine Töchter nie nach Norden aufs Blackhail-Land gebracht hatte, um ihre Vettern zu treffen, aber Angus machte einen Witz daraus und erklärte, er hätte bereits eine Schwester an einen Clansmann verloren und nicht vor, die drei kleinen Mädchen auch noch zu verlieren. Ash lachte mit Raif, aber sie fragte sich langsam, wovor Angus Angst hatte. Warum war es so wichtig, seine Familie vor dem Rest der Welt zu verbergen?

Gegen Mittag näherten sie sich dem Dorf, das sie zunächst am Horizont gesehen hatten. Der Boden war hier fest und taugte nur für Steinmauern und Schafe. Die Bitterhügel erhoben sich im Norden, und von dort aus pfiff der Wind durch graues Gras, das es irgendwie schaffte, den Kopf über den Schnee zu recken. Höfe von Schafsbauern klebten an den Abhängen. Es roch nach Holzrauch und Dung und feuchter Wolle. Ein Band von gefrorenen Teichen zog sich über die Hügel und erzählte von längst verschwundenen Gletschern.

Das Dorf selbst bestand aus zwei Straßen mit teerversiegelten

Steinhäusern daran. Ash erkannte in dem freigeschaufelten Boden rings um jedes Gebäude und den gut gepflegten Fensterläden und Türen den Besitzerstolz. Wie der Fuchs hatte auch das Dorf einen Namen, den Angus lieber nicht verriet.

Angus zog es auch vor, sich dem Dorf nicht zu dicht zu nähern, und er führte sie über eine Reihe von Feldwegen, Schafspfaden und trockenen Bachbetten, wobei er mindestens dreimal die Richtung wechselte. Als sie am Ufer eines kleinen Flusses mit grünem Wasser eintrafen, hatte Ash jedes Richtungsgefühl verloren und hätte um keinen Preis der Welt den Weg ins Dorf zurückfinden können. Sie folgten dem Fluß eine Stunde flußabwärts, bis er in einen Wald mit uralten Hartholzbäumen floß. Hoch aufragende Ulmen, Buchen und schwarze Eichen erhoben sich rings um sie her wie eine Armee. Es war hier windstill, und die einzigen Geräusche kamen von den Pferdehufen, die bei jedem Schritt kleine Zweige zum Knacken brachten.

Ash war die letzte, die das Bauernhaus entdeckte. Der Wald lichtete sich nicht, er hörte einfach auf. Einen Augenblick noch waren sie im tiefen grünen Schatten hundertjähriger Eichen, dann gab es plötzlich keine Bäume mehr. Sonnenlicht blendete Ash. Raif holte tief Luft. Angus sagte ein einziges Wort: »*Mis.*«

Die Rückseite des Bauernhofs der Loks lag eine Viertelmeile vor ihnen in einem Streifen bearbeiteten Landes und eingerahmt von weißen Ulmen, so hoch und gerade wie Türme. Das Dach des Hauses war aus blaugrauem Schiefer und die Mauern aus hellgelbem Stein. Eine niedrige Tür, geschnitzt aus honigfarbenem Eichenholz und schimmernd von frisch aufgetragenem Harz, führte ins Hauptgebäude, und alle Wege, Trennwände und Schuppen und Außengebäude waren in einem Bogen darum angeordnet.

Während Ash noch hinsah, ging die Tür auf. Eine Frau … nein, ein Mädchen … trat auf den Weg hinaus. Sie trug ein blaues Wollkleid mit einem weißen Kragen und feste Arbeitsstiefel. Ihr rötlichbraunes Haar reichte ihr bis über die Taille. »Mutter! Beth!« rief sie mit hoher, aufgeregter Stimme.

Angus gab ein tiefes, kehliges Geräusch von sich und sprang vom Pferd. Ash warf Raif einen Blick zu und dachte, er würde dasselbe tun, aber etwas mußte sich auf ihrer Miene abgezeichnet haben, und er warf ihr einen Blick zu, der sagte, *ich bleibe hier bei dir.* Ash war überrascht von ihrer Erleichterung.

Zwei weitere Gestalten erschienen in der Tür, eine Frau mit dunkelgoldenem Haar und ein Mädchen von sechs oder sieben Jahren in derselben Art Wollkleid wie ihre ältere Schwester. Die Frau hielt etwas in ihren Armen, und Ash brauchte einen Augenblick, um zu erkennen, daß es sich um ein kleineres Kind handelte. Die beiden Mädchen rannten den Weg entlang und riefen: »Vater! Vater!« Die Frau wartete in der Tür und sah zu. Ash bemerkte, wie ihr Blick zu Raif und dann zu ihr schoß. Ihr wurde kalt, als sie da auf ihrem Pony saß und diese fremde Frau sie ansah.

Angus lief seinen Töchtern entgegen. Er umarmte sie, hob sie beide gleichzeitig vom Boden und schwang sie im Kreis herum, während er die ganze Zeit etwas von »Meine lieben Mädchen!« rief.

Ash mußte den Blick abwenden.

Raif, der die Zügel des Fuchses genommen hatte, schnalzte mit der Zunge und ermutigte alle drei Pferde weiterzugehen. Schneeschuh bewegte sich ohne Ashs Zustimmung. Ash wollte sie zurückhalten, *dachte* daran, sie zurückzuhalten, aber am Ende tat sie es nicht. *Es ist nur Angus' Familie*, sagte sie sich. *Ich stelle mich wegen nichts dumm an.*

Sie wünschte sich einfach nur, daß er Söhne hätte und keine Töchter.

Angus setzte seine Töchter ab, und beide Mädchen traten zur Seite und gestatteten ihm einen klaren Blick auf ihre Mutter an der Tür. Angus zog die Handschuhe aus, zog die Kapuze herunter, blieb stehen und sah seine Frau an. Seine Augen waren dunkel, als er darauf wartete, daß sie ihn zu sich winkte. Mit einem Lächeln tat sie das, und der Raum, der sie trennte, zog sich zu nichts zusammen, als Angus auf die Tür zuging.

In diesem Augenblick wußte sie, daß Angus gelogen hatte, was seine Frau anging. All die Drohungen, die sie angeblich von sich gab, all die Regeln, die sie angeblich aufstellte, waren nichts als heiße Luft.

Sie wandte sich von ihnen ab und begegnete dem Blick des älteren Mädchens. Sie war schön – Ash bemerkte das sofort –, mit grünbraunen Augen und einer Haut, die vor Gesundheit schimmerte. Als das Mädchen Ash ansah, hob sie die Hand ein wenig, und ihre kleine Schwester griff sofort danach. So eine kleine Sache, aber keines der Mädchen schaute auch nur hin, als sie sich berührten.

»Darra, ich habe Besuch mitgebracht.« Angus' Stimme zerriß den Augenblick. Er hielt seine Frau an der Hand, und er zog sie von der Schwelle auf den Weg. »Raif ist den ganzen Weg mitgekommen, um dich kennenzulernen. Er hat dir ein paar schöne Schneehühner mitgebracht.«

Als Ash hörte, daß Raif neben ihr aus dem Sattel stieg, tat sie dasselbe. Sie ließ den Blick dabei aber keinen Augenblick von Angus' Frau weichen.

Darra Lok trug ein einfaches Wollkleid ohne Schmuck oder irgendwelche Besätze. Sie hatte sich das Haar in einem Stil aufgesteckt, von dem Ash wußte, daß es jeden Morgen nur Minuten brauchte. Als ihre dunkelblauen Augen Raifs Blick begegneten, setzte sie das Kind, das sie auf dem Arm gehabt hatte, auf den Boden ab. Das kleine blonde Mädchen krabbelte durch den Schnee direkt auf Angus zu und rief dabei laut: »Papa!« Angus hob sie hoch und warf sie wie einen Mehlsack in die Luft. Das Kind war begeistert. Wild kichernd forderte es: »Mehr! Mehr!«

Beide Arme nun leer, schaute Darra Raif an.

»Vater ist tot«, sagte er leise.

»Ich weiß«, murmelte sie. »Ich weiß.« Ash konnte sehen, daß sie Raif gerne umarmt hätte, aber er kam nicht näher, und alles, was sie tun konnte, war, seinen Ärmel zu berühren. »Tem war ein guter, guter Mann. Ich habe nie einen ehrlicheren und gerechteren Mann gekannt.«

Raif nickte.

Darra lächelte. »Und er konnte tanzen … oh, wie er tanzen konnte …«

Raif, der nicht mehr nickte, hatte sich abgewandt.

Darras Hand folgte seiner Bewegung

»Cassy, Beth!« sagte Angus. »Geht und macht die Scheune auf.« Er streckte die Arme mit seiner jüngsten Tochter aus. »Und nehmt die kleine Moo mit euch. Beeilt euch.«

Die mittlere Tochter schmollte. »Aber Vater, wir wollen die Dame mit dem Silberhaar kennenlernen …«

»Später.«

Die Mädchen hörten einen Unterton in der Stimme des Vaters, der bewirkte, daß sie sich gerade aufrichteten. Die Älteste trat vor und nahm ihrem Vater die kleine Moo ab, und dann gingen die drei Schwestern zur Seite des Hauses. Ash sah sie verschwinden, und Neid wühlte in ihrer Brust. Als sie aufblickte, sah sie, daß Darra Lok sie beobachtete.

Angus packte seine Frau am Handgelenk, als er sie auf Ash zuführte. »Darra, das hier ist Ash. Sie kommt aus Spire Vanis. Wir reiten mit ihr nach Norden.«

Darras Gesicht war so bleich und glatt wie Wachs. Sie zitterte auf eine seltsame Art, als sei ihr entweder sehr kalt oder als hätte sie große Angst.

Ash verstand nicht, was geschah. In Darras großen Augen standen so viele Gefühle, daß sie ihr angst machten. Sie schaute sich über die Schulter nach Raif um, aber er stand in einiger Entfernung hinter ihr und kümmerte sich um die Pferde.

»Ash.« Darra schien das Wort zu prüfen, als sie es aussprach. »Willkommen in unserem Haus.«

Ash wußte nicht, was sie tun sollte. Das hier war nicht der richtige Zeitpunkt für ein Lächeln. Darra Lok sah bedrückt aus. Es schien ihr beinahe weh zu tun, sie willkommen zu heißen. »Danke«, sagte Ash. »Ich bin froh, hier zu sein.«

Darra Lok machte eine nervöse Geste mit den Händen und bürstete sich eingebildeten Dreck von der Schürze.

Angus schob sich zwischen seine Frau und Ash und berührte sie beide an den Schultern. »Nun, meine Damen«, sagte er. »Ich denke, wir sollten alle hineingehen und am Feuer eine Kleinigkeit essen.«

Ash verstand plötzlich überhaupt nichts mehr. Wußte Darra Lok, daß sie diese geheimnisvolle Macht hatte? War es Angst, die sie im Blick der älteren Frau bemerkt hatte, oder etwas anderes?

Angus ließ die Hände weiter auf den Schultern der Frauen, als sie zum Haus gingen. Raif folgte ihnen mit den Pferden. Als die älteste Tochter mit Pferdedecken und Futtersäcken aus der Scheune zurückkam, sprach er sie mit Namen an: Cassy. Was die beiden zueinander sagten, ob sie einander berührten, sich umarmten, sich küßten, war etwas, das Ash nicht erfuhr, da sie jetzt in das warme Innere des Hauses trat und Raif und Cassy draußen im Schnee ließ.

In der kurzen Zeit, die es brauchte, zur Tür zu gehen, hatte Darra Lok sich zusammengenommen, und als sie sich Ash wieder zuwandte und sie bat, ihren Umhang auszuziehen und sich direkt ans Feuer zu setzen, sah sie aus wie eine andere Frau und benahm sich auch so. Mit freundlichem Lächeln half sie Ash mit den Bändern des Umhangs und löste schnell die Haken und Verschnürungen. Angus stand in der Tür und beobachtete sie mit einem undurchdringlichen Ausdruck auf seinem schneeverbrannten Gesicht.

»Steh nicht einfach so da, Angus Lok«, sagte seine Frau. »Kümmere dich um das Feuer und hol mir den schweren Eisentopf – den, in dem ich immer Badewasser heiß mache. Ach, und du könntest ihn auch füllen, wenn du schon auf dem Weg bist.«

Angus lächelte Ash zu. »Ich habe dir ja gesagt, wie sie ist.« Damit machte er sich mit all dem Knurren und Schnauben eines Mannes an die Arbeit, der damit vollkommen glücklich ist, aber lieber vorgibt, es nicht zu sein.

Ash sah sich in der großen Bauernhausküche um. Unverkleidete Steinmauern schimmerten wie altes Pergament im Feuerlicht. Der blaue Schieferboden war mit abgewetzten Teppichen aller Formen und Größen und Dichten bedeckt; der älteste davon sah aus wie ein schütteres Fuchsfell, das wie ein treuer Hund neben der Feuerstelle lag. Die Feuerstelle selbst war so groß wie ein Schuppen, und schmiedeeiserne Bratspieße und Grille hingen in den verschiedenen Höhen über den Flammen. Eine ganze Waffenkammer von Messern, Spießen, Gabeln und Nuß- und Knochenknackern hingen an Haken über der Feuerstelle, und ein großer schwarzer Wärmstein hockte mitten in den Flammen.

Es war ein viel benutzter, aber auch gut gepflegter Raum. Der große Birkenholztisch, der mitten im Zimmer stand, war bis aufs rohe Holz geschrubbt worden, und jeder Stuhl in Sicht hatte ein Bein, Sitzfläche oder Rücklehne mit neueren Teilen geflickt.

»Setz dich«, sagte Darra und hängte Ashs Umhang über eine Stuhllehne, damit er trocknete. »Ich wärme uns ein wenig Bier.«

Ash tat, was man ihr sagte, und suchte sich dazu einen kräftigen kleinen Hocker, der ihr gut gefiel. Sie sah zu, wie Darra schäumendes, bernsteinfarbenes Bier in einen Topf goß und es dann mit einer Handvoll Hafermehl andickte. »Es tut mir leid, daß es dich bedrückt, daß ich hergekommen bin.«

Darra hörte nicht auf zu arbeiten, als sie antwortete: »Nein, Ash, ich sollte mich bei dir entschuldigen. Ich habe dich schlecht willkommen geheißen. Ich … du …« Sie rang nach Worten. »Angus bringt nicht oft Besucher mit.«

Sie hatte eigentlich etwas anderes sagen wollen, da war Ash ganz sicher, aber bevor sie die Gelegenheit hatte, Darra weiter zu fragen, ging die Tür auf, und Raif und Angus' drei Töchter kamen ins Zimmer gestürzt.

»Sieh mal, Mutter!« rief die mittlere Tochter. »Raif hat zwei Schneehühner geschossen! Er sagt, sie flogen so schnell wie Adler, als er sie erwischt hat. Und er hat versprochen, mir beizubringen, wie man schießt.«

Raifs Lächeln war taktvoll. Er hatte wahrscheinlich kein Wort darüber gesagt.

»Still, Kind«, mahnte Darra. »Raif, komm und wärme dich an der Feuerstelle. Wir haben kein schwarzes Bier, fürchte ich, nur helles.«

»Das ist vollkommen in Ordnung.«

»Ich bezweifle das«, meinte Angus, der durch eine andere Tür wieder hereinkam und einen riesigen Eisenkessel voller Wasser trug. »Tems schwarzes Bier hat vermutlich deinen Geschmackssinn für den Rest deines Lebens zerstört.«

»Im Sommer war es immer ganz nützlich, um die Fliegen fernzuhalten«, erwiderte Raif.

»Ja, und die Frauen und Mädchen auch!«

Alle lachten. Ash nahm an, daß Tems Bier berüchtigt gewesen war. Sie lächelte, dann lachte sie ebenfalls. Es war gut, eine solch eigentlich unwesentliche Kleinigkeit über Raifs Leben beim Clan zu erfahren.

»Vater.« Die mittlere Tochter machte das Wort zu einem Tadel. Sie sah Ash aus großen, blauen Augen an. »Wir haben die Dame immer noch nicht kennengelernt.«

Ash spürte, wie sie rot wurde. Cassy warf ihr einen mitleidigen *tut mir leid, meine Schwester benimmt sich albern*-Blick zu.

Angus runzelte die Stirn. Er stellte den Eisenkessel auf den Wärmstein, wo seine Höhe und Breite das Licht im Raum auf die Hälfte reduzierte. Nachdem er das getan hatte, drehte er sich um und betrachtete seine drei Töchter, die in einer Reihe neben der Tür standen. Nach einem Augenblick knurrte er sie an und klang dabei genau wie ein alternder, sehr gereizter Wolf. Die kleine Moo knurrte direkt zurück und ahmte ihn hervorragend nach. Die beiden älteren Mädchen versuchten es, aber es gelang ihnen nicht, ernst zu bleiben.

»Töchter!« beschwerte sich Angus. »Wer will so was schon?«

»Grrrr.« Die kleine Moo knurrte erneut. Sie konnte es wirklich sehr gut.

»Also gut! Also gut! Ihr habt mich mürbe gemacht!« Angus schüttelte den Kopf und wandte sich Ash zu. »Ash, das hier sind meine Töchter: Casilyn, die älteste, die dir und Raif im Alter am nächsten steht. Beth« – Angus warf seiner Tochter einen dramatisch drohenden Blick zu –, »die von uns allen am meisten redet, und Maribel, die ...«

»Knurrerin«, sagte Beth so schnell, wie nur ein Kind es kann.

Angus hätte sich beinahe verraten, indem er in Gelächter ausbrach. »Die *Jüngste.*«

»Moo! Moo!« sagte die kleine Moo.

»Ja«, meinte Angus. »Aus irgendwelchen Gründen, die nur sie alleine kennt, besteht meine jüngste Tochter darauf, Moo genannt zu werden.«

»Moo! Moo!« wiederholte die kleine Moo ausgesprochen zufrieden, daß das jetzt erklärt war.

Ash lächelte die drei Mädchen schüchtern an. Cassy erwiderte das Lächeln; Beth knickste kunstvoll, verlor aber dann den Halt und fiel um, und die kleine Moo kicherte, knurrte und sagte *Moo! Moo!*, als könne ein- oder zweimal zuviel keinesfalls schaden.

»Mädchen«, sagte Angus, »das hier ist Ash. Sie reist eine Weile mit mir und Raif. Und heute abend ist sie unser Gast und muß von euch allen so behandelt werden. Habt ihr das verstanden?« Alle drei Mädchen nickten. »Gut.«

»Vater, kann Ash heute nacht bei mir und Beth schlafen?« Cassy sah Ash mit ihren leuchtenden, grünblauen Augen an. »Natürlich nur, wenn du möchtest.« Ash nickte. Cassy war beinahe so groß wie sie, aber rundlicher, mit richtigen Brüsten und Hüften. Ihr Haar war wunderschön, manchmal rot, manchmal golden, dicht und lockig und voller Glanz. Ash mußte einen Augenblick an Katia denken, an ihr schönes Haar, das keine Haarnadeln je hatten zähmen können, dann schob sie die Erinnerung weg.

»Cassy, warum nimmst du Ash nicht mit in dein Zimmer?« Darra goß heiße, trübe Flüssigkeit in ein paar Holzbecher. »Hilf ihr beim Baden und Umziehen, wenn sie mag. Sie hat eine schwere Reise hinter sich und will sich vor dem Essen vielleicht doch ein wenig ausruhen.«

Ash warf Darra einen dankbaren Blick zu. Angus' Familie kennenzulernen hatte sie vollkommen erschöpft und erschüttert.

»Darf ich auch mitkommen?« Beths kleines, rosiges Gesicht begann zu strahlen. »Ich werde ihr mit ihren Kleidern und dem Haar helfen.«

»Nein«, sagte Darra. »Nur Cassy.«

»Aber …«

»Ich sagte *nein.* Du kannst später nach oben gehen, wenn sie sich ausgeruht hat.« Beth schloß den Mund. Ihre Unterlippe zitterte.

Ein Augenblick verging. Es war so still in der Küche, daß Ash die Unreinheiten im Feuerholz zischen hören konnte, wenn sie verbrannten.

Dann stand Raif auf und streckte den Arm zu Beth aus. »Was hältst du davon, wenn wir beide nach draußen gehen und ein bißchen Holz spalten? Ich wette, bis Sonnenuntergang wirst du schon ins Ziel treffen.«

Ash liebte ihn dafür. So handelte jemand, der wußte, wie es war, Schwestern oder Brüder zu haben.

Mit einem schrillen, aufgeregten Schrei rannte Beth zu Raif und umarmte ihn heftig. Gemeinsam verließen sie das Haus, und Beth schoß eine Unmenge Fragen über Bögen, Pfeile, Schneehühner und die Dame mit dem Silberhaar ab.

Angus und Darra wechselten einen Blick, dann zog Angus zwei dicke Schafsfellhandschuhe an und nahm den inzwischen heiß gewordenen Eisenkessel vom Herd. »Folgt mir«, sagte er zu Cassy und Ash.

Er führte sie die Treppe hinauf in ein winziges, seltsam geformtes Zimmer. Nachdem er die Eisenwanne auf den Boden gestellt hatte, entzündete er eine Öllampe und ging wieder. Ash beobachtete, wie er die Hand zur Wange seiner Tochter hob, als er zur Tür ging.

»Willst du dich jetzt waschen oder lieber erst ausruhen?« Cassy zeigte auf einen der beiden Strohsäcke, die an gegenüberliegenden Wänden lagen. Das Zimmer war spärlich möbliert, die Wände nackt, und am Boden lagen Flickenteppiche. Das einzige Möbelstück außer den Strohsäcken war ein kleiner Tisch, der ursprünglich wohl zur Zimmermannsarbeit gedacht gewesen war, wie die vielen eingehämmerten Nägel, Sägemarkierungen und Meißelspuren zeigten.

»Es tut mir leid, daß es hier so kahl ist. Beth und ich verbringen kaum Zeit hier.«

Ash schüttelte den Kopf und dachte an ihr eigenes seidentapeziertes, mit dicken Teppichen ausgelegtes, bernsteingewärmtes Zimmer in der Maskenfestung. »Nein. Es gefällt mir sehr gut. Und das Waschwasser sieht verlockend aus. Ich glaube, ich wasche mich zuerst.«

Cassy trat vor und half ihr mit den Ösen des Rocks. Ihre Hände waren rauh und schwielig und hatten ein paar alte Narben, und Ash fiel wieder ein, daß Cassy schließlich auf einem Bauernhof wohnte.

»Vater ist oft nicht hier«, sagte Cassy, der offenbar aufgefallen war, wo Ash hingeschaut hatte. »Im letzten Frühjahr mußten

Mutter und ich die Schafe selbst scheren. Sie haben ganz schön getreten.«

Ash gab sich keine Mühe, ihre eigenen von der Reise gezeichneten Hände zu verbergen.

»Üblicherweise versucht Vater, nur im Winter wegzugehen, wenn es nicht viel zu tun gibt, außer die Hühner zu füttern und die Schafe zu melken. Aber manchmal kommen die Vögel auch im Sommer und im Frühjahr, und ihm bleibt nichts anderes übrig.«

»Vögel?«

»Botschaften ... von Leuten.«

»Oh!« Ash wartete, aber Cassy sagte nichts mehr. »Kann denn niemand aus dem Dorf bei den Schafen helfen?«

Cassy schüttelte den Kopf, und ihr rötliches Haar wippte. »Nein. Wir reden mit niemandem in den drei Dörfern. Wir halten uns zurück.«

Ash fand das seltsam, aber sie sagte es nicht. Sie zog Rock und Unterrock aus und sah zu, wie Cassy die Temperatur des Wassers überprüfte. Wovor hatte Angus Angst? Was brachte ihn dazu, seine Familie zu verstecken?

»Das Wasser ist leider nicht sehr warm. Vater glaubt immer noch, daß Mädchen wie Männer wären: rasch abschrubben und fertig.«

Ash grinste. Sie mochte Cassy sehr gern.

»Dein Vater ist ein sehr netter Mann.«

»Sag ihm das, und er wird mehr Zeit damit verbringen, es zu leugnen, als wenn du gesagt hättest, daß er ein Schuft ist.«

Ash wappnete sich gegen die Kälte des Wassers und stieg in das Eisenbecken. Cassy begann, mit einem festen Keil Holzkohleseife und einem Leinentuch Schaum herzustellen. Ash nahm an, daß das Tuch Cassys bestes war, denn es war am Rand mit kleinen Vögeln bestickt.

Cassy begann, Ashs Haar mit den festen, sicheren Bewegungen eines Mädchens zu waschen, das dieselbe Pflicht jede

Woche an ihrer Schwester vollzieht. »Wie lange werdet ihr weg sein?« fragte sie, als sie Ash Wasser über den Kopf goß. »Wenn ich das fragen darf.«

»Ich weiß es nicht. Nicht lange, hoffe ich. Vielleicht einen Monat.« Während sie sprach, versuchte Ash sich eine Landkarte des Nordlandes vorzustellen. Die Sturmgrenze lag weit im Westen, zwischen dem Küstengebirge und dem Wrackmeer. Sie wußte nur wenig über die Grenze; ebensowenig wie über die Kette treibender Inseln direkt vor der Küste, die das ganze Jahr über von Nebel umgeben waren, oder über die Eisjäger im hohen Norden, die im Winter ihre Lager auf den Eisschollen aufschlugen und Brocken gefrorenen Seehundsbluts kauten wie Clansmänner ihren Priem. Weit im Süden davon lag das Seeland, wo die Händlerkönige lebten.

»Ich beneide dich.« Ash blickte auf und sah, daß Cassy Lok sie sehr genau anschaute. Sie hatte vor, etwas Unbeschwertes, Wegwerfendes zu antworten, wie zum Beispiel, daß das Umherreisen im dicken Schnee mitten im Winter nichts sein könne, um das einen jemand beneiden würde, aber als sie Cassys Miene sah, wußte Ash sofort, daß Angus' Tochter diese Bemerkung ernst gemeint hatte. Cassy Lok war nicht die Art Mensch, so etwas ohne Grund zu sagen.

»Ich beneide *dich*«, erwiderte Ash, und auch ihr war damit vollkommen Ernst.

7
Mond aus Blut

Sie frühstückten schweigend. Knuspriges Brot, Räucherschinken und in Butter gebackene Pilze wurden heruntergespült mit Schafsmilch mit geriebenen Nüssen. Alle Teller und Becher bestanden aus weichem Eichenholz, also brach selbst das Schneiden und Löffeln die Stille kaum.

Angus aß so langsam wie ein Verurteilter und schnitt seinen Schinkenspeck in immer kleinere Stücke, bis er etwas auf dem Teller hatte, das an Sägemehl erinnerte. Raif saß am einzigen Fenster der Küche, einen Tiegel Wachs in einem Wasserbad an der Seite. Hin und wieder tupfte er mit einem Tuch etwas von dem Wachs auf und arbeitete das in seinen Bogen. »Ich mache ihn wetterbeständig«, hatte er zuvor zu Beth gesagt, die nie aufgehört hatte, ihm Fragen zu stellen. Häufig schweifte sein Blick dabei zum grauen Himmel vor dem Fenster.

Cassy saß neben Ash auf der Bank am Feuer. Sie sprachen kein Wort, aber das Schweigen zwischen ihnen war behaglich. Cassy hatte die kleine Moo auf dem Schoß, und das blonde Kind saugte an einem Stück Schinkenspeck, das so starr war wie ein Zweig. Darra Lok saß mit ihrem Mann und der mittleren Tochter am Tisch. Hin und wieder bemerkte Ash, daß Darra sie ansah. Sie tat so, als sei ihr das nicht aufgefallen, aber es beunruhigte sie. Was hatte Angus seiner Frau erzählt?

Angus wählte diesen Augenblick, um seinen Teller von sich zu schieben und zu sagen: »Wir sollten uns lieber auf den Weg machen.«

Alle, Raif eingeschlossen, standen bei diesen Worten auf, und innerhalb von Sekunden wurde das Haus lebendig. Cassy lief nach oben, um Ashs Sachen zu holen, Beth rannte in den Stall, um mit Raif zusammen die Pferde zu satteln, Angus füllte seine

Kaninchenfellflasche aus einem Faß an der Tür auf, und Darra begann, die Reste der Schneehühner in Streifen gewachsten Leinens zu wickeln.

Ash begann den langwierigen Prozeß, sich gegen die Kälte einzuwickeln und Haken und Schnüre zu schließen. Sie wußte nicht, ob es ihr leid tat, daß sie jetzt gehen mußte, oder nicht. Angus' Familie war genau, wie sie sich eine Familie immer vorgestellt hatte, aber sie hatte keinen Platz darin, und dieses Wissen bewirkte, daß sie seltsam fröstelte.

Sie war Ash March, Findling, vor dem Leeren Tor ausgesetzt, damit sie dort starb.

Diese Worte – *ihre* Worte – machten sie stärker, und sie verabschiedete sich von Angus' Familie und ging zu Raif nach draußen.

Satteltaschen und Deckenrollen wurden an die Pferde geschnallt, Abschiedsworte gesprochen, und dann stiegen die drei Reisenden in den Sattel und machten sich auf den Weg durch den Wald nach Süden.

Angus schaute nicht zurück. Ash tat es, und sie sah Cassy Loks sehnsuchtsvolle grünbraune Augen und Darra Loks ängstlichen Blick.

Sie folgten dem grünen Fluß viele Meilen weit nach Westen, die Schultern gegen den Wind hochgezogen, die Köpfe gesenkt und schweigend. Sturmwolken türmten sich am Himmel, und es dauerte nicht lange, bis Ash den Regen im Gesicht spürte. Warme Luft, die vor dem Sturm nach Süden getrieben wurde, hatte ein geringes Tauwetter verursacht, der Schnee unter ihren Füßen war feucht, und man konnte nicht allem Eis auf den Teichen trauen. Schneeschuh konnte nicht tanzen wie der Fuchs, aber sie war ein kluges Tier und lernte bald, Angus' Wallach Schritt für Schritt zu folgen. Langsam wichen die alten Wälder offenem Land und verkrüppelten Fichten.

Nach einem Mittagessen aus kaltem, gesalzenem Schneehuhn wandte sich Angus nach Nordwesten zu den Bitterhügeln. Ash saß im Sattel, und Wind und Regen droschen auf sie ein.

Ash wäre für jede Art von Konversation dankbar gewesen, aber weder Angus noch Raif wollten irgend etwas anderes tun als geradeaus reiten.

Die Bitterhügel änderten die Farbe, je näher man ihnen kam. Ash hatte zuerst geglaubt, sie seien grau, dann blau. Nun, als sie und ihre beiden Begleiter direkt auf die Steilwände der Südausläufer zuritten, sah sie Adern von grünem Kupfer, weißem Schiefer und schwarzem Eisen, die sich durch den Felsen fädelten. Ash erinnerte sich, daß ihr Pflegevater ihr erzählt hatte, die Bewohner von Ille Glaive hätten die Bitterhügel früher einmal als Berge bezeichnet, aber ein Clansmann, der zu Besuch war, hatte sie nur ausgelacht und gesagt: »Diese mickrigen Dinger? Das sind bestenfalls Hügel.« Weiße Sturmwolken drängten sich an den Kehlen dieser Gipfel wie Pelz um einen König, und Ash kamen die Bitterhügel durchaus wie Berge vor.

Als es dunkel wurde und der Regen zu Schneeregen abkühlte, änderte Angus die Richtung ein weiteres Mal. Er fand einen Weg am Fuß der Hügel, der über einen von Eis versiegelten Bach und dann nach Westen an der Grenze zwischen Ille Glaive und dem Clanland entlang führte.

Sie zogen den größten Teil der Nacht hindurch weiter. Die Hügel bildeten eine Barriere zwischen den Pferden und dem schlimmsten Sturm. Im Lauf der Stunden wurde sich Ash Cants Magie immer mehr bewußt. Sie grub sich wie Draht in ihre Brust und tat manchmal weh, wenn sie sich zu schnell bewegte oder zu heftig atmete. Sie wußte immer noch nicht, was sie mit Cants Bemerkung über ihre Macht, die Mauer des Blinden Landes zu brechen, anfangen sollte. Bevor Cant das gesagt hatte, hatte sie nie gehört, daß so etwas existierte. Wenn alle tausend Jahre jemand wie sie zur Welt kam, wieso wußte niemand in Spire Vanis davon? Ash kannte sich mit Geschichte aus: Damals war Haldor Hews Surlord gewesen und hatte sechzig Jahre lang regiert. Während dieser Zeit hatte er das Herrschaftsgebiet von Spire Vanis bis zur Südspitze des Schwarzen Sees ausgedehnt und so viel Wohlstand in die Stadt gebracht, daß man ihn als Haldor den Versorger bezeichnete. Ash runzelte die Stirn. Dennoch war damals ein Mensch zur Welt gekommen, der die Mauer um das Blindfeld einreißen konnte; Cant hatte es gesagt. Und noch tausend Jahre zuvor … Ash mußte einen Augenblick lang überlegen: Damals waren Theron und Rangor Pengaron mit ihrem Heer nach Norden geritten und hatten die Stadt gegründet.

Verwirrt schüttelte Ash den Kopf. Es schien nicht so, als ob ein solcher Mensch all den Schrecken bringen würde, von dem Cant gesprochen hatte.

Immer noch nicht so recht erleichtert, drückte Ash Schneeschuh die Hacken in die Seiten und wandte sich anderen Dingen zu.

Nicht viel später zügelte Angus den Fuchs, und sie schlugen direkt am Bach ein Lager auf. Raif entzündete ein Feuer, aber niemand hatte Interesse oder Energie, noch mehr Holz zu hacken, also ging es aus, kurz nachdem sie das Schneehuhnfett zu Brühe ausgelassen hatten. Ash schlief mit dem Fett auf ihren Lippen ein, tief in eine Daunensteppdecke vergraben, die ein Geschenk von Darra Lok gewesen war.

Ein zweiter, heftigerer Sturm zog über Nacht über die Hügel nach Süden, und Ash wurde davon wach, daß Hagel auf ihren Rücken prasselte. Locken ihres Haars, die der Fuchskapuze entflohen waren, waren am Boden festgefroren. Die Temperatur war wieder gesunken, und als sie sich in die Büsche verkroch, um Wasser zu lassen, erwartete sie halb, daß ihr Urin fror. Aber das geschah nicht, jedenfalls nicht während der Zeit, die sie brauchte, ihre Strümpfe und den Rock zurechtzuzupfen.

Keiner sagte ein Wort, als sie das Lager abbrachen. Der Wind heulte durch die Schluchten und veränderte die Tonhöhe wie bei einem Menschen. Raif und Angus ritten links und rechts von Ash und schirmten sie so gut wie möglich gegen den Sturm ab. Es gab kein echtes Tageslicht. Je weiter nach Westen sie kamen, desto flacher und abgerundeter wurden die Hügel. Wolken kochten über ihnen und schickten Eis und Schneeschauer, um die bereits glatten Abhänge noch mehr zu schleifen.

»Der Ganmiddich-Turm sollte in dieser Wolkenbank dort vor uns liegen«, rief Angus, als das Sturmlicht begann nachzulassen, und zeigte mit dem Arm auf die Wolken. »Wenn wir uns hier nach Norden wenden würden, wären wir innerhalb einer Stunde am Paß.«

Ash schaute hin, sah aber nichts außer Hagel und Wolken.

Die Dunkelheit senkte sich auf sie hernieder, noch während Angus die Hand zurück an den Zügel nahm. Ash schaute weiter nach Norden und hoffte, einen Blick auf den Turm erhaschen zu können.

Nach einer Weile wurde sie sich eines hellen Schimmers über den Hügeln bewußt. Dicke Wolkenvorhänge verbargen seine Farbe und das Zentrum, und zunächst dachte sie, es wäre der aufgehende Mond oder der Nordstern. Dann riß eine Windböe die Wolken einen Augenblick lang auf, und ein roter Feuerball erschien.

Ash hatte das Gefühl, als würde etwas in ihrem Magen nach unten sacken. Sie streckte die Hand aus und berührte Raifs Arm. Sein Blick folgte dem ihren und sie sah zu, wie seine Augen und sein Gesicht vom reflektierten Licht rot wurden.

»Licht im Turm«, sagte er leise. »Das rote Feuer des Clan Bludd.«

Das waren die letzten Worte, die sie von ihm an diesem Abend hörte. Ein Pfeilhagel schoß durch die Luft mit einem schwirrenden Geräusch, wie wenn ein Fischer die Leine auswirft. Etwas *twackte* gegen Schneeschuhs Rumpf und bewirkte, daß das Pony sich aufbäumte und aus der Linie brach. Ash riß an Schneeschuhs Maul, aber das Pony hatte Angst und war entschlossen zu flüchten.

Elch und der Fuchs mußten ähnliche Treffer einstecken. Raif kämpfte gegen sein Pferd, zog fest an den Zügeln und riß den Wallach halb herum. Noch während Ash hinsah, riß er sich mit den Zähnen einen Handschuh ab und spuckte ihn in den Schnee. Der Fuchs blieb ruhig. Er war, so erinnerte sich Ash, von Sull ausgebildet worden. Sie sah Stahl aufblitzen, als Angus Messer und Schwert zog.

Ein zweiter Pfeil traf das Pony in die Brust. Diesmal konnte Ash die Pfeilspitze kurz erkennen: ein Klumpen abgerundeten Holzes, mit Blei überzogen. Ein stumpfer Pfeil. Noch während sie versuchte zu verstehen, was das bedeutete, kam eine Truppe Clansmänner über den südlichen Abhang geritten. Ash sah lange, geölte Zöpfe, Zobelumhänge, matten Stahl und Leder in der Farbe von Blut.

Knack! Ashs Welt wurde rot und weiß, als einer der stumpfen Pfeile ihr Kinn traf. Ihre Zahnwurzeln vibrierten vor Schmerz. Sie versuchte angestrengt, im Sattel zu bleiben, und zog so fest an den Zügeln, daß Schneeschuh sich aufbäumte und wieherte. Kalte Luft pfiff an Ashs Wange vorbei, als ein weiterer Pfeil sie verfehlte. Die Pfeile kamen aus dem Osten. Im Norden erreichten die berittenen Clansmänner flachen Boden und verteilten sich. Aus dem Augenwinkel sah Ash, wie Raif den Bogen hob. Es war inzwischen Raifs Bogen; er hatte einmal Angus gehört, aber als sie sah, wie er sich wie die Wirbelsäule eines Tänzers in Raifs Hand bog, wußte Ash, daß Angus ihn nie wieder zurückverlangen konnte.

Ash hatte Angst, als er die Sehne losließ. Sie mußte nicht über die Schulter schauen, um zu wissen, daß die Pfeilspitze das Herz eines Clansmannes finden würde.

Ihr wurde eiskalt. *Es fällt ihm so leicht,* dachte sie. *Wenn er genügend Pfeile hätte, könnte er sie alle töten.*

Plötzlich war Angus neben ihr und riß den Fuchs so scharf herum, daß Brocken von Schnee und gefrorenem Dreck gegen ihr Bein spritzten. »Hinter mich«, sagte er.

Die Ruhe des Fuchses besänftigte auch Schneeschuh, und die Stute hörte auf, gegen das Gebiß zu kämpfen, und gestattete Ash, sie zu Angus' Flanke zu manövrieren. Ein stumpfer Pfeil prallte vom Hals des Fuchses ab, aber das Sullpferd wich nicht aus. Ash schaute dem Wallach in die großen, braunen Augen und empfand einen Augenblick lang reine Ehrfurcht. *Wir haben miteinander getanzt, du und ich.*

Ein Dutzend Clansmänner kam über die Ebene am Fuß des Hügels auf sie zu. Es waren noch mehr woanders, irgendwo im Dunkeln versteckt, im Osten, und schossen weitere stumpfe Pfeile auf sie ab. Ash sah zu, wie die Krieger ihre Speere zückten und senkten, während sie weiterritten. Die Speerspitzen hatten schwarze Haken, um Fleisch herauszureißen, und reichten weit über die Köpfe der Pferde hinweg nach vorn.

Raif erschoß einen Angreifer, dann einen weiteren.

»Wer ist das?« schrie Ash.

Angus' Waffen weinten Öl, als er sie hob. »Bluddmänner. Sie haben Ganmiddich erobert und wollen, daß die ganze Welt es erfährt … Deshalb haben sie im Turm ein Feuer entzündet.«

»Aber warum geben sie sich mit uns ab?« Ash war beinahe hysterisch. Sie konnte den Anblick, wie Raif seinen Bogen spannte, kaum ertragen. Sie wollte, daß Angus ihn aufhielt.

Angus zeigte mit dem Messer auf Raif, Ash und dann auf sich selbst und sagte: »Such dir jemanden aus. Wir sind alle drei gute Beute.«

Ash wußte nicht, was er meinte. Was sollten Clansmänner mit ihr anfangen wollen? Und dann: was hatte Raif getan, um das zu rechtfertigen? Noch während sich dieser Gedanke tief in ihrem Kopf eingrub, traf ein Sturm stumpfer Pfeile Raif und sein Pferd. Elch trat um sich und schrie auf, als seine Vorderbeine, Ohren und Schnauze getroffen wurden. Raif selbst wurde an der Kehle und an der Bogenhand getroffen und lockerte seinen Griff. Er packte hektisch die Zügel und versuchte, das wild um sich tretende Pferd zu beruhigen.

Ash schrie leise auf. Raifs Haut war grau, und etwas wie Wahnsinn glitzerte in seinen Augen. Ohne nachzudenken, trieb sie Schneeschuh an. Sie mußte zu ihm.

Angus streckte die Hand aus und packte sie so fest am Handgelenk, daß Knöchel knackten. »Nein!«

Wütend kämpfte Ash gegen ihn an, schlug mit ihrer freien Hand zu und trieb Schneeschuh in den Fuchs. Sie kratzte Angus' Wange und riß vier Streifen Haut aus seinem Gesicht. Dennoch ließ er sie nicht los.

Die Clansmänner waren jetzt dicht an Raif. Die stählernen Speerspitzen glitzerten wie die Klingen der Renegatenwache, wenn sie das Licht vom Leuchtturm einfingen. Die Clansmänner riefen sich knappe Worte zu. Ihre schwarzen Rüstungen waren mattiert, so daß sie kein Licht reflektierten, und ihre Pelzumhänge flatterten wie lebendige Schatten in ihrem Rücken.

Im Osten zeigten sich die Bogenschützen endlich und kamen auf Pferden heran, die wegen ihres dunklen Felles gezüchtet worden waren.

»Beruhige dich«, sagte Angus und verdrehte Ashs Arm, damit sie aufhörte, nach ihm zu schlagen. »Sie werden ihm nichts tun.«

Erst in diesem Augenblick wurde Ash klar, daß man sie gefangennehmen würde. Sie warf Angus einen anklagenden Blick zu.

»Ich werde dich nicht in Gefahr bringen, indem ich gegen eine solche Übermacht ankämpfe.« Blut lief Angus über die Wange, wo sie ihn gekratzt hatte, aber er achtete nicht darauf. Er hatte den Blick auf Raif gerichtet. Ernüchtert ließ Ash ihren Arm in Angus' Griff erschlaffen.

Raif hatte Elch nun wieder unter Kontrolle und sein Halbschwert gezogen und bereit. Er stand der Reihe von Bluddmännern gegenüber, warf aber einen Blick über die Schulter zu seinem Onkel. Ein lautloser Austausch fand zwischen beiden statt, und Raif nickte kaum wahrnehmbar. Er wandte sich den Bluddmännern zu, hob das Schwert über den Kopf und zog die

Schneide so über die freie Hand, wie es notwendig war, um das Blut für eine Unterwerfung fließen zu lassen.

Um ihretwillen. Das wußte Ash in jeder einzelnen Zelle ihres Körpers. Wenn sie nicht hier gewesen wäre, würden diese beiden Männer immer noch kämpfen. Vielleicht hätte Angus einen schlauen Rückzug gefunden, vielleicht nicht. Vielleicht hätte Raif bis zum Ende gekämpft. Ash hatte diesen Wahnsinn in seinem Blick gesehen … Er war nie weit vom Tod entfernt.

Die Bluddmänner wurden langsamer, steckten aber ihre Speere nicht weg. Ein Anführer brach aus der Linie hervor, in keiner anderen Weise von seinen Begleitern zu unterscheiden. Er trug keinen Helm, und die rasierten Stellen auf seinem Kopf waren mit rotem Lehm bestrichen. Als er die Entfernung für ausreichend hielt, hob er die Faust, und sowohl Krieger als auch Bogenschützen hielten inne.

Ash hatte nie zuvor einen Bluddmann gesehen, aber wie jeder andere im Norden hielt sie diesen Clan für den wildesten. Es brauchte ihre ganze Willenskraft, nicht nach Raif zu rufen, ihn nicht dazu zu bringen, sich umzudrehen und sie ein letztes Mal anzusehen, bevor man ihn gefangennahm.

»Sprich seinen Namen nicht aus«, warnte Angus und packte sie wieder fester am Handgelenk.

Bis auf den Wind war alles still. Das rote Feuer in der obersten Kammer des Ganmiddich-Turms schien wie ein Mond aus Blut. Zwei Männer standen zwölf Schritte von den anderen entfernt: einer mit hoch über dem Kopf erhobenem Schwert und einer Linie von dunklem Blut, das ihm über das Handgelenk lief, der andere zeigte mit dem Speer direkt auf das Herz des ersten Mannes.

Mit seiner freien Hand hob der Bluddmann sein Zeichen von der Brust und wog es. Genau wie Raif, dachte Ash, und die Haare auf ihren Armen sträubten sich.

Nach einiger Zeit ließ der Bluddmann den kleinen Gegenstand wieder auf die Brust fallen. Er nahm den Speer in beide

Hände und brach den Schaft entzwei. Das Knacken klang wie nichts anderes, was Ash je vernommen hatte, wie ein großer Stein, der sich spaltet, oder ein Riß in der Erde. Bluddmänner machten das Zeichen für ihre Götter. Einige berührten die Ledergürtel oder die Hornbehälter, die sie zusammen mit Fett-tiegeln, Messern und Haken an den Gürteln trugen. Ein Nacht-reiher flatterte auf, die Flügel nach oben gebogen, als er das Licht des roten Monds durchquerte. Irgendwo tief im Norden heulte ein Wolf seinen Rudelmitgliedern etwas zu und erzählte ihnen von Aas, das auf sie wartete.

Angus flüsterte leise: »*Sie wissen es.*«

Das zu hören erschreckte Ash. Sie wollte wissen, was genau sie wußten, aber ihr Mund hatte die Kraft verloren, Worte zu formen.

Raif hielt sich weiterhin gerade. Er hatte nicht geschwankt und war nicht zusammengezuckt, als der Speer brach. Und Ash war vollkommen sicher, daß er so etwas von dem Augenblick an, als er sein Schwert erhoben hatte, erwartet hatte.

»Ich bin Cluff Drybannock vom Clan Bludd«, sagte der Anführer leise, »und ich beanspruche dein Herz für den Hun-delord, Raif Sevrance vom Clan Blackhail, für Unrecht, das du unserem Clan angetan hast.«

Ein kaltes Licht schimmerte einen langen Augenblick in den Augen des Bluddmannes, dann wandte Cluff Drybannock Raif den Rücken zu. Er wandte sich an niemand Bestimmten in der Linie und sagte: »Nehmt ihm seinen Heiligen Stein ab. Einer wie der verdient den Schutz unserer Götter nicht.«

Ash warf Angus einen Blick zu. Zum ersten Mal, seit sie ihn kennengelernt hatte, sah Angus Lok verängstigt aus.

Marafice Eyes Fuß stank. Blasen in der Größe von Augäpfeln tränten Flüssigkeit auf den Gasthausboden. Schwarze und purpurfarbene Haut trieb über einer Masse geschwollenen Ge-webes. Unter der Hülse toter und abreißender Haut war gerade noch das rosa Fleisch zu sehen. Das war ein gutes Zeichen: Es bedeutete, daß der Fuß nicht verloren war.

Nun, so gut wie. Die Spitze der großen Zehe des Schwertführers war bereits abgefallen, abgestoßen in einem Gelee roten, durchscheinenden Fleisches, wie etwas, was in den tiefsten Schluchten des Meeres zur Welt gekommen war. Sarga Veys schauderte bei dem Gedanken daran. Er haßte Krankheit in jeder Form.

»Wie lange wird es noch dauern, bis ich diesen verdammten Fuß in einen Steigbügel stecken kann, Halbmann?« Marafice Eye saß auf dem größten Sessel, dicht am Feuer im drittbesten Gasthaus von Ille Glaive.

Hood, geschworener Bruder-der-Wache und entfernter Verwandter von Adligen, saß seinem General auf einer Birkenholzbank gegenüber und arbeitete sich durch ein Faß dunklen Biers, das mit Ei angedickt war, und durch eine Elchhaxe von der Größe eines Kindes. Hood und Sarga Veys waren in die Stadt geritten, während man den Schwertführer wie einen Ballen Heu auf einem Pferdewagen hereingebracht hatte. Hoods hervorragende Reitkünste waren nicht im geringsten vom Verlust zweier Finger an seiner rechten Hand beeinträchtigt worden. Der Mann schien entschlossen, das Beste daraus zu machen. Veys hielt ihn für verrückt. Am Abend zuvor erst hatte Hood ihn im Flur aufgehalten und ihm mit den Stummeln vor der Nase herumgefuchtelt. *Euch wird ganz schlecht von diesem Anblick, wie?* hatte er gesagt und die feuchten Lippen dicht an Veys' Ohr gedrückt. *Ihr solltet sehen, wie ich den Mädchen damit Freude machen kann.*

Veys' Miene verfinsterte sich bei dem Gedanken daran. Er haßte es, hier mit Marafice Eye und seinem stiernackigen Freund eingeschlossen zu sein. Wo blieb die Sept, die Penthero Iss versprochen hatte? Veys würde es dem Surlord durchaus zutrauen, die Ankunft der Verstärkung zu verzögern, nur um ihn weiter zu quälen. Alle hatten nichts anderes im Sinn, als ihm Schaden zuzufügen. Verärgert sagte Veys zu dem Schwertführer: »Die oberste Schicht Haut muß sich erst abgeschält haben, bevor Ihr einen Stiefel anziehen könnt.«

»Und wie lange wird das dauern?«

»Eine Woche«, erwiderte Veys und fügte damit bewußt ein paar Tage hinzu.

Marafice Eye fluchte. Er fegte mit der Hand über den Tisch und wischte Teller und Flaschen zu Boden. Bier zischte, wo es auf den Stein der Feuerstelle traf. »Eine Woche! Eine Woche! Ihr habt gesagt, er wäre geheilt. Und jetzt seht Euch das an.« Er stieß den nässenden Fuß auf Veys zu. »Eure elende Magie hat einen Aussätzigen aus mir gemacht.«

»Ich habe Euch doch gesagt, daß ich das Fleisch so gut wie möglich gewärmt habe. Ihr werdet Euren Fuß nicht verlieren. Ihr werdet normal gehen und reiten können. Was jetzt geschieht, ist nur der übliche Verlauf der Dinge. Ich kann Eure Haut nicht schneller heilen.«

»Ja, aber Ihr würdet es langsamer machen, wenn Ihr könntet.« Hood drehte mit der Stiefelspitze einen zerbrochenen Teller um. »Wenn der Fuß sich entzündet, werdet Ihr sterben, Halbmann. Ich werde mit meinen eigenen acht Fingern dafür sorgen.«

Veys biß die Lippen zusammen. Er verstand Hoods Loyalität gegenüber dem Schwertführer nicht, aber er wußte, daß sie echt war. Hood würde ihn tatsächlich umbringen, und der Grund dafür wäre eine seltsame, verdrehte Bruderliebe zu Marafice Eye.

Einen zornigen Blick in den hellen Augen, sah Veys zu, wie der Wirt – ein fetter Mann mit Brüsten wie eine Frau – eines der Mädchen auf ihren Tisch zuschob, damit sie aufräumte. Das Mädchen war blond, üppig und dreist, genau die Art Frau, die Veys verachtete und die Hood und dem Schwertführer so gut gefiel. Er entschied, daß es Zeit war zu gehen, und erhob sich. Er hatte nicht das Bedürfnis, Zeuge zu werden, wie Hood und

Marafice Eye mit dieser billigen, vollgefressenen Hure jene Art von Obszönitäten austauschten, die sie für Liebenswürdigkeiten hielten.

Mit einem letzten Blick auf den Fuß des Schwertführers sagte er: »Solange Ihr den Fuß jeden Abend säubert und einreibt, wird sich die Haut nicht entzünden.«

Marafice Eye grunzte.

Hood lächelte bedächtig und entblößte eine gute Portion noch nicht geschluckten Elchs zwischen den Zähnen. Er packte das blonde Mädchen um die Taille und zwang sie auf seinen Schoß. »Schon ins Bett, Halbmann? Der Gedanke an unsere kleine Moll hier erschreckt Euch wohl gewaltig?«

Der Klang von Hoods Lachen begleitete Veys aus dem Schankraum.

Er raffte sein weißes Gewand, damit er auf der Treppe keinen Staub auffegte, und ging nach oben in sein Zimmer. Das drittbeste Gasthaus in Ille Glaive hieß »Zum gestürzten Kalb«, und Kalbfelle, Kalbsleder und Bilder von Kälbern stellten die Hauptdekoration dar. Selbst die Wachskerzen, die die Treppe mit Licht versorgten, leuchteten aus weißgeschrubbten Kalbsschädeln und gaben Sarga Veys das Gefühl, von den Geistern längst verstorbener Rindviecher beobachtet zu werden, während er floh.

Die ruhige Großartigkeit seines Raums tröstete ihn ein wenig. Keine schmutzigen Binsen, kein billiger Strohsack, kein Talg, kein ungewaschenes Bettzeug, keine Insekten. Statt dessen gab es einen guten Dielenboden, ein aus Obstbaumholz geschnitztes Bett, ein Dutzend Bienenwachskerzen, weißer als seine Zähne, Bettücher frisch wie Herbstblätter und höchstens ein paar Staubflocken im Licht. Es war angenehm gewesen, daß der Wirt bei ihrer Ankunft im Gestürzten Kalb ihn für den Anführer der Gruppe gehalten und Marafice Eye und Hood auf der schlechteren Seite des Gasthauses untergebracht hatte, in einer Kammer, die auf eine Essigbrauerei nebenan hinausging. Veys war zunächst überrascht gewesen, als Marafice Eye den Irrtum bemerkte, und sich dennoch entschied, nichts dagegen zu unternehmen; dann hatte er ihn dafür verachtet. Der Schwertführer dachte an nichts anderes als an die Renegatenwache und seine Männer.

Selbstverständlich hatten die vergangenen Tage dem Wirt gezeigt, wer der echte Anführer war, aber es schmeichelte Sarga Veys' Eitelkeit, sich hin und wieder daran zu erinnern, daß auf den ersten Blick *er* überlegen gewirkt hatte.

Der fettige Rauch im Schankraum hatte Veys' Augen gereizt, und er ging zum nächstgelegenen der beiden nach Norden weisenden Fenster und öffnete die Läden, um die Nacht hereinzulassen. Eisige Dunkelheit beruhigte ihn wie das Eintauchen in einen stillen Teich.

Das Gestürzte Kalb lag dicht an der Nordmauer der Stadt, und die hohe Lage des Hauses gestattete es, über die Zinnen der Stadtmauer in das Land hinauszublicken.

Die von Gletschern glattgeschliffenen Gipfel der Bitterhügel lagen weit am Horizont, gekrönt von silbernen Sturmwolken. In jedem Winter kamen hundert Stürme vom Clanland und aus dem Kargland nach Süden, einer so dicht hinter dem anderen, daß durchaus drei an einem Tag über diese Region niedergehen konnten. Die Bitterhügel blieben von keinem von ihnen verschont. Vielleicht waren sie tatsächlich einmal Berge gewesen, aber uralte Gletscher und Millionen peitschende Stürme hatten sie auf jene unbequeme Höhe reduziert, für die niemand den richtigen Namen hatte. Die Clansmänner nannten sie Hügel, aber das war nur ihre übliche Prahlerei, und damit kannte Veys sich aus.

Mit einer angewiderten Grimasse, die seine feinen, ein wenig nach innen gebogenen Zähne im Licht aufblitzen ließ, setzte sich Veys an den Eichentisch, der vor dem Fenster stand. Eine hervorragende Landkarte von Ille Glaive und Umgebung war auf dem Holz festgesteckt. Die Landkarte hatte Veys ein kleines

Vermögen gekostet, als er sie früher an diesem Tag von einem jungen, ehrgeizigen Kartenzeichner namens Siddius Horn erworben hatte, und sie war jede einzelne Münze und noch mehr wert.

»Alle Dörfer innerhalb von dreißig Meilen Entfernung der Stadt sind eingezeichnet«, hatte Siddius Horn hinter der schäbigen, säureverbrannten Theke seines Ladens geprahlt. »Sämtliche Weiler, sämtliche richtigen Bauernhöfe, sämtliche Straßen, einsamen Viehwege und Erhöhungen.«

Es war eine sehr gute Landkarte.

Veys fuhr mit dem Finger über das gebleichte Seidenhadernpapier und folgte dem Verlauf der Straße, die von Ille Glaive aus nach Norden führte. Die Straße, mit einem haarfeinen Zobelpinsel nachgezogen, führte direkt vom Alten Sulltor zum Ganmiddich-Paß. Angus Lok und seine beiden Begleiter hatten diese Straße aus der Stadt genommen. Das wußte Veys. Er wußte auch, daß sie, statt sich nach Norden zum Paß oder nach Westen zum Clan Blackhail zu wenden, nach Osten weitergeritten waren.

Die erste Information war billig genug gewesen. Torhüter ließen sich so willig bestechen wie kleine Kinder. Hood hatte nur das erste Viertel eines Tages gebraucht, um das richtige Tor und die richtigen Torwächter zu finden und die nötigsten Informationen zu kaufen. Den zweiten Teil der Information hatte sich Veys lieber selbst beschafft.

Am Morgen zuvor war Veys, nachdem Hood ins Gestürzte Kalb zurückgekehrt war, selbst zum Alten Sulltor gegangen. Noch mehr Münzen hatten den Besitzer gewechselt. Alle waren mit jener Fettschicht behaftet, die sich auf Gegenständen, die häufig hin und her gereicht und benutzt werden, bildet. Aber eine trug noch ein wenig mehr: einen *Zwang.* Zwänge waren komplizierte Zauberei, und Veys kannte sich gut damit aus. Meistens wurde ein solcher Zwang ausgesprochen und nicht von Hand zu Hand weitergereicht, aber Veys hatte nicht die

Stimme dafür. Eine warme, wohltuende zwingende Stimme war am besten. Die Art von Stimme, die einen Mann ermutigte, sich Intrigen anzuschließen, die seinem Selbstbewußtsein schmeichelten und seine Vernunft kunstvoll durcheinanderbrachten und noch die seltsamsten Anforderungen normal scheinen ließen. Eine gute Stimme und eine überzeugende Präsenz waren schon der halbe Zwang. Ohne sie war ein solcher Zauber Schwerarbeit. Veys hatte den größten Teil der Nacht dazu gebraucht, den Zwang an der Münze zu befestigen. Es war selbstverständlich ein ganz einfacher. Zwänge funktionierten nur, wenn die Anforderungen bescheiden und von einer Art waren, die dem Opfer nicht wirklich widerstrebte. Hauptsächlich dienten sie der Information. Mit einem Zwang, den man ihm auferlegt hatte, würde ein Gefängniswärter vielleicht darüber sprechen, zu welcher Tageszeit sein Gefangener das Essen erhielt und die Zellentür geöffnet wurde, eine hübsche Zofe mochte Indiskretionen über ihre Herren ausplaudern, und ein ehrenhafter Wirt einem den Weg zu einem Zimmer zeigen, wo ein Gast wohnte, der ihn gerade für sein Schweigen bezahlt hatte. Der Trick bestand darin, das Opfer dazu zu bringen, die Anforderung erfüllen zu wollen.

Mit den fünf Silbermünzen, die Veys dem schlanken, grauäugigen Soldaten in die Hand gedrückt hatte, hatte er auch den Vorschlag weitergegeben, daß der Mann allen, die an diesem Morgen in die Stadt kamen, eine einfache Frage stellte. Hatten sie zwei Männer und eine Frau gesehen, die zusammen unterwegs waren – die Männer auf guten Pferden und die Frau auf einem grauen Bergpony?

Die Augen des Soldaten hatten einen seltsam leeren Blick angenommen, als Veys seine Bitte aussprach. Keine Macht lag in Veys' Stimme. Aber die Münze, die sich gegen die Haut der Handfläche des Soldaten drückte, hatte vor kaltem Zauber geglüht. Der Mann hatte genickt, noch bevor Veys bei den Worten *graues Bergpony* angekommen war.

Ein halber Tag hatte genügt. Nach einem kleinen, aber hervorragenden Mittagsmahl bestehend aus einem in der Kruste seines eigenen Bluts gebackenen Fasan, war Veys zu dem Soldaten am Tor zurückgekehrt. Der Torwächter hatte rasch und mit verstohlener Stimme berichtet, was er erfahren hatte – irgendwo tief drinnen wußte er, daß es falsch war, was er hier tat. Mehrere Reisende hatten die drei auf der Straße nach Norden zum Paß hin gesehen, und Veys hatte bereits schließen wollen, daß Angus Lok und seine Begleiter tatsächlich zum Clanland weitergezogen waren, als der Mann seine letzte Information preisgab. »Ein Viehhändler und sein Sohn haben eine solche Gruppe vor drei Nächten nach Osten ziehen sehen. Sie sagten, sie wären etwa zehn Meilen von der Nordstraße entfernt gewesen und einen Viehpfad entlanggezogen, der eigentlich nur Ortsansässigen und Viehhändlern bekannt ist.« Veys antwortete nicht – man dankte keinem Mann, den man mit Magie belegt hatte –, sondern drehte sich einfach um und ging davon. Ein paar Fragen brachten ihn schnell zum besten Kartenzeichner der Stadt, und wenige Stunden später war Veys zurück in seinem angenehmen Zimmer und verfolgte Angus Loks Reise mit Hilfe eines Fäßchens Lampenrosttinte und eines Zweigs.

Die Informationen des Soldaten am Tor waren durchaus plausibel. Es paßte zu Angus Lok, die Hintertüren zu kennen: die Viehpfade, Wildpfade, Schmugglerpfade. Wenn ein Viehhändler behauptet hatte, ihn an einer solchen Stelle gesehen zu haben, dann hatte der Mann wahrscheinlich recht.

Zumindest über diese Angelegenheit zufrieden, lehnte Veys sich zurück und betrachtete Siddius Horns Landkarte. Bis vor etwa einer Stunde hatte er angenommen, daß Loks Ziel im Osten lag, jetzt war er nicht mehr so sicher.

Asarhia Marchs Spur war tot. Entweder war die Zauberei, die an ihr gehangen hatte, abgetragen, oder jemand hatte sehr kluge Bannsprüche über sie verhängt. Der Schutz mit Bannsprüchen war eine schwierige Angelegenheit. Man konnte so etwas nicht tun, ohne etwas von sich selbst an die geschützte Person weiterzugeben. Nur wenige Magier waren dazu imstande, und beinahe alle davon gehörten zur Phage.

Veys' Lippen zuckten, als ungewollte Erinnerungen aufkamen. Ja, es gab einen oder zwei Menschen in der Stadt, die imstande gewesen wären, die Bannsprüche über Asarhia March zu verhängen … Aber das war es nicht, was ihn beunruhigte. Andere Arten von Zauberei allerdings schon.

Eine Stunde zuvor, als er mit Marafice Eye und Hood im Schankraum gesessen hatte und sich die Lippen mit Bier befeuchtete, das er zu bitter fand, um es zu schlucken, und Fleischscheiben von der inneren Lende eines Elchs schnitt, hatte er eine andere Quelle der Macht im Norden gespürt. Drei rasche Stiche, einer nach dem anderen. Man konnte es kaum Zauberei nennen, so instinktiv wurde sie eingesetzt.

Der Clansmann.

Veys hatte ihn bereits zweimal zuvor wahrgenommen. Einmal in Spire Vanis, als er vier geschworene Brüder-der-Wache im Schatten des Leeren Tors getötet hatte, und dann am Ufer des Schwarzen Sees, wo er nach den Hunden schoß. Seine Spur schmeckte nach dem Alten Blut. Sie verursachte Veys eine Gänsehaut. Und sobald er sie wahrgenommen hatte, war sie auch schon wieder verschwunden gewesen.

Norden – das war alles, was Veys wußte. Norden, nicht Osten. Norden.

Mit einem sauberen und perfekt gefeilten Fingernagel kratzte er eine Rinne in Siddius Horns Landkarte. Nach einem dreitägigen Umweg nach Osten hatte Angus Lok seine Gruppe wieder zum Ganmiddich-Paß geführt.

Für Sarga Veys konnte das nur eins bedeuten: Angus Lok hatte seine neuen Freunde mit nach Hause genommen. Veys lächelte vor sich hin, als er darüber nachzudenken begann, wie weit drei Personen mit guten Pferden im dicken Schnee an einem Tag nach Osten reiten konnten.

8
Im Turm

Sie hatten ihn von Angus und Ash getrennt – dafür war er dankbar. Es gab eine Sache, an die er sich in all der Dunkelheit, die ihm bevorstand, klammerte: Ash würde es nicht sehen oder wissen.

Das Boot glitt rasch über Wasser, das so glatt und schwarz war wie vulkanisches Glas. Der Sturm war längst vergangen, und der Wolfsfluß schlief, nachdem er eine Nacht damit zugebracht hatte, den Mond anzuheulen. Raif konnte den dicken Tiergeruch des Wassers spüren: Wasser, das im Frühjahr mit solcher Kraft floß, daß es mehr Elche, Widder, Wildkatzen, Bärenjunge und kleines Wild tötete als das größte Wolfsrudel im Norden. Es roch nun nach dieser Beute, nach Aas, das halb gefroren im Wasser festhing, das so dick und kalt war, daß nichts verfaulen würde bis zum Frühling.

Der Ganmiddich-Zoll lag voraus. Der Zoll war eine Schulter aus Granit, die sich in der Mitte des Flusses aus dem Wasser schob und über die Oberfläche ragte wie die Kuppel eines uralten, längst versunkenen Tempels. Der Ganmiddich-Turm war auf diesem Felsen errichtet. Das rote Feuer, das in der obersten Kammer dieses Turms brannte, bot das einzige Licht, nach dem der Steuermann des Schiffs sich richtete.

Es war kurz vor der Dämmerung, so viel konnte Raif an der Position der Sterne und am rastlosen Wechsel der Luftströmungen feststellen. Er lag gefesselt im Boot, und die bestiefelten Füße von sechs Ruderern vom Clan Bludd hielten ihn an Ort und Stelle. Ein Seil, das man ihm über die Nasenwurzel gespannt hatte, machte es ihm schwer zu atmen, und ein weiteres über das weiche Gewebe seiner Kehle ließ selbst die kleinsten

Bewegungen unmöglich werden. Man hatte ihn nicht geschlagen, aber grobe Behandlung hatte das harte Narbengewebe auf seiner Brust wieder aufplatzen lassen. Der Speichel von Bluddmännern war immer noch feucht auf seinem Gesicht und dem Hals, und aus Kratzern an seiner Schläfe und der Stirn blutete er ins Boot. Cluff Drybannock stand am Bug, ein Fuß auf dem Dollbord, den ganzen Körper nach vorn gereckt, auf ihr Ziel zu. Zuvor, als sie begonnen hatten, nach Norden zu reiten, hatte er seine Zöpfe aus dem Helm genommen, und nun wehte ihm das taillenlange schwarze Haar in der Kälte vor der Morgendämmerung über den Rücken.

Raif kannte Cluff Drybannock dem Ruf nach – wie jeder im Clanland. Er war die rechte Hand des Hundelords, sein Pflegesohn, ein vaterloser Grabenländerbastard, den man nach der ersten Mahlzeit benannt hatte, die er beim Clan Bludd gegessen hatte: trockenem Haferbrot. Nun war er allen als Drybone bekannt. Er war der einzige, dem der Hundelord traute, sagten die Leute, der einzige, der mit ihm wie Gleicher zu Gleichen sprach und der kämpfen konnte wie er. Und er war der beste Langschwertmann im Norden.

Ein knirschendes Geräusch brach die Stille über dem Wasser, als das Boot auf den Kies am Ufer auflief. Die Ruderer hoben die Ruder und wateten in den Fluß, um das Boot an Land zu ziehen: Cluff Drybannock arbeitete mit den Männern zusammen, als gehörte er dazu, und die Spitzen seines Haars trieben in dem nach Tier riechenden Wasser, als er seinen Teil des Gewichts schulterte.

Raif blickte auf zu dem gewaltigen, fünfeckigen Turm, der schon gestanden hatte, bevor die Clans das Land besiedelten. Algen, Schlamm und Mineralflecken umzogen in Ringen die unteren Stockwerke, jeder Ring für ein Hochwasser. Der Gestank des Flusses hing am Stein, verbarg sich in Pockennarben und Rissen im Granit. Eis, von Rost grünlich oder orange verfärbt, hing in sturmgebrochenen Fingern von den Simsen des Turms und von den Ringen, an denen man Boote vertäuen konnte.

Der Steuermann band das Boot an den nächstgelegenen Ring und wartete dann zusammen mit den Ruderern auf Cluff Drybannocks Befehl.

Zeit verging. Cluff Drybannock stand halb im Wasser, halb an Land und schaute zu dem roten Feuer dreißig Stockwerke über ihm hinauf. Die Erschöpfung war seinem Gesicht deutlich anzusehen, und Raif fragte sich, was es ihn und seine Männer gekostet hatte, sich des Rundhauses von Ganmiddich und des Landes zu bemächtigen.

Endlich sprach der Bluddmann, ließ den Blick aber keinen Augenblick vom Feuerlicht weichen. »Bringt ihn nach drinnen und schlagt ihn.« Die Worte fielen schwer in die Stille, und die sechs Ruderer und der Steuermann reagierten auf den Tonfall ihres Anführers, indem sie sich langsam und schweigend an die Arbeit machten.

Raif spürte, wie große, kalte Hände nach seinen Schultern, Fuß- und Handgelenken griffen. Irgendwo vor ihm wurde eine Eisentür knarrend aufgezogen, und zum ersten Mal an diesem Abend spürte Raif, wie sein Magen ihn verriet, indem er sich vor Angst zusammenzog. Ketten klirrten, als man ihn aus dem Gestank und der Feuchtigkeit des Schiffs hob. Frische Luft wehte über sein Gesicht, aber die Seile an seiner Nase und der Kehle verhinderten, daß er tief einatmete. Die Bluddmänner atmeten kurz und angestrengt, als sie ihn in den Turm brachten.

Drinnen war alles still und dunkel wie in einem Minenschacht. Feuchter Schlamm saugte an den Stiefeln der Bluddmänner. Feuchtigkeit tropfte wie langsamer Regen auf ihren Rücken. Der Geruch des Flusses war zu einer dickflüssigen Brühe aus Fleisch, Mineralien und Schlamm konzentriert. Rauch, der vom Bluddfeuer herunterquoll, stellte die einzige Erleichterung von dem Gestank dar. Raif sah die Steindecke über sich hinwegziehen, als man ihn in das Herz des Turms trug.

Er dachte, sie würden ihn vielleicht nach oben bringen, aber sie gingen abwärts. Schlamm wurde zu feuchtem Schleim und dann zu dickem, blutfarbenem Wasser, als sie hinabstiegen. Keiner sagte ein Wort. Keine Kerze wurde entzündet, um ihnen den Weg zu zeigen. Dünne Strahlen von Dämmerungslicht kamen aus Quellen, die Raif weder identifizieren noch sehen konnte. Flußgeräusche füllten seine Sinne. Selbst jetzt, im Winter, wenn das Wasser dick war von Beinahe-Eis und träge von kalten Unterströmungen, drängte und pochte es gegen den Wachturm wie das Herz eines Hengstes. Ringsumher tröpfelte Wasser, floß und rauschte, ließ den Turm widerhallen wie eine Seehöhle.

Eine zweite Tür wurde geöffnet. Wasser rauschte um die Fußknöchel der Bluddmänner, dann warf man Raif zu Boden. Schulter und Schläfe trafen auf festen Stein. Wasser füllte seinen Mund und die Nase. Das Seil an seinem Hals war plötzlich kurz genug, um ihn zu erwürgen. Jemand sagte: »Schneide ihn los«, und kalte Klingen leckten an seiner Haut.

Raif sah bleiche Kanten: eine runde Mauer, den Rand einer Steinbank, ein rechteckiges Gitter über dem Kopf, das etwa soviel Licht einließ wie ein Schlüsselloch. Flußwasser, übel stinkend und trübe von Algen und zähem Tiergewebe, bildete einen mehr als knöchelhohen Tümpel auf dem Boden. Raif hatte keine Zeit, weitere Einzelheiten wahrzunehmen, bevor der erste Schlag fiel.

Schmerz explodierte in seinem Kopf, färbte die Welt weiß und grau und füllte seinen Mund mit heißem Blut. Weitere Schläge folgten, schnell, gut plaziert, jeder ein harter Keil in das weiche Fleisch seines Bauches. Bluddmänner grunzten. Wasser spritzte hoch gegen die Wände, übersprühte die Zelle wie ein Schiffsbug in einem Sturm. Raif hob und senkte sich mit den Wellen, schluckte Wasser, dann Luft, tastete mit den Fingern nach Stellen im Schleim, wo er sich festhalten konnte.

Sein Mund öffnete und schloß sich, als er die Schläge der Bluddmänner entgegennahm. Stiefelspitzen hämmerten gegen seine Wirbelsäule. Knöchel fanden dieselben Stellen an seinen Rippen … wieder und wieder wie eine Maschine. Stiefelabsätze wurden unter die Wasseroberfläche gestoßen und suchten nach dem verborgenen Gewebe von Oberschenkeln und Lenden. Raif schlug um sich wie ein Fisch am Haken und spürte denselben Schreck, dieselbe Verwirrung. Schmerz riß an seinen Sinnen, ließ ihn Wasser einatmen und Luft schlucken. Immer noch fielen Schläge, so viele Tritte und Faustschläge, daß er sie bald nicht mehr voneinander unterscheiden oder zählen konnte. Harte Knoten weißen Lichts brannten, wo einmal sein Blickfeld gewesen war. Erbrochenes blockierte seine Nasenhöhle und trieb in seinem Mund wie Treibholz auf Ebbe und Flut herein und wieder hinaus.

Bald verlor er alles Gefühl dafür, wo er war und was geschah. Die Schläge und der Schmerz waren alles, was er kannte. Wasser umgab ihn, aber es kühlte ihn nicht. Sein Rücken brannte, die Haut war abgerissen und blutete Säure statt Blut. Sein Magen zog sich wieder und wieder zusammen, aber jedesmal, wenn er versuchte, die Knie an die Brust zu ziehen, um die Krämpfe zu beruhigen, schlug man ihn abermals … und drückte ihn mit Stiefelfüßen unter Wasser.

Er verlor Zeit. Schläge weckten ihn. Eine halb geschlossene Faust drosch auf seine Brust ein, zwang das Wasser aus seiner Lunge. Finger fanden sein Rabenzeichen, drehten es um und wieder um, bis die Schnur, die es hielt, ihn beinahe erdrosselte. Es war unmöglich zu atmen …

Mehr Zeit verloren. Durch geschlossene Augen bemerkte er, daß es heller geworden war. Seine Augenlider waren verklebt – ob von Blut, Schleim oder von geschwollenem Gewebe wußte er nicht. Seine Kehle brannte. Es tat ihm unendlich weh, auch nur zu atmen. Eine Stimme grunzte Worte, die er nicht mehr verstand, dann drückte sich etwas, das nur eine Menschenhand sein konnte, an seinen Schädel und zwang seinen Kopf erneut unter Wasser.

Als er wieder zu Bewußtsein kam, war er nicht mehr im Wasser. Harter Stein grub sich in seine Wirbelsäule und die Rippen. Seine Kleidung war durchtränkt. Das Tageslicht war verschwunden. Die Männer waren verschwunden. Er war allein im Dunkeln mit seinem Schmerz.

Stunden vergingen, bevor er die Kraft aufbringen konnte, seine rechte Hand zu bewegen. Er verschwendete nichts von sich selbst, indem er versuchte, die zerschlagenen Fleischlappen seiner Augenlider zu öffnen oder Lippen zu lecken, die so trocken waren, daß ein einziger Atemzug, den er durch den Mund ausatmete, sie reißen und bluten ließ. Alles, was er hatte, legte er darin, die Hand an die Kehle zu heben.

Der Schmerz ließ ihn mehr als einmal bewußtlos werden. Säure in seinem Mund stach ins Zahnfleisch. Das Bedürfnis nach Wasser, nur ein paar klaren Tropfen, war ungeheuerlich. Nur der Drang, sein Rabenzeichen zu erreichen, war stärker.

Geschwollene Finger packten das Horn, das sich in seine Kehle gegraben hatte. Blut hatte es glitschig werden lassen. Fleischbröckchen lösten sich, als er an der Schnur zog und die Faust um das Zeichen schloß.

Ash. Er spürte ihre Gegenwart sofort, wie eine warme Brise oder einen Sonnenstrahl auf seinem Rücken. Sie war in der Nähe und unverletzt.

In der Nähe und unverletzt.

Diese Worte machten die nächsten Schläge erträglich.

Irgendwann in der Nacht oder vielleicht auch in der nächsten Nacht kamen sie wieder … vielleicht hatte er einen ganzen Tag lang geschlafen und war nicht bei Bewußtsein gewesen. Diesmal brachten sie eine Kapuze, die sie ihm über den Kopf zogen. Er wollte ihnen sagen, das sei gleich, weil er die Augen ohnehin nicht öffnen konnte, aber instinktiv wußte er, daß jedes Wort, das er sagte, ihn zu noch schlimmerer Folter verdammen würde.

Sie schlugen ihn schweigend, immer schweigend, grunzten nur leise, wenn sie zuschlugen. Atmeten schwer, wenn sie müde waren von der Anstrengung. Einer brachte ein Messer und schnitt die Haut an seinen Oberschenkeln und den Pobacken auf. Ein anderer urinierte in die Wunden.

Tage vergingen. Manchmal hängten sie ihn stundenlang an Haken, die in die Zellenmauer gehämmert waren. Seine Arme waren taub. Die Kapuze über seinem Gesicht ließ jeden Atemzug nach seinem eigenen, eingefangenen Schweiß schmecken. Man gab ihm nichts zu essen, und das Wasser, das er trank, kam vom Zellenboden. Manchmal hob sich der Fluß und sank dann wieder und wusch seinen Dreck weg.

In der Nähe und unverletzt.

Immer, wenn er aufwachte, sagte er diese Worte zu sich selbst. Es kam eine Zeit, wo er nicht einmal mehr ihre Bedeutung kannte, aber selbst dann beruhigten sie ihn wie ein Gebet in einer fremden Sprache.

Häufig träumte er von Drey: Drey, der durch das lange Sommergras der Weide lief; Drey, der ihm im Winter, wenn alle Forellenseen gefroren waren, beibrachte, wie man Forellenfliegen band; Drey, der am Rand des Lagers auf ihn wartete, nachdem sie Tems Leiche verbrannt hatten. Der Hinterhalt an der Bluddstraße spulte sich immer einen Herzschlag langsamer als in der wahren Zeit ab. Wieder und wieder sah Raif die beiden harten Punkte in den Augen seines Bruders, als er der Bluddfrau den Hammer mitten ins Gesicht schlug.

Nein. Raifs Traum-Ich wehrte sich gegen diese Erinnerung. Das war nicht sein Bruder, der an diesem Tag an der Bluddstraße den Hammer geschwungen hatte. Das war nicht der Drey, den er kannte.

Hunger nagte an Raifs Körper und an seinem Geist, nahm ihm Fleisch und geistige Gesundheit und die einfache Möglichkeit, in Frieden zu ruhen. Warten wurde schlimmer als die Schläge. Beim Warten war er allein, vollkommen allein. Gedanken und Träume quälten ihn. Inigar Stoop zeigte mit dem Finger auf ihn, nannte ihn Totenwächter. Tem kam aus dem Feuer im Ödland heraus, sein Körper in Flammen, sein Mund öffnete und schloß sich, als er die Namen jener, die ihn getötet hatten, aussprach. Raif strengte sich ungeheuer an, aber er konnte sie nicht hören. Später war dann Effie bei ihm in der Zelle, stand knietief im Wasser und rezitierte langsam eine Liste der Leben, die er genommen hatte ... Und irgendwie waren auch Shor Gormalin und Banron Lye auf dieser Liste, und er wollte ihr sagen, daß sie sich irrte, daß er keine Hailsmänner getötet hatte, aber sie verschwand, bevor er es aussprechen konnte. Noch später war Mace Blackhail da, unter dem Wasser, und seine Wolfszähne blitzten gelb, als er lachte und sagte: *Ich wußte, daß du mich so weit treiben würdest, Sevrance.*

Schmerz war etwas, wovon Raif ohnmächtig wurde und aus dem er jeden Tag wieder erwachte. Sein Körper war mit schwarzen Prellungen überzogen, aber er konnte sie nicht sehen. Aufgerissene Haut zog sich zusammen und entzündete sich, heilte und brach wieder auf, bildete Narben, die nur seine Finger kannten. Unsichtbare Bluddmänner würgten ihn jede Nacht, hielten seinen Kopf unter Wasser, bis seine Lungen wie Feueröfen brannten, drehten die Schnur, an der sein Zeichen hing, bis sie ihm den Atem nahm. Bald war die übelkeiterregende Schwärze der Bewußtlosigkeit alles, was er statt Schlaf kannte.

Dann, eines Tages, hörten die Schläge auf. Das Quietschen der Zellentür weckte ihn aus Stunden der Bewußtlosigkeit. Durch den Nebel seiner erwachenden Sinne wartete Raif auf den ersten Schlag. Sein Körper war starr vor Schmerz, sein Magen brannte davon. Über seinem Kopf schmerzten die Arme von der Anstrengung, sein Gewicht zu tragen. Jeder Atemzug war teuer. Eine Muskelzuckung in seinem Knie bewirkte, daß sich sein ganzer Körper zusammenzog.

In der Nähe und unverletzt. Wer? Effie? War sie hier?

Alle Gedanken verschwanden, als Luft an seine Kehle kam. Er haßte seinen Körper für das Zucken, für die Angst, die ihn auf der Stelle überfiel, als wäre er ein Kind, das im Dunkeln nach Ungeheuern lauscht. Doch der erwartete Schlag kam nicht. Statt dessen arbeiteten Hände an dem Seil, das seine Handgelenke an den Haken fesselte. Der säuerliche Geschmack von Hilflosigkeit stach ihm in den Mund. Normalerweise schlugen sie ihn, wenn er hing, und später, wenn er nicht mehr imstande war, sich selbst aufzufangen, wenn er fiel, dann ließen sie ihn auf die Steinbank oder auf den Boden sacken. Diese Änderung der Taktik machte ihn nervös. Als feste Hände ihn an der Schulter packten, hörte er, wie er ein tierisches Geräusch von sich gab, eine Art Zischen.

Finger packten den Rand der Kapuze, rissen seinen Kopf zurück. »Das ist jetzt nicht die Zeit zum Kämpfen, Hailsmann.« Die Stimme war grob und hatte einen schweren Akzent. Ihr Besitzer packte Raif, als die letzten Seile durchgeschnitten wurden, und legte ihn auf die Bank. Erleichterung durchdrang Raif wie Wasser einen Lumpen, und sein Körper wurde kalt und schlaff. Ein weiteres Paar Hände umklammerte seine Kehle, aber es war ihm beinahe gleichgültig. Zumindest würden sie ihn diesmal im Liegen schlagen. Eine Messerspitze ritzte die Haut an seinem Kiefer, als das Seil, das die Sackleinenkapuze an Ort und Stelle hielt, durchtrennt wurde. Blut floß in den Spalt zwischen Raifs Lippen. Der Bluddmann, der das Messer hielt, roch nach der letzten Mahlzeit, die er zu sich genommen hatte. Der Gestank nach gebratenem Tierfett mit Lauch brachte Raif dazu, den Mund zu öffnen und eine Blutmahlzeit aus den Flüssigkeiten zu machen, die sich dort gesammelt hatten. Nachdem er das Seil durchtrennt hatte, riß der Bluddmann ihm die Kapuze ab.

Raif kniff seine Augen fester zu. Es war Tage her, seit er zum letzten Mal die Gesichter jener gesehen hatte, die ihn schlugen, und er hatte nicht den Wunsch, sie jetzt zu sehen. Frische Luft schlug ihm ins Gesicht – und war ebenso unwillkommen. Plötzlich wünschte er sich, sie würden endlich beginnen, ihn zu schlagen.

Wasser spritzte, als der Mann, der ihn losgeschnitten hatte, die Zelle verließ. Raif hörte, wie die Tür zufiel, aber er traute seinen Sinnen nicht und blieb reglos. Zuvor hatten sie ihn nie bei Bewußtsein zurückgelassen. Minuten vergingen. Der Wolfsfluß rollte wie flüssiger Donner gegen die Mauern des Turms. Irgendwo hoch über Raif tröpfelte Wasser wie ein Pulsschlag. Nichts in der Zelle rührte sich. Raif konzentrierte sich aufs Atmen … das war zumindest etwas, was er tun konnte.

»Mach die Augen auf und sieh mich an.«

Die Stimme kam aus der Nähe der Tür. Es war nicht derselbe Mann, der zuvor gesprochen hatte, aber beide hatten den Akzent eines Bluddmanns. Die Stimme war härter, älter, müder.

Wasser rauschte gegen die Zellenmauer. »Ich habe gesagt: *SIEH MICH AN!«*

Raif gehorchte. Die Haut auf seinen Augenlidern riß und blutete, als er das verklebte Gewebe auseinanderzwang. Durch einen Film von Blut sah er einen Mann mittlerer Größe, schwer gebaut und untersetzt, mit solch schimmernd grauem Haar, daß die Zöpfe, die ihm über den Rücken hingen, aussahen wie Silber, nicht wie Menschenhaar. *Der Hundelord.*

Das wußte Raif sofort. Die Präsenz des Mannes erfüllte die Zelle wie ein Heiliger Stein. Es war unmöglich, ihm nicht in die blauen Augen zu sehen, unmöglich zurückzuweichen. Wie hatte er dort so lange stehen und ihn schweigend beobachten können, ohne daß Raif es bemerkt hatte?

Der Hundelord sagte kein Wort mehr. Er sah Raif an und durch ihn hindurch. Seine Augen forderten Antworten, sein gesamtes Wesen drückte sich mit einer derartigen Kraft gegen Raif, daß es Atmen unmöglich machte.

Raif wich seinem Blick nicht aus. Er dachte an die vier Bluddmänner bei Duffs Herdhaus, die Bluddfrauen und -kinder, die am Tag des Hinterhalts durch den Schnee gerannt waren. Schande verbrannte ihn.

Der Hundelord sah ihn weiter an, sah, wußte.

Sein schwerer Atem ließ das Wasser winzige Wellen schlagen, als hätte er Steine hineingeworfen. Plötzlich bewegte er sich. Raif wappnete sich gegen einen Schlag, aber statt dessen drehte der Hundelord ihm den Rücken zu.

Ein kalter Dolch drang in Raifs Herz. Die Verächtlichkeit der Geste schnitt bis ins Mark. *Du bist meine Faust nicht wert,* sagte sie, *du bist meinen Atem nicht wert.*

Als der Hundelord die Zellentür öffnete und die Welt, die auf der anderen Seite wartete, betrat, spürte Raif, wie er schrumpfte und welkte wie ein totes Blatt, das vom Baum gefallen ist. Er war nichts. Die Verachtung des Bluddhäuptlings hatte ihm genommen, was die Schläge ihm nie hatten nehmen können. Er war ein Eidbrecher, ein Ausgestoßener, ein Mörder. Wie Angus vorhergesagt hatte, hatte sich die Geschichte des Kampfes bei Duffs Herdhaus verbreitet. Raif Sevrances Name und seine Taten waren allen bekannt. Alle wußten, daß er auch bei dem Hinterhalt an der Bluddstraße dabei gewesen war und seinen Clan verraten hatte.

Raif zog die Knie an die Brust und betete um die Bewußtlosigkeit des Schlafes. Er wollte nicht fühlen oder denken. Aber der Schmerz genügte nicht. Das triefende Auge, die gebrochenen Rippen, aufgeplatzte Haut an Ohren und Lippen und die zerrissenen Muskeln in Armen und Oberschenkeln waren plötzlich erträglich geworden. Er lag hier im trüben Licht und mußte die Stimmen aus seiner Vergangenheit hören.

Du bist nicht gut für diesen Clan, Raif Sevrance, murmelte Inigar Stoop. *Du bist auserwählt, die Toten zu bewachen.*

Du wußtest, daß ich gehen würde! gab Raif zurück. *Warum hast du mich nicht davon abgehalten, den ersten Eid zu sprechen?*

Inigar Stoop saß an seinem Platz im Schatten hinter dem

Heiligen Stein, und er schüttelte den Kopf. Die Silbermedaillons an seinem Schweinsledermantel machten ein Geräusch wie brechendes Glas. *Frag das die Steingötter, Raif Sevrance. Sie sind es, die dein Schicksal geschaffen haben, nicht ich.*

Raif wandte sich ab und bewegte Glieder, die von der Berührung glühten. Dennoch quälten ihn die Stimmen weiter. Raina sprach über Effie: *Sei vorsichtig mit ihr, Raif Sevrance. Du und Drey, ihr seid jetzt alles, was sie hat.*

Und Drey, der am Tag auf dem Hof mit ihm gesprochen hatte: *Ich werde seinen Eid bezeugen.*

Raif heulte laut auf.

Stunden später ließ ihn das Fieber endlich schlafen.

Als er das nächste Mal erwachte, war die Welt weich an den Kanten. Jemand, ein Bluddmann, stellte eine Schale mit dicker, gräulicher Flüssigkeit neben ihn auf die Bank. Raif beobachtete die Schale intensiv. Er rührte sich nicht. Fieberlinien breiteten sich über seine Brust aus und ließen ihn zittern. Durst zerrte an seiner Kehle, aber er konnte sich nicht regen. Die Schale anzusehen war alles, wozu er imstande war, und das tat er mit aller erdenklichen Sorgfalt, bis er nichts mehr wußte.

9
Lords und Jungfrauen

Vaylo Bludd steckte sich einen Priem in den Mund und kaute darauf. Der Wolfshund und die anderen Hunde saßen im Kreis um ihren Herrn, die Schnauzen fest geschlossen, die Ohren zum Zeichen der Unterwerfung dicht an den Kopf gelegt. Hin und wieder ächzte einer leise, gab ein Geräusch von sich, als hätte er Schmerzen.

Vaylo saß schweigend da und kaute. Vor ihm in der Ferne lagen die schimmernde schwarze Linie des Wolfsflusses und der dunkle Buckel in seiner Mitte, der den Ganmiddich-Zoll bildete. Es war bitter kalt, aber der Hundelord spürte das kaum. Die Nachtluft war still und der Himmel über dem Clanland wolkenlos, enthüllte einen Klauenmond und tausend eisblaue Sterne. Von dort, wo er saß – auf einem Felsblock, der dazu benutzt wurde, Hammerkanten abzuschlagen und Forellen aus dem Fluß auszunehmen –, konnte Vaylo sowohl den Ganmiddich-Turm als auch das Rundhaus sehen. Alles gehörte nun ihm. Alles Land südlich bis zu den Bitterhügeln war seins.

Schritte knirschten im Schnee hinter seinem Rücken. Der Hundelord mußte sich nicht umsehen, um zu wissen, wer sich da näherte. Die Reaktion seiner Hunde sagte ihm alles, was er wissen mußte.

»Lebt er immer noch?«

Cluff Drybannock antwortete nicht, aber Vaylo wußte genau, daß die Frage gehört und verstanden worden war. Drybone hockte sich zu den Hunden und schaute zum Fluß hin, während er sich die Hände an der Kehle des Wolfshundes wärmte. Nach einer Weile sagte er: »Er hat immer noch Fieber. Cawdo weiß nicht, wie er die letzten fünf Tage überlebt hat. Er sagt, jeder andere Hailsmann wäre inzwischen tot.«

Vaylo spuckte den Priem in den Handschuh. Plötzlich wollte er nicht mehr länger hier draußen in der Kälte sein. Er wollte an der Feuerstelle sein und die beiden Enkelkinder, die ihm geblieben waren, im Arm halten. Ohne ein Wort stand er auf.

Die Hunde waren so sehr Teil von ihm wie die grauen Zöpfe, die ihm über den Rücken fielen, und sie erhoben sich wie ein einziges Tier, sobald sie das Stiefelleder ihres Herrn knarren hörten. Auch Drybone stand auf. Das hätte er nicht tun müssen – Cluff Drybannock hatte den Überfall auf Ganmiddich angeführt, und ihm gebührte nun genügend Respekt, daß er für keinen Mann mehr aufstehen mußte, nicht einmal für seinen Häuptling –, aber er tat es so schnell wie immer. Andere hätten die Geste als reine Gewohnheit abgetan, aber Vaylo wußte es besser. Cluff Drybannock stand auf, weil er ein Bastard war und weil es das war, was Bastarde taten.

Vaylo legte Drybone die Hand auf die Schulter, und zusammen gingen Mann und Häuptling den kurzen Weg ins Rundhaus zurück.

Im Vergleich mit jenen von Dhoone und Bludd war das Ganmiddich-Rundhaus klein. Aus vulkanischem Felsen und dem grünen Flußstein gebaut, stand es an einem hohen Ufer oberhalb des Flusses und des Waldes aus uralten Eichen, die als das Nest bekannt waren. Das Hauptgebäude erhob sich ganze sechs Stockwerke über den Boden, passend zum Motto von Ganmiddich: *Wir ragen über Berge und Feinde hoch auf.* Wie die meisten Clansmänner aus dem Norden empfand Vaylo nichts als Mißtrauen gegenüber einem Rundhaus, das sich in die Wolken erhob. Die Kraft eines Rundhauses sollte aus dem Boden kommen und von den Steingöttern, die dort lebten. Aber viele der südlichen Clans bauten hohe Rundhäuser und zeigten damit, wie sehr sie von den Bergstädten und den Göttern von Luft, Himmel und Nichts beeinflußt waren, zu denen die Menschen in diesen Städten beteten.

Der Hundelord schüttelte den Kopf, als er und Drybone das

vom Sturm geglättete Gebäude betraten. Dieses Haus zu besitzen machte ihm wenig Freude. »Krabbe« Ganmiddich, der Häuptling von Ganmiddich, war nur fünf Jahre nach ihm selbst an die Macht gekommen. Krabbe fluchte wie ein Waldläufer, fing Streit mit jedem an, der ihn auch nur falsch ansah, und hatte beinahe so viele Bastarde gezeugt wie Mahlzeiten gegessen, aber Vaylo hatte ihn recht gern gemocht. Er log nie, erkannte all seine Bastarde an, und einmal vor zehn Jahren, als die Wasserpocken alle Frühjahrslämmer des benachbarten Clan Withy töteten, hatte er ihnen sechzig seiner eigenen Schwarzhalsschafe geschickt.

Vaylo saugte an seinen schmerzenden Zähnen. Er hatte nichts gegen Krabbe Ganmiddich, nichts außer der neuen Freundschaft des Mannes mit dem Hailwolf. Der Angriff auf Bannen hatte den Krabbenhäuptling nervös gemacht, und statt sich nur auf Dhoone zu verlassen, was den Schutz anging, hatte er sich an Blackhail gewandt. Dhoone war schwach, gebrochen, ohne eigenes Land und Haus. Blackhail war stark und wurde noch stärker. Wer konnte dem Krabbenhäuptling schon übelnehmen, auf zwei Hochzeiten tanzen zu wollen? Und was Mace Blackhail anging … Nun, er hatte neben den Dhoonemännern gekämpft, um Bannen zu retten, und nachdem der Kampf zu Ende war und er in dieses dunkle, stinkende Hailhaus zurückgekehrt war, hatte er seinen Blick nach Süden gewandt und sich gefragt: »Und was bekomme ich dafür?«

Der Hundelord schüttelte die Zöpfe. Er bezweifelte, daß der Hailwolf das nächste Mal mit leeren Händen nach Hause kommen würde, wenn Clan Blackhail einem dhoonegeschworenen Clan zu Hilfe kam. Dieser Mann war ehrgeizig. Vaylo erkannte das.

»Die Krabbe ist nach Osten geflohen, zu Croser«, sagte Drybone, dessen Gedanken wie immer denen seines Häuptlings folgten. »Er hat viermal zwanzig Männer um sich gesammelt und sich in der alten Festung festgesetzt.«

Vaylo grunzte. Langsam sammelten sich die Feinde an seiner Grenze. Dhoone war verteilt über Gnash, Bannen und Schneefuchs, und nun hatte Ganmiddich bei Croser Zuflucht gesucht. Zu anderen Zeiten hätten ihn diese Tatsachen verzehrt, aber im Augenblick kam sein Geist nicht zur Ruhe. Der Hailsmann war zu nah. Die Hälfte der Räume im Ganmiddich-Rundhaus gingen zum Turm und zum Zoll hinaus. Vaylo mußte nur den Kopf heben und hinsehen.

Das tat er nun ein letztes Mal, bevor Drybone das große Tor schloß und Frost und Nacht aussperrte. Dreißig Stockwerke grauen Granits erhoben sich über der Flußoberfläche wie der Finger eines Steingotts, der zum Himmel zeigt: der Ganmiddich-Turm. Dort saß Raif Sevrance in einer Zelle. Der Totenwächter.

Der Hundelord schauderte, und seine siebzehn Zähne rasselten im Kiefer.

»Nan. Bring mir die Kinder. Ich bin im Häuptlingszimmer.« Er hatte eine Bluddfrau mittleren Alters angesprochen, die Zöpfe von der Farbe und Struktur von Seilen hatte und die sich mit einem Tablett mit Bier und Haferkuchen genähert hatte, als er und Drybone die große Halle betraten. Die Frau sah Vaylo einen halben Augenblick lang an, nickte dann und zog sich zurück.

Nan Culldayis hatte ihn von Dhoone aus begleitet. Sie kümmerte sich nun um seine Enkelkinder, nachdem ihre Mutter und ältere Schwester tot waren. Vaylo hätte Nan sein Leben anvertraut. Nan hatte seine Frau während des letzten Jahres ihrer Krankheit gepflegt und sich seitdem um seine Enkel und die Frauen seiner Söhne gekümmert. Viele Jahre hatte sie ihn nun schon mit allem versorgt, was er brauchte. Sie war in einem Alter, wo sie die Fruchtbarkeit weit hinter sich gelassen hatte, und das paßte Vaylo. Vor fünfunddreißig Jahren, an seinem Hochzeitstag, hatte er sich geschworen, keine Bastarde zu zeugen.

Vaylos Gedanken wurden von Cluff Drybannocks sanfter Stimme unterbrochen. »Wenn du willst, werde ich einen Trupp Hammermänner zusammenstellen und die Kinder nach Dhoone zurück eskortieren.«

Der Hundelord blieb an der Tür zum Häuptlingszimmer stehen, drehte sich um und sah dem Mann in die stahlblauen Augen. »Du denkst, ich hätte sie nicht herbringen sollen.«

Es war keine Frage, aber Drybone beantwortete sie dennoch. »Nein. Dieses Rundhaus hier ist kein Ort für sie. Es ist nur eine Frage der Zeit, bis die Krabbe versucht, es zurückzuerobern.«

»Und was, wenn ich sie in Dhoone ließe, bei ihrem Vater? Wie sicher wären sie dort?«

»Sicherer als hier an der Grenze zu den Städten, in einem Rundhaus, das nur einen Tagesritt von Bannen und Croser und nicht viel weiter von Gnash entfernt ist.«

Vaylo schlug mit der Faust gegen die Tür. Die Hunde, die direkt hinter ihm waren, wichen aus und duckten sich. »Glaubst du denn, ich kenne die Gefahr nicht? Glaubst du denn, ich liege nicht jede Nacht wach und denke wieder und wieder darüber nach?«

Drybone zuckte angesichts des Zorns seines Häuptlings mit keiner Wimper. Statt dessen sprach er ebenso leise wie zuvor weiter: »Jedesmal, wenn du sie mitnimmst, bringst du sie in Gefahr. Sie sollten lieber im Herzen des Clanlands bleiben, im Dhoonehaus.«

Cluff Drybannock hatte recht, und Vaylo wußte es. Als er das Häuptlingszimmer mit seinen grünen Wänden betrat, drehte er sich noch einmal zu Drybone um und sagte: »Ich habe Angst, sie aus dem Auge zu verlieren, Dry. Ich habe jetzt nur noch zwei.«

Cluff Drybannock nickte. Er versuchte nicht, den Hundelord zu trösten, erinnerte ihn nicht daran, daß seine Söhne immer noch jung waren und Dutzende Kinder mehr haben würden, und Vaylo war dafür dankbar. Zum zweiten Mal an diesem

Abend berührte er Drybone an der Schulter. »Du kannst sie in ein paar Tagen mitnehmen.«

Als Drybone dies mit seinem üblichen knappen Lächeln zur Kenntnis nahm, kamen die beiden Kinder durch die Tür hereingestürmt. Sie ignorierten ihren Großvater vollkommen und stürzten sich gleich auf die Hunde.

Nachdem er ihnen einige Zeit zugesehen hatte, wie sie über die schwarzgelben Tiere herfielen, mit ihnen rangen und quietschend mit ihnen tobten, wandte sich Vaylo Drybone zu und grinste: »Nicht, daß sie mich sonderlich vermissen würden.«

Cluff Drybannock wandte sich ab und wollte gehen.

Vaylo hielt ihn mit einer Bewegung aus dem Handgelenk auf und sagte: »Wie geht es dem Mädchen?«

»Gut. Nan war heute bei ihr. Sie sagt, sie würde sich nicht tothungern und keine Anfälle bekommen. Ich glaube, sie ist recht beeindruckt von ihr.«

Vaylo rieb sich das Kinn, um seine schmerzenden Zähne zu beruhigen. »Wie alt ist sie?«

Drybone zuckte die Achseln. »Nur ein Mädchen, groß und dünn.«

»Laß sie herbringen, Dry. Ich will mir die Tochter des Surlords selbst ansehen.«

»Hierher?« Drybone warf den Kindern, die laut kicherten, während sie im Fell am Bauch eines Wolfshundes wühlten, einen Blick zu.

»Ja. Wenn Nan nichts gegen sie einzuwenden hat, dann traue ich ihr.«

Drybone ging und schloß die Tür hinter sich so leise, als wäre er ein Diener, nicht der Mann, der nur sieben Tage zuvor Ganmiddich für Bludd beansprucht hatte. *Ich brauche zweihundert Schwertkämpfer,* hatte Dry gesagt, bevor er losgezogen war, *und dein Schweigen, bis es getan ist.* Selbst jetzt wußte Vaylo noch nicht, wie er es geschafft hatte. Zweihundert Männer, um ein Rundhaus von der Größe des Ganmiddich-Hauses einzunehmen? Und es war nicht einmal ein Blutbad gewesen … Nicht wie bei Withy.

Er setzte sich auf den Hocker dicht am Feuer und schlug sich auf die Oberschenkel, um Hunde und Kinder anzulocken. Viele Füße, haarig und haarlos, trappelten über den Steinboden, um ihn auf dem kürzesten, schnellsten Weg zu erreichen. Die beiden Kinder setzten sich zu seinen Füßen, während er die Lederleinen von seinem Gürtel nahm und die Hunde zusammenband. Die Hunde haßten das, aber die Anwesenheit der Kinder ließ sie sanfter werden, und es gelang Vaylo, sie anzuleinen, ohne viel Haut und Blut zu verschwenden. Als er fertig war, band er die Hauptleine an einen Haken in der Wand der Feuerstelle.

»Großvater, warum bindest du sie an?« Kasha, nun seine älteste Enkelin, warf dem Wolfshund einen langen, mitleidigen Blick zu.

Vaylo strich dem Mädchen über das tiefschwarze Haar. Ihre Mutter hatte Südländer-Blut, und das Kind war so dunkelhäutig, dunkeläugig und schön wie sie. »Weil ich einen Besucher erwarte, und die Hunde sind selten freundlich zu denen.«

Einer der Hunde, eine schlanke Hündin, die nur Zähne und Schnauze war, knurrte. Vaylo zischte sie an, obwohl er im Grunde erfreut war. Als er den Blick wieder seiner Enkelin zuwandte, bemerkte er aus dem Augenwinkel das rote Licht, das durch den Fensterschlitz der gegenüberliegenden Wand einfiel: das Bluddfeuer in der obersten Kammer des Turms. Sieben Tage und Nächte brannte es nun, lange genug, daß alle in den Städten wußten, daß der Hundelord vor ihren Toren stand.

Vaylo versuchte, den Blick abzuwenden, aber er konnte es nicht. Es gab Zeiten, in denen die Eroberung von Ganmiddich ihm etwas bedeutet hätte, in denen der Gedanke an Krieg und Überfälle ihn jeden Morgen aus dem Bett getrieben und bis nach

Mitternacht wach gehalten hatte. Er kämpfte, weil er den Mut dazu hatte und weil er Siege mehr als das Leben selbst liebte. Nun jedoch kämpfte er aus Haß.

Und Angst.

Vaylo erhob sich und schloß die eisernen Fensterläden: Er benutzte jeden der sieben Haken und legte den Riegel vor.

Blackhail war der Grund, wieso Cluff Drybannock Ganmiddich eingenommen hatte. Er war dabeigewesen, als man die Frauen und Kinder an der Bluddstraße gefunden hatte. Er hatte geholfen, die Leichen auszugraben. Jeder Clan, der eine Allianz mit dem Hailwolf und seinem Clan einging, mußte eine Todesbotschaft erhalten. Drybone wußte das. Der Hundelord wußte das. Und obwohl sie kein Wort darüber gewechselt hatten, wußten sie beide, daß der Krieg kein Ende finden würde, bis Blackhail zerstört war.

Vaylo legte eine Hand auf das Eisengitter und stützte sein schweres Gewicht dagegen. Der Ganmiddich-Turm und sein rotes Feuer brannten immer noch in seinen Augen. Der Hailsmann, der dort gefangen lag, brannte immer noch in seiner Seele.

Er war nur ein Junge. Als Vaylo gestern gegen Mittag den Turm betreten hatte, hatte er nicht gewußt, was er erwarten sollte. Totenwächter hatten die Leute ihn genannt, nach dem Abend, an dem er drei Bluddmänner bei Duffs Herdhaus getötet hatte. Er hatte gekämpft wie ein Steingott, erzählten sie, und er hatte ganz offen zugegeben, beim Hinterhalt an der Bluddstraße dabeigewesen zu sein, bevor er sich den Weg aus dem Herdhaus erzwang.

Vaylos Hand kühlte zur Temperatur des Eisens ab. Nun hatte er diesen Hailsmann hier gefangen, auf dem Zoll. Er hatte ihn mit seinen eigenen Augen gesehen, seine Wunden erblickt und seinen Gestank gerochen. Cluff Drybannock und die anderen hatten erwartet, daß er den Hailsmann töten würde. Er hatte es ihnen angesehen, später, als er aus dem Turm gekommen war und sie im Halbkreis um das Schiff gestanden hatten. Drybone hatte sogar Befehle gegeben, daß man den Hailsmann nicht so übel schlagen sollte, daß es sein Leben wirklich bedrohte: Dieses Privileg gehörte dem Hundelord.

Aber Vaylo hatte es nicht genutzt. Er wußte selbst kaum, warum nicht. Als er den Hailsmann dort auf der Bank gesehen hatte, zerschlagen, die Kleidung dunkel von Blut und Flußdreck, hatte Vaylo sich selbst gequält: wie war es zu dem Massaker an der Bluddstraße gekommen? Hatten die Hailsmänner bereits erwartet, Frauen und Kinder töten zu müssen? War einer von ihnen in Panik geraten und hatte ein Kind aus Zorn oder Überraschung getötet, und die anderen waren ihm gefolgt? Hatte eine der Frauen sich gewehrt? Wie lange hatte es gedauert, bis seine Enkel tot waren?

Vaylo schloß die Augen und lehnte sich noch fester an das Eisengitter.

Nein. Er hatte den Hailsmann nicht getötet. Er würde es tun, denn er war der Hundelord, und niemand durfte seine Verwandten umbringen und das überleben. Aber es gab noch Dinge, die er wissen mußte. Dinge, die ihm nur jemand, der an diesem Tag anwesend gewesen war, sagen konnte.

Die Hunde standen auf und knurrten. Sofort schaute Vaylo zur Tür. Ein paar Sekunden vergingen, und dann klopfte es an die Tür. Einen Augenblick später betrat Drybone das Zimmer und führte ein Mädchen herein. Er stellte sie in die Mitte des Zimmers und drehte sich ohne Zögern um, um zu gehen. Vaylo wußte, er würde vor der Tür warten, in einer Entfernung, wo er sicher sein konnte, kein Wort zu hören.

Penthero Iss' Pflegetochter sah den Hundelord an. Wie Drybone bereits berichtet hatte, war sie hochgewachsen und dünn, aber Vaylo wußte genug von Frauen, daß ihm klar war, daß diese Schlankheit nicht ewig bleiben würde. Ein paar Wochen Fett und Hafer würden dafür sorgen.

»Was habt Ihr mit Raif Sevrance und Angus Lok gemacht?«

Die Stimme des Mädchens war kalt, und einen Augenblick lang fühlte sich Vaylo an ihren Pflegevater Penthero Iss erinnert. Er hatte dieses Kind von Geburt an aufgezogen.

Vaylo antwortete nicht. Statt dessen ging er vom Fenster zur Feuerstelle und ließ sich zwischen seinen Hunden nieder. Seine Enkelkinder waren rasch wieder an seinen Füßen, der Jüngste zupfte an seinen Hundefellhosen und verlangte, hochgehoben zu werden und auf Großvaters Schoß zu sitzen. Vaylo war sich des Unbehagens seiner Enkel bewußt: Sie hatten die Angst der Hunde gespürt.

Normalerweise, wenn ein Fremder das Territorium des Herrn betrat, zeigten die Hunde rasch die Zähne. Sie lehnten sich knurrend in die Leinen, klemmten die Schwänze ein und beobachteten den Eindringling mit Augen, in denen Erinnerungen vom Rudelleben in der gefrorenen Tundra standen. Aber sobald Iss' Pflegetochter das Zimmer betreten hatte, hatten die Hunde geschwiegen. Keiner von ihnen knurrte, nicht einmal der Wolfshund. Sie lagen auf dem Bauch, an die Mauer der Feuerstelle gedrückt, die Ohren flach angelegt. Als Vaylo seinen Enkel auf den Schoß hob, winselte eine der Hündinnen leise und zog sich weiter ins Rudel zurück.

Vaylo beobachtete das Mädchen, während sie auf seine Antwort wartete. Ihr silbrig-goldenes Haar fiel ihr bis auf die Schultern, so gerade, als wäre jede einzelne Strähne mit Blei beschwert worden. Ihre Augen waren vom selben Grau wie der Himmel vor einem Sturm, groß und klar, mit silbernen Flecken auf der Iris, die das Licht reflektierten. Alles an ihr sah aus, als sei es aus Silber, Wasser und festem Stein heraufbeschworen worden. Und dennoch war sie kaum mehr als ein Kind, und sie hatte Angst; Vaylo ließ sich in dieser Hinsicht keinen Augenblick etwas vormachen. Er sah, wie sie den Stoff ihres Rocks umklammerte, damit ihre Hände nicht zitterten, wie ein Muskel an ihrer Kehle zuckte, wenn sie schluckte … und sie schluckte viel.

Es war interessant, daß ihre erste Frage ihre Begleiter betraf und nicht sie selbst.

Vaylo fragte: »Hat mein Clan dich gut behandelt?«

»Beantwortet meine Frage.«

»Beantworte erst meine.«

Das Mädchen zuckte bei seiner befehlsgewohnten Stimme zusammen.

Vaylo drückte seinen Enkelkindern abwechselnd die Hände auf die Schultern, um sie zu beruhigen. Der Zorn ihres Großvaters machte ihnen angst.

»Man hat mich gut behandelt, man hat mir zu essen und Kleidung gegeben. Und man hat mich eingesperrt.« Das Silber in den Augen des Mädchens wurde zu etwas Dunklerem – wie Stahl. »Und nun sagt mir, was aus meinen Freunden geworden ist.«

Vaylo ließ sie auf die Antwort warten. Er war beeindruckt von ihrem Mut – er konnte sich nicht erinnern, wann jemand das letzte Mal etwas von ihm gefordert hatte –, aber er war jetzt schon zu lange der Hundelord, um sich von der Tochter eines Surlords dazu zwingen zu lassen, sich schneller zu äußern, als ihm zumute war.

Als er schließlich bereit war, sagte er: »Angus Lok steckt in einer Zelle direkt unter meinen Füßen. Der einzige Schaden, der ihm zugefügt wird, stammt von den feuchten Wänden, die ihn umgeben, und schlechtem Essen. Nach allem, was ich höre, kann er keinen Geschmack an rohem Lauch und Haferschleim finden.«

»Und was werdet Ihr mit ihm tun?«

Vaylo dachte einen Augenblick daran zu antworten: »Was immer ich will«, aber in diesem Augenblick strich das Mädchen sich das Haar zurück. Diese knappe, harmlose Geste paßte zu einem Kind, nicht zu einer Frau. Für Asarhia March war ihr Haar immer noch etwas, was im Weg war, was man wegschnippte wie einen Moskito oder wie Staub, nicht ein Schleier, mit dem man vor den Augen der Männer spielte. Vaylo hätte beinahe gelächelt, aber er tat es nicht. Die Geister verlorener Enkelinnen begannen sich im Zimmer zu sammeln.

»Ich werde Lok hier in Ganmiddich festhalten, bis ich es für angemessen halte, ihn woanders hinzubringen. Danach werde ich ihn gegen Lösegeld freilassen oder ihn austauschen. Es gibt einige im Norden, die gutes Geld für seinen Kopf zahlen würden.«

Falls dies dem Mädchen neu war, zeigte sie es jedenfalls nicht. Sie blinzelte nur und sagte: »Und Raif?«

»Er wird von meiner Hand sterben.«

Das Mädchen schnappte nach Luft. Das Licht in ihren Augen wurde trüb, tatsächlich trüb, als hätte irgend etwas in ihr den Stoff weggenommen, den die Augen zum Leuchten brauchten. Ein Geräusch, wie Vaylo es nie zuvor gehört hatte, erklang tief in den Kehlen seiner Hunde. Er bekam Gänsehaut auf den Armen, als er das ängstliche Jaulen hörte.

Er setzte seinen Enkel am Boden ab und stand auf. »Raif Sevrance und sein Clan haben unsere Frauen und Kinder an der Bluddstraße niedergemetzelt. Sie haben kaltblütig die Waffen gezogen und mit kaltem Herzen meine Enkelkinder niedergeritten, als wären sie nichts anderes als Schafe.« Vaylo ließ den Blick nicht von der Tochter des Surlords weichen, während er das sagte. All seine Sinne hatten ihn gewarnt, daß er hier einer Gefahr gegenüberstand, die von diesem dünnen Mädchen ausging, und er stellte seine Instinkte nie in Frage. Er war der Hundelord; er lebte nach diesen Instinkten.

Das Mädchen stand vollkommen reglos da. Es schien, als würde das Licht des Feuers zu ihr hingezogen, als saugte sie es aus der Feuerstelle. Die Luft im Zimmer bewegte sich, wehte durch das Fell der Hunde und das feine schwarze Haar der Kinder.

Beunruhigt sprach Vaylo weiter, und seine Stimme wurde lauter, als er zur Mitte des Zimmers ging. »Raif Sevrance hat

Kinder getötet. Er ist ein Mörder. Ein Feind dieses Clans. Ich werde ihn töten, weil ich keine Wahl habe. Neun Götter verlangen es.« Kaum noch eine Armeslänge von dem Mädchen entfernt, streckte er den Arm aus und berührte ihre Wange. Es war, als hätte er Stein berührt.

Muskeln in der Kehle des Mädchens begannen, sich zu bewegen.

Zauberei.

Vaylo erkannte, was er vor sich hatte, und riß die Hand zurück und zu dem grauen, eisernen Clanschwert an seinem Gürtel. Als er die Waffe aus der Hundeschwanzscheide zog, öffnete das Mädchen den Mund. Etwas Dunkles, Flüssiges wie geschmolzenes Glas perlte von ihrer Zungenspitze. Schatten lebten darin, trieben langsam in diesem flüssigen Auge wie Staubflocken in Öl.

Vaylos Haut wurde kalt. Tief in ihm, in den Blutgefäßen, die sein Hirn mit seinem Herz verbanden, spürte er die Gegenwart von etwas, was er nur als das Böse bezeichnen konnte. Auch seine Hunde spürten es. Hinter seinem Rücken waren sie sich dessen bewußt, winselten und kratzten am Boden. Er spürte auch, wie der Wolfshund sich neben seine Enkelkinder stellte.

»Ich werde ihn jetzt noch nicht töten.« Vaylo sprach, weil er genau wußte, wie schnell er mit der Klinge war, weil er genau wußte, wie lange es dauern würde, sie zu ziehen und dem Mädchen den Kopf abzuschlagen … nicht schnell genug.

Die Worte waren leise ausgesprochen worden, geflüsterte Pfeile, und jedes von ihnen brachte das Mädchen zum Blinzeln. Das Licht in ihren Augen wurde wieder hell. Die dunkle Masse auf ihrer Zunge hing dort, halb in der Welt des Hundelords, halb in der feuchten Höhlung ihres Mundes. Die Oberfläche der Substanz bewegte sich wie heißer Teer. Vaylo sah seinen eigenen Tod dort gespiegelt, bevor das Mädchen einatmete und die Substanz, die es geschaffen hatte, wieder in seine Lungen saugte.

Das Häuptlingszimmer bebte. Deckenbalken schauderten und knackten, und Steinstaub rieselte in die Feuerstelle.

Die Hunde begannen zu heulen.

»Großvater! Die Dame sieht aus, als wäre sie krank!« Vaylos Enkelin sprach, wie Kinder flüstern – es war lauter als ihre normale Sprechstimme. »Soll ich ihr den Hocker bringen?«

Vaylo betrachtete die Tochter des Surlords. Die Starre war von ihrem Gesicht gewichen, und sie sah aus wie ein junges Mädchen, das sich zu sehr angestrengt hatte und zu lange aufgeblieben war. Sie schwankte, und automatisch hob Vaylo die Schwerthand, um sie zu stützen. Er warf einen Blick über die Schulter und sagte zu seiner Enkelin: »Ja, hol den Hocker. Schnell.« Und dann an die Hunde gewandt: »Still!«

Vaylo steckte das Schwert ein. Seine Hände zitterten, aber die Klinge glitt beim ersten Versuch in die Scheide. Was war hier gerade geschehen? Ein Teil von ihm wußte es beinahe, erkannte beinahe, was das Mädchen getan hatte, aber als er nach einer Erinnerung tastete, die dies erklären könnte, förderte er nichts zutage. Alles Gefühl des Bösen hatte ihn verlassen. Das Mädchen war nichts anderes als ein Mädchen. Als seine Enkelin den Hocker über den Boden zerrte, stützte Vaylo mehr von Ashs Gewicht. Blut floß ihr aus dem Nasenloch zum Mund, als er sie auf den Hocker setzte. Sie zitterte, und Vaylo schickte seine Enkelin und seinen Enkel, um von Nan Culldayis einen guten Whisky zu holen. Er war froh, daß sie aus dem Zimmer waren.

»Hier.« Vaylo reichte dem Mädchen das weiche, rote Tuch, das er um den Hals trug. »Mach dich sauber.«

Er beobachtete sie, als sie das tat, und holte dabei tief Luft, um den abgearbeiteten Muskel zu beruhigen, der sein Herz war. Er brauchte etwas zu trinken. Unbedingt. Der schwache Geruch nach Urin im Zimmer war der Beweis, wie sehr eine der Hündinnen sich gefürchtet hatte. Vaylo konnte es nicht über sich bringen, sie dafür zu tadeln.

»Ich sollte dich jetzt umbringen, Tochter des Surlords. Ich sollte dem ganzen Nordland einen Gefallen tun.«

Sie sah ihn an, ihre grauen Augen so klar wie die eines Kindes. »Aber das werdet Ihr nicht tun.«

Sie hatte die Wahrheit gesagt; er brauchte sie gesund und lebendig. Aber das würde er sie nicht wissen lassen. »Was bist du?«

»Das wollt Ihr nicht wissen.«

Sie hatte recht. Er war der Hundelord, und er lebte in einer Welt aus Erde und Lehm, in der Rundhäuser selten höher als drei Stockwerke über den Boden ragten und alle Götter, die man anbetete, im Stein wohnten. Was er auf ihrer Zunge gesehen hatte, war etwas anderes, das zu einem anderen Volk und an einen anderen Ort gehörte. Und als sich dieser Gedanke in seinem Kopf drängte und wand, wurde ihm plötzlich klar, was ein Teil von ihm schon längst gewußt hatte.

Dieses Mädchen gehörte nicht zu Penthero Iss nach Spire Vanis. Dieses Mädchen gehörte zu den Sull.

Siebzehn Zähne stachen mit rauhem, wildem Schmerz, als Vaylo an seine alten Feinde dachte. Bludd teilte eine Grenze mit den Sull, mit den Grabenländern, die zum Teil Sull, zum Teil Clansmänner waren und zum Teil Verwandte all jener, die lange genug in ihren Siedlungen blieben, um Kinder zur Welt zu bringen oder ihre Samen zu verbreiten. Grabenländer waren eine Sache, die echten Sull, die reinen Sull waren etwas, das Vaylo mehr fürchtete als alles andere.

Er konnte sich noch genau an den Tag vor fünfunddreißig Jahren erinnern, als er eine Grabenländer-Siedlung in Cedarlore überfallen hatte. Er war erst ein knappes Jahr Häuptling gewesen, und ein trockener Frühling hatte die Grabenländer von Cedarlore aus ihren Wäldern und an seine Grenzen getrieben, um dort nach Wild zu suchen. Grabenländer jagten, indem sie Feuer legten. Sie brannten ganze Korridore aus Feuer in den Wald, um die Geschöpfe, die dort lebten, dazu zu zwingen, vor den Flammen zu fliehen. Wenn alles gutging und der Wind in die richtige Richtung blies, konnten sie an einem einzigen Tag genug Wild töten, um eine gesamte Siedlung eine Jahreszeit lang zu ernähren. Während Grabenländer-Jäger am Ende des Feuers standen und darauf warteten, mit ihren Speeren das flüchtende Wild aufzuspießen, bewegten sich andere durch den bereits abgebrannten Teil und packten frisch verkohlte Kadaver ein.

Vaylo schauderte. Er haßte die Grabenländer. Er hatte gesehen, wie sie tausend Jahre altes Holz an einem einzigen Tag zerstörten.

Als sie begannen, Feuer an seiner Grenze zu legen, hatte er schnell gehandelt. Acht mal zwanzig seiner besten Hammermänner und Speermänner waren mit ihm nach Osten geritten, und eine Art Scharmützel hatte stattgefunden. Grabenländer konnten Bluddmännern nicht standhalten, und noch vor Beginn des Kampfes hatten die Grabenländer sich zurückgezogen. Vaylos Lippen verzogen sich zu etwas wie einem Lächeln. Steingötter! Wie arrogant er an diesem Tag gewesen war! Plötzlich, in der Mitte dieses leichten Sieges, hatte es ihm nicht genügt, sie wieder auf ihr eigenes Land zurückzutreiben. Warum nicht weiter? Warum sollte er nicht das Land am Würgefluß beanspruchen, das Bludd sich schon immer gewünscht hatte? Es war so einfach. Vaylo erinnerte sich deutlich daran, wie er zusammen mit Jon Grubber und Masgro Faa gelacht hatte, als sie ein Dutzend Grabenländer an den roten, schlammigen Ufern des Würgeflusses erschlagen hatten.

Sie brauchten vier Stunden – vier Stunden, um den Fluß und das Hochland dahinter zu beanspruchen. Danach tanzten sie auf der Senke. Masgro Faa fand Frauen, wie Masgro es immer tat, obwohl Vaylo selbst nicht an den Vergewaltigungen teilnahm, er sah nur zu. Als sie mit den Frauen fertig waren, besoffen sie sich mit grün vergorener Elchmilch und pißwäßrigem Bier. Am nächsten Morgen, immer noch betrunken vom

Sieg und den Nachwirkungen grünen Milchbiers, kehrten sie aufs Bluddland zurück.

Weniger als eine Stunde später stellten die Sull sich ihnen in den Weg. Fünfhundert ihrer Krieger umgaben sie. Reine Sull, gekleidet in Luchsfelle, so üppig, daß es schien, als ritten sie mit den Raubkatzen auf dem Rücken. Ihre Pferde waren anders als andere: atemberaubend, ruhig, geölt wie Maschinen. Lange, doppelt gebogene Bögen schimmerten wie Masten über den Hinterteilen der Pferde, poliert mit Wolfsfett.

Bis die Sull sich gezeigt hatten, hatte Vaylo nichts von ihnen gesehen oder gehört, so leise waren ihre Pferde gewesen.

Vaylo erinnerte sich deutlich, daß nicht ein einziger Sull – nicht einmal die Vorhut – einen einzigen Pfeil aus dem Kasten nahm. Das brauchten sie nicht, Vaylo wußte das sofort. Sie waren in der Überzahl, hatten überlegene Waffen, Formationen und Planung. Er wußte auch, daß die Sull ihn immer noch besiegt hätten, wären sie selbst drei- oder viermal so viele gewesen.

Es war die erste wirkliche Lektion, die er als Hundelord gelernt hatte: Mit den Sull legte man sich nicht an.

Die Sull hielten ihre Stellungen, so lange sie wollten. Bis zu diesem Tag wußte Vaylo nicht, wieviel Zeit vergangen war, während die beiden gegnerischen Truppen einander gegenüberstanden. Manchmal glaubte er, es waren nur Minuten, manchmal war er überzeugt, daß es Stunden waren. Dann, ganz plötzlich, ohne einen Befehl oder ein Zeichen, das Vaylo wahrnehmen konnte, drehten sich alle Sull um und kehrten in den Wald zurück. Vaylo konnte sich immer noch an den Wirbel von Luft und Tonstaub erinnern, den sie dabei bewirkten. Er erinnerte sich immer noch an die gleichmäßige Mischung aus Angst und Staunen, die er empfunden hatte.

Nicht ein Wort war gewechselt worden, nicht eine Waffe gezogen. Aber die Botschaft war deutlich: *Grabenland ist Sull-Land. Haltet euch fern.*

Seitdem hatte Vaylo nie wieder einen Fuß auf Grabenland gesetzt. Er schützte seine Grenze – mit aller Kraft –, aber niemals wieder hatte er oder irgendein Bluddmann unter seinem Befehl auch nur einen haarfeinen Streifen von Sull-Land beansprucht. Die Grenze zum Sull-Land war heilig. Das hatte er auch vorher schon gewußt, als er am ersten Tag mit seinen Männern nach Cedarlore geritten war, aber er war Häuptling gewesen, erfüllt von seiner neuen Macht und dreist, und er hatte geglaubt, es mit ihnen aufnehmen zu können.

Als er nun daran zurückdachte, wußte Vaylo, daß er leicht davongekommen war. Die Sull hätten sie an diesem Tag alle niedermetzeln können, aber sie hatten es statt dessen vorgezogen, ihm eine Lektion zu erteilen.

Und der Hundelord hatte diese Lektion nie vergessen.

Stirnrunzelnd betrachtete Vaylo die Tochter des Surlords aus der Sicherheit der Feuerstelle, als sie dort auf dem Hocker saß und sich das blutige Tuch an die Nase drückte. Wenn sie Sull-Blut hatte, dann wies zumindest nichts in ihren Farben oder ihrem Gesicht darauf hin. Dennoch, er konnte nicht abtun, was sein Instinkt ihm gesagt hatte. Die Sull waren keine Menschen aus Erde und Lehm wie die Clansmänner, sie lebten in einem Land kalter Nächte und silberner Monde, umgeben von Ozeanen aus Eiswäldern, so hoch wie Berge und bleich wie Frost. Sie hatten Zauberei im Blut. All ihre Städte waren so gebaut, daß sie das Mondlicht hereinließen. Die Sull waren Nacht und Zwielicht, Schatten und Halbschatten, und Vaylo wußte es tief in seinen Knochen, daß die Substanz, die er auf Asarhia Marchs Zunge gesehen hatte, etwas war, was sie erkennen und als ihr eigen beanspruchen würden.

»Vaylo«, erklang eine leise Stimme durch die Tür. »Ich habe etwas zu essen und Whisky gebracht.«

»Komm herein, Nan«, rief er.

Nan Culldayis war beinahe fünfzig, aber sie bewegte sich anmutiger als jede andere Frau des Clans. Vaylo sah ihr zu, als sie durch das Zimmer ging und sich ganz aufrecht hielt, als sie das Tablett hereinbrachte und dann abstellte. Er bemerkte, wie die kleinen Falten auf ihrer Stirn tiefer wurden, als sie das Mädchen anschaute. Sie war daran gewöhnt, sich um Dinge zu kümmern. Wie Cluff Drybannock eine Stunde zuvor verließ sie das Zimmer ohne ein Wort.

Vaylo griff nach dem Whisky und trank aus dem Krug. Essen: alles, was er am liebsten hatte – gebratene Blutwurst, Schweinefüße, sehr langsam gebraten, daß das Fleisch vom Knochen fiel –, lag auf dem Teller, zusammen mit Hafergrütze und diesen Honigkuchen, die alle Frauen liebten, von denen Nan aber wußte, daß er sie nicht ausstehen konnte. Vaylo trank einen zweiten Schluck Whisky und ließ sich von den süßen Höllenflammen die Zunge verbrennen. Nan hatte daran gedacht, dem Mädchen etwas Gutes zukommen zu lassen.

Er zuckte die Achseln, goß ein Maß Whisky in den hohlen Krugstöpsel und reichte ihn dem Mädchen. Sie trank es auf einmal, dann blickte sie auf, mit einer Bitte nach mehr.

Vaylo schob ihr den Krug entgegen. »Hier ist Kuchen, wenn du willst«, sagte er und goß ihr nach. »Honig und Gewürze und so.«

Das Mädchen sah ihn an. »Das Fleisch wäre mir lieber.«

Es war nun, unter dem Blick dieser forschenden, klaren Augen, daß Vaylo Bludd zu bedauern begann, was er getan hatte. Asarhia March gehörte nicht mehr zu Penthero Iss nach Spire Vanis, in diese Welt seidenbespannter Mauern, rosenduftender Kerzen und Nachttöpfe mit Deckeln, die so fest schlossen, daß nicht einmal Licht entweichen konnte. Aber dennoch würde er sie zurückschicken.

Er riß ein Stück von dem Fleisch ab und sagte: »Ich habe einen Fischadler zu deinem Pflegevater geschickt und ihm berichtet, daß du hier bist. Es wird nur Tage dauern, bis eine Sept kommt, dich abzuholen.«

Auf dem Gesicht des Mädchens war keine Überraschung zu erkennen. »Was? Kein Lösegeld?«

»Das geht dich nichts an.« Vaylos Stimme war grob. Seine Zähne schmerzten, und er schob das Tablett mit dem Essen weg. Das Mädchen hatte recht. Er würde kein Lösegeld für sie verlangen, er würde sie so schnell weiterreichen, wie Kupferpfennige zwischen einem Waldläufer und seiner Hure gewechselt wurden.

Der Hundelord war dem Surlord etwas schuldig. Aber selbstverständlich – Iss und sein Teufelshelfer leugneten die Existenz einer solchen Schuld. Es hieß immer nur, *Mein Meister will nichts für seine Hilfe bei dem Überfall auf Dhoone* oder *Wir halten Euch einfach für den besten Mann, die Clans zu beherrschen.* Aber es lag keine Wahrheit in diesen Worten. Vaylo war nun schon zu lange Häuptling, um nicht zu wissen, daß alle Dinge ihren Preis hatten. Iss wollte etwas Bestimmtes. Vaylo war nicht sicher, was es war, aber er wußte genug, um anzunehmen, daß Krieg im Clanland dem Surlord nutzte. Und dem Bluddhäuptling zu helfen, das Dhoonehaus zu erobern, war ein guter Weg, den Krieg zu beginnen.

Was immer dahintergesteckt hatte, es war geschehen. Vaylo würde nicht auf seine Vergangenheit zurückschauen und sich wünschen, daß die Dinge anders wären. Diese Schwäche würde er sich nicht gestatten. Er und sein Clan waren im Krieg, und dieser Krieg zog jeden Tag weitere Kreise, während ein Clan nach dem anderen in diesen Schwertertanz hineingezogen wurde. Alter Haß kam wieder an die Oberfläche, neuer Haß wurde geschaffen, und Vaylo war kühl genug, um zu erkennen, daß er, wenn er schlau genug war und sich rasch genug bewegte, aus diesem Wahnsinn einiges herausschlagen konnte. Er, der Hundelord, Bastardsohn von Gullit Bludd, geboren mit nur einem halben Namen und einer halben Zukunft, würde der erste Bluddhäuptling sein, der sich Herr der Clans nennen durfte.

Aber im Augenblick hatte er ein geringeres Ziel vor Augen. Vaylo warf dem Mädchen einen Blick zu. Er haßte es, jemandem etwas schuldig zu sein, besonders, wenn diese Schuld so unklar war wie Grabenländerbier und ebenso widerwärtig stank. Penthero Iss hatte das Recht, etwas von ihm zu fordern, und nun hatte Vaylo dank Cluff Drybannocks scharfer Augen etwas, was er ihm geben konnte.

Die Tochter des Surlords. Wenn Vaylo sie Iss zurückgab, waren alle Schulden bezahlt. Es würde keine teuflischen Helfer mehr geben, die an seiner Tür kratzten, seine Hunde ärgerten und mit einer Stimme, die eher zu einem Milchmädchen als zu einem Mann paßte, Pläne nahelegten. Er und der Surlord wären frei voneinander, und das paßte dem Hundelord gut. So gut es nur sein konnte.

Sobald er im Dhoonehaus von der Gefangennahme des Mädchens erfahren hatte, hatte Vaylo den Fischadler selbst in die Luft geworfen. Ein schönes Tier, so schwer wie ein neugeborenes Kind, ausgebildet von den Klosterinnen in ihrem Bergturm und fähig, in den kalten Luftströmungen von Morgen- und Abenddämmerung zu fliegen, hatte man dem Vogel die uralten Erinnerungen an Spire Vanis angezüchtet. Er würde inzwischen da sein, oder vielleicht schon auf dem Nachhauseweg, sein linkes Bein nicht mehr belastet von der Botschaft, die er nach Süden getragen hatte. Vielleicht hatten die wohlgepflegten Finger des Surlords das grauweiße Gefieder gestreichelt, während einer seiner Helfer das Siegel brach.

Unbehaglich mit diesem Gedanken, schlug Vaylo mit der Faust an die Tür, um Drybone herbeizurufen. Er konnte das Mädchen nicht mehr ansehen. Er hatte die Botschaft abgeschickt, bevor er ihr begegnet war. Was geschehen war, war geschehen. Sie war nicht, was er von Penthero Iss' Pflegetochter erwartet hatte – aber das war kein Grund, seine Pläne zu ändern.

Der Blick des Mädchens brannte heiß in seinem Rücken,

während er auf Drybone wartete. Sie sagte kein Wort, aber er hörte, wie der Whiskystöpsel, den sie in der Hand gehalten hatte, auf den Boden rollte. Die Geister verlorener Enkelkinder waren plötzlich drückend nah, und einen Augenblick erwartete er die Worte *Großvater, schick mich nicht weg* zu hören.

Drybone betrat das Häuptlingszimmer. Sein Blick traf Vaylos, und er wußte sofort, was zu tun war. Er ging zu dem Mädchen, packte sie am Handgelenk und zwang sie aufzustehen.

»Nimm das Fleisch mit, und sorg dafür, daß sie es ißt.« Vaylo wies mit dem Kinn auf das Tablett.

Drybone ließ das Mädchen zum Tisch gehen und die Schweinshaxe am Knochen packen. Er war stark genug, sie auch mit einer Hand halten zu können. Einer der Hunde winselte, als Drybone, das Mädchen und – wichtiger – der Knochen zur Tür gingen.

Das Mädchen blieb auf der Schwelle stehen. Mit hoch erhobenem Kopf wartete sie, bis der Hundelord sie noch einmal zur Kenntnis nahm. »Wann wollt Ihr Raif Sevrance töten?«

Vaylo holte tief Luft. Plötzlich fühlte er sich sehr müde und sehr alt. Auch das Mädchen war erschöpft; ihre Mundwinkel wiesen nach unten, als sie auf seine Worte wartete. »Ich werde ihn erst hinrichten, wenn du weg bist.« Seine eigenen Worte überraschten ihn, aber er zwang sich zu einer festeren Stimme, als er hinzufügte: »Darauf gebe ich dir mein Wort.«

Das Mädchen schaute ihn einen Augenblick länger an, dann drehte sie sich um und ging.

Vaylo stützte sich mit einer Hand gegen die grüne Flußsteinmauer und wartete darauf, die Tür zufallen zu hören. Er hatte nicht erwartet, daß sie ihm dankte, aber dennoch spürte er ihre mangelnde Reaktion wie Kälte in seinem Herzen. Sie würde heute nacht keine Magie mehr anwenden, dessen war er sich sicher, aber er wußte auch, daß er sie nicht beherrschen konnte.

Wie die Sull an jenem Tag im Grabenland war dies eine Angelegenheit einer höheren Macht.

Es war besser, sie wegzuschicken. Bald.

Nach einiger Zeit stieß er sich von der Wand weg und löste die Leinen der Hunde von dem Haken oberhalb der Feuerstelle. Ein Teil von ihm wollte die drei Stockwerke hinaufgehen, die ihn von Nans Kammer trennten, und sich in ihrem heuduftenden Fleisch verlieren. Nan kannte ihn gut. Sie würde ihm jenen vertrauten Trost schenken, mit dem er sich zufriedengab. Aber ein anderer Teil von ihm wollte draußen sein, zusammen mit seinen Hunden, und die scharfe, nach Fluß riechende Luft von Ganmiddich einatmen.

Niemand hielt ihn auf oder sprach ihn an, als er durch die Eingangshalle und nach draußen ging. Das Ganmiddich-Rundhaus hatte hohe Decken, war feucht und wurde von Fischöl-Lampen beleuchtet, die die Mauern ölig aussehen ließen. Vaylo war froh, es hinter sich lassen zu können. Sobald sich das große Tor hinter ihm schloß, ließ er die Hunde laufen. Normalerweise rannten sie um diese Zeit in alle Richtungen davon, zogen sich die Gerüche von Füchsen, Hasen und Ratten in die Lungen. Heute nacht blieben sie dicht bei ihm. Vaylo zauste sie, erklärte ihnen, sie könnten sich etwas zum Fressen suchen, weil er nicht vorhatte, sie zu füttern, aber dennoch blieben sie. Leise fluchend ließ er ihnen ihren Willen.

Er führte sie zum Flußufer, und zusammen beobachteten Herr und Hunde während der dunklen Nachtstunden das Licht im Ganmiddich-Turm.

Die Mörderin saß auf einem Stuhl, der von den Bernsteinlampen gut beleuchtet wurde, aber Penthero Iss fand es immer noch schwierig, sie anzusehen. Er hatte zunächst geglaubt, das Licht sei vielleicht wegen Unreinheiten im Brennstoff trüber geworden, aber er konnte nicht entdecken, daß der Rauch stärker oder dunkler geworden war. Endlich, nach einigen Minuten genauen

Hinsehens, mußte er schließen, daß Magdalena Crouch zu den Frauen gehörte, die man nur schwer sehen konnte. Jungfer Magdalena Crouch, wie sie denen im Nordland bekannt war, die es sich leisten konnten, andere für hundert Goldstücke pro Kopf sterben zu lassen, wartete darauf, daß Penthero Iss etwas sagte. Sie war vielleicht zwanzig Jahre alt, nein, dreißig, nein, vierzig, mit Haar, das entweder braun, rot oder golden sein konnte, je nach Licht. Was ihre Augen anging, hatte Iss die Hoffnung schon aufgegeben. Er hatte sie direkt angesehen, als er die Tür öffnete, und nichts erblickt als sein eigenes Spiegelbild, das zurückstarrte. Sie war schlank, aber irgendwie üppig, klein, aber mit der Haltung einer viel größeren Frau. Oder war sie einfach nur groß? Sie war nicht attraktiv, und dennoch fühlte Iss sich zu ihr hingezogen. Sie war nicht widerwärtig, und dennoch fühlte er sich abgestoßen.

»Hattet Ihr eine gute Reise von …« Iss ließ die Frage verklingen, als ihm klar wurde, daß er nicht wußte, wo sie hergekommen war. Es hieß, sie wohne in der Stadt. Aber alle Gerüchte, die Magdalena Crouch umgaben, erwiesen sich stets als falsch.

Sie zuckte mit keiner Wimper, als sie sagte: »Jede Reise, ganz gleich wie kurz oder lang, kann um diese Jahreszeit ermüden.«

Die Stimme war das einzige an ihr, was man tatsächlich deutlich beschreiben konnte: eine wunderschöne Honigstimme. Iss lächelte, sowohl zur Antwort als auch aus Zufriedenheit, daß er endlich etwas über sie wußte.

Er hatte schon zuvor mit ihr zu tun gehabt, aber nicht direkt. Caydiss Zerbina – der dank seines Netzwerks von dunkeläugigen Brüdern, Priestern, Schreibern, Leibdienern, Badejungen und Musikern das meiste über die Leute wußte, die in Spire Vanis wohnten oder auch nur auf der Durchreise waren – hatte sich immer um die Einzelheiten gekümmert. Er hatte sich mit der Mörderin an den von ihr ausgewählten Orten getroffen, ihr Iss' Anweisungen gegeben und sie in Gold bezahlt, immer in Gold.

Diesmal hatte Iss sich entschlossen, sie herbeizuzitieren. Es war nicht einfach gewesen, denn es gefiel Magdalena Crouch nicht, von ganz gleich wem herbeizitiert zu werden, und sie schätzte ihre gefeierte Anonymität hoch ein. Aber sie war gekommen. Eine Woche nach dem ursprünglichen Ruf war sie nun hier.

Warum? Iss konnte nur spekulieren. Zuvor hatte er angenommen, sie sei gekommen, weil er der Surlord von Spire Vanis war, und niemand verweigerte einen direkten Befehl eines solchen Mannes. Aber jetzt, als er in dem zuckenden, blauen Rauchschatten ihrer Gegenwart stand, wußte er, daß es nicht so war. Diese Frau war nur deshalb hier, weil sie es wollte.

»Möchtet Ihr einen Schluck Wein ... einen Likör vielleicht, eine Tasse Rosenwasser mit Nelken?«

»Nein.« Das Wort wurde unbeschwert genug ausgesprochen, aber Magdalena spannte ihre Muskeln an wie eine Tundrakatze, die sich gegenüber einem Rivalen aufplustert.

Sie war eine Geschäftsfrau.

Iss respektierte das. Er fand es ausgesprochen köstlich. »Ich habe ein Problem, Magdalena«, sagte er und schloß dabei die Finger um ein Stück Wolfsgeier-Knochen. »Es gibt Leute, eine Familie, die ich gerne ... entfernt sehen würde, aber ich weiß nicht genau, wo sich das Dorf befindet, in dem sie leben. Dank meiner Informanten habe ich eine ziemlich genaue Vorstellung davon ... von der allgemeinen Region, sollte ich sagen.«

Iss hielt inne und erwartete irgendeine Art ermutigendes Murmeln zu hören. Nichts geschah, und er war gezwungen weiterzusprechen. »Die Familie wohnt in einem Bauernhaus, einen Tagesritt nördlich von Ille Glaive. Mein Informant hat drei Dörfer angegeben, die am wahrscheinlichsten sind.« Iss nannte die Namen. »Was ich brauche, ist jemand, der in eines dieser Dörfer zieht und diskret, sehr diskret, entdeckt, wo die Familie wohnt, und dann tut, was zu tun ist.«

Schweigen folgte. Iss, der nicht daran gewöhnt war, von

jemandem in der Luft hängengelassen zu werden, begann, ersten Ärger zu spüren. Es stimmte, Magdalena Crouch war die beste Mörderin im Norden, ihr Name wurde von jenen, die sich ihrer Dienste bedient hatten und weiterhin bedienten, nur flüsternd und ehrfürchtig ausgesprochen. Aber er war der Surlord von Spire Vanis. Gerade als Iss ihr das deutlich machen wollte, ergriff sie das Wort. »Ille Glaive liegt neun Tage weit im Norden. Es wird mehr kosten.«

Iss verspürte eine gewisse Erleichterung, zeigte das aber nicht. »Selbstverständlich.«

»Diese Familie? Wie viele sind es?«

»Ich bin nicht sicher. Die Mutter und eine Tochter, über die ich sicher bin, vielleicht ein paar mehr.«

»Unsicherheit ist teurer.«

Das hatte Iss erwartet. »Ich werde zahlen, was es kostet.«

Magdalena machte eine kleine Mundbewegung, zeigte Zähne, die feucht von Speichel waren. Iss widerstand dem Impuls zurückzuweichen. Ihre Gegenwart begann, ihn anzustrengen – es war einfach zu schwierig, sie anzusehen. Es war, als betrachtete man eine Landschaft durch ein verzerrtes Stück Glas.

Die meisten waren der Ansicht, daß Magdalena Crouchs Erfolg in ihrem Aussehen lag. Sie sah aus wie jedermanns Dienerin. Wenn man sie nur aus dem Augenwinkel sah, wenn sie von einem Mord in einem Herrenhaus, Gildehaus, Palast oder einem ärmlicheren Heim davoneilte, nahmen alle, die sie sahen, nur an, sie sei eine Dienerin, eine Botin, eine alte Wäscherin, ein Kindermädchen, eine Amme oder ein Küchenmädchen. Anders als die Handvoll anderer Mörderinnen, die man im Nordland für eine Handvoll Gold oder einen Rubin von der Größe einer Stubenfliege mieten konnte, sah Magdalena Crouch nicht aus wie eine Hure. Sie verführte niemals Männer, ließ niemals ihr Messer in ihre Opfer gleiten, während das Opfer gleichzeitig seine Männlichkeit in sie gleiten ließ, benutzte nie Heimtücke oder Schönheit, um sich Zugang zu verbotenen

Stellen zu verschaffen, oder verbarg ihr Messer in den Spitzen ihres Mieders. Sie brauchte diese weiblichen Fallen nicht. Ihr Aussehen war derart, daß Leute, die sie anschauten, das sahen, was sie erwarteten zu sehen: jemanden, der in diese Umgebung gehörte.

Und natürlich war sie so schlau wie ein Fuchs.

An jenem Abend, als Sarga Veys die Nachricht geschickt hatte, er habe den Lok-Bauernhof auf eine Handvoll Dörfer eingeengt, war Iss' erster Gedanke gewesen: *Ich muß nach Magdalena Crouch schicken.* Sarga Veys würde ihm nichts mehr nützen. Niemand würde dem Halbmann freiwillig Informationen geben, und selbst wenn sie es taten, war Veys kein Mann für Blutvergießen. Marafice Eye hatte den Mumm dazu, aber nicht die Schlauheit. Er würde Knochen brechen, um an Informationen zu gelangen, und damit die gesamte Bevölkerung jedes Dorfes verschrecken und genau jene Leute alarmieren, die zu töten er gekommen war.

Iss legte das Stück Wolfsgeier-Knochen wieder auf seinen Schreibtisch zurück. Außerdem mußten sich der Schwertführer und der Halbmann um andere Dinge kümmern. Sie mußten Asarhia von Ganmiddich nach Hause bringen. Sie durfte nicht wieder verlorengehen.

»Erzählt mir die Einzelheiten«, sagte Magdalena Crouch mit ihrer seidigen Stimme.

Iss dachte an Angus Lok, dachte an die Phage, an alten Haß und alte Sorgen, die ihn sechzehn Jahre lang belauert hatten. Er teilte ihr die Einzelheiten mit. Danach dauerte die Besprechung nur noch Minuten.

10
Totenwächter

Raif brannte. Seine Haut war heiß, wenn er sie berührte, feucht und geschwollen. Wenn er die gerissene Haut seiner Arme anfaßte, war es, als berührte er einen frisch vom Feuer genommenen Braten. Alles an ihm tat weh, aber er konnte den Schmerz kaum begreifen. Sein Körper trieb ihn überwiegend in den Schlaf. Fieber wuchs im Dunkeln, zeichnete violette Blutlinien über seine Brust und rüttelte seine Knochen mit so heftigem Schauder durch, daß er sie selbst im Schlaf noch spürte.

In seinen Träumen gab es keine Menschen oder Orte mehr, die er kannte. Fremde sprachen zu ihm, nannten ihn Totenwächter. Riesige silberne Wölfe jagten ihn durch Wälder aus bleichen Bäumen und über gefrorene Seen, deren Oberfläche Mond und Sterne reflektierte. Ein Rabenpaar flog über ihm, führte ihn nach Norden, immer weiter nach Norden. Manchmal entdeckte er die zerbrochenen Mauern und Torbögen einer in Trümmer liegenden Stadt oberhalb der Baumwipfel. Einmal blickte er hinab auf seine Füße und sah, daß die feste Oberfläche, über die er sich bewegte, ein Meer aus gefrorenem Blut war.

Sein Bewußtsein wob sich in und aus dem Schlaf. Er erwachte für kurze, schuldbewußte Augenblicke, wenn selbst die Anstrengung, die Zunge an den Gaumen zu heben, mehr war, als er ertragen konnte. Niemand schlug ihn mehr. Sie kamen ein- oder zweimal am Tag, brachten Schwimmblasen voll Wasser und in Bier gekochte Graupen. Die meisten spuckten aus, wenn sie zur Tür gingen, als hätte seine Gegenwart einen schlechten Geschmack in ihrem Mund hinterlassen, einen, den sie nicht mit nach Hause zu ihren Frauen und an ihre Feuerstellen nehmen wollten. Die anderen machten das Zeichen der Steingötter, wenn sie ihn zufällig berührten. Wieder andere fluchten leise, nannten ihn den Erstgeborenen des Hailwolfs oder bedachten ihn mit anderen Schimpfworten. Alle wünschten seinen Tod; das konnte Raif in den kalten, schwarzen Pupillen sehen.

In der Nähe und unverletzt. Selbst nun, nachdem er lange die Bedeutung dieser Worte vergessen hatte, hatten sie noch Macht über ihn. Manchmal, wenn er im tiefen Brunnen des Fiebers versunken war, wenn seine Lungen zischten wie Kriegsmaschinen und die Hitze auf seiner Stirn feste, klare Blasen bildete, hörte er sich selbst diese Worte sagen.

Sie brachten ihn immer wieder zurück. Er erwachte mit trockenem Mund und blinzelnd und hatte die Hand an der Kehle, die Finger fest an seinem Rabenzeichen.

Es war genug, um seinen Geist intakt zu halten.

Als die schlimmste Nacht kam und er schaudernd auf der Steinbank lag, seine Kleidung so naß wie die eines Ertrunkenen, sein Geist zwischen echten Träumen und Halluzinationen durch das Fieber hin und her schwankend, spürte er, wie er dichter zum Rand der Welt hinglitt. Der Tod war eine bleiche Präsenz in der Zelle. Raif brauchte ihn nicht zu sehen, um zu wissen, wer er war. Wie ein Bruder, der von seinem Bruder bei der Geburt getrennt wurde, erkannte er ihn sofort.

Wir sind gleich, du und ich.

Die Worte kamen aus dem Nichts, glitten an seiner Wirbelsäule entlang wie Eisperlen. Halbwesen, hochgewachsen und verzerrt wie Kinderschatten bei Sonnenuntergang, tanzten am Rande seines Blickfelds. Raif leckte Lippen so trocken wie Papier. Er glaubte, er müsse Angst haben, aber weder sein Körper noch sein Geist konnte diesen Zustand herbeiführen. Er blinzelte, weil das das einzige war, was er tun konnte.

Soll ich dich nehmen, Wächter?

Die Stimme erklang von unterhalb seines Kinns her, bewirkte einen weichen, intimen Schmerz wie der Biß einer Geliebten oder der Schlag einer Schwester. Die Schattenwesen bebten und wurden mit jedem Wort größer.

Raif regte sich nicht. Etwas streifte seine Wange. Ein Atemzug kondensierte an seinen Zähnen und der Netzhaut. Der süße Duft saurer Milch erfüllte seinen Mund. Der Duft frischen Todes.

In der Nähe und unverletzt. Er wußte nicht, wo die Worte herkamen. Sie waren einfach da, in seinem Kopf, zupften an ihm wie ein Kind am Mantelsaum seines Vaters. *In der Nähe und unverletzt.* Raif strengte sich an, die dazugehörige Erinnerung wiederzufinden. *Wer?*

Die Schattenwesen füllten nun sein ganzes Gesichtsfeld, ihre rauchigen Glieder wickelten sich um seine Finger und Oberschenkel, ihre leeren Augenhöhlen und Münder saugten die Lebenswärme aus ihm heraus. Kälte drang durch die Poren seiner Haut, sank durch Schichten von Fett, Muskeln, Membranen und Knochen in ihn hinein, auf das Ding zu, das der Tod wirklich wollte: seine Seele.

Raif keuchte. Etwas, das er inmitten seiner Zelle sah oder auch nur halb sah, ließ ihm beinahe das Herz erstarren. Der Tod zeigte, was er zu bieten hatte. Jetzt hatte Raif Angst und wußte mit jeder Faser seines Wesens, daß er diesen Weg nicht gehen wollte, daß er die Hölle nicht betreten wollte, die dort auf ihn wartete.

In der Nähe und unverletzt. Die Worte donnerten durch seinen Schädel. *In der Nähe und unverletzt.* Raif schlug auf die Steinbank. Er mußte es wissen, er mußte sich erinnern, er mußte einen Grund haben, um zu kämpfen.

Die Schattenwesen begannen zu fressen. Schmerzlos, wie Moskitos Blut saugen, schlugen sie ihre diamantenen Reißzähne in sein Fleisch. Speichelfäden blitzten auf wie Spinnwebfäden, und jeder landete mit dem Zischen äußerster Kälte auf seiner Haut.

Raif hob die Hand an seine Kehle. Ein Dutzend der Todesgeschöpfe fraß an seinem Arm, ließ ihn schwerer werden, saugte seinen Saft heraus, aber er kämpfte mit zusammengebissenen Zähnen gegen sie an. Er war Raif Sevrance, geboren unter dem Zeichen des Raben, Eidbrecher und Totenwächter, und nichts würde ihn davon abhalten, sein Zeichen anzufassen.

Der Zorn glühte in ihm und pumpte Glut in abgelegene Teile seines Körpers, wo die Nekrose bereits begonnen hatte. Mehr Halbwesen sammelten sich, angezogen von der Hitze, die ihre einzige Handelsware war. Sein Arm zerriß ihre Nicht-Substanz, schlug ihre Totenschädel entzwei. *In der Nähe und unverletzt.* Raif stach mit den Fingern in Augenhöhlen und griff nach seinem Zeichen. Als seine Fingerspitzen das kalte und schwarze Horn berührten, kämpfte der Tod gegen ihn, aber er war zu nah am Ziel und zu zornig, um aufzugeben. Er riß seinen Arm wieder los und packte endlich den ganzen Rabenschnabel.

In der Nähe und unverletzt.

Ein Augenblick streckte sich bis zum Äußersten, als Raif den Schnabel gegen seine Handfläche drückte. Die Geschöpfe fraßen weiter, aber er achtete nicht mehr auf sie. Sein Herz schlug nur einmal, als das Zeichen einen Namen sprach, den nur er hören konnte.

Ash.

Ash war in der Nähe und unverletzt. Und das war Grund genug, mit Zähnen und Krallen gegen den Tod anzukämpfen.

Er ließ das Zeichen auf die Brust zurückfallen und wappnete sich für den Kampf. Er hatte Ash etwas versprochen, und er würde nicht versagen, und wenn er gegen seinen Namensvetter kämpfen mußte, dann war das eben so.

Als er den Oberkörper von der Steinbank hob, ging ein Murmeln durch die Halbwesen. Einen Augenblick später waren sie verschwunden. Geflohen.

Leises Lachen hallte durch die Zelle. Schatten wuchsen innerhalb von Schatten, wurden dunkler und dunkler, bis es aussah, als ob selbst die Substanz der Zeit unter ihrem Gewicht zusammenbrach. *Vielleicht werde ich dich noch nicht mitnehmen, Wächter. Du kämpfst in meinem Bild und kämpfst in meinem Schatten, und wenn ich dich lasse, wo du bist, weiß ich, daß du mir viel frisches Fleisch für meine Kinder lieferst.* Der Tod lächelte, als er sich zurückzog. *Töte eine ganze Armee für mich, Raif Sevrance. Wenn es weniger sind, werde ich dich vielleicht zurückholen.*

»Nein!« schrie Raif in die Leere seiner Zelle hinein. »NEIN …«

Ein winziges Schlüsselloch von Sonnenlicht, das auf sein Gesicht fiel, weckte ihn. Noch bevor er die Augen geöffnet hatte, wußte er, daß das Fieber gebrochen war. Er lag reglos da, genoß die Sonnenwärme auf seinem Gesicht und überließ seinen Körper dem Schmerz. Erinnerungen lauerten ganz in der Nähe, und er wußte, daß er sie wieder in Anspruch nehmen konnte, aber erst mußte er sich um den Schmerz kümmern.

Er hatte Durst und tastete auf der Bank nach der Wasserblase. Seine Zunge fühlte sich zu groß an, geschwollen und wund mit vielen Schnitten. Als er die Blase schließlich fand, verschüttete er mehr Wasser, als er trank, und ließ die kalte Flüssigkeit über Kinn und Hals rinnen. Seine Kehle brannte, als er schluckte, und er stellte fest, daß der Durst rasch befriedigt war. Er hatte nicht die Kraft, die Blase zurückzulegen, also ließ er sie ins Wasser fallen, wo sie eine Weile trieb, bevor sie sank.

Danach schlief er noch einige Zeit, und als er das nächste Mal erwachte, war die Zelle dunkel. Die Sonne fehlte ihm. Er hatte nicht vorgehabt zu schlafen.

Mehr Wasser und eine frische Schale mit Graupen standen zu seinen Füßen. Das tröstete ihn: Die Welt, die er hier kannte, war unverändert geblieben. Er trank das Wasser – diesmal alles –, aber er konnte sich nicht dazu durchringen, die Graupen anzurühren. Schmerz schoß seinen Arm entlang, als er die Schale wegschob, und Erinnerungen der vorherigen Nacht kamen damit zurück. Geschöpfe, die an seinem Fleisch fraßen.

Reißzähne kalt wie Eis. Raif schüttelte den Kopf und schob die Bilder weg.

Er erleichterte sich in der Zellenecke und überließ sich dann abermals dem Schlaf.

Er träumte nicht, oder wenn er träumte, dann waren es einfache Dinge, die keine Bedeutung hatten. Er schlief gut und lange, und als er das nächste Mal die Augen öffnete, dämmerte es.

Diesmal konnte er besser von der Bank aufstehen. Sein Kopf dröhnte weniger. Als er nach der Blase mit dem Wasser griff, spannte er sich an, aber als der Schmerz dann kam, war er geringer als erwartet. Nachdem er getrunken hatte, betastete er die Schnitte, Prellungen und wunden Stellen an seinem Körper. Eine Rippe, die schon bei den ersten Schlägen gebrochen war, hatte bereits begonnen zu heilen. Sie schmerzte, wenn er sie berührte, aber die Verbindung schien überraschend glatt. Ein blauer Fleck in Form und Größe eines Schafsherzens färbte die Haut über seiner linken Niere. Das Organ darunter war empfindlich, und Raif zuckte zusammen, als er mit dem Finger darüber tastete. Die aufgebrochenen Wundnähte auf seiner Brust waren fest von Schorf und seine Arme und Beine gestreift mit Schnitten in den unterschiedlichsten Heilungsstadien. All seine Muskeln schmerzten. Als er die Drüsen unter seinem Kinn betastete, berührten seine Finger die Schnur, die sein Zeichen hielt.

Ash. In der Nähe und unverletzt. Er brauchte nicht einmal mehr das Zeichen selbst zu berühren, um es zu wissen.

Danach kümmerte er sich nicht mehr um seine Wunden, legte sich nur wieder auf die Bank nieder, um sich auszuruhen und an Ash zu denken. Das Wissen, daß sie in Sicherheit war, beruhigte ihn, und bald schlief er wieder ein.

Er erwachte mit dem Bewußtsein, daß er nicht allein in der Zelle war. Ohne die Augen zu öffnen oder seinen Atemrhythmus zu ändern, überprüfte er das Licht durch die Lider und zog Luft über die Zunge. Es war vollkommen dunkel. Es hätte jederzeit in der langen Winternacht sein können, aber die Dunkelheit hatte ein Gewicht und eine Komplexität, die sie erst nach vielen Stunden erreichte. Die Luft schmeckte nach Hundefell und ausgelassenem Hundefett, und Raif wußte, daß er sich dem Hundelord gegenüber befand.

Er öffnete die Augen.

Mondlicht versilberte die Zelle, glitzerte auf dem Wasser und ließ die Steinmauern zu Eisblöcken werden. Der Hundelord starrte ihn direkt an, sein Gesicht halb im Schatten verborgen, die Augen tintendunkel. Er atmete ein und füllte seine Brust mit Luft, die nach Tod stank. »Sie haben mir gesagt, daß das Fieber dich nicht nehmen wollte.«

Raif nahm die Worte mit einer kleinen Bewegung seines Kinns zur Kenntnis. Die Bewegung verärgerte den Hundelord, und er trat ins Wasser zu seinen Füßen, ließ es in Raifs Gesicht spritzen. »Wie kommt es, daß du so einfach überlebst, während jene, die dir begegnen, schneller sterben als Neugeborene in den Klauen eines Wolfs?«

Raif schüttelte das Flußwasser aus dem Gesicht und erhob sich, um aufrecht auf der Bank zu sitzen. Er antwortete nicht. Das einzige Geräusch war das Wasser, das gegen die Zellenwände plätscherte.

Der Hundelord fuhr sich mit einer großen, roten Hand über Gesicht und Zöpfe. Einen Augenblick lang sah er sehr alt aus. Als er wieder sprach, zitterte seine Stimme. »Sag mir, was an Bösem im Herzen eures Clans liegt, daß er solche Männer wie dich und den Hailwolf hervorbringt.«

Der Hailwolf. So nannten sie Mace Blackhail dieser Tage also. Raif sagte: »Nenne meinen Namen nicht in einem Atemzug mit seinem.«

»Warum? Du hast in seinem Namen an der Bluddstraße getötet, und dann wieder vor Duffs Herdhaus.«

Raifs Wangen brannten. Es gab nichts, was er sagen konnte.

»*Antworte mir*!«

Er zuckte zusammen, sagte aber nichts. Zu antworten wäre ein Verrat an seinem Clan gewesen … und an Drey. Die Wahrheit war an jenem Tag an der Bluddstraße gestorben. Er würde nicht derjenige sein, der sie wiederbelebte.

Der Hundelord stürzte sich auf ihn, stapfte durch das Flußwasser, um die Hände um Raifs Kehle zu legen. Er drückte die Daumen auf Raifs Luftröhre und rief: »Du hast meine Kinder getötet! Draußen in der Kälte und im Schnee. Sie waren Kinder, sie waren erst Kinder! Verängstigt, frierend klammerten sie sich an die Röcke ihrer Mütter.« Seine Stimme war schrecklich zu hören, heiser von einer so gewaltigen Trauer, daß jedes Wort ihn wie ein Fieber erschütterte. Das Bild, das er hervorrief, war der Wahrheit so nahe, daß Raif ihn nicht ansehen konnte. »Und sie riefen nach ihrem Großvater, ihnen zu helfen. Und ihr Großvater hat sie nicht gehört.«

Abrupt ließ der Hundelord ihn los und wandte sich ab. Muskeln an beiden Seiten seines Halses zuckten gewaltig, aber innerhalb einer Sekunde hatte er sie beruhigt.

Raif spuckte Blut. Seine Kehle stand in Flammen, aber er zwang sich, seine Stimme fest klingen zu lassen, als er sagte: »Du hast unseren Häuptling im Ödland getötet, ihn und ein Dutzend mehr. Du hast diesen Schwertertanz begonnen. Du hast den ersten Schlag geführt.«

Der Hundelord ließ die Hand durch die Luft peitschen und schob Raifs Worte von sich. »Clan Bludd hat Blackhail nicht überfallen. Es hat dem Hailwolf vielleicht gefallen, das zu behaupten, aber Dagro Blackhail ist nicht von meiner Hand gestorben.«

Raif stand auf. Er wußte, er hätte über die Worte des Hundelords überrascht sein sollen, aber er war es nicht. Kalter Zorn wuchs in ihm, und er spürte, wie er sich anspannte, als er den Rücken des Hundelords anstarrte. »Warum hast du es nicht *abgestritten*?«

»Wer würde das schon tun? Wenn die Hälfte der Clans einen für einen solchen Überfall preist und die andere Hälfte so verängstigt ist, daß ihnen das gleiche passieren könnte, daß ihnen die Pisse an den Oberschenkeln anfriert, wenn sie nur deinen Namen hören – wer würde da schon aufstehen und es abstreiten?« Der Hundelord schüttelte den Kopf. »Ich jedenfalls nicht.«

»Wer war es? *Wer hat es getan*?«

Etwas in Raifs Stimme bewirkte, daß der Hundelord sich wieder zu ihm umdrehte. Seine Augen waren hart wie Saphire, aber Raif wich seinem Blick nicht aus. Dieser Mann, der da vor ihm stand, wußte etwas, das einen Krieg aufhalten konnte.

Die Zöpfe des Hundelords hoben und senkten sich an seiner Brust, als er Luft holte. Als er schließlich sprach, war er ungerührt: »Du wirst von mir nichts über den Überfall im Ödland erfahren. Ich war nicht derjenige, der danach nach Hause ritt und zum Häuptling wurde.«

Raif spürte, wie ein Teil seines Zorns ihn verließ. Der Hundelord hatte ihm seine eigenen Gedanken direkt zurückgegeben. Er mühte sich, es irgendwie zu begreifen, und sagte: »Was ist mit den Wunden? Bron Hawk war im Dhonnehaus, als ihr es überfallen habt. Er sagt, eure Schwerter drangen ins Fleisch ein, aber die Wunden bluteten nicht. Dasselbe habe ich im Lager im Ödland gesehen. Der Brustkorb meines Vaters war vollkommen zerschmettert, aber es war nicht genug Blut übrig, daß es auch nur sein Hemd gefärbt hätte.«

Der Hundelord fluchte. Er stützte eine Hand an die Zellenwand und ließ den uralten Stein des Ganmiddich-Turms einen Teil seines Gewichts tragen. »Ich hätte es wissen sollen«, murmelte er. »Der Teufel spielt beide Seiten gegeneinander aus.«

Die Haare an Raifs Armen sträubten sich, und in einem Sekundenbruchteil erinnerte er sich an alles, was der Tod gesagt hatte. *Töte eine ganze Armee für mich, Raif Sevrance.* Raif schauderte. Er hörte sich selbst sagen: »Wie meinst du das?«

Der Hundelord wandte sich ihm zu. »Wie ich das meine? Wie ich das meine? Du wagst es, *mich* zu fragen, wie ich das meine? Du, der du kaltblütig meine Kinder niedergemetzelt und drei meiner Krieger derart zerhackt hast, daß ich es nicht zulassen konnte, daß ihre Frauen sich um ihre Leichen kümmern?« Speicheltröpfchen flogen von seinen Lippen, als er sprach, und seine Zöpfe knallten gegen seine Schultern wie Peitschen. »Ich werde dem Totenwächter keine Fragen beantworten. Cluff Drybannock hatte recht. Du mußt getötet werden, und zwar bald. Ich wünschte, meine Männer hätten dich niedergestreckt, wo sie dich gefunden haben, und nicht daran gedacht, dich für mich aufzuheben. Ich wünschte, es wäre bereits geschehen und ich bräuchte meine Hände nicht mit deinem Blut zu beflecken.«

Raif stand hochaufgerichtet und schweigend der Wut des Hundelords gegenüber. Er fragte sich, wieviel davon wirklich mit ihm zu tun hatte. Der Bluddhäuptling hatte nichts von den Wunden der Männer im Lager im Ödland gewußt. Aber er wußte es nun, und das hatte ihn erschüttert.

Der Hundelord legte die drei Schritte zurück, die notwendig waren, damit er Raif wieder direkt gegenüberstand. Er streckte die Hand aus und schloß sie um Raifs Zeichen. »Es heißt, euer Steinhüter hätte dir das Rabenzeichen gegeben.« Mit einer raschen Bewegung zerriß er die Schnur. »Hätte ich der Tochter des Surlords nicht mein Wort gegeben, wärest du jetzt schon tot, Raif Sevrance. Vergiß das nicht. Denke daran. Und dann verbringe die nächste Nacht damit, die Steingötter um Gnade anzuflehen, denn wenn deine Zeit kommt, kannst du von mir keine erwarten.«

Damit wandte er sich um und ging zur Tür. Bevor er sie öffnete, ließ er das Rabenzeichen in das dunkle, fettige Wasser zu seinen Füßen fallen.

Raif schwankte, aber er zwang sich, aufrecht stehenzubleiben, bis der Hundelord gegangen war.

11
In der Kammer des Krabbenhäuptlings

Da ihm aufgefallen war, daß der Rauch von Fischöllampen Sarga Veys' Augen reizte, hatte Vaylo Bludd befohlen, daß noch zwei weitere entzündet wurden. Er konnte den Gestank der Dinger selbst nicht ausstehen – er war nun seit sechs Tagen in diesem verfluchten Rundhaus, und seine Kleidung und sein Haar rochen nach Forellen –, aber er wollte verflucht sein, wenn er dem Halbmann diese Begegnung einfacher machte. Dann würde er sich lieber Fischlord nennen lassen!

Weder Marafice Eye noch der Halbmann sahen aus, als ob sie sich wohl fühlten. Der Schwertführer hatte bereits eine Ecke der Häuptlingskammer für sich beansprucht. Dort ging er nun auf und ab, und bei jeder Bewegung drückten sich seine Muskeln gegen das uringegerbte Leder seiner Kleidung. Hier und da sah er sich um, und seine Augen blitzten auf, wenn sein Blick auf stumpfe Gegenstände, Schürhaken und Zeremonialwaffen fiel, als wäre er ein Gefangener, der an Flucht denkt. Der Hundelord bemerkte ein sorgfältig verborgenes Hinken. Und was den Halbmann anging, nun, er sah nicht wesentlich anders aus als bei seiner letzten Begegnung mit Vaylo. Trotz des langen Ritts von Ille Glaive waren sein weißes Gewand und seine Ziegenlederstiefel kaum beschmutzt, und er mußte sich unterwegs auch rasiert haben, denn sein Kinn war glatter als ein Seidenbeutel.

Sie waren gegen Mittag eingetroffen, insgesamt zehn Männer: der Schwertführer, der Halbmann, ein geschworener Bruder mit nur drei Fingern an der rechten Hand und eine volle Sept der Renegatenwache. Das Erscheinen der Sept auf der Anhöhe südlich des Rundhauses hatte den Clan beunruhigt. Die Renegatenwache mit ihren blutroten Klingen, ihren schwarzen Lederumhängen und dem Wolfsgeier-Wappen auf der Brust stand bei den Clansleuten für die Macht von Spire Vanis. Sie trugen eiserne Helme, die sie nicht absetzten, als ein Dutzend Speerkämpfer ihnen hundert Schritte vom Rundhaus entgegentraten. Es war ein Akt der Arroganz und Feindseligkeit, für den Vaylo sie hatte zahlen lassen.

Nachdem sie vier Stunden lang im Schafspferch gewartet hatten, hatten sich ihre Manieren ein wenig gebessert.

Nun war es dunkel, früher Abend. Wind rasselte an den Fensterläden, schnaubte den Kamin hinab und ließ die Flammen in der Feuerstelle ins Zimmer springen. Man hatte die Sept und den Mann mit den acht Fingern in die Ganmiddich-Küche geführt, wo Molo Bean sich um sie kümmerte. Sie taten Vaylo beinahe leid, denn Molo war ein hervorragender Hammermann und ein guter Koch, aber er haßte die Stadtmenschen. Vor achtzehn Sommern hatte eine Truppe Weißhelme aus Morgenstern seinen Bruder bei einem Überfall auf den Hof seines Vaters beim Clan Otler getötet. Die Weißhelme hatten sich an einem Damm gestört, den Shannie Bean gebaut hatte, um Wasser aus dem Wolfsfluß nach Norden abzuzweigen, um sein Feld damit zu bewässern.

Vaylo saugte an seinen schmerzenden Zähnen. Die Stadt Morgenstern war dem Clan Bludd nicht freundlich gesinnt. Er durfte nicht vergessen, seinem ersten Sohn Quarro einen Fischadler zu schicken, um mehr Wachen an den Südgrenzen des Bluddlandes aufzustellen. Der Surlord dieser Stadt und seine weißbehelmten Hähnchen würden von Vaylo Bludd kein Land bekommen.

Beunruhigt wandte der Hundelord seine Aufmerksamkeit wieder Marafice Eye und Sarga Veys zu. Er hatte sie eine weitere Stunde in der Häuptlingskammer schmoren lassen, während er seine Hunde gefüttert hatte. Zu diesem Zeitpunkt hatte er das für eine gute Idee gehalten, aber nun wünschte er sich, er hätte es nicht getan. Er hätte diese Angelegenheit lieber gleich hinter sich bringen sollen.

»Hat sie schon zu Abend gegessen?« fragte Sarga Veys, seine Stimme so hoch und unangenehm wie ein Dudelsack, dem es an Luft fehlt.

»Ich bin nicht ihr Kindermädchen.« Vaylo setzte sich an den Kopf des Häuptlingstisches, eines Blocks aus grünem Flußstein, voll mit uralten Fischfossilien und versteinerten Muscheln. Ein Dutzend Krabben, hervorragend erhalten, bildeten einen Kreis unter der Hand des Hundelords. »Woher soll ich wissen, ob sie gegessen hat oder nicht? Was geht Euch das an?« Der Zorn war rasch aufgeflackert. Seine beiden verbliebenen Enkelkinder waren auf dem Heimweg nach Dhoone, eskortiert von Drybone und seinen Leuten. Nan war mit ihnen zurückgekehrt. Vaylo nahm an, daß sie inzwischen die Hälfte des Weges zurückgelegt hatten. Die Steingötter mochten sie schützen.

»Es ist wichtig«, erklärte Sarga Veys mit einem kleinen Vorschieben seines Kinns, »weil ich ihr ein Mittel verabreichen muß.«

Vaylo gefiel das überhaupt nicht. »Welches Mittel?«

»Nichts. Ein kleiner Schlaftrunk.«

»Ich fragte, *welches Mittel*?«

Marafice Eye blieb stehen und ließ die Hand zum Waffengürtel sinken. Er war selbstverständlich leer – der erste Bluddmann, der der Sept und seinem Anführer entgegengetreten war, hatte ihre Waffen in Gewahrsam genommen, bis sie sich wieder verabschieden würden –, aber es gelang dem Generalprotektor der Renegatenwache dennoch, diese Geste drohend wirken zu lassen, selbst wenn die Schwertscheide schlaff an seinem Oberschenkel lag. Er war ein gefährlicher Mann, das wußte Vaylo, aber er fürchtete den Halbmann dennoch mehr.

Sarga Veys warf Marafice Eye einen hochnäsigen Blick zu, einen, der sich über ihn hinwegsetzte und warnte: *keine Feindseligkeiten*. Es war wenig überraschend, daß der Schwertführer diesen Blick ignorierte. Diese beiden waren alles andere als Freunde.

»Also gut«, meinte Sarga Veys. »Wenn Ihr es unbedingt wissen wollt, ich habe vor, Asarhia Mohnblut und die pulverisierten Samen von Bilsenkraut zu geben.«

Er hatte also vor, sie ohne ihr Wissen oder ihre Zustimmung aus dem Rundhaus wegzubringen. Bis diese beiden betäubenden Drogen nicht mehr wirkten, wären der Schwertführer und der Halbmann weit von Ganmiddich weg, auf der anderen Seite der Bitterhügel. Und das Mädchen selbst würde so schwach sein, daß sie Glück hätte, wenn sie Wasser trinken und aufrecht auf einem Pferd sitzen könnte.

Vaylo nahm einen Brocken schwarzen Priems aus dem Beutel und steckte ihn sich in den Mund. Er hatte selbst gesehen, was die Tochter des Surlords tun konnte, wenn sie in die Enge getrieben wurde, also verstand er die Notwendigkeit zur Vorsicht. Dennoch, in hoher Dosierung konnte Bilsenkraut giftig sein. Und das würde er nicht zulassen. »Ihr werdet dem Mädchen unter meinem Dach kein Bilsenkraut geben.«

»Warum nicht?« Der Schwertführer starrte ihn höhnisch an. »Habt Ihr Euch auch in das Miststück vergafft?«

Vaylo erhob sich. »Ich will, daß das Mädchen sicher bei Eurem Herrn ankommt. Wenn Ihr und Eure Männer Eure Arbeit gut erledigt und das Mädchen selbst gefunden hättet, hättet Ihr es jetzt nicht mit mir zu tun. Aber Ihr habt versagt, und deshalb seid Ihr hier, auf frisch erobertem Bluddland, und Ihr werdet Euch an die Bedingungen des Bluddhäuptlings halten.«

Marafice Eye hörte schweigend zu.

Sarga Veys gab ein dünnes Schnauben von sich. »Ich kenne die Wünsche meines Herrn. Das Mädchen muß …«

»Still!« Der Schwertführer machte einen Schritt auf Sarga Veys zu. »Tut, was er sagt.«

Sarga Veys ging fünf Schritte zurück und hätte noch mehr

getan, wenn er mit den Schultern nicht gegen die Wand gestoßen wäre. Sein Unterkiefer bebte heftig, als er sagte: »Also gut. Wie Ihr wünscht.« Mit schlanken Fingern nahm er einen bräunlichen Beutel vom Gürtel und holte eine Phiole heraus, die etwa so lang wie eine Erbsenschote und mit braunem Wachs versiegelt war. Veys hielt sie dem Hundelord hin.

Vaylo dachte daran, sie einfach auf den Boden zu werfen. Er haßte Drogen und Zauberei – *alles*, was den Geist eines Menschen verwirren konnte –, aber er hatte kaum eine Wahl. Nicht wegen der Macht der beiden Männer, die vor ihm standen, nicht einmal wegen der Macht ihres Herrn in der Maskenfestung. Nein, wegen der Macht des Mädchens. Vaylo wußte nicht, wie sie reagieren würde, wenn sie versuchten, sie in wachem Zustand von Raif Sevrance wegzutragen.

Er griff nach der Phiole. Laut rief er nach Strom Carvo, der hinter der Tür Wache stand. Sarga Veys gab dem dunkelhäutigen Schwertkämpfer seine Instruktionen: Er sollte den gesamten Inhalt der Phiole benutzen, ihn in Asarhias Grütze und das Trinkwasser gießen und in die Butter und den Honig mischen, die sie auf ihr Brot strich. Vaylo spuckte einen Priem aus, als der Halbmann sprach. Er hatte einen schlechten Geschmack im Mund.

Als Strom sich zurückzog, sagte Sarga Veys: »Ich denke, ich sollte lieber mit ihm gehen und die Vorbereitungen überwachen. Ich kenne mich mit solchen Dingen aus.«

Das bezweifelte Vaylo keinen Augenblick. »Nein. Ihr werdet hierbleiben und warten.« Er warf die Tür zu. Er würde nicht zulassen, daß sich der Halbmann frei im Rundhaus bewegte. Nachdem Drybone und seine Leute nach Dhoone gezogen waren, hatte er nicht viele Männer hier, und das wollte er niemanden wissen lassen.

Marafice Eye sagte: »Nennt Euren Preis für die anderen beiden Gefangenen.« Als er sprach, zog sich sein kleiner Mund zusammen wie Narbengewebe, und er drückte mit den Händen – den größten Händen, die Vaylo je an einem Mann gesehen hatte – gegen einen morschen Balken in der Wand.

Vaylo sehnte sich plötzlich nach der Gesellschaft seiner Hunde. Eine der Hündinnen war läufig, und der Rest war halb wahnsinnig vor Eifersucht oder Begierde, und er hatte keine andere Wahl gehabt, als sie die Nacht über einzuschließen. Es gefiel ihm nicht, ohne sie zu sein, aber er konnte schlecht gegen die Natur ankämpfen. Marafice Eye war da eine ganz andere Sache. Er sagte: »Angus Lok und der Hailsmann sind nicht zu haben.« Der Schwertführer lächelte, und seine Lippen spalteten sich wie ein Würstchen auf dem Grill. »Ich habe gesagt, nennt Eure Bedingungen, Hundelord.« Als er sich von der Wand abstieß, bemerkte Vaylo, daß er oberhalb seiner rechten Niere ein Messer verborgen hatte.

»Und *ich* sagte, die Gefangenen sind nicht zu haben.«

»Ihr seid meinem Herrn einiges schuldig«, zischte Sarga Veys. »Er wird nicht erfreut sein, wenn er davon erfährt. Ich werde ihn anweisen, all seine Hilfe …«

»Sagt es ihm ruhig!« brüllte Vaylo. »Ich will keine Freundlichkeit mehr vom König von Spire Vanis. So wahr die Steingötter mir helfen, ich wünschte, ich hätte mich niemals auf ihn und seine Pläne eingelassen. Richtet ihm von mir, dem Hundelord, aus, daß alle Übereinkünfte zwischen uns erledigt sind, sobald seine Tochter in dieser Nacht das Bluddland verläßt. Das Mädchen ist Bezahlung genug.«

Sarga Veys setzte dazu an, etwas zu sagen, aber sowohl Marafice Eye als auch Vaylo Bludd traten einen Schritt vor, um ihn aufzuhalten. Einen Augenblick lang sahen der Schwertführer und der Hundelord einander an, und die gemeinsame Absicht und die gemeinsame Ansicht über den Halbmann machten einen Augenblick lang Kameraden aus ihnen. Er war ein Kämpfer, dieser Marafice Eye. Er war nicht so dumm, sich aufzuplustern, wenn er weit von zu Hause weg und seine Truppe zahlenmäßig unterlegen war.

Mit einer spöttischen Verbeugung trat Vaylo zurück und überließ ihm den Halbmann.

Marafice Eye näherte sich Sarga Veys bis zu einem Punkt, an dem ihre Schultern einander berührten. Er drückte die kleinen Lippen beinahe an die Ohrmuschel des Halbmanns und sagte »still«, mit einer Stimme so kalt, daß die Flammen in der Ganmiddich-Feuerstelle schrumpften.

Sarga Veys ... schwieg.

Vaylo goß zwei Becher Whisky ein, behielt den ersten für sich und bot Marafice Eye den zweiten an. Der Schwertführer nahm das Getränk entgegen, und die beiden Männer stießen an und tranken. Zu jeder anderen Zeit hätte Vaylo die schweigende Kameradschaft genossen, die entstand, wenn man guten Whisky mit einem Mann teilte, den man nicht haßte, aber er war zu unruhig, und er trank schnell und ohne Freude. Als der Schwertführer den leeren Becher auf die Steinoberfläche des Häuptlingstisches zurückstellte, sagte Vaylo: »Ich habe eine Botschaft für Euren Herrn.«

Der Schwertführer hob den Kopf und zeigte damit an, daß er zuhörte.

»Sagt ihm, er soll seine Finger vom Clanland lassen. Ich weiß, was er tut, und wenn er damit nicht aufhört, werde ich alle Clans versammeln, die loyal zu mir sind – Clan Broddic, Clan Halb-Bludd, Clan Otler, Clan Frees und Clan Gray –, und nach Süden zur Maskenfestung reiten und seine Tore niederreißen. Iss hat mich einmal zum Narren gehalten, und ich bin ein alter Mann mit einer guten Meinung von mir selbst, und ich werde nicht zulassen, daß er mich noch einmal benutzt. Ich weiß jetzt, daß ich nicht der einzige Häuptling war, dem er seine schmutzigen kleinen Versprechungen von Zauberei und Hilfe gemacht hat. Als eines seiner Gesichter mir die Dhoonegeheimnisse zuflüsterte, sprach ein anderes mit dem Hailwolf. Mace Blackhail und Euer Herr haben den Überfall auf die Jäger im Ödland arrangiert und es so aussehen lassen, als wären Dagro und seine

Clansleute von meinen Männern überfallen worden. Der Hailwolf ist dafür zum Häuptling geworden, und Iss hat Blackhail in den Krieg gezogen. Ich weiß nicht, mit welchen anderen Häuptlingen er noch in Verbindung steht und welche anderen Händel er abgeschlossen hat, aber ich weiß, daß es keine weiteren geben wird. Das Clanland geht ihn nichts mehr an. Sagt ihm das von mir, dem Hundelord. Sagt ihm, daß von diesem Tag an jeder Krieg, den wir führen, nur noch uns selbst etwas angeht.«

Am Ende dieser Ansprache zitterte Vaylo, und er war heiser geworden. Er war kein Mann für lange Reden, aber diese Warnung war notwendig gewesen. Man mußte Penthero Iss sagen, daß das Clanland nicht mehr sein Spielfeld war.

Marafice Eye sah Vaylo einen Augenblick lang an, dann sagte er: »Ich werde Eure Botschaft weitergeben, Hundelord, obwohl ich kein einfaches Ende der Clankriege sehen kann.«

Er hatte recht. Die Grenzen waren zu klar gezogen und der Haß zu tief, als daß ein Clanhäuptling sich einem anderen an einem Tisch gegenübersetzen und von Frieden reden konnte. Aber darum ging es nicht. »Es ist jetzt Angelegenheit der Clans.«

Marafice Eye nickte und verstand sofort. Vaylo respektierte ihn dafür.

Sie warteten schweigend eine weitere Stunde. Marafice Eye setzte sich während der gesamten Zeit nicht einmal hin, obwohl Vaylo merkte, daß er hin und wieder sein linkes Bein ausruhte und sein rechtes bevorzugte. Sarga Veys saß genau da, wo der Schwertführer ihn hingesetzt hatte, regte sich nicht und sagte kein Wort. Vaylo widerstand der Verlockung, mehr zu trinken. Das Warten machte ihn müde. Er sehnte sich nach Nans Gesellschaft, nach der Nähe seiner Hunde. Er machte sich Gedanken um seine Enkel, fragte sich, ob Drybone sie wohl die ganze Nacht durchreiten ließ.

Hin und wieder warf er einen Blick zur Südostmauer der Kammer und schaute zu dem verriegelten und verschlossenen

Fenster hin. Raif Sevrance war niemals weit von seinen Gedanken entfernt. Nur zum Turm hinzusehen bewirkte so intensive Gefühle, daß Vaylo sie regelrecht schmecken konnte. Vaylo wünschte sich, daß Drybone nur ein einziges Mal in seinem kontrollierten, eisernen Leben die Beherrschung verloren und den Jungen sofort, nachdem er ihn gefangengenommen hatte, totgeschlagen hätte. Auf diese Weise wäre es zumindest rasche, gedankenlose Gerechtigkeit gewesen. Nicht diese träge, viel kompliziertere Folter aus Wahrheit und Lügen.

Vaylo strich sich über die Zöpfe. Es war ein Fehler gewesen, in den Turm zu gehen. Er wollte Raif Sevrance nicht als jungen Jahrmann sehen, der selbst aus einer Zelle, die nach Tod stank, immer noch die Ehre seines Clans verteidigte. Wenn er einen Hailsmann vor sich hatte, wollte er nur einen Mörder sehen.

Vaylo rief nach Strom Carvo und befahl ihm, nach dem Mädchen zu sehen. Wenn Asarhia March erst weg war und der Morgen über dem Rundhaus dämmerte, konnte er dem Hailsmann endlich die Kehle durchschneiden.

»Sie schläft, Häuptling«, sagte Strom, als er vier Minuten später zurückkehrte. »Ich habe sie gerufen, aber sie hat nicht reagiert. Ich habe sie am Arm geschüttelt, und sie hat immer noch weitergeschlafen.«

Vaylo nickte. »Bring sie her, Strom. Zieh ihr den Umhang und die Stiefel so gut wie möglich an …«

»Und achtet darauf, was sie gegessen hat.«

Der Hundelord warf Veys einen Blick zu und zog die Braue hoch. Hatte ihm denn niemand gesagt, daß man einem Clanhäuptling nicht ins Wort fiel? Stroms finstere Miene wurde heiterer bei der Aussicht auf eine Schimpfkanonade, aber Vaylo sagte nichts. Er würde seinen Atem nicht an den Halbmann verschwenden. Er legte Strom die Hand auf den Arm und ging mit dem Schwertkämpfer nach draußen.

Als sie außer Hörweite waren, sagte Vaylo: »Tu, was der Halbmann sagt, Strom. Aber zuvor holst du Ranald oder einen der anderen und sagst ihm, er soll die Satteltaschen des Halbmanns durchsuchen und alle Pulver oder Tränke wegwerfen.« Es war wenig, aber besser als nichts. Bilsenkraut war im Winter selten, und es würde Sarga Veys nicht leichtfallen, sich neues zu beschaffen.

Strom nickte.

»Und sag Branon, ich will, daß alle Clansmänner und -frauen innerhalb einer Viertelstunde gerüstet zu Pferd sitzen. Wenn Marafice Eye und seine Sept Ganmiddich verlassen, soll das letzte, was sie sehen, die bewaffnete Macht des Clans Bludd sein.« Strom drehte sich um. Vaylo hielt ihn ein letztes Mal auf. »Wir müssen vorsichtig sein, Strom. Marafice Eye hat den Kopf eines Soldaten; wenn er auch nur die geringste Gelegenheit erhält, wird er erkennen, wie wenige wir sind.«

Strom Carvo, Drybones Blutsbruder und einer der besten Schwertkämpfer im Clan, nickte einfach und sagte: »Es ist bereits alles vorbereitet.«

Vaylo fühlte sich besser, als er diese Worte hörte. Sie machten die nächste Wartezeit erträglich. Windböen droschen auf die Mauern des Rundhauses ein, während der Schwertführer, der Halbmann und der Hundelord schweigend darauf warteten, daß Strom das Mädchen zurückbrachte. Als Hagel begann, an die Fensterläden zu hämmern, war Vaylo weder überrascht noch besorgt. Ein Sturm paßte gut zu seinen Empfindungen.

Als es schließlich klopfte, war es beinahe zu früh. Sarga Veys leckte sich die trockenen Lippen. Marafice Eye blieb stehen und bewegte die massive *Tatsache* seines Körpers zur Tür.

»Herein«, rief der Hundelord.

Strom Carvo trug das Mädchen in das Zimmer. Der Schwertkämpfer hatte sie gut gegen den Sturm eingepackt, und ihr schlanker Körper war mit so vielen Lagen von Wolle und Ölzeug umgeben, wie die im Rundhaus verbliebenen Bluddfrauen abgeben konnten. Strom hatte sogar daran gedacht, ihr schönes, aschblondes Haar in den Kragen zu stecken, wo der Wind es beim Reiten nicht finden konnte. Das Mädchen selbst war leblos. Ihr Kopf rollte bei jedem Schritt, den Strom machte, herum.

Sarga Veys trat vor. Vaylo hörte, wie sein Atem aufgeregt rascher wurde. Es widerte ihn an.

»Leg sie auf den Tisch.«

Strom gehorchte seinem Häuptling, aber Vaylo sah das Aufblitzen von Zorn in seinen Augen. Auch er wollte sie diesen Männern nicht überlassen.

Sarga Veys war der erste, der sich dem Mädchen näherte und die Fuchskapuze herunterzog, die Strom ihr schon aufgesetzt hatte. »O ja«, sagte er. »Sie ist es.« Und dann zu Strom: »Wieviel hat sie gegessen?«

Die Muskeln im Gesicht des Schwertkämpfers bewegten sich mit der täuschenden Glattheit von Eisschollen über rauher See. »Nichts. Sie hat nur Wasser getrunken.«

Vaylo schloß die Augen. *Nur Wasser. Wie stark ist die Droge, die der Halbmann ihr gegeben hat*?

Als Sarga Veys ihr die Augenlider hochzog und ihre Arme hob und wieder fallen ließ, ging Marafice Eye zum Tisch. Seine Miene wurde finster, als er Asarhia March ansah, und seine großen Hände drückten die Luft über ihrer Brust weg. Als Vaylo diese Geste sah, hätte er beinahe gesagt: *Ihr könnt sie nicht mitnehmen.*

Sarga Veys holte eine zweite Phiole Mohnblut aus dem Beutel. »Die paar Tropfen, die sie mit dem Wasser zu sich genommen hat, genügen nicht. Wenn wir nicht vorsichtig sind, wird sie in der Nacht aufwachen.«

Strom sah seinen Häuptling an. Vaylo sagte: »Nimm ihm die Phiole ab und gib ihr zwei Tropfen auf die Zunge.« Strom tat schweigend, was man ihm gesagt hatte.

Nachdem all dies erledigt war und Marafice Eye die Knöchel knacken ließ, um anzuzeigen, daß er bereit war, Asarhia zu heben, ging der Hundelord zum Tisch. Das Gesicht des Mädchens war bleich, ihre Lippen beinahe blau. Erstarrt. Es war leicht, sich vorzustellen, wie sie den Mund voll Schnee hatte …

Abrupt wandte er sich ab. *»Geht!«* befahl er und verscheuchte damit sowohl Gespenster als auch Menschen. »Und sorgt dafür, daß Euer Herr erfährt, daß ich all meine Schulden bezahlt habe.«

Raif erwachte.

Ash.

Er hob die Hand an die Kehle und suchte nach seinem Zeichen. Es war nicht da. Die Erinnerung kam zurück: Der Hundelord hatte es in das stehende Wasser zu seinen Füßen geworfen. Zu diesem Zeitpunkt war es nicht wichtig gewesen, danach zu suchen. Das Rabenzeichen kam immer zurück.

Raif wappnete sich gegen Schmerz und Schwäche, erhob sich von der Steinbank und watete durch das Wasser, das ihm bis an die Waden reichte. Sturmdunkelheit erfüllte die Zelle. Raif konnte nichts sehen, nicht einmal seine Hände, als er sie ins schwarze Flußwasser steckte und nach seinem Zeichen tastete.

Pflanzen wickelten sich um seine Finger, schleimig wie ungekochtes Fleisch. Andere Dinge trieben an seinen Handgelenken vorbei, weiche Dinge, glatte Dinge wie ausgehöhlte Knochen. Er roch seinen eigenen Dreck und den Dreck jener, die zuvor hier gewesen waren, aber er war nicht angewidert. Er mußte sein Zeichen finden.

Sein Körper war schwach, *schwach*, und er verfluchte ihn ein dutzendmal. Als seine Beine zu zittern begannen, kniete er sich ins Wasser und suchte weiter. Er harkte mit den Fingern über den Zellenboden, er tastete in Risse und vom Fluß abgetragene Nischen – jedesmal wenn er die Hand bewegte, wirbelte er Jahrhunderte von Schlamm und Scheiße auf. Das Wasser war bitterkalt, aber er spürte es kaum. Draußen heulte der Sturm wie ein wildes Tier, schlug mit Klauen aus Wind und Haaren auf den Turm ein, aber das alles zählte weniger als das Zischen seines eigenen Atems. Etwas stimmte nicht mit Ash.

Eisiges Wasser ließ seine Finger taub werden, machte sie zu Holzstöcken. Seine Haut riß, als er weiter im Kies fischte. *Wo ist es?* Hatte die Strömung es weggetragen? Raif schüttelte den Kopf. *Nein.*

Als Kind hatte er das Zeichen ein dutzendmal weggeworfen, aber der Steinhüter hatte es immer gefunden und ihm zurückgebracht.

Es mußte hier sein.

Wasser spritzte gegen die Mauern, als er hektischer wurde. Seine Kleidung war triefnaß und stank. Die Schnittwunden an den Oberschenkeln und am Bauch brannten wie weißes Feuer. Sein Brustkorb fühlte sich geschwollen an, die Knochen machten jedesmal, wenn er einatmete, beunruhigende, knarrende Geräusche. Er glaubte zu hören, wie der Tod ihn auslachte, ein hohes Klirren, das ihn kälter werden ließ als das Wasser. *Ash …*

Als er mit der Hand dort entlangfuhr, wo Mauer und Boden zusammenstießen, fing sich ein Stück Schnur in seinen Fingern. Er schloß die Faust und zog die Schnur aus dem Wasser. Sobald seine Hand durch die Wasseroberfläche brach, wußte er, daß sein Zeichen zu ihm zurückgekehrt war.

Hier ist es, Raif Sevrance. Eines Tages bist du vielleicht froh darüber.

Das kleine Stück Vogelhorn kam triefend aus dem Wasser. Raif hielt die Schnur, nur die Schnur, bis er zur trockenen Insel der Bank zurückgekehrt war. Sein Herz schlug ihm mit stiller Gewalt gegen die Rippen, wenn er sich bewegte. Er glaubte, seine Hände würden zittern, wenn er die Schnur durch die Finger zog, aber sie regten sich nicht. Flußwasser tropfte von jeder Stelle seines Körpers auf die Bank, auf der er saß. Er dachte daran, das Zeichen der Steingötter zu machen, sie anzuflehen, Ash zu beschützen, dann entschloß er sich dagegen. Die Steingötter waren Clangötter, und weder er noch Ash gehörten zum Clan.

Er zwang die Lippen zusammen, legte das Zeichen in seine rechte Hand und schloß die Faust darum.

Das Wissen kam sofort zu ihm, warm wie sein eigenes Blut, glitt ihm in den Kopf wie ein ganz gewöhnlicher Gedanke. Ash war weg. Sie war nicht mehr in der Nähe und unverletzt. Jemand hatte sie weggebracht.

Er spuckte aus, um den Geschmack nach Fluß aus dem Mund zu bekommen, und stand auf. Langsam ging er zur Zellentür. Als er zwei Schritte von den eisenbeschlagenen Dielen entfernt war, blieb er stehen. Er spannte sich einen Augenblick lang an und pumpte die Lungen mit Luft voll. Dann stieß er mit einer Bewegung, die so schnell war, daß sie das stehende Wasser spaltete, die Schulter gegen das Holz.

Ash war weg ... und nun würde der Turm fallen müssen, damit er zu ihr gelangen konnte.

12

Etwas wird zurückgegeben

Raif ließ sich vom Wahnsinn überwältigen. Stunden vergingen, während er in der Dunkelheit in seiner Zelle tobte. Als seine rechte Schulter eine zerschlagene, blutige Masse war, begann er, mit der linken auf die Tür einzudreschen; als die Tür immer noch nicht nachgab und die Riegel auf der anderen Seite weder brachen noch sich auch nur erschüttern ließen, sprang er auf die Bank und begann am Eisengitter zu zerren. Die Gitterstäbe waren so dick wie Arme, tief in den Stein gesenkt und mit Kalkmörtel eingemauert: auch sie gaben nicht nach, ganz gleich, was er tat. Er brüllte, bis er heiser war, aber niemand kam, um ihn zu töten. Er sprang gegen die Wände, er trat sie, und als auch das versagte, begann er mit bloßen Händen an dem grünen Flußstein zu kratzen. Blut drang ihm unter den Fingernägeln hervor, lief ihm über die Handflächen und tropfte von seinen Handgelenken in den Fluß darunter. Schweiß brannte ihm in den Augen und verwandelte die Kleidung auf seinem Rücken in triefende, salzige Bandagen. Er wollte, daß jemand herkam – *ganz gleich wer.* Er stellte sich vor, wie er Bluddmänner bewußtlos schlug, indem er sie gegen die Wände schleuderte, und dann ihre Schwerter benutzte, um ihnen die Herzen herauszuschneiden. Totenwächter nannten sie ihn. Nun, sollten sie doch kommen und selbst sehen, wie schnell er ein Leben nahm.

Stunden vergingen, und er tobte immer noch. Ein schreckliches Zittern ergriff ihn, ließ seine Beine vor Erschöpfung einknicken, und er sah Dinge, die unmöglich dasein konnten. Tem war bei ihm in der Zelle, lag auf der Steinbank, die Arme schwarz verbrannt, der Mund offen und voller Würmer. Als Raif wieder hinsah, war es seine Mutter, ihre Haut gelb und locker, die Augen mit Schwefelpaste fest verschlossen. Bald schon trugen seine Beine ihn nicht mehr, und er ließ sich ins Wasser sinken und begann, mit seinem Zeichen am Mörtel zu kratzen. Ash war alles, was zählte. Zu Ash zu gelangen.

Trüb, in einem weit entfernten Teil seines Geistes, der immer noch vorausschauen konnte, wußte er, daß es am besten wäre, bis zum Morgen ruhig zu liegen, zu warten, bis ein Bluddmann die Zelle betrat – eine Hand am Riegel, in der anderen Wasserblase und Schale mit Grütze –, und sich dann auf ihn zu stürzen. Ihm die Tür ins Gesicht zu werfen, seine Waffe zu packen und zu laufen. Aber es war einfach undenkbar, bis zum Morgen nichts zu tun. Und irgendwie hatte das alles mit Drey zu tun … er konnte nicht noch einen Schwur brechen.

Er kämpfte gegen den Schlaf an. Sein Geist gab immer wieder für Sekunden nach, dann blinzelte er wieder ins Dunkel, umklammerte sein Zeichen. Nach einer Weile trug sein Hals das Gewicht seines Kopfes nicht mehr, und er ließ das Kinn auf der Brust ruhen, während er weiterarbeitete. Er schloß die Augen, aber er kratzte weiter mit blutigen Fingern am Stein und benutzte den Schmerz, um sich wach zu halten.

Dann tat auch der Schmerz nicht mehr weh, und die Grenze zwischen Schlaf und Wachsein begann zu verschwimmen. Er verlor Sekunden, dann Minuten, dann Stunden. Immer noch kämpfend schlief er ein.

Ein Klacken war zu hören, wie das Geräusch hölzerner Übungsschwerter, die zusammenstießen. Er sah Shor Gormalin mit Banron Lye auf dem Hof, tote Männer, die sich mit Schwertern duellierten. *Klack! Klack! Klack!*

Raif drehte sich im Schlaf um. Das Klacken folgte ihm, nur klang es jetzt anders, höher, schärfer wie Stahl auf Stahl. Jemand schrie. Schritte ertönten in der Ferne. Hunde heulten, das Heulen wurde schriller und verzweifelter, bis sie nicht mehr wie von Menschen gezüchtete Geschöpfe, sondern wie Wölfe klangen.

Ein gewaltiges Krachen erschütterte den Turm. Raifs rechter

Arm rutschte von der Steinbank und fiel ins Wasser darunter. Er öffnete die Augen. Das trübe Licht einer Winterdämmerung erfüllte die Zelle wie grauer Rauch. Etwas Rotes, Blutiges lag direkt vor seinem Gesicht, und er starrte es lange an, bis ihm klar wurde, daß es seine eigene linke Hand war. Als er die rechte aus dem Wasser zog, hörte er, wie jemand draußen Befehle schrie. Schwertmetall klirrte gegen Stein. Schritte kamen näher. Atem explodierte in einem heftigen Zischen. Etwas, wahrscheinlich ein Körper, fiel mit dem Klatschen eines aufgerollten Teppichs auf den Boden.

Noch während Raif sich aufsetzte, wurde die Zellentür aufgerissen.

Eine Schwertklinge glitzerte wie Eis. Eine Faust in einem schwarzen Handschuh hielt ein bleibeschwertes Schwert dicht an einer Brust, die einen versilberten Harnisch trug. Ein Gesicht im Schatten eines Dornenhelms aus säuregeschwärztem Eisen erschien aus dem Dunkel hinter der Tür. *Blackhail.* Stolz stach in Raifs Herz: Sein Clan hatte Ganmiddich zurückerobert.

»Steh auf.«

Raif wurde kalt. Der Stolz verschwand rasch, wie mit einem Atemzug. Er kannte die Stimme hinter dem Dornenhelm. »Setz den Helm ab.«

Die Gestalt schüttelte den Kopf. Augen glitzerten kalt unter einem Netz aus Eisendornen. Der Mann hob die Schwertspitze und sagte noch einmal: »Steh auf.«

Raif stand auf und wandte sich der Gestalt an der Tür zu. Er zitterte, aber der Mann mit dem Helm zitterte nicht. Die Hand, die das Schwert umfaßte, war so ruhig wie Fels. Die Brust unter dem Harnisch hob und senkte sich mit kräftigen, gleichmäßigen Zügen.

»Drey?«

Die Gestalt erstarrte.

»Bruder.« Es war beinahe, aber nicht ganz eine Frage. Die Gestalt vor ihm war kaum als Drey zu erkennen; seine Stimme war tiefer, die Schultern breiter. Selbst seine Haltung war anders. Gekleidet in Stahl und schwarzes Leder, trug Drey nun nicht mehr die abgelegte Kleidung, die überzähligen Waffen der Jahrmänner und Clansöhne. Er war nur Ecken und Kanten.

»Wir sind keine Brüder, du und ich. Das Blut hat aufgehört, zwischen uns zu fließen, als du deinen Eid gebrochen hast.«

Raif beherrschte die Muskeln seines Gesichts. In ihm zog sich die Kälte in seiner Brust zu einem einzigen festen Punkt zusammen. Drey war nicht hier, um ihn zu retten – das war der Gedanke eines Kindes, die plötzliche Erkenntnis, daß jene, denen du vertraut hast, dir weh tun können, und Raif empfand dasselbe übelkeiterregende Entsetzen, als hätte Drey ihm ins Gesicht geschlagen. Er wußte, er hätte nicht überrascht sein sollen, aber er war so sehr an Dreys Loyalität gewöhnt. Drey war immer dagewesen, um ihn aus Scharmützeln herauszuziehen, blutige Knie vor Tem oder zerbrochene Setzlinge vor Langkopf zu verbergen und unglaubliche Geschichten über Bären, die über dünnes Eis flohen, und einsame Elche, die Zelte niedertrampelten, zu bestätigen. Drey hatte immer gewartet.

In der Kammer über ihnen klirrten Schwerter. Die Decke bebte, als etwas Schweres, Metallisches wie ein Kohlebecken oder ein Waffenständer auf den Boden krachte. Drey trat vor und stach mit dem Schwert in die Luft neben Raifs Kehle.

»Beweg dich!«

Raif verfluchte den Reflex, der ihn zusammenzucken ließ. Er fixierte seinen Blick auf das, was durch den Helm von den Augen seines Bruders zu sehen war, und ging um die Klinge herum.

»Die Treppe hinauf. Einen Schritt vor mir, nicht weiter.«

Raif ging schweigend die Wendeltreppe hinauf. Das Licht blendete ihn. Frische Luft und neue Geräusche bewirkten, daß ihm schwindelig wurde. Einmal stolperte er und mußte die Hand an die Wand stützen. Dreys Schwert ritzte die Haut über seiner Wirbelsäule, und er stolperte nicht noch einmal.

Zwei Hailsmänner bewachten das nächste Stockwerk. Die Harnische beider waren verbeult, die Halsberge eines Mannes war durchlöchert, und Blut drang heraus. An ihren Schwertklingen klebten Haarbüschel und Haut. Durch den Draht ihrer Helme erkannte Raif Rory Cleet und Arlec Byce. Als er näher kam, sah Raif, daß Rorys hübsches Gesicht nun von einer dicken, weißen Narbe verunstaltet wurde, die vom Augenwinkel bis zum Mund lief.

»*Steingötter!*« zischte Rory, als Raif näher kam. »Was haben sie mit ihm gemacht?« Rory erhielt keine Antwort, und er sagte auch nichts weiter. Drey brachte ihn mit einem Blick zum Schweigen.

Raif verzog keine Miene. Er konnte nicht verhindern, daß sie die Wunden an seinem Körper sahen, aber das war *alles*, was sie sehen würden.

»Zum Boot.«

Als er hörte, wie sein Bruder diese Worte sprach, wurde Raif klar, daß Drey mehr als nur sein Aussehen verändert hatte. Arlec Byce, seit fünf Jahren ein voller Clansmann, folgte seinem Befehl.

Sie stiegen durch den Sockel des Turms an gelöschten Fackeln und aus den Angeln gerissenen Türen und der kopflosen Leiche eines Bluddmanns vorbei. Schwarzer Rauch quoll aus einer Tür, wand sich um sich selbst zu einer flackernden Nachgeburt von Ruß und Qualm. Raif betrachtete das Band von Dunkelheit, das so entstand, bemerkte, wie Rory Cleet sein Visier hob, um seine brennenden Augen zu reiben, und wie Arlec Byce die Schwerthand an den Helm hob, um den Gestank brennenden Fleisches abzuhalten.

Es wäre so leicht, sie zu nehmen.

Töte eine ganze Armee für mich, Raif Sevrance.

Raif schüttelte den Kopf. Er würde seine Clanbrüder nicht töten. Nicht einmal für Ash.

Ein vierter Hailsmann gesellte sich zu ihnen, als sie aus dem

Turm in das graue Sturmlicht traten, das auf den Zoll schien. Raif achtete nicht sonderlich auf ihn, aber er wußte, daß es Bev Shank war, in neuer Rüstung. Sein Schwert war übel eingekerbt und würde von Brog Widdie neu geschliffen werden müssen. Aber vielleicht würde sein Vater ihm auch einfach ein neues kaufen; Orwin Shank konnte es sich leisten. Raif war sich Bevs Blick bewußt, der auf ihm ruhte, aber er ließ Blick und Gedanken lieber auf dem Schwert verweilen.

Gischt vom Fluß benetzte seine Wange, während er darauf wartete, ins Boot zu steigen. Starker Wind fegte über die Wasseroberfläche, riß die Köpfe von Wellen ab und trieb das Wasser gegen den Stein des Zolls. Hagel schlug gegen den Turm und verschluckte die Kampfgeräusche. Am anderen Ufer glühte das Ganmiddich-Rundhaus orangefarben und grün, beleuchtet von einem Graben hoch aufflackernder Flammen. Raif wußte sofort, daß dieses Feuer entzündet worden war, damit die Bluddmänner sich nicht formieren konnten.

Das Boot schwankte, als er hineinstieg. Graues Wasser stand zwei Hände tief darin, aber Raif spürte es kaum. Verglichen mit dem Wasser in seiner Zelle war es warm und duftend. Erbsengroße Hagelkörner kerbten die Oberfläche.

»Fesselt seine Hände.« Dreys Stimme war fest. Mit einem Blick forderte er Rory Cleet heraus, ihm zu widersprechen.

Rory war kein Mann, der sich mit Booten auskannte, und als er aufstand, um Dreys Befehl nachzukommen, schickte er den Kiel des Bootes tief ins sturmgepeitschte Wasser. Bev Shank und Arlec Byce hatten Mühe, die Ruder an Ort und Stelle zu halten.

Raif selbst regte sich nicht, als er sich die Handgelenke binden ließ. Er glaubte, den Verstand zu verlieren. Wohin er auch sah, sah er nur Tod. Es wäre so einfach, Rory gegen das Dollbord zu schieben und das Boot zum Kentern zu bringen. Sie würden alle ins Wasser fallen. Einige würden sterben. Bev Shank konnte schwimmen, aber seine neue Rüstung wog mindestens zwanzig Pfund, und er würde direkt versinken. Alle vier

Hailsmänner trugen Helme und Harnische. Das Wasser war kalt. Eisig. Unterströmungen und der Sturm würden sie innerhalb von Augenblicken nach unten reißen und gegen den Zoll krachen lassen. Raif wußte, daß er überleben würde. Kaltes Wasser bedeutete ihm nichts mehr … und er trug keinen Stahl, nur Lumpen.

Raif blieb sitzen und regte sich nicht. Flußsalz brannte ihm auf der Haut. Er beobachtete Drey, verbarg es aber. Er dachte an den Tod, handelte aber nicht.

Es war eine lange Fahrt zum Ufer. Alle vier Clansmänner nahmen die Ruder. Statt gegen die Strömung anzukämpfen, nutzte Drey sie, um das Boot zu steuern, gestattete dem Fluß, sie flußabwärts zu tragen. Berittene Gestalten bewegten sich am Ufer, tauchten wie Dämonen aus dem Feuer auf. Hailsmänner und Bluddmänner. Raif glaubte, die breite Brust und die rotbraunen Zöpfe von Corbie Meese inmitten sechzig anderer Männer zu sehen. Er hörte die Schreie verwundeter Pferde und das wilde Klirren von Hammermannketten.

»Hebt die Ruder.« Drey gab diesen Befehl, obwohl sie noch ein Stück vom Nordufer entfernt waren, und das Boot trug sie noch weiter flußabwärts. Als das Boot auf Kies lief, hatten sie das Rundhaus und den Kampf längst hinter sich gelassen. Raif schaute von Gesicht zu Gesicht, als die vier Clansmänner das Boot an Land zogen. Keiner erwiderte seinen Blick.

Mace Blackhail. Der Gedanke kam ihm mit der Kraft und der Geschwindigkeit einer Reflexhandlung. Mace Blackhail wollte, daß er in aller Stille gefangengenommen und von dem Kampf und den anderen Clansmännern weggebracht wurde. Es war erheblich besser, allein mit dem Verräter umzugehen, die ganze Sache hinter sich zu bringen, ohne daß der Clan sich einmischte. Raif schaute übers Ufer, ließ den Blick über die bewaldeten Hänge und Feuchtwiesen von Ganmiddich streifen. Jeden Augenblick erwartete er, daß Mace Blackhail auf seinem Schecken vorritt.

Drey vertäute das Boot selbst und richtete sich dann auf, um seine Männer anzusprechen. »Rory. Arlec. Geht stromaufwärts, sucht Corbie und Hugh Bannering und sagt ihnen, der Zoll sei eingenommen.« Er zog sein Schwert, während er sprach. Es war dasselbe Schwert, das er immer neben dem Hammer auf dem Rücken trug, aber der Griff war aus frischem Hirschleder, und die Klinge war geölt und poliert. Das Metall glitzerte in allen Farben des Sturms. »Bev. Du gehst mit ihnen. Bring mein Pferd und ein Ersatzpferd für den Gefangenen. Bring sie schnell wieder her.«

Arlec Byce und Rory Cleet wechselten einen Blick. Drey wies mit der Schwertspitze auf Raifs Kniescheibe. »Los«, murmelte er und stach zu. »Ich bewache den Gefangenen, bis ihr zurückkehrt.«

Bev Shank war der erste, der sich nach Osten aufmachte. Rory Cleet und Arlec Byce brauchten ein wenig länger, und Arlec schaute mehrmals zurück, als er das Ufer entlangging. Raif fragte sich, was aus dem Zwillingsbruder des Axtkämpfers geworden war; die beiden waren selten weit voneinander entfernt.

Drey blieb stehen, während er zusah, wie die drei Männer über den feuchten Kies und die sturmfettigen Felsen das Ufer entlanggingen. Hagel prasselte von seinem Harnisch ab, während weitere Sekunden vergingen.

Raifs Kehle war trocken. Er war sich der Schwertspitze an seinem Knie bewußt, aber er spähte nicht hinunter, um zu sehen, ob er blutete. Er hatte den Blick auf seinen Bruder gerichtet. Dreys Gesicht war von Schatten gestreift. Der Handschuh über der Schwerthand war so angespannt, daß er an den Säumen weiß war. *Ich bezeuge seinen Eid.* Dreys Worte hallten plötzlich wieder in Raifs Kopf nach. Das und das Bild, wie Drey seinen schwarzen Wallach auf dem Hof vorwärts drängte, ein Mann gegen neunundzwanzig.

Raif spürte beinahe nicht, wie das Seil zerschnitten wurde.

Dreys Schwert war so schnell wie Licht, als er durch das Seil an Raifs Handgelenken schnitt, aber kein Schimmer davon fand seinen Weg zu seiner Miene. Raif sah, wie er nach Osten spähte, zu dem Hain alter Wassereichen, in den Rory, Arlec und Bev verschwunden waren. Langsam, ohne dem Blick seines Bruders zu begegnen, veränderte Drey den Griff am Schwert.

»Nimm es.«

Raif blinzelte. Drey schob ihm den Schwertgriff hin.

»Ich habe gesagt, *nimm es.*«

Verwirrt schüttelte Raif den Kopf.

Drey holte tief Luft. Er schaute nach links, dann nach rechts. Mit einer plötzlichen Bewegung packte er die Kante der Klinge und stieß mit dem Griff nach Raifs Brust. »*Schlag mich!*«

Nein. Raif wich einen Schritt zurück. Er sah, wo die Schwertklinge durch Raifs Handschuh geschnitten und eine blutende Wunde gerissen hatte. Noch während er sah, wie der Stahl sich rot färbte, bewegte Drey sich vorwärts, packte Raifs Hand und zwang sie um den Schwertgriff. Raif wehrte sich, aber Drey war immer der Stärkere gewesen, und noch bevor er zurückweichen konnte, war Drey auf die Schwertspitze zugegangen.

Metall wurde mit einem leisen Zischen durchbohrt. Drey spannte sich an. Seine Augen wurden dunkler, seine Lippen verzogen sich, als er sich anstrengte, den Schmerz lautlos hinzunehmen … wie Tem es ihm beigebracht hatte. Entsetzt zog Raif das Schwert zurück. Blut, glänzend und beinahe schwarz, floß aus einem gezackten Riß in Dreys Harnisch. Raif ließ das Schwert fallen, und es klirrte auf die Felsen mit einem Geräusch, das viel zu laut schien.

»*Geh*«, sagte Drey und versuchte, die Lederriemen seines Harnischs zu lösen. »Wir haben gekämpft. Du hast mir die Waffe abgenommen, mich verwundet, und dann bist du geflohen.«

Raif bewegte sich vorwärts, um Drey mit den Riemen zu helfen, aber Drey wies ihn mit einem einzigen Blick zurück. Sein Gesicht war grau. Blut floß über seine Rüstung, sammelte sich in der Taillenfalte und tropfte dann weiter nach unten. Die Wunde war hoch oben, direkt unterhalb der Rippen. Wie tief war die Klinge eingedrungen? Vielleicht bis in seinen Magen oder die Lunge?

»GEH!«

Raifs ganzer Körper schwankte bei der Wucht des Wortes. *Wie kannst du erwarten, daß ich gehe, während du blutest?* wollte er schreien. *Du und ich, wir sind Brüder.*

Drey hielt den Atem an, als er den Harnisch von der Brust nahm. Frisches Blut schoß aus der Wunde, und er zwang seine Handknöchel in den feuchten Spalt. Sekunden vergingen, während er mit dem Schmerz rang.

Raif zwang sich irgendwie zuzusehen, als ob das den Schmerz seines Bruders verringern könnte. Er konnte nicht glauben, was Drey getan hatte. Drey Sevrance gehörte nicht zu jenen Männern, die leichtherzig ihren Clan verraten. Er lebte für den Clan wie Tem vor ihm, und sein Bärenzeichen machte ihn aufrecht und wahrhaftig.

Als Drey das nächste Mal aufblickte, war sein Blick umwölkt. Mit Händen, die blutig von seiner Wunde waren, riß er an den Sachen, die er am Gürtel hängen hatte. »Hier«, sagte er und nahm das Horn mit seinem Anteil des Heiligen Steins von seinem Messinghaken, »nimm das hier. Inigar hat die Erinnerung an dich aus dem Heiligen Stein gemeißelt. Er hat ein Stück Stein von der Größe und Form eines Menschenherzens herausgeschnitten und es Langkopf gegeben, damit er es wegbringt. Mace hat Langkopf befohlen, es zu Staub zu zermahlen.«

Raif holte tief Luft. Vom Heiligen Stein getilgt wie Ayan Blackhail, zweiter Sohn von Ornfel Blackhail, der den letzten Clankönig Roddie Dhoone getötet hatte. Ayan Blackhail hatte geglaubt, sein Vater würde ihm dafür danken, daß er Roddie Dhoone einen Pfeil in die Kehle geschossen hatte, aber Ornfel Blackhail hatte sich gegen seinen Sohn gewandt und ihm beide

Hände abgeschnitten. »Man tötet einen König nicht mit einem Pfeil«, hatte er gesagt. »Du hättest dein Schwert oder deine bloßen Hände nehmen müssen.«

»Du bist nicht mehr mein Bruder und gehörst nicht mehr zu meinem Clan«, sagte Drey leise und schob Raif weg. »Wir trennen uns hier. Für immer. Nimm meinen Anteil vom Heiligen Stein … ich will nicht, daß du ungeschützt bleibst.«

Ihre Blicke begegneten sich. Raif sah seinen Bruder an und erblickte einen Mann, der einmal Häuptling sein könnte. Er sagte kein Wort. Es war kein Platz für Fragen nach Angus und Effie und dem Clan. Es war nur genug Zeit, Drey anzusehen und sich sein Gesicht für immer einzuprägen.

Und am Ende hatte er nicht einmal dafür genug Zeit.

Flußabwärts erklang ein Ruf. Eine berittene Gestalt kam oben auf dem Steilufer in Sicht, hinterließ seinen Abdruck im Holzrauch vor ihm. Der Wolfskopf, der in seinen Harnisch eingraviert war, war mit Säure abgerieben worden, bis er brannte, und danach mit reiner Kohle, so daß er nun die Schwärze leerer Augenhöhlen, offener Münder und verkohlten Holzes hatte. Mace Blackhail. Er hatte sie noch nicht entdeckt.

Einen Augenblick lang gestattete Raif sich vorzustellen, daß Drey mit ihm kommen würde, daß sie zusammen durchs Nordland reiten würden, Schwerter in der Hand, beides Krieger und Clansmänner im Exil. Aber das würde nicht geschehen. Es gab noch Effie und den Clan … und Ash. Und Tage dunkler als Nacht, die vor ihnen lagen.

Raif nahm den Hornbehälter von seinem Bruder. Er mußte jetzt gehen, bevor Mace Blackhail sie zusammen sah. Raif sorgte sich wenig um sich selbst – und es war etwas in ihm, das die Chance, nahe genug an Mace Blackhail zu kommen, um ihn töten zu können, willkommen hieß –, aber er würde Drey nicht gefährden. Niemals.

Dreys Finger waren klebrig von trocknendem Blut; einen Augenblick lang, als er sie berührte, spürte Raif, wie sie an den seinen klebten. »Geh, Raif«, sagte Drey. »Ich werde über den Clan wachen.«

So leise hatte Drey nicht gesprochen, seit er vor scheinbar einer Ewigkeit in die Zelle gestürzt war. Raif sah seinem Bruder noch ein letztes Mal in die Augen, dann wandte er sich ab.

Als er den ersten Schritt machte, spürte er, wie Dreys Hand sich noch einmal um seine Faust schloß. Etwas Kleines, Kühles wurde ihm in die Handfläche gedrückt. Als er es spürte, glaubte Raif, sein Herz würde brechen.

Der Schwurstein. Drey hatte ihn bis zu diesem Tag behalten.

Raif senkte den Kopf gegen den Sturm und stapfte nach Westen.

13
Am Ganmiddich-Paß

Sarga Veys lag unter einem überhängenden Sims, das aus mehreren Schieferschichten bestand. Die großen Gletscherzungen, die einmal von den Gletscherfeldern bis zu den Bitterhügeln gereicht hatten, hatten ganze Steinbrüche aufgewühlt, als sie sich zurückzogen. Selbst jetzt noch, Tausende von Jahren später, konnte man die Heftigkeit dieses Rückzugs an einzelnen Stellen genau verfolgen. Die Nordhänge der Bitterhügel direkt unterhalb des Ganmiddich-Passes waren ein solcher Ort. Ein paar Flechten hatten ihre Wurzeln in die feste, glasige Kruste geschlagen, aber keine Bäume oder Büsche hatten hier Bestand. Der Wind würde sie sofort wegfegen.

In Decken aus weichstem Ziegenhaar gehüllt, konnte Veys den Wind ertragen. Hood hatte seinen kräftigen, untersetzten Körper hinter Veys geklemmt und die beste Zuflucht beansprucht – die Spalte direkt unterhalb des Simses. Veys fand die Nähe des Mannes unangenehm und war abgestoßen von seiner eigenen körperlichen Reaktion auf diesen warmen, atmenden Körper neben seinem.

Aber es fiel ihm nicht ein, sich zu bewegen. Hier, unter einer geborstenen Schieferplatte, während er tat, als ob er den Sturm verschlief, konnte er sowohl Marafice Eye als auch Asarhia March genau beobachten.

Nachdem er sich am Vorabend vom Hundelord verabschiedet hatte, hatte Marafice Eye seinen Trupp durch die Nacht getrieben. Sie hatten in Ille Glaive bereits ein Ersatzpony erworben, um die betäubte Asarhia zurück nach Spire Vanis zu bringen, aber der Schwertführer hatte beschlossen, das Mädchen mit auf sein Pferd zu nehmen. Er war darauf aus, so schnell wie möglich weiterzukommen. »Ich will den Gestank dieser

Clan-Inzucht hinter mir lassen.« Veys neigte dazu, ihm zuzustimmen.

Ein Sturm, der aus dem Norden herniederdonnerte, hatte sie zwei Meilen vor dem Paß aufgehalten. Zunächst hatte der Schwertführer versucht weiterzureiten und erklärt, die Renegatenwache ließe sich nicht von einem Clan-Sturm aufhalten, aber als eine mörderische Böe die Satteltaschen von seinem Pferd gerissen hatte, hatte er keine andere Wahl gehabt, als den Halt zu befehlen.

Sie hatten in einer tiefen, felsigen Senke zwischen zwei gegenüberliegenden Schieferplatten ihr Lager aufgeschlagen. Veys hatte angenommen, daß dies der beste Platz sei, der unter diesen Umständen zu haben war, und sich sofort unter dem schmaleren und weniger schützenden Sims verkrochen. Er hatte nicht angenommen, daß irgend jemand diesen Platz mit ihm teilen wollte, aber Hood hatte sich einen Spaß daraus gemacht, sich in die dunkle, luftlose Höhle hinter seinem Rücken zu verkriechen. »Solange ich hinter ihm bin und er nicht hinter mir, bin ich wahrscheinlich sicher.« Viel Gelächter war dieser Erklärung gefolgt, und Veys hatte gespürt, wie seine Wangen im Dunkeln heiß wurden. Der Gedanke an Rache war ihm bis in den Schlaf gefolgt.

Nun dämmerte es, eine rote, müde Sonne erhob sich im Osten, und die Sept, die Hoods Bemerkung am Abend zuvor so amüsant gefunden hatte, rührte sich mit dem heller werdenden Licht. Ihre Lederumhänge schützten nicht gut vor dem Sturm, und was sie an Lammfell rasch in Ille Glaive gekauft hatten, war feucht und stank. Ein geschworener Bruder, ein riesiger Kerl mit trägen Augen, schmolz einen Brocken Elchtalg in einem Blechbecher. Der Geruch bewirkte, daß Veys übel wurde.

Marafice Eye war bereits wach. Er hatte sich in einiger Entfernung vom Lager erleichtert und kehrte nun an seinen Platz am Holz- und Alkoholfeuer zurück. Er stocherte eine Weile im Feuer herum, und es gelang ihm, so etwas wie echte

Wärme aus den Flammen zu locken, bevor er sich Asarhia March zuwandte. Das Mädchen lag auf den Decken neben seinen, zugedeckt mit Schafsfell und Umhängen. Etwas Unangenehmes geschah mit Marafice Eyes Gesicht, als er sie ansah, und Veys hielt es für sehr wahrscheinlich, daß er an die Männer dachte, die er im Schwarzen See verloren hatte. So etwas hätte zum Schwertführer gepaßt. *Meine Männer,* nannte er seine Brüder-der-Wache. Am vergangenen Abend, als der Wind seine Satteltaschen von seinem Pferd abgerissen hatte, waren zwei rötliche Schwerter auf den Schiefer gefallen. Veys wußte sofort, daß sie einmal Crosshead und Malharic gehört hatten. Marafice Eye hatte vor, sie zurück zur Schmiede zu bringen, sie in dem riesigen, schwarzen Ofen zu erhitzen und ihren Stahl an die Wache zurückzugeben. Als ob *das* Crosshead und Malharic noch etwas nützen würde.

Veys schnaubte leise, als er in Asarhia Marchs Gesicht nach Anzeichen von Erwachen Ausschau hielt. Das Mohnblut, das man dem Mädchen am vergangenen Abend im Ganmiddich-Rundhaus verabreicht hatte, war ein starkes Schlafmittel. Veys hatte es selbst destilliert und die Flüssigkeit, die normalerweise dünnflüssiger war als Wasser, in etwas verwandelt, das so träge wie Sahne floß. Es war stärker, als der Hundelord wußte – eine Tatsache, zu der Veys sich später gratuliert hatte, als er feststellte, daß man seine Satteltaschen durchsucht und seinen so sorgfältig im Handgriff seiner Knochen- und Lederpeitsche verborgenen Vorrat von Bilsenkrautsamen weggeworfen hatte.

Der Hundelord hatte geglaubt, das Mädchen auf ihrer Heimreise zu beschützen.

Veys lächelte und gestattete es den eisigen Regentropfen, seine Zähne zu berühren. Die geringe Menge Mohnblut, die er noch bei sich trug – kaum genug Flüssigkeit, daß es zu Soße für ein Lammkotelett gereicht hätte –, war mehr als genug, um Asarhia March auf dem ganzen Weg zu den Obsidianwüsten des Südens bewußtlos zu halten.

Das Lächeln auf Veys' Gesicht verschwand, als er bemerkte, daß Asarhia Marchs behandschuhte Hand aus dem Schaffell rutschte. Hatten sich die Finger etwa gebogen?

Marafice Eye hatte das nicht bemerkt. Er war damit beschäftigt, die Schnüre am Mieder des Mädchens durch Ösen zu ziehen und den Kragen ihres Kleides zurückzuschieben. Er hatte den Mund so fest zusammengezogen wie einen Schließmuskel. Der geschworene Bruder, der den Elchtalg erhitzte, drehte sich um und sah ihm zu.

Veys griff in seine Decken und suchte nach der Phiole mit Mohnblut. Noch während seine Hand damit beschäftigt war, schickte er den Geist tastend zu Asarhia aus. Wenn sie dabei war, zu erwachen, mußte er das wissen. Normalerweise hätte man erwartet, daß ein Mädchen ihres Alters und ihrer Größe nach dieser Dosis von Mohnblut bis zum Mittag schlief. Aber je mehr Veys von der Beinahe-Tochter des Surlords erfuhr, desto klarer wurde ihm, daß an ihr nicht viel Normales war.

Kalte Luft drang auf seine Gedanken ein, als er mit seinem Geist gegen ihre Haut stieß. *Rasch hinein und wieder hinaus*, mahnte er sich, und Angst stieg ihm die Wirbelsäule hinauf wie kaltes Wasser. Ein Keuchen entfuhr ihm, als er Asarhias Körper betrat und mit ihrem Blut weiterlief. Ihre Brusthöhle war voll gegensätzlicher Kräfte. Feste Bande aus Zauberei waren um ihre Organe geschlungen wie gläserne Schlangen. Ein Schutzbann, stellte Veys fest, hergestellt von einem Meister. Von außen nach innen drängend, beherrschten sie ihre Leber, Lungen und das Herz.

Aber etwas anderes drängte in die Gegenrichtung.

Veys nahm etwas wahr … eine weiche, biegsame Kraft, die matt schimmerte wie die Haut, die sich über erkaltendem Magma bildet.

Reine Dunkelheit.

Äußerlich regte Veys sich nicht. Nicht eine Faser auf der Ziegenhaardecke bebte, als er seine Nicht-Substanz aus dem

Körper von Asarhia March zurückzog. Er bewegte sich langsam wie ein Diener, der sich rückwärts aus dem Thronsaal entfernt. Als er die letzten Strähnen seiner selbst durch die oberen Schichten ihrer Haut gleiten ließ, hob die Kraft, die von innen nach außen preßte, ihm einen Finger aus Dunkelheit entgegen.

Veys wich nicht zurück. Ehrfurcht und Angst schnürten ihm die Brust zu. Reine Macht, frei von jeder Emotion, erfüllte ihn mit dem vollkommenen Gegenteil von Licht. Speichel sammelte sich unter seiner Zunge. Die Sehnen, an denen sein Hodensack hing, ächzten mit süßer Qual. Hier war endlich etwas, was eines Sarga Veys würdig war.

Zu bald war die Verbindung abgerissen. Veys reckte den Hals vor, versuchte sich, so lange er konnte, an den letzten Hauch von Macht zu klammern. Aber noch während er dies tat, wurde er sich etwas Kaltem bewußt, das ihm durch die Finger rann. Regen, dachte er verärgert über eine so irdische Störung in einem solchen Augenblick. Er wollte die Macht wiederhaben.

Aber sie war verschwunden, die Verbindung war abgebrochen, und Veys hatte keine andere Möglichkeit, als in seinen Körper zurückzukehren. Schmerz nagte an seinem Geist, als er sich wieder in den Käfig seiner Knochen begab, und sein Blick wurde zu seiner Hand gezogen, wo eine rosastreifige Substanz, teils Mohnblut, teils Blut von Sarga Veys, über sein Handgelenk tröpfelte. Glassplitter steckten in seiner Handfläche. Veys zischte. Er hatte die Phiole zerbrochen!

Atemlos von seinem Kontakt mit der Dunkelheit und gereizt wegen des möglichen Verlustes einer solch wichtigen Droge, bemerkte Veys kaum mehr, was inmitten des Lagers geschah. Mehr geschworene Brüder hatten sich um Asarhia March und das Messer versammelt. Ein Mann lachte auf eine etwas verlegene Art, aber die anderen waren ungewöhnlich still. Veys war das gleichgültig. Er bewegte den Arm langsam und ließ die rosafarbene Flüssigkeit um sein Handgelenk laufen wie

Honig um einen Krug. Solange sie nicht in den Schnee rann oder er sie auf seine Kleidung oder Decken schmierte, konnte er sie noch retten. Nachdem sie erst einmal genügend getrocknet wäre, würde er sie abkratzen und wie die Schminke einer Hure zwischen zwei Stücken Wachspapier aufbewahren können.

Veys war damit zufrieden zu warten. Die Dunkelheit erfüllte seine Gedanken. Soviel Macht …

Und sie wartete nur auf ihn.

Hood, hinter seinem Rücken immer noch fest schlafend, bewegte sich ein wenig und schnarchte leise. Sarga Veys rückte ein winziges Stück von ihm weg.

Die Dunkelheit in Asarhia March erklärte vieles: Weshalb Penthero Iss so verzweifelt bemüht gewesen war, sie wiederzufinden, wieso er den Generalprotektor der Renegatenwache geschickt hatte, um sie zurückzuholen, und wieso er das Mädchen vor den scharfen Augen und Nägeln des Hofes von Spire Vanis isoliert hatte. Das Mädchen war gefährlich … und mächtig auf eine Art, die Veys kaum verstehen konnte. Wer immer sie beherrschte, konnte diese Macht für sich haben.

Veys drehte den Arm ein weiteres Stück und gestattete dem letzten rosafarbenen Tröpfchen darüberzulaufen, während er sich an das letzte Mal erinnerte, als er und sein Herr miteinander gesprochen hatten. Die Kraft, mit der Iss seinen Körper übernommen hatte, hatte Veys das Gefühl gegeben, schmutzig zu sein – er war sich wie vergewaltigt vorgekommen. Die Erinnerung daran ließ den süßen Schmerz in seinen Lenden zu etwas Bitterem, Sehnsuchtsvollem werden. Er warf Asarhia March einen Blick zu. Iss hatte bereits einen Zugang zur Macht. Wieso sollte er zwei haben?

»Zieht sie aus.«

Veys' Herz wurde eiskalt, als er Marafice Eyes Befehl hörte. Er blickte auf, aber er konnte Asarhia March nicht mehr sehen, weil die geschworenen Brüder um sie herumstanden. Marafice

Eye stand in der Mitte der schwarzroten Gruppe, sein Gesicht nur Schatten und harte Linien.

»Sie hat unsere Brüder-der-Wache getötet«, murmelte er. »Iss will sie lebendig, und das ist alles schön und gut, aber ich kenne einen Weg, wie man ein Leben zerstört, ohne es wirklich zu nehmen.«

Angespanntes, zustimmendes Murmeln vereinte die Sept. Zwei Brüder bewegten sich auf das Mädchen zu, die Lippen fest zusammengepreßt, die Augen von Windtränen glitzernd, die Hände bereits ausgestreckt, um sie niederzuhalten.

»*Nein!*« schrie Veys und kam auf die Beine. Er hatte eine Vision von Asarhia March, wie sie aufwachte und sie alle in die Hölle schickte. Der Schutzbann in ihrem Körper war nichts verglichen mit diesem ... *Ding*, das in ihr lebte. Sollte Marafice Eye versuchen, ihr auf irgendeine Weise Schaden zuzufügen, konnte man nicht ahnen, was sie tun würde. »Hört auf! Sie wird uns alle umbringen.«

Marafice Eye und seine Sept wandten sich ihm zu. Einen Augenblick lang sah Veys sich durch ihre Augen: eine schlanke, schmale Gestalt im Weiß der Kleriker, mit feinen Augen und feinen Händen, wie er sich eine Decke wie ein Baby an die Brust drückte. Veys richtete sich auf und ließ die Ziegenhaardecke zu Boden fallen.

Der Schwertführer sagte etwas zu seinen Männern. Alle lachten. Die beiden geschworenen Brüder, die sich zu dem Mädchen gebeugt hatten, reckten ihre gebogenen Rücken. Der Schwertführer berührte beide Männer nacheinander an den Schultern, ermutigte sie weiterzumachen. Veys konnte einen kurzen Blick auf den Körper des Mädchens werfen, sah bleiche Haut unter der Wolle. Regentropfen fielen auf ihre geschlossenen Lider, grau und schaumig wie Speichel.

Marafice Eye sagte: »Das hier geht Euch nichts an, Halbmann. Ihr gehört nicht zu uns. Wenn solche Dinge Euch stören, wendet Euch ab.«

Blut färbte Veys' Wangen rot. »Narr! Habt Ihr denn nichts von dem verstanden, was ich gesagt habe? Das Mädchen ist gefährlich. Zauberei …«

»Hood.«

Ein Wort des Schwertführers genügte, den Mann mit den acht Fingern zu wecken. Veys hörte Schritte auf feuchtem Schnee. Er roch Hoods stinkenden Atem im Rücken.

»Paß auf ihn auf. Sorg dafür, daß er nichts sieht, was ihm nicht auch seine Mutter gerne zeigen würde.«

Hood schlug Veys beinahe liebevoll auf die Schulter. »Sieht so aus, als würden Ihr und ich hier den Sturm abwarten, Halbmann«, und dann zu Marafice Eye: »Hebt mir ein bißchen von dem Mädchen auf.«

Der Schwertführer nickte. Ein Befehl wurde erteilt, und die Sept wandte sich wieder ihren Angelegenheiten zu. Marafice Eye blieb stehen und sah zu, wie Hood Veys zu dem Sims zurückführte.

»Die Wirkung der Droge hat nachgelassen«, rief Veys und unternahm einen schwachen Versuch, sich Hoods dreifingrigem Griff zu entwinden. »Sie wird uns alle umbringen!«

»Bring ihn zum Schweigen.« Bei diesen Worten zog Marafice Eye sich die schwarzen Lederhandschuhe aus.

Hood versetzte Veys einen Hieb in die Wirbelsäule. »Ihr habt den Schwertführer gehört, Halbmann. Kein Gejaule.«

Veys zog sich an die Stelle zurück, wo er geschlafen hatte. Der Schmerz von Hoods Schlag ließ ihm die Augen tränen, aber der Stolz hielt ihn davon ab zu schreien. Hood stand direkt vor ihm und blockierte mit seinem fleischigen Säuferkörper die Sicht.

Der Wind trug das metallische Klirren einer Gürtelschnalle herüber. Nervöses Lachen folgte, dann Schweigen. Veys spürte, wie sich die Härchen auf seinen Armen eines nach dem anderen aufstellten. Zwischen Hoods Beinen hindurch konnte er sehen, wie Marafice Eye sich ein Stück von der Gruppe entfernte, eine

Schieferplatte fand, an die er sich lehnen konnte, und sich dann niederließ, um zuzusehen. Selbstverständlich, dachte Veys, der Schwertführer tut dies nur für seine Männer. Er wird nicht daran teilnehmen. Jeder weiß, daß er seine Hurereien gerne im Verborgenen betreibt. Veys wußte nicht, warum.

Alle Gedanken außer jenen, die sich um Selbstschutz drehten, wichen aus Sarga Veys, als der erste Mann über das Mädchen herfiel. Das Windmuster änderte sich. Böen wirbelten in dem Bereich zwischen den Schiefersimsen hin und her … und dann war es plötzlich vollkommen windstill.

Raif!

Veys hörte den Schrei des Mädchens deutlich, aber nicht auf die Weise, wie man normalerweise Geräusche vernimmt. Der Ruf drang durch seine Haut, nicht durch seine Ohren ein und bewirkte, daß ihm eiskalt wurde. Hood verlagerte das Gewicht, und Veys sah, wie die Sept angespannt dastand, die Blicke auf das Mädchen konzentriert. Keiner von ihnen hatte sie rufen gehört.

Hört auf! wollte Veys schreien. *Seht ihr denn nicht, was geschieht? Könnt ihr es denn nicht spüren?*

Der Gestank von Metall erfüllte die Luft. Frost glitzerte auf den umliegenden Abhängen wie tausend blinzelnde Augen, als der erste Bruder sich auf das Mädchen stürzte. Veys spürte das erste *Drängen* ihrer Macht; es war nichts, nur ein Tasten, als sie erwachte. Aber es genügte, um den Atem in seinen Lungen in Eis zu verwandeln.

Leise und diskret begann er mit seiner eigenen Arbeit. Er hatte einen Blick auf die Dunkelheit in ihr werfen können, und obwohl sie ihn faszinierte und anzog, wußte er, er wäre ein Narr, wenn er sie nicht fürchtete. Langsam, über viele Sekunden zog er winzige Anteile der Macht an sich. Er würde nicht gegen sie ankommen, soviel war klar, also konzentrierte er sich auf das einzige, was zählte: Sarga Veys' Hals zu retten.

Er wußte es sofort, als sie vollkommen wach war. Eine

Viertelsekunde reinen Schweigens folgte, als sie die Augen öffnete und dem Mann, der über ihr kniete, ins Gesicht sah.

Der Schreck drohte Veys zu zerquetschen. Zauberei war, solange er sich erinnern konnte, sein einziger Vorteil gewesen, das einzige, was er jedem Mann, jeder Frau und jedem Kind, denen er je begegnet war, voraus hatte. Selbst Penthero Iss, Surlord von Spire Vanis, hatte Sarga Veys nichts voraus, wenn es um die Zaubermacht ging. Das war die Quelle seiner Arroganz und seines Stolzes. Ganz gleich, wie sehr Marafice Eye und andere ihn gedemütigt hatten, Veys konnte sich immer mit dem Gedanken trösten, daß er, wenn die Zeit zum offenen Konflikt kommen würde, den Vorteil auf seiner Seite hätte. Ein Mann konnte nicht kämpfen, wenn die Hornhaut von seinen Augen gerissen wurde wie Abzeichen von seiner Brust. Er konnte sich nicht aufs Jammern konzentrieren, wenn die Luft in seinen Lungen wie ein eisiger Geist erstarrte.

Nun allerdings, als er das schreckliche *Ziehen* spürte, das Asarhia March geschaffen hatte, als er bemerkte, wie sich der Wind, die Luft, selbst das Licht auf sie zuzubiegen schienen, wußte Veys, daß sein einziger Vorteil verschwunden war.

Er hatte keine Chance gegen die Dunkelheit in ihr.

Er dachte daran, einen letzten Warnschrei auszustoßen, damit die Sept in Deckung gehen oder fliehen konnte, aber dann erinnerte er sich an das höhnische Lachen der Männer, und am Ende bewahrte er seine Kraft für sich selbst auf.

»Laßt mich los!« rief das Mädchen mit hoher, ängstlicher Stimme.

Veys sah bleiche Fäuste, die auf die Brust des geschworenen Bruders einschlugen, hörte Stoff reißen und dann die Stimme eines Mannes tief und zerstreut murmeln: »Halt still, Miststück!«

Es war der letzte Laut, den der Mann je von sich geben sollte. Veys hatte keine Worte für das, was als nächstes geschah. Panik und Schrecken ließen ihn zu einem Kind werden, das sich nur noch ducken konnte. Luft und Licht zerrissen, der Stoff der Welt hing in Fetzen. Dunkelheit vollkommen unirdischer Art blutete durch die Risse; süß und kalt und vollkommen korrupt, tropfte sie wie schwarzes Öl. Ein breiter werdendes Band von Luft drang auf die Sept ein, stieß die Männer gegen die Schieferwände.

Pferde schrien und schlugen aus, bockten und warfen die Köpfe von einer Seite zur anderen. Männer schrien und schrien … und dann schwiegen sie. Eine Wolke aufgewirbelten Schnees hing hoch in der Luft, wo die Sturmhunde sie zerfetzten.

Veys hatte geglaubt, vorbereitet zu sein, aber er war es nicht. Hood krachte gegen ihn, brach seine Rippen wie trockene Stöcke. Aller Atem wich aus seinen Lungen, und der schlaue, kleine Zauber, den er ausgeheckt hatte, um sich zu retten, erwies sich als halbfertig, schlecht geplant und kraftlos. Es genügte kaum, um sein Hirn und sein Herz abzuschirmen. Mund und Nase füllten sich mit Schnee. Er versuchte die Augen offenzuhalten, um zu sehen, was durch die Risse eindringen würde, die die Macht des Mädchens erzeugt hatte, aber Eiskristalle blendeten ihn, und am Ende mußte er die Augen schließen.

Die Wucht dieser Kraft zwängte ihn dicht unter das Sims, ebenso wie Hood. Angst, so vollkommen, daß es ein vollkommen neues Gefühl war, zog alle Feuchtigkeit aus seiner Kehle.

Das war es, was er wollte. *Das hier.*

Seine Trommelfelle rissen, als Luft, die sich nach außen bewegt hatte, sich plötzlich zusammenzog. Eine Brise in genau derselben Temperatur wie Körperwärme zauste sein Haar, dann seine Kleidung, dann Haar und Kleidung von Hood.

Sie zieht es zurück.

Etwas heulte schrill und schrecklich, nur am Rande seines Hörvermögens. Veys wußte, daß das Geschöpf, von dem dieses Heulen ausging, nicht aus dieser Welt stammte. Kein Tier oder Ungeheuer, von dem er je gehört hatte, gab einen Laut von sich, der einem Mann das Herz stillstehen ließ.

Dann hörte alles auf.

Schweigen folgte. Stille folgte. Der aufgewirbelte Schnee fiel sanft wieder nieder, als wäre es das erste Mal. Wind kam auf, wehte hierhin und dahin, unsicher über die Richtung. Veys holte verstohlen Luft. Sein Brustkorb brannte, aber er wagte nicht, sich zu bewegen, um den Schmerz zu verringern. Hoods Oberschenkel drückte auf seinen Fuß, Eiskristalle arbeiteten sich seine Kehle entlang. Dennoch tat er nichts anderes, als die Augen zu öffnen.

Durch einen Vorhang fallenden Schnees sah er, wie das Mädchen auf die Beine kam. Ihr Kleid war bis zur Taille aufgerissen, und ihre Brüste waren nackt. Das Haar wehte ihr rund ums Gesicht, als bewegte sich jede einzelne Strähne durch Wasser, nicht durch Luft. Sie betrachtete den leeren Boden ringsum sie her, dann die gebrochenen, blutenden Leichen der Sept. Sie schloß den Mund. Ihre rechte Hand begann zu zittern, aber sie nutzte sie rasch, um an den Fetzen ihres Mieders zu zupfen. Als sie sich umdrehte, bemerkte Veys die Ringe unter ihren Augen, die das Mohnblut hinterlassen hatte. Falls sie ihn im Schatten des Simses sah, zeigte sie es nicht. Sie ging ein paar Schritte auf ihn zu, aber nur, um nach der Ziegenfelldecke zu greifen, die er zuvor fallen gelassen hatte. Ihre Hände zitterten nicht mehr, als sie sich die Decke um die Schultern wickelte und Veys den Rücken zuwandte.

Auf der anderen Seite des Lagers stöhnte jemand.

Asarhia March erstarrte. Veys glaubte, sie würde sich umdrehen und nachsehen, woher das Stöhnen kam, aber das tat sie nicht, sie ging einfach weiter auf die angepflockten Pferde zu.

Sarga Veys wartete, so still und schweigend er konnte. Die Erinnerung an die Dunkelheit, die er gesehen hatte, löschte den Schmerz in seiner Brust und in seinem Fuß aus. Sie hatte so deutlich zu ihm gesprochen, als hätte sie laut seinen Namen gerufen.

Eine kleine Bewegung an seinem Fuß machte ihm deutlich, daß Hood immer noch lebte. Als er die gedämpften Geräusche von Pferdehufen hörte, die sich nach Norden bewegten, zog Veys den Fuß weg. »Hood?« zischte er. »*Hood*?«

Hood gurgelte.

Veys brauchte mehrere Minuten, um das Messer des Mannes zu finden. Die Spitze einer gebrochenen Rippe, die sich an seine Lunge drückte, bewirkte, daß er sich nur vorsichtig bewegen konnte, und um es noch schlimmer zu machen, war Hood ungeschickt auf die Seite gefallen und mußte weggeschoben werden, bevor Veys Zugang zu seinem Gürtel und dem Messer hatte. Hoods Hemd war hochgerutscht, und sein nackter Bauch berührte den eisigen Boden. Die Hautfalten an seinem Bauch hatten bereits die gelblichgraue Starre erfrorenen Fleischs angenommen.

Veys hielt das für keinen Grund zur Sorge, als er das Messer an Hoods Kehle hob.

Erfrierungen störten einen Toten nicht mehr.

14
Begegnungen

Gull Moler, Besitzer und Wirt von Jacks Viehtreiberschenke, räumte das Durcheinander nach dem letzten Kampf auf. Er hatte einen guten Besen in der Hand, aber selbst die starren Ackergaulborsten genügten nicht, um die getrocknete Kotze vom Boden zu schrubben. Gull schüttelte verärgert den Kopf. Faustkämpfe waren schlimm genug. Aber warum mußte früher oder später immer einer dieser Idioten den anderen in die Eier treten? Das führte garantiert dazu, daß dieser sein Abendessen wieder von sich gab. Es war einfach Mißachtung des Besitzers und Wirts einer Schenke. Diese Leute hatten keinen Respekt, wenn sie ihn dazu zwangen, sich auf alle viere niederzulassen und zähen, halbverdauten Haferschleim vom Boden zu kratzen.

Und daran war nur Desmi schuld. Das war sie immer. Wenn seine Tochter eine einzige Begabung im Leben hatte, dann die, für Kämpfe zu sorgen. Sie war einfach zu hübsch. Wer hätte sich gedacht, daß sie einmal so aussehen würde – besonders wenn man das Aussehen ihrer lieben verblichenen Mutter bedachte? Nicht, daß Pegratty Moler keine gute Ehefrau gewesen war. Um Himmels willen, nein! Sie war nur nicht gerade für ihre Schönheit bekannt, das war alles.

Gull bekam ein schlechtes Gewissen wegen dieses Gedankens, legte den Besen hin und ging zum Herd. Er brauchte einen Eimer warmes Wasser für den Boden und einen Fingerbreit Whisky oder zwei für seine Seele.

Jacks Viehtreiberschenke bestand nur aus einem einzigen Raum. Küche, Bierkeller, Eßtische, Spieltische, das Podium des Minnesängers und eine große Kupferwanne waren alle in einen Bereich von der Größe eines bescheidenen Gemüsegartens gezwängt. Gull hatte schon oft daran gedacht, daß er sowohl das

Podium als auch die Wanne entfernen könnte, ohne daß das zu Geschäftseinbußen führen würde. Dreißig Meilen nordöstlich von Ille Glaive, im Schatten der Bitterhügel, tief im Herzen des Schaflandes, wurde Jacks Viehtreiberschenke selten von Musikern aufgesucht, die für ihr Essen arbeiteten. Und jene, die tatsächlich hier auftauchten, hatten niemals von dem Podium aus gespielt. Sie zogen es vor, dicht an der Feuerstelle zu sitzen oder – noch schlimmer – von einem Tisch zum anderen zu gehen! Aber selbst angesichts solch verräterischen Desinteresses konnte Gull sich irgendwie nicht dazu aufraffen, sich von dem Podium zu trennen. Seine Schenke war die einzige in den drei Dörfern, die eins hatte.

Ganz ähnlich verhielt es sich mit der Badewanne. Jacks Viehtreiberschenke war nur ein Gasthaus; hier gab es Speis und Trank und Wärme, aber keine Betten für die Nacht. Nein! Damit wollte Gull Moler nichts zu tun haben. Reisende! Sie machten nur Ärger, zahlten in fremder Währung, sprachen mit Akzenten, mit denen Gulls gutes Ohr nichts anfangen konnte, und immer fingen sie Streitereien an. Sicher, die Einwohner der drei Dörfer hatten genügend eigene Prügeleien gehabt, seit Desmi so aufgeblüht war, aber das spielte keine Rolle. Ortsansässige waren Ortsansässige; sie kämpften auf eine Art, mit der Gull sich auskannte und die er verstand. Niemals fügten sie der Feuerstelle, den Zapfhähnen oder dem Besitzer Schaden zu. Reisende zerstörten alles in Sichtweite.

Das brachte Gull zu der kupfernen Badewanne. In den fünfzehn Jahren, in der sie in der abgelegenen Ecke unter dem an der Decke aufgehängten Fleisch und den Trockenkräutern stand, hatte niemand außer Radrow Peel sie je benutzt. Und selbst Radrow hatte nicht darin gebadet; er hatte sie benutzt, um ein Schaf aufzutauen. Dennoch, eine kupferne Badewanne war eine kupferne Badewanne, und Gull neigte dazu, sie zu behalten. Sie schimmerte nicht nur wie ein frischgeprägter Pfennig und warf ein warmes Licht in eine Ecke, die einmal dunkel gewesen war, sondern sie gab ihrem Besitzer auch das Recht zu prahlen.

In Jacks Viehtreiberschenke konnte man erfrorene Glieder warm baden, ein kaltes Bad gegen ein Fieber nehmen und mit Schwefelbädern gegen Schafsläuse oder Ausschlag vorgehen. Voller Zuneigung und Stolz ging Gull nun hinüber zur Wanne und tätschelte ihren gebogenen Rand. Seine scharfen Besitzeraugen entdeckten vielsagende blaue Flecken an diesem Ende. Gull Molers weicher, wohlgefüllter Bauch bebte entrüstet.

Rost!

Desmi hatte geschworen, sie hätte die Wanne letzte Woche poliert, aber Gull Moler erkannte den Rost eines ganzen Monats, wenn er ihn sah. Dieses Mädchen machte nichts als Ärger! Mit den Schlägereien ihrer Bewerber konnte er zurechtkommen, mit ihren mädchenhaften Wutanfällen konnte er zurechtkommen, aber daß sie sich nicht richtig um die Einrichtung von Jacks Viehtreiberschenke kümmerte, war einfach zuviel. Er würde ernsthaft mit dem Mädchen reden müssen. Ihr gutes Aussehen hatte sie übermütig werden lassen!

»Desmi!« rief er und hob den Kopf zur Eichenbalken- und Gipsdecke. »Komm sofort hierher, Tochter!«

Keine Antwort. Und es war bereits Mittag. Gull Moler schaute von der Decke wieder zur Wanne zurück. Er könnte hinaufgehen und sie herunterholen, aber während er das tat, würde niemand die Schenke öffnen, niemand würde die Wanne schrubben und diese widerwärtigen, blauen Flecken würden bleiben.

Die Wahl fiel Gull Moler leicht. Hinter seiner geliebten Blutholztheke holte er seinen Korb mit weichem und rauhem Tuch, Bleicherde, Kieferwachs, pulverisiertem Bimsstein, weißem Essig und Lauge hervor. Er liebte und ehrte seine Tochter, aber seine Badewanne war für ihn wie ein Schatz.

Er hörte nicht, wie die Frau hereinkam. Er kniete auf dem dunklen Eichendielenboden und konzentrierte sich vollständig darauf, den Rost von der Wanne zu entfernen, als eine Stimme sagte: »Milch mit etwas Phosphor würde besser helfen, und ein paar Tropfen Tungöl, wenn Ihr fertig seid, werden verhindern, daß der Rost zurückkommt.«

Gull Moler sah sich um und fand sich einer kleinen, nein durchschnittlich großen Frau eines Alters gegenüber, das er auf etwa dreißig schätzte. Seine erste Reaktion war Enttäuschung. Nach der goldenen Honigsüße ihrer Stimme hatte er etwas ganz Außergewöhnliches erwartet. Aber Haar und Gesicht der Frau waren nicht weiter bemerkenswert, und sie trug ein formloses taubengraues Kleid.

»Tut mir leid, wenn ich Euch abgelenkt habe«, sagte sie. »Die Tür war offen, also dachte ich, ich könnte hereinkommen.«

Gull Moler schaute zur Tür hin. Er hatte doch sicher noch nicht aufgeschlossen?

»Ich habe daran gedacht zu klopfen, aber dann habe ich mir gesagt, ›was, wenn drinnen jemand, der Besitzer zum Beispiel, gerade dabei ist, zu arbeiten? Welches Recht habe ich, ihn von seiner Pflicht abzuhalten?‹«

Gull Moler legte das weiche Tuch hin, zupfte sich den Kragen zurecht und hatte die Riegel vergessen. Er richtete sich auf. »Es ist wirklich freundlich von Euch, so rücksichtsvoll zu sein, Jungfer.«

Die Frau nickte höflich. Zuerst hatte er geglaubt, sie sei dunkelhaarig und werde langsam grau, aber nun sah er, daß ihr Haar von zartem Aschbraun war. »Ich danke Euch. Und es heißt übrigens nicht Jungfer, ich bin Witwe.«

»Oh. Es tut mir leid, das zu hören. Kann ich Euch einen Schluck Whisky anbieten?«

»Ich trinke keinen Alkohol.«

Gull Moler runzelte die Stirn. Erfahrung sagte ihm, daß man Leuten, die enthaltsam leben, nicht über den Weg trauen durfte.

»Jedenfalls nichts Stärkeres als Wein.«

Gulls Stirnrunzeln wurde zu einem zustimmenden Nicken. Solche Mäßigung war einer verwitweten Dame angemessen.

Als er mit zwei Bechern starken Rotweins auf einem Buchenholztablett von der Theke zurückkehrte, entdeckte er, daß die Frau sich auf alle viere niedergelassen hatte und dabei war, die kupferne Badewanne zu einem wunderbaren Schimmer zu polieren.

»Ich hoffe, das stört Euch nicht«, sagte sie und rieb so gleichmäßig weiter, daß Gull, als er sie beobachtete, schuldbewußt darüber errötete, wie sehr ihn die geschickten Bewegungen ihres Handgelenks erregten. »Aber ich habe den Eindruck, daß ein Mann wie Ihr als Besitzer und Wirt einer solchen Schenke mehr als genug wichtige Dinge zu tun hat, als seine Zeit damit zu verbringen, Rost von einer Kupferwanne zu scheuern.«

»Es ist normalerweise die Aufgabe meiner Tochter, aber …«

»Sie hat das Alter erreicht, in dem sie sich lieber um sich selbst als um die Schenke kümmert.«

Gull seufzte. »Genau.«

Die Augen der Frau wurden dunkler. Gull hätte nicht sagen können, welche Farbe sie hatten, nur, daß sie jetzt dunkler waren. »Ich denke, Ihr bräuchtet jemanden, der ein paar Tage in der Woche für Euch arbeitet. Damit Ihr und Eure Tochter Euch nicht mehr so anstrengen müßt. Man kann es einem jungen Mädchen schließlich nicht übelnehmen, daß sie sich wie ein junges Mädchen benimmt, oder? Und ein Schenkenbesitzer und Wirt wie Ihr sollte sich auf die wichtigeren Dinge konzentrieren können.«

Gull nickte zu diesen Worten. Er war nicht sicher, ob es in einer Schenke wie der seinen irgendwelche wichtigeren Dinge gab, aber das hielt ihn nicht davon ab, ihr zuzustimmen.

»Und ein wenig Hilfe abends beim Bedienen würde Euch und Eurer Tochter viel Lauferei ersparen.«

Plötzlich begriff Gull die eigentliche Bedeutung des Gesprächs und setzte das Tablett auf dem nächstgelegenen Tisch ab. Aus irgendeinem Grund hatte er das Gefühl, daß man ihn verraten hatte. »Ich kann Euch nicht einstellen, gute Frau. Seit meine Frau gestorben ist, arbeiten nur ich und meine Tochter hier. Ich kann mir niemanden sonst leisten. Das Geschäft gibt einfach nicht so viel her.«

Die Frau ließ enttäuscht den Kopf hängen. »Ich habe soviel Gutes über Jacks Viehtreiberschenke gehört, und nun, nachdem ich hierher gekommen bin und selbst diese wunderschöne Kupferwanne und dieses Musikerpodium gesehen habe …« Abrupt legte die Frau das Poliertuch hin und stand auf. »Nun, ich sollte mich wohl wieder auf den Weg machen.«

Gull schaute von ihr zur Badewanne und zurück. Das Metall schimmerte mehr als an jenem Tag, als Rees Tanlow die Wanne auf seinem Wagen aus Ille Glaive gebracht hatte. Selbst von den Verzierungen um die Griffringe herum waren alle klebrigen Reste früherer Wachs- und Politurschichten abgekratzt worden. Gull warf einen Blick zur Decke. Desmi wurde wirklich zu einem Problem – man mußte nur an den vergangenen Abend denken: Burdale Ruff hatte Clyve Wheat in die Eier getreten, weil er geglaubt hatte, daß Clyve Desmi auf die falsche Art ansah.

Gull ließ den Blick noch einmal auf der Frau ruhen. Sie war unscheinbar genug, um keine Kämpfe um sie zu provozieren, aber auch nicht so häßlich, daß sie die Kunden vertreiben würde. Und sie sah tatsächlich sehr ehrlich aus und wie eine Frau, die hart arbeiten kann. »Ich werde Euch fünf Kupfer die Woche zahlen.« Das war jämmerlich wenig, so jämmerlich, daß Gull spürte, wie seine Wangen sich röteten, als er es aussprach.

»Gut.« Die Frau, die er zunächst für klein oder mittelgroß gehalten hatte, sah plötzlich hochgewachsen aus. »Ich werde mir mal an diesen Tischplatten zu schaffen machen; wer immer sie zuletzt gereinigt hat, hat zuviel Wachs benutzt. Dann ziehe ich meine Schürze an, um die Mittagskunden zu bedienen. Eure Kunden kommen aus allen drei Dörfern, nicht wahr?«

Gull nickte. »Ja.«

»Gut.« Die Frau lächelte und zeigte dabei vollkommen trockene Zähne. »Und ihr müßt noch meinen Namen wissen. Ich heiße Maggy. Maggy Sea.«

Ash ritt nach Norden, dann nach Nordwesten. Als sie zum Ufer des Wolfsflusses kam, zwang sie das Pferd in das schwarze, eisige Wasser und ließ es schwimmen. Das Pferd war ein zottiger Wallach mit dicken Beinen und Ohren wie ein Maultier, und er mochte das Wasser nicht. Ash war das gleich. Wenn sie eine Peitsche gehabt hätte, hätte sie ihn geschlagen. Sie konnte sich nicht gestatten, innezuhalten und nachzudenken. Dann hätte sie sich vielleicht umgedreht, wäre zurück zum Paß geeilt und hätte gezählt, wie viele Menschen sie getötet hatte. Dann hätte sie vielleicht die Füße aus den Steigbügeln gezogen, sich aus dem Sattel rutschen und sich von der dunklen Strömung des Flusses zur Hölle tragen lassen.

So wurden Pferd und Reiterin schließlich von dem dicken, schwarzen Wasser eine Meile weit flußabwärts getragen. Ash ließ die Hand über die Wasseroberfläche streifen, während der Wallach schwamm, und sah zu, wie Fett und Licht sich wie seltsame Handschuhe an ihren Finger schmiegten. Ihr Kleid trieb um sie herum, wurde dunkler und dunkler, als es die Substanz des Flusses aufsaugte. Seltsamerweise war ihr nicht kalt. Vielleicht sollte sie frieren … aber andererseits sollte sie alles mögliche empfinden und empfand doch gar nichts.

Als sie das Nordufer erreichte, stieg Ash vom Pferd und nahm ihm den feuchten Sattel ab. Der Wallach schüttelte sich, ließ die Mähne gegen den Hals peitschen und trat mit den Hinterbeinen aus. Ash spähte zum Himmel. Der Sturm war längst vergangen, und die Spätnachmittagssonne ließ die Schatten riesig anwachsen. Selbst der Wind hatte nachgelassen, und bis auf das Geräusch von Eis, das auf weit entfernten Teichen brach, war alles still.

Der Boden nördlich des Flusses war fest. Flußaufwärts sah Ash Eichen und grüne Wiesen, Apfelbaumhaine und dunkle, bearbeitete Erde. Flußabwärts in ihrer Richtung lag eine Landschaft aus Nadelbäumen und vulkanischem Gestein mit kleinen Teichen und Moos. Am nordwestlichen Horizont sah Ash die rötlichen und grünen Nadeln von Harzfichten, Bäumen, die sich ein Leben lang an ihre Saat klammerten und auf einen Waldbrand oder den Tod warteten, um sich fortzupflanzen. Am südwestlichen Horizont, wenn sie zurückschaute, konnte sie den dunkelgrünen Finger des Ganmiddich-Turms erkennen. Nachtdunkler Rauch von jener Art, wie brennendes Pech und versteinertes Holz ihn abgeben, quoll aus der obersten Kammer.

Blackhail. Das hatte Ash von dem Augenblick an gewußt, als sie das langohrige Pferd nach Norden gewendet und das Lager verlassen hatte. Es gab wenige Stellen, von denen aus der Turm nicht zu sehen war, und nirgendwo konnte man sich vor dem Rauch verbergen. Das rote Feuer des Clan Bludd war ausgelöscht, und nun hatte diese Rauchfahne seinen Platz eingenommen. Keine Flammen brannten schwarz, also hatten die Hailsmänner sich statt dessen entschlossen, ihre Botschaft in Form von Rauch auszusenden.

Ash war nicht sicher, was die Einnahme von Ganmiddich für Raif bedeutete. Es war ihr beinahe gleichgültig. Raif hatte den Turm bereits verlassen, das wußte sie, und er war irgendwo im Westen und wartete auf sie. Sie fragte sich nicht, woher dieses Wissen kam. Sie hatte diese Kraft einfach. Raif hatte geschworen, sie sicher zur Höhle aus schwarzem Eis zu bringen, und sie waren durch dieses Versprechen und die Berührung vor dem Leeren Tor aneinander gebunden.

Sie erinnerte sich daran, seinen Namen ausgerufen zu haben, als … als Hände sie *berührt* hatten und alles neblig gewesen war und sie nicht hatte denken können, und es war ihr so schwergefallen, die Arme zu bewegen, als wären sie aus Blei, und dann hatte sie jemanden sagen hören, *wenn sie wach wird, macht es noch mehr Spaß.* Ash erstarrte. Sie glaubte, Raifs Namen laut gerufen zu haben, aber irgendwie hatte sie Lippen und Zunge nicht bewegen können, und der Schrei war statt dessen *in* ihr erklungen. Dann hatte sie die Augen geöffnet und das Gesicht des Mannes gesehen, der über ihr kniete, seinen hektischen Atem, seine Augen … seine Augen …

Ash schluckte. Sie würde jetzt nicht darüber nachdenken. Sie würde es nicht tun.

Den triefenden Sattel an die Seite gedrückt, führte sie das Pferd flußabwärts. Das Licht ließ im Lauf von Stunden immer mehr nach, und die ersten Sterne kamen heraus, bevor die Sonne vollkommen untergegangen war. Der Mond schien hinter ihr, bleich und noch nicht ganz voll. Das Land wurde flacher, je weiter sie nach Westen kam, und von Zeit zu Zeit entdeckte sie die Umrisse von Bauernhäusern unter den Bäumen und frische Hufabdrücke im Schnee. Ash machte sich wenig Gedanken darüber, daß Clansleute oder Viehhändler sie sehen könnten. Sie wußte nicht, ob das nur Müdigkeit oder ein Gefühl ihrer eigenen Macht war, das ihr die Angst nahm. Wer konnte ihr jetzt schon etwas tun? Wer würde es wagen?

Ash richtete sich gerade auf. Sie würden sie nun verfolgen können, Zauberer, Sarga Veys, jeder andere, den ihr Pflegevater ihr hinterherschickte. Aber wenn sie das nächste Mal kamen, um sie zu holen, würde sie vorbereitet sein. Plötzlich wünschte sie sich sehr, weitere Antworten von Heritas Cant gefordert zu haben. Sie wußte nichts von ihrer Macht, konnte nicht einmal ahnen, was sie getan hatte. *Menschen getötet*, sagte eine leise Stimme tief in ihr drinnen. *Getötet nur mit einem Gedanken.*

Raif sah sie, bevor sie ihn sah. Langsam, eine ganze Stunde lang, war sie um einen verfluchten See herumgegangen, der sich vom Fluß aus ausdehnte wie etwas, das droht zu platzen. Nun kehrte sie zum eigentlichen Fluß zurück, und sie merkte, daß sie Raif näher kam. Sie hatte Gänsehaut auf den Armen, und zum ersten Mal, seit sie das Lager im Morgengrauen verlassen hatte, wurde ihr kalt. Ihr Magen zog sich vor Erwartung zusammen. Als sie den Blick über das Ufer schweifen ließ, in der Hoffnung, ihn im reflektierten Licht dort zu erkennen, hörte sie, wie jemand ihren Namen rief. Als sie sich umdrehte, sah sie eine Silhouette unter einer Reihe von Fichten, fünfzig Schritte vor ihr im Norden. Einen Augenblick lang hatte sie Angst. Die Gestalt war groß, verzerrt, das Dunkelste, was in Sicht war. Sie wich ein winziges bißchen zurück, drängte sich dichter an ihr Pferd.

Die Gestalt hob die Hände. »Ash. Ich bin es. Raif.«

Die Angst verschwand, als sie sein Gesicht sah. Ihre Brust zog sich zusammen. Der Sattel glitt ihr aus den Händen und fiel mit einem knirschenden Geräusch zu Boden. *Was haben sie ihm angetan?* All die stille Kraft, mit der sie sich während des Rittes vollgesogen hatte, verschwand, und Erschöpfung ließ ihre Knie zittern, als sie durch den Schnee auf ihn zurannte.

Schweigend drückte Raif sie an die Brust. Er roch nach Eis. Frische Narben an seinem Hals und seinen Händen kratzten über ihre Wangen, und winzige Spuren trockenen Blutes wehten von seinem Haar zu ihrem. Er war so kalt! Ash mußte sich zwingen, nicht zu schaudern.

Er löste sich als erster von ihr, hielt beide Hände auf ihren Schultern und sah sie forschend an. Ash erkannte, wie schmal sein Gesicht geworden war, daß kein überflüssiges Fett oder Gewebe an seinem Körper mehr übrig war. Er sah älter aus, aber irgendwie auch mehr als älter. Das Rabenzeichen an seiner Kehle glitzerte blauschwarz im Mondlicht ... es war das einzige an ihm, das ganz neu aussah.

Er starrte ihr suchend ins Gesicht. Nach einer langen Weile sagte er: »Suchen wir uns einen Unterschlupf.«

Seine Stimme war müde, aber sanft. Ash fragte sich, was im Turm mit ihm geschehen war, wagte aber nicht, ihn darauf anzusprechen.

Er holte das Pferd und den Sattel. Als sie sah, wie dünn er

war und daß er sich am Ufer wie ein Geist bewegte, spürte Ash das zähe Brennen des Zorns in ihrer Brust. Sie hätte die Männer, die ihm das angetan hatten, töten können, freudig und ohne Bedauern.

Als er wieder neben ihr war, bot sie ihm die Decke an, die sie sich um die Schultern geschlungen hatte, aber er schüttelte den Kopf. Schweigend führte er sie vom Fluß aus nach Norden. Der Mond stieg höher auf, als sie das Ufer hinaufkletterten, und warf Pfützen blauen Lichts auf den Schnee.

»Kennst du dich in dieser Gegend aus?« fragte sie nach einer Weile.

Raif schüttelte den Kopf. »Ganmiddich ist ein Grenzclan und Dhoone angeschworen. Blackhail hat wenig damit zu tun.«

Ash mußte wieder an den schwarzen Rauch aus dem Turm denken. »Bis jetzt?«

»Bis jetzt.«

Das war das Ende des Gesprächs. Raif führte sie über ein Feld von windzerriebenem Schiefer, den in den letzten Jahren niedrige Büsche, urinfarbenes Hasengras und Flechten überzogen hatten. Die Schneedecke war dünn, da der Wind die obersten Schichten zu Pulver trocknete und sie dann nach Süden zu den Bitterhügeln blies. Eisrauch kochte über den Feldern und wirbelte um die Beine des Pferdes, als sie weiter nach oben kletterten. Als sie oben auf dem Steilufer standen, entdeckte Ash ein Bauernhaus und ein halbes Dutzend weiterer Gebäude im Tal unter ihnen. Die Mauern des Bauernhauses bestanden aus demselben grünen Flußstein wie das Ganmiddich-Rundhaus, und sein Dach war aus blaugrauem Schiefer. Raif führte das Pferd darauf zu und überquerte dabei eine Reihe geteerter Zäune von Schafspferchen.

»Wohnt hier denn niemand?« flüsterte Ash.

»Nein. Dafür hätte Blackhail schon gesorgt, bevor sie das Rundhaus einnahmen.«

»Warum? Welche Bedrohung stellt ein Bauer schon dar?«

»Wenn ein Clan einen anderen übernimmt, tut er das vollständig.«

»Und was ist aus den Menschen geworden, die hier gewohnt haben?«

Raif zuckte die Achseln. »Sie sind tot. Oder Gefangene. Oder zu Bannen oder Croser geflüchtet.«

»Und was wurde aus dem Vieh?«

»Das ist auf jeden Fall verloren. Wenn ein Bauer getötet oder gefangengenommen wird, nehmen die Sieger sein Vieh mit. Wenn er das Glück hat, fliehen zu können, dann gehen die meisten seiner Tiere an den Clan, der ihn aufnimmt.«

Ash runzelte die Stirn. »Ich dachte, Croser wäre ein Schwesterclan von Ganmiddich? Würden sie die Ganmiddich-Leute nicht schon aus Ehrgefühl aufnehmen?«

Raifs Blick verfinsterte sich bei dem Wort *Ehre*. »Es herrscht Krieg. Die Clans müssen tun, was sie tun müssen.«

Diese Worte erinnerten Ash daran, daß sie und Raif aus verschiedenen Welten stammten. Er war ein Clansmann, aufgewachsen in den windgepeitschten Landschaften des Clanlands, erzogen, die Neun Götter zu fürchten, die im Stein lebten, und Krieg für etwas Ruhmreiches zu halten. Ash runzelte die Stirn. Ihr Gott wohnte in der Luft und sprach vom Frieden – nicht, daß irgend jemand in den Bergstädten je auf ihn hörte. Sie warf Raif einen Blick zu. Seine Götter bedeuteten ihm etwas. Ihrer bedeutete ihr wenig. Sie dachte einen Augenblick lang nach, dann sagte sie: »Wenn du hierbleiben und mit deinem Clan kämpfen mußt, werde ich dich nicht aufhalten.«

»Ich habe keinen Clan.«

Ash schauderte bei seinem Tonfall. Sie wartete, aber er sagte nichts mehr.

Die Außengebäude des Bauernhofes bestanden aus einer Reihe steinerner Hütten und Schuppen, verbunden mit Schafszäunen, die halb im Boden versenkt waren. An dem Hauptgebäude fehlte das Tor, und viele Fensterläden waren offengelassen und klapperten im Wind. Als sie sich dem Eingang näherten, blieb Raif stehen und holte ein zerbrochenes Stück Dachschiefer aus dem gefrorenen Schlamm. Ash versuchte, nicht die zerrissene, blutige Haut seiner Hände anzusehen, die schwarz angelaufenen Nägel, die weißen Knochenkanten, die an Knöcheln sichtbar wurden, an denen er sich die Haut abgerissen hatte. Er drückte die Schieferplatte an die Brust und wies Ash an, draußen zu warten, während er das Gebäude nach Bewaffneten durchsuchte.

Während die Zeit verging, wurde Ash immer kälter. Es war jetzt beinahe dunkel, eine Nacht von wenig Substanz, wie kalte, trockene Nächte es immer waren. Gefrorenes Unkraut knirschte unter ihren Stiefeln, als sie mit den Füßen aufstampfte.

So kalt heute nacht, so kalt. Wärme uns, Herrin, hübsche Herrin. Streck die Arme aus. Wir sind jetzt ganz in der Nähe. Wir riechen dich, wir riechen Wärme und Blut und Licht …

»Ash! *Ash!*«

Grobe Hände rüttelten sie wach. Sie stand nicht mehr neben dem langohrigen Pferd, sondern in der Tür des Bauernhauses. Raif stand vor ihr, die Lippen fest zusammengepreßt, und stützte sie mit den Armen.

»Wie lange?«

»Sekunden.«

Ash wandte sich ab. Ihr war so übel, als hätte man sie auf den Kopf geschlagen. Heritas Cants Bannsprüche waren weg. Was immer sie im Lager getan hatte, hatte sie weggefegt. Nichts stand mehr zwischen ihr und dem Blinden Land.

»Gehen wir hinein.« Raifs Stimme war ruhig, seine Hand auf ihrem Arm fest. »Es ist niemand da. Heute nacht werden wir in Sicherheit sein.«

Ash ließ sich in das dunkle, stickige Innere des Bauernhauses führen. Raif wies sie an, sich hinzusetzen, als er mit den Füßen einen Stuhl zerbrach und einen räudigen Schaffellteppich in Streifen riß, um ein Feuer zu entzünden. Die Heftigkeit seiner

Bewegung ließ sie zusammenzucken. Sie sah zu, als er das schwarze Maul der Feuerstelle nach etwas durchsuchte, mit dem er Funken schlagen konnte. Er fand einen alten Eisentopf mit einem aufgerauhten Boden und baute einen Haufen Wollbüschel und Stoffstreifen darum herum, dann schlug er fest mit einem Keil aus Schiefer auf den Topf.

Es brauchte viel Überredungskunst und Pusten, um das rasche Aufblitzen von Licht in Flammen zu verwandeln. Ash konzentrierte sich darauf, was Raif tat, weil sie befürchtete, wenn sie ihre Gedanken wandern ließe, würden die Stimmen sie an einen Ort mitnehmen, den sie nicht betreten wollte. Die Muskeln in ihren Armen schmerzten, als sie sie fest an die Seiten drückte.

Als das Feuer endlich aufflackerte, gelbweiße Flammen über die zerbrochenen Stuhlbeine zuckten und Rauch, der nach Fichten roch, aufstieg, ging Raif nach draußen, um etwas Eßbares zu suchen. Nachdem er weg war, regte sich Ash lange Zeit nicht. Sie hatte Angst davor, sich von den Flammen abzuwenden. Die Bauernküche war eine zerbrochene Hülse: verkohlte Balken hier, gerissene Mauern da. Schatten tanzten an rußschwarzen Wänden. Ash schauderte. Angus fehlte ihr … und Schneeschuh und Elch. Wo waren sie jetzt? Hatte der Hundelord sie noch, oder hatte Blackhail sie für sich beansprucht?

Einen Augenblick lang schloß sie die Augen, dann machte sie sich daran, an ihrem Kleid zu arbeiten. Das Mieder war zerrissen und schmutzig, der Saum starr von Eis. Sie zupfte an den Stoffetzen, band Knoten und zog Fäden aus der Decke, um das Mieder zusammenzubinden. Sie wollte ihre Brüste sehr lange nicht mehr sehen … nicht, bis die blauen Flecken geheilt waren. Mit dem Rock konnte sie einfacher zurechtkommen; sie zog ihn einfach aus und schlug ihn gegen die Wand.

Raif kehrte zurück, als sie die letzten Stücke Holz ins Feuer schob. Er hatte einen Topf voll Schnee dabei, eine langblättrige

Zichorienpflanze, noch mit den Wurzeln, und einen Tierkadaver, der warm war, aber nicht blutete. Das Tier hatte die Größe eines kleinen Hundes, mit scharfen, halb durchsichtigen Klauen, einer Fuchsschnauze und einem üppigen, schwarzgoldenen Fell. Zunächst konnte sich Ash nicht vorstellen, wie Raif es getötet hatte, da sie wußte, daß er keine Waffe hatte. Dann sah sie den faustgroßen Blutklumpen direkt oberhalb des Herzens des Tieres. Raif sah sie an. Ash versuchte, seinem Blick standzuhalten, aber am Ende wandte sie sich ab.

Selbst ohne einen Bogen kann er es tun, dachte sie. *Selbst mit einem spitzen Stück Schiefer.*

Raif beeilte sich, den Kadaver zu häuten und zu zerlegen. Er erzählte ihr, das Tier würde Fischer genannt und sein Fell wäre bei den Dhoonemännern sehr geschätzt, »denn die Dhoonekönige trugen Umhänge aus fein gesponnener Wolle, blau wie Disteln gefärbt, mit Kragen aus Fischerfell«. Ash hörte ihm gerne zu und war unendlich froh, daß er sie nicht bat, bei der Vorbereitung des Kadavers zum Braten zu helfen. Irgendwie gelang es ihm, das Tier nur mit einem dünnen Stück Schiefer aufzuschneiden und auszubluten, den Organstrang zu entfernen und die Knochen zu zerkleinern. Das Blut fing er für Soße auf.

Während das Fleisch briet, streifte er die Blätter von der Zichorienpflanze ab und rollte sie in seinen Fäusten, bis sie Saft absonderten. Dann packte er sie zu dem schmelzenden Schnee in den Topf und rührte, bis die Flüssigkeit grün wurde. Ein paar Minuten später goß er auch den Fleischsaft und das Blut ins Wasser. Das Fett zischte, als es ins Wasser kam, und der aufsteigende Dampf roch nach gebratenem Fleisch und bitterer Lakritze.

Ash lief das Wasser im Mund zusammen. »Du bist daran gewöhnt zu kochen, nicht wahr?«

Raif zuckte die Schultern. »Von Lagern her. Wir nehmen unser Wild immer selbst aus. Im Clanland ist ein Junge, bevor er seinen ersten Jahrmannschwur ablegt, nicht viel mehr als der Diener jedes geschworenen Clansmanns. Clansmänner jagen, bringen die Beute ins Lager zurück und überlassen das Säubern und Braten jenen, die noch keinen Schwur geleistet haben. So war es immer schon. Männer, die geschworen haben, für ihren Clan zu sterben, verdienen Respekt.«

Ash hätte Raif gerne gefragt, ob er schon einen Jahrmanneid abgeleistet hatte, aber etwas an seinen Bewegungen, als er sprach, hielt sie davon ab. Statt dessen sagte sie: »Weißt du, was aus Angus geworden ist?«

Raif erstarrte. Ein Augenblick verging, bevor er antwortete. »Vielleicht wurde er von Blackhail gefangengenommen; das weiß ich nicht genau. Selbst wenn Bludd ihn immer noch als Gefangenen hält, sollte er in Sicherheit sein. Er ist lebendig mehr wert als tot.«

Ash wollte ihm unbedingt glauben. »Was machen wir jetzt?«

»Wir ziehen im Morgengrauen weiter nach Osten.«

»Aber wir können nicht morgen weiterziehen«, rief Ash. »Was ist mit Angus? Und mit *dir*? Du bist nicht in der Verfassung zu reisen. Sieh dir doch deine Hände an, dein Gesicht …«

Raif hatte begonnen, den Kopf zu schütteln, bevor Ash ihre Sätze auch nur beendet hatte. »Wir haben nicht die Zeit, Wunden zu lecken oder uns nach Angus umzusehen. Cants Schutzzauber sind verschwunden. Die Geschöpfe im Blinden Land haben bereits begonnen, wieder nach dir zu rufen, und wenn man Cant glauben kann, ist das nicht deine schlimmste Sorge. Er sagte, du würdest sterben, erinnerst du dich? Er sagte, es würde dich zuviel kosten, gegen sie anzukämpfen. Sie haben dich heute bereits einmal in den Krallen gehabt. Was, wenn sie dich heute nacht übernehmen, oder morgen nacht oder in der Nacht darauf? Wie lange wird es dauern, bis ich dich nicht mehr zurückholen kann?«

Ash konnte keine Worte finden, ihm zu widersprechen. Er hatte recht, aber sie wollte nicht, daß es so war. Sie wollte warten, zumindest einen Tag, nur einen einzigen Tag, um dazusitzen und nachzudenken und den Schrecken des Lagers hinter sich zu bringen. Unbewußt fuhr sie sich mit der Hand übers Mieder. »Was ist mit Kleidung? Vorräten? Wir haben ein Pferd, aber kaum mehr.«

Raif zeigte auf das Fischerfell, das hoch über dem Feuer hing, das rohe Gesicht der Fleischseite in Richtung der Flammen aufgehängt. »Morgen sollte es trocken genug sein, daß wir es benutzen können. Es wird ein paar gute Handschuhe oder einen Kragen abgeben, nachdem ich das Fett abgekratzt habe. Im ersten Morgenlicht werde ich mich umsehen, was ich finden kann. Hier gibt es bestimmt noch einiges, was wir benutzen können.«

»Und Vorräte?«

Raif lächelte kalt. »Ich sollte imstande sein, mich um unsere Ernährung zu kümmern.«

Ash zwang sich, nicht zu reagieren. Eine Weile lang war das einzige Geräusch das Schnauben brennenden Holzes, wenn es kleine Feuchtigkeitsspeicher an die Flammen verlor. Raif spießte das bratende Herz auf und drehte es so, daß die Seite mit allen Blutgefäßen nach oben lag.

»Was ist heute im Morgengrauen passiert?«

Ash blickte auf. »Warum fragst du?«

»Ich habe etwas gespürt, nachdem ich den Turm verlassen hatte. Es war wie an dem Tag, an dem mein Vater starb … nur anders. Der Fluß schwoll an und brach das Eis am Ufer, und ich roch Metall, wie wenn Stahl aus dem Schmelzofen kommt.«

»Du wußtest, daß ich das war?«

»Ja.« Raif hob den Blick und sah sie an. »Wenn jemand dir weh getan hat, werde ich ihn umbringen.«

Ihr wurde kalt. Von jedem anderen hätten diese Worte nichts zu bedeuten gehabt, aber aus dem Mund von Raif Sevrance klangen sie wie die absolute Wahrheit. Sie dachte sorgfältig nach, bevor sie etwas sagte. »Ich glaube, ich war betäubt. Ich kann mich nicht daran erinnern, das Rundhaus verlassen zu haben. Ich erinnere mich nur, daß mir kalt und ein wenig übel war, und ich wollte mich nur noch hinlegen und schlafen. Und dann hatte ich diese Träume … und dann geriet alles durcheinander. Und dann spürte ich Hände auf mir … und ich dachte, es gehörte zum Traum. Aber das war nicht so.« Ash fand ein kleines Stück Kies auf dem Boden, das sie ansehen konnte. »Dann bekam ich Angst. All diese Männer standen um mich herum, und ich wollte einfach, daß sie weggingen … und ich wurde wütender und wütender …« Sie sah das Stück Kies an und schüttelte den Kopf.

»Was ist dann passiert?«

»Mußt du das wirklich wissen? Mußt du wirklich wissen, was ich *gesehen* habe?«

»Ich muß wissen, ob du die Mauer um das Blinde Land durchbrochen hast.«

Ash schluckte. Plötzlich wurde ihr von dem Geruch bratenden Fleisches übel. Als sie schließlich sprach, war ihre Stimme leise. »Ich habe gespürt, wie Cants Schutzzauber zerrissen. Und zu diesem Zeitpunkt war es mir gleich. Ich wollte, daß diese Männer mich in Ruhe ließen. Ich wollte, daß sie tot waren. Ich habe nicht einmal an das Blinde Land gedacht. Ich weiß nicht, ob ich die Mauer eingerissen habe oder nicht; es ist so schnell passiert, und ich habe mich nur auf eine einzige Sache konzentriert.« Sie hielt inne und warf Raif einen kurzen Blick zu. »Dann spürte ich, wie sich etwas zusammen mit der Macht ergoß. Ich hörte ein Geräusch, ein hohes, schrilles Geräusch, wie wenn ein Messer über Glas gezogen wird. Etwas riß auf … die Luft … ich weiß nicht was. Auf der anderen Seite warteten Dinge, Raif. Schreckliche Dinge. Es waren Menschen und dennoch keine Menschen, mit Augen, die schwarz und rot brannten, und Körpern, die nur aus Schatten bestanden. Ich habe sie gesehen. Ich wußte, was sie waren.« Sie schauderte. »Und sie lieben mich nicht.«

Fett zischte, als es in die Flammen tropfte, und feiner, dunkler Rauch stieg auf. Raif bewegte sich von seinem Platz nahe dem Feuer weg, und einen Augenblick später spürte Ash einen Arm um ihre Schultern und einen zweiten um ihre Taille. Sie hörte Raif murmeln: »Die Steingötter mögen uns helfen«, und obwohl die Götter der Clans nicht ihre waren, wiederholte sie die Worte für sich.

Rasch, bevor sie den Mut verlor, erzählte sie ihm den Rest, wie sie in Panik geraten war und die Macht zurückgezogen hatte, wie das dunkle Feuer in den Augen der Geschöpfe sich getrübt hatte und sie geschrien und geschrien hatten, als sie sie dorthin zurücksandte, wo immer sie hergekommen waren.

Während sie sprach, spürte sie, wie die Haare auf Raifs Nacken sich sträubten. Sie zählte die Sekunden, bis er sich von ihr löste. Sie dachte, er werde ihr den Rücken zuwenden, zum Feuer gehen und sich mit dem Fleisch dort beschäftigen. Sie erwartete nicht, daß er stehenblieb und sie ansah. Aber genau das tat er.

Sie konnte es kaum glauben, aber er lächelte. Dieses sanfte, verrückte Lächeln, das daher kam, daß man schlechte Zeiten teilte, von schlechten Nachrichten, die auf andere schlechte Nachrichten folgten, und von der unausgesprochenen Frage *Was passiert als nächstes?* Seine Augen waren dunkel, aber es stand auch Wärme darin. Und die Angst war beinahe verborgen. Er nahm seine Hände in ihre, nahm sie vorsichtig in die Fäuste, bis von ihren Händen fast nichts mehr zu sehen war.

»Hast du schon Angst vor mir?« fragte sie ihn.

»Nein, aber ich bin dicht dran.«

Ihr Lachen balancierte am Rand der Verzweiflung, aber es erleichterte sie trotzdem. Dann ließ Raif Ashs Hände wieder los und stand auf. »Du bist in dieser Sache nicht allein, Ash March. Das mußt du wissen. Wir werden es zur Höhle aus schwarzem Eis schaffen, und wir werden diesem Alptraum ein

Ende machen. Das schwöre ich bei den Gesichtern der Neun Götter.«

Ash nickte. Sie sah zu, wie er zum Feuer ging, die Brühe aus Schneewasser, Fleischsaft und Zichorie von den Flammen nahm und den Topf zum Abkühlen auf dem Boden absetzte. Als nächstes nahm er den Blechteller mit dem gebratenen Fischerfleisch und den eßbaren Organen vom Feuer und begann, es so gut wie möglich mit seinem scharfen Stück Schiefer durchzuschneiden. Zum ersten Mal bemerkte Ash den Behälter mit dem Silberdeckel an seinem Gürtel. Er war größer als der, den er normalerweise trug, das Horn dunkler, und die Spitze blätterte ein wenig ab. Sie war dabeigewesen, als Cluff Drybannock Raif den Behälter vom Gürtel gerissen hatte, aber nun hing ein anderer dort.

Das hatte etwas zu bedeuten, aber Ash wußte, es war nicht der geeignete Zeitpunkt, um Fragen zu stellen. Sie mußten jetzt essen und dann schlafen.

15
Etwas wird verloren

Effie Sevrance hatte ihr Zeichen verlegt. Sie hatte schon überall danach gesucht, an all ihren geheimen Stellen wie in der kleinen Hundehütte, dem Platz unter der Treppe in der großen Halle und selbst in dieser seltsam riechenden, feuchten Zelle, in der Langkopf Pilze züchtete. Sie war sicher, daß sie es am Tag zuvor noch gehabt hatte, als sie aufwachte, denn sie erinnerte sich genau daran, daß sie es vom Hals genommen und den kleinen, grauen Stein in ihren Beutel gelegt hatte, zu dem Rest ihrer Sammlung. Da war sie vollkommen sicher.

Sie war sich allerdings *nicht* sicher darüber, was als nächstes geschehen war. Sie erinnerte sich daran, den Beutel den größten Teil des Morgens bei sich getragen zu haben, konnte beinahe *schwören*, daß sie ihn noch gehabt hatte, als sie mittags ihre Blutwurst aß. Das Problem war, daß Anwyn Bird sie den ganzen Tag beschäftigt hatte; sie hatte ihr immer wieder irgendwelche Aufträge erteilt, die unbedingt erledigt werden mußten, nachdem die Hälfte der geschworenen Männer nicht hier waren, und Effie war an so vielen Orten gewesen und hatte so viele Dinge getan, daß alles in ihrem Kopf durcheinandergeraten war. Als sie jetzt daran dachte, konnte sie nicht einmal mehr wirklich *sicher* sein, ob sie Blutwurst zum Abendessen oder zum Mittagessen gehabt hatte. Vielleicht sogar zum Frühstück. Ganz sicher war sie kalt und fettig gewesen und mußte *totgekaut* werden, bevor sie sie heruntergebracht hatte.

Effie hatte nichts dagegen zu arbeiten … solange sie nicht nach draußen mußte. Es tat gut, wenn sie sich nützlich vorkam. Einiges fiel ihr leicht, wie zum Beispiel nachzusehen, wieviel Öl und Holz noch da war, Eier und Milchkübel zu zählen und

Botschaften zwischen Raina, Anwyn und Orwin Shank hin und her zu tragen. Manchmal vergingen ganze Stunden, in denen sie ihr Zeichen und all die schlimmen Dinge, die es ihr zeigte, beinahe vergaß. Es war gut, in einen Raum zu kommen, wo man etwas zu tun hatte, wo Leute auf eine Botschaft oder auf einen Bericht warteten, und wenn sie einem zuhörten, wenn man sprach. Dann hatte man weniger Zeit, nachzudenken und sich Sorgen zu machen.

Gleich am Morgen hatte der alte, leberfleckige Gat Murdock sie in der Küche aufgehalten und ihr erzählt, sie erinnere ihn an ihre Mutter, als sie zum ersten Mal ins Rundhaus gekommen war, um ihren Vater zu heiraten. »Ja. Du hättest Meg Sevrance damals sehen müssen«, meinte der alte Schwertkämpfer. »Sie konnte so gut rechnen und zählen wie jeder Mann, aber sie war so hübsch, daß man es einfach vergaß und statt dessen nur an ihre dunklen Augen dachte.«

Diese Worte wiederholte Effie sich lautlos zum hundertsten Mal. Sie wollte sie nicht vergessen. Ihre Mutter hatte gut zählen und rechnen können. Genau wie sie.

»Effie! Du sitzt doch nicht etwa faul auf der Treppe rum, oder?« Anwyn Birds Stimme erklang die Treppe herauf wie der Ruf eines rostigen Horns. Effie spähte nach unten, aber die Matrone des Rundhauses war nicht in Sicht. Ihre grau werdenden blonden Zöpfe und ihr faßförmiger Körper waren hinter einem Block Blutholzbalken verborgen. »Denn du weißt ja, was mit denen passiert, die auf der Treppe stehenbleiben und einem Tagtraum nachhängen.«

Effie dachte einen Augenblick lang nach. »Sie werden niedergetrampelt, wenn ein Feuer ausbricht.«

Anwyn Birds empörtes Schnauben war genug, um einen ganzen Taubenschwarm erschrocken aufflattern zu lassen. Effie nahm an, daß sie den großen blonden Kopf gewaltig schüttelte. »Du, mein Mädchen, wirst eine Menge Ärger machen, wenn du erst älter wirst. Den ganzen Tag lang sagst du keine zwei Worte, und wenn du es tust, dann ist es etwas, das einem das Wort verschlägt.«

»Tut mir leid, Anwyn.«

In einiger Entfernung von Effies Füßen schnaubte Anwyn abermals. »Komm mir nicht mit Entschuldigungen, junge Dame. Entschuldigungen sind für treulose Ehemänner und schlechte Köchinnen.« Mehr Schnauben folgte. »Und jetzt lauf und such Inigar Stoop. Sag ihm, Orwin Shank hat eine Besprechung in der großen Feuerstelle einberufen, und sein Rat wird gebraucht.«

»Ja, Anwyn.« Effie ging die Treppe hinunter. Sie wußte, daß Anwyn nicht wirklich böse auf sie war, jedenfalls nicht sonderlich. Anwyn war die meiste Zeit auf irgendwen böse – so gelang es ihr, soviel zu erledigen. Bis Effie die letzte Biegung der Treppe erreicht hatte, war die Matrone bereits wieder auf dem Weg in die Küche und gab jedem, der das Pech hatte, ihr in den Weg zu geraten, Befehle.

Effie eilte zu dem kleinen gemauerten Flur, der das Hauptgebäude mit dem Haus verband, in dem der Heilige Stein ruhte. Es war später Nachmittag, nicht die Tageszeit, in der sie normalerweise gern ins Steinhaus ging. Inigar Stoop war immer bis zum Sonnenuntergang dort, und obwohl Effie die dunkle, raucherfüllte Stille des Steinhauses sehr liebte, war ihr dort immer kalt, und sie wurde unruhig in der Nähe des Mannes, der es sein Zuhause nannte. Inigar roch seltsam. Seit der Krieg begonnen hatte, schlachtete er Schweine mit eigener Hand und goß ihr Blut auf die Rauchfeuer, um sie dick und lange brennen zu lassen. Und seine Augen waren so dunkel, daß sie wie Spiegel waren, und wenn man sich selbst darin sah, sah man sehr klein aus. Effie duckte sich, um einem Blutholzbalken auszuweichen, aus dem Pech tropfte. Inigar hatte eine Art, einen mit diesen dunklen Augen anzusehen, daß man *überzeugt* war, daß er alle Geheimnisse und bösen Gedanken kannte.

Das Klirren und Zischen aus der Clanschmiede war im Rundhaus jetzt Tag und Nacht zu hören, seit Mace Blackhail Brog Widdie und seinen Männern befohlen hatte, jedes Stück Metall im Rundhaus in eine Pfeilspitze oder einen Hammerkopf zu verwandeln, aber als Effie sich der grüngefleckten Tür des Steinhauses näherte, verklang der Lärm zum weit entfernten Scheppern in einer Küche zur Mittagszeit. Effie mochte die Schmiede nicht. Es war heiß und hell dort, und die rauhesten der gebundenen Clansmänner arbeiteten dort unter dem kritischen Blick von Brog Widdies dhooneblauen Augen. Aber Effie hatte sich an den Lärm gewöhnt. Es kam ihr nun zu leise vor, wenn er nicht mehr zu hören war.

Wie viele außen liegende Teile des Rundhauses neigte der Flur des Steinhauses zur Feuchtigkeit. Es waren nicht mehr genug Männer hier, um die Mauern zu reparieren, und Raina Blackhail hatte den Frauen verboten, ihre Zeit damit zu verschwenden, Löcher zu stopfen oder Risse zu reparieren, wenn sie sich statt dessen um Dinge kümmern konnten, die für den Krieg benötigt wurden. Vorräte waren das größte Problem. Selbst mit den gebundenen und freien Bauern, die ihr Vieh und Korn zum Clan brachten, gab es immer zu wenig frische Eier, Butter und Milch. So viele der Frühjahrslämmer waren für Fleisch geschlachtet worden, daß es unmöglich war, im Rundhaus einen Raum zu finden, in dem keine Häute zum Trocknen aufgehängt waren. Raina stritt sich ununterbrochen mit den gebundenen Bauern. »Sollen eure Clansmänner etwa mit Fett und Grütze im Bauch kämpfen?« hatte sie gerufen, als Hays Mullit gedroht hatte, seine vierzig Schafe wieder zu seinem Hof zurückzutreiben. Raina hatte ihn und die anderen so beschämt, daß sie blieben, aber Effie mußte nur die unteren Ebenen des Rundhauses durchqueren, um zu hören, daß die Schafsbauern nicht gut auf den Clan zu sprechen waren.

Effie runzelte die Stirn. Erst an diesem Morgen hatte Raina befohlen, daß jeweils eins von fünf Jährlingsschafen geschlachtet werden sollte. Weil kein Clansmann mehr Zeit hatte zum Jagen und in dieser Jahreszeit keine umherwandernden Elche geschlachtet und ausgelassen wurden, gab es kaum mehr Fleisch. Und Jährlingslämmer fraßen einmal in der Woche ihr Gewicht in Heu und anderem Futter.

Alle Gedanken an den Krieg verschwanden jedoch, als sie die Hand auf die Steinhaustür legte. Sie holte tief Luft wie ein Taucher, bevor er sich ins Wasser begibt. Rauch so blau wie Eis trieb durch die Öffnung und brachte den Duft und die Schatten des Heiligen Steins an Effies Nase und Augen. Instinktiv hob sie die Hand an die Brust, um ihr Zeichen zu berühren. Nur, daß es nicht mehr dort war.

»Du trägst dein Zeichen nicht, Effie Sevrance?« Inigar Stoop erschien aus dem Schatten und zerriß mit jeder Bewegung erneut den Rauch. Flecken schwarzer Farbe unter seinen Augen und in den Wangenhöhlen ließen ihn aussehen wie jemanden, der von der Krankheit erschöpft ist und kurz vor dem Tod steht. Er hatte die Manschetten seines Schweinsledermantels als Zeichen des Krieges angesengt: Er war der Steinhüter des Clans, und er würde nicht kämpfen oder eine Waffe zu seiner Verteidigung erheben, aber jedesmal, wenn er ein Rauchfeuer entzündete, das Gebet eines Clansmanns anleitete oder den Anteil eines Kriegers aus dem Heiligen Stein meißelte, tat er dies mit Händen, die von Tod umgeben waren. »Komm herein. Schließ die Tür. Komm näher.«

Effie tat, was man ihr sagte. Der Rauch stach ihr in die Augen. Plötzlich wünschte sie sich sehr, daß sie das Zeichen nicht abgenommen hätte.

Inigar Stoop stand schweigend da, während Effie auf ihn zuging. Früher einmal hätte sie dabei mit den Fingern über den Heiligen Stein gestrichen … aber das war vor dem Krieg gewesen. Der Stein war jetzt anders. Älter. Seine Oberfläche war feucht von bleichen Flüssigkeiten, die sich in Höhlungen und Ritzen sammelten und fest wurden wie winzige Zähne. Selbst das große, blockige Profil des Steins hatte sich verändert, und seine vielen Gesichter und Falten waren nun verzerrt von Meißelspuren. Viele Clansmänner waren weit von daheim gestorben, ihre Leichen lagen in feindlicher Erde, und das hatte Inigar Stoop keine andere Möglichkeit gelassen, als ihre Überreste aus dem Stein zu meißeln. Familien brauchten etwas, worauf sie ihre Trauer konzentrieren konnten. Witwen ohne Knochen brauchten Stein.

Eine dicke Schicht von Steinstaub und Ruß dämpfte Effies Schritte, als sie vor den Steinhüter trat. Inigar war dieser Tage immer damit beschäftigt, Stein zu reiben, er rieb und brannte und sprach mit den Toten.

»Du hast meine Frage nicht beantwortet, Effie Sevrance. Warum trägst du dein Zeichen nicht?«

Effie schaute dem Steinhüter einen Augenblick lang in die schwarzen Augen, dann überlegte sie es sich anders und schaute lieber ihre Füße an. »Ich habe es verloren.«

»Ist die Schnur gerissen?«

»Nein.«

»Du hast es also selbst abgenommen?«

»Ja.«

Inigar Stoop entschied sich, mit Schweigen zu antworten. Effie spürte, wie ihre Wangen brannten. Der Blick des Steinhüters war wie eine Hand um ihren Hals. Er zwang sie aufzublicken, um die nächste Frage zu hören.

»Warum?«

Effie dachte daran zu lügen, aber der Blick des Steinhüters ruhte auf ihr, und sie sah ihr eigenes Gesicht in seinen schwarzen Augen. Sie stellte fest, daß sie sich nicht selbst anlügen konnte. »Es ist nicht immer einfach zu tragen – nicht, seit Vater gestorben ist … und seit Raif weg ist.«

Inigar Stoops Schultern wurden ein wenig starrer, als sie Raifs Namen erwähnte. »Unsere Zeichen treiben uns in Zeiten des Krieges alle an. Was gibt dir das Recht, dich vor mich hinzustellen und zu behaupten, daß dein Schicksal schwerer ist als das der meisten?«

Effie schüttelte den Kopf. Das hatte sie nicht sagen wollen.

»Zeigt es dir Dinge, Effie Sevrance? Träufelt es dir den unreifen Saft der Zukunft in die Ohren?« Inigar packte ihren Arm mit knochigen Fingern. »Sag mir die Wahrheit, Tochter des Clans. Wenn du nachts im Bett liegst und das Zeichen liegt auf deiner Brust, träumst du von Dingen, die eines Tages geschehen werden?«

Effie riß den Arm los. Sie atmete schwer und rasch, und sie spürte Rauchfinger, die sich in ihre Lunge drängten. »Nein. So ist es nicht. Es zeigt mir nichts. Es dringt nie in meine Träume ein. Es drückt mich. Hier …« Sie schlug sich auf die Brust. »Und wenn ich es dann in die Hand nehme, dann weiß ich Dinge. Kleinigkeiten wie … wie …«

»Wie was?«

Die Muskeln in Effies Gesicht wurden schlaff. Jetzt hatte sie sich selbst in die Falle geredet. Ihr Zeichen sagte ihr keine Kleinigkeiten. Sie mußte einen Augenblick lang nachdenken, bevor sie antworten konnte. »Als Mace Blackhail aus dem Ödland zurückgekommen ist und er das Pferd seines Pflegevaters ritt und sagte, daß niemand außer ihm den Überfall überlebt hat, da wußte ich, daß das nicht stimmt. Ich wußte, daß Drey und Raif zurückkommen würden.«

Die Augen des Steinhüters glitzerten wie zwei Kohlen. »Was noch?«

Sie suchte nach mehr, was sie sagen konnte. Sie würde nicht erwähnen, was an jenem Tag, als sie und Raina Fallen im Alten Wald überprüfen wollten, geschehen war. Sie würde ihm auch nicht erzählen, wie ihr Zeichen sie eines Nachts geweckt und ihr gesagt hatte, sie solle wegrennen. Das waren schlimme Geheimnisse, und sie hatte ihre Lektion darüber gelernt. Sie hob ihr Kinn und sagte: »Ich wußte, daß Raif den Clan verlassen würde. Ich wußte es an dem Tag, als er seinen Schwur tat.«

»Auch das.« Das Gesicht des Steinhüters wurde kein bißchen weicher, aber als er wieder sprach, lag weniger Zorn in seiner Stimme. »Es war richtig, daß dein Bruder uns verlassen hat, Kind. In diesem Clan gibt es keinen Platz für einen Raben.«

»Wird er zurückkehren?«

»Nicht als der, den du kennst.«

Effie schluckte. Sie verstand Inigars Worte nicht, aber sie taten ihr weh. In all den Monaten, seit Raif gegangen war, hatte sie mit niemandem über ihn gesprochen. Sein Name wurde im Clan nicht mehr erwähnt. »Manchmal sehe ich ihn, wenn ich mein Zeichen halte. Ich sehe Eis und Stürme und Wölfe und tote Männer … und ich will ihn warnen und ihm sagen, er soll vorsichtig sein, aber er ist nicht da.« Tränen traten ihr in die Augen. »Er ist nicht da.«

»Trägst du deshalb dein Zeichen nicht, Kind? Weil es dir Dinge zeigt, die du nicht sehen willst?«

Effie nickte. »Es drückt mich die ganze Zeit … und ich bekomme Angst. Ich will nicht sehen, wie Raif und Drey schlimme Dinge passieren.«

»Und dennoch ist es dein Zeichen, und der Mann, der vor mir Steinhüter war, hat es dir gegeben. Keine Clansfrau kann je ihrem Zeichen den Rücken zuwenden.«

»Ich weiß. Ich wollte es nur kurze Zeit abnehmen. Es ist am schlimmsten, wenn Drey weg ist. Jedesmal wenn es drückt, denke ich … denke ich …«

»Still, Kind. Ich weiß, daß du deinen Bruder sehr gern hast.«

Meine Brüder, verbesserte Effie ihn still für sich.

»Du mußt dein Zeichen tragen, Effie Sevrance. Unser Clan ist im Krieg, und wenn die Steingötter dir Botschaften schicken, welches Recht hast du, dich abzuwenden? Unsere Krieger kämpfen, und auch sie haben Angst: Was glaubst du – ist ihre Last etwa geringer als die deine?«

Darauf hatte Effie keine Antwort. Was Inigar sagte, war

richtig und wahr. Sie mußte nur an Drey denken, um zu wissen, daß ihre Angst verglichen mit der seinen dumm war. Er mußte in Eis und Dunkelheit von Clan zu Clan reiten und war nie sicher, wann der nächste Kampf ausbrach und was er bringen würde. Clansmänner, die mit ihm zusammen den Jahrmännereid geschworen hatten, waren bereits tot.

»Trag dein Zeichen wieder«, sagte der Schamane. »Du brauchst keine Fragen von mir mehr zu befürchten. Du bist eine Tochter dieses Clans, und du hast den Stein als dein Zeichen, und das bedeutet, daß du standfest und schweigsam bist. Ich verlasse mich darauf, daß du nicht mit anderen darüber sprichst. Es gibt viele im Clan, die nicht verstehen würden, welches Wissen dein Zeichen dir bringt, und die das bei einem Namen nennen würden, den es nicht verdient.«

Effie nickte. Sie verstand, was Inigar meinte. Die verrückte Binny in ihrem Pfahlbau über dem See wurde so genannt. Anwyn Bird hatte erzählt, daß die verrückte Binny einmal das schönste Mädchen des Clans gewesen war. Ihr Name war Birna Lorn gewesen, und Will Hawk und Orwin Shank hatten um sie gekämpft. Orwin hatte gewonnen, aber sobald sie einander versprochen waren und der Hochzeitstag festgelegt war, begannen die Gerüchte, daß Birna eine Hexe sei. Sie wußte immer, welche Kühe vom Grasfieber sterben und welche Schafe vor der Zeit lammen würden. Clansfrauen begannen sie zu fürchten, denn sie brauchte eine schwangere Frau nur anzusehen, um sagen zu können, ob sie ein gesundes Kind zur Welt bringen würde oder nicht. Einen Monat vor ihrer Hochzeit mit Orwin Shank begegnete Birna Dagro Blackhails erster Frau, Norala, im Grünkohlhof. Anwyn zufolge war Norala gerade schwanger geworden, aber nicht einmal sie selbst wußte es. Sobald Birna Lorn sie sah, sagte sie: »Dieses Kind, das du trägst, wird in dir sterben.«

Als Norala drei Wochen später einen blutigen Sack ausschied, trieb ein bewaffneter, zorniger Haufen Birna Lorn aus dem Leithaus. Norala warf ihr vor, an der Totgeburt des ersten Häuptlingskindes schuld zu sein.

»Effie Sevrance …« Die kalte, gereizte Stimme des Steinhüters brach durch ihre Gedanken. »Kümmere dich um dein Zeichen.«

Sie schüttelte sich. »Ich weiß nicht, wo es ist. Ich habe es abgenommen und in meinen Beutel zu den anderen Steinen gelegt. Aber jetzt kann ich mich nicht mehr daran erinnern, was ich danach damit getan habe.«

»Dein Beutel ist unter meiner Werkbank. Hol ihn jetzt und laß ihn hier nicht wieder.«

Zu verlegen, um sich erleichtert zu fühlen, schlurfte Effie an Inigar Stoop vorbei zur abgelegenen Ecke des Leithauses, wo er meißelte und rieb. Sie war so dumm! Selbstverständlich war sie am Abend zuvor hierhergekommen! Es war zu kalt gewesen, um zur Hundehütte zu gehen, und sie hatte irgendwo allein sein wollen. Und sicher.

Als sie den Beutel vom Boden nahm, sagte Inigar: »Glaubst du, daß ich ein harter Mann bin, Kind?« Sie drehte sich um und schüttelte den Kopf, aber er schien es nicht zu bemerken. Er hatte den Blick tief in den Rauch gerichtet. »Mace Blackhail ist der Häuptling, und er tut, was ein Häuptling in Kriegszeiten tun muß, aber er sieht nicht allzuweit. Er denkt nur an seine eigene Lebenszeit, daran, was er für sich selbst, seine Familie und seinen Clan erreichen kann. Das kann ich ihm nicht übelnehmen. So sind alle Häuptlinge. Es ist nicht seine Sache, an jene zu denken, die nach ihm kommen. Dunkle Zeiten stehen uns bevor, und Schatten sammeln sich im Kargland. Bald wird der Himmel rot brennen, und die Geisterstadt wird sich aus dem Eis heben, und ein Schwert wird aus gefrorenem Blut gezogen. Wenn ich dies Mace Blackhail sagen würde, würde es ihm nichts bedeuten. *Clans kämpfen gegen Männer, nicht gegen Schatten,* würde er sagen. Und er hätte unrecht. Die Steingötter werden diesem Kampf nicht ihren Rücken zuwenden.«

Bemüht, keinen Laut von sich zu geben, band Effie den Beutel an ihren Gürtel. Sie verstand nicht, was Inigars Worte mit ihr zu tun haben sollten.

»Ich bin es, der den Clan durch die lange Nacht führen muß, die vor uns liegt. Mein Zeichen ist der Falke, und ich sehe weiter als die meisten, und deshalb habe ich, als dein Bruder zu mir kam, Worte gesprochen, die ihn von diesem Clan lösten. Meine Verpflichtung besteht gegenüber Blackhail und den Göttern, die im Stein leben.«

Effie atmete nur ganz flach, während sie dem Steinhüter zuhörte. Inigar war alt und weise, aber sie wußte, daß es nicht Worte allein gewesen waren, die dafür gesorgt hatten, daß Raif weggegangen war. »Falken können im Dunkeln nichts sehen«, sagte sie leise. »Eulen schon.«

Inigar Stoops kleines, altersfleckiges Gesicht wandte sich ihr zu, und sein Blick suchte sie im Rauch. »Da hast du recht, Kind, aber es ist keiner mit Eulenzeichen mehr unter uns. Ich denke gern, wenn du zwei Jahre später geboren wärest, nachdem der alte Schamane tot war und seine Pflichten auf mich übergegangen waren, daß ich das Zeichen der Eule für dich gewählt hätte.«

Nie war Inigar Stoop einer Freundlichkeit ihr gegenüber näher gekommen. Tränen, für sich selbst und für Raif, traten ihr in die Augen. »Aber Steinhüter wählen nicht die Zeichen von neugeborenen Kindern. Sie träumen sie.«

»Für dich und für Raif hätte ich noch einmal geträumt.«

Eine Träne lief Effie über die Wange.

»Geh, Kind. Und denk daran, dein Zeichen Tag und Nacht zu tragen.«

Effie ging am Steinhüter vorbei, sorgfältig bemüht, weder ihn noch den Heiligen Stein zu berühren. Erst als sie an der Tür war, erinnerte sie sich wieder an Anwyns Botschaft. »Orwin Shank hat eine Besprechung an der großen Feuerstelle einberufen. Er bittet dich, dorthin zu kommen.«

Inigar Stoop nickte. »Sag ihm, ich werde kommen, nachdem

ich mich um die Rauchfeuer gekümmert habe.« Seine dünnen, braunen Finger strichen über seine verkohlten Manschetten. »Und Effie … paß auf dich auf.«

Der Blick, den er ihr zuwarf, hätte sie beinahe bewogen, etwas zu sagen. Es wäre eine solche Erleichterung gewesen, erzählen zu können, daß Nellie Moss' Sohn mitten in der Nacht in ihre Kammer gekommen war. Sie konnte es Drey nicht sagen, denn seine Ehre würde ihm keine andere Wahl lassen, als direkt zu Mace Blackhail zu gehen und ihn herauszufordern. Effies Magen zog sich bei diesem Gedanken fest zusammen. Drey durfte es nie erfahren. Abrupt senkte sie die Hand zu dem Beutel an ihrem Gürtel. Jetzt hatte sie ihr Zeichen zurück; es würde sie warnen, wenn Cutty Moss wiederkam … falls er es jemals tun würde. In all den Tagen, die vergangen waren, seit sie Nellie Moss und Mace Blackhail vor der Hundehütte belauscht hatte, hatte ihr Zeichen ihr nicht ein einziges Mal geraten zu fliehen. Vielleicht war sie jetzt in Sicherheit. Vielleicht hatte sie ja mehr in die ganze Angelegenheit hineingedeutet, als sie wert war. Die Einzelheiten dessen, was sie gerade gehört hatte, begannen bereits, in ihrem Kopf zu verschwimmen.

»Alles in Ordnung, Kind?« Inigars Stimme war beinahe sanft.

Aber am Ende genügte es nicht. Effie tätschelte ihren Beutel. »Ich bin froh, daß ich mein Zeichen wiederhabe.« Bevor er weitere Fragen stellen konnte, huschte sie durch die Tür in den kühlen, feuchten Flur dahinter. Die frischere Luft tat ihr gut, und sie begann zu rennen. Sie mußte Orwin Shank eine Botschaft ausrichten, aber erst würde sie tun, was der Steinhüter befohlen hatte, und ihr Zeichen wieder umhängen. Das konnte sie nicht überall tun, denn in solchen Angelegenheiten hatte sie ihre eigenen, geheimen Regeln. Sie brauchte einen ruhigen Platz, um das Zeichen erst eine Weile zu halten und es für die verlorene Zeit zu entschädigen.

Die Stelle unter der Treppe in der Eingangshalle war ein Ort, an dem man eine Weile sitzen konnte und nicht bemerkt wurde.

Es war gut und dunkel, und es gab interessante tote Spinnen, die man sich ansehen konnte. Nachdem sie sich erst einmal tief zurückgezogen hatte, dorthin, wo die Decke am niedrigsten war und der Steinboden pelzig vor Staub, den selbst Anwyns Besen nicht erwischte, ließ sie die Hand in den Beutel gleiten. Glatte, leblose Kiesel und Steine. Stirnrunzelnd griff sie tiefer hinein, spreizte die Finger weit, aber sie konnte ihr Zeichen immer noch nicht spüren. Rasch zog sie den Beutel vom Gürtel und kippte ihn auf den Boden aus.

Effie spürte, wie ihr kalt wurde, als der Staub sich legte. Ihr Zeichen war nicht da.

16
Die eiserne Kammer

Das Geheimnis der Blutmagie, dachte Penthero Iss, als er die Lampe an einen tief in die Mauer gehämmerten Nagel hing, bestand darin, die Netzfliege vollständig zu entfernen. Jeder Idiot konnte ein Skalpell nehmen, die Wirtshaut über der zuckenden, mandelgroßen Masse des Parasiten aufschneiden, das Insekt rasch mit einer Pinzette packen und herausreißen. Das Problem war, daß die Netzfliege bei dieser Methode beinahe nie mitspielte. Sobald die Skalpellschneide die Haut berührte, begann der Parasit zu zucken. Die Fliege begann, mit den Beinen zu wackeln. Die Flügel, schützend über den Thorax gefaltet, bis das Geschöpf bereit war, den Wirt zu verlassen, breiteten sich aus und zerbrachen. Sie senkte die Mundwerkzeuge ins Muskelfleisch, und die ausgeprägten Kiefer schlossen sich fest.

Das war eine sehr, sehr schmutzige Angelegenheit. Stücke der Fliege brachen immer ab, und ganz gleich, wie sehr man sich anstrengte, alle Überreste zu entfernen, ein winziges Stück übersah man meistens. Und übersehene Stücke von Netzfliegen hatten die unangenehme Angewohnheit, sich zu entzünden und beim Wirt Wundbrand zu erzeugen.

Stirnrunzelnd drehte Penthero Iss sich um und betrachtete die eiserne Kammer und den Gebundenen, der an ihre Mauern angekettet war. Selbst Lampenlicht war hier irgendwie anders, tief in der Spitze des umgekehrten Turms, und die Luft war schwerer und schwieriger zu atmen. Der Gebundene ächzte beim Atmen, die Haut an der Kehle so straff gespannt, daß Iss die Adern zählen konnte. Iss ging auf ihn zu. Er hatte eine feine Pinzette in der Hand, deren Spitzen schwarz waren, weil er sie eine ganze Stunde lang über eine Flamme gehalten hatte, und vorsichtshalber hielt er auch das keilförmige Juweliermesser bereit.

Ein drahtdünner Muskel im Unterarm des Gebundenen spannte sich an, als er versuchte, seinem Herrn die Hand entgegenzuheben. Eines seiner Augen war milchhell und tot. Das andere war umwölkt, die Iris an einigen Stellen weiß gefleckt, aber er konnte noch sehen. Iss war schon lange der Ansicht, daß er sehen konnte.

Iss kniete auf der eisernen Lippe der Spitze und schob die Falten des Hemdes des Gebundenen beiseite. Ein kleiner Verband von der Größe und Form einer Augenklappe befand sich im oberen Teil des Rückens des Gebundenen. Man mußte eine Netzfliege ersticken, wenn man sie ganz entfernen wollte: ihr Luftloch mit einer Perle von Fischschleim verstopfen, dann eine Schicht Blasenhaut darüber anbringen und deren Ränder mit noch mehr Leim versiegeln. Acht Stunden genügten im allgemeinen, um die Netzfliege in den Schlaf zu versenken.

Mit der vom Feuer geschwärzten Pinzette zupfte Iss nun an dieser Blasenhautschicht. Die Haut des Gebundenen war gelb und locker und schien nur an sehr wenigen Stellen an seinem Körper zu haften. Iss mußte vorsichtig sein, sie nicht zu zerreißen, wenn er daran arbeitete.

Als er den Verband abgezogen und den Leim weggekratzt hatte, drückte Iss Daumen und Zeigefinger zu beiden Seiten der Erhebung ins Fleisch. Als er die feste, schuppige Form der Netzfliege mit seinen Fingerspitzen berührte, röteten sich seine Wangen vor Erregung. Diese hier war vollständig ausgebildet. Sie hatte sich unter der Haut verpuppt; noch ein paar Tage, und sie hätte sich ihren Weg ins Freie gefressen. Sie war auch schwer, voller Blut. Ein perfekter Parasit, jedes Organ, jedes Teil von ihrem Wirt geschaffen.

Und dies war der wahre Grund, wieso man die Fliege als Ganzes herausziehen mußte. Nichts, kein Tröpfchen Verdauungsflüssigkeit, nicht ein einziges Insektenbein, nicht ein einziger hohler Sägezahn durfte dabei verlorengehen. Auch mit einem unvollständigen Exemplar ließ sich Blutmagie vollziehen, aber sie war niemals so mächtig wie mit einem vollständigen Parasiten. Innerhalb von acht Wochen hatte sich die Netzfliege vom Fleisch des Gebundenen ernährt, seine Kraft konzentriert, sein Blut destilliert. Iss hatte gelesen, daß einige, die Zauberer an sich banden, Zugang zur Macht dieses Zauberers erhielten, indem sie andere Parasiten benutzten, wie Egel, Läuse oder Würmer, aber Iss war mit den Netzfliegen zufrieden. Sie blieben dicht unter der Haut und konnten leicht wiedergefunden und entnommen werden, und sie verbrachten zwei ihrer drei Lebenszyklen innerhalb des Wirts.

Die Netzfliege war nun durch das Drücken von Iss' Fingern an die Oberfläche gebracht, und ihre dunklen Facettenaugen starrten Iss durch das Luftloch an. Gut. Sie war kurz vorm Sterben, aber die winzigen Härchen ihres Körpers bewegten sich gegen die Strömung klarer Flüssigkeit, die aus der Öffnung drang. Iss bewegte die Pinzette, überprüfte ihren Griff. Als er durch das Luftloch nach dem Thorax stocherte, gab der Gebundene ein leises Keuchen von sich.

Iss ließ sich nicht stören. Manchmal machte der Gebundene Geräusche. Er konnte nicht sprechen. Alle Sprache, Erinnerungen und alles, was er je gewußt hatte, waren ihm sechzehn Jahre zuvor genommen worden, während der einunddreißig Tage, in denen man ihn gebrochen hatte. Am Ende der einunddreißig Tage hatte er nur noch die Bedürfnisse eines Tieres, und wie ein Tier grunzte er, wenn er Angst oder Schmerzen hatte. Ein sanftes Wort war alles, was es brauchte, um ihn zu beruhigen.

Die Netzfliege kam mit einem nassen *Plopp* heraus. Sie war bereits dunkler geworden und gewachsen, zur Vorbereitung auf die Paarung. Der Panzer, der die Flügel überzog, war wunderschön: rötlich, transparent und durch ein Netzwerk in geometrische Formen geteilt. Iss hielt sie ins Licht.

Diese hier ist für dich, Beinahe-Tochter. Damit ich sehen kann, was du gestern in der Morgendämmerung getan hast.

Der Gebundene stöhnte, als Iss ihn losließ. Wieder bewegte er den Arm, und einen Augenblick lang glaubte Iss, das Aufflackern reinen Hasses im Blick des Gebundenen zu sehen. Iss neigte nicht dazu, zu schaudern, aber er spürte dennoch, wie seine Brustmuskeln sich zusammenzogen. Er hatte sich doch sicher geirrt? Der Gebundene sah, aber er *nahm nicht wahr*, er existierte, aber er *fühlte* nicht.

So mußte es bei einem gebundenen Zauberer sein. Man mußte ihn vollständig zerbrechen, sowohl den Körper als auch den Geist, im selben Augenblick. Iss hatte erfahren, wie gefährlich es war, den Körper als erstes zu brechen. Daß man Oberschenkelknochen von der Hüfte riß, Wirbelsäulen rückwärts über ein Rad zwang und Nadeln ins innere Ohr steckte, um die kleinen Knochen dort in Unordnung zu bringen, genügte nicht, den Geist zu zerstören. Das wußte Iss. Er hatte zwei Männer verloren, während er *diese* Lektion lernte. Es hatte ihm die oberste Schicht von den Zähnen gebrannt, als der andere die Magie, die Iss' Mund verlassen hatte, zurückschnellen ließ.

Iss schüttelte den Kopf und verbannte die Erinnerung. Seine bleichen Hasenaugen konzentrierten sich auf das Gesicht des Gebundenen, suchten nach Zeichen von Bewußtsein. Die gesunde Pupille des Gebundenen war matt und ins Leere gerichtet, ein schwarzes Loch, aus dem nichts herauskam.

»Weißt du, wer ich bin, Gebundener?« fragte Iss. »Weißt du, was ich getan habe?«

Wieder bewegte sich die Hand des Gebundenen, diesmal auf das Päckchen mit Bohnen in gewachstem Leinen zu, das an Iss' Gürtel hing. Iss empfand eine seltsame Mischung aus Zärtlichkeit und Erleichterung, und er nickte. »Hungrig, wie? Aber selbstverständlich. Das ist das Tier, das ich kenne.«

Er wandte dem Gebundenen und seinem Eisenkäfig den Rücken zu und versuchte einen Augenblick lang, sich noch mehr zu beruhigen, bevor er mit der eigentlichen Magie begann. Die engen, gebogenen Wände der Eisenkammer erinnerten ihn an einen trockenen Brunnenschacht. Selbst so tief im Boden hatten die Steinmetze daran gearbeitet, die Turmwände weiter spitz zulaufen zu lassen. Iss mußte nur die Augen schließen, um sich die Form des Turms vorstellen zu können: ein Pfahl, der ins Herz des Berges reichte. Ein vollkommen runder Pfahl.

Rob Claw, Herr des vierten Turmes, Erbauer der Maskenfestung und Urenkel von Glamis Claw, hatte die Ausgrabungen für den umgekehrten Turm angeblich fünf Jahre nach dem Bau des Splitters begonnen. Damals war Spire Vanis noch neu gewesen und hatte bestenfalls ein Zehntel seiner jetzigen Größe erreicht. Die vier Bastardlords hatten das Gebirge hundert Jahre zuvor überquert und den Sull den Totenberg abgenommen. Rob Claw hatte rings um die Festung aus Holz und Stein der Bastardlords eine Stadt errichtet. Spire Vanis war Claws Schöpfung. Er hatte die Pläne und die Voraussicht gehabt, und es hieß, daß die Stadtmauer doppelt so hoch gebaut worden wäre, hätte Rob Claw nur lange genug gelebt.

Iss atmete tief aus. Rob Claw hatte sich vor etwas gefürchtet. Ein Mann verbrachte keine fünfunddreißig Jahre seines fünfzigjährigen Lebens damit, eine Festung zu bauen, wie die Welt sie noch nicht gesehen hat, wenn er nicht an Gefahr glaubte. Theron und Rangor Pengaron, Torny Fyfe und Glamis Claw hatten keine solche Angst gekannt. Sie waren einfach nach Norden geritten und hatten erobert. Und trotz der ruhmreichen Geschichten von gepfählten Ungeheuern, bluttriefenden Feldern und Schlachten, die neunzig Tage und Nächte gedauert hatten, nahm Iss an, daß sie den Totenberg und das Tal der Türme ziemlich billig bekommen hatten. Die Bastardlords hatten die erste Mauer nur siebzig Tage nach der Überquerung der Berge mit ihrem Heer errichtet. *Siebzig Tage.*

Das war irgendwie beunruhigend. Die Sull, die überall in der zivilisierten Welt dafür bekannt waren, daß sie niemandem ihr

Land kampflos überließen und ihre Grenzen mit kalter Wut verteidigten, hatten zur Verteidigung des Totenbergs kaum ihre Klingen benetzt. Oh, die Historiker erzählten andere Geschichten, und Iss konnte ein Dutzend schreckliche, blutige Schlachten aufzählen, die angeblich während der Gründungskriege stattgefunden hatten: Schlachten, während derer der Himmel sich von Sullpfeilen verdunkelt hatte, während derer der Mond vom Mitternachtshimmel verschwunden war, ausgelöscht von finsterer Sullmagie, und bei denen gefürchtete Halbungeheuer das Schlachtfeld beherrschten, ihr Atem kalt wie Tod, ihre Berührung genug, um das Licht gesunden Geistes aus den Augen eines Kämpfers zu brennen. Iss hatte die Geschichten ebenso gelesen wie den Rest … aber er war nicht sicher, ob er sie glaubte.

Zweitausend Jahre zuvor hatten die Sull den Bastardlords den Totenberg überlassen. Und tausend Jahre davor hatten sie das Land aufgegeben, das später zum Clanland werden sollte, und es den wilden, in Tierfelle gekleideten Clansmännern überlassen, die von Irgar dem Kettenbrecher aus dem weichen Land vertrieben worden waren. Historiker behaupteten, die Sull hätten die Besiedelung des Clanlandes zugelassen, weil die Clans keine Bedrohung darstellten; sie blieben unter sich, waren nicht daran interessiert, die Sull zu konvertieren oder zu verfolgen, und sie nahmen sich nur das schwer zu bewirtschaftende Land in der Mitte des Kontinents, für das die Sull keine Verwendung hatten und keine Liebe empfanden.

Diese Gründe klangen in Iss' Ohren wie falsche Töne. Er war in Trance Vor aufgewachsen. Er wußte alles über die Sull. Er hatte dabeigestanden und zugesehen, als Sullkrieger seinem Vater ein dutzendmal in den Rücken schossen. Vier Krieger. Jeder drei Pfeile. Es war in weniger als einem Augenblick vorbei gewesen.

Der Atem schoß aus Iss' Kehle wie eine Kugel aus weißem Eis. Was für ein Idiot sein Vater gewesen war! Langsam die

Grenzen zu erweitern und in jeder Jahreszeit ein weiteres, haarfeines Stück Land zu stehlen war keine Art, die Sull zu berauben. Sie hatten einen sechsten Sinn, was diese Dinge anging, sie wußten immer ganz genau, wann Fremde das Felsland betraten. Und sie verfügten über tiefe, angeborene Erinnerungen an jeden Bach, jede Lichtung, jede Heide und jedes Gehölz – an all ihre heiligen Grenzen.

Ediah Iss hatte dasselbe getan wie tausend Bauern in Trance vor ihm: Er hatte seinen eigenen marschigen, schlecht entwässerten Boden betrachtet und dann in die Ferne geschaut und die weiche, fruchtbare Erde des Sull-Landes gesehen. »Sie bearbeiten es nicht einmal«, hatte er sich beschwert und auch damit Worte benutzt, die schon so viele vor ihm ausgesprochen hatten. »Gutes Land wie das da liegt brach, während ich jeden Tag auf diesen elenden Feldern schwitzen muß.«

Sie hatten ihn selbstverständlich gewarnt. Die Sull warnten einen immer. Dieselben vier Krieger, die ihn am Ende getötet hatten, waren eines Morgens in der Dämmerung auf Iss' Hof erschienen. Iss erinnerte sich, wie er vom Geräusch metallener Pfeilspitzen, die gegen das tönerne Gitter stießen, erwacht war. Damals war er acht gewesen und hatte am Fußende des Strohsacks seiner Eltern auf einer mit Stroh gestopften Hundematratze geschlafen. Der Pfeil war durch einen Schlitz in den Fensterläden hereingekommen, der nicht größer war als der Mund eines Kindes. Ediah Iss hatte seit dem Frühjahr vorgehabt, das Loch zu schließen.

Iss hatte neben seiner Mutter gestanden, als sein Vater die Tür öffnete. Vier berittene Krieger in Luchs- und Vielfraßfellen und mitternachtsblauem Wildleder standen im Halbkreis vor dem Haus. Als er ihre schwarzlackierten Bögen mit eingeprägten Halbmonden und Raben sah, ihre silbernen Aderlaßmesser, die an silbernen Ketten von ihren Sattelknäufen hingen und im Wind klirrten wie Glocken, und ihre Pfeile, die mit den schneeweißen Federn des Winterfischadlers gefiedert waren, hatte Iss gelernt, was es bedeutet, sich als Mann zu fürchten. Zuvor hatte er nur die Angst eines Kindes gekannt.

Die Sull sagten kein Wort – das war nicht ihre Art –, sondern blieben nur eine Weile warnend stehen, wandten sich dann nach Osten und ritten davon. Iss' Mutter war die erste, die sich regte und das Wort ergriff. Iss erinnerte sich, wie sie ihren Mann so fest stieß, daß er mit der Stirn gegen den Türrahmen krachte.

»Du Narr!« rief sie. »Du weichlicher Narr! Ich habe dir doch gesagt, daß sie das mit dem Zwiebelfeld herausfinden, sobald du es pflügst. Lauf sofort hin, noch bevor sie über den Hügelkamm geritten sind, und zieh die neuen Zwiebeln wieder heraus.«

Sie hatte es ihm *nicht* gesagt, das wußte Iss. Sie war diejenige gewesen, die ihn zehn Tage zuvor ermutigt hatte, die Zwiebeln auf Sullboden zu pflanzen; sie hatte ihm zugesehen, als er vier Tage damit verbrachte, eine vom Unkraut erstickte Wiese in ein bearbeitetes Feld zu verwandeln.

Vielleicht war es der Zorn auf seine Frau, der Ediah Iss dazu veranlaßte, zwei Reihen Zwiebeln stehenzulassen, oder vielleicht glaubte er, daß diese beiden Reihen, die am nächsten an seiner eigenen Grenze und von einem flüchtigen Blick durch den tiefen Schatten eines hundert Jahre alten Milchwalls verborgen waren, den Sull nicht auffallen würden. Jedenfalls ließ er achtundvierzig Zwiebeln im Boden. Iss kannte die genaue Anzahl, denn eine Stunde nach dem Tod seines Vaters hatte er jede einzelne davon aus der körnigen, schwarzen Erde gezogen.

In weniger als zwei Tagen waren die Sull zurückgekehrt. Iss konnte sich immer noch daran erinnern, wie seine Mutter geschrien hatte, als die vier Krieger die benutzten Sehnen von ihren Bögen schnitten und sie wegwarfen, als wären sie beschmutzte Lappen. Er mußte nur die Augen schließen und sah seinen Vater wieder am Boden liegen, mit einem vollen Köcher von Pfeilen im Rücken, die wie goldene Weizenähren daraus hervorwuchsen.

Iss saugte die Lippen gegen seine verfärbten Zähne. Es war der Tod eines Narren, durch reine Dummheit herbeigeführt, aber nicht ohne einen Sinn. Iss hatte dadurch zwei wertvolle Dinge erhalten. Als erstes hatte die Familie seiner Mutter rasch gehandelt, um ihn loszuwerden, und man hatte ihn zu einem entfernten Onkel nach Spire Vanis geschickt, der dort ein Landgut hatte; und zweitens hatte er eine Lektion über die Sull gelernt, die er sein Leben lang nicht vergessen würde.

»Armer Vater«, sagte Iss und drehte die Netzfliege ins Licht. »Man nimmt den Sull das Land nicht in kleinen Stücken ab. Man wartet, bis die Zeit reif ist, und nimmt dann alles.«

Mit einem raschen Schnippen des Handgelenks zog er Luft über den Bauch der Netzfliege und rüttelte das Geschöpf wach. Die Hinterbeine des Insektes wurden starr, und tief in dem rötlichen Panzer zuckten vier vollkommen ausgeformte Flügel ins Leben. Die Netzfliege wußte, daß sie sich nicht mehr im Wirt befand, und versuchte nun, die Flügel auszubreiten und zur Paarung zu fliegen. Iss war nicht unzufrieden. Die Präsenz eines solch starken und allgemeinen Instinkts konnte der Magie nur weitere Kraft hinzufügen.

Iss saß auf dem Zauberersitz, der zweitausend Jahre zuvor von Steinmetzen gebaut worden war, die man später blendete und denen man die Zungen herausschnitt, bevor man sie tötete, damit selbst ihre Geister keine Geheimnisse weiterverraten konnten. Der Sitz war kaum mehr als eine hüfttiefe Einkerbung in der Wand, überzogen mit demselben druckgeformten Granit, der den gesamten umgekehrten Turm umgab, und dann mit einer Platte matten Eisens beschlagen. Man hatte nichts in das Metall geritzt, keine Runen, keine Symbole, keine Legenden. Die Tatsache allein, daß sich dieser Sitz hier in der Spitze befand, war Legende genug. Iss stellte sich gerne vor, daß es der letzte Befehl von Rob Claw an seine Steinmetze gewesen war. »Meißelt mir einen Zauberersitz heraus, auf dem ich mich niederlassen kann, wenn ich die Arbeit der Götter tue.«

Iss stieß die Zunge an den Gaumen und bereitete sich auf die Magie vor. Nach all dieser Zeit war er immer noch nervös. Er vertraute dem umgekehrten Turm, und er kannte die Macht des Gebundenen ebenso wie seine eigene, aber jedesmal bevor er die Netzfliege in den Mund nahm, zog sich sein Magen so fest zusammen wie eine Falle.

Nein, die Gefahr eines Rückschlags bestand nicht. Der umgekehrte Turm war als Isolator gebaut. Der Fels des Berges, der ihn umgab, die Kacheln, die aus dem zerstörten Turm des Zauberers von Linn hergestellt waren, und die Turmstruktur mit ihrer Eisenspitze selbst machten den umgekehrten Turm zu einer Zuflucht von der Außenwelt. Keine Zauberei von außen konnte hier eindringen. Kein Rückschlag konnte den Turm zerbrechen. Keine Magie, die hier heraufbeschworen wurde, konnte zu ihrer Quelle zurückverfolgt werden. Jeder, der hier Macht heraufbeschwor, war frei wie ein Gott.

Iss hob die Netzfliege an die Lippen. Noch als er den Mund öffnete, zogen sich Magen und Lunge zusammen, bereit, die Macht auszustoßen. Er lockerte den Griff um die Pinzette und legte sich das Geschöpf auf die Zunge. Es zuckte dort einen winzigen Augenblick, bis Iss es entzweibiß.

Der Gebundene schrie und schrie, sein hohes, schrilles Jammern drosch auf die Mauern der Kammer ein wie die Flügel eines Vogels auf seinen Käfig. Bittere Flüssigkeit füllte Iss' Mund. Insektenbeine kratzten an seinen Zähnen. Flügel knackten mit dem leisen Geräusch von Waffeln, und dann erfüllte die ganze Macht der Netzfliege, die sie während acht Wochen des Wachsens von ihrem Wirt gestohlen hatte, Iss wie Hochwasser und trieb seinen Geist nach draußen. Iss empfand einen Augenblick reiner Göttlichkeit, als er sich von Fleisch und Knochen löste. Ja, *so* mußte es sich anfühlen, ein Gott zu sein.

Penthero Iss, Surlord von Spire Vanis, Kommandant der Renegatenwache, Hüter der Maskenfestung und Herr der vier Tore, stieg an einen Ort auf, wo er den Gebundenen nicht mehr schreien hören konnte. Macht pumpte aus dem Körper der Netzfliege wie Blut aus einer durchschnittenen Ader. Iss schaute nach unten und sah, wie sein Haar und sein Gewand unter ihm wehten. Er holte mit einem Körper, den er nicht mehr bewohnte, tief Luft und schmeckte seine eigenen Reste im Äther.

Höher und höher stieg er auf, das Brausen der Magie erfüllte seine zurückgelassenen Ohren. Der mitternachtsblaue Bogen des Firmaments kam ihm entgegen, bog sich mit der trägen Verlockung der Unendlichkeit, lud ihn ein, hinaufzukommen und im kalten Land auf der anderen Seite des Todes zu spielen. Iss wich von seiner schimmernden Kante zurück. Wenn er dieser Straße folgte, gab es keinen Weg zurück.

Als er sich nach innen wandte, auf der Suche nach dem dunklen Weg, der ihn ins Grenzland führen würde, blieb die Farbe des Firmaments in seinem Geist. Er hatte diese Blauschattierung schon einmal gesehen … auf den Mänteln der Sull, an jenem Tag, als sie zwölf Pfeile in Ediah Iss' Wirbelsäule schossen.

Anderthalb Welten unter ihm schauderte Iss' Körper auf seinem Sitz aus Eisen und Stein. Er schob seine Nicht-Substanz weiter auf die wirbelnden, grauen Schatten des Grenzlandes zu und achtete nicht auf sein eigenes Fleisch und Blut.

Das Grenzland hatte viele Namen. Die Phage nannten es Graue Marsch, die Priester im Knochentempel nannten es Das-Land-das-kein-Mensch-durchquert, und die Sull hatten einen Namen dafür, den man besser unausgesprochen ließ. Der Lauscher des Eisjägerstamms benannte es überhaupt nicht und sagte nur, es sei ein Ort, an dem *ein Mensch Träume stehlen kann.* Und so fühlte Iss sich, als er sich den bleichen Grenzen näherte: wie ein Dieb.

Ein Streifen Licht, rosa wie die Haut eines Neugeborenen, kennzeichnete den Rand des Grenzlandes wie eine falsche Dämmerung. Rauch umgab es wirbelnd, vorquellend und sich wieder zurückziehend. Es gab keinen Laut, keinen Geruch, aber diese Stille war von der Art, die keinen Frieden brachte. Ohne Geräusche oder Gerüche, die seine Sinne ablenkten, war Iss' Blick so fest konzentriert wie der jener Häretiker des Südens, die man in der Wüste aussetzte. Als Strafe für ihren Unglauben nähten die dunkelhäutigen Priester die Augenlider der Häretiker mit Kreuzstichen schwarzer Seide an ihrer Stirn fest, so daß sie im Sterben das Antlitz Gottes erblicken konnten. Iss fühlte sich nun, als wären seine eigenen Lider festgenäht. Es war unmöglich, zu blinzeln oder den Blick abzuwenden. Er hatte keine andere Wahl, als zu *sehen*.

Vor ihm erstreckte sich das Grenzland, eine Landschaft grauer Nebel, Eisbergspitzen und schattengefüllter Täler, die sich bis in ferne Dunkelheit erstreckten. Iss wußte vieles über das Grenzland, wußte, daß sein Rand nur von einer Handvoll Menschen in jeder Generation besucht werden konnte, daß unterschiedliche Menschen aus unterschiedlichen Gründen kamen und daß einige, wie der Lauscher der Eisjäger, hier die Zukunft erkennen konnten. Selbst jetzt, wo die Macht des Gebundenen ihn stützte, waren Iss' Fähigkeiten begrenzt. Er drang widerrechtlich hier ein, er war ein Dieb. Er gehörte nicht hierher, nicht einmal auf die Schwelle. Selbst wenn die Zukunft wie reifes Obst um ihn herumhing, war er nicht imstande, sie zu pflücken. Wenn er einen Weg entdeckte, der nach innen führte, hatte er keine andere Wahl, als sich abzuwenden.

Asarhia March, Findling, am Berg geboren, im Turm erzogen, war der einzige lebende Mensch, der dieses Grenzland ohne Angst betreten durfte. Es war ihr Element. Ihr Körper war darauf vorbereitet. Sie konnte die Wege wahrnehmen, die hindurchführten. Sie konnte die Mauer um das Blinde Land berühren, ohne sich zu verbrennen.

Sie war dort draußen, diese Mauer, weit auf der anderen Seite, wo das Grau dem Dunkel wich und wohin selbst der mächtigste Zauberer oder Lauscher sich nicht wagen durfte. Alle Welten stießen hier zusammen, alle sterbenden Seelen durchquerten auf ihrem Weg zur letzten Ruhe oder zur Zerstörung dieses Land. Iss hatte einmal gehört, daß Menschen manchmal in den dunkelsten Stunden der Nacht ihren Weg hierher *träumten.* Anders als der Lauscher, dessen Geschäft die Träume waren, konnten diese Leute sich hier nicht zurechtfinden. Ihr schlafendes Ich wurde hierhergeweht wie Nebel, getrieben von der Sehnsucht nach einem geliebten Menschen, der von ihnen gegangen war. Die Trauernden hatten hier keine Macht, nur Asarhia March und die Götter hatten dies, aber ihr Verlust brachte sie so nah an den Tod, daß sie ihn beinahe küssen konnten.

Iss schwebte über der Schwelle, an Ort und Stelle gehalten von der Macht, die er einem anderen gestohlen hatte, und warf einen Blick auf das, was unter ihm lag. Er kannte das Grenzland nicht gut, aber er war ein halbes Dutzend Mal hier gewesen, und sein kalter Blick erkannte sofort, daß sich etwas verändert hatte.

Asarhia war hier gewesen.

An einigen Stellen war der Rauch aufgerissen. Kalte Winde bliesen mit derselben Heftigkeit wie zuvor, aber Gegenströmungen durchschnitten sie und schufen ein Netz zuckender Makel. Die graue Masse des Grenzlandes schwoll und bewegte sich, entsandte große Brocken von Materie über die Oberfläche und saugte anderes so rasch nach unten, daß es Kometenschweife von Rauch hinterließ. Unter der Oberfläche existierten Flecken der Stille wie dunkle Teiche in all dem Grau. Und noch tiefer darunter, sich windend wie eine riesige, muskulöse Schlange, verlief ein Fluß so dunkel, daß er das Licht verschluckte.

Iss schauderte. Er wandte den Blick ab und spähte in die Weite. Die Breschen, die Asarhia geschlagen hatte, erstreckten sich nach innen, in die Mitte des Graus. Iss suchte den sichtbaren Horizont ab, versuchte Einzelheiten der Mauer dahinter zu erkennen. *Wie weit bist du gegangen, Beinahe-Tochter? Es gibt keinen Zauberer im ganzen Norden, der gestern in der Dämmerung nicht deine Macht gespürt hat. Niemand kann sich gegen dich stellen, das weiß ich jetzt, nicht die Phage, nicht die Sull, nicht einmal die ersten Götter selbst. Sechzehn Jahre lang habe ich dich vor ihnen verborgen gehalten, dich wie einen Schatz gehütet und beschützt, und nun glaubst du, du kannst einfach davonlaufen und Spire Vanis zurücklassen. Aber wisse dies, Asarhia March: Ganz gleich, wie schnell du rennst und wie weit du reist, wenn du die Arme nach der Mauer ausstreckst, tust du das, was ich wollte.*

Bei Iss' letzten Worten schnitt eine Windböe tief ins Grau. Der Rauch riß. Einen Augenblick lang konnte Iss einen festen Umriß erkennen. Er war riesig und hochaufragend, die Mauer einer alten Festung, vollkommen glatt und so finster wie die Nacht …

Iss keuchte. Tief im umgekehrten Turm sackte sein Körper vorwärts, als die Macht des Gebundenen heftig ins Wanken geriet. Iss zwang die Kiefer zusammen und saugte die Netzfliege aus. Er hatte die Mauer um das Blinde Land gesehen. Sie war riesig, atemberaubend, aber hatte er nicht einen winzigen Riß an ihrem Sockel bemerkt? Er *mußte* es wissen.

Der Gebundene schrie schriller und schriller, so daß es Glas hätte zerbrechen können. Iss zermalmte den Kopf der Netzfliege, aus dem eine Mischung aus Blut und klebriger Masse drang. Luft und Licht rissen alles weg, was er sehen konnte. Die Mauer war verschwunden. Das Grenzland war verschwunden. Die Macht, die er heraufbeschworen hatte, genügte nicht, ihn an Ort und Stelle zu halten, und sein Fleisch zog ihn zurück in den umgekehrten Turm.

Mit einem Ruck fuhr er wieder in seinen Körper. Ungelenk schlug er mit dem Bein gegen die Wand. Er biß sich auf die Zunge. Die Übelkeit, die ihn immer überfiel, wenn er in sein Fleisch zurückkehrte, war diesmal besonders heftig, und er spuckte einen Batzen Schleim und Fliegenteile aus. Eine Zeitlang konnte er nichts anderes tun als dasitzen, den Kopf auf die Knie gestützt. Minuten vergingen, bevor er auch nur aufblicken konnte. Mit einem trägeren Blick als dem, den er zurückgelassen hatte, betrachtete Iss den Gebundenen.

Er lag leblos in der Turmspitze, von Schweiß überzogen. Er hatte die Augen offen, aber die Augäpfel waren verdreht, und nichts als das Weiße war zu sehen. Die Druckstellen von den Handschellen waren feucht von Blut, und über die Metallwände der Turmspitze zogen sich Kratzspuren. Seine Brust bewegte sich … kaum wahrnehmbar.

Iss kam taumelnd auf die Beine. Der Gestank seines eigenen Körpers war ihm unerträglich. Er stank wie ein alter Mann. In der Kammer roch es nach Urin und Scheiße. Immer wenn er in seinen Körper zurückkehrte und seine fünf Sinne wiederhatte, war es der Geruch, der ihn am meisten anwiderte. Wie konnten die Menschen damit leben? Zorn und Ekel veranlaßten ihn, fest mit der Faust gegen die Brust des Gebundenen zu schlagen. Der Gebundene zuckte im Reflex zurück und sank tiefer in die Spitze hinein. Eine Reihe rascher Atemzüge belebte sein Gesicht ein paar Sekunden, dann sank er zurück in die Bewußtlosigkeit.

Iss beobachtete ihn genau. Was war da passiert? Die Kraft des Gebundenen ließ im allgemeinen nicht so rasch nach – selbst im Grenzland nicht, wo solche Dinge weniger zählten. Iss dachte daran, ihn ein zweites Mal zu schlagen, ihn zu prüfen. Tat er vielleicht nur so, als wäre er bewußtlos? Hatte er seine Macht absichtlich zurückgezogen? War es möglich, daß auch er die Mauer gesehen hatte? Aber was, wenn er krank wurde? Er war schon alt, sein Körper gelb und starr. Es war nur natürlich, daß seine Kraft im Lauf der Zeit geringer wurde. Dennoch …

Iss kehrte zu seinem Zauberersitz zurück, setzte sich hin, sah zu und wartete. Erst nachdem eine Stunde vergangen war, ohne daß der Gebundene auch nur den kleinen Finger bewegt hatte, war Iss zufrieden und ging.

Zum ersten Mal überhaupt tat es dem Gebundenen nicht leid, als Iss das Licht mitnahm.

17
Beginn einer Reise

Raif erwachte in der eisigen Kälte vor der Morgendämmerung. Er wußte, er würde nicht wieder einschlafen können, also stand er auf und ging nach draußen. Er urinierte gegen die Scheunenwand, dann nahm er eine Handvoll Schnee vom Boden und rieb sich das Gesicht. Der Schock der Kälte verging rasch. Der Himmel war schwarz, aber weit am östlichen Horizont, oberhalb von der Baumlinie und den Schieferhängen von Ganmiddich, schimmerte der Eisnebel rosa.

Raif wandte sich ab. Er beschäftigte sich, er verband eine Kerbe am Vorderbein des Wallachs und kümmerte sich dann um seine eigene verschorfte und blutige Haut. Seine Hände rochen wie rohes Fleisch. Sie brannten wie glühende Kohlen, als er sie in den Schnee schob, um sie zu säubern und zu betäuben, bevor er sie fest gegen die Kälte verband. Im Winter bestand die größte Gefahr bei verletzter Haut darin, sich Erfrierungen zuzuziehen. Gat Murdock hatte seinen Bogenfinger an einen Hundebiß verloren, der nicht tiefer war als eine Pockennarbe, nur weil er in einer eisig kalten Nacht nicht daran gedacht hatte, ihn zu verbinden. Und im letzten Winter hatte Arlec Byce das Götterfest mit Schweinetalg auf dem Gesicht verbracht, weil er nur eine Stunde nach einer etwas mißlungenen Rasur in den alten Wald geritten war.

Raif machte sich Sorgen wegen des Frostes. Ash mußte geschützt werden. Sie wog zu wenig, und Schneehasen- und Fischerfleisch würde nicht genügen, um ihr zu helfen, gegen die Kälte anzukämpfen. Von magerem Fleisch konnte man verhungern. Zwei Sommer zuvor waren Drey und Rory Cleet von einer zehn Tage dauernden Jagd mit schmerzhaften Magenkrämpfen und Verdauungsstörungen zurückgekehrt. Sie hatten nur wenig Wild gefunden und sich eine Woche lang von Kaninchenfleisch und schalem Bier ernährt. Raif erinnerte sich daran, wie er mit Bitty Shank und Tull Melon vor der Latrine gestanden und *Nichts läuft schneller als ein Mann mit Kaninchen im Bauch* gesungen hatte, während Drey und Rory sich drinnen erleichterten.

Bei der Erinnerung mußte Raif lächeln ... und irgendwie brachte dann der eisige Wind Tränen in seine Augen.

Drey hatte nicht gewartet.

Als Raif gestern vom Ufer des Wolfsflusses weggegangen war, hatte er sich, bevor ihn sein Weg nach Norden und außer Sichtweite brachte, noch einmal umgesehen, um seinen Bruder ein letztes Mal anzuschauen. Aber Drey war nicht mehr dagewesen. Drey war schon weitergegangen. Raif hatte noch einen Blick auf seinen Schatten erhascht, der sich nach Osten durch die Felsen schlich, auf dem Weg zum Hailwolf.

Raif stand im Schnee und atmete und dachte nicht. Nach einer Weile drehte er sich um und kehrte zurück ins Haus und beschäftigte sich mit den Dutzenden von Dingen, die erledigt werden mußten, bevor er und Ash sich auf den Weg nach Westen machen konnten.

Ash war wach, kümmerte sich um das Feuer und wärmte die Reste des Abendessens auf. Sie lächelte ihn schüchtern an, als er hereinkam, und er brachte es nicht übers Herz, ihr zu sagen, daß es ihm lieber gewesen wäre, wenn sie die Brühe kalt gelassen hätte, damit er das Fett abschöpfen und es benutzen konnte, um ihre Gesichter vor dem Wind zu schützen. Er hatte das Fleisch des Fischers in Streifen geschnitten und über Nacht zum Trocknen aufgehängt, aber er konnte ihm ansehen, daß es nur zum Teil geräuchert war. Es wird genügen müssen. Das Fell war steif, aber er hatte keine Zeit, es mit Urin aufzuweichen, also zeigte er Ash, wie sie es auf der Feuerstelle ausrollen sollte, als wäre es ein langes Stück Teig, um dann mit den Fäusten die Starrheit herauszuschlagen.

Während sie das tat, suchte er im Haus nach Kleidung, Messern und Lebensmitteln. Es war bitter kalt. Die wenigen Decken, die er im Sturmkeller fand, waren starr und verfilzt von Eis. Er nahm die beiden besten davon und schlug sie an die Wand, bis sie trocken waren. Unten in einer alten Blutholztruhe fand er ein Paar Ziegenlederhandschuhe. Man hatte sie noch feucht weggepackt und sie waren von blauschwarzem Schimmel überzogen, aber Raif zog sie trotzdem an. Sie rochen räudig, aber sie paßten.

Als er zu Ash zurückkehrte, hatte er auch noch einen alten Wollumhang mit einem großen Brandloch direkt an der Schulter gefunden, die Schafsfellkapuze eines Kindes, einen Zinnbecher mit Lanolin und Bienenwachs und ein kleines Messer mit einer verrosteten Eisenklinge. Das Bauernhaus war sorgfältig geplündert worden, vermutlich sowohl von Männern des Clans Bludd als auch von Hailsmännern, und alles, was nützlich oder wertvoll war, war verschwunden.

Raif sah zu, wie Ash die Kapuze aufsetzte und den Umhang umlegte. Sie hatte sich in seiner Abwesenheit ebenfalls beschäftigt, hatte das Fleisch in Blätter gepackt, noch mehr Schnee geschmolzen und ihre Stiefel und Strümpfe über dem Feuer getrocknet. »Du hast keinen Umhang«, sagte sie.

»Eine Decke muß reichen, und sobald ich dieses Messer geschliffen habe, werde ich den Fischerpelz zu einer Kapuze schneiden.«

Ash runzelte die Stirn. »Ich hätte so viel aus dem Lager mitnehmen können. All die Satteltaschen waren dort im Schnee verstreut. Ich hätte haben können, was ich wollte.«

»Das macht nichts«, sagte er, und er meinte es ernst.

Sie sah ihn einen Augenblick lang an und wandte dann den Blick ab.

Raif hätte am liebsten gesagt: *Sollte dich jemals wieder einer berühren, werde ich ihn mit bloßen Händen zerreißen.* Statt dessen sagte er: »Gieß das Schneewasser auf die

Flammen und lösch sie damit. Ich bin draußen und sattle das Pferd.«

Es war inzwischen vollkommen hell geworden. Der aufkommende Wind roch nach Gletschern. Der Schnee war zum Teil getaut. Raif legte die Decken über den Rücken des Wallachs, dann schnallte er den Sattel fest. Seine Hände fühlten sich groß und ungelenk an. Als er das Messer fest packte, um es an der Türschwelle zu schleifen, mußte er sich vor Schmerz auf die Lippe beißen.

Das Metall war nicht gut. Rost hatte sich tief in das ungehärtete Eisen gefressen, und die Klinge wollte sich einfach nicht schärfen lassen. Raif entfernte allen unsichtbaren Rost und schliff die Spitze so gut wie möglich zu.

Ash kam heraus, als er gerade mit seiner Fischerfellkapuze fertig wurde und das Fell von den beiden Lederschnüren streifte, die zum Zubinden dienen sollten. Raif hielt inne, um sie anzusehen. Der Umhang mit dem Brandloch war von einem leuchtenden Rotbraun, und sein Saum schleppte hinter ihr im Schnee. Der Wind trieb ihr rasch Farbe in die Wangen und schimmernde Feuchtigkeit in ihre Augen. Strähnen von silbrigem Haar wehten aus dem Rand ihrer Kapuze. Die Zeit, die sie im Ganmiddich-Rundhaus verbracht hatte, hatte ihr geholfen, und ihr Gesicht hatte eine Weichheit, die er zuvor nicht gesehen hatte.

»Hat der Hundelord dich gut behandelt?« fragte er, als er ihr in den Sattel half.

Ihre grauen Augen wurden geringfügig dunkler. »Er konnte es kaum erwarten, mich loszuwerden.«

Schweigend ließen sie das Bauernhaus hinter sich. Raif führte den Wallach durch den Irrgarten aus Schafspferchen, Weiden, Steinmauern und Außengebäuden und schmeckte dabei die Luft. Die Wolken hingen voller Schnee, aber das machte ihm nicht so viele Sorgen wie der Gestank nach Gletschern. Wenn die Luft so weit im Süden noch nach dem Kargland roch, hatte das nur eins zu bedeuten.

Raif schlug ein rasches Tempo an. Je weiter im Westen sie sich befanden, wenn der Sturm zuschlug, um so besser. Die Bitterhügel fingen Stürme auf, hielten sie zwischen HalbBludd im Osten und Bannen im Westen fest. Ihre größte Hoffnung bestand darin, den Schutz der westlichen Taiga so bald wie möglich zu erreichen und sich von den Bäumen dort vor dem schlimmsten Teil des Sturms schützen zu lassen.

Als er neben dem Pferd dreinstapfte, sah sich Raif in dem Unterholz aus Birken und Hartriegel nach Wild um. Zum Teil war dies einfach eine Gewohnheit. Der letzte Abend hatte ihm gezeigt, daß er keinen Pfeil brauchte, um ein Tier mit einem Stich ins Herz zu töten. Eine Faust voll Schiefer, schwer wie Eisen und blau wie Dhoone, war alles, was es gebraucht hatte, den Fischer zu töten. Der Fischer hatte in einem der Schafspferche herumgeschnüffelt, angezogen von dem Geruch nach Blut, der dort hing. Das Tier hatte Raif gewittert, hatte den Schnee unter seinen Stiefeln knirschen hören. Die Ohren von Fischern waren so scharf, daß sie eine Wühlmaus unter zwei Fuß tiefem Schnee hören konnten. Raif hatte gesehen, wie das Tier sich zur Flucht wandte. Er hatte einen Stein aus dem Schlamm geholt, den Blick immer noch auf das Tier fixiert, das an einer Pferchmauer entlangrannte. Er hatte den Stein in der Faust gewärmt. Ash brauchte unbedingt etwas zu essen.

Es war anders als beim Abschießen eines Pfeils. Er hat nur ein grobes Gefühl dafür, das Geschöpf zu sich zu rufen. Kein Augenblick der Stille verband ihn und seine Beute, kein Wissen über das Tier durchzuckte ihn. Plötzlich war das Herz *da,* eine glühende Kohle in seinem Visier. Dann zählte nur noch Geschwindigkeit. Ohne die konzentrierte Disziplin von Bogenhand und Bogenauge, die zusammenarbeiteten, hatte er nichts, was seine Beute an ihn band. Raif warf den Stein. Noch während das Geschoß seinen Griff verließ, ließ sein Gefühl für das Tier nach.

Er hörte den Aufschlag nicht. Übelkeit überfiel ihn, als die

Wurfhand schlaff an seine Seite fiel. Magensäfte stiegen ihm in die Kehle, und er ließ sich in den Schlamm sacken, um zu würgen und zu spucken und den Geschmack loszuwerden. Minuten vergingen, bevor er genügend Kraft hatte, aufzustehen und seine Beute zu holen. Die Übelkeit war vergangen, als er zum Bauernhof zurückkehrte, aber das Gefühl der Schande blieb. Das war keine Art, ein Tier zu töten.

»Werden wir die Hügel überqueren und auf Stadtland weiterreisen? Ich dachte, Angus hätte vorgehabt, den Clans auszuweichen.«

Ashs Stimme riß Raif aus seinen Gedanken. Er hob den Kopf, um sie anzusehen. Das Lanolin, das sie sich aufs Gesicht gerieben hatte, war im eisigen Wind wachsartig erstarrt. »Wir sind schneller, wenn wir uns nach Westen wenden. Wir würden den halben Tag in diesen Hügeln verschwenden.«

»Aber Angus hat gesagt …«

»Angus ist nicht hier. Ich bin hier. Und ich kenne mich im Glaiveland nicht aus. Ich kenne das Clanland im Westen bis Orrl, und ich kenne den Weg, den wir nehmen müssen, bis zur Sturmgrenze.« Er hörte, wie grob er klang, und er wußte kaum, warum. Er wollte Ash nicht erklären müssen, daß der einzige Grund, wieso Angus den Weg über Stadtland gewählt hatte, darin bestand, seinen Neffen vor weiteren Begegnungen mit Hailsmännern zu schützen. Zehn Tage zuvor war Raif für diese Rücksicht dankbar gewesen. Nun war es ihm gleich. Blackhail hatte die Erinnerung an ihn aus dem Heiligen Stein geschlagen. Wenn er nun einem Hailsmann begegnete, würde er ihn töten müssen oder getötet werden. Und seltsamerweise fand er das irgendwie tröstlich. Er wußte nun, wo er und sein Clan standen. Alle Träume, wieder nach Hause zurückzukehren, waren ausgeträumt.

»Wie bist du aus dem Turm entkommen?«

Raif hätte gerne gewußt, wieso sie die Frage ausgerechnet jetzt stellte. Er antwortete nicht.

»Ich habe den Hundelord dazu gezwungen, mir etwas zu versprechen«, sagte sie einen Augenblick später. »Er hat geschworen, dich nicht zu töten, bis ich weg war.« Sie verzog den Mund zu einem Lächeln, als sie daran dachte. »Er ist ein harter Mann. Aber ich glaube, er hat mehr Angst vor mir als ich vor ihm.«

»Er hat Dhoone nicht allein eingenommen.«

Ash runzelte die Stirn. »Wie meinst du das?«

»Das Dhoonehaus ist die stärkste Festung im Clanland, gebaut vom ersten Clankönig Thornie Dhoone, mit sechzehn Fuß dicken Mauern und einem Dach aus Eisenstein. In der Nacht, in der Vaylo Bludd diese Festung nahm, befanden sich fünfhundert Dhoonekrieger in ihren Mauern und zahllose mehr an den Grenzen. Aber irgendwie ist es dem Hundelord gelungen, die Verteidigung Dhoones zu brechen, durch das Disteltor zu kommen und dreihundert Männer zu töten.«

»Das bedeutet nicht, daß er Hilfe hatte.«

»Doch, wenn jeder Dhoonemann, den ein Bluddschwert getroffen hat, nicht einmal genug geblutet hat, daß die Rüstung rostete.«

»Das verstehe ich nicht.«

»Bei der Eroberung des Dhoonehauses war Zauberei im Spiel. Jemand hat den Herzschlag der Dhoonemänner verlangsamt, so daß sie die Waffen nicht heben und sich nicht verteidigen konnten. Der Hundelord ist nach Dhoone geritten, weil er wußte, daß die Dhoonemänner sich nicht wehren konnten. Er hat gesiegt, aber ohne Ehre.« Raif sah, wie Ash sich auf dem Pferd ein wenig vorbeugte, bereit, den Hundelord zu verteidigen. Er sah es, und es gefiel ihm nicht.

Sie schaute ihn an, als hätte er gelogen. »Wenn er Zauberei benutzt hat, wie du sagst, woher bist du so sicher, daß sie von außen kam? Jemand innerhalb seines Clans könnte ihm geholfen haben.«

»Kein Clan bedient sich der Zauberei.«

»Was willst du damit sagen?«

»Dieselbe Person, die dem Hundelord geholfen hat, Dhoone einzunehmen, hat meinen Vater, meinen Häuptling und zehn andere Mitglieder meines Clans getötet.«

Ash keuchte leise.

Raif sprach weiter, festigte die Wahrheit in seinem Kopf. »Wir waren insgesamt fünfzehn, wir hatten im Ödland ein Lager aufgeschlagen, an den alten Elchpfaden. Jedes Jahr im ersten Wintermonat, wenn die Elche nach Südosten ziehen, gehen die Männer dorthin, um Blackhails Anteil zu beanspruchen. In diesem Winter durften mein Bruder und ich mitreiten. Es war eine große Ehre. Dagro Blackhail selbst hat die Jagd angeführt; das erste Mal seit fünf Jahren, daß er wieder auf Elchjagd ging. Die Jagd war nicht sonderlich gut. Tem sagte, die Elche wüßten, daß ein harter Winter bevorstand, und hätten sich einen Monat früher nach Süden zurückgezogen.«

»Wer ist Tem?« fragte Ash.

»Mein Vater.« Es tat beinahe nicht weh, es auszusprechen. »Er und Dagro Blackhail standen einander sehr nahe. Mace Blackhail hatte seinem Pflegevater seit Wochen im Nacken gesessen und versucht, Dagro zu überreden, mit ihm nach Norden zu reiten, aber es war mein Vater, der ihn schließlich überzeugen konnte.« *Laß uns beide ein letztes Mal zusammen nach Norden reiten, Dagro Blackhail. Laß uns im Sattel sitzen, bis unsere Ärsche wund sind, Whisky trinken, bis uns der Kopf dröhnt, und Elche schießen, bis wir im Blut ersaufen.* Er hörte die Stimme seines Vaters im Geist und sprach rasch weiter, um sie zum Schweigen zu bringen. »Am Tag bevor wir zurückkehren wollten, haben Drey und ich uns abgesetzt, um Hasen zu schießen. Wir hatten einen kleinen Wettbewerb, wer am weitesten schießen und das meiste Wild erlegen konnte, als ... als ich etwas spürte.«

»Zauberei?«

Raif nickte. Plötzlich fiel es ihm schwer weiterzusprechen.

»Wir eilten zurück, aber bis wir das Lager erreichten, waren sie tot. Alle. Es war kein Blut an ihren Waffen, nicht einmal ein Tropfen. Zwölf Männer waren gestorben, und nicht einer hatte das Schwert gezogen, um sich zu verteidigen.«

Ash versuchte nicht einmal, etwas Mitleidiges zu sagen; dafür war er dankbar. Sie redeten nicht mehr über die Vergangenheit, und auch das schien etwas zu sein, wofür er dankbar sein mußte. Es gab ein paar Erinnerungen an das Lager im Ödland, die er mit niemandem teilen wollte. Schweigend zogen sie weiter durchs Flußtal nach Westen und in das Territorium eines anderen Clans.

Gegen Mittag kamen sie an einen Grenzstein, der tief im Schnee versunken war. Die gekreuzten Schwerter von Bannen waren dort eingemeißelt. Bannen war ein kleiner, aber wohlhabender Clan mit vielen üppigen Forellenseen, einer Reihe Hochlandwiesen, auf denen Schafe grasen konnten, und Eisenminen, die Hunderte von Fuß unter die Bitterhügel reichten. Bannen war Dhoone angeschworen, aber das war kein langlebiger Eid. Häuptlinge der Vergangenheit hatten sich auf die Seite von Blackhail geschlagen, wenn es ihnen paßte, und Hawder Bannen hatte zusammen mit Ornfel Blackhail am Stutenfelsen gegen den Dhoonekönig gekämpft. Bannen war für seine Schwertkämpfer bekannt. Tem hatte Raif einmal erzählt, daß die Bannenmänner ihre Schwertarme trainierten, indem sie sich bis zum Hals in fließendes Wasser stellten und dort die Angriffs- und Abwehrbewegungen übten.

Raif warf einen Blick nach Norden. Das Bannenhaus stand in einer Senke, mit dem Rücken gegen eine Sandsteinsteilwand, und war vom Fluß aus nicht zu sehen. Raif nahm an, daß es sich etwa zehn Meilen weiter nördlich befand, denn er konnte sehen, daß Rauch sich über den Baumwipfeln erhob. Hinter dem Rauch am Horizont zogen Sturmwolken vom Kargland nach Süden.

Plötzlich bemüht weiterzukommen, berührte Raif Ashs

Stiefel. »Was hältst du von einem Galopp auf dem alten Langohr?«

»Und was ist mit dir?«

»Ich werde mich auch beeilen. Ich möchte diese Bäume dort« – er zeigte nach Nordwesten, wo der Abhang in einen Wald alter Fichten überging – »innerhalb einer Stunde erreichen. Wir brauchen Deckung, wenn der Sturm zuschlägt.« Er versetzte dem Wallach einen festen Schlag aufs Hinterteil. »Los!«

Ash hatte keine Wahl, als dem Pferd mit den Maultierohren die Zügel zu lassen. Schnee flog Raif gegen die Brust, als das Tier davongaloppierte. Raif sah ihm einen Augenblick lang nach und überzeugte sich, daß Ash mit einem Galopp durch den hohen Schnee zurechtkam, dann lief er selbst los. Er war nicht auf den Schock rascher Bewegung vorbereitet, und seine Knie begannen zu zittern. Gebrochene und nur zum Teil wieder geheilte Rippen knackten von einem Schritt zum anderen. Seine Schwäche ließ ihn wütend werden, und er pflügte weiter durch den Schnee, trat Schauer von blauen Kristallen und Brocken von gefrorener Erde in die Luft. Ash und der Wallach waren schon weit voraus. Der Wind trieb bereits lockeren Schnee nach Süden, und Schneerauch wehte von Hügelkämmen und Hochflächen. Es wurde lauter, das heulende Reißen des Sturms rauschte in Raifs Ohren, als er rannte. Der Wolfsfluß zog sich hier direkt nach Norden und wurde flacher, floß durch ein Dutzend Lachsteiche, zerrieb Flußstein in grünen Sand und bildete eine gut zu verteidigende Südgrenze für das Bannenland. In gewisser Weise war Raif froh über den Sturm. An jedem anderen Tag wären Clansmänner, Bergleute und Fallensteller zwischen dem Bannenhaus und den Hügeln unterwegs gewesen.

Raifs Hände und Gesicht brannten, während er rannte. Unter den Ziegenfellhandschuhen schwollen seine Finger in einem Dampfbad gefangenen Schweißes. Bis er Ash eingeholt hatte, hatte er sich die Handschuhe abgerissen und unter den Gürtel gesteckt. Jeder Atemzug drückte gegen seine heilenden Rippen, als drohte er, sie wieder entzweizubrechen.

Ash war abgestiegen und lehnte sich gegen eine dreißigjährige Fichte. Sie hatte die Bäume eine Viertelstunde vor ihm erreicht und genug Zeit gehabt, das Pferd abzubürsten, sich den Schnee vom Umhang zu schütteln und ihre Kapuze zum Lüften über den niedrigsten Ast des Baums zu hängen. Sie grinste, als er näher kam. »An einem Tag wie heute wurde ich gefunden«, sagte sie. »Weißes Wetter paßt gut zu mir.«

Er konnte ihr nicht widersprechen. Ihre Augen glitzerten wie See-Eis. Er hockte im Schnee und versuchte, wieder zu Atem zu kommen. Ash hatte einen der Blechbecher aus dem Rundhaus mitgenommen und ihn voll frischen Schnee gepackt. Der Schnee war halb geschmolzen, und er fragte sich, wo sie ihn die letzte Viertelstunde aufbewahrt hatte, um ihn so schnell zu wärmen.

»Was nun?« fragte sie.

Raif blickte an den hochaufragenden Fichten vorbei zum Himmel. »Wir ziehen weiter nach Westen. Wir können es uns nicht leisten, einen halben Tag an den Sturm zu verlieren.«

Sie nickte. »Dann mußt du eine Weile reiten.«

Er hätte ihr gerne widersprochen, ihr gesagt, daß er ein Clansmann war, und Clansmänner ritten nie, wenn eine Frau zu Fuß ging, aber seine Rippen knarrten und seine Hände brannten, und schon der *Gedanke,* aufrecht zu stehen, ließ seine Beine schmerzen. Um seinen Stolz zu wahren, erteilte er ihr einen Befehl. »Hol ein wenig Fischerfleisch aus dem Sack. Wir müssen etwas essen, bevor wir weiterziehen.«

»Ich habe keinen Hunger.«

»Das ist mir gleich. Du kannst dich von nun an nicht darauf verlassen, was dein Magen dir sagt. Jedesmal wenn wir eine Rast einlegen, wirst du essen. Hier draußen im Clanland kann man doppelt so schnell verhungern wie in den Mauern von Spire Vanis.«

Ash warf ihm einen scharfen Blick zu, aber sie tat, was er ihr gesagt hatte, nahm einen Streifen Fischerfleisch und kaute erbost darauf herum.

Raif hätte beinahe gelacht, aber dann fiel sein Blick auf einen Flecken frischen Bluts am Verband des Wallachs, und er ließ sie allein, um sich darum zu kümmern. Das Langohr ertrug Raifs Behandlung mit der Gleichgültigkeit eines alten Pferdes, das alles schon gesehen und hinter sich hat. Als Raif die Wunde säuberte und nach Erfrierungen abtastete, ertappte er sich beim Gedanken an Elch. Er hoffte, daß der graue Wallach auf dem Weg zurück zum Blackhail-Rundhaus und zu Orwin Shank war und nicht mit dem Hundelord nach Norden, nach Dhoone, zog. Er wollte diesem Mann nichts von sich überlassen.

Ash kam zu ihm, um zuzuschauen, als er das Bein des Wallachs wieder verband. Der Wind zupfte an ihrem Umhang und ließ die rostfarbene Wolle hinter ihr wehen wie eine Fahne. *Eine Clan-Frees-Fahne*, dachte er unsinnigerweise.

»Vorhin, als wir draußen im offenen Land waren, sagtest du, daß Mace Blackhail mit seinem Vater ins Ödland geritten ist. Wieso wurde er dann nicht mit den anderen umgebracht?«

Sie hatte nicht lange gebraucht, um zum Kern der Sache vorzustoßen. Er band den letzten Knoten im Verband des Wallachs fester als notwendig und sagte: »Mace hat behauptet, er sei hinter einem Bären her gewesen, als der Überfall stattfand. Er erklärte, er hätte sie um Sekunden verpaßt, und sobald er die Leiche seines Pflegevaters im Schnee gesehen hätte, hätte er nur noch daran denken können, nach Hause zu reiten und den Clan zu warnen.« Raif war überrascht, wie leicht es ihm fiel, das zu erzählen. »Bis Drey und ich zurück zum Rundhaus kamen, hatte er alle davon überzeugt, daß der Clan Bludd den Überfall durchgeführt hatte. Lügen. Alles Lügen. Er wußte nichts von den Leichen, wo sie lagen, welche Wunden sie hatten. Er hatte das Lager verlassen, bevor der Überfall begonnen hatte. War auf dem Pferd seines Pflegevaters nach Hause geritten.«

»Aber du und Drey, ihr müßt dem Clan doch die Wahrheit vor Augen geführt haben.«

Raif lächelte so bitterlich, daß die Haut in seinem Gesicht spannte. »Du hast den Hailwolf noch nicht kennengelernt. Er ist als Scarpemann geboren. Seine Zunge schlägt schneller zu als sein Schwert.«

»Wenn Bludd das Lager nicht überfallen hat, warum hat der Hundelord es nicht einfach abgestritten?«

»Du hast ihn kennengelernt. Was glaubst du?«

Ash strich sich nachdenklich durchs Haar. »Stolz. Es hat ihm gefallen, daß ihm eine solche Tat zugeschrieben wurde.«

Raif hatte einen bitteren Geschmack im Mund. »Das klingt nach dem Hundelord, nicht wahr?«

»Und er hat dir dasselbe gesagt?«

»Ja.« Raif stand auf. »Was hat er dir über mich erzählt?«

Sie blinzelte nicht, obwohl das Silber in ihren Augen heller wurde. »Er sagte, du hättest an der Bluddstraße hilflose Frauen und Kinder niedergemetzelt. Er hat dich einen Mörder genannt.«

Raif antwortete nicht. Er würde nichts gegen seinen Bruder und gegen seinen Clan sagen.

Als ihr klar wurde, daß er die Anklage nicht abstreiten würde, raffte Ash ihren Umhang um sich und machte sich auf den Weg nach Westen.

Raif sah ihr nach. Es hatte begonnen zu schneien, und der Wind ließ die schweren weißen Flocken zwischen den Bäumen umherwirbeln. Ein paar Minuten später war Ash dahinter verschwunden, und Raif stieg auf den Wallach und fädelte sich an den Fichten vorbei, um sie einzuholen.

Der Sturm folgte ihnen tief in die Taiga, wehte den Schnee von Ästen, bog jüngere Bäume fast bis zum Boden und tobte wie ein Fluß über Felsen. Zu reiten verlangte mehr Konzentration als zu Fuß zu gehen, da Wurzeln und Löcher unter dem Schnee eine ständige Gefahr für das Pferd darstellten. Man konnte nie vorhersagen, wo sich die Verwehungen befanden, und Raif war häufig genötigt anzuhalten, während Ash vorging, um die Schneetiefe mit einem peitschendünnen Stock zu prüfen. Am Ende beschlossen sie, beide zu Fuß zu gehen, die Köpfe gegen den Wind gesenkt.

Es wurde schnell dunkler, und die Taiga schimmerte blau und grau in der frühen Abenddämmerung. Raif bemerkte, wie Dreys Steinbehälter bei jedem Schritt gegen seine Hüfte stieß. Er schien mehr zu wiegen, als er sollte, und bald konnte Raif an nichts anderes mehr denken als an das Stück Horn und den pulverisierten Heiligen Stein darinnen. *Bitte, Götter, beschützt Drey*, dachte er. *Laßt seine Wunde sauber heilen und ihm keinen Schmerz verursachen.*

Es war schwer, sich darauf zu konzentrieren, eine Zuflucht für die Nacht zu finden. Ein Teil von ihnen wollte immer weiter gehen und nie wieder stehen bleiben. Nur der Gedanke an ein warmes Feuer, daran, seine Hände über gelbe Flammen zu halten und ihre Wärme auf seinem Gesicht zu spüren, half, ihn von dem Sturm wegzulocken.

Im Winter lebte niemand in der Taiga. Fallensteller, Holzfäller und Sammler verbrachten Frühjahr und Sommer im Wald, zogen sich aber in den kalten Monaten in den Schutz ihrer Steinhäuser zurück. Häufig bauten sie Sommerhütten, aber Raif hoffte nicht sonderlich darauf, im weißen Wetter eine solche zu finden. Er entschied sich für einen Hain junger Fichten in einem flachen Überlaufbecken und machte sich daran, die weicheren Zweige von den Bäumen der Umgebung zu reißen, um sie zu einem Dach zusammenzuflechten. Ash kümmerte sich um Langohr, dann half sie ihm, das grobe Dach über den Rahmen aus gebogenen jungen Bäumen zu ziehen. Der Wind peitschte auf sie ein, während sie arbeiteten, riß ihnen ganze Äste aus den Händen. Jedesmal wenn Raif die Hände um einen Schößling schloß, um die Zweige abzureißen, mußte er vor Schmerz die Luft anhalten.

Bis ihre notdürftige Behausung endlich hielt, hatte der Sturm nachgelassen. Raifs Handschuhe waren klebrig von Harz, und unter dem Ziegenleder waren seine Finger wund. Ashs Kapuze schützte sie nicht länger und lag schneegefüllt auf ihrem Rücken. Sie atmete flach und rasch, also befahl Raif ihr, sich auszuruhen, während er im Eingang zu ihrer Hütte ein Feuer entzündete. Die Tatsache, daß sie nicht widersprach, sondern sich nur wortlos auf den Fichtennadelboden niederließ, beunruhigte ihn. Die Haut rings um ihre Augen sah aus wie blaugeschlagen.

Hastig kümmerte er sich um das Feuer. Ein gut aufgebautes Lagerfeuer konnte die ganze Nacht brennen, wenn man die Scheite auf Stützen packte, so daß sie langsam in die Flammen fielen, wenn die Stützen verbrannten. Aber Raif machte sich mehr Sorgen um Ash als um die Wärme der Nacht, und er entzündete das Feuer rasch und fachte es mit seinem Atem an, damit es sich schneller ausbreitete.

Er schnitt das Fischerfleisch mit dem stumpfen Messer und machte sich dann daran, aus Schneewasser eine Brühe zu kochen. Während er arbeitete, redete er mit Ash, weil er unbedingt wollte, daß sie lange genug wach blieb, um zu essen und zu trinken. Es war Winter und kalt, also sprach er vom Frühling, erzählte ihr vom Hail-Land nach dem ersten Tauwetter, den Teppichen weißen Heidekrauts, die beinahe über Nacht sprossen, und den Ringen von Veilchen, die sich durch den schmelzenden Schnee drängten. Er erzählte ihr von den Vögeln, von den Reihern, die so groß waren wie Menschen, und den Eulen, die mit einem ausgewachsenen Kaninchen im Schnabel auffliegen konnten.

Er wußte nicht, wie lange er geredet hatte, nur, daß er, sobald er damit begonnen hatte, sich an weitere Dinge erinnerte, die er ihr unbedingt erzählen wollte. Ash hörte schweigend zu, und nach einer Weile wurde ihr Atem flach, und ihre Lider begannen zu flattern und schlossen sich schließlich. Raif nahm die Brühe vom Feuer. Er beugte sich vor und berührte ihren Arm. »Hier. Trink das, bevor du einschläfst.«

Sie nahm ihm die Schale ab, hielt sie an die Brust und ließ sich den Dampf ins Gesicht steigen. Nach einer Zeit, die ihm sehr lange vorkam, sagte sie: »Ich glaube nicht, was der Hundelord darüber gesagt hatte, was an der Bluddstraße geschah. Ich glaube nicht, daß du jemanden kaltblütig umgebracht hast.«

Raif nickte. Er sagte sich, daß er sich nach ihren Worten nicht besser fühlte, aber das entsprach nicht ganz der Wahrheit.

Danach unterhielten sie sich nicht mehr, sondern aßen und tranken schweigend. Die Flammen des Feuers tanzten vor ihnen, und letzte Sturmböen rissen an ihrer Hütte. Ash schlief ein, während Raif noch die Schale mit dem letzten Rest Brühe in seinen gerissenen, schmerzenden Händen hielt. Er deckte Ash so gut wie möglich zu, überzeugte sich, daß ihre Haut nirgendwo in Kontakt mit dem Schnee kam, und ließ sich dann selbst vor dem Feuer nieder.

Er konnte nicht schlafen. Er war unsäglich müde, aber er konnte den Nachthimmel durch die Flammen sehen. Eine mondlose, sternlose Nacht mitten im Winter; nicht die Art Nacht, in der jemand, der bei Verstand war, draußen sein wollte. Aber vielleicht war er nicht bei Verstand, denn Raif stand von seinem Platz am Feuer auf, zog seine Ziegenlederhandschuhe und Lederstiefel an und verließ die warme, trockene Hütte. Er brauchte weniger als eine Minute, um einen Keil aus Stein zu finden, der ihm gefiel: spitz und mit Blei durchschossen. Er säuberte ihn vom Schnee und betrat die dunkle Kathedrale des Waldes. Der Sturm war vorbeigezogen, die Nachttiere kamen heraus, um zu fressen, und er war der Totenwächter.

Der Lauscher erwachte vom Zischen. Sein Herz schlug ihm wie eine Schneegans in der Brust. Sein alter Mund war so trocken wie gegerbtes Leder, und seine Augen, früher einmal dunkelbraun und nun blau vor Schneeblindheit, brauchten lange, bis sie ihm auch nur den trübsten Blick auf die Umgebung gestatteten. Der Himmel über dem Schlitten war dunkel und voller Sterne: die lange Winternacht hatte begonnen.

Er hatte wieder diesen alten Traum gehabt, den, in dem Harannaqua ihn zu einem dunklen Ort führte, wo die alten Sullkönige warteten. Lyan Sommerfreund und Thay Schwarzdrache und Lann Schwertbrecher waren da, ebenso wie die Sullkönigin Isane Rune. Nicht *seine* Könige, erinnerte sich der Lauscher, aber sie suchten ihn dennoch heim. Sie waren nicht tot, nicht wirklich, denn es hing immer noch Fleisch an ihren Knochen, und sie bewegten sich wie Menschen und nicht wie Gespenster. Isanes Lächeln war einmal schön gewesen, bis sich ihre Lippen teilten und blutige Zähne entblößten. Lyan Sommerfreund, der einmal der ruhmreichste König gewesen war, hatte dem Lauscher eine gehäutete Hand auf die Schulter gelegt und ihm ein einziges Wort ins Ohr geflüstert.

Bald.

Sadaluk schauderte. »Nolo«, sagte er und drehte sich zu dem Mann, der den Schlitten fuhr, herum. »Wir müssen anhalten und umkehren. Diese Nacht ist nicht geeignet, einen Segen von einem Gott zu erflehen, der unter dem Eis lebt.«

Auf Nolos braunem Gesicht zeigte sich kein Hauch von Überraschung; vielleicht hatte er es ebenfalls gespürt. Er rief seinen Hunden einen Befehl zu und lenkte den Schlitten in einem großen Halbkreis über das Eis. Sadaluk, der vorn saß, in Bärenfell gewickelt und mit einer Eichhörnchenfellmütze, sah zu, wie die Hunde langsamer wurden und die Richtung änderten. Es waren fette Hunde – Nolo fütterte sie zu gut –, und dennoch war der Lauscher weniger geneigt, dies zu kritisieren, als zu dem Zeitpunkt, als Nolo und er sich auf den Weg gemacht hatten. Überfütterte Hunde waren ein Zeichen eines guten Herzens, und nach all der Finsternis dieses Traums, um den er nicht gebeten hatte, fand der Lauscher die Freundlichkeit eines

Mannes, der seine Hunde liebte wie Verwandte, ausgesprochen schätzenswert.

Der Schlitten, hergestellt aus einer Leiter aus Treibholz und Horn und mit Seehundsehnen zusammengebunden, kam nach der Wendung zum Stehen. Die Hunde, in einer Reihe aneinandergeschirrt, brachen die Formation und begannen, an ihren Leinen zu nagen. Man hatte ihnen die Zähne stumpf geschliffen, also konnten sie wenig mehr tun, als zu saugen.

Nolo zog seine schweren Schlittenhandschuhe aus und ging zu dem Lauscher. Er war außer Atem, seine Brust hob und senkte sich rasch. »Bist du krank, Sadaluk? Du bist sehr lange still gewesen.«

Der Lauscher schüttelte den Kopf. »Ich habe geträumt«, sagte er.

Schweigen folgte. Nolo schaute schuldbewußt drein, als wäre sein Schlitten schuld an dem Traum. Der Lauscher sah keinen Grund, ihm zu widersprechen: Vielleicht wäre er tatsächlich wach geblieben, wäre der Schlitten nicht so glatt und lautlos dahingeglitten. Aber er sprach es nicht aus und sagte statt dessen: »Einmal vor vielen Leben, als der Winter lange Jahreszeiten dauerte und das Götterlicht rot brannte, mußte unser Volk sein Leder und die Zelte essen, um zu überleben. Alle Hunde wurden geschlachtet. Mütter töteten ihre Kinder, um ihnen den Hunger zu ersparen, der sie von innen her auffraß. Alte Männer wie ich gingen aufs Eis hinaus und kehrten nicht zurück. Jungverheiratete Paare versiegelten sich in ihren Eishäusern und verhungerten in inniger Umarmung. Bis der warme Wind kam und das See-Eis brach, waren nur noch zwölf am Leben. Harannaqua, der seine Frau und drei Kinder verloren hatte, war wütend auf die Götter, weil sie ihn nicht gewarnt hatten. *Wenn wir es gewußt hätten, hätten wir mehr Vorräte angelegt*, rief er. *Wir hätten am Ende des Sommers weniger essen können.* Die Götter hörten ihm zu, denn obwohl sie es hassen, wenn Sterbliche sie auf ihre Fehler hinweisen, wußten sie, daß er recht hatte. *Von diesem Tag an sollst du die Warnung sein, Harannaqua der vier Verluste*, erwiderten sie. *Wir werden dir den Körper nehmen und deine Seele holen, und wann immer dem Eisjägervolk schwere Zeiten bevorstehen, werden wir dich schicken, um sie in ihren Träumen zu warnen.* Und so nahmen ihn die Götter mit und behielten ihn für diese Aufgabe.«

Der Lauscher warf Nolo einen scharfen Blick zu. Eine Wolke gefrorenen Atems lag zwischen ihnen wie eine dritte Person. »Ja, Nolo vom lautlosen Schlitten, heute habe ich von Harannaqua geträumt, von ihm und von vier Königen.«

Nolo nickte. Er dachte lange nach, bevor er etwas sagte. »Was sollen wir tun, Sadaluk?«

Der Lauscher machte eine ungeduldige Geste. »Uns selbst beobachten. Wachsam sein. Unsere fetten Hunde weniger füttern.« Die Worte ließen Nolo erröten, aber Sadaluk fand wenig Befriedigung in der Verlegenheit seines jungen Freundes. Er hatte Angst, der Traum beunruhigte ihn, und er hatte aus Furcht und Bosheit gesprochen. »Fahr weiter.«

Die Hunde brauchten viel Schläge und Geschrei, bis sie sich wieder in einer Linie aufstellten. Nolo mußte einen Harnisch anlegen und wie sie selber ziehen, um die Tiere daran zu erinnern, worum es ging. Sadaluk wickelte das Bärenfell fest um sich, als der Schlitten schaudernd in Bewegung kam.

Vier Sullkönige, nicht *seine* Könige, sagte er sich abermals, als ob das etwas ändern könnte. Sie hatten Blut gemeinsam, aber dieses Blut war alt, *alt*. Blut konnte im Laufe von dreizehntausend Jahren so dünn wie Wasser werden. Es stimmte, die Eisjäger und die Sull kamen vom selben Ort am anderen Ende des Nachtmeeres, aber das lag weit, weit zurück. Die großen Gletscher hatten sich zurückgezogen, Wüsten waren zu Glas gebacken, und eiserne Berge hatten sich erhoben. All dies und mehr war geschehen, seit die Sull und die Eisjäger sich noch als Verwandte bezeichnen konnten. Warum sollte ihr Schicksal immer noch miteinander verbunden sein?

Der Lauscher spähte stirnrunzelnd zu den Sternen hoch, zum Schnee, zur schimmernd blauen Landschaft des Eises. Wo blieben die Fernreiter der Sull? Schon zwei Monate zuvor hatte er einen Raben geschickt; sie sollten inzwischen hier sein.

Es war ihr Schicksal, das in Bewegung geraten war, nicht das seine.

»Gib den Hunden die Peitsche, Nolo. Schlag sie!« Der Lauscher versuchte, seine Träume beiseite zu schieben, als er zusah, wie Nolo auf die Hunde einschlug. Eloko hatte versprochen, ihm bei seiner Rückkehr den dritten geheimen Verwendungszweck von Walfett zu zeigen, und ihren Steintiegel schon, als er und Nolo den Schlitten bepackt hatten, zum Wärmen auf die Lampe gestellt. Sadaluk hatte die beiden ersten geheimen Verwendungszwecke sehr genossen, und er konnte sich nichts Angenehmeres vorstellen, als daß man ihm den dritten vorführte. Aber noch während er versuchte, Elokos breites, glattes Gesicht vor seinem geistigen Auge heraufzubeschwören, erschien ein anderes.

Thay Schwarzdrache, der Nachtkönig, sah ihn mit Augen von vollkommenem Sullblau an: dunkel wie der Himmel um Mitternacht und von Adern aus Eis durchschossen. Hautfetzen hingen von seinen Händen, und der Lauscher konnte weiße Knochenkämme darunter erkennen. Er saß auf einem Pferd, das ganz Schatten war, ein finsteres Tier aus Muskeln und schwarzem Öl, das bei jeder Berührung seines Reiters bebte. Thay Schwarzdrache riß an den Zügeln und das Tier öffnete das Maul und entblößte ein Gebiß aus messerscharfem Stahl. Der Nachtkönig lächelte wie Isane Rune vor ihm.

Bald, zischte er. *Unsere tausend Jahre sind beinahe vergangen.*

Zum ersten Mal in seinem hundertjährigen Leben wußte der Lauscher nicht, ob er schlief oder hellwach war.

18
Die Kleider eines Toten

Schon vor der Morgendämmerung waren sie auf dem Weg durch die Täler und Hügel aus Schnee, die sich um die Fichten aufgehäuft hatten wie Wachs um abgebrannte Kerzen. Es wurde nur langsam hell, und das Licht blitzte kurze Augenblicke auf bereiften Fichtennadeln und dem Weiß von Ashs Zähnen und Augen. Ein kalter, leichter Wind kam aus dem Norden. Irgendwo hinter dem Horizont schrie ein Schneehuhn einen Rivalen an, der zu dicht an sein Nest gekommen war.

Raif hatte die beiden Fuchskadaver über den Rücken geschlungen. Er hatte sie ausgenommen, aber nicht gehäutet, und sie froren nun schnell in der kalten, trockenen Luft. Er hätte sie gerne Langohr übergeschnallt, aber der alte Wallach mochte den Geruch der Füchse nicht.

Ash führte das Pferd am Zügel. Die unebene Schneedecke machte es schwer zu reiten, und sie hatte sich entschlossen, lieber zu Fuß zu gehen. Raif gefielen die dunklen Ringe unter Ashs Augen und die gelbliche Färbung ihrer Haut nicht. Langsam führte er sie zum Südwestrand der Taiga, wo der Schnee fester war, was das Reiten einfacher machen würde. Er nahm an, daß sie sich bereits auf Scarpeland befanden, aber alle Grenzsteine, die das verkündet haben mochten, waren tief im Weiß vergraben. Bannen und Scarpe waren Nachbarn, obwohl die beiden Clans wenig füreinander übrig hatten. Scarpe war Blackhail angeschworen, aber dieser Eid verhinderte nicht, daß der Clan Blackhails Südgrenze bedrängte. Sein Häuptling war Yelma Scarpe, und in den zehn Jahren, in denen sie den Clan führte, hatte sie sich Land von Bannen und Dregg angeeignet, ebenso wie Gelände, das acht Jahrzehnte dem Clan Orrl gehört hatte und das hervorragend zur Jagd geeignet war. Das Zeichen des Scarpeclans war ein schwarzes Wiesel mit einer Maus im Maul. Das Scarpemotto lautete: *Unsere Worte sind so scharf wie unsere Schwerter.* Yelma Scarpe hatte keine Kämpfe mit Bannen, Dregg und Orrl ausgefochten. Nein. Sie hatte ihnen ihr Land einfach *ausgeredet.*

Und nun war einer aus ihrem Clan Häuptling von Blackhail.

Raif hätte beinahe gelächelt. In seinen Handschuhen riß die Haut, als er die Hände zu Fäusten ballte.

»Sieh mal!« sagte Ash und zeigte zum Nordwesthimmel über den Baumwipfeln. »Rauch.«

Raif folgte ihrem Blick. Rauch, dick und fettig, stieg mehrere Meilen nördlich in großen Wolken auf. Das Scarpehaus. Es konnte nicht anders sein. Das Rundhaus des Clans Scarpe lag dicht an der Bannengrenze auf einer Anhöhe und war umgeben von Fichten.

Unbehagen kühlte Raifs Gesicht. Wer sollte Scarpe angreifen? Bludd war nicht weiter nach Westen vorgedrungen als bis Ganmiddich, und nun waren sie auf dem Rückzug. Blackhail würde keinen seiner eigenen kriegsgeschworenen Clans angreifen, besonders nicht den Clan, in dem der Hailwolf geboren war. War es also Bannen oder Gnash gewesen? Oder vertriebene Männer von Ganmiddich oder Dhoone? Nichts davon war wahrscheinlich. Und jede dieser Möglichkeiten bedeutete eine Eskalation der Clankriege. Und wenn jemand einen Blackhail angeschworenen Clan angriff, mußte Blackhail reagieren.

»Raif! Bleib stehen! Wieso gehst du jetzt nach Norden?«

Raif mußte über die Schulter schauen, um Ash zu sehen. Sie war viele Schritte hinter ihm, noch auf der Spur, auf der sie sich seit der Dämmerung befunden hatten. Er starrte seine Fußabdrücke im Schnee an, folgte mit dem Blick ihrem Kurs, der sich nach Norden vom Pfad abgewandt hatte. Er schüttelte sich. *Was tue ich da? Es kann mir gleich sein, ob das Scarpehaus brennt.* Wütend auf sich selbst, eilte er den Abhang wieder hinab und zurück auf die Spur.

Danach schlug er ein rasches Tempo an. Gegen Mittag verließen sie die Taiga und zogen weiter nach Westen an den Frostfeldern nördlich des Flusses entlang. Im Süden waren die felsigen Ausläufer der Bitterhügel zu sehen und warfen dunkle, sich bewegende Schatten aufs Wasser. Die Eisenminen lagen dort irgendwo, gegraben von Mordrag Blackhail, dem Maulwurfshäuptling, und etwa hundert Jahre später von den Abschwörern erobert, als bereits alles Eisen gefördert war. Tem hatte immer erzählt, daß die Wände der Eisenhöhlen schwarz waren und glitzerten und daß niemand ein Messer mit hineinnehmen konnte, weil es ihm sonst aus der Hand flog. Die Abschwörer beanspruchten die Höhle als heilige Stätte. Sie glaubten, daß sich der eine wahre Gott in der Nacht, nachdem er die Welt neu geschaffen hatte, dort ausgeruht hatte. Aron Blackhail, Mordrags Enkel, brauchte zwanzig Jahre, um sie zu vertreiben.

Direkt vor ihnen trieben die hellblauen Gipfel des Küstengebirges auf dem westlichen Horizont wie Schiffe aus Eis. Raif starrte sie den größten Teil des Tages über an. Es war einfacher, nach vorn zu schauen als zurück.

Lange Zeit kamen sie an Mauern vorbei, an zerbrochenen Torbögen und Steinblöcken. Ruinen. Sie befanden sich schon länger hier auf dem Clanland als jedes Rundhaus. Raif hatte solche Ruinen auf dem Hail-Land gesehen, bestehend aus demselben milchigblauen Stein, der sich selbst am heißesten Tag des Jahres noch kühl anfühlte. Tem hatte erzählt, daß in den großen weißen Wäldern von Dhoone und Bludd ganze Städte unter dem Schnee vergraben waren. Raif suchte im Gehen die Landschaft nach gefrorenen Beeren ab, nach Hagebutten, nach wilder Minze und winzigen Pilzen, die auf verfaulendem Holz wuchsen. Sie hatten Fleisch, aber Fuchsfleisch schmeckte muffig, und Raif gefiel der Gedanke nicht, dieses Fleisch ohne jeden Zusatz essen zu müssen. Hin und wieder entdeckte er ein schimmernd weißes Schneehuhn, das sich im

Schnee versteckte, aber er ließ die Vögel in Ruhe. Ash wußte, daß er Wild mit einem Stein töten konnte, sie *wußte* es, aber das hieß nicht, daß er wollte, daß sie ihm dabei zusah.

Als sie zu einem Hain alter Weiden kamen, schnitt sich Raif dort einen Stock. Das Messer, das er aus dem Ganmiddich-Bauernhaus mitgenommen hatte, half wenig bei dem harten, feinkörnigen Holz, und es brauchte viele, lange Minuten des Sägens und Drehens, um einen Ast abzuschneiden. Ash, die geritten war, seit sie die Taiga hinter sich gelassen hatten, stieg nicht ab, als er die Seitenschößlinge vom Stock schlug. Sie sackte im Sattel zusammen, das Kinn beinahe auf der Brust. Als sie bemerkte, daß Raif sie ansah, richtete sie sich auf und strengte sich an zu lächeln. Raif konnte das Lächeln nicht erwidern. Er erinnerte sich daran, was Heritas Cant über sie gesagt hatte, über die Macht in ihr, die sich gegen ihre Organe drücken würde, bis diese bluteten.

Vielleicht las sie ihm den Gedanken vom Gesicht ab, denn sie sagte: »Es geht mir gut. Ich bin nur ein wenig müde, das ist alles.«

»Und die Stimmen?«

»Ich kämpfe dagegen an.« Sie sah ihn mit ihren klaren, grauen Augen an, und Raif wünschte sich plötzlich, diese Stimmen wären echte Männer, gegen die er kämpfen und die er töten könnte, keine Schattengestalten, die er nicht einmal sah.

»Du mußt etwas essen«, sagte er nach einer Weile. »Hier.« Er reichte ihr ein paar gefrorene Beeren und ein paar Hagebutten, die er gesammelt hatte. Alle Clansmänner, die im Ödland jagten, trugen einen Beutel getrockneter Hagebutten mit sich. Die festen, roten Früchte hielten die Schüttelkrankheit auf, selbst wenn es kein frisches Grünzeug gab.

Ash verzog das Gesicht, als sie auf eine der Knospen biß.

»Du wirst dich schneller daran gewöhnen als an Fuchsfleisch«, versprach er. Das Lächeln, mit dem sie ihn bedachte, wärmte etwas Tiefes, sehr Kaltes in seiner Brust. »Machen wir uns wieder auf den Weg. Wir haben immer noch eine Stunde Tageslicht vor uns.«

An diesem Abend schlugen sie ihr Lager an der windabgewandten Seite eines Hügels auf und gruben sich eine Höhle im alten, dort angewehten Schnee. Raif jagte, während Ash schlief, und erlegte einen Schneehasen, den er aus seiner Höhle aufgescheucht hatte, und ein fettes, weißes Schneehuhn, das aufflatterte, als Raif zufällig auf sein Nest stieß. Erfreut über seine Beute kehrte er mit Plänen für eine mitternächtliche Mahlzeit zum Lager zurück. Das Fuchsfleisch, das er im Schneewasser gekocht hatte, war kein großer Erfolg gewesen.

Er spürte, daß etwas nicht stimmte, als er den Hügel überquert hatte. Die Nacht schien plötzlich dunkel und klein, als wäre sie innerhalb von Sekunden zur Hälfte ihrer Größe geschrumpft. Die Höhle sah noch so aus wie zu dem Zeitpunkt, als er sie verlassen hatte, und das Feuer brannte so gut, wie ein Feuer, um das sich niemand kümmerte, eben brennen konnte, aber etwas hatte sich verändert. Die Luft war kälter. Ein nahegelegenes Espengehölz raschelte und klickte, als eine Windböe die Stämme wie Stöcke gegeneinanderstieß. Plötzlich fühlte sich die Jagdbeute auf seinem Rücken schwer an, und er ließ sie in den Schnee fallen.

Ash.

Er umklammerte den kalten Rabenschnabel an seiner Kehle und lief zur Höhle. Der Schnee, der den Eingang umgab, war sauber bis auf seine Fußabdrücke, und obwohl kein Mensch und kein Tier das Lager betreten hatte, wußte er, daß Ash nicht mehr dort war. Ihr Körper lag auf der Matte aus Weidenzweigen, die er ausgebreitet hatte, um sie vor der Kälte zu schützen. Muskeln in ihren Schultern und Oberarmen zuckten und bewirkten, daß sie sich vom Boden aufbäumte. Sie hatte den Mund geöffnet und etwas Dunkles, Tierartiges bewegte sich darin. *O Götter!*

Raif drückte sein Zeichen. Ein Instinkt, auf den er nicht

vorbereitet war, trieb ihn dazu an zu fliehen. Er konnte die Macht in ihr riechen, wie ein Hund Krankheit roch. Heritas Cant hatte recht gehabt: Es war etwas, das eigentlich nicht existieren sollte.

Töte eine ganze Armee für mich, Raif Sevrance.

Raif schüttelte den Kopf, beunruhigt darüber, wie rasch ihm der Gedanke ans Töten gekommen war. *Es wäre eine Gnade*, sagte eine leise Stimme. *Die Welt würde dir am Ende dafür dankbar sein.*

»Nein.« Raif hatte das Wort laut ausgesprochen. Er hatte keinen Bruder und keinen Clan mehr, und die Erinnerung an ihn war aus dem Heiligen Stein getilgt. Aber er hatte Ash, und er hatte geschworen, sie zu beschützen. Und wer war er, den Wert eines anderen Menschen zu beurteilen?

Er dachte an Angus und versuchte sich vorzustellen, was sein Onkel tun würde, wenn er hier in diesem Flußtal westlich von Scarpe wäre. Er zog die Handschuhe aus und kniete sich neben Ash. Angus hatte sie mit einem Tuch geknebelt, wann immer sie versuchte, diese Kraft heraufzubeschwören, also würde er das auch tun. Rasch schnitt Raif eine Hand voll Wolle aus Ashs Umhang und knäulte sie in der Faust zusammen. Er versuchte, sanft zu sein, als er das Stoffknäuel in ihren Mund schob, aber seine Hände zitterten, und das Bedürfnis, das dunkle Ding auf ihrer Zunge loszuwerden, brachte ihn dazu, ihr den Knebel tief in den Hals zu stoßen. Ihr Magen zuckte, sobald der Knebel an Ort und Stelle war, und er legte ihr eine Hand auf den Brustkorb und drückte fest, damit sie sich nicht übergab. Trotz der Kälte in der Schneehöhle bildeten sich Schweißtropfen wie Blasen auf Raifs Stirn.

Ashs Beine zuckten. Muskelstränge hoben sich aus ihrem Hals, als sie gegen den Knebel ankämpfte. Raif drückte sie nach unten, so fest er konnte, bis ihre Muskeln unter seinen Händen schlaff wurden. Noch lange danach drückte er sie nieder, hektisch atmend und mit heftig klopfendem Herzen. Endlich lockerte er seinen Griff, aber nur, um das Fuchsfell in Streifen zu reißen, um sie zu fesseln. Er hatte einen Geschmack im Mund, der von Angst kommen konnte. Er hatte immer wieder diese sich bewegende Schwärze vor Augen, die er auf ihrer Zunge gesehen hatte … wie sie wie flüssiges Metall von einer Seite zur anderen lief.

Er war nicht sonderlich sanft, als er sie fesselte.

Später, als er im Eingang der Höhle saß und mit der Spitze seines Weidenstocks im Feuer stocherte, fragte er sich, was wohl geschehen wäre, wenn er nicht zu diesem Zeitpunkt zurückgekehrt wäre. Ash war nun ruhig, und die Arme lagen schlaff in ihrer Hülle aus Decken und Seilen. Cant hatte gesagt, daß sie die Kraft hatte, die Mauern um dieses Blinde Land niederzureißen. Aber Raif wußte nicht genau, was das bedeutete. Er hatte Cants Worte gehört, aber sie waren wie Schatten, verbargen mehr, als sie zeigten.

Raif legte den Stock nieder und hielt die Hände über die Flammen, um sie zu wärmen. Er versuchte, an etwas anderes zu denken, an den Schneehasen und das Schneehuhn, die noch draußen lagen, an den schwindenden Vorrat an Feuerholz, an die Kleidung, die gelüftet werden mußte, aber er regte sich nicht, um sich um irgend etwas zu kümmern. Es war besser, daß er hierblieb und über Ash wachte.

Zeit verging, und das Feuer brannte nieder und schickte kleine rote Flammen aus, um die Innenseiten der Scheite zu fressen. Raif glaubte nicht, daß er schlafen konnte. Die Schmerzen in seinen Rippen waren heute nacht schlimmer als zuvor, und seine Hände schmerzten ebenfalls und näßten. Dennoch, die Augen fielen ihm zu, er hörte auf zu denken und glitt in einen tiefen, traumlosen Schlaf.

Er erwachte Stunden später im Dunkeln. Alles tat ihm weh, aber er fühlte sich seltsam ausgeruht. Bevor er nach draußen ging, um sich zu erleichtern oder Holz nachzulegen, schnitt er die Fesseln durch, die Ashs Arme an die Seite banden. Der

Knebel war speicheldurchtränkt, und er mußte ihre Zähne auseinander zwängen, um die Wolle, die sich ausgedehnt hatte, herauszuziehen.

Als er die Hand von ihrem Kinn nahm, öffnete sie die Augen.

Raif verbarg den Knebel hinter seinem Rücken.

Ash hob den rechten Arm und rieb die Stelle, in die sich die Fesseln eingegraben hatten. »Wie lange?«

»Über Nacht. Nur über Nacht.«

Sie wandte den Blick ab. Er glaubte, ihre Lippen zittern zu sehen, aber einen Augenblick später war sie ruhig.

Er half ihr, sich hinzusetzen. Schon begann er, die Tage zu zählen. Noch weitere zwei bis zur Sturmgrenze. Eine Woche, um die Ausläufer des Flutberges zu erreichen. »Wie geht es dir?«

»Ich bin müde. Und die Arme tun mir weh. Und ich habe einen schlechten Geschmack im Mund.«

»Ich hole dir Wasser.«

»Raif.«

Er drehte sich um und sah sie an.

»Glaubst du, wir werden es schaffen? Diesmal hatte ich Glück … ich bin aufgewacht.« Sie schüttelte den Kopf, und ihr Blick wurde finster von Erinnerungen. »Es ist so schwer, gegen sie anzukämpfen. Sie sind jetzt stärker. Der Tag am Paß hat sie verändert. Sie waren dem Durchbruch so nahe, daß sie es schon schmecken konnten.«

Raif wußte nicht, was er sagen sollte. Ash mußte unbedingt hören, daß sie die Höhle aus schwarzem Eis lebendig und gesund erreichen würde. Aber Tem hatte ihm nicht beigebracht, wie man log. Am Ende sagte er: »Ich werde das Pferd schlachten, wenn wir Blut und Fleisch brauchen, ich werde dich auf dem Rücken tragen und weitergehen, bis meine Füße vor Eis gelb werden, bevor ich aufgebe oder umkehre.«

Er senkte den Kopf und ging nach draußen, wo es so kalt war, daß jeder Atemzug wie Säure in seiner Kehle brannte.

Sie verließen die Höhle, als es noch dunkel war. Falls ein Mond am Himmel gestanden hatte, war er jedenfalls lange untergegangen, aber der Schnee schimmerte blau und braun, als fiele entferntes Licht auf ihn. Raif bestand darauf, daß Ash in den Sattel stieg und den Wallach traben ließ. Er selbst rannte hin und wieder, um mit ihr Schritt zu halten. Oft fiel er zurück, da seine heilenden Rippen ihm keine allzu tiefen Atemzüge gestatteten. Als die Sonne sich an einem schimmernd blauen Himmel erhob, sah es so aus, als könnten sie die Granitgipfel des Küstengebirges berühren. Die Wintersonne machte Raif unruhig, besonders als er sah, wie Ash am Kragen ihres Umhangs zupfte, als wäre ihr warm und als bräuchte sie frische Luft. Es war *nicht* warm. Es war kalt genug, daß selbst Tränen froren. Und im Clan Blackhail gab es Männer und Frauen, die von der Gefahr erzählt hatten, die darin lag, zu glauben, daß Sonnen*schein* einen wärmte. Unter blauem sonnigem Himmel waren so viele Clanohren verloren worden wie in der tiefsten, dunkelsten Nacht.

Raif beobachtete seinen eigenen Körper genau. Seine Hände taten ununterbrochen weh – aber zumindest waren sie nicht taub. »Das, was du *nicht* spüren kannst, ist das Problem«, hatte Tem immer gesagt.

Im Laufe des Tages veränderte sich die Landschaft nach und nach. Die große, dunkle Fläche der Taiga zog sich bis zum Küstengebirge, aber die Bäume darin änderten sich, je näher sie den Ausläufern kamen. Sie waren jetzt kleiner, ihr Wuchs behindert von Frost bis zum Ende des Frühlings, Tauwetter mitten im Winter und schwarzem Schneeschimmel. Schierlingsbüsche wichen den verrenkten Ästen von Birken und Fichten. Der Boden unter ihren Füßen wurde fester, und riesige Felsblöcke mit Frostrissen schoben sich aus dem Talboden. Nischen zwischen diesen Felsen waren voll mit struppigem Blasengras und gelbem Moos, und gebeugte Weiden klammerten sich an den Boden wie etwas, das nicht gewachsen war, sondern eher aussah, als wäre es dort hingegossen worden. Der Schnee war so hart und trocken wie weißer Sand.

Die Landschaft erinnerte Raif an das Ödland. Er hatte dasselbe Gefühl kalter Trockenheit.

Als die Sonne ihren Höchststand erreichte, war er nicht mehr sicher, welchem Clan das Gelände gehörte, auf dem sie sich befanden. Er nahm an, daß sie auf Orrl-Land waren, da der Clan Orrl der westlichste der Grenzclans war, aber er wußte auch, daß es hier draußen irgendwo einen kleinen Bach namens Rotbach geben mußte, hinter dessen Ufern Blackhail alles Land westlich bis zum Gebirge beanspruchte.

Der Wolfsfluß wandte sich hier nach Süden, und hin und wieder entdeckte Raif seine schwarze, ölige Oberfläche. Viele der Nebenflüsse und Bäche waren trocken oder gefroren, und die Masse des Wassers blieb unverändert, während sie weiter zum Meer floß. Der Wolfsfluß und sein Tal schnitten geradewegs durch das Küstengebirge, und Raif wußte, daß dies die schnellste, sicherste Route zur Sturmgrenze darstellte.

Sie machten kurz Mittagsrast und aßen den letzten Rest des gebratenen Vogels. Raif beobachtete Ash genau. Ihre Haut war jetzt deutlich gelblich, und etwas mit ihrem Gesicht stimmte nicht. Die Veränderung war subtil, aber Raif erkannte sie sofort. Die winzigen Falten um ihre Augen und den Mund herum waren verschwunden. Flüssigkeit unter ihrer Haut füllte sie aus und ließ ihre Wangen runder wirken. Er hatte solche Symptome schon gesehen: bei Braida Tanna, der älteren Schwester von Lansa und Hilly, deren Leiche in dem Monat, als Drey seinen Jahrmanneid sprach, in einem ausgehöhlten Buchenstamm aufgebahrt worden war. Es war Gift, hatte Inigar Stoop gesagt. Der Körper des Mädchens hatte sich selbst vergiftet.

Raif ließ Ash am Nachmittag über lange Strecken galoppieren. Er rannte hinter dem Wallach über den gefrorenen Boden, und seine Ohren brannten in der tosenden Luft. Bei Sonnenuntergang überraschte sie ihn, indem sie eine Rast forderte. Er war ein ganzes Stück hinter ihr, hinter einem massiven Kalksteinvorsprung, und versuchte zu Atem zu kommen, als er hörte, daß sie nach ihm rief. Bis er das Pferd erreicht hatte, war sie schon aus dem Sattel gestiegen und ging auf eine kleine Gruppe von Felsen zu, die auf einer Hügelkuppe nördlich ihres Wegs lagen.

Eine kleine Bewegung von Ash bewirkte, daß ihm kalt wurde. Sie ging weiter vorwärts, aber sie drückte die Arme fest an die Seite und hatte den Mund fest geschlossen. Raif sah sich die Felsen noch einmal genau an. Sie waren von einem zarten Blaugrau, überzogen mit Reif und Schneekörnern ... und überhaupt keine Felsen. Es waren Leichen. Sechs Leichen. Den Streifen von weißer Weide, die in ihre Zöpfe geflochten waren, und dem hellen, schimmernden Stoff ihrer Umhänge nach zu schließen, kamen sie vom Clan Orrl. Aus der Tiefe und dem Zustand des Schnees, der sie umgab, nahm Raif an, daß sie weniger als zwei Wochen hier waren, aber die kalte, trockene Luft hatte bereits begonnen, sie zu mumifizieren.

Raif griff nach Ashs Hand. Sie starrte die dunklen Schatten unter der Reifkruste an: ein blaues Auge, vollkommen erhalten, ein Mund, der weit genug offenstand, um die gefrorene Zunge sehen zu lassen, eine Faust, die nichts als Luft umklammerte.

»Was sollen wir tun?« Ash flüsterte.

Noch während sie diese Frage stellte, bemerkte Raif einen kleinen Silberdeckel in kurzer Entfernung von den Leichen. »Nichts.«

»Aber sollten sie nicht begraben werden oder gesegnet – *irgend etwas*?«

Er sah, wie verstört sie war, aber er schüttelte den Kopf. »Mein Clan hat diese Tode verursacht. Es ist nicht an mir, mich um Leichen zu kümmern, die sie zurückgelassen haben.«

»Woher weißt du, daß Blackhail es war?«

»Dieses Stück Silber dort drüben gehört Blackhail und keinem anderen Clan. Hailsmänner haben diese Leute getötet, und als sie fertig waren, hat einer von ihnen den Deckel von seinem Behälter mit Heiligem Stein genommen und einen Kreis um sie gezogen.«

»Um das Andenken an die Getöteten zu ehren?«

»Nein. Man ehrt nicht das Andenken eines Mannes, den man gerade getötet hat. Der Kreis wurde gezogen, um die Blicke der Steingötter hierher zu lenken, damit sie wissen, daß sie hier Seelen beanspruchen können.«

Ash entzog sich Raifs Griff. »Warum haben sie diese Männer *hier* umgebracht, wo niemand lebt?«

»Weil wir auf Blackhail-Land sind und die Clans sich im Krieg befinden und irgend etwas passiert ist, was den Hailwolf wütend oder unruhig werden ließ, oder beides.«

Raif fuhr sich mit den Händen übers Gesicht. Orrl war Blackhail angeschworen. Die beiden Clans hatten zweitausend Jahre lang eine Grenze gemeinsam gehabt, und so lange sie sich erinnern konnten, waren alle Streitigkeiten zwischen ihnen an der Feuerstelle geregelt worden. Und jetzt das hier. Was hatte Mace Blackhail vor? Was war geschehen, damit er so etwas befahl? Der Häuptling des Clans Orrl, Spynie Orrl, war nicht dumm. Er war der älteste lebende Häuptling im Clanland und hatte vier Frauen, zwei Söhne und eine Tochter überlebt. Dagro Blackhail hatte ihn gern genug gehabt, um ihn einzuladen, die Schwüre bei beiden seiner Hochzeiten zur hören, und als vor fünf Jahren Spynies erste Urenkelin zur Welt gekommen war, hatte Spynie Dagro zur Feier des Tages zehn Schafe geschenkt. Raif konnte sich nicht vorstellen, daß Spynie Orrl Blackhail angriff. Niemand lebte so lange wie er, wenn er Risiken einging.

Clan Scarpe. Der Gedanke an den Rauch, der sich über den Baumwipfeln erhoben hatte, kühlte Raifs Gesicht so rasch ab, als hätte er mit Eis darübergestrichen. Wenn etwas geschehen war, um einen Streit zwischen den beiden Clans hervorzurufen, und der Clan Orrl die Schwerter gegen den Clan Scarpe gezogen hatte, dann würde Mace Blackhail dafür sorgen, daß Orrl den höchsten Preis zahlte. Er mochte sich als Hailwolf bezeichnen, aber er war durch und durch ein Scarpemann.

Raif schloß die Augen. Er war so müde, er hätte sich am liebsten auf den gefrorenen Boden gelegt und ebenso wie die Toten geschlafen.

Er wußte, daß er nicht mit Gewißheit herausfinden konnte, ob das Abbrennen des Scarpehauses etwas mit diesen mumifizierten Leichen hier zu tun hatte – Scarpe sammelte Feinde wie Flachdächer den Regen. Aber selbst wenn die beiden Ereignisse nichts miteinander zu tun hatten, hatte er hier immer noch eine harte Wahrheit vor sich. Die Clankriege gerieten außer Kontrolle. Mace Blackhail hatte befohlen, daß man Orrlmänner tötete. Das Scarpehaus war angezündet worden. Ganmiddich war zunächst von Bludd, dann von Blackhail erobert worden. Die Überlebenden aus dem Dhooneclan waren immer noch überall verstreut, aber es war nur eine Frage der Zeit, bis sie sich zu einem Schlag gegen Bludd sammelten. Wann würde das ein Ende finden? Wenn jeder Heilige Stein zu Kies zerschmettert und kein Clansmann mehr am Leben war?

Raif spähte nach Nordosten zum Blackhail-Land. Nach ein paar Minuten wurden die Falten um seinen Mund ausgeprägter, und er machte sich daran, den Leichen die Kleider auszuziehen.

An diesem Abend fand er kein Wild. Der Gedanke, daß Ash allein im Lager saß, während er jagte, bewirkte, daß er sich nicht weit vom Feuer entfernte. Die Nacht war dunkel, es war kein Mond zu sehen, und der Himmel schien so nahe, als ob man nur den Arm ausstrecken müßte, um ihn zu berühren. Wind, der von den Bergen herabkam, ließ den Speichel auf Raifs Zähnen gefrieren und seine Augen tränen. Sein Atem wurde auf der Fischerkapuze innerhalb von Minuten zu Eis.

Er kehrte ins Lager zurück, schleppte die müden Füße über den Schnee. Sie waren noch nicht weit von den Orrlmännern entfernt, nur gerade genug, um den Anblick des Todes hinter sich zu lassen. Das Lager war ein trockener Sturmkanal mit einem Dach aus Weidenzweigen und ausgelegt mit Weidenblättern und Moos. Sie hatten das Eis aus der Kleidung, die Raif den Orrlmännern ausgezogen hatte, herausgeschlagen, und die Sachen lagen nun auf dem Rücken des Wallachs, damit sie am Morgen warm und trocken sein würden. Ash hatte angeboten zu helfen, aber er hatte sie statt dessen das Feuer bauen und ein Abendessen aus getrocknetem Fuchsfleisch zubereiten lassen. Haut hatte sich mit den Kleidern der Toten gelöst, und obwohl sie wenig Ähnlichkeit mit lebendiger Haut hatte, wollte Raif nicht, daß Ash sie sah.

Ash war wach, als er das Lager betrat, und hatte die Knie an die Brust gezogen. Rauch hing in der Luft – zu viel, um leicht aus dem Rauchloch entweichen zu können –, und Raif sah in der Länge und Heftigkeit der Flammen, daß Ash viel Holz nachgelegt hatte.

Er zog die Handschuhe aus und kniete sich neben sie. Sie zitterte so heftig, als hätte man sie aus eisigem Wasser gezogen. »Hier«, sagte er und zog ihr die Decken um die Schultern. »Du mußt dich gut einwickeln.«

Sie lächelte schwächlich. »Keine Beute heute nacht?«

»Nein.« Er warf einen Blick auf die Weidenzweige, die er als Feuerholz gesammelt hatte; sie würden nicht für die ganze Nacht reichen. Ash hatte schon mehr als die Hälfte ihrer Vorräte verbrannt. »Sind die Stimmen wiedergekommen?«

Sie senkte den Kopf und nickte. »Sie verlassen mich jetzt überhaupt nicht mehr. Manchmal sind sie nicht sonderlich stark, und ich kann sie zurückschieben. Zu anderen Zeiten ist es, als wären sie direkt neben mir … und ich kann sie riechen … und sie frieren und ihre Augen sind schwarz und tot. *Es ist so einfach*, sagen sie. *So einfach. Du mußt nur die Arme ausstrecken.«*

»Weißt du, was sie sind?«

»Menschen. Zumindest waren sie einmal Menschen … es ist,

als hätten die Schatten von draußen einen Weg nach drinnen gefunden.«

Ash schluckte. »Sie hassen uns, Raif. Sie waren so lange eingeschlossen, und ihnen ist nur noch der Gedanke daran geblieben, wie es ist, frei zu sein. Es ist kalt dort und kein Licht fällt je auf sie ... und sie sind angekettet, und die Ketten bestehen aus Blut. Sie nennen mich *Herrin* und erklären, daß sie mich lieben, aber sie lügen. Es sind Tausende von ihnen, Tausende und Abertausende, und jeder einzelne davon wartet darauf, daß ich die Arme ausstrecke.«

Raif beugte sich vor und legte mehr Holz auf. Jetzt verstand er ihr Bedürfnis nach Wärme.

Als gelbe Flammen das neue Holz überzogen und die erstarrten Erdwände ihres Unterschlupfs im wechselnden Licht schauderten, sagte Ash: »Warum gibt es mich? Wenn das, was ich tun kann, so schrecklich ist, warum wurde ich geboren?«

Ihre Augen schimmerten im Feuerlicht. Ein Teil ihrer Unterlippe war rot und fleckig, wo sie darauf gekaut hatte. Raif hätte sie am liebsten in den Arm genommen und sie an sich gedrückt, bis sie warm und sicher war und keine Angst mehr hatte. Er wollte sagen: *Es ist ganz gleich, wozu du fähig bist. Selbst wenn du heute nacht die Mauer um das Blinde Land eingerissen und eine ganze Armee von Ungeheuern freigelassen hättest, würde ich an deiner Seite bleiben und dich schützen. Du bist jetzt mein Clan.* Statt dessen sagte er: »Wir werden alle mit der Fähigkeit geboren, Tod und Leiden zu bringen. Einige von uns müssen heftiger dagegen ankämpfen, um niemandem zu schaden.«

Es war nicht die Antwort, die Ash wollte, aber er konnte sehen, wie sie nachdachte, als sie sich Rauch aus dem Gesicht wedelte. »Auch du kämpfst dagegen an, nicht wahr?«

»Ja.«

Sie rutschte ein wenig dichter zu ihm, so daß ihre Schultern und Arme einander berührten, schaute aber weiterhin ins Feuer, als sie sagte: »Warum bleibst du bei mir, Raif? Du willst nichts von mir. Es gibt keine Belohnung dafür, mich in die Höhle zu bringen. Wir können beide in der Kälte und dem Schnee sterben, und bis jemand uns finden würde, wären wir wie diese Orrlmänner auf dem Hügelkamm blau und weiß und erfroren.«

Raif saß still und sagte kein Wort. Wie hätte er antworten können? Bei Ash zu bleiben war alles, was er hatte, aber das konnte er ihr nicht sagen. Sonst hätte sie vielleicht Mitleid mit ihm, und das war etwas, was er nicht wollte. Nach einiger Zeit beugte er sich vor und stocherte mit seinem Stock im Feuer herum. »Ich denke, wir sollten lieber schlafen.«

Ash sah ihn an, ohne zu blinzeln, aber er tat so, als würde er es nicht bemerken, als er sich unter seine Decke schob, die Augen schloß und darauf wartete, daß der Schlaf kam.

Das Kreischen des Windes weckte ihn noch vor der Morgendämmerung. Das Feuer war schon lange tot, die Temperatur im Unterschlupf war eisig. Gefrorener Rauch hing über Raif in der Luft wie ein kleines Stück seiner Seele. Er lag eine Weile lang still und hörte dem Wind zu, wie Tem ihm beigebracht hatte. Das hohe, schrille Heulen erzählte von Luft, die durch Bergpässe und nadeldünne Risse im Felsen getrieben wurde. Der Unterton von weißem Rauschen, ein Geräusch so leise wie eine Mutter, die ihr Kind in den Schlaf sang, erzählte von Eis. Der Wind war voller Eis.

Obwohl ihm nicht sonderlich danach war, stand Raif auf. Schmerz schoß durch seine Hände, als er die Muskeln anspannte, die vor Kälte erstarrt waren. Sein linkes Auge war zugefroren, und als er seinen Bart rieb, hatte er hinterher tote Haut und Eiskristalle in der Hand. Er mußte Wasser erhitzen und die letzten Tropfen Fett aus dem Fuchs holen, aber der Gedanke daran, nach draußen zu gehen und mehr Brennstoff fürs Feuer zu holen, lag ihm wie eine unverdaute Mahlzeit im Bauch. Er rieb sich das linke Auge, bis es weh tat und grelle Rottöne auf der Innenseite seines Augenlids erschienen, und dann öffnete er das Auge gewaltsam. Ein wenig Eis hing immer noch daran, und er riß sich beim Öffnen ein paar Wimpern aus.

Raif verfluchte die Kälte.

Er wickelte die Decke um sich wie ein Umhang und ging zu Ash, die schlafend an der hinteren Wand ihres Unterschlupfs lag. Atemzüge so flach, daß sie kaum ihre Brust hoben und senkten, entwichen ihrem Mund mit kleinen, knarzenden Geräuschen. Raif rief sie laut beim Namen, weil er Angst hatte, sie könnte nicht erwachen.

Sie öffnete blinzelnd die Augen.

Raif verbarg seine Erleichterung. »Es ist Morgen. Wir müssen uns innerhalb von einer Viertelstunde auf den Weg machen. Pack dich gut ein. Es ist Eis im Wind.«

Er ließ sie allein, wie er es immer tat, sich bewußt, daß Frauen nach dem Aufwachen Zeit für sich brauchten. Er riß das Dach auf, schob sich aus dem Unterschlupf in den Eissturm dahinter. Das Land war weiß und schien sich zu bewegen, getrieben von Winden, die man sehen und berühren konnte. Große Eisgewebe hingen von gebogenen Krüppelfichten, und Rauhreif wuchs auf allem, das lebte, wie eine blaue Pest. Der Schnee war so hart und trocken, daß er wie Glasplatten unter Raifs Füßen brach.

Mit gesenktem Kopf und über der Brust verschränkten Armen ging er zu der Weide, an die er das Pferd angebunden hatte.

Der Wallach war in einem schlechten Zustand. Er hatte in der Nacht nichts gefressen. Die Adern rund um sein Maul und die Augen waren voller Kälteblasen und aufgerissen, und trotz der vielen Decken und Kleidungsstücke auf seinem Rücken schauderte er heftig. Sobald er Raif hörte, wieherte er leise und kam auf unsicheren Beinen auf ihn zu. Raif streichelte dem alten Pferd die Nase, seltsam gerührt von dem Bedürfnis des Tieres, in seiner Nähe zu sein.

Ash kam einige Minuten später zu ihnen, in jedes Stück Fell und Wolle gehüllt, das sie hatte finden können. Das harte, schattenlose Licht betonte die Gelbtönung ihrer Haut und bewirkte, daß ihre Lippen dieselbe Farbe hatten wie ihr Gesicht. Sie lächelte dünn. »Jetzt verstehe ich, wieso diese Landschaft Sturmgrenze heißt.«

Raif wußte kaum, wie es ihm gelang zurückzulächeln. Er hatte nicht das Herz, ihr zu sagen, daß die Sturmgrenze eigentlich erst begann, wenn sie die Berge hinter sich gebracht hatten und das Land betraten, das sich an der Küste entlangzog.

Ash zeigte auf den Stapel Kleidung unter der Decke des Wallachs. »Du mußt ein paar von diesen Dingen anziehen, von denen, die du von den …« Ihre Stimme verklang.

… den Toten genommen hast, beendete er im Geist den Satz für sie. Ash schauderte, als hätte er die Worte laut ausgesprochen. Auch Raif war nach Schaudern zumute, aber er drehte sich um und begann statt dessen, das Pferd abzuladen.

Die Kleider der Toten paßten ihm gut, saßen, als wären sie für ihn geschneidert. Der Orrlumhang, den er mitgenommen hatte, war vom selben bläulichen Weiß wie der Schnee, und Raif empfand eine gewisse Freude bei dem Gedanken, dadurch im Sturm unsichtbar zu sein. Orrlmänner waren berühmt dafür, daß sie auch im weißen Wetter jagten und selbst mitten im Winter noch frisches Fleisch hatten, wenn alle anderen Clans unwillig auf geräuchertem Elch kauten. Ihr Wappen war der Schneehase, und Tem sagte, niemand bewege sich so rasch und lautlos durch den Schnee wie ein Orrlmann. Raif berührte den Deckel seines Steinbehälters aus Respekt für ihre Fähigkeiten. Orrl war ein harter Clan in einem harten Land und hatte tausend Jahre lang treu zu Blackhail gestanden.

Er schob den Gedanken von sich. Was Blackhail tat, was jeder Clan tat, ging ihn jetzt nichts mehr an. Er zwang seine Gedanken zurück in die Gegenwart, zwang sich dazu, seine Sinne auf den Sturm zu konzentrieren, sattelte den Wallach und bereitete sich auf den Weitermarsch vor.

Die Kleider der Toten wärmten ihm den Rücken.

19
Ein Abend in Jacks Viehtreiberschenke

Dieses neue Mädchen, das du da hast, ist eine Hexe«, sagte Clyve Wheat.

»Nein. Ein Engel«, verbesserte Burdale Ruff. »Die Fähigkeit, genau zu wissen, was ein Mann will, bevor er es auch nur selbst merkt, stammt vom Himmel, nicht aus den zwölf schlaflosen Höllen.« Burdale Ruff verdarb seine Eloquenz ein wenig, indem er am Ende seiner Worte zufrieden rülpste. Mit einem vom Alkohol trägen Lächeln entschuldigte sich der große haarige Schafhirte, dann rülpste er noch mal.

Gull Moler wußte das Kompliment, das in einem guten Rülpsen lag, ebenso zu schätzen wie jeder andere, aber der derzeitige Gegenstand der Diskussion war zu wichtig für ihn, um sich nicht von einer von Burdale Ruffs berüchtigten Vorstellungen ablenken zu lassen. Bevor der blonde Clyve Wheat und der kleine, rattengesichtige Silas Craw das Gespräch verderben konnten, indem sie über Burdale kicherten, sagte Gull wütend: »Ich würde Maggy kaum als Mädchen bezeichnen. Sie hat die Tage von rosa Bändern und engen Schuhen längst hinter sich gelassen. Sie ist eine Witwe. Eine Witwe.«

Clyve Wheat, der nicht so betrunken war wie Burdale Ruff, aber kein bißchen klüger, schubste Silas Craw mit solcher Kraft, daß der kleine Schäfer beinahe von dem Bierfaß gefallen wäre, auf dem er sich niedergelassen hatte, weil es so wenig Stühle gab. »Eine Witwe!« sagte er. »Eine Witwe! Nun, da kann ich nur sagen, sie muß geheiratet haben, bevor sie entwöhnt war. Denn ich schwöre dir, daß diese Frau kein Jahr älter ist als meine Schwester Bell.«

Silas Craw, der sich mit den raschen frettchenhaften Bewegungen eines Mannes, der daran gewöhnt ist, gestoßen zu werden, wieder ins Gleichgewicht gebracht hatte, grunzte zustimmend. »Bell!« sagte er gefühlvoll. Alle warteten, aber er sprach nicht weiter.

Gull Moler schaute stirnrunzelnd von einem Mann zum anderen. Sie waren allesamt sturzbesoffen. Was wußten sie schon von Frauen und ihrem Alter? Mit einem Schnauben, das er seiner Position als Besitzer und Wirt der Schenke für angemessen hielt, drängte Gull seine wohlgenährte Person an Burdale Ruffs und Clyve Wheats Stühlen vorbei und begann, die leeren Krüge, Becher und Schalen vom Tisch zu nehmen.

Burdale Ruff packte ihn am Arm, als er sich umdrehen wollte. »Unsere Maggy gefällt dir wohl, wie, Gull?«

Gull Moler war seit vierzehn Jahren Besitzer und Wirt von Jacks Viehtreiberschenke und gewöhnt an Betrunkene und ihr Geschwätz. Erfahrung sagte ihm, daß man am besten damit umging, indem man die Lippen scheinbar zutiefst nachdenklich zusammenkniff und dann laut verkündete: »Hm! Schon möglich, daß du recht hast.« Nichts nahm einem Betrunkenen so sehr den Wind aus den Segeln wie Zustimmung. Aber in dieser Sache konnte Gull sich einfach nicht dazu bringen. Nicht, was Maggy anging. Es war einfach nicht richtig.

Er räusperte sich. »Maggy ist eine anständige Frau, Burdale Ruff. Nimm dich gefälligst zusammen. Ich werde nicht zulassen, daß du sie mit deinem trunkenen Geschwätz und deinen Unverschämtheiten aufregst.« Gull versuchte leise zu sprechen, aber wie es immer in Schenken passiert, wenn es Probleme gibt, trieb der Wind seine Worte wie den Geruch nach guter Schweinepastete von einem Gast zum anderen. Bis er seinen letzten Satz beendet hatte, sprach er schon zu einem vollkommen stillen Schankraum. Gull merkte plötzlich, wie heiß ihm war. Die drei Dutzend Gäste in Jacks Viehtreiberschenke, viele von ihnen noch feucht und dampfend, weil sie im draußen tobenden Sturm gewesen waren, warteten, weil sie sehen wollten, was Burdale Ruff nun tat.

Burdale Ruff war nicht der größte, breiteste Mann in den drei Dörfern – diese Ehre gebührte dem Halbidioten Brod Haunch, der für seinen Lebensunterhalt Steine zerkleinerte –, aber er war der gefürchtetste. Er war ein unberechenbarer Betrunkener: das ist die schlimmste Art. Er konnte in weniger Zeit, als es brauchte, um einen Krug Bier zu zapfen, vom Scherz zur Drohung wechseln. Gull spürte, wie Burdales große, wurstförmige Finger sich in seinen Arm drückten. Die kleinen Augen des Schafhirten zogen sich zu Nadelspitzen zusammen, und plötzlich schien er überhaupt nicht mehr betrunken zu sein. Ohne Gulls Arm loszulassen, trat er den Tisch weg, um Platz zum Aufstehen zu haben.

Gull dachte einen Augenblick an die Tischbeine – er würde sie erst mit Sand schleifen und dann polieren müssen. Burdale Ruffs feuchter, nach Torf riechender Atem streifte Gulls Wangen. Die Knöchel an Burdales freien Händen knackten einer nach dem anderen, als er sie zu einer Faust ballte. Gull fürchtete um Stühle und Tische. Blut auf seinem schönen Eichenboden. Verbeulte Zinnkrüge. Vergossenes Bier. Gäste, die die Schenke verließen, ohne bezahlt zu haben. Erst als Burdale Ruffs rechter Arm – von jahrelangem Schafscheren muskulös wie ein Bullenhals – sich ein wenig zurückzog, wie es nötig war, um ordentlich zuschlagen zu können, fiel es Gull Moler ein, sich um sich selbst zu fürchten.

Er schloß die Augen. Betete zu den Geistern verstorbener Wirte, seine Stühle, seine Krüge und seine Haut zu retten.

Mit geschlossenen Augen sah er nicht, was als nächstes geschah. Schritte trippelten über den Holzboden, und ihr Rhythmus kam mit dem Schmerzensschrei einer Frau zu einem abrupten Ende. Ein Stuhl fiel mit einem gewaltigen Krachen um. Gewaltiger Lärm folgte, als Zinnkrüge von Tischen fielen und noch andere Gegenstände auf dem Boden aufprallten. Clyve Wheat zischte laut: »Scheiße!«

Gull wagte es, die Augen zu öffnen. Maggy Sea stand neben

ihm, hatte sich vorgebeugt, um ihren Fußknöchel zu reiben, und ein leeres Tablett an die Brust gedrückt. »Verzeiht mir bitte, meine Herren«, sagte sie mit ihrer honigsüßen Stimme. »Ich habe mir heute früh auf dem Bauernweg den Knöchel verrenkt. Ich hätte nie gedacht, daß er mir heute abend noch Probleme macht.«

Gull folgte ihrem Blick dorthin, wo Clyve Wheat und Silas Craw an Burdale Ruffs Tisch saßen, bis auf die Haut von Bier durchnäßt. Ihr Haar war an ihre Köpfe geklebt, ihre Schafsshirtenschnurrbärte hingen wie schlaffes Seil über ihre Lippen, und dort, wo ihre Ellbogen das Tischholz berührten, bildeten sich Pfützen. Gull blinzelte verblüfft. Maggy Sea hatte ein ganzes Tablett Bier nach ihnen geworfen. Wie durch ein Wunder war nichts davon auf Burdale Ruff gespritzt. Gull wandte seine Aufmerksamkeit wieder Burdale zu, als ein seltsames Schnauben von den Lippen des Hirten kam. Burdale sah Gull nicht an. Burdale betrachtete seine beiden Saufkumpane. Er hatte die Faust immer noch geballt, aber zwischen seinen Fingern war schon Luft. Einen erstarrten Augenblick lang war alles still. Keiner der sechsunddreißig Gäste in der Schenke regte sich oder sagte ein Wort. Burdale Ruff stand da, atmete, dachte nach.

Dann lachte er. Es war, als sähe man einen Vulkan ausbrechen. Burdale öffnete seinen riesigen Mund, seine Nasenflügel bebten, er legte den Kopf zurück, und ein Geräusch wie Steine, die aus einem Krater explodieren, kam von seinen Lippen. Was das wichtigste für Gull war, er löste den Griff um Gulls Arm und schlug sich mit der Faust auf seinen eigenen großen Bauch, während er sich vergnügt vor und zurück wiegte. Innerhalb von Sekunden lachten alle im Schankraum. Ein Mann hatte Tränen in den Augen. Ein anderer lachte, bis er sich verschluckte, und wieder ein anderer fiel unter den Tisch, wo er lachte, bis ihm seine Frau den Stiefel in die Kehle rammte.

Gull Moler lachte nie über seine Kunden; das war nicht gut fürs Geschäft. Statt dessen betrachtete er stirnrunzelnd die

Bierpfützen auf Tisch und Boden, während er versuchte, sich seine Verluste auszurechnen. Aus irgendeinem Grund gerieten ihm allerdings die Additionen, die ihm sonst so leichtfielen, im Kopf durcheinander, und er konnte nur an Burdale Ruffs Faust denken.

Maggy Sea lachte auch nicht. Sie hatte das Tablett hingelegt und wischte nun sehr unauffällig das Bier auf. In den zehn Tagen, in denen sie in Jacks Viehtreiberschenke gearbeitet hatte, hatte sie nicht ein Tröpfchen Bier verschüttet. Und jetzt das. Gull warf ihr einen scharfen Blick zu. Hatte sie es absichtlich getan, um Burdale Ruff abzulenken?

»He! Maggy«, sagte Burdale Ruff. »Ich helfe dir. Du solltest deinen Knöchel lieber ausruhen. Ich war selber vor zwei Tagen auf dem Bauernweg unterwegs, und es gibt da mehr Löcher als im Arsch meines Vaters. Es ist ein Wunder, daß du dir nicht die Beine gebrochen hast.«

Gull Moler sah erstaunt zu, als Burdale Ruff sich auf alle viere niederließ und begann, die Zinnkrüge aufzusammeln, die auf den Boden gefallen waren. Seine kleine Ansprache stellte das Ende der Unterhaltung dar, und die Gäste wandten sich mit der Schnelligkeit von Ratten, die ein sinkendes Schiff verlassen, wieder ihren eigenen Tischen zu. Gull, dem plötzlich klar wurde, daß er schon viel zu lange dastand und starrte, schüttelte sich und eilte nach hinten, um Tücher zu holen.

Zehn Tage war Maggy Sea jetzt hier. Zehn Tage ohne eine einzige Schlägerei. Das Geschäft war nie besser und glatter gegangen. Die Bierhähne waren sauber genug, um Muttermilch durchzupumpen. Der Eichenboden schimmerte wie ein Teller, das Öl in den Lampen war durch ein so feines Tuch gesiebt, daß es beinahe rauchfrei brannte. Und all das hatte Maggy getan. Sie hatte die Qualität des Essens verbessert, stand jeden Morgen vor der Dämmerung auf, um frische Bohnen, Erbsen und Specksuppe zu kochen und Lammkeulen mit Minzkruste zu braten – sie buk sogar ihr eigenes Brot! Sie hatte das Viehtreiber-Jack-Schild gesäubert und poliert, die verstopften Abflüsse gesäubert, ein altes, geheimnisvolles Loch im Dach gefunden und es repariert wie ein Seemann ein Schiff, und sogar den Bodensatz in den Fässern destilliert und daraus einen rauhen, aber erstaunlich trinkbaren Weizenschnaps hergestellt, den sie Molers Gebräu nannte. Alles in allem war die Frau ein wahres Wunder.

Wieso war Gull dann so unbehaglich zumute, als er die warmen Tücher vom Kessel nahm und sich wieder dem Schankraum zuwandte?

Sie war so still; das war eine Sache. Die Worte, die sie jetzt gerade zu Clyve Wheat und Silas Craw gesprochen hatte, waren alles, was sie an diesem Abend von sich gegeben hatte. Und dann ihr seltsames Aussehen. Man stelle sich vor, daß Clyve Wheat sie ein Mädchen genannt hatte! Sie war mindestens so alt wie Clyve Wheats Mutter und vermutlich älter als Gull selbst. Oder nicht? Es war so schwer zu sagen.

Ihr schlichtes Gesicht brachte ihr keine Bewunderer, aber ihre Fähigkeiten an der Feuerstelle und den Bierfässern waren rasch zur örtlichen Legende geworden. Sie zog bereits die Stammgäste aus dem Schafsfuß an. Und gute Gäste. Handwerker. Die Art Leute, die ihre Frauen und älteren Töchter mitbrachten und immer sofort und mit harter Münze bezahlten.

Gull Moler mußte sich nur in seiner Schenke umsehen, um zu erkennen, daß die Lage immer besser wurde. Maggy war ein Schatz. Gerade erst hatte sie eine Schlägerei verhindert, die nicht nur seine Tische und Stühle, sondern auch seine Gesundheit bedroht hatte. Und als er sich die Bierpfützen ansah, erkannte Gull, daß es Gelbhafer war: das billigste Bier in Jacks Viehtreiberschenke. Gull vergaß sein Unbehagen und gratulierte sich zu seinem Glück. Selbst wenn Maggy Bier verschüttete, war sie dabei noch vernünftig!

Als er Clyve Wheat und Silas Craw die warmen Handtücher reichte, bemerkte er, daß sich Maggy mit einem Gast unterhielt, der gerade hereingekommen war. Die Tatsache, daß es eindeutig Maggy war, die die Konversation bestritt und nicht der Neuankömmling, überraschte Gull. Eine gewisse Eifersucht zuckte in seiner Brust auf, als er bemerkte, wie nah Maggys Lippen am Ohr des Mannes waren.

Eine Hand senkte sich mit beträchtlicher Kraft auf Gulls Schulter. »Gull! Wir sind doch Freunde, oder? Ich weiß nicht, was über mich gekommen ist, ich muß verrückt geworden sein. Ich würde dich nicht schlagen, das weißt du. Und wenn, dann hätte ich bestimmt danebengehauen.« Burdale Ruff nahm Gull die Sicht auf Maggy und den Gast und grinste ihn wie ein liebenswertes und sehr ungezogenes Kind an. Er drückte Gull ein paar Münzen in die Hand. »Für vergossenes Bier, mein Freund. Noch besser als Freundschaft, wie?«

Gull riß sich zusammen. Burdale Ruff war ein Unruhestifter, aber wo er trank, tranken all die anderen Schafhirten in den drei Dörfern auch. Gull wies die Münzen erst demonstrativ zurück, aber schließlich nahm er sie: Was einem jemand als Geschenk anbot, konnte man nicht zurückweisen, ohne den Mann zu beleidigen. Das wußte Gull. Er wußte auch, daß Burdale Ruff ihn tatsächlich geschlagen und keinesfalls verfehlt hätte. Aber er war der Besitzer und Wirt von Jacks Viehtreiberschenke, und als solcher konnte er es sich nicht leisten, seinen Gästen etwas übelzunehmen. Er nahm sich zusammen. »Schon gut, Bär. Es ist nett von dir, daß du an mich denkst. Komm mit mir an die Theke, und wir trinken einen Schluck zusammen.« Der Whisky würde ihn mehr kosten, als Burdale Ruffs Geld wert war, aber so war es nun einmal in einer Schenke.

Erst als er die beiden hölzernen Becher gefüllt hatte, dachte er wieder an Maggy und den Mann, mit dem er sie gesehen hatte. Er warf einen Blick zur Tür. Der Mann saß mit anderen zusammen. Nun, da er eher im Licht hockte, erkannte Gull ihn als einen der neuen Gäste, die aus dem Schafsfuß herübergekommen waren. Thurlo Pike. Ein Handwerker. Ein Dachdecker, wenn Gull sich recht erinnerte, einer mit vollen Taschen und entsprechendem Gehabe. Gull stieß mit Burdale Ruff an. Thurlo Pike unterhielt sich mit einem anderen Mann aus dem Schafsfuß und lachte laut über seinen eigenen Witz.

»Dieser Thurlo Pike wird einen Haufen Geld machen«, meinte Burdale Ruff, der Gulls Blick gefolgt war.

Gull kippte seinen Whisky, bevor er eine milde interessierte Miene aufsetzte. »Wie das, Bär?«

»Er ist doch Dachdecker, oder? Und bei dem Wind und dem späten Tauwetter, was wir hier hatten, wird er das Gold demnächst nur so scheffeln. Beinahe jedes Dach im Dorf hat Löcher. Nimm mein eigenes – es leckt wie ein altes Weib. Und Silas sagt, Thurlo sei der einzige Dachdecker in den drei Dörfern, der eine Leiter hat, die hoch genug ist, um auf Häuser zu kommen, die höher sind als eine Latrine. Und er ist für sein Werkzeug bekannt. Als seine Mutter starb und ihm vier Goldstücke hinterließ, hatte er die arme Frau in einer Apfelkiste beerdigt und das Geld dafür ausgegeben, sich ein paar gute Meißel und eine Drehbank zu kaufen. Seitdem hat er sich nicht mehr umgesehen, außer natürlich, um nach dem rachsüchtigen Geist seiner Mutter Ausschau zu halten.«

Gull lächelte über den Scherz und wartete darauf, daß Burdale seinen Whisky kippte. Sie unterhielten sich noch eine Weile und nickten einander zustimmend und zufrieden zu. Dann, als Gull der Ansicht war, er habe jetzt genügend guten Willen gezeigt, goß er Burdale einen zweiten Becher Whisky ein und bat ihn, sich hinzusetzen und das Getränk zu genießen, während er sich wieder um sein Geschäft kümmerte.

Burdale überraschte Gull, indem er ihn zum zweiten Mal an diesem Abend am Arm packte. »Du bist ein guter Mann, Gull Moler. Und du hast eine gute Schenke. Wenn ich jemals wieder versuchen sollte, dich zu schlagen, möge die Tür des finsteren Hauses einstürzen und die Ungeheuer herauskommen und mich verschlingen.«

Gull spürte, wie ihm Eis über die Wirbelsäule glitt. Burdale hatte alte Worte gesprochen, wie die Leute sie in den drei Dörfern seit Generationen benutzten. Gull wußte nicht, woher sie kamen oder was sie genau bedeuteten, aber sie hier in seiner Schenke als Schwur zu hören machte ihm angst. Worte hatten Macht, das wußte jeder, und sobald etwas einmal ausgesprochen war, konnte es nicht mehr zurückgenommen werden.

Es kostete Gull einiges, scheinbar unbeschwert weiterzulächeln, als er Burdale seinen Arm entzog. Whisky lag ihm so unangenehm wie saurer Essig im Magen, und selbst das Wissen, daß Burdale Ruff und seine Leute jetzt enger an Jacks Viehtreiberschenke gebunden waren als je zuvor, trug wenig dazu bei, seine Laune zu verbessern.

Als er Maggy Sea am Suppenkessel sah, wo sie das Fett abschöpfte, war er grober zu ihr als gewöhnlich. »Maggy, lauf nach oben und hol mir meine Wolljacke. Es ist hier heute abend elend kalt.«

Maggy Sea betrachtete ihn mit Augen, die ebensogut grün wie grau hätten sein können. Mit Fingern, die trotz ihrer Arbeit niemals schmutzig waren, rieb sie sich eine schwache Spur von Schweiß von der Stirn. Gull spürte, wie seine Wangen rot wurden. Aber obwohl sie ihm gerade die Wärme des Küchenbereichs demonstriert hatte, nickte sie einfach nur und sagte: »Ja. An der Tür ist es ziemlich kalt.«

Dort, wo Thurlo Pike sitzt, fügte Gull mit einem zweiten schuldbewußten Erröten hinzu. Er blickte auf und wartete darauf, daß Maggy Seas wissender Blick zu dem Dachdecker aus dem Schafsfuß schweifen würde, aber sie hatte sich bereits der Treppe zugewandt. Gull war ein wenig erleichtert. Er hatte nichts für Täuschung und Betrug übrig und wußte genau, daß er nicht gut dabei war, aber seine Stellung als Besitzer und Wirt verlangte oft kleine Lügen. Ein Mann konnte nicht allein mit sechsunddreißig betrunkenen Gästen und der Wahrheit zurechtkommen. Dennoch, das hier war anders. Gull wußte es, aber es hielt ihn nicht davor zurück, in dem Augenblick auf Thurlo Pike zuzugehen, als Maggys kleine, sauberbeschuhten Füße außer Sichtweite waren.

»Meine Herren! Darf ich mir die Freiheit nehmen, Euch in dieser stürmischen Nacht in Jacks Viehtreiberschenke zu begrüßen?« Bei Gulls Worten hörte die kleine Gruppe von Stammgästen des Schafsfußes auf, sich miteinander zu unterhalten, und wandten sich dem Wirt zu. Gull lächelte freundlich und fuhr fort: »Ich bin Gull Moler, Besitzer und Wirt dieses bescheidenen Hauses, wenn es irgend etwas gibt, was ich tun kann, um Euer Wohlgefühl oder Euren Umfang zu vergrößern, laßt es mich wissen.«

Thurlo Pike lehnte sich zurück. »Ja! Ihr könnt uns sagen, wo Jack der Viehtreiber ist!« Lautes Lachen vereinte die Leute aus dem Schafsfuß. Thurlo Pike, der billiggefärbten teuren Stoff trug und sich seinen roten, pickeligen Hals mit einem Biberkragen wärmte, lächelte zufrieden über seine geistreiche Bemerkung.

Gull war an Neckereien über den Namen seines Wirtshauses gewöhnt, aber aus irgendeinem Grund fiel es ihm jetzt schwer, seine übliche gute Laune zu bewahren. »Es gab niemals einen Viehtreiber Jack, meine Herren. Das hier ist nur ein Name, den meine liebe verstorbene Frau ausgesucht hat, weil er sich gut anhörte.« *Damals, als wir noch auf einen Sohn hofften und davon träumten, ihm denselben Namen zu geben.*

Thurlo Pike saugte Luft ein, bis seine Wangen ganz hohl aussahen. »Laßt mich das noch einmal festhalten, Ihr heißt nicht Jack, und ohne Euch beleidigen zu wollen, Ihr seid zu gut genährt für einen Viehtreiber. Was Ihr also wirklich sagen wollt, ist, daß das Schild über der Tür vollkommen unwahr ist.« Einer am Tisch lachte höhnisch. Thurlo polierte sich die Fingernägel an seinem Biberkragen, nachdem er den ersten Schlag ausgeteilt hatte. »Wie können wir dann sicher sein, wenn wir das beste

Dunkelbier bestellen, daß wir es auch bekommen? Und nicht die abgestandenen Reste vom Vorabend.«

Gull mußte die Zähne zusammenbeißen, um nicht einfach *Raus mit euch!* zu brüllen. Scherze über den Namen seiner Schenke konnte er verkraften. Bemerkungen über seinen Umfang waren etwas, das ihn mit jedem Jahr, das verging, weniger störte. Aber wenn jemand seine Integrität als Besitzer und Wirt von Jacks Viehtreiberschenke in Frage stellte, war es wie ein Dolchstoß ins Herz. Er war von Natur aus kein gewalttätiger Mann, aber einen Augenblick lang dachte er daran, Thurlo Pike die Zähne einzuschlagen. Jacks Viehtreiberschenke war ein ehrliches Wirtshaus, wo ein Mann ein ehrliches Bier und ein ehrliches Abendessen erwerben und sich dabei umsonst an der Feuerstelle wärmen konnte. Und der Besitzer und Wirt dieses Wirtshauses hatte nie im Leben ein Bier verwässert. Und nun kam dieser Dachdecker aus dem Schafsfuß, so eingebildet wie ein Fallensteller mit einem Nerz in seiner Schlinge, und machte Andeutungen.

Gull räusperte sich. »Ich würde nie auf die Idee kommen, ein Dach zu decken, Thurlo Pike, und solange ihr nicht vorhabt, das Feuer in meiner Feuerstelle anzufachen und meine Zapfhähne zu putzen, würde ich vorschlagen, daß ihr die Arbeit eines Wirts mir überlaßt.«

Zustimmendes Gemurmel erhob sich, und der Mann, der zuvor höhnisch gelacht hatte – ein kleiner, aber muskulöser Töpferlehrling namens Slip –, sagte: »Da hat der Mann ganz recht, Thurlo.«

Thurlo Pike schwieg. Gull sah zu, wie er herausfordernd träge sein Bier austrank, sich den Schaum von den Lippen wischte und dann aufstand. »Ich denke, wir sollten zurück zum Schafsfuß gehen. Zumindest kann man da einen Witz machen, ohne daß man sich Gedanken machen muß, ob das Personal beleidigt ist.« Damit stieß er seinen Zinnkrug um, der über den Tisch hinweg auf Gull zurollte, und stapfte zur Tür.

Gull stand da und ertrug den Wind und den Schnee, die durch die Tür hereinwehten. Was war heute abend nur los? In weniger Zeit, als es brauchte, ein Brot zu backen, hätte er beinahe zweimal einen Streit angefangen. Das war alles sehr beunruhigend. Wirklich sehr beunruhigend. Automatisch stellte er den Krug wieder auf und wischte die vergossenen Biertropfen mit dem Ärmel weg.

»Stört Euch nicht an ihm«, sagte der Töpferlehrling und wies mit dem Kopf zur Tür. »Er ist nirgendwo sonderlich beliebt. Dorry May drüben im Schafsfuß wird Euch nicht dafür danken, daß Ihr ihn zurückgeschickt habt. Sie war wahrscheinlich schon froh, ihn diesen Abend los zu sein.«

Gull schnaubte.

»Außerdem wollt Ihr wahrscheinlich nicht, daß er zu freundlich mit Eurem neuen Mädchen wird. Da alle von ihr eine so hohe Meinung haben und so. Er wird Euch nur beiden Ärger machen.«

»So?«

»Ja. Thurlo hat ein Auge auf sie geworfen. Er hat ordentlich angegeben. Er hat ihr erzählt, daß er alle Dächer in den drei Dörfern deckt und genug verdient, um sich ein Pferd und einen Wagen leisten zu können. Er hat irgendwas erzählt über eine Arbeit oben im alten Wald, ihr wißt schon, auf der anderen Seite des Widderbachs. Meinte, da sei ein ganzes Haus voller Frauen. Der Sturm der letzten Woche hat einen Teil des Kamins umgerissen, und Thurlo hat vor, sie dafür bluten zu lassen, da kein Mann im Haus ist.«

Gull hatte langsam seinen Verstand wiedergefunden. »Und Maggy hat sich dafür interessiert?«

Der Töpferlehrling zuckte die Achsel. Partikel von Tonstaub rieselten aus seinen Ärmeln auf den Tisch. »Wer kennt sich schon mit Frauen aus? Ich glaube, sie hat nur aus Höflichkeit nach den Namen der Familie gefragt.«

Dann war es also das übliche Schenkengeschwätz – ein

Mann prahlte und eine Frau hörte zu; genau das, was Gull Moler jeden Tag seines Lebens sah und hörte. Eigentlich hätte ihm danach besser zumute sein müssen, aber die Erinnerung an Maggy Seas trockene Zähne nahe Thurlo Pikes Ohr verstörte ihn auf eine Weise, die er nicht beschreiben konnte. Gull wünschte sich plötzlich, der Abend wäre vorüber. Er war müde, und seine Knie zitterten. Er legte die Hand auf den Tisch, um sich zu stützen. Selbst jetzt war er nicht in der Lage, seine Verpflichtung als Besitzer und Wirt, sich mit den Gästen freundlich zu unterhalten, beiseite zu schieben. Ein Mann, ein *Gast,* saß vor ihm und hatte gerade etwas gesagt, was eine Antwort erforderte. Gull suchte nach einer Möglichkeit, vom Thema Maggy Sea abzulenken. »Und wer ist diese Familie, die dort im Wald lebt?«

Der Töpferlehrling fuhr mit einer grauen staubigen Hand über den Tisch und wischte seinen eigenen Staub weg. »Ich glaube nicht, daß Thurlo das überhaupt weiß. Um ehrlich zu sein, ich denke, es hat ihn geärgert, daß Maggy eine Frage gestellt hat, auf die er keine Antwort wußte – Ihr wißt doch, wie manche Männer sind. Ihr hättet sehen sollen, wie er sich aufgeplustert hat, als er versuchte, ihr etwas anderes Interessantes zu erzählen. Wenn ein Mann ihm glauben darf, sind die Frauen, die auf dem Bauernhof arbeiten, alle wunderschön, und da der Familienvater auf einem Walfänger arbeitet, brauchen die Frau und die älteste Tochter unbedingt einen Mann.« Gulls Miene ließ den Töpferlehrling wissen, was er *davon* hielt. Er griff hinter dem Mann vorbei und sammelte mehr Bierkrüge ein. »Nun gut. Ein Haus voll Frauen oder nicht, es wird Thurlo Pike schwerfallen, bei diesem Wetter zu arbeiten. Burdale Ruff meint, der Sturm würde noch eine Woche andauern.«

»Ja. Nun, das wird Thurlo nicht stören. Er hat den Frauen ohnehin erzählt, daß er die nächsten fünf Tage beschäftigt ist. Das ist einer seiner Tricks … er tut so, als hätte er mehr zu tun, als wirklich der Fall ist. Ihr wißt doch, wie das geht: *aber für ein Silberstück mehr kann ich euch noch dazwischen schieben.«*

Gull runzelte die Stirn. Und das von demselben Mann, der es gewagt hatte, die Ehrlichkeit von Jacks Viehtreiberschenke anzuzweifeln! Er ging vom Tisch weg und hob die Stimme, um auch die anderen Männer aus dem Schafsfuß anzusprechen. »Nun, ich muß mich um die Feuerstelle kümmern. An einem Abend wie diesem kann ich es nicht riskieren, daß das Feuer niederbrennt. Nein, meine Herren, bleibt ruhig sitzen, ich schicke Maggy mit einer Runde.« Gull warf einen Blick auf die leeren Becher in seinen Händen, und sein Expertenblick erkannte aus dem Schaum, der darin verblieben war, die Qualität des getrunkenen Bieres. Er rechnete rasch. »Auf meine Rechnung.«

Das sicherte ihm einen freundlichen Abschied. Es war eine solche Erleichterung, daß seine Gäste gut auf ihn zu sprechen waren, daß Gull die Kosten beinahe gleich waren. Außerdem hatte nur einer von ihnen sein bestes Bier getrunken.

»Gull.«

Gull drehte sich um und fand sich Maggy Sea gegenüber. Sie stand so dicht vor ihm, daß er sie riechen konnte. Sie roch nach Eisen, Stein und anderen harten Dingen.

»Deine Jacke.«

»Oh! Ja. Danke, Maggy.« Aus irgendeinem Grund nestelte Gull ungeschickt an dem Kleidungsstück herum. Maggy Sea war einfach so … *intensiv*. Ja, das war das Wort. Ihr Blick schien konzentrierter als der der meisten Menschen, und sie schien keine Fröhlichkeit und keinen Humor zu kennen. Sie lächelte, wenn das Gespräch es verlangte, aber Gull hatte sie nie lachen hören.

Der Blick ihrer tiefliegenden Augen wich keinen Augenblick von ihm, als sie ihm die Jacke reichte. Der Stoff war so kühl, als hätte sie ihn nie berührt. »Soll ich mich um das Feuer kümmern?« fragte sie, und beim Sprechen klappten ihre Zähne wie bei kleinen Bissen zusammen.

Gull faßte sich wieder. »Nein, Maggy. Kümmere dich um die Leute aus dem Schafsfuß da drüben. Ich habe ihnen eine Runde auf meine Kosten versprochen.«

Maggy Sea nickte. »Gull, ich hätte nächste Woche gerne einen halben Tag frei. Ich muß auf den Markt gehen und mir ein Paar gute Winterstiefel kaufen. Aber ich sollte rechtzeitig zum Abend wieder zurück sein.« Zähne trocken wie Fingernägel blitzten im Feuerlicht auf. »Ich gehe davon aus, daß du mir das entsprechend vom Lohn abziehst.«

Auf diese Weise hatte Gull keine andere Wahl, als zuzustimmen.

20
Eiswölfe

Das Pferd mit den Maultierohren brach am fünften Tag zusammen. Ohne ein scharfes Messer oder ein festes Seil würde es nicht einfach sein, es zu töten.

Eisiger Wind traf Raif ins Gesicht, als er dem Tier über den Hals streichelte. Das hohe Bergtal, das sie gerade erreicht hatten, war voller zusammengedrückter Eisschollen. Es war kein Gletscher, denn das Feld war nicht tief oder alt genug, daß man es so hätte bezeichnen können, aber das Knarren und Rumpeln aufeinanderreibenden Eises erfüllte die Luft. Direkt unter ihnen verlief der Wolfsfluß, träge und schmal unter einer zum Teil gefrorenen Oberfläche. Die Eisschollen, die darauf trieben, waren schwarz wie die Nacht von den ständigen Bewegungen, von Flußströmung und Wind zu Glas geschliffen. Über ihren Köpfen war der Himmel weiß von künftigem Schnee.

Raif sah Ash an. Sie hatte sich an den Bauch des Wallachs gedrückt und teilte die wenige Wärme, die sie hatte, mit dem sterbenden Tier. Die Reise durch die Berge hatte sie sichtlich geschwächt, sie konnte Raif nicht lange ansehen, ohne den Kopf wieder zu senken. Raif dachte darüber nach, ob es irgendeine neue Möglichkeit gab, ihr zu helfen, sie warm zu halten und vor den Stimmen zu schützen, die sie heimsuchten. Aber er konnte nichts tun, als sie so schnell wie möglich zu der Höhle aus schwarzem Eis zu bringen.

Abrupt biß er in seinen Handschuh, um ihn auszuziehen, und nahm dann den Elchledergürtel ab. Er zog ihn unter dem samtigen Kinn des Pferdes durch und band ihm das Maul zu. Das alte Pferd zuckte protestierend mit dem Kopf, aber der gefrorene Schnee unter seiner Flanke saugte seinen Kampfeswillen aus ihm heraus, und es strengte sich nicht mehr lange an. Raif füllte die Faust mit Schnee und begann, ihn um die Nase des Wallachs zu packen. Langsam, im Laufe mehrerer Minuten, blockierte er die Nüstern des Geschöpfs und wischte dann mit seinen vernarbten Händen darüber, bis Schmelzwasser auf der Oberfläche glitzerte. Innerhalb von Sekunden fror es wieder zu Eis.

Die Anstrengung, durch das Eis zu atmen, erwies sich als zu groß für das Pferd, und es starb innerhalb einer Viertelstunde. Raif sah zu, wie sein großes Auge matt wurde, dann stand er auf, um das Messer zu holen.

Als er die Hand um den Griff schloß, hörte er Ashs Stiefel im Schnee hinter sich. »Nein, Raif. Zerlege ihn nicht. Nicht mit diesem stumpfen Messer. Nicht so.«

Raif wandte sich ihr zu. »Dreh dich um. Ich habe seit drei Tagen kein Wild mehr erlegt. Wir haben nichts mehr zu essen bis auf die paar Beeren und ein Stück Räucherfleisch.«

»*Bitte.*« Das Licht in Ashs Augen flackerte, und einen Augenblick lang erinnerte sie ihn an das sterbende Pferd.

Er entspannte die Handmuskeln und ließ das Messer sinken. Er hatte nicht vorgehabt, das Pferd zu zerschneiden – die Klinge war nicht scharf genug dafür –, aber er hatte es ausbluten lassen wollen, solange es noch warm war, und das Blut in einem Schlauch auffangen. Pferdeblut war nahrhaft und fett.

»Lassen wir ihn einfach hier. Er war ein gutes Pferd.« Ash machte eine kleine Bewegung mit der Hand. »Es wäre nicht recht, ihn aufzuschneiden.«

Nein, dachte er. *Wir überlassen das den Wölfen*. Laut sagte er: »Wir sollten weiterziehen. Es wird bald dunkel sein. Ich will heute abend das Lager am Fluß aufschlagen.«

Einen Augenblick lang schaute sie ihn an und versuchte festzustellen, ob er wütend war, dann nickte sie. »Ich hole die Decken vom Pferd.«

Raif verschwendete keine Zeit damit, sich zu fragen, ob sie ihn für grausam hielt. Es war zu kalt, um nachzudenken. Jeder

Clansmann hätte unter diesen Umständen ein totes Pferd zerlegt. Sein eigenes Pferd essen zu müssen war tragisch, aber keine Schande.

Er zog die Handschuhe wieder über das feste, mit Blasen bedeckte Fleisch seiner Hände und sah zu, wie Ash um den Wallach herumging. Die Stimmen konnten sie jederzeit wieder holen. Zweimal in der Nacht hatte er sie schütteln müssen, bis die Knochen in ihrem Nacken knackten. Es wurde immer schwerer, sie zu wecken, und er lebte in Angst vor dem Tag, wo kein Schütteln der Welt sie mehr zurückbringen würde.

Gegen den Wind gebeugt ging er zum Pferd, um seinen Gürtel zurückzuholen. Ash saß im Schnee. Sie hatte damit angefangen, die Decken abzuschnallen, sie aber nicht herausgezogen. Als er sich näherte, lächelte sie ihn an wie ein schläfriges Kind. Sanft half er ihr auf die Beine. Leise bat er sie, mit den Füßen zu stampfen, bis er mit dem Pferd fertig war. Seine Miene zeigte keine Sorge, aber er hatte die ersten Symptome der Kältekrankheit erkannt. Ihr Lächeln war zu zufrieden gewesen. Wäre sie allein hier, hätte sie sich einfach neben dem Pferdekadaver zusammengerollt und wäre eingeschlafen.

Halb dem Geräusch ihrer stampfenden Füße lauschend, zog er seinen Gürtel wieder an und hängte den Behälter mit Steinstaub daran.

Kältekrankheit konnte so sicher töten wie ein Sturz durch gebrochenes Eis, aber man starb mit einem Lächeln. *Schlaf*, sagte sie. *Ruh dich ein wenig aus, nur ein wenig, hier in dieser weichen Schneeverwehung, und ich verspreche dir, daß all deine Schmerzen vergehen.* Wenn jemand die Kältekrankheit hatte, würde er zu den Steingöttern schwören, daß ihm warm war, und es so vollständig glauben, daß er den Kragen lockerte und die Kapuze absetzte. Während der ganzen Zeit wurde sein Herz langsamer wie eine kaputte Uhr und seine Füße gelb von Eis. »Kältekrankheit ist wie eine Hure mit einem Messer«, sagte Gat

Murdock gerne. »Sie betäubt dich mit angenehmen Worten und angenehmem Gefühl, und dann sticht sie zu.«

Während des Abstiegs von der Hochweide blieb Raif an Ashs Seite. Er fragte sie über ihr Leben in der Maskenfestung aus, über die Stadt selbst, über Penthero Iss. Sie war zu müde, um längere Zeit über ein Thema sprechen zu können, aber er drängte nach Einzelheiten, zwang sie, sich zu erinnern, nachzudenken. Er überlegte, ob er ihr eine der Pferdedecken über den Rücken legen sollte, damit sie es noch wärmer hatte, aber er wußte nicht, ob sie das Gewicht tragen konnte. Häufig wurde sie langsamer und bat um eine Rast, aber er schüttelte den Kopf und sagte: »Nur noch ein kleines bißchen weiter.«

Wann immer sie über eine größere Schneefläche kamen, prüfte Raif die Schneehöhe mit seinem Weidenstock. Ein Sturz, und sie wären beide so gut wie tot.

Der Abstieg zum Paß war bis zu einem bestimmten Punkt einfach gewesen. Der Wolfsfluß hatte ihnen den größten Teil des Weges ein begehbares Kiesufer zur Verfügung gestellt, bis sich plötzlich eine hundert Fuß hohe Granitwand vor ihnen erhob, so steil wie die höchste Klippe.

Sie waren gezwungen gewesen, einen halben Tag lang zu klettern, um den vom Wind glattgeschliffenen Steilhang zu bewältigen und endlich den Paß zu erreichen. Die Westseite des Passes war ein Abhang von Geröll, gefrorenen Wasserfällen, Felssplittern und Schneeverwehungen. Die meisten Oberflächen waren mit Reif überzogen. Alle Kanten waren vom Wind glattgeschliffen worden.

Raif mußte sich anstrengen, um geistig in der Gegenwart zu bleiben. Ash war schwächer als er; die Krankheit, die ihr Blut vergiftete und ihr die Farbe aus der Haut nahm, machte sie gegenüber Höhe und Kälte empfindlicher. Aber das bedeutete nicht, daß er selbst immun gewesen wäre. Mehrmals ertappte er sich dabei, wie er auf einer Woge zusammenbrechender Gedanken aus der Gegenwart davondriftete. Bisher war es ihm immer gelungen, sich zurückzureißen, aber seine Angst vor der Lethargie war echt und berechtigt. Er konnte es sich nicht leisten abzuschweifen.

Jetzt zählte nur noch Ash. Ash in Sicherheit zu bringen.

Eine Art Weg, ein Wildpfad, den im Sommer die gehörnten Schafe benutzten, zog sich den Abhang hinunter zum Fluß und zur Sturmgrenze dahinter. Durch Risse in den Wolken konnte Raif weit im Süden die dunkle Fläche eines Blutholzwaldes erkennen. Die riesigen Bäume mit ihren roten Rinden waren die größten Pflanzen dieses Landes, und sie wuchsen nur auf den feucht-nebligen Abhängen der südlichen Sturmgrenze. In jedem Sommer zogen Männer und Frauen aus dem Clanland nach Westen und Süden, um das Holz von den Kaltäxten zu kaufen, die dort in ihren hohen Holzhallen lebten. Croser war der einzige Clan, der über Schiffe verfügte, mit denen man das rohe Holz stromaufwärts bringen konnte. Alle anderen Clans bezahlten den Meister von Ille Glaive für die Fracht.

Wenn Raif sich nach Norden wandte, sah er nichts als weiße Schneewolken. Der Flutberg und der Hohle Fluß waren da draußen, aber er konnte nicht sicher sein, wo sie genau lagen. Das Wissen der Clans war hier zu Ende.

»Mir fehlt Angus«, sagte Ash. »Ich wünschte, er wäre hier bei uns.«

Raif fuhr sich mit der Hand übers Gesicht. Ihre Worte nahmen ihm einen Teil seiner Kraft. »Wir sind so weit ohne ihn gekommen. Wir schaffen den Rest der Strecke auch noch.«

»Ich hoffe, ihm ist nichts geschehen.«

Raif zwang sich, sie zu trösten. Wie konnte sie wissen, wie weh ihm die Erwähnung von Angus' Namen tat – sie, die keine Verwandten hatte?

Die letzte Stunde des Abstiegs fand während eines langen, blutenden Sonnenuntergangs statt, der den Nebel rosa färbte und die nach Westen gehenden Schneeverwehungen aussehen ließ wie Schlachtfelder. Der Wolfsfluß zog dunkel und ruhig dahin, unberührt von dem trüber werdenden Licht. Der Wind erstarb, die Luft wurde kühler, und das erste Wolfsheulen erklang über dem Knirschen des Eises. Raif fragte sich, wie lange das Rudel brauchen würde, um das Pferd zu finden.

Nach den Sätzen über Angus sprachen er und Ash nicht viel miteinander. Sie waren gut zweihundert Fuß unterhalb der Hochweide, und die Gefahr der Kälte- und Höhenkrankheit war nun trotz der sinkenden Temperatur geringer. Außerdem wurde der Abstieg noch schwieriger, voller Sumpflöcher und halbgeschmolzenem Eis, und es schien geistige Übung genug, daß sie sich darauf konzentrieren mußten, nicht hinzufallen.

Raif ließ Ash nicht aus den Augen. Ihr Umhang war schwer von Frost, und der Pelz an ihrer Kapuze war steif und weiß. Hin und wieder schwankte sie im Wind, und Raif streckte den Arm aus, stützte sie und tarnte die Geste als beiläufige Berührung oder sanfte Erinnerung daran, auf dem Weg zu bleiben. Gegen Ende des Abstiegs begannen ihre Beine einzuknicken; sie stolperte, und es schien ganz natürlich, den Arm um ihre Schulter zu legen und sie noch mehr zu stützen.

Als sie den Fluß erreichten, machte es der Eisrauch von der Wasseroberfläche schwierig, mehr als ein paar Fuß weit zu sehen. Die Luft war kälter als das schwarze, ölige Wasser, und der Fluß dampfte die ganze Nacht. Raif konnte nicht die Willenskraft aufbringen, ein ordentliches Lager zu errichten, und entschied sich für den erstbesten Felsen, der genügend Schutz vor dem Wind bot.

Ash döste immer wieder ein, während er auf das vom Harz erhaltene Holz einer erfrorenen Weide einhackte. Das einzige, was ihn davon abhielt, damit aufzuhören und sich um sie zu kümmern, war die eiskalte Gewißheit, daß sie die Wärme des Feuers mehr brauchte als jedes tröstliche Wort von ihm.

Es dauerte ewig, bis das Feuer brannte. Raifs Hände zitterten, während er sie um die trockenen Nadeln legte und auf die Funken pustete. Als das Feuer endlich richtig entflammt war und leuchtende kleine Lichtfinger um das Holz zuckten, setzte er über dem heißesten Teil der Flammen Schnee zum Schmelzen auf und wandte sich dann Ash zu. Sie war tief eingeschlafen, eingewickelt in die rauheste Pferdedecke, den von der Kapuze geschützten Kopf am glatten Bauch eines Basaltblocks ruhend. Er wollte sie aufwecken; sie mußte trinken, essen, ihre Stiefel ausziehen und das Eis aus den Strümpfen und der Innenseite ihres Kragens und der Kapuze schlagen. Aber er weckte sie nicht. Sie ruhte, und zum ersten Mal an diesem Tag waren die Muskeln in ihrem Gesicht vollkommen entspannt. Leise machte er sich daran, das Lager für die Nacht zu sichern. Das Feuer würde sie bald genug wärmen.

Nachdem ein Teil der Nacht vergangen war, wickelte er sich selbst in die zweite Decke und schlief.

Als er Ash am nächsten Morgen weckte, wußte sie nicht, wer er war. Ihre Augen waren so matt wie grauer Lehm. Die Haut um ihren Mund schälte sich ab, und die Gelbfärbung hatte nun auch Zunge und Zahnfleisch erreicht.

Raif bekam Angst. Er schüttelte sie. »*Ash!*«

Ihr Blick flackerte, als sie ihren Namen hörte. Raif kämpfte gegen das Bedürfnis an, sie fester zu schütteln. Statt dessen zog er sie an den Schultern nach vorn und redete mit fester Stimme auf sie ein. »Du mußt dich jetzt fertigmachen. Wir müssen weiter nach Norden, zum Flutberg.«

Mit gerissenen, trockenen Lippen flüsterte sie: »Flutberg.«

Raif spürte, wie die Kraft aus ihm heraussickerte. Ash stand nun aufrecht, das würde genügen müssen. Er hielt sie mit einer Hand fest und tastete mit der anderen hinter sich nach dem warmen Blechbecher, der das Schmelzwasser enthielt. »Trink.«

Sie nahm den Becher und trank ihn leer. Wasser floß ihr übers Kinn, aber es schien ihr nicht aufzufallen, und sie versuchte nicht, es abzuwischen, als sie fertig war.

»Bleib hier, während ich die Decken aufrolle und packe.«

Raif führte sie zurück zu dem Basaltblock, an dem sie

geschlafen hatte. Er konnte ihre Hitze durch eine doppelte Lage von Wolle spüren. »Wenn du dich erleichtern mußt, tu es hier in der Wärme …« Eine andere Art von Hitze brannte ihm auf den Wangen.

»Ich werde nicht hinsehen.«

Er wußte nicht einmal, ob sie ihn verstanden hatte. Sie konzentrierte den Blick auf etwas anderes.

Als alles fertig und das Feuer ausgetreten war, ging er wieder zu ihr. Sie saß da, das Kinn auf die Brust gesenkt. Ihre Hände lagen auf ihren Oberschenkeln, die behandschuhten Finger gekrümmt. Er nahm sie am Arm. »Ash. Wir müssen jetzt gehen, erinnerst du dich?«

Es war, als führte man einen Geist aus dem Grab.

Der Tag begann, wie der letzte geendet hatte: mit Eisnebel, der sich vom Fluß schälte, und der verborgenen Sonne, die alles rot färbte. Der Wind war scharf, aber nicht unerträglich; er zerriß das Fetteis auf der Flußoberfläche und schob die Verwehungen zwischen den Bäumen und dem erhöhten Boden hin und her. Die Luft stank nach Schnee. Raif behielt die dicken, konturenlosen Wolken im Auge: Das hier war keine Zeit für einen Sturm.

Ash ging – jedenfalls in gewisser Weise. Sie zitterte unkontrolliert, war zu schwach, diesem Reflex etwas entgegenzusetzen, aber irgendwie war ihr der Wille, sich weiterzubewegen, geblieben. Raif legte ihr den Arm um die Taille und stützte sie so gut wie möglich, aber es war ihre eigene Entschlossenheit, die dafür sorgte, daß sie einen Fuß vor den anderen setzte.

Raif fragte sich, wie sehr sie sich dessen überhaupt bewußt war. Er redete mit ihr, aber sie antwortete nicht. Er sah ihr in die Augen, aber die Schatten, die er dort bemerkte, ließen ihn den Blick schnell wieder abwenden.

Eine Stunde nachdem sie das Lager verlassen hatten, trennten sie sich endgültig von dem Fluß, der sie so weit geführt hatte. Der Kanal schwarzen Wassers wandte sich nach Westen zum Meer, wo das Eis in jedem Frühjahr ein Mündungsdelta bildete. Es tat Raif leid, seine Ufer verlassen zu müssen, aber sein und Ashs Weg führte nach Norden, und sie hatten keine Zeit für weitere Gedanken an den Fluß, der überall im Clanland als die Summe aller Flüsse bekannt war.

Im Laufe des Morgens hob sich der Nebel und enthüllte eine Landschaft aus schwarzen Basalttürmen, Steilwänden und Tälern, die mit Frostverwerfungen und kleineren Hügeln gesprenkelt waren. Schmelzwasserrinnen waren von Eistrümmern blockiert, und tote, verkalkte Fichten waren wie gestrandete Wale halb in den Boden gesunken. So weit im Norden wuchs kein Blutholz, oder wenn, dann waren die Bäume nicht mehr als solche erkennbar, nicht mehr die selbstsicheren, hochaufragenden Gewächse, die im Clanland höher geschätzt waren als Vieh. Die Bäume, die hier wuchsen, hatte der Wind in die Knie gezwungen, ihre Stämme waren so glatt wie polierter Stein, ihre Äste mit Misteln überzogen, deren bleiche Früchte wie Opale schimmerten und für Menschen giftig waren.

Granitberge zogen sich am nordöstlichen Horizont entlang, und Raifs Blick reiste von Gipfel zu Gipfel auf der Suche nach dem gletscherbedeckten Umriß des Flutbergs. Der Wind ließ seine Augen tränen, und in seinen Handschuhen schmerzten die Hände wie die Hölle. Angus und Heritas Cant nach zu schließen, zog sich der Hohle Fluß am Fuß des Flutberges entlang und wurde jedes Frühjahr von Schmelzwasser von Schneeflächen und Gletschern gefüllt, das so gewaltig war, daß es Berge sprengte. Raif war nicht sicher, in welchem Stadium der Fluß sich jetzt befand. Flüsse, die nur eine einzige Quelle hatten, waren mitten im Winter oft trocken oder völlig zugefroren, aber so weit im Norden wie hier war überhaupt nichts mehr sicher. Plötzliche Wetterveränderungen oder heiße Quellen oder eine heftige Strömung konnten bewirken, daß ein Fluß den ganzen Winter über weiterfloß.

Raif zog die Handschuhe aus und massierte seine Hände.

Wegen der Kälte dauerte es einige Zeit, bis sein Blick sich von den fernen Bergen auf seine nahen Finger konzentrieren konnte. Müdigkeit beugte ihn. Wenn er nur eine Weile ruhen könnte ... *schlafen* ...

Er fuhr erschrocken auf, weil er plötzlich Ashs Gewicht nicht mehr spürte. Sie war zu Boden gesackt und kniete jetzt im Schnee. Raif verfluchte seine Schwäche. Wie hatte er so dumm sein können, auch nur einen einzigen Augenblick lang die Augen zu schließen? Vor lauter Zorn war er grob mit sich selbst, und er riß die Handschuhe über Finger, die von beginnenden Erfrierungen gelblich und gräulich waren.

»Ash.« Mit heiserer Stimme rief er ihren Namen. Er beugte sich vor und berührte Haut, die so kalt und starr war wie eine Zeltplane im Sturm. Auch ihm wurde eiskalt, und er legte ihr eine Hand in den Nacken und zog ihren Kopf an seinen. Sie hatte die Augen geschlossen, die Muskeln an ihrem Hals zuckten, und er roch die Zauberei an ihr wie Alkohol.

Die Kälte ihrer Haut wich langsam etwas anderem. Raif hörte Stimmen murmeln. *Streck die Arme aus, Herrin*, flüsterten sie. *Es ist so dunkel hier, so kalt. Streck die Arme aus.*

Unwillkürlich wich er zurück. Die Clans hatten keinen Begriff für den Klang dieser Stimmen. Es war das Zischen wahnsinniger Geschöpfe. Was waren das für Wesen, die dort im Blinden Land lebten? Heritas Cant hatte von Schatten und anderen vagen Dingen gesprochen, aber Raif hatte den Eindruck, daß der alte Mann zuviel ungesagt gelassen hatte. Schatten konnten kein Schwert halten und keinen Menschen töten, aber wieso glaubte er, daß diese Wesen dazu imstande wären?

Raif schob den Gedanken weg. Er konnte jetzt nicht darüber nachdenken. Er zwang seine tauben Hände, in seinem Gepäck nach etwas zu suchen, das er als Knebel verwenden konnte. Der Wind heulte und ließ Ashs Umhang fest gegen ihren Rücken peitschen. Plötzlich bekamen Felsen und Bäume Schatten, die über den Schnee glitten wie lebendige Wesen. Ash öffnete den

Mund, und die Macht auf ihrer Zunge ließ den Tag zur Nacht werden.

Nein. Raif bewegte sich so rasch, daß er gegen sie stieß und sie beide in den Schnee fielen. Er hatte eine ganze Decke in der Hand, und er drückte was er konnte in ihren Mund, schob die Pfütze von Schwärze zurück. Als er nicht noch mehr Wolle in ihren Mund rammen konnte, legte er sich auf sie und drückte ihre Arme und Beine auf den Boden.

Raif wußte nicht, wie lange sie dort gelegen hatten und ein Kreuz im Schnee bildeten. Er wußte nur, daß sein Atem langsamer wurde, sein Körper kälter, und als er die ersten Schneeflocken auf seinen Lidern spürte, erwachte er in einer Welt, in der sich Tag und Nacht zum Grau einer falschen Dämmerung verbunden hatten. Ashs Kapuze war beim Sturz heruntergerutscht, und helle Haarsträhnen wehten ihr ums Gesicht. Raif rief sie beim Namen. Er wußte, daß sie nicht reagieren würde, aber er konnte nicht anders. Er stand auf, bürstete sich Eiskristalle von Schultern und Ellbogen. Er knetete sich die Krämpfe aus den Muskeln, lud sich das Gepäck wieder auf, steckte sich den Weidenstock in den Gürtel und zupfte den Umhang des Toten zurecht. Hinter dem Horizont heulte ein einsamer Wolf.

Als er fertig war, kniete sich Raif in den Schnee und hob Ash an die Brust … dann setzte er den Weg nach Norden fort.

Magdalena Crouch wartete in schieferfarbenen Schatten. Thurlo Pike hatte ihr gesagt, er würde sie *im* Schafsfuß treffen, nicht draußen in der vom Sturm verdunkelten Straße, aber sie hatte ihre Gründe, die Schenke zu diesem Zeitpunkt nicht zu betreten. Außerdem gab niemand Magdalena Crouch Anweisungen.

Sie erkannte ihn an seinem Schritt. Der Mann gab einiges für Kleidung aus, aber nicht für Schuhe, und der unregelmäßige Schritt unterschiedlich abgelaufener Sohlen, die schlecht geflickt waren, verriet ihn, bevor er in die Straße einbog. Magdalena war auf ihn vorbereitet und grüßte ihn mit einem leisen Wort, das ihn erfreuen sollte: »Thurlo.«

Alle Männer lieben den Klang ihres eigenen Namens, aber einige mehr als andere. Thurlo Pike gehörte zu diesen Männern, und er drehte den Kopf so schnell um, daß einen Augenblick lang die helle Haut seines Nackens freilag, bereit für das Messer. Magdalena schnalzte so leise, daß es sich wie ein Kuß anhörte. Sie wartete einen Augenblick, denn sie wußte, daß nichts einen Mann mehr faszinierte als ein Geheimnis, dann trat sie ins Licht. »Hier drüben.« Mit einem schlanken Finger, fest umgeben von so sorgfältig poliertem Leder, daß es wie naß aussah, winkte sie ihn zu sich.

Thurlo Pike, Dachdecker, Zimmermann und Schurke, erkannte Magdalena Crouch, dann runzelte er die Stirn. »Komm mit rein, Maggy. Hier ist es so kalt, daß es einem die Haare vom Arsch friert.«

Magdalena ging einen Schritt vor, aber nur, weil sie es so wollte. »Ich kann da nicht reingehen, Thurlo. Gull würde mich rausschmeißen, wenn er davon hört. Du hast doch gesehen, wie er ist.«

Obwohl Thurlo Pike von Gull Moler nichts weiter gesehen hatte als einen Mann, der ein wenig ärgerlich wurde, wenn man den guten Namen seiner Schenke in Zweifel zog, nickte er rasch. Männer machten immer gern Ungeheuer aus ihren Feinden; das wußte Magdalena. Es war einer ihrer Tricks. Thurlo schnaubte. »Schon gut. Schon gut. Aber beeil dich lieber. Wenn du unter diesem Rock da statt Luft Eier hättest, wärest du nicht so versessen drauf, an einem Tag wie heute hier draußen rumzustehen.«

Sie lächelte, aber das Lächeln erreichte ihre Augen nicht. Als der Dachdecker näher kam, wich sie weiter in den dunklen Bereich zwischen den Häusern zurück. Die Mauern des Schafsfußes waren aus trocken gemauertem Feuerstein, und es sprach für den Mann, der sie gebaut hatte, daß es ihm gelungen war, ohne Mörtel oder Sand eine solch flache Oberfläche zu erzeugen, die dem Eis widerstand. Magdalena Crouch wußte gute Handwerksarbeit zu schätzen, ganz gleich, um welches Handwerk es ging. Sie wich weiter zurück, bis Thurlo Pikes biberpelzbehandschuhte Hand sich um ihren Arm schloß.

»Was soll das? Ich gehe nicht weiter.«

Magdalena Crouch hatte viele Male getötet, aber nur ein einziges Mal aus Zorn. Sie hatte nicht vor, das jemals wieder zu tun. Mit einer raschen, beinahe kraftlos wirkenden Bewegung hob sie ihren Arm zur Brust des Dachdeckers, was bewirkte, daß sein Handgelenk so gebogen wurde, daß er sie gehenlassen mußte. Nachdem er sie losgelassen hatte, fuchtelte sie weiter wie ängstlich mit den Armen, als wäre ihr nicht klar, was sie getan hatte. »Also gut«, sagte sie. »Dann verrate mir deine Geheimnisse eben hier.«

Bei diesen Worten warf sie einen Blick zur Straße. Es war still. Die Stunde grauen Lichts vor einem Sturm war in mancherlei Hinsicht besser als wirkliche Dunkelheit. Schmuggler, Diebe, Prostituierte, untreue Ehemänner und Zuhälter – alle kamen sie nachts heraus. Aber niemand wagte sich in einen Sturm.

»Hast du das Zeug?«

Magdalena Crouch tippte auf eine Ausbuchtung ihres gewebten Mantels. »Sag mir, was du herausgefunden hast.«

Thurlo Pike ließ den Blick von der Ausbuchtung zu den Sturmwolken und dann zu Magdalenas Gesicht wandern. Er trug einen braunen Wollmantel mit Biberpelzbesatz, der mit Zinnknöpfen geschlossen war. Schweiß und Dreck hatte den Pelz am Kragen verfilzen lassen, und es sah aus, als hätte eine räudige Katze den Dachdecker am Genick gepackt. »Sie sind zu viert. Die Mutter. Eine Tochter von etwa sechzehn – sie wartet nur darauf, daß jemand sie sich holt. Ein zweites Mädchen, viel jünger. Ohne Titten. Dann das Baby.«

Ein einziges Speicheltröpfchen benetzte die dunkle Wüste von Magdalenas Mund. »Hast du ihre Namen gehört?«

»Sie waren ganz in der Nähe. Die Mutter hat die Kinder, sobald sie mich kommen sah, in ein anderes Zimmer gescheucht. Du weißt ja, wie Kinder sind. Besonders die kleinen. Das jüngste fing an, nach seiner Mutter zu schreien, und die älteste Tochter wollte es beruhigen. Dann fing die Mittlere an. Und die ganze Zeit habe ich mit der Mutter über Steinstützen gesprochen und darüber, welche Beschichtung sie für den Kamin will, und mit dem zweiten Ohr horche ich auf die Kinder. Dann höre ich, wie die mittlere Tochter ihre Schwester Cassy nennt. *Du tust mir weh, Cassy. Laß mich los!*« Thurlo Pike schüttelte den Kopf. »Du hättest das Gesicht der Mutter sehen sollen. Sie konnte mich nicht früh genug loswerden. In ihrer Eile hat sie zugestimmt, daß ich zwei Schichten Ziegel mauere. Zwei Schichten! Das wird sie einen Haufen Geld kosten.« Der Dachdecker zeigte die Zähne. »Und wer weiß schon, was unter der ersten Schicht liegt?«

Magdalena nickte. Sie haßte Kleinlichkeit und kleinliche Menschen. Besonders kleinliche Verbrecher. Sie selbst versuchte nie zu rechtfertigen, was sie tat. Sie war eine Mörderin, und sie wußte, daß ihr Platz in der Hölle ihr sicher war. Aber sie wußte auch, daß es ehrlicher war, einen Menschen rasch zu töten, statt ihn zu betrügen und ihm weiter ins Gesicht zu lachen. Die Welt war voll mit Leuten wie Thurlo Pike; darauf verließ sich Magdalena Crouch. Die Gier dieser Menschen machte sie zu Werkzeugen.

Sie sah dem Dachdecker weiter in die Augen, als sie sagte: »Wo genau liegt dieses Haus nun?«

Thurlo Pike rieb den Daumen gegen die behandschuhten Finger. »Das Zeug, Maggy. Das Zeug.«

Sie holte den Hundefellbeutel heraus, der Salz enthielt, das sie mit ihren eigenen Händen zu Pulver gerieben hatte. Sie zog die Schnur auf und ließ Licht auf den Inhalt fallen. Thurlo streckte die Hand aus, aber sie entzog ihm den Beutel wieder. »Wo liegt der Hof?«

Thurlos grünbraune Augen wurden dunkler. »Woher weiß ich, daß es so wirken wird, wie du sagst?«

»Woher weiß ich, daß du mir die Wahrheit gesagt hast?«

Darauf wußte Thurlo Pike keine Antwort. Mit einem unzufriedenen Schulterzucken gab er weitere Einzelheiten preis. Magdalena beobachtete seine Augen, während er sprach.

Als er fertig war, wog sie den Hundefellbeutel in der Hand. »Komm mit. Geschäft ist Geschäft.« Ohne auf eine Reaktion zu warten, drehte sie sich um und ging die Gasse hinter dem Haus entlang.

»He! Wo willst du hin? Gib mir das Zeug sofort.« Thurlo wollte sie wieder am Arm packen, griff aber nur in die Luft.

Magdalena ging weiter, schneller und schneller. Dies war der Punkt, an dem jede andere Mörderin sich auf das Versprechen von Sex verlassen hätte. Ein niedergeschlagener Blick, ein Lecken der Lippen, vielleicht eine Handvoll weichen Fleischs, das in eine wartende Hand geschmiegt wurde. *Laß uns irgendwo hingehen, wo uns niemand sehen kann. Ich bekomme Schläge, wenn mein Vater uns sieht.* Magdalena fuhr mit der Zunge über vollkommen trockene Zähne. Sie wollte mit solchen Verführungskünsten nichts zu tun haben. Sie sagte: »Ich muß dir zeigen, wie die Droge wirkt. Dafür brauche ich Wasser.«

Das verblüffte ihn; sie konnte es an der leichten Veränderung seines Atemrhythmus' merken. »Dann warte hier. Ich hole einen Krug aus dem Schafsfuß.«

Magdalena schüttelte den Kopf. Sie hatte das Gebäude jetzt hinter sich gelassen und befand sich an der Stelle, die einmal der Hof des Schafsfußes gewesen war, aber nun nichts weiter als ein gepflasterter Platz mit eingestürzten Mauern war, bedeckt mit einem Durcheinander von Bierfässern, Eisenreifen, Stühlen mit fehlenden Beinen, Frauenwäsche, Kisten und mehreren toten Krähen. Es stank nach Sperma und saurem Bier. Magdalena eilte auf eine Lücke in der Mauer zu.

»Wo gehst du hin? Da draußen gibt es kein Wasser.«

»Doch. In dem Teich hinter den Buchen.«

»Dieses Pißloch! Das ist bis zum Frühjahr fest zugefroren.«

»Ist es nicht. Ich bin auf dem Weg hierher dort vorbeigekommen.« Sie stieg über den Steinhaufen, der einmal eine Mauer gewesen war, und zwang Thurlo, mit ihr Schritt zu halten, wenn er wollte, daß sie ihn noch hörte.

»Wieso bist du da vorbeigegangen?« Das Mißtrauen war ihm deutlich anzuhören.

»Kinder«, sagte sie. »Ich habe eins von ihnen schreien hören, als ich vor dem Schafsfuß über die Straße ging. Ich bin so schnell wie möglich nach hinten gerannt. Sie haben am Teich gespielt, als das Eis brach. Eines von ihnen ist reingefallen.«

»Blagen!« meinte Thurlo mit viel Gefühl.

Magdalena Crouch hatte ihm den Rücken zugewandt und ging auf die Reihe dicker Buchen zu, die den Teich umgaben, also bemerkte er nicht, wie ihre Augenfarbe sich veränderte. Selbstverständlich waren keine Kinder am Teich gewesen, und wenn er daran gedacht hätte, sich den Schnee anzusehen, wäre ihm aufgefallen, daß keine Spuren vom Hof zum Teich oder in umgekehrte Richtung führten. Magdalena war eine Stunde zuvor am Teich gewesen, aber sie hatte einen anderen Weg genommen. Sie hatte nicht riskieren wollen, mit dem Eispickel und dem Hammer, den sie benutzt hatte, um das Eis zu brechen, irgendwo gesehen zu werden.

Es war keine angenehme Tätigkeit gewesen, diesen ersten Riß ins Eis zu schlagen. Sie hatte mit dem Unterkörper auf dem Ufer und dem Oberkörper auf dem Eis gelegen und den Pickel hineingehämmert, bis er ins Wasser vorstieß. Der Teich war klein, und das Wasser einen halben Fuß tief gefroren. Magdalena hatte sich die Knöchel blau geschlagen. Nach dem ersten Riß hatte sie sich zurück aufs Ufer geschoben und dort weitergearbeitet. Bis sie fertig war, hatten die Achselhöhlen ihres guten Witwenkleides sich in eine Masse aus Wolle und Schweiß verwandelt. Nachdem sie Pickel und Hammer in das offene Wasser geworfen hatte, wischte sie sich das Eis von Mantel und Kapuze und ging auf demselben Weg davon, auf dem sie gekommen war.

Vorbereitung war für Magdalena Crouch *alles*.

»Du solltest lieber nicht mit mir spielen, Maggy.«

Magdalena schaute zurück. Thurlo Pike ging vorsichtig seitwärts den Abhang herunter, die Arme störrisch an den Seiten. Er sah nicht sonderlich froh aus. Damit er sich besser fühlte, täuschte sie ein Stolpern vor. »Komm schon. Wir sind beinahe da.« Sie tätschelte den Hundefellbeutel.

Bis er die Bäume erreicht hatte, war er außer Atem und rot im Gesicht. Magdalena stellte sich ans Teichufer, direkt vor das Loch im Eis. Das Wasser, das jetzt eine Stunde lang der Luft ausgesetzt gewesen war, überzog sich bereits wieder mit Eis.

Der Dachdecker wischte sich die Nase mit dem Ärmel. »Also gut. Zeig mir, wie es geht, und dann laß uns hier verschwinden, bevor der Sturm kommt und dir diesen Rock da über den Kopf bläst.«

Aus einer Tasche an der Innenseite ihres Mantels holte Magdalena einen weichen Lederbecher. Er war nicht sonderlich dicht, da er nur hastig gewachst und um die Nähte herum geteert war, aber das interessierte sie wenig. Sie bückte sich über das Wasser und schöpfte einen Becher eisgrauen Matsches. Als sie sich wieder aufrichtete, nahm sie zwei weitere Gegenstände aus dem Mantel. Der erste war der Hundefellbeutel. Mit einem behandschuhten Finger rührte sie im Wasser. »Du mußt das Wasser bewegen, bevor du das Mittel hinzufügst. Und es muß sehr kalt sein. Wie das hier.« Magdalena blickte nicht auf, aber sie war sich mit jeder Faser ihres Körpers bewußt, daß der Dachdecker näher zum Ufer kam. »Dann mußt du soviel Pulver hinzufügen, wie es braucht, einen Braten zu salzen. Nicht mehr.

Wenn du zuviel verwendest, werden die Frauen tagelang wie tote Hunde schlafen.«

»Wird es ihnen schaden?«

Magdalena hätte beinahe gelächelt. »Nein. Aber es gibt verschiedene Grade des Schlafs. Du willst, daß die ganze Familie nichts merkt, oder?« Wieder brauchte sie Thurlo Pike nicht anzusehen, sondern spürte den Luftzug, den er mit seinem Nicken bewirkte. »Dann mußt du mit der Dosierung vorsichtig sein, denn das, was eine erwachsene Frau umwirft, ist vielleicht für ein Kind oder Kleinkind zuviel. Du wirst schließlich nicht wollen, daß die beiden kleineren Mädchen auffällig länger schlafen als ihre Mutter und die ältere Schwester.«

Thurlo Pike grunzte. Er war jetzt so nah, daß Magdalena die Aufregung an seinem Atem schmecken konnte. »Ich möchte, daß sie alle schlafen, bis ich fertig und wieder weg bin.«

»Einen Becher von diesem Zeug in den Brunnen, bevor sie aufwachen und das Wasser für den Tag hereinholen, wird dafür genügen.« Magdalena streute eine Prise Salz in den Becher. »Das sollte dir mindestens drei Stunden geben, um zu tun, was du willst. Innerhalb von dieser Zeit kann man viel verborgenes Gold und Edelsteine entdecken.«

Thurlo trat von einem Fuß auf den anderen. Als er schließlich etwas sagte, war seine Stimme tief und angespannt. »Ja.«

Magdalenas Abscheu vor ihm wurde intensiver. Es ging ihm hier nicht um Profit. Es ging ihm nicht um Raub.

Er wollte diese Frauen und Mädchen in dem Bauernhaus im Wald nicht betäuben, um sie zu bestehlen, obwohl er zweifellos, wenn er fertig war, seine Nase auch noch in Teekessel stecken und Schlösser aufbrechen würde. Er hatte einen Haushalt mit Frauen und Mädchen gesehen und Vergewaltigung im Sinn. Das hatte sie ihm schon vor drei Abenden in Jacks Viehtreiberschenke ansehen können, an seinen blitzenden Augen und dem speichelfeuchten Mund. Sie hatte ihm nur die Mittel dazu angeboten: eine Droge, um die ganze Familie zu betäuben, im

Austausch für Informationen. Nun war der Handel beinahe abgeschlossen, und Magdalena Crouch wollte diesen Mann so schnell wie möglich loswerden.

Sie hob den Becher. »Probier es, damit du die Stärke der Droge kennst.«

Thurlo Pike war der Ansicht, daß ihn niemand so leicht zum Narren halten konnte. »Probier du es zuerst.«

Magdalena war nur zu gern bereit. Sie fand den Geschmack von Salz nicht unangenehm, aber verzog trotzdem das Gesicht. »Hier«, sagte sie und reichte ihm den Becher. »Ich habe nie versprochen, daß es wie Muttermilch schmeckt.«

Thurlo Pike machte den letzten Schritt seines Lebens. Als er den Becher an die Lippen hob und schnupperte, wärmte Magdalena ihr Messer.

Es war in weniger als einem Augenblick vorüber: ein Stich zwischen den Rippen hindurch, durch Lunge und Herz – in dieser Reihenfolge. Magdalena zog es vor, von hinten zuzustechen. Der Rücken blutete erheblich weniger als das weiche Fleisch von Bauch und Brust. Der Becher fiel mit einem *Plopp* ins Wasser, gerade als eine Windböe die Buchen knarren ließ und den Kragen des Dachdeckers zauste. Magdalena hielt Thurlo aufrecht, bis sie das sanfte Erschlaffen unbeseelten Fleischs spürte, dann riß sie ihr Messer heraus und schickte ihn auf denselben Weg wie den Becher. Das Loch, das sie ins Eis geschlagen hatte, paßte hervorragend, und er rutschte in das kalte, schwarze Wasser darunter. Innerhalb einer Stunde würde die Oberfläche vollständig neu gefroren sein, und eine Stunde danach würde der Sturm Schnee darüber wehen. Man würde Thurlo Pike nicht vor dem Frühjahr finden.

Magdalena bezweifelte, daß er jemandem fehlen würde.

Sie wandte dem Teich den Rücken zu und säuberte ihr Messer; nicht mit Wasser oder Schnee, sondern mit einem weichen Lappen, den sie mit Tungöl angefeuchtet hatte. Solche Dinge waren ihr wichtig, und obwohl ihr Messer schlicht gearbeitet und von geringem Wert war, hatte sie nicht vor, sich ein anderes zu besorgen. Der Stahl trug die Summe aller Leben, die sie genommen hatte.

Mit einer kleinen Bewegung steckte sie die Klinge weg, bevor ihr eigenes Abbild die Gelegenheit hatte, sich dort niederzulassen, dann ging sie den Abhang hinauf. Wenn sie Glück hatte, würde sie noch vor dem Sturm in Jacks Viehtreiberschenke eintreffen.

Die Wölfe wurden von dem Geruch nach Krankheit angezogen. Raif hörte, wie sie einander zuriefen – langgezogene Töne, die klagend durch die Dunkelheit hallten wie die Rufe verirrter Kinder und dann im Wind erstarben. Einmal, als er sich umgesehen hatte, hatte er einen entdeckt – hoch oben auf dem Basaltkamm, mit Augen, die brannten wie blaues Feuer. Ein Eiswolf.

Sie rochen Ash: alles, was in ihrem Körper falsch war, das Blut, das von ihrer Nase zum Mund geflossen war und nun eine schwarze Kruste auf ihren Lippen hinterlassen hatte. Für sie stank sie nach Schwäche wie ein lahmer Elch oder ein altgewordener Hirsch oder ein gehörntes Schaf mit Würmern. Der Geruch bedeutete leichte Beute. Raif versuchte nicht darüber nachzudenken, versuchte jeden letzten Rest seiner Kraft dazu zu verwenden, Ash über das unfruchtbare, verschneite Tal zu tragen, das er gerade betreten hatte. Aber das Heulen der Wölfe nahm ihm vieles von dieser Kraft. Die Tiere jagten, und als Raif aus einem Graben auf ein Sims stieg und ein zweites Paar eisblauer Augen in den Schatten entdeckte, wußte er, daß sie versuchten, ihre Beute einzuschätzen.

Es blieb ihm nichts anderes übrig, als weiterzugehen. »Wölfe greifen keinen ausgewachsenen Menschen an«, hatte Tem öfter gesagt, als Raif an seinen Fingern abzählen konnte. »Sie kennen die Menschen von dem Geruch, den sie an Kadavern und Fallen hinterlassen, und Wölfe lernen rasch, diesen Geruch mit dem

Tod in Verbindung zu bringen.« Raif klammerte sich an diese Worte, während er sich weiter durch den Schnee schleppte. Manchmal bewegten sich seine Lippen, wenn er sie im Kopf wiederholte.

Ash lag reglos an seiner Brust, ihr Atem so flach, als wäre sie kaum noch am Leben. Raif beobachtete ihr Gesicht. Die Luft wurde weiterhin weiß, wenn sie ihren Mund verließ: *das* war es, was ihn zum Weitergehen trieb. Er konnte nicht sagen, wie viele Stunden er gegangen war und was er alles gesehen hatte, seit Ash das Bewußtsein verloren hatte. Er wußte nur, daß er nicht aufhören konnte. Er achtete nicht mehr auf die Kälte. Seine Hände in den Handschuhen waren taub, die Durchblutung von Ashs Gewicht auf seinen Armen und seiner Brust verlangsamt. Zu jeder anderen Zeit wäre das wichtig gewesen; er hätte innegehalten, um die Hände in eine zweite Schicht zu wickeln oder sie in den Achselhöhlen zu wärmen. Nun dachte er nur noch daran, weiterzugehen, bis es nicht mehr ginge.

Er hatte den ersten Eid gebrochen und seinen Bruder enttäuscht. Er würde nicht noch den zweiten brechen und Ash verraten.

Er konnte seiner Erschöpfung einfach nicht nachgeben. Er hielt sich aufrecht, versuchte, seine Rückenschmerzen dazu zu nutzen, sich wach zu halten. Er konnte seine Füße nicht mehr spüren und sich nicht einmal mehr daran erinnern, wann er sich das letzte Mal der langsam aufsteigenden Schneekälte an seinen Stiefeln bewußt gewesen war. Seine Lippen waren so trocken, daß ein Lächeln sie blutig gerissen hätte. Gut, daß es keinen Grund zum Lächeln gab.

Ebenfalls gut, daß er bisher an keinem Baum und keiner Felsformation vorbeigekommen war, die groß genug war, um Schutz zu bieten. Er wußte nicht, was er tun würde, wenn er vor der Wahl stünde, entweder weiterzugehen oder für die lange, dunkle Nacht, die vor ihnen lag, ein Lager aufzuschlagen. Eine Pause würde ihm helfen, aber nicht Ash.

Raif schob den Gedanken weg. Er blickte auf und sah Schneewolken in der Farbe von Schmiedemetall. *Gut. Noch eine Stunde Tageslicht.* Sein Geist erlaubte ihm die Lüge rasch.

Weiter ging er, warf sich gegen den Wind. Er taumelte häufig, trat in Schneeverwehungen, deren Tiefe von Schatten oder unebenem Boden verborgen wurde, oder verlagerte sein Gewicht auf einen gebeugten Baumstamm, nur um feststellen zu müssen, daß die tote Rinde sich unter seinen Füßen drehte. Eis war eine stetige Gefahr. Die Clans kannten dieses Tal nicht, und die dicke Schneedecke machte es schier unmöglich, das Land nach gefrorenen Bächen und Teichen abzusuchen. Manchmal entdeckte Raif eine Reihe von Weiden, die einer Senke im Talboden folgten. *Ein Bach*, sagte er sich dann, aber ohne große Zufriedenheit. Das zu wissen war nichts. Meist hielt er sich auf erhöhtem Boden: Basaltplateaus, Felsen und Moränen. Die vielen kleinen Auf- und Abstiege ermüdeten seine Beine noch mehr.

Er hatte etwa die Mitte des Tals erreicht, als er zum ersten Mal das Geräusch von Wolfspfoten hörte, die durch Schnee brachen. Es war nun silbrig dunkel, mit mitternachtsblauen Schatten hinter den Tannen und auf der Ostseite der Felsen. Es schneite immer noch, aber nun langsamer, da der Wind nachgelassen hatte. Die frisch gefallenen Flocken verhärteten sich bereits zu Eis. Der Wolf brach diese gefrorene Kruste, als er sich im Windschatten an Raif heranpirschte. Raif erstarrte einen Augenblick, dann ging er weiter. Das Bedürfnis, sich schneller zu bewegen, zuckte wie Hitze durch seinen Körper, und es fiel ihm schwer, dagegen anzukämpfen. Das Massaker an der Bluddstraße hatte ihn alles gelehrt, was er über Raubtiere und ihre Beute wissen mußte. Wie Menschen zogen die Wölfe es vor, wenn ihre Opfer rannten.

Er konnte nicht widerstehen und warf einen Blick zurück. Drei Paar eisblaue Augen glühten hinter ihm im Dunkeln. Zwei weitere Schatten bewegten sich an seiner Flanke: langbeinig, geduckt, die dicken, zottigen Hälse dicker als ihre Köpfe. Bewußt, daß ihre Beute sie ansah, zögerten die Wölfe, zogen die Vorderbeine unter den Körper und senkten die Köpfe. Sie wollten, daß er lief.

Raif riß sich die Lippen mit einem grimmigen Lächeln auf. Schon der Gedanke, sich schneller zu bewegen, war derart unmöglich ... er hätte nicht einmal mehr laufen können, wenn ihm der Teufel selbst auf den Fersen gewesen wäre.

Langsam drehte er den Kopf wieder nach vorn und ging weiter. Eine Reihe von Felsen, stumpf wie Ecksteine und halb in den Schnee gesunken, brach den verschneiten Talboden vor ihm. Der höchste davon reichte ihm gerade bis an die Brust. Es mußte genügen.

Das Rudel kam näher.

Raif dachte an nichts anderes mehr als daran, die Felsen zu erreichen. Er war zu erschöpft, um Angst zu haben. Seine Arme waren taub bis zu den Ellbogen, und in seinen Oberschenkeln spürte er die Art von Schmerz, die nur Schlaf heilen konnte. Als er näher zu den Felsen kam, bereitete er sich darauf vor, sich dem Rudel zu stellen. Langsam, im Lauf mehrerer Schritte, bewegte er sich in einem Halbkreis durch den Schnee, so daß er schließlich mit dem Rücken zu den Felsen stand, dem Rudel gegenüber. Die Wölfe waren jetzt nah, und Raif konnte die schwarzen Schutzhaare an ihren Augen und ihren Schnauzen und das schneeweiße Fell ihrer Kehlen sehen. Der erste Wolf sträubte die Nackenhaare, als Raif ihn ansah, und legte die Ohren fest an den Kopf. Der zweite Wolf fletschte gelbe Zähne. Ein weiterer knurrte ein langes, vibrierendes Knurren. Alle wurden langsamer ... sie wollten abwarten, was der Rudelführer tat.

Raif behielt den Rudelführer fest im Blick und senkte sich langsam auf die Knie. Die Wölfe waren unruhig, erregt von dem Geruch nach Blut und Schwäche, aber sie hatten auch Angst vor diesem Geschöpf, das sich umdrehte und ihnen in die Augen sah. Raif befürchtete, daß die Angst sie nicht lange abhalten würde. Der Bauch des Rudelführers war schmal unter dem silbrigen Fell, die Wangen tief eingesunken. Als er das Tier beobachtete, wußte Raif mit eiskalter Sicherheit, daß sein Vater sich geirrt hatte. Dieser Wolf hier würde einen Menschen angreifen.

Der Wind wehte Raif einen Schneewirbel ins Gesicht, als er Ash auf den Boden legte. Ihr Gewicht war nun schon so lange ein Teil von ihm gewesen, daß es ihm vorkam, als schälte sich die Haut ab. Sie sank reglos in den fußtiefen Schnee, ihre Brust am tiefsten. Raif wagte es, einen raschen Blick nach unten zu werfen, um sich zu überzeugen, daß die nackte Haut ihrer Nase und ihrer Wangen nicht in Kontakt mit Schnee oder Eis kam. Der Schmerz in seinen freien Armen trieb ihm die Tränen in die Augen, als er ihr die Kapuze ums Gesicht festzog.

Der Rudelführer knurrte, die blauen Augen zu Schlitzen zusammengezogen. Mit gesenktem Kopf sprang er vor und schnappte in die Luft.

Raif zuckte zusammen. Die Wölfe sahen es, und die Luft war plötzlich von ihren Rufen erfüllt.

Raif richtete sich wieder auf, griff nach hinten und zog den Weidenstock aus dem Gürtel. Seine Hände fühlten sich riesig und taub an, und er spürte das Holz in seinem Griff kaum. Der Stock wäre ihm beinahe aus der Hand gefallen, als er über Ash stieg und sich zwischen sie und das Rudel stellte.

Die Wölfe beanspruchten ihr Territorium. Mit gefletschten Zähnen sprangen sie vorwärts und führten rasche Scheinangriffe durch. Die beiden hinteren Tiere waren nur kurz hinter den vorderen drei, und Raif sah dunkle Flecke verfilzten Haares, weißes Narbengewebe an einem Vorderbein und eine eingerissene, blutige Schnauze.

Der Rudelführer kam auf Raif zu. Das Tier war nur Maul und Zähne. Speichelfäden zitterten in seinem Maul, als seine Augen sich schlossen. Raif verfluchte die schmerzende Steifheit seiner

Arme, die bewirkte, daß er sich nur langsam bewegen konnte. Er hatte kaum Zeit, den Stock über die Brust zu ziehen, und keinen Augenblick, sich gegen den Aufprall zu wappnen. Heißer Wolfsatem pumpte gegen seine Kehle, als der Rudelführer ihn ansprang. Raif drehte sich halb, vertraute mehr auf die Kraft seiner Beine als auf seine Arme. Die Wolfszähne stießen auf Holz, und die Wucht des Aufpralls ließ sowohl Raubtier als auch Beute zurückspringen.

Die beiden Wölfe links und rechts bewegten sich vorwärts, als der Rudelführer den großen Kopf schüttelte und sich ins Rudel zurückzog.

Raif hatte kaum die Zeit, das tote Fleisch seiner Arme zu verfluchen. Ein zweites Tier griff an, schnappte nach dem knochenlosen Fleisch an Raifs Taille. Wieder hatte Raif keine andere Wahl, als zurückzuweichen. Seine Nase füllte sich mit dem üblen Geruch von Wolfsmoschus. Würgend zwang er seine Arme, den Stock zu heben. Das *Klack* von Zähnen auf Holz drang durch die Nacht.

Wütend über seine eigene Schwäche zwang Raif das kalte Fleisch seiner Hände, den Stock zu stoßen. Der zweite Wolf zog sich zurück, und diesmal jagte Raif ihn mit großer Geste davon und trieb damit alle außer dem Rudelführer zurück.

Töte eine ganze Armee für mich, Raif Sevrance. Raif biß die Zähne zusammen. Was war, verglichen damit, schon ein einzelner Wolf?

Zwanzig Schritte von den Felsen entfernt baute er sich auf. Er zog die Handschuhe aus, entblößte Hände mit blauen und gelben Flecken. Rasch schloß er die Finger um das Ende des Stocks. Rings um ihn her glühten Wolfsaugen mit dem silberblauen Licht, das aussah wie vom Mond geliehen. Raif achtete nur auf ein einziges Paar. Der Rudelführer stand am Kopf der Gruppe, die Nase kraus, die Lippen zurückgezogen, um das feste, rötlichblaue Gewebe seines Zahnfleischs zu entblößen.

Raif ließ den Blick von den Augen des Tieres zum muskulösen Bogen seiner Brust sinken … und hatte sofort das Herz im Visier. Groß wie das eines Menschen, schlug es zweimal so schnell und ruhte direkt an den Rippen des Wolfes: eine Faust voll Fleisch und Knorpel. Bluthitze und Blutgestank mischten sich in Raifs Mund, und er hatte keine Ahnung, ob es von ihm selbst oder von dem Wolf kam. Das Herz des Rudelführers gehörte ihm, und danach war es nur noch ein Tanz.

Zähnefletschend duckte sich der Wolf zum Angriff. Raif hob das Ende des Stocks hoch über den Kopf. Als das Tier zusprang, wartete er … *wartete* … bis das Dunkel inmitten seines aufgerissenen Mauls alles war, was er sehen konnte. Und dann stieß er ihm den Stab in die Kehle. Knochen knirschten. Atem zischte wie Dampf. Blut schoß in einem feinen Nebel hoch in Raifs Gesicht. Tief hinab stieß er den Stab, tief die Kehle hinab bis ins Herz.

Der Wolf hing dort, die Pfoten berührten den Boden nicht mehr, das Tier war auf dem Weidenast aufgespießt wie ein Spanferkel über dem Feuer. Raif sah, wie das blaue Eis in den Augen schmolz und die gebogene Peitsche des Schwanzes schlaff wurde, *Totenwächter.* Abrupt ließ er den Stock los.

Der Wolfskadaver sackte in den Schnee und wirbelte eine Wolke weißen Eises auf. Blut tröpfelte ihm aus dem Maul, und der Riß in der Brust entließ scharlachrotes Herzblut in den Frost. Die anderen Tiere kamen unruhig nach vorn, dicht an den Boden geduckt, die Nüstern zuckend, als sie Wissen aus der Luft zogen. Raif rannte brüllend auf sie zu.

Das genügte, das Rudel in die Flucht zu schlagen. Einer nach dem anderen drehten sie sich um und rannten davon, ließen ihren Führer in der kalten Umarmung des Todes zurück. Keiner drehte sich noch einmal nach ihm um.

Schaudernd wandte sich Raif wieder den Felsen zu. Seine Kraft war verschwunden. Er konnte die Füße nicht mehr hoch genug heben und mußte sich den Weg zu Ash durch den Schnee zwingen. Wolfsblut, das auf seinem Gesicht trocknete, zog sich zu einer Maske zusammen, als er näher kam.

Sie war vollkommen reglos. Die Kapuze hing in ihrem Nacken. Dunkle Flüssigkeit lief ihr aus Nase, Ohren und Mund. Ganze Ströme davon. Und ihr Kopf ruhte nun in einer Pfütze roten Eises.

Wahnsinn überfiel Raif. Die Denkfähigkeit fiel von ihm ab wie alte Haut. Vernunft und Verstehen versickerten so rasch wie Wasser in trockenem Sand, und es blieben nur noch Ash, die Dunkelheit und die Gesichter der neun Götter.

Sie durfte nicht sterben.

Das würde er nicht zulassen.

Mit Händen, die längst kein Gefühl mehr hatten, nahm er Dreys Steinbehälter vom Gürtel. Das Elchhorn war glatt wie Zahn und kalt wie die Nacht selbst. Der Silberverschluß ploppte leise, als Raif ihn mit dem Daumen wegschob. Ein dünner Strom von Pulver flog in den Wind, Pulver von der Farbe von Asche und Steinen. Raif drehte den Behälter seitwärts und ging im Kreis durch den Schnee.

Ganolith, Hammada, Ione, Loss, Uthred, Oban, Larannyde, Malweg, Behathmus, zählte Raif die Steingötter auf. Pulverisierter Heiliger Stein flog hinter ihm her wie eine Wolke dunklen Rauchs und zog eine dunkelgraue Linie aufs Eis. Die Nacht wurde dunkler und hohl wie eine Grube, und Raif spürte, wie er fiel, fiel, fiel …

Nachdem er den Kreis beendet hatte, trat er hinein. Und dann heulte er wie der Wolf, den er gerade getötet hatte.

21
Fernreiter und alte Männer

Mal Neinsager und Ark Knochenspalter ritten schweigend durch ein Tal aus Schnee, als sie den Ruf der Götter vernahmen. Die beiden Krieger kannten einander schon so lange, daß sie kaum mehr Worte brauchten. Ark wußte aus dem geringsten Zucken der hellen Eisaugen, was der Neinsager dachte. Einen Augenblick vor dem Ruf hatte Ark daran gedacht, eine Rast einzulegen, aber Mals Blick hatte dagegen gesprochen. Sie waren ohnehin schon spät.

Ein toter Rabe hatte sie nach Norden gerufen. Meeda Langläufer, herzgeborene Tochter der Sull und Mutter Dessen-der-führt, hatte den gefrorenen Kadaver aus dem Schnee geholt. Nach ihrer Ansicht hatte er schon elf Tage dort gelegen … was bedeutete, daß Mal Neinsager und Ark Knochenspalter elf Tage zu spät waren. Normalerweise bedeuteten solche Dinge Fernreitern nichts – sie waren Sull, und jedermann wartete auf sie –, aber ein Ruf des Lauschers war etwas anderes. Darin lag der Zwang geteilten Blutes und geteilter Götter. Die Eisjäger waren Altes Blut wie die Sull selbst.

Ark Knochenspalter hatte kaum die Zeit, die Hände in die Asche des Herzfeuers zu stoßen, bevor man ihn wieder wegrief. Das Blut seines Pferdes war noch naß auf dem Aderlaßmesser, als Der-der-führt mit dem Pfeil mit der Opalspitze nach Norden gewiesen hatte. »Der Lauscher ruft uns nach Norden, um von Krieg und Dunkelheit zu sprechen. Stillt das Blut eurer Pferde und macht euch auf den Weg. Ihr sprecht mit meiner Stimme und handelt in meinem Abbild, und die Söhne und Töchter der Sull werden vom Morgengrauen bis zum Mondaufgang fasten, um euer Opfer zu ehren. Möget ihr einen hellen Mond finden, der euch leitet.« Mal Neinsager und Ark Knochenspalter hatten das Blut ihrer Pferde getrunken und sich auf den Weg gemacht. Keiner hatte Verwandte, von denen er sich verabschieden mußte, aber dennoch, als sie an jenem ersten Abend auf der Anhöhe über den Herzfeuern haltgemacht hatten, hatten sie frisch gefiederte Pfeile in ihren Kästen aus Vielfraßfell und Knochen gefunden und gebratene Karibuzungen in den Taschen an ihren Sätteln. Aber obwohl sie hungrig waren, hielten auch sie das Fasten ein und aßen erst, als das blinde Auge des Mondes sich hoch über den Bäumen erhob.

Sie waren Sull. Das Blut ihrer Pferde genügte.

Der Winter war schon zu weit fortgeschritten, um direkt nach Norden durchs Kargland zu reiten. Das Kargland war eine Wüste gefrorenen Bodens. Seine aufgebrochene Erde trug die Narben uralter Zauberei und uralter Schlachten. Und selbst die überlieferten Legenden der Sull über dieses Gebiet waren karg an Worten. Das Kargland war tatsächlich Sull-Land. Sie hatten es auf Kosten einer ganzen Generation von Kriegersöhnen und -töchtern gewonnen und beansprucht, aber es blieb immer noch ein Ort, den man nicht kannte. Ältere als die Sull hatten dort in der Vorzeit gelebt.

Statt dessen hatten sich die Fernreiter nach Westen und zum Clanland gewandt und sich einen Weg durch die Länder von zwölf unterschiedlichen Clans gewoben, und nur ein paar alte Bergleute, Viehtreiber und Clansfrauen, die sich um ihre Fallen kümmerten, bekamen sie zu sehen. Die Fernreiter zogen über Bergausläufer, durch den Nebel offener Gewässer, ritten in den Betten ausgetrockneter Bäche, in den Schatten von Bäumen und über eisgefrorene Marschen und Sumpfgebiete, über die kein Clanpferd tanzen konnte. Das Clanland war einmal Sull-Land gewesen, und die Erinnerungen daran brannten noch mit kaltem Feuer in ihrem Blut.

Der Paß, den sie nach Westen nahmen, war nur den Sull bekannt. Der Weg führte stellenweise unter den Felsen hindurch, und sowohl Ark als auch Mal mußten aus dem Sattel steigen. Die Tunnelwände waren von Sullhänden glatt gemeißelt, und Raben und der Mond in all seinen Phasen waren dort in Silber und in einem Mitternachtsblau eingezeichnet, das so dunkel war, daß es beinahe schwarz schien. Die Fernreiter dankten den Steinmetzen, die den Tunnel gebaut hatten, und hinterließen einen Tribut von Haar und Blut.

Das war in der letzten Tageslichtstunde des vergangenen Tages gewesen. An diesem Morgen waren sie in ihrem kalten Lager am Westhang des Berges erwacht und rasch in Richtung Sturmgrenze vorwärts gekommen. Die dichten Schneewolken, die über dem Wrackmeer entstanden und von Bergen, über die nur die höchsten Wolken hinwegziehen konnten, an der Sturmgrenze festgehalten wurden, konnten sie nicht verlangsamen. Der Schecke und der Graue waren für weißes Wetter gezüchtet, und ihre Mütter hatten sie auf Eis zur Welt gebracht. Selbst nach einem anstrengenden Tag zeigten die beiden Hengste und das Packpferd keine Anzeichen von Ermüdung, und ihre Köpfe waren aufmerksam hoch erhoben.

Beide Hengste reagierten auf das kalte Heulen, das sogar die Zeit aufzubrechen schien. Arks Grauer schüttelte den Kopf und kämpfte gegen das Gebiß an. Mals Schecke legte die Ohren an, so daß sie seinen Schädel berührten, und schnaubte eine große Wolke. Ark sprach ein Wort, um seinen Hengst zu beruhigen. Ringsum wirbelte der Schnee wie ein Strudel, erhob sich und flackerte wie weiße Flammen. Der Wind murmelte leise durch das Luchsfell an Ohren und Kehle, und zum ersten Mal seit dem Beginn seiner Reise verspürte der Fernreiter so etwas wie Angst.

Er wandte sich Mal zu. Der Neinsager war ein großer, kräftiger Mann, der durch seine Pelze beinahe riesenhaft aussah. Sein Gesicht war von Reisen und von Kämpfen im weißen Wetter hart geworden. Er konnte mehr Waffen einsetzen als jeder andere lebende Mann, und seine Augen hatten die Farbe von Eis. Er hatte kein Wort gebraucht, um sein Pferd zu beruhigen.

Ihr sprecht mit meiner Stimme und handelt in meinem Abbild … Ark Knochenspalter zählte diese Worte in seinem Kopf wie Gebetsperlen, während er überlegte, was er seinem Gefährten sagen sollte. Das Heulen eines Geschöpfes, das kein Wolf war, hatte ihre Reise unterbrochen, und jede Narbe an seinem Körper, aus der je Blut geflossen war, schmerzte vom Wissen Gottes.

Der Neinsager wartete, und nur wenn Schneeflocken seine hellen Augen berührten, blinzelte er. Er konnte geduldig sein, dieser Mann, dessen Zorn genügte, um Karibustampeden zu verursachen und die Bewohner ganzer Dörfer dazu zu veranlassen, sich hinter verschlossenen Türen zu verkriechen.

Ark holte tief Luft, dann sagte er: »Was glaubst du, Mal Neinsager? Sollten wir unsere Reise fortsetzen, als hätten wir diesen Ruf, der uns zum Anhalten brachte, nicht gehört, und weiter nach Norden reiten, in dem Wissen, daß das, was wir tun, in den Augen von Mond und Gott das Richtige ist?«

Mal Neinsager machte eine Bewegung, die sein Luchsfell in kleine Wellenbewegungen versetzte, eine Bewegung, die jeder andere außer Ark Knochenspalter leicht für ein Schulterzucken hätte halten können. Er sagte nur ein Wort: »Nein.«

Das genügte, daß sich die beiden Männer nach Westen wandten und das Schicksal einen anderen Lauf nahm.

Spynie Orrl, der uralte Häuptling des Clans Orrl, saß dem Hundelord am Häuptlingstisch von Dhoone gegenüber. Ein Sturm drückte Schnee und Wolken gegen die blauen Sandsteinwände des Dhoonehauses, aber drinnen im Häuptlingszimmer war es still. Die Hunde waren an der Feuerstelle angebunden, aber barsche Worte, die Vaylo Bludd einen Augenblick zuvor ausgesprochen hatte, hatten die üblichen Feindseligkeitsbezeugungen gegenüber uneingeladenen Gästen verhindert.

Der Hundelord schenkte schweigend Whisky ein und erwies der bernsteinfarbenen Flüssigkeit den angemessenen Respekt.

Zwei Holzbecher ohne jeglichen Schmuck und ohne Griffe wurden genau bis zum selben Punkt aufgefüllt. Vaylo schob den ersten auf den Orrlhäuptling zu und sagte: »Was bringt einen Blackhail angeschworenen Häuptling an einem solchen Abend nach Dhoone?«

Spynie Orrl antwortete nicht, er griff nur nach seinem Becher. Er war ein alter Mann, der älteste Häuptling im Clanland, und sein Körper bestand nur noch aus Haut und Knochen. Ein paar weiße Haare hingen an seinem Kopf, aber davon abgesehen war er kahl, wie es Neugeborene sind: ohne Augenbrauen, rosig und glänzend. Seine Augen waren dunkel und tief eingesunken, aber sie waren immer noch scharf. Er stellte den Holzbecher wieder auf den Tisch und nickte. »Guter Whisky. Ich habe das Zeug, das ihr Bluddleute braut, schon öfter getrunken, und ohne euch beleidigen zu wollen – dieses Zeug muß wohl Dhoone gehören.«

»Also hältst du nicht viel von unserem eigenen Bluddgebräu?«

»Nicht viel davon halten trifft es nicht so recht. Sagen wir, ich würde es nicht mal an meine Schafe verfüttern.«

Vaylo Bludd lachte schnaubend, schlug die flache Hand auf den Tisch und stampfte mit den Füßen. Die Hunde an der Feuerstelle zerrten nervös an ihren Leinen. Sie hatten ihren Herrn monatelang nicht lachen gehört, und das Geräusch verstörte sie. Vaylo griff nach Spynies Becher. »Nun, da diese Worte von einem Orrlmann kommen, betrachte ich sowohl mich als auch meinen Clan als getadelt. Hier. Trinken wir auf Brauer mit empfindlichen Fingerspitzen und Destilleure mit Wundarzthänden.«

Spynie Orrl war mehr als froh, darauf trinken zu können.

Nachdem der zweite Becher geleert war und sich angenehmes Schweigen zwischen den beiden Häuptlingen ausgebreitet hatte, beschloß Vaylo, es noch einmal zu versuchen. Er war beim ersten Mal zu arrogant gewesen; das verstand er nun. Dieser

Mann vor ihm mochte der Häuptling eines geringeren Clans sein, aber er hatte besagten Clan seit fünfzig Jahren angeführt, und allein dafür schon gebührte ihm Respekt. »Ich höre, es gibt zwischen euch und Scarpe Ärger.«

Der Orrlhäuptling nickte zerstreut, und die schlaffe Haut an seiner Kehle wackelte noch weiter, nachdem die Kopfbewegung längst zu Ende war. »Ja. Und Ärger mit Blackhail.«

Das wußte der Hundelord, aber er wußte auch, daß es besser war, wenn ein Mann seine Geschichte in eigenen Worten erzählte. Also nickte er und schwieg und ließ den Orrlhäuptling reden.

»Es ist Mace Blackhail. Der Hailwolf, wie sie ihn jetzt nennen. Jeder andere Mann, jede andere Frau in diesem Clan wäre eine bessere Wahl gewesen. Sein Pflegevater war ein guter Mann. Das sage ich, weil ich ihn kannte und achtete und einen Enkel nach ihm benannt habe. Aber Mace Blackhail hat weder das Blut noch das Stehvermögen des Mannes, dem er als Pflegesohn von Scarpe gegeben wurde. Mace ist ein Scarpemann. Yelma Scarpe ist die Base seiner Mutter. Es bleibt ihm gar nichts anderes übrig, als ihren Ansprüchen nachzugeben. Als sie ihn um Hilfe gegen uns bat, hätte er tun sollen, was Dagro immer getan hat, er hätte dieser scharfzüngigen Hexe sagen sollen, daß er zwischen seine kriegsgeschworenen Clans nicht einmal pißte.« Spynie Orrl schüttelte den kahlen Kopf. »Selbstverständlich hätte Dagro süßere Worte benutzt. Aber süße Worte hätten ihn am Ende auch nicht gerettet.«

Er warf dem Hundelord einen scharfen Blick zu, und Vaylo hatte das deutliche Gefühl, daß der alte Häuptling längst erraten hatte, daß Clan Bludd für Dagro Blackhails Tod nicht verantwortlich war.

Vaylo war zusehr alter Hund, um sich von seiner Miene verraten zu lassen, aber seine Hunde bemerkten die Veränderung in seinem Geruch und knurrten Spynie Orrl entsprechend an.

Der Orrlhäuptling nickte zu ihnen hin. »Nette Hunde. Wenn du mit ihnen fertig bist, kannst du sie mir schicken. Ich habe ein paar Schafe, die ich gerne mal zu Tode erschrecken möchte. Gar nicht zu reden von ein paar Verwandten meiner Frau.« Bevor Vaylo eine Gelegenheit hatte zu reagieren, beugte sich Spynie vor und sagte: »Mace Blackhail hat unserem Clan praktisch den Krieg erklärt. Zwölf Scarpemänner wurden an unserer Grenze getötet, und es paßte Yelma Scarpe sehr gut, uns für die Schuldigen zu halten. Sie hat dieses Grenzland immer gewollt. Meine Jäger erlegen dort jedes Jahr hundert Elche. Es ist gutes Waldläuferland, und Yelma Scarpe ist sofort zu Mace Blackhail gerannt, um es sich zu verschaffen. Du weißt, wie die Scarpes sind: Sie kämpfen nicht gern. Sie haben mehr Muskeln in ihren Zungen als anderswo. *Wir werden euch verzeihen, daß ihr unsere Männer getötet habt, wenn ihr uns das Land überlaßt, auf dem sie gestorben sind.*« Spynie Orrl schnaubte explosionsartig. »Und Mace Blackhail hielt das für gerecht! *Nehmt das Land*, sagte er so rasch, als hätten ihm die Steingötter selbst das Recht gegeben, es zu verteilen. *Ich werde zwanzig Hammermänner schicken, um den Frieden zu wahren.*«

Vaylo runzelte die Stirn. Es gehörte sich für keinen Häuptling von Bludd, Dhoone oder Blackhail, sich in Konflikte zwischen ihren kriegsgeschworenen Clans einzumischen.

Spynie Orrl fuhr fort und schüttelte leicht den Kopf dabei: »Ich hatte keine andere Wahl, als meine Grenzen gegen Scarpe- und Hailsmänner zu verteidigen. Orrl gegen Blackhail – ich hätte nie gedacht, so etwas zu meinen Lebzeiten noch sehen zu müssen. Bevor sie nach Norden ritten, warnte ich meine Axtkämpfer und schärfte ihnen ein, nur jene zu töten, die die Farben und Zeichen von Scarpe trugen. Aber selbst ich wußte, daß ich einen Befehl gab, dem sie nicht gehorchen konnten. Man kann Männern nicht befehlen, sich ihre Feinde von Hand zu verlesen.« Er seufzte tief. »Außer zwanzig Scarpemännern wurden auch zwei Hailsmänner getötet. All meine Leute, die sich über das Orrl-Land hinauswagen, sind nun in Todesgefahr. Ich habe zwei Grenzpatrouillen verloren und eine Gruppe, die ich nach Osten geschickt habe, um mit der Krabbe zu verhandeln.« Er hielt einen Augenblick inne. »Und ich warte auf die Rückkehr meines erstgeborenen Enkels und der fünf Männer, die zum Jagen mit ihm nach Westen gezogen sind.«

Der Hundelord stand auf und wandte sich seinen Hunden zu. Über Enkel und deren Verlust wußte er alles. Als er wieder sprach, strengte er sich an, möglichst hart zu klingen. »Aber du hast das Scarpehaus angezündet.«

»Ja. Und das würde ich wieder tun. Wir sind Orrl. Wir jagen unsere Feinde wie unser Wild.«

Das Orrl-Motto. Vaylo hatte bisher nie viel davon gehalten. Mit einem Knochenknacken wie von altem Holz bückte er sich, um die Hunde zu streicheln, die ihm geblieben waren. Der Wolfshund drängte seinen großen, schmalen Kopf in seine Hand und verlangte, als erster gestreichelt und gezaust zu werden. Die Verbrennungen an seinem Ohr und der Kopfhaut waren nun trocken, aber das heilende Fleisch war hart und vernarbt, und nie wieder würde dort Fell wachsen. Nicht zum ersten Mal mußte Vaylo wieder an diese Nacht in Ganmiddich denken. Wären die Hunde nicht in der Hütte gewesen, hätten sie sie vor dem Blackhailangriff gewarnt. Aber so hatte Vaylo kaum Zeit gehabt, seine Männer zusammenzurufen und die Blackhail-Linien anzugreifen. Strom Carvo war tot, sein Schädel eingeschlagen von einem Blackhailhammer. Molo Bean war tot, seine Arme an den Ellbogen abgehackt, sein Gesicht schwarz verbrannt von den Flammen, die vom Himmel geregnet waren. Auch andere waren gestorben. Gute Männer, von denen jeder ein Stück vom Herzen des Hundelords mit sich in die Steinhallen genommen hatte. Zwei seiner Hunde waren zur Unkenntlichkeit verbrannt. Einer hatte es noch bis nach Withy geschafft, dann hatte ihm Vaylo das Genick brechen müssen.

Der Anblick seiner beiden Enkelkinder, die ihm in Dhoone

über den Hof entgegenliefen, hatte seinen Schmerz beinahe verschwinden lassen. Cluff Drybannock hatte sie zwei Tage vor dem Überfall mit nach Norden genommen, und sie und Nan waren in Sicherheit. Drybone sprach es nicht aus, aber sowohl er als auch der Hundelord wußten, daß Blackhail an jenem Tag nichts als den Tod gewonnen hätte, wenn er nicht mit der Hälfte der Bluddmänner von Ganmiddich weggeschickt worden wäre, um die Kinder nach Hause zu eskortieren.

»Weißt du, daß der Hailwolf sich geweigert hat, das Ganmiddichhaus wieder herzugeben, ehe die Krabbe seinem Eid an Dhoone abschwor und statt dessen einen Schwur auf Blackhail leistete?« Spynie Orrls dunkle Augen glitzerten wie Kohlen. Konnte er Gedanken lesen? fragte sich Vaylo.

»Das habe ich gehört. Eine schlimme Angelegenheit. Ganmiddich war Dhoone so lange angeschworen ...«

»Wie Orrl Blackhail«, beendete Spynie für ihn den Satz. Der alte Clanhäuptling sah den Hundelord an und wich seinem Blick nicht aus. Das Schweigen im Raum breitete sich aus, und Vaylo spürte, wie es gegen jeden einzelnen seiner siebzehn Zähne drückte.

Wieso war er hierhergekommen, dieser Häuptling eines feindlichen Clans? Wieso hatte er das Leben von elf seiner besten Männer aufs Spiel gesetzt, indem er durch Gelände ritt, das drei unterschiedlichen kriegführenden Clans gehörte? Und dann war er das größte Risiko von allen eingegangen: Er war an der Dhoonegrenze erschienen und hatte ein Gespräch mit dem Hundelord persönlich verlangt. Für so etwas brauchte es Mumm. Vaylo hätte bei diesem Gedanken beinahe gelächelt. Spynie Orrl war so zäh wie eine Bergziege.

»Ich bin nicht hergekommen, um meinen Clan Bludd anzuschwören«, sagte der Orrlhäuptling und hatte damit wiederum Vaylos Gedanken auf der Stelle erfaßt.

»Nur ein Narr würde so etwas tun. Ich habe Blackhail geschworene Clans auf beiden Seiten, und in deren Mitte zu sitzen paßt mir ungefähr so gut wie ein Bruchband aus Eis. Nein. Ich werde meinen Schwur gegen Blackhail so gut wie möglich einhalten. Tausend Jahre der Treue sollte man nicht so rasch beiseite wischen.«

Spynies Blick ließ keine Zweifel daran, was er von Eidbrechern hielt. Plötzlich zornig geworden, sagte der Hundelord: »Dann sag, wozu du hergekommen bist, Orrlhäuptling. Ich lasse mir nicht predigen. Die Steingötter haben gewollt, daß uns der Krieg im Blut liegt, und ich wäre kein Clansmann, wenn ich einen Vorteil sähe und ihn nicht nehmen würde. Kampf ist mir angeboren.«

Spynie Orrl ließ sich davon kein bißchen beeindrucken. Bevor er wieder das Wort ergriff, blinzelte er dem Wolfshund zu. »Also gut, ich leugne es nicht. Aber ich habe mich gefragt, was du gesehen hast, als du oben auf dem Ganmiddich-Turm standest und nach Norden geschaut hast. Es hat immer Krieg im Clanland gegeben, aber kannst du ehrlich behaupten, daß du jemals von einem wie diesem gehört hast? Bludd gegen Dhoone, Blackhail gegen Bludd, kriegsgeschworene Clans kämpfen untereinander. Und nun, nachdem der Hailwolf einen Dhoone geschworenen Clan gezwungen hat, seinem Eid abzuschwören, wird Blackhail Äxte mit Dhoone kreuzen müssen.« Der uralte, rosige Clanhäuptling schnalzte unwillig mit der Zunge. »Hier sind Kräfte von außen am Werk, Bluddhäuptling. Ich weiß es. Du weißt es. Und die Frage, die nun noch bleibt, lautet: Bist du damit zufrieden, das einfach so hinzunehmen?«

Vaylo Bludd holte tief Luft. Er wußte, daß er einen Augenblick zum Nachdenken brauchte, suchte in seinem Beutel am Gürtel und holte einen Priem heraus, schwarz und zäh, wie nur Nan sie machen konnte. Als er ihn in den Mund steckte, war er sich Spynies Blick bewußt, der auf ihm ruhte. Vaylo haßte es, beobachtet zu werden. »Wieso sagst du mir das? Wieso sprichst du nicht mit dem Dhoonehäuptling im Exil oder dem Hailwolf selbst?«

»Du weißt, warum, Bluddhäuptling. Wir sind die ältesten Häuptlinge im Clanland, du und ich. Zusammen haben wir beinahe neunzig Jahre der Häuptlingswürde, und so etwas kann sonst niemand behaupten. Wir kommen von den entgegengesetzten Enden des Clanlands, aber heute begegnen wir uns hier in seinem Herzen. Ich weiß, daß du ein ehrgeiziger Mann bist, und das kann dir niemand übelnehmen, aber ich frage mich, ob du nachts noch gut schläfst. Du bist aus anderem Holz geschnitzt als der Hailwolf. Oh, ich weiß, ihr stellt euch beide gerne vor, wie ihr Oberherren der Clans werdet, aber du hast Bludd fünfunddreißig Jahre lang angeführt und er Blackhail nicht einmal eines. Sein Ehrgeiz ist blind. Er weiß noch nicht, was es bedeutet, Häuptling zu sein und seinen Clan und nicht sich selbst an die erste Stelle zu stellen. Bei dir sieht das anders aus. Niemand bleibt so lange Häuptling wie du, ohne zu lernen, daß Schwerter, Hämmer und Äxte allein nicht genügen.« Spynie Orrl hielt einen langen Augenblick inne, und als er weiterredete, klang er müde und sehr alt.

»Die Städte haben vor, sich das Clanland zu nehmen. Sie stecken hinter diesem Krieg, sie haben ihn angefacht und halten das Feuer am Brennen, bis so viele unserer Clansmänner tot sind, daß sie einfach nur über die Bitterhügel wandern und unsere Heiligen Steine zu Staub zerstampfen müssen. Wenn wir Krieg führen, tun wir es für sie. Und solange wir uns nicht von dieser unsinnigen Angelegenheit frei machen, werden wir uns auch für sie umbringen.«

Vaylo Bludd holte Luft, um etwas zu sagen, aber eine Geste von Spynie brachte ihn zum Schweigen. Der Orrlhäuptling war noch nicht fertig.

»Es gibt noch eine letzte Sache, über die du nachdenken solltest, Bluddhäuptling, dessen Clan behauptet, *Wir sind Clan Bludd, auserwählt von den Steingöttern, ihre Grenzen zu hüten. Tod ist unser Begleiter. Ein hartes, langes Leben unsere Belohnung.* Die Sull bereiten sich auf den Krieg vor.«

Die Worte hingen in der Luft wie Drachenrauch, schwer und schwarz und durchdrungen von dem Duft alter Mythen. Als der Hundelord Luft holte, atmete er sie ein. Tief in seinen Lungen arbeiteten sie an ihm, weckten Erinnerungen so alt, daß er sich fragte, ob es die seines Vaters waren oder des Mannes, der seinen Vater gezeugt hatte. Angst berührte ihn wie der rasche Stich eines Messers. *Nein,* sagte er sich und ließ die Angst schnell zu Zorn werden. *Gullit Bludd hat mir keine Erinnerungen vererbt. Er hat in all den Jahren, in denen ich an seiner Feuerstelle zum Mann herangewachsen bin, kaum fünf Worte mit mir gesprochen.*

»Woher weißt du das?«

»Ich bin ein alter Mann. Ich tue dieser Tage wenig anderes, als zu lauschen und zu beobachten.«

Das war keine Antwort, aber Vaylo sah das harte Glitzern in Spynie Orrls Augen und wußte, daß er mehr nicht bekommen würde. »Wollen sie die Städte oder das Clanland bekriegen?«

Der Orrlhäuptling zog die Wülste aus rosiger Haut hoch, auf denen einmal seine Augenbrauen gewachsen waren. »Sie sind Sull. Wer weiß schon, gegen wen oder was sie kämpfen werden.«

Abermals stach die Angst in Vaylos Nacken. »Spielst du etwa mit mir, alter Mann?«

»Wenn du den Winter in deinem eigenen Rundhaus und nicht im Dhoonehaus verbracht hättest, hättest du die Anzeichen vielleicht selbst bemerkt.«

Vaylo spuckte seinen Priem auf den Boden. »Verflucht sollst du sein, Orrlhäuptling! Sag gefälligst, was zu sagen ist. Wenn du noch mehr weißt, *sprich es aus!*«

»Ich weiß nur, daß, während die Clans damit beschäftigt sind, sich gegenseitig abzuschlachten, die Sull sich läutern und fasten und ihre Schädellocken für den Krieg wachsen lassen. Vor fünf Tagen hat einer meiner Leute zwei Fernreiter gesehen, die nach Westen ritten. In der Woche zuvor kam ein Händler aus Ille

Glaive und kaufte meine gesamten Vorräte an Opal und Jett. Opal und Jett. Mond und Nachthimmel. Die Sull benutzen beides zum Schmuck ihrer Bögen.« Spynie Orrl atmete aus und wartete darauf, daß der Hundelord ihn ansah. »Sag mir, Bluddhäuptling, hast du dich je gefragt, was dein Clanmotto bedeutet?«

Die Frage verstörte Vaylo zutiefst. Er sagte lieber nichts, als daß er gelogen hätte.

Spynie Orrl beobachtete das Gesicht des Hundelords lange, und sein Blick *zerrte* an Vaylos Gedanken. Abrupt stand er auf. »Es ist Zeit, zurückzureiten. Schick nach meiner Eskorte. Ich vertraue darauf, daß du nicht befohlen hast, daß sie umgebracht werden. Es wäre ziemlich unangenehm für mich, außer Blackhail und Scarpe auch noch Bludd bekriegen zu müssen.«

Vaylo ging nicht darauf ein. Ihm war zu unbehaglich zumute. »Sie wurden wie Gäste behandelt. Wir haben ihnen die Waffen abgenommen, sie aber nicht aus ihrem Blickfeld entfernt.«

»Ich danke dir für diese Höflichkeit.« Spynie Orrl stand an der Tür. Der Hundelord überragte ihn, ein Bär neben einer Ziege.

»Du darfst dich von deinem Haß auf den Hailwolf nicht gegen Blackhail vergiften lassen. Es gibt gute Menschen in diesem Clan. Raina Blackhail, Corbie Meese, Ballic den Roten, Drey Sevrance …«

Der Name *Sevrance* war zuviel für Vaylo Bludd, und er schüttelte den Kopf, bis ihm die Zöpfe gegen die Wangen peitschten. »Sag jetzt nichts mehr, Orrlhäuptling. Du bist zu nah an die Grenze gekommen.«

Überraschenderweise nickte Spynie Orrl. »Gut. Vielleicht habe ich das getan, aber du kannst einen Mann nicht für das verdammen, was sein Bruder tut.«

Vaylo knurrte. Das Geräusch war so tief und schrecklich, daß die Hunde zurückwichen.

Spynie Orrl zuckte die Achseln. »Denk daran, was ich gesagt habe, Bluddhäuptling. Wenn ein alter Mann vier Tage lang durch die Dunkelheit und über das Land dreier kriegführender Clans reist, um mit dir zu sprechen, wärst du ein Narr, nicht über das nachzudenken, was er gesagt hat.« Damit verabschiedete sich der alte Mann.

Es sollte ganze fünf Tage dauern, bis Vaylo von seinem Tod erfahren würde.

Der Neinsager entdeckte den Clansmann als erster. Der Mann hockte im Schutz von Granitfelsen über ein Bündel blutiger Lumpen gebeugt. Ark bezeichnete ihn als Orrlmann, denn er trug den schneeweißen Umhang eines Jägers dieses Clans. Lange bevor sie ihn erreichten, stiegen die beiden Fernreiter aus dem Sattel und betraten den Boden, den er für sich beansprucht hatte, zu Fuß.

Weder Mal noch Ark zogen Waffen. Sie waren Fernreiter, und beide wußten, daß es hier zwar viel zu fürchten gab, der Clansmann aber unbewaffnet und nicht in der Verfassung war zu kämpfen. Ark sah, wie der Clansmann sie bemerkte, wie er den Kopf hob, sie ansah und zwischen Zorn und Angst schwankte.

Ark Knochenspalter, Sohn der Sull und auserwählter Fernreiter, war daran gewöhnt, Gegenstand der Angst zu sein. Er ritt seit zwanzig Jahren durch dieses Land, hatte mit Menschen und Tieren gekämpft und Botschaften über zugefrorene Seen, eiserne Berge und von der Sonne zu Glas gebrannte Wüsten gebracht: Die Angst anderer stand ihm zu. Was er nicht erwartete, war seine eigene Angst, flüssig wie Quecksilber, die ihm die Kehle verengte. Der Clansmann bedachte ihn mit einem Blick, den er nie vergessen würde. Eine Frage, die er sich den Rest seines Lebens stellen würde, murmelte in seinen Ohren wie der Wind: *Bin ich wirklich dem Willen der Götter gefolgt?*

Der Clansmann erhob sich und ging ihnen entgegen. Sein Umhang wehte im Wind, seine bloßen Hände waren gelb und erfroren. Arks ganzes Wesen war so auf den Mann konzentriert, daß ihm beinahe der Kadaver im Schnee entging. Ein ausgewachsener Wolf, so groß wie ein Schwarzbär, mit zwei Fuß Weidenholz in der Kehle. »Ins Herz getroffen«, sagte der Neinsager, und die Worte fielen ihm wie Steine aus dem Mund.

Ark schloß die Augen und sprach ein Stoßgebet zum Sturmbringer. Als er sie wieder öffnete, wußte er, daß die Welt, in der er lebte, sich verändert hatte. Ein Clansmann hatte einen Wolf ins Herz getroffen.

»Helft ihr.« Der Clansmann sprach die allgemeine Sprache mit einem Clanakzent. Bei diesen Worten zuckte seine rechte Hand auf den Haufen blutiger Lumpen. Kein Gruß. Keine Frage. Keine Angst.

An Arks Seite griff Mal Neinsager zu einem seiner Vielfraßfellbeutel. Erst jetzt wurde Ark klar, daß der Clansmann nicht alleine war und daß das blutige Bündel, über das er sich gebeugt hatte, ein Mensch war … ein Mädchen. Und Mal wollte sich um sie kümmern, denn so war Mal Neinsager eben. Er würde sich nicht von einem Hilferuf abwenden.

Ark hätte ihn beinahe aufhalten wollen. Zu spät erst sah er den bleichen Pulverkreis im Schnee, zu spät wurde ihm klar, daß *jetzt* Blut fließen und ein Preis gezahlt werden müßte, nicht später, damit sie dieses Gelände betreten durften, das den Clangöttern gehörte. Erstarrt blieb Ark Knochenspalter stehen, sah zu, wie Mal Neinsager in den Kreis trat und sich neben dem Mädchen auf die Knie niederließ. Er hatte bereits seine Zobeldecke in der Hand, die er unter sie legen wollte.

Ark blieb nichts weiter übrig, als die Zelte aufzustellen und ein Feuer zu machen.

22
Schneegeister

Effie war wach geblieben, bis ihre Augen tränten, aber Drey war immer noch nicht da. Anwyn Bird hatte geschworen, er würde heute von Ganmiddich zurückkommen, aber es war jetzt lange nach Mitternacht, das Rundhaus war dunkel, und Bitty Shank zog die schwere Eisenstange über das Haupttor und sicherte den Zugstein.

»He, Kleine! Du solltest schlafen gehen. Der Sturm hat Drey aufgehalten, das ist alles. Er wird morgen früh hier sein, das verspreche ich dir.« Bitty Shank band gefettetes Seil so dick wie sein Handgelenk um die Messingklauen, die tief in den Steinen zu beiden Seiten der Tür versenkt waren. »Ich habe erst vor zehn Tagen selbst mit ihm gesprochen. Er sagte, sobald die Krabbe das Rundhaus wieder beansprucht, wird er zurückkommen, um dir das Gesicht abzuschrubben und dich am Haar zu ziehen.«

Effie mußte gegen ihren Willen lächeln. Bitty Shank war komisch. Wie alle Shanks hatte er ein glänzendes rotes Gesicht und helles Haar, und er liebte Drey. Alle Shanks liebten Drey.

Bitty war nun damit fertig, das große Rundhaustor zu verriegeln, und er wandte sich Effie zu, die unten an der Treppe saß. Bitty war der zweitjüngste der Shankjungen, ein Jahrmann von zwei Wintern, der ein Ohr an das Schwert eines Bluddmanns und zwei Fingerspitzen an den Frost verloren hatte. Sein blondes Haar wurde bereits schütter, aber er schwor, seit er sein Ohr verloren hatte, hätte es wieder angefangen zu wachsen. Effie konnte nichts dergleichen erkennen, aber sie tat nie ungefragt ihre Meinung kund.

»Gut. Darf ich die Dame nun zu ihrer Kammer begleiten?« Bitty fuchtelte mit dem Arm in der Luft herum und verbeugte sich dann mit übertriebener Anmut.

»Ich will nicht prahlen, aber ich verfüge über ein Schwert, das geradezu dazu gemacht ist, Jungfrauen zu schützen, und die Art von Schritt, die alle Ratten verscheucht.«

Effie kicherte. Sie hatte deshalb ein wenig ein schlechtes Gewissen, aber Bitty war *so* komisch und sie war innerlich so angespannt vor Sorge und Angst, daß das Kichern sich beinahe von selbst löste. Wie ein Wind. *Dieser* Gedanke ließ Effie noch mehr kichern. Die ganze Zeit stand Bitty am Tor, lächelte und lachte dann ebenfalls. Es fühlte sich gut an zu lachen. Es verbannte die Blindheit eine Weile.

»Komm mit, Kleine. Ich bringe dich lieber ins Bett, bevor du Anwyn weckst und sie uns beide mit dem Löffel zur Ader läßt und uns den Kessel überzieht.«

Effie konnte sich nicht vorstellen, daß man jemanden mit dem Löffel zur Ader lassen konnte, und sie war ganz sicher, daß kein Lachen in der Eingangshalle Anwyn wecken konnte, denn die faßförmige Matrone schlief im Wildraum, ganz hinten im Gebäude, und bewachte das Fleisch. Dennoch hörte sie auf zu lachen und kam auf die Beine. Bitty Shank war ein Jahrmann, er war im Kampf verwundet worden, und er hatte ihren Respekt verdient.

Er streckte seine gute Hand nach ihr aus, aber Effie ignorierte das und griff statt dessen nach der erfrorenen. Effie Sevrance war nicht zimperlich. Die beiden Stummel mit ihrem glänzend rosa Fleisch und den glatten, nagellosen Spitzen waren Dinge, über die sie staunte. Bitty, zunächst verlegen und dann erfreut über ihr Interesse, demonstrierte, während er Effie nach unten begleitete, wie gut er die Finger schon wieder bewegen konnte.

»Siehst du«, sagte er und blieb nach einem Drittel der Treppe stehen, um im Licht einer brennenden Fackel mit den Fingern zu wackeln. »Ich kann immer noch ein Halbschwert halten und einen großen Bogen spannen.«

Effie nickte ernst: Sie war Clan, sie wußte, daß ihm, ganz gleich wie beiläufig er das sagte, nichts wichtiger war.

Bitty war einer von einem Dutzend Jahrmännern und geschworenen Clansmännern, die es sich zur Aufgabe gemacht hatten, auf Drey Sevrances kleine Schwester aufzupassen, wenn Drey nicht zu Hause war. Effie merkte das und nahm an, daß Drey alle, bevor er davongeritten war, gebeten hatte, ein Auge auf sie zu haben. Oh, sie glaubten, sie wären klug, wie nur erwachsene Männer das glauben konnten, und sie sorgten immer dafür, ihr *zufällig* zu begegnen, wenn sie noch nach der Schlafenszeit unterwegs war, oder nach ihr zu sehen, wenn sie glaubten, daß sie schliefe. Manchmal schliefen sie sogar direkt vor ihrer Tür und behaupteten, daß ihr Rausch sie ausgerechnet an dieser Stelle niedergestreckt hätte.

Effies Stolz wußte, daß sie dagegen sein sollte; sie war beinahe erwachsen, schon acht Jahre alt, und brauchte ganz bestimmt keinen alten Clansmann, der auf sie aufpaßte. Aber seit sie ihr Zeichen verloren hatte, fühlte sie sich nur noch sicher, wenn Männer wie Bitty, Corbie Meese, Rory Cleet oder Bullhammer in ihrer Nähe waren.

Ohne ihr Zeichen war sie blind. *Blind.*

Niemand hatte es gesehen oder wußte, wo es war. Anwyn Bird hatte einigen der älteren Kinder befohlen, das Rundhaus von der Naßkammer bis zum Taubenschlag zu durchsuchen; Raina Blackhail hatte eine Ansprache an den Clan gehalten und der Person, die es genommen hatte, befohlen, es vor Effies Tür zu hinterlassen – dann würden keine Fragen mehr gestellt. Selbst Inigar Stoop hatte sich auf alle viere niedergelassen und die Asche, den Steinstaub und den Kies durchkämmt, der sich auf dem Boden des Steinhauses gesammelt hatte. Sein Zeichen zu verlieren war Pech der schlimmsten Art. Effie wußte das. Inigar wußte es, und deshalb hatte der Steinhüter, als er beim ersten Suchen nichts gefunden hatte, sich noch einmal niedergehockt und ein zweites Mal gesucht.

Das Problem war, daß Effie nicht geahnt hatte, wie sehr sie sich auf den kleinen ohrförmigen Granitbrocken verlassen hatte – nicht ehe er verschwunden war. Immer, wenn sie sich Sorgen machte oder Angst hatte, griff sie nach oben und berührte ihr Zeichen. Es zeigte ihr nicht immer Dinge – keine richtigen Dinge, nichts, was sie verstehen konnte –, aber es ließ sie immer etwas *spüren.* Wenn Drey früher nicht zu Hause gewesen war, hatte sie nur ihr Zeichen in die Faust nehmen und an ihn *denken* müssen. Solange es nicht drückte, bedeutete es, daß sie in Sicherheit war. Schlimme Dinge geschahen nur mit ihrem Wissen … wie Vater, wie Raina, wie Cutty Moss. Nun konnten schlimme Dinge geschehen, und sie würde es nicht einmal wissen.

Lautes Klopfen riß Effie aus ihren Gedanken. »Macht auf! Macht auf! Clansmänner sind verwundet!« Der Ruf zurückkehrender Krieger.

Effie warf Bitty einen Blick zu, und bevor sie noch recht wußte, wie ihr geschah, hatte der blonde Jahrmann sie am Handgelenk gepackt und sich über den Rücken geworfen. Zum ersten Mal in ihrem Leben sah Effie die Treppe über der Decke von nahem. Grüner und schwarzer Schimmel wuchs dort in den Ritzen zwischen den Steinen. »Drey und die Ganmiddich-Mannschaft sind wieder da!« rief Bitty, während er die Treppe hinaufrannte und Effie wie ein Sack auf seinen Schultern hing. »Sie sind wieder da! Sie sind wieder da!«

Effie war nicht sicher, was sie von solcher Höhe hielt, aber in diesem Augenblick wäre es ihr auch gleich gewesen, wenn die gesamte Shank-Familie sich aufeinandergestellt und sie ganz oben balanciert hätte. Drey war wieder da. *Drey.*

Das Getöse am Tor hatte das gesamte Rundhaus aufgeweckt und all jene, die den größten Teil der Nacht mit Effie gewartet, aber schon vorher aufgegeben hatten und zu Bett gegangen waren, kamen plötzlich in die Halle gerannt. Effie hatte kaum einen Gedanken für den Strom von Clansmännern übrig, der sich nun aus der großen Feuerstelle die Treppen abwärts ergoß, oder für das wunderbare Erscheinen von Anwyn Bird, die ganz plötzlich oben auf der Treppe stand, ein Tablett mit gebratenem Brot in den Händen und ein Faß ofenwarmes Bier zu ihren Füßen.

Effie war ganz auf die Tür konzentriert. Bitty hatte sie wieder abgesetzt und ihr dann die ausgesprochen wichtige Aufgabe übertragen, das Seil zu lösen, das den Riegel in seiner Eisenhalterung hielt. Effies Herz schwoll vor Stolz, während sie daran arbeitete. Sie half einem Jahrmann, das Tor zu öffnen! Selbst als Orwin Shank, Bittys Vater, herbeikam, um mit dem Zugstein zu helfen, ließ Bitty Raum für Effies Hände daran, und zusammen zogen die drei das Vierteltonnengewicht von Sandstein auf der gefetteten Spur über den Boden.

Dann wurde der Riegel gelöst, das Tor ging auf, und alle in der Halle konnten seine Außenseite aus gewachstem, metallbeschlagenem Holz sehen, und in der Tür, dampfend, die eiserne Rüstung blau vor Frost, die schlammgefleckten Gesichter grimmig, standen die ersten der Ganmiddich-Mannschaft wie finstere Götter. Das waren die Männer, die das Ganmiddich-Rundhaus gehalten hatten, während Mace Blackhail zu Verhandlungen mit der Krabbe nach Croser geritten war. Nun hatte die Krabbe sich Blackhail angeschworen, und der Ganmiddich-Clan war in sein Rundhaus zurückgekehrt. Nun waren Drey und die Mannschaft zurück.

Wie alle im Clan hatte Effie gehört, daß man Raif im Ganmiddich-Turm gefunden hatte, er aber noch in derselben Nacht geflohen war, nachdem er Drey mit Dreys eigenem Schwert so tief verwundet hatte, daß es noch zwei Tage lang blutete. Effie verschwendete keine Sekunde daran, so etwas zu glauben. Sie brauchte ihr Zeichen nicht, um ihr zu sagen, daß Raif nie eine Hand gegen Drey erheben würde. *Niemals.*

Corbie Meese war der erste, der hereinkam. Effie rief ihm zu: »Wo ist Drey?«, aber ihre Stimme war nur leise, und Corbies Blick wanderte sofort zu seiner Frau Sarolyn, die hochschwanger war und blasser, als es Anwyn und Raina gefiel, und der große Hammermann mit der Delle im Kopf schob sich ohne einen Blick nach unten an Effie vorbei. Mull Shank war der nächste, und Effie wollte auch ihn fragen, aber Orwin Shank stand plötzlich direkt vor ihr und umarmte seinen ältesten Sohn so fest, daß es beinahe aussah, als kämpften sie.

Effie ging nach draußen in die Kälte. Sie entdeckte Cleg Trotter, Sohn des Bauern Paille Trotter, lief auf ihn zu und räusperte sich. Männer, die nach Pferden, Leder und Frost rochen, drängten sich vor der Tür, schoben sie zur Seite und dann zurück. Effie verlor Cleg Trotter aus dem Blickfeld, und als sie ihn wiedersah, hatte sein Vater ihm den Arm um die Schulter gelegt, und die beiden bärenhaften Männer unterhielten sich. Zwischen ihnen war kein Platz für ein achtjähriges Mädchen.

Ringsumher kamen Clansmänner und -frauen auf den Hof hinaus. Es hatte angefangen zu schneien, und von dem Keil orangefarbenen Lichts, der aus der Tür fiel, einmal abgesehen, war es so dunkel, wie nur eine Winternacht sein konnte. Lachen und vertrauliches Flüstern erfüllte die Luft, Versprechen von warmen Betten, von Kräutersud gegen Erfrierungen, von Lieblingsessen, das auf der Feuerstelle dampfte. Links und rechts von Effie drängten sich Körper aneinander, Schlamm und Eis tropfte in schweren Brocken von Stiefeln und Umhängen. Pferde schüttelten sich und schnaubten weißen Nebel in die Luft. Clansmänner kamen aus dem Stall, um sich um sie zu kümmern, und bald war es unmöglich, die Ganmiddich-Mannschaft von den anderen Dutzend Clansmännern zu unterscheiden, die auf dem Hof standen.

»Drey?« fragte Effie immer wieder. »Drey?« Niemand hörte sie, und wenn, dann vergaßen sie es sofort, wenn jemand in Sicht kam, auf den sie gewartet hatten.

Effie ging weiter vom Rundhaus weg. Vor sich entdeckte sie einen einzelnen Clansmann, der sich um ein Pferd kümmerte. Er war groß genug, um Drey sein zu können … es war so schwer, es im Dunkeln zu erkennen. Schaudernd ging sie auf ihn zu. Bis sie nahe genug war, um sein Gesicht zu erkennen, wußte sie, daß es nicht Drey war. Er trug das graue Leder und das Elchfell von Bannen, und seine Zöpfe waren fest an seinen Kopf gebunden. Schaudernd ging Effie weiter. Es war nicht einmal ein Hailsmann. Er würde nicht einmal wissen, wer Drey war.

Kälte stahl sich langsam von Effies Füßen nach oben wie Flutwasser. Sie verschränkte die Arme über der Brust und spähte über die Weide hinweg. Ihr Herz machte einen Sprung. Dort. Am Abhang, ein Schatten in den Schatten, eine männergroße Gestalt, die Wache hielt. *Drey.*

Sie rannte. Eisige Luft toste gegen ihre Wangen, als sie über den steinhart gefrorenen Boden lief. Sie atmete flach und hektisch, ihre Brust war zu angespannt, um tief Luft zu holen. Die Gestalt wartete. Sie *wartete*; es mußte einfach Drey sein! Als sie den Fuß des Abhangs erreichte, schauderte die Gestalt. Plötzlich sah sie, daß er weiß gekleidet war. Sie blieb stehen. »Drey?« Selbst für ihre eigenen Ohren hörte sich ihre Stimme zögernd und unsicher an. Zur Erwiderung trug der Wind den Geruch von Harz zu ihr hin, und mit kaltem Schrecken erkannte sie ihren Irrtum. Diese Gestalt war überhaupt kein Mensch. Es war ein Schneegeist, ein Fichtensetzling, der vollkommen von Schnee eingehüllt war.

Das hätte ich wirklich wissen müssen, sagte sie sich barsch. *Selbst Dummköpfe können einen Schneegeist von einem erwachsenen Mann unterscheiden.*

Der Schneegeist schwankte und knarrte mit dem Wind, seine mittleren Zweige winkten in einer obszönen Lockgebärde. Effie spürte, wie die Angst ihr die Gesichtshaut zusammenzog. Rasch wandte sie sich ab … und sah, wie weit sie vom Haus entfernt war.

Das Rundhaus war eine riesige schwarze Kuppel vor einem dunkelgrauen Himmel. Das orangefarbene Lichtquadrat der Tür war nicht mehr größer als ein Fleck. Noch während Effie dastand und zusah, wurde es schmaler und verschwand dann vollkommen. Die Tür war geschlossen. Effies Herz begann schneller zu schlagen. Sie ließ den Blick nicht vom Rundhaus weichen und suchte nach dem Stallblock und nach mehr Licht. Nur die Stalltüren, die sich zum Rundhaus hin öffneten, nicht jene, die davon wegführten, waren noch halb offen, und alles, was sie erkennen konnte, war ein schmaler Lichtrand um die Stalltür.

Effie begann darauf zuzulaufen. Sie versuchte, die dunkle Kurve des Rundhauses oder das Land, das sich ringsumher ausbreitete, zu ignorieren. Aber das war schwierig. Es gab keine Mauern, die das Blickfeld einengten. Schatten umgaben sie, keine kleinen Schatten, sondern Schatten von Abhängen und Hügeln und großen schwarzen Wäldern. Und es war kalt. So kalt.

»Ah!« Effie hielt die Luft an, als etwas über ihre Wange peitschte. Sie sprang aus dem Weg und starrte ins Dunkel. Vor ihrem geistigen Auge beschwor sie große Würmer mit Zähnen wie Glassplitter herauf, deren Glieder aus derselben feuchten Substanz bestanden wie Augen. Was sie dann tatsächlich sah, war ein dünner Birkenzweig, der aus dem Schnee aufragte und an dessen Spitze ein roter Filzlappen hing. Einer von Langkopfs Weidepfosten; nachdem der Schnee eine bestimmte Höhe erreicht hatte, war das seine einzige Möglichkeit zu wissen, wo die Weide endete und der Hof begann.

Erschüttert begann Effie, schneller zu rennen.

Sie hörte die ersten Schritte kaum. Der dünne Lichtfilm um die Stalltür wurde schwächer, und sie hatte ihre ganze Aufmerksamkeit darauf gerichtet. Sie konnten doch nicht auch noch die Stalltüren schließen. *Noch nicht!* Panik wirbelte wie dicker grauer Nebel in ihrem Kopf. Würde sie es schaffen, bevor sie die Türen schlossen, wenn sie jetzt rannte? Was, wenn sie im Schnee hinfiel? Was, wenn es unter dem Schnee etwas gab, etwas wie Baumwurzeln, die sich um ihre Fußknöchel schlangen und sie zu Fall brachten? Ihr Herz schlug so schnell, daß es viele Sekunden dauerte, bis ihr klar wurde, daß das leise Knirschen, das sie zwischen ihren Schritten immer wieder hörte, nicht das Geräusch ihres eigenen rauschenden Blutes war.

Ganz langsam wurde ihr das deutlich. Jemand folgte ihr. Alle freiliegende Haut auf Effies Gesicht wurde kalt. Es war nicht Drey. Er würde nichts tun, was sie erschreckte. Nein. Es war ein Ungeheuer oder ein Kapuzenmann oder Mace Blackhail, der sie …

Knirsch knirsch knirsch. Effie sah zum Rundhaus hin, aber inzwischen war das Stallicht ausgegangen, und sie hatte kein Ziel mehr. Mit einem leisen Aufschrei begann sie zu rennen.

Knirsch knirsch knirsch. Die Schritte waren direkt hinter ihr. Effie stellte sich ein Ungeheuer im Gewand eines Kapuzenmannes vor, mit drei Wurzeln als Fingern und Mace Blackhails gelben Augen. Sie rannte schneller. *Schneller.*

Überall war Schnee: in ihrem Haar, in ihrem Kleid, in ihren Stiefeln. Der Atem des Ungeheuers brannte heiß an ihrem Hinterkopf, seine Schritte waren nahe genug, um ihre eigenen sein zu können. Effie war schwindelig vor Angst und achtete nicht mehr darauf, wohin sie rannte. Sie hörte, daß die Schritte den Rhythmus änderten, und dann riß eine Hand heftig an ihrem Haar. Weißer Schmerz explodierte in ihrer Kopfhaut. Die Nacht wurde zum Tag, und dann wurde es wieder dunkel, als sie spürte, wie man sie in den Schnee riß. Plötzlich wußte sie nicht mehr, wo oben und unten war. Und ihr Kopf tat schrecklich weh.

»… es dir zeigen, kleines Miststück. Lauf doch zum Rundhaus, wenn du kannst …«

Effie brauchte einen Augenblick, um zu begreifen, daß das Ungeheuer redete … *mit einer normalen Clansmannstimme.* Sie drehte sich um und fand sich Cutty Moss gegenüber. Kein

Ungeheuer, nur ein Clansmann mit einem blauen und einem grünbraunen Auge.

»Miststück.«

Effie versuchte, sich loszureißen, aber er hatte eine dicke Strähne ihres Haars einmal ums Handgelenk gewickelt und hielt das Ende, das zu ihrem Kopf führte, fest in der Hand. Er spürte ihren Widerstand und riß sie zurück. Der Schmerz ließ ihr weiße Punkte vor den Augen tanzen.

»Diesmal hast du deinen kleinen Hexenstein nicht dabei, wie?« Cutty Moss tippte an seine Kehle. Effie konnte nicht sonderlich gut sehen, aber genug, um zu erkennen, daß das Garn, das dort hing, von derselben Art war, wie sie es gesponnen hatte, um ihr Zeichen daran zu befestigen. Cutty lachte leise, sein Mund öffnete sich zu zwei roten Streifen. »Diesmal hast du es nicht vorher gewußt, wie?«

Effie rührte sich nicht. Cuttys Lippen waren speichelfeucht, seine Augen zwei fettige Steine. Die Schnüre, mit denen er seine Zöpfe band, hatten sich gelöst, und schmutziges Haar wurde ihm ins Gesicht geblasen. Er holte ein Messer heraus. »Ich denke, ein Kapuzenmann wird dich erwischen. Direkt hier im Schnee.« Er stach mit der Messerspitze in den Schnee.

Schnell wie ein Blitz war die Klinge an Effies Kehle. Effie sah die Spur von blauem Licht, die sie in der Luft zurückließ, spürte den Wind an ihrer Haut, und dann etwas Warmes, das sie in die Muskeln biß. Kein Schmerz, nur ein Nadelstich, dann Wärme. Sie wich zurück, riß den Kopf vom Messer weg. Cutty fluchte. Er zog an ihrem Haar, riß sie wieder in den Schnee. Effie roch die säuerliche Süße seines Atems und den Urin- und Manngestank seiner Kleidung. Warme Flüssigkeit lief ihr über den Hals. Mehr erschrocken über diese Flüssigkeit und deren Bedeutung als über Cutty Moss, bäumte sie sich auf und wehrte sich gegen den Clansmann und trat hohe Schneewolken auf.

»Sevrance-Hexe.« Cutty Moss stach sie mehrmals mit dem Messer, und Effie spürte, wie die Spitze in ihre Wange, ihren

Arm, ihre Brust eindrang. Heißes Blut war überall, lief ihr über die Zähne und das Weiß ihrer Augen. Immer noch kämpfte sie. Sie wollte nicht darüber nachdenken, was geschehen würde, wenn sie aufhörte.

Cutty Moss veränderte den Griff an seinem Messer, so daß er es jetzt nur noch mit Finger und Daumen hielt, und dann schlug er ihr mit dem Rest der Hand ins Gesicht. »Miststück!«

In diesem Augenblick spürte Effie festen Boden unter dem Schnee. Sie drückte die Hände auf die gestampfte weiße Oberfläche und sprang in die Luft. Einen atemberaubenden Augenblick lang glaubte sie, ihr Haar würde mit ihr kommen. Cutty hatte sich so auf den Schlag konzentriert, daß sein Griff um ihr Haar locker geworden war. Effie spürte, wie ihr Haar sich von seinem Handgelenk abwickelte wie Wolle. Dann riß er sie zurück. Diesmal riß Effie in die andere Richtung und legte ihr ganzes Gewicht hinein. Der Schmerz war wie tausend glühend heiße Rasiermesser, die ihr in die Kopfhaut schnitten. Ihre Haut riß, machte ein feuchtes, saugendes Geräusch, wie wenn man Hühnerhaut abzieht. Sie konnte nichts mehr sehen, aber sie verlor das Gleichgewicht nicht. Sie wußte nicht, wohin sie rannte, aber sie wußte, was sie wollte.

Blut strömte wie ein Fluß über ihren Kopf. Und sie lief. Und lief. Und lief.

Cutty war nur Sekunden hinter ihr, aber sie war leichter im Schnee als er, und sie glühte vor tierischer Angst. Sie hörte ihn fluchen und nach ihr greifen, aber nun wußte sie, daß sie sich im tiefen Schnee halten mußte, wo sie laufen konnte und er einsank. Es wäre ihr nicht eingefallen zu schreien; Effie Sevrance schrie nicht. Sie brauchte all ihren Atem zum Laufen und zum Denken.

Zweimal spürte sie, wie Cuttys Hände nach ihrem Haar und ihrem Kleid griffen, aber beide Male war sie gnadenlos mit Haar und Stoff und half ihm, ihr beides zu entreißen, indem sie heftig in die andere Richtung zerrte. Ihre Kopfhaut glühte, wundes

Fleisch brannte in einer Luft, die kalt genug war, den Atem gefrieren zu lassen. Die Wunden an anderen Stellen ihres Körpers zählten kaum; das Blut, das aus den Schnitten lief, wärmte ihr nur die Haut.

Als sie um die abgelegene Ecke des Stallblocks kam, sah sie, wie eine Gestalt aus dem Schatten trat. Noch bevor sie den Blick richtig darauf richten konnte, reagierte ein tieferer Teil ihres Hirns auf die Gestalt – die eingesunkene Brust, die knochigen Schultern, das männliche Kinn: Nellie Moss. Die Fackelfrau rannte auf sie zu, rief ihrem Sohn Beschimpfungen zu. Effie verstand es kaum, aber sie spürte den Zorn der Fackelfrau gegen ihren Sohn, dem es schon wieder nicht gelungen war, seine Aufgabe rasch und ohne Aufsehen zu erledigen.

Effie wich Nellie Moss und ihren klammernden, teergeschwärzten Fingern aus und achtete darauf, sich in tiefem Schnee zu halten. Als sie einen Blick nach vorn in die Landschaft von Schatten und offenen Flächen warf, zuckte ihr ein Schauder des Erkennens über den Rücken. Sie kannte die Profile dieser Fichten und den Hügel festgetretener Erde hinter ihnen. Sie *kannte* sie, und plötzlich wurde das Dunkel vertrauter. Sie änderte die Richtung. Jetzt wußte sie, wohin sie rennen mußte.

Nellie Moss war leichter als ihr Sohn, und Effie hörte, wie sie sie einholte. Eine Hand griff nach ihrem Kragen, aber Effies Haar und Kleid waren glitschig von Blut, und es war nicht schwer, sich wieder loszureißen. Zu müde, um erleichtert zu sein, rannte sie weiter. Ihre Beine wurden schwächer, und es wurde schwerer nachzudenken. Sie war so müde … ihre Augenlider waren schwer wie Stein … sie wußte, sie mußte weiterrennen … aber es war so schwer zu denken …

Das Heulen und Lärmen der Shanks-Hunde schnitt durch den Nebel von Effies Gedanken wie Licht durch einen Sturm. Sie schüttelte sich und sah die kleine Hundehütte direkt vor sich. Die Shanks-Hunde wußten, daß sie auf dem Weg war. *Sie wußten es.* Und sie führten sie nach Hause.

Tränen brannten in Effies Augen. Sie hörte das tiefe Baßknurren von Schwarznase, das aufgeregte Heulen von Cally und Hauzahn, das wütende Zischen von Katze, das dunkle Grollen des alten Kratzer und das Knurren von Biene, das einem das Blut erstarren ließ – Biene, die Effie für einen ihrer Welpen hielt.

Hinter sich hörte Effie, wie Nellie Moss und ihr Sohn zögerten. Ihr Schrittrhythmus geriet ins Wanken. Sie wechselten zornige Worte. Nellie Moss beschimpfte ihren Sohn. Effie versuchte nicht hinzuhören, aber der Wind trug es direkt zu ihren Ohren. Die Worte bissen wie die kälteste Luft mitten in der Nacht. Schwarznase begann wild zu heulen, und plötzlich konnte sie Mutter und Sohn nicht mehr hören. Die Schritte wurden schneller, und zwei Paar Hände begannen, an ihrem Kleid und an ihrem Haar zu reißen.

Die Shanks-Hunde kreischten und jaulten wie Wahnsinnige, die in einem brennenden Haus festsitzen. Die Brettertür der kleinen Hundehütte rasselte und bog sich unter dem Gewicht von sechs Hunden. Tränen und Blut liefen Effie über das Gesicht, als Hände sie in den Schnee drückten. Sie schmeckte Eis, als Nellie Moss begann, sie zurückzureißen. Die Tür war so nah, daß sie die Maserung des Holzes und den orangefarbenen Rost auf dem Riegel sehen konnte. Wenn sie ihren Arm nur dazu bringen konnte, sich zu bewegen … wenn es nur nicht so weh getan hätte! Sie hatte ein Loch oben an ihrer Schulter, eine dunkelrote Grube, wo Cutty Moss sie mit dem Messer gestochen hatte.

Sie hob den nutzlosen Arm zur Tür. Vor Schmerz biß sie sich auf die Zunge. Nellie Moss' Hände waren um ihre Taille und zerrten und zerrten. Effies Hand rutschte über die Bretter. Ihre Finger berührten den Riegel. Cutty Moss packte ihre Beine. Effie packte den Riegel fester, und als der Clansmann sie durch den Schnee riß, kam die Metallzunge aus der Halterung.

Und die Nacht der Hunde begann.

Finstere Ungeheuer explodierten aus der Hütte, schlanke

Alptraumgestalten, nur Schnauze und Zähne und Hals. Ihr Knurren ließ die Luft wie Donner erbeben, und Effie sträubten sich die Haare an Rücken und Hals. Sie hörte schreckliche, schreckliche Schreie und das Wort *Nein*, das sich über Sekunden erstreckte, bis es schließlich keine Bedeutung mehr hatte und zu einem Laut reiner Angst wurde. Ein Genick brach mit dem feuchten Knirschen eines verfaulenden Holzscheits, Finger kratzten im Schnee, etwas riß mit einem drehenden, zerrenden Geräusch, und dann wußte Effie nichts mehr.

Später, nachdem es vorbei war, fanden Corbie Meese und andere sie inmitten eines Schlachtfeldes von Blut, Knochen, Eingeweiden und Menschenhaar, beschützt von einem Kreis von Hunden. Die Hunde hatten ihr das Blut abgeleckt und wärmten sie mit ihren eigenen Körpern. Man mußte Orwin Shank von der großen Feuerstelle holen, denn die Hunde wollten sie keinem anderen als ihm überlassen, und erst Stunden später konnte man hören, wie das erste Mal jemand von Hexerei sprach.

23
Die Sull

Trink, Orrlmann. Das wird dein Blut kräftigen.«

Raif hörte die Worte, aber er war gerade aus tiefem Schlaf erwacht und brauchte einen Augenblick, um sie verstehen zu können. Der dunkelhaarige Krieger hielt eine Messingschale in der Hand, die mit mitternachtsblauer Emaille verziert war. Raif konnte den Inhalt nicht erkennen, nur daß es heiß genug war, daß Dampf davon aufstieg. Rosafarbener Dampf. Er bewegte sich ein wenig unter der Wolfsfelldecke, dann versuchte er, die rechte Hand zu heben. Er fletschte vor Schmerz die Zähne. Die Hand, die unter der Decke hervorkam, war dick mit einer Art Vogelhaut überzogen und mit Schieferöl eingerieben, das einen scharfen, rauchigen Geruch hatte, den er nicht benennen konnte. Darunter fühlten sich seine Finger geschwollen und steif an, und er war plötzlich froh, daß er sie nicht sehen konnte. Erfrierungen waren selten ein schöner Anblick.

Es brauchte einige Zeit, bis er seinen wunden, schmerzenden Körper in eine sitzende Haltung gebracht hatte, und noch länger, beide Hände der Schale entgegenzuheben. Der Sullkrieger wartete schweigend, sein eisgebräuntes Gesicht verriet nichts. Auch Raif mühte sich um eine ausdruckslose Miene, als er die Schale entgegennahm, obwohl das Gewicht und die Wärme ihm Schmerz verursachten. Schweigend trank er die rote Flüssigkeit und bemerkte dabei, daß der Hauptbestandteil Pferdeblut war. Es schmeckte nicht unangenehm, aber es war seltsam gewürzt, und ein Teil des Blutes war zu langen Strängen geronnen, die an seiner Zunge und an seinen Zähnen hängenblieben. Als er fertig war, reichte er dem Sullkrieger die Schale zurück und bedankte sich.

Der Krieger nickte. Er hatte seinen Umhang und seinen

Mantel ausgezogen und trug nun weiches Fell und mitternachtsblaues Wildleder mit so dünnen Hornscheiben, daß sie sich wie die Schuppen eines Drachen bewegten. Auf den ersten Blick hatte Raif geglaubt, daß er sein Haar geflochten hatte, aber nun sah er, daß es zwar von Opal- und Metallringen in dicken Strähnen gehalten wurde, aber nicht miteinander verwoben war. Die Züge dieser beiden Männer unterschieden sich irgendwie von denen von Clansmännern: ihre Augenfarbe war lebhafter, ihre Lippen und Brauen feiner gezeichnet, ihre Wangenknochen ausgeprägter, mit mehr Knochenmasse darunter.

Das Zelt, das sie aufgestellt hatten, bestand aus Leder und Karibufell und war mit einer dunklen fischhautartigen Substanz gefüttert, die den Wind abhielt. Auf dem Boden lag ein kunstvoll gewebter Teppich, der den Mond in all seinen Phasen vor einem Feld nachtblauer Seide zeigte. Eine Feuergrube bildete die Mitte des Zelts, und obwohl Raif sich daran erinnern konnte, daß in den beiden vergangenen Nächten dort Holz gebrannt hatte, glühten nun Brocken dunklen Steins mit rauchlosen amethystfarbenen Flammen. Ash lag auf der anderen Seite des Zeltes, vollkommen mit weißen Fuchsdecken bedeckt, das Gesicht zur Wand gedreht. Jemand hatte ihr das Haar gewaschen, und nun schimmerte es in genau derselben Farbe wie das weiße Metall, das die Sullkrieger in ihrem Haar und an ihrer Kehle trugen.

Raif machte eine kleine Geste zu ihr hin. »Wie geht es ihr?«

Der Sullkrieger hob eine Hand ans Kinn, und als er das tat, rutschte der Ärmel seiner Luchsjacke zurück und enthüllte Dutzende von Aderlaßnarben an Unterarm und Handgelenk. *Sie lassen also nicht nur ihre Pferde zur Ader, sondern auch sich selbst.* Raif war nicht sicher, ob er davon fasziniert oder verstört war.

»Wer schläft, wird stärker, Orrlmann. Heute ist sie aufgewacht und hat Brühe getrunken und nach dir gefragt.«

Raif sah keinen Grund, den Sullkrieger, der ihn für einen Orrlmann hielt, über seine Herkunft aufzuklären. »Wann wird sie aufstehen können?«

»Du meinst, wann wird sie weiterreisen können?«

Raif nickte. Der Sullkrieger sprach die allgemeine Sprache mit nur dem geringsten Hauch eines Akzents, der anzeigte, daß es nicht seine Muttersprache war. Am ersten Abend, als sie plötzlich aus dem Dunkel geritten kamen und Raif den Eindruck gehabt hatte, sie wären direkt aus einer Legende von Blut und Krieg gekommen, hatten sie sich in einer anderen Sprache miteinander verständigt. Raif hatte nie zuvor in seinem Leben Sull gesehen, aber er hatte sie sofort erkannt, als sie vor ihm standen. Sull. Die Krieger, die durch die gewaltigen Wälder des Nordwindlandes ritten, in Städten aus Eisholz und kaltem, hartem Milchstein wohnten und so feine, spitze Pfeilspitzen verwendeten, daß sie durch das Auge eines Mannes in sein Hirn eindringen konnten. Ihre Klingen waren der Traum jedes Schwertkämpfers: aus vielen Schichten gefalteten Stahls und so hell wie Geister, geschmiedet aus Metall, das vom Sternenhimmel gefallen war. Clansmänner flüsterten, daß ihre schimmernden Klingen einem Mann nicht nur das Leben, sondern auch die Seele nehmen konnten.

»Das würde davon abhängen, wohin sie reisen muß und warum.« Der Sullkrieger blinzelte nicht einmal bei diesen Worten. Seine Aderlaßnarben schimmerten im amethystfarbenen Licht wie geborstene Adern.

Raif wußte noch nicht, wieviel er den Sull sagen wollte. »Wir sind in einer dringenden Sache nach Norden unterwegs.«

Der Sullkrieger nickte bedächtig, als hätte er erheblich mehr gehört und verstanden, als Raif tatsächlich ausgesprochen hatte. Seine zobelfarbenen Augen wandten sich dem Zelteingang zu. »Mal Neinsager wird bessere Antworten haben als ich. Er hat sich Tag und Nacht um das Mädchen gekümmert. Ihr Leben ist nun eine Last auf seinem eigenen.«

Ein Hauch von Angst regte sich in Raifs Brust. »Wie meinst du das?«

»Mal Neinsager hat sein eigenes Blut vergossen, um sie zu retten.«

»Warum?«

»Darauf kann ich dir nicht antworten, Orrlmann.« In der Stimme des Kriegers schwang etwas mit, das Zorn sein konnte. Er stand auf, und die Hornschuppen auf seiner Jacke schnappten wie Zähne. Obwohl er weder so groß noch so breit war wie sein Begleiter, füllte seine Präsenz den Raum von zwei Männern.

»Warum hat er ihr sein Blut gegeben?« drängte Raif weiter, unfähig, sein Unbehagen abzuschütteln.

Der Sullkrieger drehte sich um und sah Raif an, als wäre er ein Stück Dreck, das er unter seinem Stiefel hervorgekratzt hatte. »Wenn wir opfern oder Zoll zahlen, tun wir das in der höchsten Währung, die wir haben. Und nichts in dieser Welt kalter Monde und spitzer Pfeile ist teurer als Sullblut.« Dann schob er die Eingangsklappe des Zelts beiseite und ging hinaus in die Dunkelheit.

Raif holte tief Luft. Unter den Verbänden fühlten sich seine Hände an wie rohes Fleisch. Schmerz hatte bewirkt, daß er sich zwei Nächte lang unter den Decken schwitzend hin und her warf. Es fühlte sich beinahe an, als wäre seine Haut verbrannt und nicht erfroren. In seinen Träumen hatte er sich vorgestellt, die Verbände abzureißen und das glühende Fleisch mit Schnee zu bedecken. Am schlimmsten war es gegen Sonnenuntergang des zweiten Abends gewesen, als der Sullkrieger, der sich Neinsager nannte, die ersten Verbände entfernt und das schwarze Fleisch gereinigt hatte. Gewebestücke hatten sich mit dem Stoff gelöst. Raif hatte hingesehen und diese feuchten Fleischbrocken nicht als seine Finger wiedererkannt. Als er den Sullkrieger gefragt hatte, ob er einen davon verlieren würde, hatte er nur eine einsilbige Antwort erhalten: »Nein.«

Dasselbe sagte er auch später, mitten in der Nacht, als Ash im Schlaf aufgeschrien hatte. Raif hatte zugesehen, wie der große Bär von einem Mann ihr die Hand auf den Kopf gelegt und gesagt hatte: »Nein, Silberhaarige. Hier werden dich die Dämonen nicht erreichen.«

Die Art, in der der Krieger sich um Ash gekümmert hatte, war bei den Clans unbekannt. Mal Neinsager hatte getrocknete Ehrenpreiswurzeln und Berberitzenblätter genommen und daraus einen heißen Sud gebraut, den er Ash alle paar Stunden zu trinken gab. Als Raif fragte, hatte er erklärt, der Tee würde ihr das gelbe Gift aus dem Blut nehmen. Er hatte Tinkturen aus Mistelzweigen und dem goldenen Harz eines Baumes benutzt, der Raif unbekannt war. Er hatte Ash mit duftenden Ölen eingerieben und massiert, die Frostbeulen an ihrem Gesicht mit Zaubernußsud gewaschen und die Schnitte und vom Frost wunden Stellen mit gereinigtem Fuchsfett und Moos eingerieben.

Raif hatte die meiste Zeit geschlafen. Erschöpfung hatte es ihm unmöglich gemacht, längere Zeit wach zu bleiben. Als die beiden Sullkrieger in den Kreis getreten waren, den er in den Schnee gezeichnet hatte, hatte es all seine Kraft gebraucht, ihnen aufrecht gegenüberzustehen. Raif lächelte grimmig, als er sich daran erinnerte. Nun zahlte er den Preis für diesen Clanstolz.

Er brauchte viel zu lange, um auf die Beine zu kommen. Er konnte seine bandagierten Hände nicht benutzen, um sich abzustützen, also mußten seine Beine alle Arbeit tun. Je mehr seine Muskeln sich anstrengten, desto entschlossener wurde er, aufzustehen und zu gehen. Die Sullkrieger hatten ihm und Ash geholfen, und er war dankbar dafür, aber der Gedanke daran, einen Augenblick länger als unbedingt notwendig von ihnen abhängig zu sein, bewirkte, daß er die Zähne zusammenbiß. Sie waren Sull. Er war ein Clansmann. Seit dreitausend Jahren hatten sie Grenzen gemeinsam gehabt, sonst nichts.

Als er zu Ash kam, hatte sie angefangen sich zu rühren. Er rief leise ihren Namen, und das genügte, daß sie die Augen öffnete.

»Raif.«

Er sprach ein Dankgebet an die Steingötter … und die Sullgötter, deren Namen er nicht kannte. »Morgen, Langschläferin.«

Sie gähnte gewaltig, und dann lächelte sie ihn entschuldigend an. »Entschuldigung. Das ist wohl nicht sehr damenhaft.«

Es war ihm gleich. Was immer Mal Neinsager getan hatte, es hatte funktioniert. Die Haut auf ihrem Gesicht war nun rosig und durchscheinend, und kein Zeichen von Gelbsucht und keine Schwellung waren geblieben. Er wagte es, sich niederzuknien, damit er ihr näher war. »Wie geht es dir?«

»Ich bin müde. Und alles tut weh.« Sie heftete ihren Blick auf seine Hände. »Was ist passiert?«

Er zuckte die Achseln. »Ich habe einen Wolf mit bloßen Händen getötet.«

Sie lächelte nervös und war offenbar nicht sicher, ob er nur scherzte.

Er wollte das Thema wechseln und sagte: »Ich muß die beiden Sull fragen …«

»*Sull?*«

Er nickte. »Die beiden Männer, die uns im Tal gefunden und aufgenommen haben, sind Sull.«

Zerstreut berührte Ash das Moospflaster auf ihrer Wange. »Mir war nicht klar … ich habe nur gespürt, daß mich warme Hände berührten … und eine Stimme bat mich zu trinken.« Sie wandte sich plötzlich dem amethystfarbenen Feuer zu. »Wie lange habe ich …«

»Wir sind zwei Tage nördlich vom Paß. Am Morgen des zweiten Tages hast du das Bewußtsein verloren, und ich habe dich weitergetragen, bis es dunkel wurde.«

»Mich getragen.« Ash wiederholte die Worte leise. »Was ist dann passiert?«

Raif senkte den Blick. Er wußte es selbst kaum, und er war nicht sicher, ob er es wirklich wissen wollte. Zum ersten Mal seit Tagen tastete er nach seinem Zeichen. Es lag tief unter seinem Wollhemd, und die Schnur, die es hielt, war halb von Schweiß zerfressen. Abrupt steckte er es wieder weg. So schnell er konnte, erzählte er seine Geschichte.

Als er fertig war, sagte Ash: »Du hast also einen Leitkreis gezeichnet, und dann kamen die beiden Sullkrieger?«

»Wahrscheinlich hat sie das Heulen der Wölfe angelockt.«

»Das glaubst du nicht, oder?«

»Ich weiß nicht mehr, was ich glaube.« Seine Stimme war barscher, als er wollte.

Ash sah ihn lange an, bevor sie sagte: »Wie lange brauchen wir noch bis zum Flutberg?«

Er war dankbar, daß sie das Thema wechselte. Er weigerte sich, daran zu denken, welche Gründe die Steingötter gehabt haben mochten, ihn zu schützen. »Das wollte ich dich fragen. Es kann sein, daß es notwendig ist, den Sullkriegern zu erzählen, wohin wir wollen. Nördlich von hier gibt es einen Berggipfel, ein großes, blaues Ding voller Gletscher, und ich bin ziemlich sicher, daß es sich um den Flutberg handelt. Aber was ich nicht weiß, ist, wo sich der Hohle Fluß im Verhältnis zum Fuß des Berges befindet. Wir könnten auf der Suche danach eine ganze Woche verlieren.«

Ash überlegte eine Weile, bevor sie antwortete. Raif konnte hören, wie schwer ihr selbst das Atmen fiel, und er erinnerte sich daran, wie schwach sie immer noch war. Schließlich sagte sie: »Du hast diesen Männern unser Leben anvertraut. Sie hätten uns im Lauf der letzten beiden Tage jederzeit schaden können, haben es aber nicht getan. Ich denke, sie sind gekommen, weil du sie herbeigerufen hast, und du weißt es ebenso, wie sie es wissen, und das bindet sie irgendwie an dich.« Raif öffnete den

Mund, um ihr zu widersprechen, aber sie schnitt ihm mit einer Frage das Wort ab. »Glaubst du, die Steingötter haben sie nur hergebracht, damit sie uns die Wunden verbinden und uns wieder auf den Weg schicken wie Wundärzte auf einem Schlachtfeld?«

Raif runzelte die Stirn. Indem sie das sagte, kam sie Dingen zu nahe, die kein Clansmann je hinterfragen würde. Die Steingötter waren nicht wie der Eine Gott, der über die Städte wachte: Sie kümmerten sich nicht um das alltägliche Leben derer, die an sie glaubten. Und sie reagierten nicht auf kleine Gebete. Plötzlich der Schmerzen in seinen Händen wieder bewußt, sagte er: »Ich werde ihnen nur sagen, wo wir hinwollen. Nichts weiter.«

Ash nickte.

Raif rutschte näher zum Feuer und konzentrierte sich darauf, etwas Warmes zu essen für sie zu finden.

Der Rand der Feuergrube war mit gemeißelten Steinen umgeben, die man in die Hand nehmen konnte. Alle hatten die Farbe des Nachthimmels oder des Mondes. Gegenstände, die aus Obsidian, Opal, weißem Magnesiumglimmer, Eisen oder silberdurchschossenem Felskristall gemeißelt waren, hatten so lange am Feuer gelegen, daß sie sich warm anfühlten. Die Reliefs waren sehr alt und viele Einzelheiten nicht mehr genau zu erkennen, aber die gerundeten Kanten der Steine und ihr Gewicht ließen sie angenehm in der Hand liegen. Raif hatte zugesehen, wie der kleinere der beiden Sullkrieger einen dieser Steine in eine Kupferschale mit Schnee gelegt und sie dann beiseite gestellt hatte, bis die Wärme des Steins den Schnee geschmolzen hatte. Er hatte das Wasser aber nicht getrunken, erinnerte sich Raif jetzt. Statt dessen hatte er es benutzt, um ein Tuch zu befeuchten, mit dem sowohl er als auch sein Begleiter sich die Hände säuberten.

Raif legte die Steine wieder hin und nahm einen kleinen Kupferkessel vom Rand des Feuers.

»Der Mann, der sich um mich gekümmert hat«, meinte Ash. »Er hat mich an einen der Bluddmänner erinnert.«

»Cluff Drybannock«, Raif konnte nicht vermeiden, daß seine Stimme hart wurde. »Er ist ein Grabenländerbastard.«

»Also ist er zum Teil Sull?«

Raif zuckte zusammen, als seine Hände das Gewicht des Kessels zu spüren bekamen. »Ja. Die Grabenländer haben sich seit Jahrhunderten nicht mehr als Sull bezeichnet, aber ganz gleich, wie viele Kinder sie mit Leuten aus dem Clanland und den Städten haben, die Sull schützen sie immer noch wie die ihren.«

»Warum?«

»Ich bin nicht sicher. Grabenländer treiben mit den Clans und den Bergstädten Handel. Sull nicht; sie handeln nur mit den Grabenländern.«

»Also brauchen die Sull die Grabenländer für den Handel und die Grabenländer die Sull zum Schutz?«

Raif zuckte die Achseln. »So könnte es sein.« Noch während er sprach, hoben zwei riesige Hände die Zeltklappe, und der Krieger namens Neinsager kam in einem Wirbel von Wind und Schnee ins Zelt. Der zweite Krieger folgte ihm mit einem gefrorenen Fleischbrocken in der Hand. Während Mal Neinsager das Eis von Haar und Pelzen bürstete, warf der zweite Krieger Raif das Fleisch vor die Füße.

»Ich habe dem Tier das Herz rausgeschnitten, Clansmann. Du kannst es essen.«

Raif mußte nicht hinsehen, um zu wissen, daß es das Herz des Rudelführers war. Er schüttelte den Kopf. »Clansleute essen kein Wolfsfleisch.«

Die beiden Krieger wechselten einen Blick. »Du hast ihn also nicht wegen des Fleischs getötet?«

Raif wurde klar, daß es hier nicht mehr um den Wolf, sondern um den Mann, der ihn getötet hatte, ging, und er sagte: »Ich habe getan, was ich tun mußte, um Ash und mich zu schützen.

Wenn ihr den Kadaver wollt, nehmt ihn. Ich habe nichts anderes, was ich euch anbieten kann.«

Der Sullkrieger antwortete nicht. Einen Augenblick später sagte er: »Mal Neinsager glaubt, daß du den Umhang eines falschen Clans trägst. Er sagt, du wärest ein Hailsmann. Stimmt das?«

Also haben sie den Silberdeckel von Dreys Steinbehälter gefunden. Laut sagte Raif: »Ich habe keinen Clan.«

»Hast du auch keinen Namen?«

»Ich heiße Raif Sevrance.« *Totenwächter.*

Der Sullkrieger nickte bedächtig. »Ich bin Ark Knochenspalter, Sohn der Sull und auserwählter Fernreiter. Mein Gefährte ist Mal Neinsager, ebenfalls Sohn und Fernreiter.«

Die beiden Krieger standen reglos da und warteten auf eine Antwort. Raif zögerte, unsicher, was er tun sollte. Es war Ash, die das Schweigen brach. »Ich bin Ash March, Findling, im Schatten des Leeren Tors gefunden. Ich danke euch, Ark Knochenspalter und Mal Neinsager, für die Zuflucht und die Pflege, die ihr uns gewährt habt. Wie Raif schon sagte, wir haben keine Geschenke, die wir euch dafür geben können, aber seid versichert: Ich werde das Wissen um die Freundlichkeit der Sull immer mit mir tragen.«

Die beiden Sullkrieger zuckten mit keiner Wimper, während Ash sie ansprach, aber in ihren Augen veränderte sich etwas. Der Neinsager war der erste, der vortrat und sich vor ihr verbeugte, das Luchsfell an seiner Kehle immer noch voller Schnee. Ark Knochenspalter beobachtete seinen Begleiter. Das Feuerlicht zog Finger von Schatten über sein Gesicht, dann verbeugte auch er sich nicht weniger tief. »Du hast gut gesprochen, Ash March, Findling. Möge der Mond dir in der Dunkelheit immer den Weg beleuchten und mögen deine Pfeile immer das Herz finden.«

Danach kochten und aßen sie. Ark Knochenspalter holte einen zum Teil zerlegten Ziegenkadaver aus dem Schnee herein, während Mal Neinsager Holz aufs Feuer legte, damit es zum Kochen heiß genug wurde. Nachdem er den Kadaver zerlegt und Ash die rohe Leber gegeben hatte, um sie zu stärken, rieb Ark das Fleisch mit dunklen Gewürzen und Sauerholz ein und briet es. Innerhalb von Minuten war das Zelt mit dem fettigen, salzigen Duft gebratenen Ziegenfleischs erfüllt.

»Kein Wolf?« fragte Raif, als es offensichtlich war, daß sie kein anderes Fleisch braten würden.

Ark Knochenspalter lächelte zum ersten Mal. »Auch Sull essen kein Wolfsfleisch. Wenn wir zähes Fleisch wollten, könnten wir es mit unseren Sätteln versuchen.« Er nahm das Herz des Rudelführers vom Boden. Die Wärme im Zelt hatte es getaut, und nun konnte Raif deutlich sehen, wo der Weidenstock es gespalten hatte. »Selbstverständlich hat man schon gesehen, wie Mal Neinsager auf ihren Knochen kaute. Was hast du gesagt, Gefährte?«

»Wolfsknochen! Nein! Deine Erinnerungen trügen dich, Knochenspalter. Vielleicht hast du heute zuviel Blut vergossen.«

Leise vor sich hin lachend, schlüpfte Ark Knochenspalter aus dem Zelt. Einen Augenblick später zog Raif seinen Umhang an und folgte ihm.

Nach der Ruhe im Zelt war der Wind wie ein Schlag. Es hatte aufgehört zu schneien, aber trockener Pulverschnee wurde wie Sand dicht über den Boden geblasen. Unter seinen Verbänden spürte Raif, wie seine Hände brannten, als hätte man sie in purem Alkohol getränkt und angezündet. Er sah zu, wie der Sullkrieger das Wolfsherz auf den Boden warf und es mit der Stiefelsohle tief unter den Schnee drückte.

»Dieser Berg da, die dunkle Mauer am Horizont, ist das der Flutberg?«

Falls es den Sullkrieger überraschte, daß er nicht allein draußen war, zeigte er es nicht. »Das ist einer seiner Namen.« Er drehte sich nicht um.

»Und weißt du, auf welcher Seite der Hohle Fluß fließt?«

Ark Knochenspalter erstarrte. »Ja.«

Raif wartete. Minuten vergingen, und er wartete immer noch. Endlich sprach der Sullkrieger weiter.

»Der Hohle Fluß kommt von der Südwestseite des Flutbergs her. Er ist leicht zu finden durch die dunkle Masse von Tannen an seinem Ufer und die Gletscherzunge, die vom Berg auf ihn zeigt.«

»Und Höhlen. Weißt du etwas von Höhlen in der Nähe des Flusses?«

Der Sullkrieger atmete so flach, daß sein Atem in der Luft nicht weiß wurde. Raif sah, daß er keine Handschuhe angezogen hatte, aber er ließ die Hände weiter ausgestreckt. Ohne ein Wort ging er um das Zelt herum, an einen geschützten Platz, wo die drei Sullpferde unter einer Zeltwand aus Karibufell angebunden waren. Alle drei Pferde trugen Schafwolldecken, und das Metall an ihren Gebissen und ihrem Zaumzeug war mit Fell umwickelt. Es waren riesige Tiere mit breiter Brust, dichtem Fell und fedrigen Manschetten um jeden Huf. Ihre intelligenten, feingemeißelten Köpfe erinnerten Raif an Angus' Fuchs.

Ark Knochenspalter rieb die Nase des Grauen. »Die Höhlen liegen unter dem Fluß, nicht daneben.«

Der Schecke schnupperte auf der Suche nach Kontakt oder einer kleinen Nascherei an Raif. Mit schmerzenden und bandagierten Händen hatte Raif nichts von beidem zu bieten, aber aus irgendeinem Grund blieb das Pferd. »Das verstehe ich nicht.«

»*Kith Masso*. Der Hohle Fluß. Die Sull haben ihn so genannt.«

»Warum?«

Endlich drehte Ark Knochenspalter sich um und sah ihn an, die eisgebräunten Hände am Zaumzeug seines Pferdes. Seltsamerweise lächelte er. »Ich hatte vergessen, daß du ein Clansmann bist«, sagte er. In seinen Worten schwang keine Bosheit mit, nur tiefe und schreckliche Trauer, die bewirkte, daß Raif plötzlich Angst um sie alle hatte: die Sullkrieger, Ash, sich selbst.

Er schaute in Ark Knochenspalters nachtdunkle Augen und wußte, daß er keinen Fehler gemacht hatte, als er nach dem Fluß und seinen Höhlen fragte, sondern daß es dort etwas gab, was er nicht verstand. Als der Sullkrieger weitersprach, schien ihn jedes Wort zu quälen.

»*Kith Masso* wird vom Schmelzwasser des Schnees und der Gletscher des Flutbergs gespeist. Während der Frühjahrsmonate ist es ein tiefer Fluß mit starker Strömung, der Farbe von Saphiren und dem Duft von Wildblumen und Eisen. In den späteren Monaten wird das Wasser träge und starr, und eine dicke Eiskruste bildet sich auf der Oberfläche, unter der der Fluß still weiterfließt. Dann friert das Wasser auf dem Berg. Es gibt kein Schmelzwasser von Schnee und Gletschern mehr, und die Quelle, die im Frühjahr den Fluß gebiert, ist mit Eis und Kies verstopft. Also versickern die Wasser von *Kith Masso*. Dies geschieht auch mit einer Handvoll anderer Flüsse an der Sturmgrenze, aber alle mit Ausnahme von *Kith Masso* sind breit und seicht. Ihre Eiskruste bricht ein, und das Wasser findet Wege rund um das Eis. *Kith Masso* ist anders. Er ist ein schmaler, tiefer Fluß in einer Schlucht, die er selbst gegraben hat. Wenn sein Wasser versickert, bleibt die Eiskruste an Ort und Stelle.«

»Der Hohle Fluß …« Raif staunte immer noch.

»So haben wir ihn genannt.« Der Sullkrieger klang jetzt müde. Die Horn- und Metallringe in seinem Haar klickten leise im Wind. »Um die Höhle zu erreichen, die ihr sucht, müßt ihr die Eiskruste durchbrechen und durch das Flußbett auf den Berg zugehen. Bald werdet ihr an einen Nebenfluß kommen, der vom Westen her in den Fluß einmündet. Geht dort entlang. Das ist der einzige Eingang zur Höhle aus schwarzem Eis.«

Ark Knochenspalter sah Raif Sevrance in die Augen. Schnee wirbelte zwischen ihnen wie Schwärme winziger Insekten, von denen jedes einzelne einen Stich aus reinem Frost verabreichte. Raifs Herz klopfte heftig. Er wollte den Krieger fragen, woher er gewußt hatte, wohin sie wollten, aber etwas sagte ihm, daß die Antwort lieber unausgesprochen bleiben sollte. Später. *Es wird später noch Zeit für Fragen sein, nachdem Ash in der Höhle war und alles erledigt ist.*

»Die Höhle ist nur im Winter zugänglich, wenn das Wasser, das sie umfließt, versickert ist. Ihr habt Glück, zu diesem Zeitpunkt hierhergekommen zu sein, Raif Sevrance von keinem Clan.« Aber der Tonfall des Kriegers bewirkte überhaupt nicht, daß Raif sich glücklich fühlte. Bevor er etwas sagen konnte, meinte Ark: »Komm mit. Wir haben lange genug unter diesem kalten, mondlosen Himmel gestanden. Meine Narben schmerzen heute nacht wie frische Wunden.«

Raif folgte ihm ins Zelt. Mal Neinsager war gerade dabei, frisches Gänsefett über die Schneeverbrennungen auf Ashs Gesicht zu streichen. Der Sullkrieger mit den eisfarbenen Augen drehte sich um und sah seinen Begleiter an, als sie hereinkamen. Eine unausgesprochene Botschaft wurde zwischen ihnen ausgetauscht, und Mal Neinsager stand auf und verließ Ash. Anders als Ark Knochenspalter, der seine Waffen ordentlich neben seine Schlafmatte gelegt hatte, trug Mal Neinsager ein sechs Fuß langes Schwert auf seinem Rücken. Raif konnte die Klinge nicht sehen, aber der Griff bestand aus weißem Metall und war mit Leder umwickelt, das eine Schattierung heller war als Schwarz. Der Knauf des Griffes hatte die Form eines Rabenkopfes.

Raif ließ den Umhang des toten Orrlmanns auf den Boden gleiten. Es war das erste Mal, daß er ein Rabenabbild an einem solchen Gegenstand gesehen hatte. Alle Clans und Städte hatten ihre Wappen, und viele, wie Croser oder Spire Vanis, hatten sich dafür Vögel ausgesucht, aber niemals den Raben. Raif wußte nicht, was Raben in den Bergstädten bedeuteten, aber im Clanland hatten sie nur eine Bedeutung: Tod. Ein geisterhaftes Lächeln überzog sein Gesicht. Vielleicht war es gar kein schlechtes Zeichen für ein Schwert.

»Raif Sevrance von keinem Clan und Ash March, Findling.«

Raif blickte auf, als Ark Knochenspalter ihn ansprach. Die beiden Sullkrieger standen hinter der Feuergrube, und das Licht der Flammen schien auf die dem Boden zugewandten Flächen ihrer Gesichter. Sie hatten kurz in ihrer eigenen Sprache miteinander geredet, aber Raif hatte sich auf Mals Waffe konzentriert und wenig darauf geachtet. Nun sah er allerdings, daß sie über ihn und Ash gesprochen hatten und offensichtlich zu einer Entscheidung gekommen waren.

Instinktiv stellte sich Raif neben Ash, und die beiden Gruppen sahen einander über Rauch und Flammen der Feuergrube an.

Es war Ark Knochenspalter, der weitersprach. »Mein Gefährte und ich haben uns über eure Reise unterhalten. Wie wir zieht ihr nach Norden, und auch uns führt unser Weg in den Schatten des Flutbergs. Mal Neinsager sagt mir, daß der Neumond, der morgen am Himmel stehen wird, Sturm bringt. Er sagt, jene, die einmal vom Frost verbrannt wurden, werden wahrscheinlich wieder brennen. Und ihm gefällt der Gedanke nicht, daß der Findling zu Fuß durch den Schnee zieht. Aus diesem Grund bieten wir euch an, mit uns zu reisen und unsere Äxte am Eis des *Kith Masso* zu erproben.«

»Ash March soll für den Weg mein Pferd haben«, erklärte der Neinsager mit einer so tiefen Stimme, daß sie die Luft im Zelt vibrieren ließ.

»Und Raif Sevrance soll das meine bekommen.«

Raif schaute von Krieger zu Krieger und schließlich zu Ash. Im hellen Licht des Holzfeuers sah ihr Gesicht bleich aus und abgehärmter als zuvor. Es war zuviel, von ihr zu verlangen, daß sie sich morgen wieder auf den Weg machte; das wußte er. Aber das verhinderte nicht, daß er sich wünschte, sie könnten dieses Angebot ablehnen.

»Was meinst du, Raif? Glaubst du, daß ich nicht imstande bin, zu Fuß weiterzugehen?« Obwohl Ash sich anstrengte, so stark wie möglich zu wirken, genügte es nicht im geringsten.

Aber er liebte sie dafür, daß sie es versucht hatte. Er bückte sich, tastete nach ihrer Hand unter der Decke. »Ich weiß, daß du laufen kannst, aber es würde mich beruhigen, wenn du reitest.« Er wartete, bis sie genickt hatte, bevor er den Sull antwortete.

»Es ist also beschlossen.« Ark Knochenspalters Miene war grimmig. »Was meinst du, Neinsager? Genügen zwei Tage, um den *Kith* zu erreichen?«

»Nein«, erklärte Mal Neinsager. »Wahrscheinlich brauchen wir drei.«

24
Rückkehr

Der Halbmann ist also weg?«

»Ja, und Gott und der Teufel mögen ihm helfen, wenn er je zurückkehren sollte.«

»Seid Ihr sicher, daß er Hood umgebracht hat?«

»Verhört mich nicht wie einen Eurer Handlanger, Surlord. Ich weiß, was ich gesehen habe. Sieben tote Männer können einem Lebenden nicht die Kehle durchschneiden.«

Penthero Iss betrachtete den Generalprotektor der Renegatenwache forschend, während sie Seite an Seite durch das schwarze Kalksteingewölbe unter dem Faß gingen. Man würde etwas mit seinem Auge tun müssen. Er war erst einen Tag zurück, aber die Leute hatten bereits begonnen zu flüstern. Es war alles andere als ein herzerwärmender Anblick; die Sporen, auf die er gefallen war, hatten sein linkes Auge durchstochen und große Narben wie Sonnenstrahlen um die Augenhöhle hinterlassen. Iss nahm an, der Schwertführer hatte einfach den Augapfel herausgerissen, die Faust in die Augenhöhle gedrückt, um die Blutung zu stillen, Alkohol auf die Wunde gegossen und sich dann ordentlich vollaufen lassen. Iss lächelte dünn, als er in den Schatten trat. Das würde zweifellos weiter zum Ruf des Schwertführers beitragen. Der Generalprotektor der Renegatenwache würde vielleicht doch noch zur Legende werden.

Marafice Eye war alleine aus Ganmiddich zurückgekehrt und hatte erzählt, wie Asarhia auf den Schieferfeldern unterhalb des Ganmiddich-Passes seine Sept mit Zauberei getötet hatte. Alle Männer waren tot, ihre Wirbelsäulen gebrochen wie Stöcke, ihre Rippen in Stücke gerissen und wie Nägel in ihre Herzen getrieben. Marafice Eye behauptete, er sei ebenso wie die anderen gegen den Felsen geschleudert worden, aber die Leiche eines seiner Brüder-der-Wache hätte die Wucht des Aufpralls abgefangen. Bedauerlicherweise hatte dieser Bruder Stahlsporen an den Stiefeln getragen.

»Ich lasse mich nicht mehr auf einen Eurer Botengänge schicken, Surlord. Wenn Ihr Eure verfluchte Tochter zurückhaben wollt, müßt Ihr einen anderen Dummen finden, der sie holt.«

Penthero Iss nickte. Es war nun offensichtlich, daß niemand Asarhia nahekommen konnte, bevor sie tat, wozu sie geboren war. Es war besser zu warten, bis sie es hinter sich hatte, und sie dann zu holen. Außerdem brauchte er seinen Schwertführer hier. »Ihr wißt, daß der Herr von Ille Glaive die Anzahl seiner Tränenwache verstärkt und den ganzen Winter über keine Abschwörer von seinem Tor gewiesen hat?«

Der Schwertführer grunzte. »Er versucht, seine Armee zu vergrößern, wie alle Bergstädte. Die kriegführenden Clans sind ein verlockendes Ziel für jeden.«

»Zweifellos. Aber wenn irgend jemand die südlichen Clans beansprucht, werden es als erste die Armeen und Adligen von Spire Vanis sein. Nicht der Herr der Seestadt.«

»Hinter den Bitterhügeln liegt gutes Land. Flüsse und Weideland. Rundhäuser mit ordentlichen Verteidigungsanlagen, nicht diese Scheißhaufen aus Stein, die sie im Norden bauen.«

Also hatte dem Schwertführer gefallen, was er in Ganmiddich gesehen hatte. Vielleicht war die Reise nach Norden ja nicht völlig vergebens gewesen. Penthero Iss blieb bei einer Kalksteinsäule stehen, die zum Abbild eines dreiköpfigen Streitrosses gemeißelt war, das auf einem Turm gepfählt war, und wandte sich um, um dem Schwertführer in sein verbliebenes Auge zu sehen. »Noch während wir uns hier unterhalten, ziehen ein Dutzend Adlige ihre Armeen zusammen. Der Lord der Strohhöfe, der Lord vom Almosentor und die Herrin der östlichen Höfe und ihr Sohn, der Weißeber, sind nur einige von jenen, die ihre Männer zu den Waffen gerufen haben. Sie warten darauf, nach Norden reiten und einen Teil des Clanlands für sich selbst beanspruchen zu können.«

»Der Lord der Strohhöfe! Dieser Idiot könnte nicht einmal aus seinem eigenen Bett pissen, gar nicht davon zu reden, eine Armee nach Norden zu führen.« Marafice Eye stieß mit dem Handballen gegen die Säule. »Und was diesen Fettsack Ballon Troak angeht, der sich jetzt als Lord des Almosentors bezeichnet …« Dem Schwertführer fehlten die Worte, also stieß er noch einmal gegen die Säule. »Ich würde lieber dieser alten Hexe von den Osthöfen in die Schlacht folgen. Sie weiß zumindest, wie man einen Mann bis in den Tod reitet.«

Penthero Iss lächelte dünn. Marafice Eyes Einschätzung der drei Adligen mochte wenig schmeichelhaft sein, entsprach aber vollkommen der Wahrheit. Er war auf seine primitive Weise schlau. Man neigte dazu, das zu vergessen. »Was immer ihre Fehler sein mögen, Bescheidenheit gehört nicht dazu. Sie wollen Land. Wie alle Adligen. Sie haben Söhne und Pflegekinder und Bastarde und Neffen, und das Land von Spire Vanis ist von Bergen und unfruchtbaren Felsen umgeben. Die einzige Möglichkeit, sich auszudehnen, ist der Norden. Der Norden, wo diese fetten Grenzclans leben.«

Iss merkte, daß seine Stimme lauter geworden war, und nahm sich wieder zusammen. Die dicken Mauern des Schwarzen Gewölbes schufen Echos, und Fetzen seiner eigenen Worte hallten ihm von überall entgegen. »Die Welt ist dabei, sich zu verändern, Schwertführer. Land wird gewonnen und verloren. Vor tausend Jahren ritt Haldor Hews mit einem Kriegsheer aus und beanspruchte das Waldland südlich des Schwarzen Sees und das ganze Land westlich des Rauhwegs. Tausend Jahre davor marschierte Theron Pengaron über das Gebirge nach Norden und gründete die Stadt, in der wir heute stehen. Nun sind wieder tausend Jahre vergangen, und es ist Zeit, daß wir uns mehr Land nehmen. Uns steht ein Krieg bevor, daran besteht kein Zweifel. Neue Familien werden aufsteigen, Männer werden sich einen Ruf erstreiten. *Männer* werden aufsteigen. Sie werden ein Vermögen nach Hause bringen und es unter Brüdern und Verwandten aufteilen. Und die einzige Frage, die wirklich zählt, lautet: Wird Spire Vanis sich rechtzeitig in Bewegung setzen, um seinen Anteil zu beanspruchen, oder werden wir warten, bis es zu spät ist und Ille Glaive, Morgenstern und Trance Vor die Welt unter sich aufgeteilt haben?«

Iss sah Marafice Eye an. »Was meint Ihr, Schwertführer? Es ist hundert Jahre her, seit zum letzten Mal eine Armee aus Spire Vanis ausritt. Die Adligen werden ihre eigenen Kräfte mobilisieren und ihre eigenen Fahnen schwingen, aber einer muß sie anführen.« Damit hielt er inne, denn er wußte, daß er genug gesagt hatte. Es war immer besser, einem Mann genug Raum zu lassen, sich die Dinge selber zurechtzulegen.

Marafice Eyes Gesicht war im Kerzenlicht schrecklich anzusehen. Seine Augenhöhle mußte genäht werden, und wochenlanges Unterwegssein im weißen Wetter hatte seine Haut zu Leder gegerbt. Zuvor war Iss bereits aufgefallen, daß er hinkte, und selbst jetzt, als der Schwertführer schweigend vor ihm stand, schonte er eindeutig sein linkes Bein. Als er sprach, war seine Stimme barsch. »Ihr wollt mir also eine Armee geben, Surlord? Mich ausschicken, um die Amme für diese Adligen und ihre Armeen zu spielen und im Namen ihrer weichärschigen Söhne das Land zu erobern?«

Iss schüttelte den Kopf. »Ihr werdet an der Spitze aller Armeen reiten. Der erste Anspruch und das erste Recht zur Plünderung wird Euch gehören.«

»Das genügt nicht, Surlord. Wenn ich Land wollte, glaubt Ihr nicht, ich hätte mich inzwischen bewaffnet und es mir genommen?«

»Aber was ist mit Euren Brüdern-der-Wache? Würden sie ein solches Angebot ablehnen? Clanland und geplünderte Clans bedeuten Reichtum für sie.«

Das gab ihm zu denken. Es fiel ihm nicht so leicht, den

Reichtum für seine geschworenen Brüder abzulehnen wie für sich selbst. Der Schwertführer war seinen Männern gegenüber zutiefst loyal. Erst an diesem Morgen war er, nachdem er die Festung betreten hatte, als erstes in die Rote Schmiede gegangen, um seinen Brüdern-der-Wache zu erzählen, wie er acht ihrer Männer verloren hatte. Er war dumm genug gewesen, die Waffen aller Toten mit zurückzubringen, und sie hatten sofort den Schmelzofen erhitzt. Das mit Quecksilber versetzte Metall kühlte noch, während sie sich jetzt unterhielten. Neue Schwerter waren geschmiedet worden. Das Einschmelzen vertiefte die Rotfärbung und bewahrte die Erinnerung an die verlorenen Brüder in Stahl. Es war das nächste an einer eigenen Religion, das die Renegatenwache zu bieten hatte.

»Ganmiddich hat gutes Land«, murmelte Iss in Wiederholung der Worte des Schwertführers. »Sie sagen, im Frühjahr ist die Jagd so gut, daß ein Mann nur mit dem Speer in der Hand geradeaus reiten muß, und Elche und Wild spießen sich einfach von selbst auf.«

Marafice Eye schnaubte. Dennoch, Iss konnte sehen, wie in seinem blauen Auge Interesse aufschimmerte. »Wer würde die Stadt bewachen, wenn die Renegatenwache in den Krieg zieht?«

Iss mußte sich mahnen, nun vorsichtig zu sein. »Wer eine Armee anführen will, muß auch eine aufstellen. Das Almosenviertel muß abgerissen werden. Alle kampffähigen Männer müssen rekrutiert und ausgebildet werden. Jeder Mann in dieser Stadt, der wirklich kämpfen *kann,* muß dazu gezwungen werden. Die Adligen können nicht viel leisten. Sie sind nur auf ihrem eigenen Land bekannt und gefürchtet. Ihr, Schwertführer, seid vom Zorntor bis zum Leeren Tor bekannt und auf den Adelshöfen dahinter. Ihr könnt eine Armee und eine Wachtruppe aufstellen, ohne Euch sonderlich bemühen zu müssen.«

»Die Renegatenwache hat die Stadt und den Surlord seit zwölfhundert Jahren verteidigt.«

»Die Renegatenwache wurde im Krieg geboren. Thomas Marr hat die ersten roten Schwerter mit dem Blut seiner Waffenbrüder geschmiedet. Zusammen mit seinen letzten zwölf Männern und diesen Schwertern hat er Ille Glaive die Nordpassage abgenommen.«

Das konnte Marafice Eye nicht leugnen. Ebensowenig wie, daß es die Renegatenwache war, die die Stadt Hohes Kreuz zerstört und die Siedler und Maurer getötet hatte, die aus dem weichen Land gekommen waren, um hundert Meilen östlich eine weitere Stadt wie Spire Vanis zu errichten. Die Renegatenwache verließ die Stadt, wann es ihr paßte; das wußten sowohl Iss als auch der Schwertführer. Und die einzige Frage, die nun noch blieb, war: würden sie im Frühjahr mit Marafice Eye reiten?

Iss brauchte sie. Die Adligen und ihre Armeen genügten nicht, das Clanland einzunehmen. Das bildeten sie sich zwar ein, mit ihren Schwertern aus gemustertem Stahl und ihren Pferden, die so zäh und häßlich gezüchtet wurden wie Elche, aber der Surlord wußte es besser. Ohne einen harten Mann, der hinter ihnen stand, würden sie zerbrechen wie Haferbrot in den Händen eines Kindes. »Was meint Ihr, Schwertführer? Werdet Ihr die Armee nach Norden führen, um die Clans zu zerstören?«

»Meine Männer erhalten den ersten Anspruch auf alles eroberte Land?«

»Und Adelstitel, sobald die ersten Dächer auf dem Land errichtet werden, das ihnen gehört.«

Der Schwertführer strich über den Dolch an seinem Gürtel und preßte die Lippen so fest zusammen, daß es aussah, als hätte er überhaupt keinen Mund mehr. »Das ist nicht ungefährlich, Surlord.«

»Sagt, was Ihr sonst noch wollt.«

»Euren Titel, wenn Ihr einmal tot seid.«

Wäre der Kerzenhalter, der das Gewölbe beleuchtete, den beiden Männern näher gewesen, hätte der Schwertführer gesehen, wie Iss' Pupillen sich zu winzigen Flecken zusammenzogen. Immer gab es jemanden, der seine Stellung wollte. Es genügte nicht, Surlord zu sein – nicht, wenn jeder, der Land und Macht besaß, sich bewaffnen konnte, um einen zu töten. Genau hier in diesem Raum war Connad Hews dreißig Tage seiner hunderttägigen Regierungszeit gefangengehalten worden. Sein Bruder Rannock hatte die Festung gestürmt, um ihn zu befreien, war aber sieben Stunden zu spät gekommen. Trant Gryphon hatte ihm bereits ein Breitschwert ins Herz gestoßen. »Hews von den hundert Tagen« nannten sie ihn jetzt. Und Penthero Iss konnte ein Dutzend anderer Surlords nennen, die weniger als ein Jahr an der Macht gewesen waren.

Es war ein Gedanke, der ihm keine Ruhe ließ. Leise sagte er: »Kein Surlord kann seinen Nachfolger benennen; das wißt Ihr ebensogut wie jeder andere. Ich mußte Borhis Horgo die Macht abnehmen. Wenn Ihr Macht wollt, müßt Ihr sie Euch selber holen.«

»Glaubt nicht, daß ich nicht daran gedacht hätte, Surlord.« Marafice Eye war plötzlich ganz nah, seine tote Augenhöhle nur ein paar Zoll von Iss' Gesicht entfernt. »Ich habe drei Septen an Eure Tochter verloren. Drei Septen. Ein Auge. Und die Haut meines Fußes und des Fußknöchels. Hier ist Zauberkraft am Werk, und es wird noch mehr geschehen – das rieche ich wie ein Hund an einer Hündin. Ich kenne Euch, Penthero Iss, und ich weiß, daß Ihr schlau genug seid, Euch das Clanland mit mir oder ohne mich zu nehmen, aber ich weiß auch, daß Euer Interesse nicht bei den Clans zu Ende ist. Ihr habt diese bleichen Hände, die wie die eines Ertrunkenen aussehen, in blutigeren Mahlzeiten stecken als Clanfleisch. Und ich möchte mich nicht in eine Situation bringen, wo meine Männer und ich in den Kampf geschickt werden, nur damit Ihr uns dann stehenlaßt, wenn Euch eine bessere Beute ins Auge fällt.«

Er war der Wahrheit so nah, daß Iss sich fragte, ob der Verlust des Auges ihm nicht das Zweite Gesicht gegeben hatte. Als erstes das Clanland, als Zweites die Sull: das war immer sein Plan gewesen. Fest zuschlagen, während ihre Aufmerksamkeit abgelenkt war. Fest zuschlagen, Land für Spire Vanis beanspruchen … und eine Krone für sich. Surlord war nicht genug. Er war nicht vom Sohn eines Bauern zum Herrscher aufgestiegen, hatte keine zehn Jahre als Pflegekind eines Adligen verbracht, das man eher als Diener behandelte wie als den Verwandten, der er war, hatte sich nicht weitere zwölf Jahre in der Wache nach oben gearbeitet, immer weiter nach oben, bis Borhis Horgo ihn zum Generalprotektor ernannte und zu seiner rechten Hand machte, um sich jetzt alles von einem Usurpator mit einer Klinge abnehmen zu lassen. Dafür hatte er zu schwer gearbeitet und zu lange geplant.

Ohne mit der Wimper zu zucken, sagte er: »Ihr seid in jeder Hinsicht für mich wichtig, Schwertführer. Wenn ich aufsteige, steigt Ihr ebenfalls auf.«

»Benennt mich als Euren Nachfolger.«

»Wenn ich das täte, hätte es nichts zu bedeuten. Ein Surlord braucht die Unterstützung der Renegatenwache *und* des Landadels. Wenn ich Euch als meinen Nachfolger benenne, würden die Adligen über uns beide lachen. ›Wofür halten sich Iss und der Schwertführer‹, würden sie sagen, ›für den König und seinen Sohn?‹«

»Es heißt, der Herr von Trance Vor würde sich jetzt König nennen.«

»Ja, und es heißt auch, daß er sein Hirn mit *Ivysh* zerstört hat und sich mit kleinen Jungen vergnügt.«

Marafice Eye grinste höhnisch. »Ich will als Euer Nachfolger benannt werden, Surlord. Es ist meine Sache, ob die Landadeligen lachen oder sich hinter meinen Rücken gegen mich verschwören. Heute halten sie mich nur für Euer Geschöpf, Euren *Schwertführer*. Benennt mich als Euren Nachfolger, und noch bevor dieser Krieg vorbei ist, werden sie anderer Ansicht sein.«

Iss trat einen Schritt zurück. Marafice Eye roch nach Fleisch und Pferden, und er schien plötzlich gefährlich zu sein, wie es verwundete Tiere sind. Seine Heimreise hatte elf Tage gedauert. Elf Tage allein mit einem blinden, stinkenden Auge und der Erinnerung an den Tod von acht Männern. Iss schauderte. Dieser neue, heimtückische Schwertführer gefiel ihm nicht. Was er vorschlug, war unerhört – ein Surlord, der seinen *eigenen* Nachfolger benannte –, aber Iss konnte die Motive des Schwertführers verstehen und sah die Vernunft hinter diesem Vorschlag.

Marafice Eye bedeutete den Adligen nichts, er war für sie nur ein Halsabschneider mit einem rotgefärbten Schwert. Er hatte kein Land geerbt wie sie; er war nur der Sohn eines Schweinemetzgers, der den Dialekt des Kalten Tors sprach. Als die Söhne der Adligen in den windgeschützten Höfen den Schwertkampf lernten, lernte Marafice Eye, jedem, der Würstchen oder Schweinebauch aus dem Laden seines Vaters stahl, die Hände abzuhacken. Er hatte sich mit vierzehn der Renegatenwache angeschlossen, nachdem seinem Vater aufgefallen war, daß nicht alle Diebe, die sein Sohn verstümmelte, tatsächlich etwas gestohlen hatten. Marafice Eye nahm ihnen die Hände auch nur für einen *Blick*.

Soweit Iss wußte, hatte der Schwertführer seine ersten drei Jahre in der Wache damit verbracht, sich auf die übliche brutale Weise schikanieren zu lassen. Vielleicht hatte es ihm gutgetan: das wußte Iss nicht. Er wußte allerdings, daß sich der Schwertführer mit siebzehn das Recht erworben hatte, das rotgefärbte Schwert zu tragen. Marafice Eye, der Sohn eines Schweinemetzgers vom Kalten Tor, trug den roten Stahl ebenso wie die Bastarde von Landadligen und ihre dritten Söhne.

Iss hatte immer angenommen, der Schwertführer hätte sich der Wache angeschlossen, weil er glaubte, bei der Geringeren Wache dienen zu können: jenen Männern, die keine Eide abgelegt hatten, keine roten Schwerter trugen und nur jene Teile der Stadt patrouillierten, in denen niemand außer Armen und Hungernden lebte. Nun fragte sich Iss, ob Marafice Eye nicht von Anfang an ehrgeiziger gewesen war.

Als Generalprotektor war er so hoch aufgestiegen, wie es ein Mann geringer Abkunft nur konnte. Nun versuchte er den letzten Schritt zu vollziehen, indem er öffentlich seine Absicht erklärte, Surlord zu werden. Oh, er wußte, daß die Adligen aufgebracht sein würden – sie würden ihre wohlmanikürten Fäuste schütteln und schwören, *niemals* einen Gemeinen als Surlord zu akzeptieren –, aber darum ging es im Grunde nicht. Langsam würde er sie dazu bringen, sich an den Gedanken zu gewöhnen. In fünf Jahren würde das, was einmal so unglaublich erschienen war, einfach zur Tatsache geworden sein: *Marafice Eye will also Surlord werden … nun, selbst Iss glaubt, daß er dazu geeignet sei.*

Iss seufzte. Er konnte hier tatsächlich etwas gewinnen, setzte sich aber auch der Gefahr aus. *Euer Titel, wenn Ihr tot seid*, hatte der Schwertführer gesagt. Aber würde Marafice Eye sich damit zufriedengeben, so lange zu warten? Er konnte sich leicht vorstellen, wie der Schwertführer die Maskenfestung übernahm, das Faß verschloß und den Surlord umbrachte. Die Renegatenwache gehörte ganz ihm; wenn er ihnen befahl, mitten im Winter durchs Kargland zu marschieren, würden sie es tun. Und dennoch … der Schwertführer war nicht dumm. Er brauchte ein offizielles Anrecht, und das würde er nicht erhalten, indem er seinen Surlord ermordete. Er brauchte Zeit, um sich selbst zum Adligen und Kriegsherrn zu machen, und Spire Vanis in den Sieg über die Clans zu führen wäre ein erster, wichtiger Schritt. Iss' Entschlossenheit wurde stärker. Es war besser, Marafice Eye in der Nähe zu haben und zu wissen, daß er ein direktes Interesse an diesem Krieg hegte – er würde dadurch viel besser und länger kämpfen –, und später, wenn alles vorbei war … nun, einem General auf dem langen Marsch nach Hause konnte so vieles zustoßen ... Das Nordland war dabei, zu einem enorm gefährlichen Ort zu werden.

Getröstet von diesem Gedanken, sagte Iss: »Ihr wißt, daß Ihr Euch selbst durch rechtmäßige oder unrechtmäßige Mittel ein Adelsgut verschaffen müßt?«

Der Schwertführer zuckte die Achseln. »Da draußen gibt es eine Menge häßlicher adliger Töchter.« Sein Mund war zu schmal zum Grinsen, aber es gelang ihm ein recht gutes Abbild eines gierigen Schmatzens. »Oder vielleicht wird irgendein alter Knacker mich als Pflegesohn annehmen, wie es mit Euch war, als Ihr damals in die Stadt kamt. Man hat mir erzählt, das Land, auf dem Ihr zur Welt gekommen seid, wäre ein Stück Sumpfland an der armen Seite des Vor gewesen, kein Landsitz mit zugehörigem Schloß.«

Iss ignorierte den Stich. Land war Land, und sein Vater mochte ein Bauer gewesen sein, aber sein Urgroßvater war Lord der geteilten Länder. Zwischen ihm und Marafice Eye bestand ein gewaltiger Unterschied, und wenn der Schwertführer das nicht wußte, war er dumm. Kein Mann gemeiner Herkunft hatte jemals Spire Vanis regiert. Niemals. Und das würde auch nie geschehen.

Iss ging auf den Kerzenleuchter zu und drehte sich so hin, daß das Licht seine Schultern umriß und durch seine Fingerspitzen und das Haar schimmerte. »Morgen werde ich beginnen, überall zu verbreiten, daß ich Euch als meinen natürlichen Nachfolger betrachte. Mein Wort allein kann keinen Surlord aus Euch machen, aber ich werde tun, was ich kann. Im Gegenzug dafür werdet Ihr für mich eine Armee aufstellen und die Renegatenwache und die Adligen nach Norden führen.«

Marafice Eye nickte. »Einverstanden.«

Iss starrte dem Schwertführer ins verwüstete Gesicht und erbebte bei dem Gedanken an das, was er getan hatte.

Magdalena Crouch hockte im Schatten hinter dem Haus. Es war ein Bauernhaus, dessen verblaßte, gelbe Mauern warm in der Mittagssonne schimmerten. Der vom Wind beschädigte Kamin stieß ganz unten am Sockel Rauch aus, und der Schnee auf dem Dach ringsum war von Ruß und Asche schwarz geworden.

Die Tür und die Fenster waren für Magdalena besonders interessant, denn der erste Blick zeigte zwar nur die üblichen Eichen- oder Buchenrahmen und verrosteten Eisenriegel, aber zweite und dritte Blicke enthüllten andere Einzelheiten. Die Fenster hatten jeweils zwei Läden, und obwohl die inneren in derselben Farbe wie die äußeren bemalt waren und aus der Ferne tatsächlich wie Holz aussahen, hatten sie die glatte Struktur von Schmiedeeisen. Entsprechend war das Tor ein großes Stück verwitternde, abblätternde Eiche, das offensichtlich an zwei schiefen Angeln hing, die mit schwarzem Rost verkrustet waren. Magdalena hatte dieses Tor nun schon einige Zeit betrachtet und bewunderte inzwischen die subtile *Unwahrheit* dieses Dings. Es brauchte mehr als zwei verrostete Angeln aus billigem Eisen, um einen ein Fuß dicken Eichenblock zu halten.

Es bestand keine Frage über die Dicke der Tür. Eine Stunde zuvor war ein kleines Mädchen mit hellem Haar herausgekommen und hatte dabei die wahre Breite des Holzes gezeigt. Das Mädchen, das Magdalena auf etwa sieben Winter schätzte, war kaum über die Schwelle gegangen. »Es ist eiskalt draußen«, hatte sie jemandem drinnen erzählt, »aber die Sonne scheint wie im Frühling.« Eine Frauenstimme hatte geantwortet und ihr gesagt, sie solle die Tür schließen und verriegeln, ehe die ganze Wärme nach außen drang.

Magdalena kniff Lippen zusammen, die wenige je geküßt hatten. Die Tür schließen *und* verriegeln. Das Bauernhaus der Loks war wie eine Festung gebaut. Oh, es sah nicht so aus, und sie war voller Bewunderung für denjenigen, der das ursprüngliche Gebäude in einer Weise verändert hatte, die ein unachtsames Auge täuschen konnte, aber Tatsache war, daß alle Eingänge und Ausgänge versiegelt werden konnten. Und es war *diese* Tatsache, die sie mehr als alles, was der Dachdecker Thurlo Pike ihr erzählt hatte, davon überzeugte, daß sie den richtigen Ort gefunden hatte.

»Es ist anzunehmen, daß die Lok-Familie vollkommen abgeschieden lebt«, hatte Iss erklärt. »Angus Lok vertraut niemandem an, wo sie sich befindet, nicht einmal seinen schweigsamen Brüdern in der Phage.«

Magdalena kannte mehrere berufsmäßige Mörder, die sich weigerten, Aufträge gegen Männer oder Frauen anzunehmen, die angeblich etwas mit einem Hohen Haus, wie die Phage ihre geheimen Logen nannte, zu tun hatten. Aber sie hatte tief in sich hineingeschaut und festgestellt, daß sie sich wenig vor Zauberei oder jenen, die sie benutzten, fürchtete. Sie war im Klosterturm geboren und von den grüngewandeten Schwestern dort aufgezogen worden, und sie hatte einmal einen Mann gekannt, der behauptete, daß sie über ihre ganz eigene Magie verfügte. Magdalena entblößte trockene Zähne. Selbstverständlich hatte sie diesen Mann getötet, aber seine Bezichtigungen nagten aus dem Grab immer noch an ihr. Sie war, was sie war – alle Macht, die sie brauchte, lag in ihren eigenen Händen.

Plötzlich wurde ihr das Hocken im Hartriegelgebüsch unter den Wipfeln der alten Bäume hinter dem Haus unbequem. Sie stand auf und streckte die Beine. Schatten folgten ihr wie kleine Kinder, und obwohl sie kaum befürchtete, von etwas Gefährlicherem als Kaninchen und Vögeln entdeckt zu werden, ging sie doch nicht näher an das Haus heran.

Es würde schwierig sein, sich Zugang zu verschaffen. Offensichtlich achteten die Frauen auf ihre Sicherheit, und nachts würden die Tür und die Fenster verriegelt sein. Schlösser und Türangeln aufzubrechen war laut und anstrengend und nicht ihre Art. Außerdem war, wenn es solche Verteidigungsanlagen am Haus gab, auch anzunehmen, daß die Bewohnerinnen sich bewaffnen konnten. Iss hatte nichts über die Frauen gewußt, aber Magdalena nahm an, daß die Mutter und die älteste Tochter mit einem Messer umgehen konnten. Nach allem, was man hörte, war Angus Lok ein hervorragender Schwertkämpfer, und er müßte dumm sein, nicht einiges davon an seine Töchter und seine Frau weiterzugeben.

Nein. Magdalena schüttelte den Kopf. Es wäre zu gefährlich, ins Haus einzubrechen und im Dunkeln von Leuten erwischt zu werden, die vielleicht bewaffnet waren. Dieses Risiko würde sie nicht eingehen.

Beim Mord ging es nur darum, Risiken zu vermeiden. Jene, die über solche Dinge nichts wußten, nahmen an, ein bezahlter Mörder würde seinem Opfer nur in eine dunkle Gasse folgen, ihm die Kehle durchschneiden und dann auf einem geheimen Weg fliehen. In Wahrheit hatte Magdalena nur einmal jemanden in einer Gasse getötet, und das war einer der gefährlichsten Aufträge gewesen, die sie je übernommen hatte. Sie war damals jung gewesen, ihr Lohn war nur ein Spatzengewicht in Gold, und ihr war nicht klar gewesen, wie schwierig es war, sich einem unbekannten Mann zu nähern und ihn einfach zu töten. Dieser Mann hatte vier andere Mordversuche überlebt, und obwohl sie sich leise von hinten an ihn angeschlichen hatte, hatte er ihre Absicht bemerkt, noch bevor das Mondlicht auf ihre Klinge traf. Er war groß und brutal gewesen und hatte ihr zwei Finger gebrochen, bevor sie schließlich seine Luftröhre mit dem Messer fand. Sie hatte sein Blut überall auf Armen und Gesicht gehabt, und seine Schreie hatten die Leute in den nahegelegenen Straßen alarmiert. Es hatte all ihre Kunstfertigkeit gekostet, unbemerkt zu entkommen.

Seitdem hatte sie gelernt, die Situationen sorgfältiger zu arrangieren, sich auf jede mögliche Weise unauffällig in das Leben von anderen zu drängen und kleine *Todesdramen* zu schaffen, in denen sie Autorin, Schauspielerin und Bühnenarbeiterin in einem war. Zum Beispiel Thurlo Pike: der Mann war so begeistert von dem Gedanken an eine Droge gewesen, die die Frauen bewußtlos machen würde, daß er direkt in sein Grab marschiert war.

Und das war eine andere Sache, über die wenige genügend nachdachten: was man später mit den Leichen anfing. Nicht bei allen Morden konnte man hinterher eine Leiche brauchen, die auf dem Bett ausgestreckt lag. Viele erforderten erheblich mehr Subtilität; die Kunden verlangten, daß der Tod als natürliche Krankheit, als Angriff von Dieben, als zufälliger Sturz in kaltes Wasser, Selbstmord oder Mord durch eine dritte Partei getarnt wurde. Und viele Kunden verlangten auch, daß die Leiche niemals wieder auftauchte, so daß kein Beweis blieb, daß der Tote überhaupt tot war.

Magdalena zog ihre dünnen Lederhandschuhe aus und massierte sich die Kälte aus den Händen. Wie das Lok-Mädchen gesagt hatte: Es war bitterkalt, aber die Sonne strahlte mit der ganzen Absurdität eines Königs bei einem Bettlerfest. Magdalena war empfindlich gegen Kälte. Sie machte sich Gedanken um ihre Hände, konnte sich aber nicht dazu bringen, dicke Wollhandschuhe zu tragen. Berührung war für einen Mörder alles.

Schließlich wandte sie sich wieder dem Haus zu. Iss hatte ihr, wie es in solchen Fällen angemessen war, alle Entscheidungen überlassen, was den Tod der Lok-Frauen anging, und nur um *Diskretion* gebeten. Das paßte ihr. Wann immer sie sich die Mühe machte, sich in eine solch enge Gemeinschaft wie die der drei Dörfer einzuschleichen, zog sie es vor, schuldlos zu erscheinen, nachdem der Auftrag erledigt war. Thurlo Pikes Tod würde ihr dabei sogar helfen, denn es war durchaus möglich, daß man ihm die Schuld geben würde. Wenn es denn überhaupt eine Schuld gab, die man jemandem zuschreiben würde.

Magdalena hatte darüber noch keine Entscheidung gefällt. Es mochte durchaus sein, daß sie die Tode wie einen Unfall aussehen lassen würde.

Langsam begann sie, um das Haus herumzugehen, zog einen weiten Kreis um Außengebäude, Steinpferche, verrostete Pflugteile, einen zugedeckten Brunnen, einen Hain winterwelker Apfelbäume und ein Staubecken an der Stelle, wo der Abhang eines benachbarten Hügels auf ebenen Boden stieß.

Der Vordereingang wurde nicht oft benutzt; das sah sie sofort. Nicht ein einziges paar Spuren zeigte sich auf dem Weg dorthin, und ein Keil verwehten Schnees lag unberührt vor der Tür. Niemand kam oder ging je auf diesem Weg, und Magdalena nahm an, daß die Tür dauerhaft verschlossen war. Sie sah keinen Beweis dafür, aber sie hatte genug von den Verteidigungsanlagen des Bauernhauses entdeckt, um auf dieselbe Weise zu denken wie derjenige, der sie gebaut hatte. Eine zweite Tür war ein unnötiges Risiko. Es war erheblich besser, diese Tür und vielleicht auch die vorderen Fenster zuzunageln und auf diese Weise nur die Rückseite des Hauses verwundbar zu lassen.

Magdalena unterdrückte die kalte Welle der Neugier, die in ihr aufstieg. Warum Angus Lok seine Familie derart beschützte und verbarg, war nicht ihre Angelegenheit. Er fürchtete etwas, das wußte sie, und die Tatsache, daß sie nun hier war – eine bezahlte Mörderin, die im Schatten neben seinem Haus hockte –, war Beweis genug, daß seine Angst berechtigt war … aber nicht annähernd tief genug.

Sie betrachtete die Tür, ihren Rahmen, die Schwelle und den wetterfesten Teeranstrich eine Minute länger, bevor sie in den Wald zurückeilte. Es war ihr letzter Abend in Jacks Viehtreiberschenke, und es gab keinen Grund, zu spät zu kommen. Sie hatte für viele gearbeitet, und Gull Moler war ein freundlicherer Arbeitgeber als die meisten. Die Tatsache, daß er sich ein wenig in sie verliebt hatte, war Grund genug weiterzuziehen. Morgen.

Sie würde die drei Dörfer morgen verlassen, im Schutz der Dunkelheit, sobald ihr Auftrag erledigt war. Sie hatte ihren Entschluß gefaßt: Wenn sie mit ihrer Arbeit fertig war, würde es aussehen, als ob sich auf dem Hof der Loks eine schreckliche Tragödie ereignet hatte.

Dafür war Feuer immer gut.

25
Der Hohle Fluß

Der Wind heulte, als die Sullkrieger mit ihren Äxten auf das Eis einschlugen. Der große, bärenhafte Mal Neinsager legte die ganze Kraft seines Körpers in jeden Schlag und ließ scharfe, weiße Splitter in die Luft aufspritzen. Ark Knochenspalter arbeitete an den Kerben, die er geschaffen hatte, hackte auf Schwachpunkte ein, auf getaute Kanten und Risse. Das Flußeis roch nach Dingen von unterhalb des Bodens, nach Fichtenwurzeln und Eisenschlacke und abgekühltem Magma. Es klang wie eine große, uralte Glocke, als der Pickel des Neinsagers das Herz des Eises fand.

Raif stand an einem erhöhten Ufer, das mit stockdünnen Bäumen bewachsen war. Über ihm ragte die massive, gletscherüberzogene Westwand des Flutbergs auf. Felsbrocken von der Größe von Scheunen hoben sich am Fuß des Berges über die Schneedecke, über Felder von Geröll und toten, vom Frost gezeichneten Bäumen. Alles umgebene Land senkte sich wie eine große, verzerrte Schale zum Fluß hin. Felswände führten steil wie Klippen unter die Oberfläche. Ein erstarrter Wasserfall hing wie ein monströser, weißer Kerzenhalter über einer Biegung des Flußlaufs, und der Wind pfiff durch zahllose, trockene Bachbecken.

Der Hohle Fluß selbst verlief durch eine Granitschlucht und in einen Irrgarten messerscharfer Felskämme am Fuß des Berges. Raif hob die bandagierten Finger ans Gesicht und blies darauf. Von dort, wo er bei den Pferden stand, sah der Fluß aus wie ein Meer aus blauem Glas.

Wie Mal Neinsager bereits vorausgesehen hatte, hatte es sie drei angestrengte Tage gekostet hierherzukommen. Die beiden Sullkrieger nahmen Wege, auf die Raif sich nie gewagt hätte: über Felder lockeren Schiefers, an Sumpfwiesen voller Schmelzwasserlöcher vorbei und über zugefrorene Seen. Immer vertrauten sie auf ihre Pferde. Selbst wenn weder Ark noch der Neinsager im Sattel saßen, ließen sie den Schecken und den Grauen führen. Ash hatte schon einmal ein Sullpferd geritten, und es fiel ihr leicht, ihren Hengst den eigenen Weg wählen zu lassen. Am ersten Tag wollte Raif sein Pferd ständig zurückreißen und hielt die Zügel so fest ums Handgelenk geschlungen, daß seine Finger nicht mehr von Kälte, sondern aus Blutmangel taub waren. Der Zustand seiner Hände war dabei keine Hilfe, denn es war schwierig, ein Pferd überhaupt zu lenken, ohne daß man die Finger an die Zügel legte.

Der Schmerz war unglaublich. Raif träumte, daß seine Hände gehäutet worden seien, und er wälzte sich schwitzend in den Decken, während sein Traum-Ich zusah, wie der Tod und seine Geschöpfe die letzten Fleischfetzen von seinen Knochen fraßen. Er erwachte schaudernd voller Angst. Einmal hatte er die Verbände abgerissen, nur weil er sehen wollte, daß tatsächlich noch lebendiges Fleisch darunter war. Sofort wünschte er sich, er hätte es nicht getan. Es *gab* dort lebendiges Fleisch, rosa Fleisch unter schwarzrotem Gelee von Blasen und abblätternder Haut, aber der Anblick war beinahe so schlimm wie der der abgenagten Fingerknochen in seinen Träumen, und er konnte den Neinsager nicht schnell genug dazu bekommen, sie wieder zu verbinden.

Mal Neinsager sah in der sich in Fetzen lösenden Haut keinen Grund zur Unruhe. In einer der wenigen langen Ansprachen, die Raif je von ihm hörte, erklärte er: »Sie werden wieder funktionieren, das verspreche ich dir. Ich habe schon Schlimmeres gesehen und zweifellos auch Schlimmeres verursacht. Diese Hand hier wird einen gespannten Bogen halten können und dieser Finger hier eine Sehne halten und loslassen können. Sie werden nicht schön aussehen, und sie werden von nun an frostempfindlich sein, und du mußt sie in der Kälte wie Neugeborene behandeln, aber das ist der Preis, den du dafür zahlst, Wölfe zu töten.«

Es fiel Raif erst viel später ein, daß Mal Neinsager eigentlich nicht hätte wissen dürfen, daß der Bogen Raifs erste Waffe war, und es einfach offenbar dennoch vorausgesetzt hatte.

Beide Krieger trugen gute, doppelt gebogene Langbogen aus Horn und Sehnen. Mal Neinsager jagte zu Fuß, während er neben dem Packpferd herging, und konnte ein paar Schneehühner und Marder aufscheuchen. Wann immer er traf, zog er den lackierten Pfeilschaft aus dem Kadaver, steckte ihn wieder in den Kasten, ließ dann das dampfende Blut in eine lackierte Schale rinnen und reichte sie Ash.

Ash blieb schwach, aber sie bestand darauf, jeden Tag eine längere Strecke zu Fuß zurückzulegen. Der Neinsager hatte ihr einen Mantel gegeben, der so lang war, daß er hinter ihr herschleppte, wenn sie durch den Schnee stapfte. Es war ein Kleidungsstück von seltsamer Schönheit und verband Luchsfell und gewebten Stoff auf eine Art, die Raif nie zuvor gesehen hatte. Ash weigerte sich, ihn abzuschneiden, damit er besser paßte, und band sich einen Ledergürtel um die Taille, um den Saum auf weniger zerstörerische Art zu heben. Raif mußte zugeben, daß sie genauso aussah, wie er sich eine Sullprinzessin vorgestellt hätte: hochgewachsen, bleich und von Kopf bis Fuß in den silbrigen Pelz von Raubtieren gehüllt.

Ark Knochenspalter hatte Raif Geschenke angeboten: Handschuhe aus dem Pelz von Flughörnchen, die das weichste, dichteste Fell hatten, das Raif je berührt hatte; eine Kapuze aus Vielfraßfell, von der man selbst Atemeis mit einem Schulterzucken abschütteln konnte, und einen Untermantel aus gesteppter Lammwolle, der mit Seidenfetzen gefüttert war. Raif hatte die Geschenke abgelehnt. Er wollte den Sull nicht noch mehr verpflichtet sein.

Ark Knochenspalter hatte genickt und etwas gesagt, das Raif nicht verstand. »Für Sull liegt das Geschenk im Anbieten, nicht im Annehmen, und ich werde diese Geschenke für dich aufbewahren, bis eine Zeit kommt, in der du sie brauchst, oder bis der, der die Stürme schickt, meine Seele nimmt.«

Darüber hatte Raif in den vergangenen drei Tagen viel nachgedacht. Zunächst hatte er angenommen, es wäre für die Sull nur eine Möglichkeit, eine Schuld zu beanspruchen, selbst wenn ein angebotenes Geschenk abgelehnt worden war, aber nun wußte er es besser. Ark Knochenspalter hatte Handschuhe, Kapuze und Mantel von seinen anderen Dingen getrennt und ein Päckchen daraus gemacht, das er unten in seine am wenigsten benutzte Tasche steckte. Und Raif glaubte mit wachsender Sicherheit, daß dieses Päckchen nur auf *sein* Wort hin geöffnet würde.

Die Sull waren ein anderes Volk. Sie dachten auf andere Art. Raif erinnerte sich wieder daran, was Angus über sie gesagt hatte, wie Mors Sturmzeuger vierzehn Jahre damit verbracht hatte, ein Pferd zu züchten, mit dem er eine Schuld zurückzahlen wollte. Nun verstand er das. Es war durchaus möglich, daß Ark Knochenspalter dieses Päckchen bis zu seinem Todestag ungeöffnet mitschleppen würde.

»Wir sind durch!« Der Ruf kam von Ark Knochenspalter, und er brach durch Raifs Gedanken wie ein Peitschenschlag gegen seine Wange. Ash und er schauten hinunter zum Flußufer, wo die beiden Sullkrieger weiter auf das Eis einschlugen. Ark Knochenspalter hatte ihnen den gebeugten Rücken zugewandt. Sie warteten, aber der Sull sagte nichts weiter.

Raif warf Ash einen Blick zu. »Bist du bereit?«

»Ja.« Ihre grauen Augen blitzten im Schneelicht. »Es wird Zeit, daß ich es hinter mich bringe.«

Er ließ sie vor sich her zum Ufer gehen, froh, sich für einen Augenblick sammeln zu können. Er wartete darauf, Angst zu empfinden, *erwartete* Angst, aber es war nichts als Leere in ihm. Ihre Reise ging zu Ende.

Auf dem Weg zum Ufer zog er die Handschuhe an und

steckte sich trockenes Moos in die Zwischenräume zwischen den Fingern, wie der Neinsager es ihm beigebracht hatte. Er hatte keine Waffe und keinen Heiligen Stein mehr an seinem Gürtel, aber er zog an der Schnalle, um seinen Halt zu überprüfen, als wäre der Gürtel beladen. Die festen Kanten des Umhangs des toten Orrlmanns hoben sich im Wind, als er das Flußufer erreichte.

Die beiden Krieger traten zurück, die Gesichter vor Anstrengung gerötet, und ihre Äxte glitzerten vor Eis. Keiner sagte ein Wort. Ash schauderte, als sie auf das Loch niedersah, das sie geschaffen hatten. Das Eis war beinahe zwei Fuß dick, bedeckt mit einer ungleichmäßigen Schicht trockenen Schnees. Das Loch war ungefähr rund, seine blauen, gezackten Kanten bildeten eine Falle für das Licht. Schnittlinien von Axtschlägen zogen Raifs Blick durch den schattenlosen Rand in die absolute Finsternis in seine Mitte. Es war unmöglich, das Flußbett oder irgend etwas anderes zu sehen, das darunter lag.

»Wie tief ist es?« Ashs Stimme war ein Flüstern.

»Laßt uns sehen.« Ark Knochenspalter löste das Seil, das mit einem Haken aus weißem Metall an seinem Gürtel befestigt war. Rasch ließ er das beschwerte Seilende ins Loch und das Seil durch seine halbgeschlossene Faust laufen, bis es von selbst aufhörte, sich zu bewegen. Er holte beinahe fünfzehn Fuß Seil wieder heraus. »Nahe der Mitte wird es tiefer sein.«

Raif spähte über das Eis. »Ich gehe als erster.«

Die beiden Krieger wechselten einen Blick. Ark sagte: »Es muß Blut vergossen werden, bevor du hinuntergehst. Dies ist eine Opferstätte der Sull.« Beinahe sofort hatte der Krieger sein Aderlaßmesser in der Hand, und die Silberkette, die den Griff mit seinem Gürtel verband, klirrte wie angeschlagenes Glas. Mit der freien Hand zog er seinen Ärmel zurück und entblößte den Unterarm.

Raif hob die Hand, um ihn aufzuhalten. »Nein. Wenn irgend jemand für diese Reise Zoll zahlen muß, bin ich es.« Er biß in die Spitze seines Handschuhs und zog ihn aus. »Hier. Schneide ins Handgelenk.«

Muskeln in Ark Knochenspalters Gesicht spannten sich an. Seine Stimme war gefährlich tief. »Dein Blut ist kein Sullblut. Es hat einen geringeren Wert.«

»Das mag so sein, Fernreiter, aber Ash und ich sind diejenigen, die diese Reise unternehmen, und nicht du.«

»Ich verstehe das nicht«, warf Ash ein. »Ich dachte …«

»Nein, Ash March«, sagte der Neinsager, seine barsche Stimme klang beinahe sanft, »wir kommen nur bis hierher mit euch.«

»Aber ihr wartet doch auf uns?« Ash schaute von Raif zu Ark und dann zum Neinsager. Ihre Angst war unverkennbar. »Ihr *werdet* doch auf uns warten?«

Die eisblauen Augen des Neinsagers wichen ihrem Blick nicht aus. »Wir können nicht hierbleiben, Ash March. Wir müssen Zoll für die Öffnung zahlen, die wir geschlagen haben, und nach Norden reiten, bevor das Mondlicht das Eis trifft. Wir sind Fernreiter. *Kith Masso* ist kein Ort für uns.«

Ash sah ihn an, und das Flehen wich langsam von ihrer Miene. Nach einem Augenblick erwiderte sie seinen klaren Blick. »So soll es sein.«

Raif lauschte mit unbewegter Miene. Die Leere in ihm schmerzte, und er hätte nichts lieber getan, als sie vom Eis zu heben und an die Brust zu drücken. Statt dessen hielt er Ark Knochenspalter abermals sein Handgelenk hin. »Schneide.«

Raif sah sein Spiegelbild im schwarzen Öl der Augen des Sullkriegers. Langsam hob Ark das Aderlaßmesser an den Mund und hauchte auf die rasiermesserscharfe Kante. Sein Atem kondensierte auf dem Metall und kühlte dann zu einem Eisrand. Mit einem runden Stück mitternachtsblauer Wolle wischte er die Klinge ab. Dann packte er Raifs Unterarm und stieß ihm die Finger fest ins Fleisch. Raif konnte spüren, wie er nach Adern suchte und sie fand. Mit einer so raschen Bewegung, daß er ihr nicht mit den Augen folgen konnte, schnitt Ark Knochenspalter Raifs Handgelenk auf.

Raif spürte den Schock des kalten Metalls, aber keinen Schmerz. Blut drang rasch an die Oberfläche und lief in einem breiten Band über sein Handgelenk.

Erst als die ersten roten Tropfen in den Schnee auf dem Flußeis fielen, lockerte der Sullkrieger seinen Griff. »Da. Clanblut ist auf Sulleis geflossen. Hoffen wir um unser aller Willen, daß dies keine Götter erzürnt.« Ark Knochenspalter drehte sich um und ging zu seinem Pferd.

Raif holte tief Luft und drückte dann die Knöchel in die Wunde. Der Schmerz in beiden Händen blendete ihn beinahe, und er fragte sich, ob er wohl den Verstand verloren hatte. Was hatte er sich eingebildet, von Ark Knochenspalter sein Blut vergießen zu lassen? Er zählte die Sekunden, während er weiter auf die angeschnittene Ader drückte. Die Wahrheit war, er *wußte*, was er gedacht hatte; es ergab nur keinen Sinn, das war alles. Er wollte nicht, daß die Sull für seine Reise zahlten. Nicht für diesen Teil, den letzten Teil, nachdem er und Ash so weit gekommen waren.

»Hier.«

Raif blickte auf. Mal Neinsager hielt ihm etwas hin: ein breites Blatt von tiefem Grün, das mit grobem Haar bedeckt war. Raif erkannte, was es war und wozu es diente, dankte dem Neinsager und nahm es entgegen. Er wappnete sich, legte das Blatt flach in seine Handfläche und drückte es dann auf die verletzte Ader. Kampfer, oder wie einige es nannten, Wundheiler: Die Clans nutzten es ebenso wie die Sull, um das Bluten kleiner Wunden zu stillen.

Während der Neinsager ein paar Schritte weiter ging, um etwas zu holen, was er am Ufer gelassen hatte, wandte Ash sich Raif zu. »Du wußtest, daß sie nicht mit uns unters Eis kommen würden.« Das war keine Frage.

»Ich dachte es mir, aber ich war nicht sicher, bis ich ihre

Gesichter sah, als wir heute morgen herkamen.« Raif rückte das Kampferblatt zurecht; eine dünne Blutspur lief immer noch aus der Wunde. »Sie kennen diesen Ort, Ash. Ich denke …« Er hielt inne, bevor die Worte *sie fürchten ihn sogar* über seine Lippen kamen.

»Du denkst was?«

Er zuckte die Achseln. »Er bedeutet ihnen etwas, das ist alles.«

Ashs Blick bewirkte, daß er sich wie ein Lügner fühlte. Sie war so blaß und dünn, er fragte sich, wie sie im Wind auch nur aufrecht stehen konnte. Einen Augenblick später nickte sie zu seinem Handgelenk hin und sagte: »Er hat ziemlich tief geschnitten, nicht wahr?«

Das konnte Raif nicht leugnen. »Es wird heilen« war alles, was er sagte.

Wie nach einer unausgesprochenen Übereinkunft wählten die beiden Sullkrieger diesen Augenblick, um wieder zu dem Loch im Eis zu kommen. Beide hatten Päckchen in der Hand, und Ark Knochenspalter außerdem ein kräftiges Hanfseil, das er, wie Raif gesehen hatte, benutzt hatte, um das Zelt aufzustellen. Der dunkeläugige Krieger reichte dem Neinsager sein Päckchen. Keine Worte wurden zwischen den Männern gewechselt, aber Raif wußte und verstand, was geschah. Es beschämte ihn.

Der Neinsager reichte Ash beide Päckchen. »Hier, Ash March, Findling, ich biete dir diese Geschenke für die Reise. Es sind eine Steinlampe und was wir an Öl entbehren können, Decken und Lebensmittel und Kräuter gegen Krankheit und andere Dinge, die jemand, der unter dem Eis reist, vielleicht brauchen kann.«

Ashs Augen füllten sich mit Tränen, als der bärenhafte Krieger sprach. Sie zog die Kapuze vom Kopf, damit er ihr Gesicht sehen konnte. Als sie sprach, waren ihre Worte so förmlich wie seine, und der Wind trocknete ihre Tränen, bevor sie fielen. »Ich danke dir, Mal Neinsager, Sohn der Sull und auserwählter Fernreiter, für diese Geschenke. Ohne sie würde ich auf dem Weg weder Licht noch Wärme haben. Du hast mir das Leben gerettet, aber keine Schuld beansprucht, und dafür stehe ich in deiner Schuld und gebe dir ein Stück meines Herzens. Mögen alle Monde, unter denen du reist, Vollmonde sein.«

Mal Neinsager stand still, der Blick seiner eisfarbenen Augen beinahe starr, sein Rücken gerade wie eine Tanne, die Luchskapuze verschneit, und er betrachtete Ash ohne ein Wort. Sein Gesicht sah aus, als wäre es aus Stein gemeißelt. Einen Augenblick später legte er beide Päckchen in den Schnee, dann verbeugte er sich so tief vor Ash, daß der Rand seiner Kapuze das Flußeis berührte. Er verbeugte sich noch mal vor Raif, und dann ging er davon, und Raif wußte, daß er nicht zurückkommen würde.

Ark Knochenspalter kniete sich auf die Flußoberfläche und hämmerte eine Eisenstange in das Ufereis, drei Fuß vom Loch entfernt. Raif betrachtete seinen gebeugten Rücken und empfand nichts als Schande. Der Sullkrieger hatte nicht gewollt, daß seine Geschenke ein zweites Mal abgelehnt wurden, also hatte er sie seinem Gefährten gegeben, der sie seinerseits Ash angeboten hatte.

»Da. Es ist fertig.« Ark sicherte das Seil, und dann prüfte er seine Stärke, indem er daran zerrte. »Es wird halten.«

Raif zog den Handschuh über die Hand, bedeckte den blutigen Verband und die Aderlaßwunde und trat vor. Ark Knochenspalters Blick begegnete dem seinen. Raif wußte, es gehörte sich nicht, dem Sullkrieger für Geschenke zu danken, die er einer anderen gegeben hatte, also sagte er nur: »Danke, daß du meinen Ruf in der Dunkelheit gehört hast.«

Ark Knochenspalter nickte bedächtig, und die flachen Muskelflächen seines Gesichts sahen plötzlich schlaff aus. »Es war Mal, der beschlossen hat, euch zu helfen.«

»Das mag sein, aber ich habe von Mal Neinsager immer nur

eine Antwort auf Fragen gehört.« Raif wich seinem Blick nicht aus, und beide Männer standen sich schweigend und breitbeinig gegenüber, und der Wind riß ihre Umhänge in unterschiedliche Richtungen. Nach einem Augenblick streckte Raif die Hand aus. »Ich danke dir, Ark Knochenspalter, daß du die richtige Frage gestellt hast.«

Der Sullkrieger umklammerte Raifs Arm mit der Hand. Seine Miene war ernst. »Danke mir für nichts, was wir beide vielleicht einmal bereuen werden, Raif Sevrance von keinem Clan. Danke mir statt dessen dafür, daß ich dir mein Pferd geliehen habe, mein Zelt und mein Seil.« Er lächelte. »Vielleicht können wir damit beide leben.«

Raif nickte. Er bekam kein Wort mehr heraus.

Zusammen mit Ark Knochenspalter band er das Seil um seine Brust. Der Sullkrieger überprüfte alle Knoten und sorgte dafür, das Seil auf solche Art zu binden, daß es während des Abstiegs Raifs Hände so wenig wie möglich belastete. Fünfzehn Fuß waren nicht tief, aber eine schlechte Landung auf festem Felsen konnte Knochen brechen. Raif war schon öfter durch ausgetrocknete Flußbetten gegangen, aber er hatte keine Ahnung, was er unter der gefrorenen Kruste von *Kith Masso* finden würde.

Ark Knochenspalter drückte Raifs Arme flach auf das Eis, als Raif Beine und Unterkörper in das Loch schob. Muskeln spannten sich unter dem Luchsmantel des Sullkriegers an, als er Raifs Gewicht auf das Seil übertrug. Raif glaubte, auf den Schmerz vorbereitet zu sein, als sich seine behandschuhten Hände um das Seil schlossen, aber das war nicht so. Blitze weißen Feuers schossen seine Arme entlang zu seinem Herzen. Die Aderlaßwunde an seinem Handgelenk schien plötzlich tief genug zu sein, um seine Hand abzutrennen, und als sich seine Finger vom Seil lösten, sackte er nach unten.

Die Welt, in die er stürzte, war kalt und still wie ein Steinhaus. Das blaue Glitzern des Eislichts schloß sich um ihn wie Wasser um einen sinkenden Stein. Alles war still. Raif hörte sein eigenes Herz schlagen. Der scharfe Geruch von Luft, die unter Eis gefangen ist, drang ihm in Nase und Mund. Über ihm senkte Ark Knochenspalter das Seil. Der Flachs tickte von der Beanspruchung, und die Tatsache, daß Raif hin und her schwang, ließ das Seil gegen die Eiskante sägen. Mit schmerzverzerrtem Gesicht zwang er beide Hände um das Seil und bewegte sich weiter nach unten. Mit einem Ruck kam er am Boden auf. Rasch befreite er sich von der Schlinge und rief Ark zu, er solle sie zurückziehen. Als das Seil über seinem Kopf verschwand, drückte Raif die behandschuhten Hände gegen das Kinn. Er haßte es, schwach zu sein. Als er Ashs leise Stimme über sich hörte, wandte er die Aufmerksamkeit dem eisblauen Tunnel zu, der ihn umgab. Er wollte nicht hören, welche Worte sie mit Ark Knochenspalter wechselte.

Zu seiner Linken glitzerte das Granitufer vor Eislinsen. Brocken von Eisenschlacke schimmerten dunkel wie Stücke versteinerten Knochens in den Wänden. Das Flußbett unter seinen Füßen war ein rauhes Tal aus Felsen, gefrorenen Tümpeln, vertrockneten Fischkadavern, Karibugehörnen, Fichtennadeln und Algen. Eine weiße Schicht gefrorener Mineralien lag über allem; Salze und Felsabrieb waren kondensiert, als der Fluß austrocknete. Über allem erstreckte sich die Eisdecke. So etwas hatte Raif noch nie in seinem Leben gesehen: gefaltet, verzogen, hier gezackt und dort glatt wie eine Mauer aus transparentem Fels. Licht und Farben *strömten* hindurch, schufen einen Wasserfall von Seegrün und Silbergrau und dunklen Mitternachtsblau-Tönen. Raif fühlte sich, als stünde er mitten in einem Gletscher – dort, wo Eis und Schatten sich trafen.

Tote Dinge knirschten unter seinen Stiefeln, als er zur Seite trat, um Platz für Ash zu machen. Auf allen Seiten sammelte sich hinter dem Licht die Dunkelheit.

Ash kam glatt herunter, mit beiden Händen am Seil. Raif fing sie auf, bevor sie auf dem Flußbett aufkam, und zog sie aus der Schlinge. Sie schauderte. Das blaue Licht, das auf ihr Gesicht fiel, wirkte wie Mondlicht. Als er die Hand von ihrer Taille nahm, machte sie eine kleine Bewegung, als wollte sie ihn dort halten. Während sie darauf warteten, daß Ark Knochenspalter die beiden Päckchen herunterließ, beobachtete Raif Ash genau. Seit der Nacht der Wölfe hatte sie nicht mehr das Bewußtsein verloren, aber er wußte nicht, ob sie immer noch gegen die Stimmen ankämpfte. In unausgesprochener Übereinkunft hatte keiner von ihnen sie den Sull gegenüber erwähnt.

Als die Päckchen unten waren, konnte Raif bereits feststellen, wie es über dem Eis dunkler wurde. Dieser Tag war der kürzeste, den der Winter ihnen bisher gezeigt hatte. Er fragte sich, was Drey und Effie jetzt wohl taten, dann schob er den Gedanken weg.

»Ihr müßt euch diese Stelle merken«, rief Ark Knochenspalter, als er das Seil zum letzten Mal herunterließ. »Es könnte euer einziger Weg nach draußen sein, es sei denn, ihr hackt ein neues Loch ins Eis.«

Raif nickte; daran hatte er bereits gedacht.

»Von hier geht ihr flußaufwärts, bis ihr zu dem Nebenfluß kommt, der nach Westen führt. Auch er könnte gefroren sein.« Arks eisgebräuntes Gesicht erschien über ihnen. »Ihr müßt gut aufpassen, Raif Sevrance von keinem Clan und Ash March, Findling. Mal Neinsager sagt, der derzeitige Mond wird kein Tauwetter bringen, aber was kalt und brüchig ist, kann zusammenbrechen.«

»Dann werden wir auf dem Eis tanzen«, sagte Ash und blickte zu ihm auf, »wie eure Pferde es können.«

Raif nahm an, daß der Sullkrieger vielleicht lächeln würde, aber seine Lippen streckten sich kaum über den Zähnen. »Der Neinsager und ich ziehen weiter nach Norden. Wir werden eine Spur hinterlassen, der ein Clansmann folgen kann, wenn ihr denselben Weg nehmen wollt.« Dann verließ er sie ohne weiteren Abschied, wenn man einmal vom Klang seiner Schritte absah, die einen kalten Rhythmus aufs Eis schlugen.

»Komm«, sagte Raif, als alles still war. »Wir sollten die letzte Stunde Tageslicht so gut wie möglich nutzen.« Er nahm beide Taschen und schlang sie sich über den Rücken. Eine war erheblich schwerer als die andere, und Metallgegenstände klirrten matt darin.

Ash regte sich nicht und sagte kein Wort. Sie stand im Kreis schwindenden Tageslichts, direkt unter dem Loch im Eis. Raif gefiel es nicht, wie rasch sie atmete. Er berührte sie am Arm. »Gehen wir«, sagte er, seine Stimme so sanft wie möglich. »Wir sind zu weit gekommen, um jetzt noch innezuhalten.«

Langsam wandte sie ihm ihren Blick zu. Ihre Augen schimmerten von den Eisreflexionen, und er sah beinahe nicht die Angst, die wie Licht von einer zweiten, schwächeren Quelle durch sie schien. »Sie wissen, daß ich hier bin«, sagte sie. »Sie wissen es … und der Schrecken in ihnen wächst.«

Raif behielt beim Gehen immer die Eisdecke im Auge. Die Masse gefrorenen Wassers über ihnen lag schwer auf seinen Gedanken. Es war ein Stück des Flusses, von der Oberfläche abwärts gefroren; glatt ganz oben, wo er es nicht mehr sehen konnte; und von unten her gewölbt wie die Decke einer Höhle. Am Ufer, wo gefrorene weiße Säulen an Granit ruhten und das gewaltige Gewicht trugen, war das Eis am dicksten. Raif hatte bereits beschlossen, daß er und Ash in Ufernähe am sichersten waren, aber als es dunkel wurde und die Luft um sie herum sich abkühlte, begannen die Eisstützen zu knarren und zu rumpeln wie ein Rundhaus in einem Sturm.

Ash trug die Specksteinlampe, die der Neinsager ihr gegeben hatte, in beiden Händen, um sich zu wärmen. Raif war nicht sicher, was für eine Art Öl in der Lampe brannte, denn die Flamme war silberfarben und hatte den süßlichen, moschusartigen, nicht ganz menschlichen Geruch von Walfett in ihrem

Rauch. Die einzelne Flamme brannte in einem schützenden Gehäuse aus Glimmer, aber sie war mehr als genug, um ihnen den Weg zu beleuchten.

»Glaubst du, daß Mal und Ark wissen, was ich bin?«

Raif war überrascht, Ashs Stimme zu hören. Sie hatte geschwiegen, seit sie die Lampe entzündet hatte. Er ließ den Blick vom blauen Glas der Eisdecke zu ihrem Gesicht wandern und sagte: »Vielleicht. Tem hat mir einmal gesagt, daß die Sull mehr wissen als jedes andere Volk. Er sagt, sie geben Wissen von Generation zu Generation weiter, und einige erben sogar Erinnerungen, wie Clansleute den Willen zu kämpfen erben.«

Ash hielt die Lampe dichter an sich. Oberhalb des Randes ihres Handschuhs konnte Raif den dünnen, weißen Knochen mit Haut sehen, der ihr Handgelenk war. »Ich denke, Mal hat mir an diesem ersten Abend etwas gegeben, das die Stimmen verschwinden läßt.«

»Ein Schutzbann wie der, den Heritas Cant über dich gelegt hat?«

»Nein. Etwas anderes … ich kann es nicht erklären.« Sie zuckte die Achseln. »Es ist jetzt weg.«

Raif schaute in den Tunnel von Schatten, der vor ihnen lag. Selbst in der Ferne schuf das Licht der Lampe einen blauen Schimmer auf dem Eis. »Vielleicht sollten wir hier ein Lager aufschlagen und schlafen.«

Ash schüttelte den Kopf, noch bevor er den Satz beendet hatte. »Nein. Sobald ich die Augen schließe, werden sie mich haben. Sie sind jetzt verzweifelt. Und so nahe …« Sie schluckte. »So nahe, daß ich sie riechen kann.«

Ein Funken von Zorn flackerte in Raif auf. Plötzlich haßte er jeden, der ihr geholfen hatte hierherzukommen: Ark Knochenspalter und Mal Neinsager, Heritas Cant und sogar Angus. Keiner von ihnen gehörte zu einem Clan. Kein Clansmann hätte ein krankes Mädchen gezwungen, mitten im Winter nach Norden zu reisen. Tem Sevrance hätte sie an seiner Feuerstelle gewärmt und sich mit dem Hammer auf jeden Schatten und jedes Ungeheuer gestürzt, das sich ihr näherte.

Abrupt blieb Raif stehen. Er leerte den Inhalt beider Taschen auf den Boden und suchte nach etwas, das er als Waffe benutzen konnte. Unter dem Beutel mit Lampenöl, Räucherlachs und Wachs fand er einen schlanken Stahlstachel von der Länge seines Unterarms. Ein Eispickel. Er wog ihn in der Hand. Zwang die Finger um das flache Ende. Es würde genügen. Es würde genügen müssen.

Ash sah ihn stirnrunzelnd an. »Du kannst nichts bekämpfen, was nicht da ist.«

Raif dachte daran zu antworten, sagte dann aber nichts. Stattdessen begann er, die Taschen wieder zu packen. Stücke von Dreck vom Flußboden klebten wie Frost an seinen Handschuhen, und tief unter dem Fell spürte er, wie Blut über sein Handgelenk rann, weil die Kruste, die sich über der Aderlaßwunde gebildet hatte, aufgeplatzt war. Als er fertig war, steckte er den Pickel in den Gürtel. »Wir gehen die Nacht durch weiter.«

Stunden vergingen in Schweigen. Kein Wind störte die Luft im Tunnel, und die einzigen Geräusche waren das Knirschen des Eises und ihre eigenen Stiefel, die getrocknete und gefrorene Fichtennadeln zu Staub rieben. Das Flußbett zog sich stetig nach oben, und die Eisdecke kam mit jedem Schritt näher. Raif war sich der zerbrechlichen Masse über ihm stetig bewußt. Tonnen und Abertonnen gefrorenen Wassers hingen über seinem Kopf. Nach einiger Zeit wurde es unmöglich, nahe dem Ufer weiterzugehen, und Raif wählte einen Weg dicht in der Mitte des Flusses, wo die Eiskruste am dünnsten war.

Von Zeit zu Zeit öffneten sich dunkle, klaffende Löcher von Nebenflüssen in der Granitmauer des Ufers. Die meisten Kanäle waren mit Klumpen grauen Eises verstopft, das sich in mehrere Fuß hohen Haufen ins Flußbett ergoß. Tümpel gefrorenen Wassers, die flach unter diesen Eistrümmern lagen, erzählten von spätem Tauwetter und Wasser, das hier hereingeflossen war, *nachdem* der Kanal fest gefroren war. Raif tat jeden einzelnen dieser Kanäle ab; derjenige, nach dem er suchte, mußte aus dem Westen kommen und offen genug sein, daß ein Mann und eine Frau hindurchgehen konnten.

Es war schwer einzuschätzen, wieviel Zeit verging. Raif spürte, wie ihm kälter wurde und sich seine Gedanken träger bewegten. Er zwang Ash, ein paar Streifen Räucherlachs zu essen, brachte aber selbst nichts herunter. Die Luft in dem vertrockneten Flußbett wurde irgendwie dicker. Der Fluß selbst wurde schmaler, und bald konnte Raif sich nur noch mit gebeugtem Kopf bewegen. Die Kruste war so dicht, daß er nach oben greifen und die harte, glasartige Oberfläche berühren konnte, die Bruchlinien und Druckwirbel darin erkannte. Winzige Blasen gefangener Luft schimmerten wie Perlen.

Weiter und weiter gingen sie, folgten den Biegungen des *Kith Masso* am Fuß des Berges. Raif beobachtete Ash ununterbrochen, fand ein Dutzend Gründe, sie hier und da zu berühren. Ihr Gesicht war grau, ihre Miene angestrengt. Zu oft konzentrierte sich ihr Blick auf einen Ort, den er nicht sehen konnte. Irgendwann hatte sie die Handschuhe ausgezogen und nun die bloßen Hände um die Lampe gelegt, so fest, als versuchte sie, sie zu zerquetschen. Ihre Knöchel waren weiß und standen vor wie Zähne.

Er sprach wenig mit ihr und erhielt wenig Antwort, aber er fürchtete, mehr zu tun. Sie kämpfte gegen die Stimmen, und selbst Tems Hammer wäre dagegen nutzlos gewesen.

Endlich kamen sie zu einem Teil des Flusses, wo die Granitwände gekerbt und verrenkt waren, als wäre etwas gewaltsam aus ihnen herausgerissen worden. Steinsimse brachen durch die Eiskruste. Große, schwarze Eisenkreise ragten von den Mauern, und tiefe Risse im Flußbett waren mit dunklem Eis gefüllt. Raif drehte sich erschrocken um, als ein Schrei, der von nichts Menschlichem kam, wie eine Böe kalten Windes durch den

Tunnel fegte. Die Flamme in der Specksteinlampe flackerte. Ash holte tief Luft. Sie sah Raif an und nickte einmal. »Sie kommen näher«, erklärte sie. »An diesem Ort berührt ihre Welt die unsere.«

Raif schloß die Augen. Er hatte in der Nacht, in der die Eiswölfe angegriffen hatten, die Gebete einer ganzen Lebenszeit aufgebraucht und wußte, daß er die Steingötter nicht um noch mehr bitten konnte.

Schweigend gingen sie weiter. Auch Ash konnte nun nicht mehr aufrecht stehen, und Raif fragte sich, wie lange es dauern würde, bis sie sich nur noch auf allen vieren weiterbewegen konnten. Zeit verging. Sie kamen nur langsam über den gefalteten und gekerbten Granit des Flußbettes weiter. Angst wuchs langsam in Raif und füllte die Leere in seiner Brust. Ein zweiter Schrei ertönte: hoch und schrecklich, beinahe unhörbar. Als er ihn hörte, wünschte sich Raif, wieder auf den verschneiten Ebenen zu sein und Wölfen gegenüberzustehen. Andere Geräusche folgten: Zischen und geflüsterte Wortfetzen und das feuchte Fauchen von Wesen mit Schnauzen. Als er um eine weitere Flußbiegung kam, roch Raif den schwachen Geruch verbrannten Fleisches und versengten Haares. Als er wieder einatmete, war er verschwunden.

Nein. Alle Haare auf Raifs Nacken sträubten sich. Etwas *anderes* hatte gesprochen, aber es weckte eine Erinnerung. Als ihm klar wurde, an was er sich erinnerte, wurde ihm übel. Die Bluddstraße. Die Bluddfrauen und -kinder. Verzweiflung klang in beiden Welten gleich.

Den Rücken beinahe vollkommen gebeugt und von Magenkrämpfen gequält, wäre ihm beinahe der Riß im Ufer gegenüber entgangen. Zuerst hielt er ihn für einen Schatten, weil es kein vielsagendes Eisglitzern auf dem ihn umgebenden Flußbett gab, aber die Dunkelheit war zu tief, und die Felsen an dieser Stelle zu flach, um solche Schatten zu werfen.

»Ash. Bring die Lampe.« Er wartete, bis sie an seiner Seite

war, bevor er quer durch das Flußbett ging. Der Fluß war hier kaum drei Pferdelängen breit, und die eisige Decke kam stellenweise bis zur Brusthöhe herunter. Das Licht im Tunnel wurde merklich schwächer, als Ash sich duckte, um die Lampe abzustellen.

Der Riß im Felsen war glockenförmig, etwa so hoch wie Ashs Schultern und vollkommen frei von Eis. Raif ging hindurch, um nachzusehen. Hier war die Luft anders: kälter, trockener und durchschossen mit dem Geruch von Eisenschlacke. Keine Eisdecke streckte sich über ihren Köpfen, nur gebogener Felsen. Der Tunnel führte nach Westen in den Berg hinein und verschwand in einer so vollständigen Dunkelheit, daß es Raif bei diesem Anblick eiskalt wurde.

»Raif. Hier.«

Raif kam wieder aus dem Riß heraus. Ash hockte neben der Lampe und hatte den rechten Arm ausgestreckt, die Hand flach auf der Flußwand.

»Sieh.«

Raif tastete nach seinem Zeichen. Ein in den Stein geritzter Rabe kennzeichnete den Weg.

26
Eine Höhle aus schwarzem Eis

Cassy Lok erwachte vom Geruch von Rauch. *Beth,* dachte sie sofort. *Sie backt wieder Honigkuchen und hat vergessen, wie viele sie aufs Feuer gelegt hat.* Cassy schnaubte in ihr Kissen, entschlossen, wieder einzuschlafen. *Diesmal rette ich sie nicht. Es ist mir gleich, wieviel Honigkuchen durch das Gitter gefallen und verbrannt sind; und ich hoffe, daß sie von denen, die eßbar sind, ordentlich fett wird. Fett und pickelig und mit großen Zuckerlöchern in ihren Zähnen.*

Cassy schloß die Augen, so fest sie konnte, und verzog dann noch zusätzlich das Gesicht. Erst am Morgen des vergangenen Tages hatte sie Beth erwischt, wie sie das gute blaue Kleid anprobierte, das Vater aus Ille Glaive mitgebracht hatte. *Ihr* Kleid. Und es hätte ihr noch nicht einmal viel ausgemacht – nun gut, nicht sonderlich viel –, wäre Beth nicht diesmal vor dem Spiegel auf und ab stolziert und hätte so getan, als wäre sie eine feine Dame vom Hof, die an Gebäck knabberte, das in Goldblätter gewickelt war, und Wein durch eine Kruste rosenduftenden Eises trank. Als Gebäck hatte Beth Haselnüsse in Zimt gewählt. Und statt Wein Pflaumensaft. *Pflaumensaft!* Cassy knirschte mit den Zähnen. Und als diese feine Dame vom Hof erwischt wurde, war sie natürlich als erstes erschrocken herumgefahren, um ihre ältere Schwester anzusehen, *den Becher mit Pflaumensaft in der Hand!*

Es war unerträglich. Mutter sagte, der Fleck würde sich wieder entfernen lassen. Und Beth hatte tatsächlich den Rest des Tages damit verbracht, mit einem Gesicht wie ein getretener Hund herumzuschleichen. Aber dennoch. Vater hatte ihr dieses Kleid gekauft, und es paßte so gut, und es war ein Kleid für erwachsene Frauen, ohne diese ganzen albernen Mädchendinge, von denen Vater wußte, daß sie sie haßte, und es war im Grunde gleich, daß sie bis zum Frühjahr nicht einmal Gelegenheit haben würde, es zu tragen.

»Wenn ich aus dem Norden zurück bin, gehe ich mit dir zu einem Tanz, Casilyn Lok«, hatte Vater gesagt, als er ihr das Päckchen reichte. »Und das ist ein Versprechen, das mir so ernst ist wie jedes, das ich jemals einem Mann gegeben habe.«

Cassys Miene glättete sich wieder ein wenig. Vielleicht war sie zuvor zu grob zu Beth gewesen. Der Rauchgeruch wurde schlimmer, und wenn sie es nicht besser gewußt hätte, hätte sie angenommen, ein ganzes Tablett voller Honigkuchen wäre ins Feuer gefallen.

Der *Schornstein.* Cassy setzte sich erschreckt auf. Was, wenn mehr Ziegel eingestürzt waren und ihn blockierten? Es war windig genug dafür. Und der Dachdecker war heute nicht gekommen, wie er eigentlich versprochen hatte, und der ganze Kamin wurde nur von ein paar Fichtenstützen aufrecht gehalten.

Rasch und in vollständiger Dunkelheit suchte Cassy ihre Hausschuhe und den Schal. Als sie zur Tür ging, erklang eine verschlafene Stimme aus dem Schatten auf der anderen Seite des Zimmers. »Cassy? Bist du das?« Beth.

Cassy spürte ein leichtes Ziehen in der Brust: nicht genau Angst, aber die Anfänge davon. Es waren tatsächlich keine Honigkuchen ins Herdfeuer gefallen. »Beth, zieh Mantel und Schuhe an. Schnell.«

Laken raschelten im Dunkeln. »Bist du immer noch böse auf mich, Cassy?«

Cassy schüttelte den Kopf. Dann wurde ihr klar, daß ihre jüngere Schwester sie nicht sehen konnte, und sie sagte: »Nein. Jedenfalls nicht mehr sehr.«

»Was brennt denn da?«

»Ich denke, der Kamin ist eingestürzt.«

»Aber …«

»Kein Aber, Beth. Tu, was ich sage.« Cassy war überrascht, wie scharf ihre Stimme klang. Bloße Füße platschten auf den Boden. Mehr Rascheln folgte. Einen Augenblick später fühlte sie, wie Beths Schulter gegen ihren Arm stieß. »Hier. Nimm meine Hand.« Beths Hand war warm und verschwitzt: sie schlief immer mit geballten Fäusten. Cassy führte sie zur Tür. »Du hast doch heute abend nichts mehr aufs Feuer getan, oder?«

»Nein, Cassy.«

»Gutes Mädchen.« Cassy öffnete die Tür. Eine Welle von Rauch und Hitze drang ins Zimmer und ließ hinter ihrem Rücken die Läden klappern. »Komm mit. Wecken wir Mutter und Moo.« Diesmal zwang sie sich, ruhiger zu klingen.

»Es ist heiß.«

Cassy tastete sich den Weg durch die Dunkelheit, die Hand nun fest um die ihrer Schwester geschlossen. »Ich weiß. Gehen wir schnell zu Mutters Zimmer, und dann kannst du ihr sagen, daß du den Weg im Dunkeln gefunden hast.« Noch während sie sprach, spürte Cassy, wie die Hitze gegen ihr Gesicht drang. Ein Knistern ertönte aus dem unteren Stockwerk. Beth zuckte zusammen. Cassy schob ihre Schwester auf das Zimmer ihrer Mutter zu.

Darra Lok und Moo schliefen in dem Zimmer direkt über der Küche. Hitze vom Feuer wärmte in den kalten Wintermonaten den Boden, und zwei große Fenster ließen im Sommer und Frühling das Licht ein. Cassy war erleichtert, als sie den schwachen Lichtkreis über der Tür sah: Mutter hatte eine Lampe angelassen. Moo schlief nicht gern im Dunkeln. Sie behauptete, daß etwas, das sie *Dacheln* nannte, unter ihrem Bett wohnte. Niemand außer der kleinen Moo wußte, was Dacheln waren. Cassy nahm an, daß Beth das Kind mit Geschichten von Ungeheuern und Drachen und anderen schrecklichen Dingen erschreckt hatte, und die kleine Moo hatte danach eine ganz neue Art von Kinderschreck erfunden.

Cassy öffnete die Tür. Warme Luft zischte an ihr vorbei,

drückte ihr das Nachthemd flach gegen die Rückseite der Beine. Licht blendete sie. Rauch rollte in das Zimmer, fettig und beinahe schwarz. Cassy spürte die heißen, kleinen Finger des Qualms an ihren Fußgelenken, grabschende kleine Hände ohne Knochen. Beth begann zu husten.

»Cassy?« Darra Lok setzte sich auf. Das wunderschöne honigfarbene Haar, das sie normalerweise zu einem einfachen Knoten aufsteckte, fiel ihr wie dunkles Feuer über die Schultern. Zum ersten Mal fielen Cassy graue Strähnen in dem Gold auf.

»Mutter. Ich …«

Darra Loks Nicken brachte ihre älteste Tochter zum Schweigen. Sie streckte die Arme aus und hob die kleine Moo aus dem Bett. Moo legte unwillkürlich den Kopf an die Schulter ihrer Mutter, und sie gab ein leises, gurgelndes Geräusch von sich, wachte aber nicht auf. Darra murmelte ihr trotzdem leise etwas zu, als sie die Decken vom Bett trat und aufstand. Beth zog an Cassys Arm und wollte zu ihrer Mutter gehen, aber Cassy hielt sie fest. Darra Lok warf ihrer ältesten Tochter einen vielsagenden Blick zu. Cassy nickte.

»Komm mit, Beth. Gehen wir nach unten.« Es fiel ihr leichter, sich ruhig zu geben, nun, da sie bei ihrer Mutter war. Als sie Beth aus dem Zimmer zog, hörte sie, wie Darra Lok eine Lampe vom Nachttisch nahm und mit Moo folgte.

Beth schauderte, als Cassy sie wieder in den Rauch zurückführte, der wie eine Welle schwarzen Schaums die Treppe hinaufrollte. Auch Cassy war nach Schaudern zumute, aber ihre Mutter hatte ihr einen Blick zugeworfen, der sagte, *sei jetzt stark, für Beth und für dich selbst.* Also zog sie statt dessen ihre jüngere Schwester vorwärts und sagte: »Das hier ist auch nicht schlimmer, als im Nebel nach Pilzen zu suchen. Erinnerst du dich, als du diese großen, braunen unter dem Hartriegelgebüsch gefunden hast, und alle anderen hatten bereits nachgesehen, aber du warst die einzige, die sie finden konnte? Erinnerst du dich daran?«

Beth nickte. Ihr kleines Gesicht sah ganz spitz aus.

Cassy führte sie weiter die Treppe hinunter, eine Stufe nach der anderen. »Und du hast gesagt, niemand könne Pilze besser finden als du, und selbst Vater war dieser Meinung.«

»Aber er meinte, wir könnten sie nicht essen. Er meinte, sie wären ungenießbar.«

Es gelang Cassy zu lächeln. Sie konnte deutlich das Rasseln des Feuers hören, das von der Vorderseite des Hauses her kam. Holz knackte und knallte, während es brannte, und Cassy stellte sich zahnförmige Flammen vor, die am Haus fraßen.

»Cassy. Wir gehen zur Rückseite zur Küche.« Darra Loks Stimme war fest, aber ruhig. »Kannst du den Weg sehen?«

»Ich kann es! Ich kann es!« rief Beth.

»Gut. Bleib dicht bei deiner Schwester und hilf ihr, den Weg zu finden.«

Rauch quoll durch den Korridor, der den Vordereingang mit der Küche verband. Rußfetzen segelten auf den warmen Luftströmungen im Haus. Brennende Holzsplitter trieben wie kleine, rote Fische an Cassys Gesicht vorbei. Das Feuer klang nun wie ein langes, unaufhörliches Donnerrollen, ein Sturm, der direkt über dem Haus hing. Immer noch konnte sie keine Flammen sehen. Vielleicht brannte das Feuer von draußen nach drinnen. Vielleicht war der Schornstein eingestürzt und der Wind hatte Funken über das Dach geblasen.

Die kleine Moo erwachte, als Cassy und Beth durch den brusthohen Rauch im Flur gingen. Das Kind machte ein erschrockenes, schnaubendes Geräusch und fing an zu weinen. Cassy hoffte nur, daß ihr die Augen nicht brannten. Mutter beruhigte die Kleine, und sie war eine Weile still, aber sie atmete jetzt keuchend.

Beth erreichte die Küche als erste. Hier war weniger Rauch als auf der Treppe und im Flur, und die glühenden Holzreste der Feuerstelle lieferten eine zweite Lichtquelle. Als Darra und Moo ins Zimmer kamen, erschütterte ein gewaltiges Krachen das

Haus. Heiße Luft schlug gegen Cassys Rücken. Der Gestank nach brennendem Holz wurde intensiver, und als sie einatmete, brannte ihr die Kehle.

»Cassy. Beth. Geht zur Tür.« Darra wiegte Moo auf der Hüfte. »Beeilt euch.«

Cassy und Beth rannten zur Tür. In unausgesprochener Übereinkunft löste Cassy die oberen Riegel, während Beth sich um die unteren kümmerte. Cassys Hände fühlten sich an wie Tonklumpen. Irgendwie konnte sie nicht aufhören, an das blaue Kleid zu denken. Nun würde Vater sie nie mit zum Tanzen nehmen.

Die schwere Tür mußte aufgestoßen werden, und als der letzte Riegel gelöst war, drückten beide Schwestern die Schultern ans Holz. Es gab ein wenig nach, aber dann nicht mehr, als würde es von etwas blockiert. Sie versuchten es noch einmal, aber die Tür ging nicht weiter auf. Cassy warf ihrer Mutter einen Blick zu. »Sie klemmt.«

»Aber es ist genug Platz, um sich durchzuzwängen«, rief Beth.

»Eine nach der anderen«, fügte Cassy leise hinzu.

Darra Lok schaute von der Tür zu dem Rauch, der hinter ihnen hereinquoll. Die kleine Moo begann zu weinen. »Beth. Drück dich durch und sieh nach, ob du herausfinden kannst, was die Tür blockiert.«

Beth zog den Bauch viel weiter ein, als notwendig war. Cassy konnte den Umriß ihrer Rippen unter dem Nachthemd sehen, als sie sich durch die fußbreite Öffnung zwängte. Ihre Augen blitzten; nun war es ein Abenteuer für sie. »Es ist so dunkel. Ich kann nichts sehen«, war das letzte, das sie von ihr hörten.

Darra rief ihr etwas zu, aber das Tosen und Knistern des Feuers übertönte jede Antwort. Sie warteten, aber Beth kam nicht zurück. Cassy wollte ihr folgen.

»Nein«, sagte Darra scharf. »Hier. Nimm du Moo. Ich gehe.«

Die kleine Moo wollte nicht von ihrer Mutter weg. Sie klammerte sich mit ihren dicken Fingern an den Stoff von

Darras Kleid, als Cassy sie wegzog. Es wurde jetzt sehr heiß, und eine große Menge dicken, schwarzen Rauchs quoll in die Küche. Cassy stellte sich mit dem Rücken zum Rauch und schirmte Moo ab. Darra ging die drei Schritte zur Tür, hängte die Lampe an einen Nagel am Türrahmen und wandte sich dann noch einmal ihren Töchtern zu. Nie hatte Cassy die Falten um ihren Mund so tief gesehen. Ihre Augen waren nicht mehr blau, sondern stahlgrau. Sie kam ihrer ältesten Tochter stark und unglaublich schön vor. »Ich komme sofort zurück«, sagte sie.

Cassy hätte sie beinahe zurückgerufen. Später sollte sie sich daran erinnern, und es würde sie beinahe umbringen. Sie hätte beinahe gesagt, *Mutter, bitte geh nicht*, aber sie tat es nicht, und Darra Lok drängte sich durch die Öffnung, und Cassy sah sie niemals wieder.

Man hörte ein Einatmen, als ob Darra schreien wollte, dann Schweigen. »Mutter!« rief Cassy und wiegte die kleine Moo gegen die Brust. »*Mutter!*«

Irgendwo im Haus explodierte weiße Luft und stieß Läden und Glas hinaus. Ein reißendes Geräusch erklang, als heißgewordener Gips von den Flurwänden fiel. Plötzlich konnte Cassy das orangefarbene Licht der Feuerstelle nicht mehr sehen. Sie drückte die kleine Moo an die Brust und sagte ihr mit angsterfüllter Stimme dumme kleine Dinge.

Rasch schaute sie zur Tür. Die fußbreite Öffnung war finster von Schatten, und Rauchschwaden ergossen sich hinein wie Wasser in einen Graben.

Eine nach der anderen. Cassy schauderte, als sie sich an ihre eigenen Worte erinnerte. Kaum bewußt, was sie tat oder warum, ging sie von der Tür zum nächstgelegenen Fenster. Beide Läden waren verriegelt, und sie mußte die kleine Moo auf den Boden setzen, während sie sich darum kümmerte. *Warum so viele Riegel?* Die Eile ließ sie achtlos werden, und sie riß sich die Knöchel an einem Nagelkopf auf, als sie die ersten Läden öffnete. Es fiel ihr überraschend leicht, den Schmerz zu ignorieren. Die zweiten Läden erwiesen sich als einfacher, und sie hatte sie in einem Augenblick geöffnet. Kalte, saubere Luft wehte ihr ins Gesicht. Draußen auf dem Hof war alles dunkel und still. Vor Erleichterung zitternd, bückte sie sich, um die kleine Moo aufzuheben.

Nur, daß Moo nicht mehr da war. Cassy drehte sich um. Eine Welle von Übelkeit und Angst stieg ihr in die Kehle. *Nein!*

Die kleine Moo war zur Tür gekrochen. Sie hatte die dicke, kleine Faust schon in die Öffnung gesteckt und rief leise: »Mama? Mama?«

Cassy bewegte sich schneller als je zuvor in ihrem Leben. Sie griff nach Moos Füßen in den blauen Socken, aber andere Hände hinter der Tür waren schneller. Die kleine Moo wurde durch die Öffnung *gezogen.* Cassy griff zu … und klammerte … berührte die weiche Wolle von Moos Socken … und dann nichts mehr als Luft.

Cassy starrte an die Stelle, an der sich ihre Schwester zuvor noch befunden hatte. Sie konnte einfach nicht aufhören, in die Luft zu greifen. Das Herz in ihrer Brust war tot.

Mutter hat mir das Kind gegeben.

Sie atmete diesen Gedanken ein, nahm ihn tief in sich auf, an diese Stelle, wo ihr Herz nicht mehr war. Und dann stand sie auf und trat von der Tür weg. Jemand auf der anderen Seite wollte sie töten. Jemand hatte ein Feuer vor dem Haus entzündet und dann etwas Schweres, einen Stein oder einen Balken, vor die Hintertür gezerrt, so daß sie nur eine nach der anderen herauskommen konnten.

Cassy bewegte sich wie ein Gespenst durch den Rauch. Schweiß lief ihr über das Gesicht, färbte den Halsausschnitt ihres Kleides schwarz, ließ es dampfen. Die Silberkette, die sie trug, brannte wie heißer Draht. Die Lampe zu berühren war, als faßte sie heiße Kohlen an. Die kleine Kupferscheibe, die die Öffnung der Ölkammer bedeckte, schwang mit einer Bewegung zurück. Als Cassy einen Stuhl unter das Fenster schob und darauf stieg, fielen Tröpfchen von Fichtenöl auf den Boden. Sie versuchte nicht, heimlich auf die Fensterbank zu steigen: Sollten diese Hände, die die kleine Moo herausgezogen hatten, doch auf sie zukommen. Sollten sie in der Hölle braten!

Sie sah den Schatten, der auf sie zukam, als sie sich durch den Rahmen schob. Dunkel und mit fließenden Bewegungen kam er, bewegte sich wie vergossene Tinte. Die Hände waren in glänzendes Leder gehüllt und hielten ein ganz einfaches Messer. Die Klinge war sauber, aber Cassy ließ sich nichts vormachen. Sie hatte schon häufig Kaninchen und Lämmer gehäutet. Sie wußte, wie leicht sich Blut abwischen ließ. Die Zeit schien langsamer abzulaufen, als die Klinge durch die Luft glitt. Eine Sekunde erstreckte sich zu einer unmöglich dünnen Linie, als Cassy die Lampe schwang. Das Messer berührte sie, und sie war froh darüber, froh, weil nun die Lampe und das spritzende Öl gegen diese behandschuhten Hände stießen.

Feuer flackerte auf, schuf eine Mauer aus blendendem Licht. Plötzlich war keine Luft mehr da, nur heißes, stinkendes Gas. Cassy hörte ihre Haare knistern wie trockene Zweige, aber es war ihr gleich. Die behandschuhten Hände brannten in einem Kessel blutroter Flammen.

Endlich kamen sie an eine Stelle, wo die Wände glatt behauen waren. Der Felsenkorridor wurde breiter und höher, und sie konnten sich vom Boden aufrichten, über den sie gekrochen waren, und wieder gerade stehen. Raif half Ash hoch. Der Luchsmantel, den sie trug, hatte an Ellbogen und Knien Haare verloren und war mit einer fettigen Masse aus Mineralöl und Eis verfilzt. Die Handflächenseiten ihrer beiden Handschuhe waren kahl. Einer war zerrissen, und an den Rissen klebte Blut. Sie hatte auch Blut auf der Wange; irgendwann zuvor war sie gegen einen vorspringenden Felsen gestoßen, der ihr ein daumennagelgroßes Stück Haut vom Gesicht gerissen hatte.

Raif hatte alles Gefühl für die Zeit verloren. Er wußte nicht mehr, ob es Tag oder Nacht war. Wie viele Stunden vergangen waren, seit sie den hohlen Fluß verlassen hatten, war etwas, was er nie erfahren würde. Wenn ihm jemand gesagt hätte, er hätte dreißig Stunden auf allen vieren verbracht, indem er durch Öffnungen kroch, die nicht größer waren als die Tür einer Hundehütte, und durch so gezackte Gänge, daß es den Umhang des toten Orrlmanns zu Fetzen zerrissen hatte, hätte er genickt und es für die Wahrheit gehalten. Seine Hände brannten. Einmal unterwegs hatte er den Fehler gemacht, die Handschuhe auszuziehen und die Bandagen zu betasten. Es war, als stieße man gegen einen Wasserschlauch; Flüssigkeit quoll um seine Finger, lauwarm und gelb wie verrührtes Ei. Er hatte die Handschuhe wieder angezogen und seitdem nicht mehr hingesehen. Mit dem Schmerz allein konnte er leichter zurechtkommen.

Während er die Beine streckte, schaute er in den glattgemeißelten Korridor vor sich. Ein Abbild des Nachthimmels war auf den Felsen tätowiert. Sterne und Konstellationen glitzerten, und Nachtreiher und große Eulen segelten auf dem kalten Wind unter einem Mond aus reinem Eis. Schattenwesen mit Fingern aus verkohlten Knochen und Augen so schwarz wie die Hölle ritten geisterhafte Pferde aus einem Riß tief im Stein. Raif wandte den Blick einem anderen Teil der Steinwand zu, nur um einen zweiten Riß zu sehen, aus dem Dinge, die keinen Platz in der Menschenwelt hatten, hervorquollen wie Maden aus einem alten Kadaver.

Töte eine ganze Armee für mich, Raif Sevrance.

Leise sagte Raif zu Ash: »Dämpfe das Licht.«

Sie tat es, und als er ihre Hand nahm, war sie warm von der Lampe. Er wußte, daß sie dasselbe gesehen hatte wie er, und sein Herz zog sich angesichts ihrer Kraft zusammen. Nicht ein einziges Mal hatten sie unterwegs innegehalten und sich ausgeruht. Nicht ein einziges Mal hatte sie von Angst gesprochen. Er liebte sie vollständig und konnte sich keine Welt mehr vorstellen, in der sie nicht an seiner Seite war. Er würde sie immer schützen müssen. Sie war Clan.

In diesem glatten, neuen Korridor war genug Platz, um nebeneinander zu gehen. Kurz erlaubte sich Raif, sich eine Zukunft auszumalen, in der er und Ash auf einem Bauernhof in einer entfernten Ecke des Clanlands lebten. Auch Effie würde dort sein, und Ash würde sie lieben wie eine Schwester, und er würde ihnen beiden beibringen, wie man kämpfte und jagte, und zusammen würden sie Hafer und Zwiebeln anpflanzen und sechs Schafe für Wolle und Milch halten. Drey ... Drey würde zweimal in der Woche vorbeikommen und ihnen allen näherstehen als ein Bruder.

Raif atmete schwer. Stück für Stück zerriß er den Traum in seinem Kopf, bis nichts außer Fetzen übrig waren. Es war eine kindische Phantasie, und er war dumm, es sich so vorzustellen, und das einzige, was jetzt zählte, war die Höhle aus schwarzem Eis.

Neeeeeiiiiin!

Ash zuckte zusammen, als der Schrei durch den Korridor hallte. Die Stimmen waren einige Zeit lang ruhig gewesen, und Raif hatte unvernünftigerweise gehofft, sie wären verschwunden. Aber noch während der erste Schrei in der eisigen Luft verhallte, ertönte ein zweiter, dann ein weiterer, und dann begann das Jammern.

Bitte, Herrin, tu es nicht, Herrin ...

So kalt, Herrin, teil das Licht mit uns ...

Wir wollen es, gib es uns, streck die Arme aus ...

Raif bekam eine Gänsehaut. Er konnte das Klicken von Fingernägeln auf Stein hören und den Gestank verbrannten Fleisches riechen. Alles in ihm sagte ihm, daß dies hier kein Ort für einen Clansmann war. Er hatte den Mond und den Nachthimmel an der Felswand gesehen: Das hier war die Domäne der Sull.

Und dennoch. Es war auch ein Rabe dort gewesen, und er

hatte ihnen den Weg gezeigt, und das mußte etwas zu bedeuten haben.

Er kniff grimmig den Mund zusammen, packte Ashs Hand fester und führte sie durch das Kreischen wahnsinniger Wesen in die Höhle, die sie am Ende des Korridors erwartete.

Es war nicht mehr weit, nicht wirklich. Die Stimmen hatten gewußt, daß sie nahe war. Plötzlich gab es keine Dekorationen mehr an den Felswänden, nur noch Symbole von fremder Hand. Ein Bogengang, aus dem Berggestein geschlagen, markierte das Ende ihres Wegs. Auch dieser Bogen war von Sull gemeißelt, dunkel und überschattet von Mondlicht, mit in der Nacht blühenden Blumen an seinem Sockel und darüberschwebenden silberflügligen Motten. Eine grob gemeißelte Gestalt sprang über den oberen Teil des Bogens, das Gesicht dem Felsen zugewandt, so daß es unkenntlich war, ein Schattenschwert in der Hand.

Als sie unter dem Bogen durchgingen, bemerkte Raif zwei Raben, die an den Stellen eingemeißelt waren, die am tiefsten im Felsen lagen. Ihre Schnäbel waren offen, wie mitten im Schrei erstarrt, und ihre Krallenfüße tanzten über den Stein. Ohne nachzudenken, hob er die Hand zur Kehle und holte sein Zeichen heraus. Er berührte es, und dann betrat er die Höhle aus schwarzem Eis.

Die Clans hatten keine Worte für diesen Ort. Die Welt des Clanlandes war eine von Tageslicht und Jagden und weißem Eis; sie hatte feste Grenzen – Dutzende von Arten, das Land eines Clans von dem eines anderen zu unterscheiden und den Hof eines Clansmanns von dem seines Nachbarn. Dieser Ort war an den Rändern abgetragen wie ein flaches Schwert. Seine Grenzen bluteten in eine andere Welt, und Raif bezweifelte, ob es sich wirklich um Grenzen handelte. Es schien diesen Ort kaum zu geben wie etwas, das aus Mondlicht und Regen heraufbeschworen war, aber noch während er dies dachte, war er sich des Gewichts und der schieren *Masse* bewußt.

Das Eis dampfte wie ein großer, schwarzer Drache, der aus einem gefrorenen See aufstieg. Es glitzerte mit jeder Farbe der Nacht. Einmal, vielleicht schon vor Sommern, war Effie mit Raina zum Fallenstellen gegangen. Sie hatte damals noch kaum laufen können, aber irgendwie war sie mit einem eigroßen Granitkiesel in der Faust zurückgekehrt. Sie war auf ihre eigene, stille Art darüber aufgeregt gewesen, und um ihr eine Freude zu machen, hatte Inigar Stoop seine Mühlensäge benutzt und ihn in zwei Teile gebrochen. Raif konnte sich daran erinnern, wie das Kühlwasser über den Granit lief, während sich die Säge in den Stein grub. Er erinnerte sich daran, die Stirn über die Verschwendung eines guten Sägeblatts gerunzelt zu haben. Dann war der Granit gebrochen, und drinnen hatte sich ein Herz aus reinem Quarz befunden. Dunkel und rauchig und blitzend wie ein Edelstein, umgeben von einem Rand von Fels. Daran mußte Raif nun denken, als er sich in der Höhle umsah. Es war, als stünde er inmitten eines solchen Steins. Er konnte nicht einmal raten, welche Flüssigkeit hier zu Eis erkaltet war. Schichten davon, einige so glatt, daß er sein Gesicht darin gespiegelt sehen konnte, andere so gezackt wie Wirbelsäulen, überzogen jeden einzelnen Teil der Höhle. Er trat darauf, als er in die Höhle hineinging, hörte es unter seinem Gewicht knistern und brechen, spürte es *schaudern*, als Druckrisse sich ausbreiteten wie Geflüster in einem Raum.

Die Höhle war drei Stockwerke hoch und weiter als jede andere, die er je gesehen hatte. Sie war massiv und vollkommen kalt: eine Grenze zwischen Welten. Wenn er ins Eis sah, sah er Gestalten, die sich bewegten und wogten, wo eigentlich eine Höhlenmauer sein sollte. Schwarzes Feuer brannte darin. Er sah die Schatten von Wesen, die Kapuzen trugen, von Ungeheuern mit vielen Köpfen, von Wölfen mit zuckenden Schwänzen und von Geschöpfen, die keine Menschen waren – nicht ganz. Er sah Alpträume und Schatten und finstere Dinge, aber wenn er wieder hinschaute, war das Eis reglos.

Die Stimmen waren nun hysterisch. Sie flehten ihre Herrin an, bettelten, sie solle umkehren, aus der Höhle fliehen, ihre Arme an einem anderen Ort ausstrecken.

Raif spürte, wie Ash ihm ihre Hand entzog, und er haßte es, sie gehen zu lassen. Sie spürte seinen Widerstand und wandte sich ihm zu, und er konnte bereits sehen, wie sie sich veränderte. Ihre Augen nahmen die Farben der Sull an. Sie waren nicht mehr grau, sondern silbern und mitternachtsblau. Ihr Kinn war fest und hoch erhoben, aber ihre Lippen waren rot, wo sie darauf gekaut hatte. Als er sie ansah, wurde ihm eines klar: Er konnte ihr jetzt nicht mehr helfen.

Der Eispickel, den er in seinen Gürtel gesteckt hatte, nützte hier nichts. Tem, Drey, Corbie Meese: kein Clansmann hätte mehr tun können, als dabeizustehen und zuzusehen. Es gab hier nichts aus Fleisch und Blut, was man bekämpfen konnte, keine Hälse oder Bäuche, die einer Axt nachgeben würden. Nur Schatten und schwarzes Eis. Wenn Ash die Arme ausstreckte, würde sie das allein tun.

Ungebeten erschienen wieder die Bilder der Frauen und Kinder, die an der Bluddstraße vor den Hailsmännern flohen, vor Raifs Augen. Auch dort hatte er dabeigestanden und zugesehen.

Totenwächter. Ein Schaudern begann am unteren Ende seiner Wirbelsäule, aber er machte sich starr und hielt es auf. Er würde Ash nichts als Stärke zeigen.

Sie sah ihn lange an, nagelte ihn dort fest, wo er stand. Langsam zog sie die Handschuhe aus und ließ sie auf den Boden fallen. Ihr Mantel rutschte ihr von den Schultern, und plötzlich stand sie in einem einfachen, grauen Kleid in der Höhle, und das silbrig-goldene Haar fiel ihr auf die Schultern. Sanft lächelte sie ihn an, und sanft sagte sie: »Es ist alles in Ordnung. Ich bin hier, und ich weiß, was ich tun muß. Von nun an ist es nur wie ein Tanz auf dem Eis.«

Er lächelte nicht. Angst um sie verzehrte ihn. Sie wußte, daß er Tiere ins Herz treffen konnte – sie hatte mit eigenen Augen gesehen, wie er das tat –, aber sie wußte nicht, daß er der Totenwächter war. Er hätte es ihr eher sagen sollen ... denn jetzt war das nicht mehr möglich.

»Du mußt mich gehen lassen, Raif.«

Er wußte nicht, daß er ihren Arm festhielt, bis sie ihn zurückzog. Sie begann sich von ihm abzuwenden, und Schrekken stieg bei dem Gedanken, daß sie alleine dastand, in ihm auf. Er mußte sie beschützen. Er, der Frauen und Kinder an der Bluddstraße hatte sterben sehen, und Shor Gormalin, wie er tot auf seinem Pferd saß; er, der drei Bluddmänner im Schnee vor Duffs Herdhaus getötet hatte, mußte dafür sorgen, daß ihr nichts geschah.

Er riß an der Schnur, die sein Zeichen hielt. Das feste, schwarze Stück Vogelschnabel stach gegen seine behandschuhten Hände. Das Rabenzeichen. Er nahm es und wog es in seiner Faust. Es hatte ihn die ganze Zeit geschützt. Und vielleicht schützte es auch die Sull. Und vielleicht hatten die Raben, die er an der Flußmauer und in dem Bogen gesehen hatte, den Weg *bewacht* und ihn nicht nur gezeigt.

Rasch nahm er es ab. »Ash.« Sie drehte den Kopf nach ihm um.

»Häng dir das um.« Er hielt ihr sein Zeichen hin.

»Das kann ich nicht. Es gehört zu deinem Clan.«

»Du bist mein Clan und hast kein Zeichen, um dich zu schützen.« *Und Raben überleben immer bis zum Ende.* »Nimm es.«

Etwas in seiner Stimme zwang sie, und sie nahm es und legte es sich um den Hals. Es sah dunkel und wild dort aus an seiner Schnur aus verschwitztem Garn. Aber etwas tief in Raif wurde leichter, als er es an ihrer Haut liegen sah. Nun konnte er sie gehen lassen.

Sie ging schweigend davon, und der Saum ihres Rocks schleppte über das Eis. Die Höhle schauderte mit jedem Schritt, den sie machte, und die Stimmen jagten sie wie Hunde.

Wir hassen dich, Herrin, wir zerkratzen dir dein hübsches Gesicht.

Wir ziehen dich mit uns in den Abgrund, wir lassen dich brennen.

Ash behielt das Kinn hocherhoben, obwohl die Drohungen in ihrer Gewaltsamkeit und ihrem Haß schrecklich waren und das schwarze Eis kälter als ein Grab. Er spürte, wie sich die Macht in ihr sammelte, spürte, wie sie das, was sie brauchte, aus der Luft zog. Ihre Brüste hoben und senkten sich, und Muskeln begannen zu arbeiten.

Die Höhle glitzerte wie dunkles Feuer, ihre Ränder und messerscharfen Kanten flackerten zwischen Welten. Ash trat mitten in sie hinein. Mit festem Schritt ging sie, Eiswinde zausten ihr Haar, und die Ärmel ihres Kleides und ihre Mundwinkel bewegten sich, als sie sich auf die Lippe biß. Die Luft rings um sie her wurde dicker und verzog sich, und langsam, sehr langsam wuchs ihr ein Schein blauen Lichts um Schultern und Arme. Raif spürte die Kälte auf seinem Gesicht brennen. Er hatte solches Licht schon öfter gesehen, an den Klingen von Clansmännern, die im Mondlicht töteten, und in den inneren, kalten Herzen von Flammen.

Während schwarzes Eis um sie herum knarrte und schauderte, streckte Ash March die Arme aus. Später würde Raif sich an ihre Schönheit erinnern, wie sie dort stand, von blauem Licht umrissen, zunächst die Finger hob, dann die Hände, dann die Arme, als sie sie zu einem Ort ausstreckte, den er niemals, niemals selbst kennen würde. Später würde er sich daran erinnern … aber nun empfand er nur Angst.

Sie hob die Arme, breitete sie weit aus, um eine Welt zu umfassen, die außerhalb der seinen lag. Sie öffnete den Mund, und eine schreckliche, dunkle Substanz ergoß sich von ihrer Zunge und klatschte auf das Eis. Die Höhle bebte. Der Berg knurrte in tiefstem Baß, und es klang, als würden die Steingötter die Welt zum Bersten bringen. Aber das schwarze Eis blieb fest. Die

Wände beugten sich ihrer Macht, gaben nach wie Salzwassereis, aber sie ließen sie nicht durch. Das Eis reckte sich und zog sich zusammen, bildete groteske schwarze Beulen und Druckstellen, wo es so dünn gestreckt war, daß es beinahe weiß schien. Die Höhle summte vor Spannung. Und die Stimmen schrien schriller und schriller, jammerten ein Lied von Schrecken und Verdammnis, das aus einem Ort weit tiefer als die Hölle erklang.

Weiter und weiter floß die Macht, füllte Ash mit der Kraft von Dampf, der unter Druck freigesetzt wurde und gegen die Höhlenwände barst. Das schwarze Eis blitzte unter der Wucht, wurde so transparent wie poliertes Glas. Dann sah Raif Dinge, die er nie wieder sehen wollte.

Eine verkohlte Landschaft. Eine Alptraumwelt. Eine schlitternde, zuckende Masse finsterer Seelen.

Ash stand gegen sie alle. Das sah er nun deutlich; er sah auch, daß die Veränderung, die in dem Augenblick begonnen hatte, als sie die Höhle betrat, sich weiterhin fortsetzte. Sie wurde das, was Raif bisher nicht begriffen hatte: der Mensch, der die Mauer einreißen konnte. Es würde für sie niemals vorüber sein, nicht wirklich, auch nicht, nachdem sie diesen Ort verlassen hatte. Das hatte Heritas Cant bereits angedeutet, aber Raif hatte es nicht verstehen wollen. Er hatte glauben wollen, daß die Höhle aus schwarzem Eis das Ende darstellte. Als er nun sah, wie die Luft von der Hitze ihrer Macht flirrte und die Haut aus schwarzem Eis kaum halten konnte, was sie freisetzte, wußte er, daß es erst der Anfang war.

Ashs Blick war auf einen weit entfernten Punkt hinter dem Eis gerichtet. Kurz erhaschte er einen Blick auf ein Meer sich wild bewegenden, grauen Wassers … oder waren es Wolken oder Rauch? Heritas Cant hatte es das Grenzland genannt und erklärt, daß Ash der einzige lebende Mensch sei, der dort ohne Angst verweilen könne.

Ernüchtert betrachtete Raif ihr Gesicht. Er wollte, daß diese Sache endlich ein Ende fand.

Die Höhlenwände knirschten gegeneinander, während Ashs Macht weiter abfloß. Schweiß lief ihr in Rinnsalen über den Hals und die Wölbungen der Brüste, und nasses Haar klebte wie Ketten an ihrem Gesicht. Die Stimmen hatten nun keine Worte mehr, alles, was ihnen blieb, war das schreckliche Blöken von Herdentieren, die zur Schlachtbank geführt werden. Raif haßte es, sie zu hören. Er fürchtete, sie würden ihn in den Wahnsinn treiben.

Endlich verklangen die Geräusche zu Grunzen und Winseln, und dann erstarben sie vollständig. Die Luft wurde ruhig. Staub schwebte zu Boden, als das Drehen der Höhlenwände knirschend aufhörte. Das schwarze Eis glänzte einen Augenblick lang silbern und verblaßte dann wieder zu mattem Schwarz. Es war nun verbraucht. Raif stellte sich vor, daß ein einziger Stich mit einem Pickel genügen würde, es wie Glas zu zerbrechen.

Ash stand immer noch in der Mitte der Höhle, die Arme vor sich ausgestreckt, und das Licht, das sie umgab, wurde langsam trüb.

Lange Zeit regte sich gar nichts. Raif hatte das Gefühl, ganz allein in der Höhle zu sein; es kam ihm kaum so vor, als ob Ash überhaupt da war. Ihr Rücken war starr, ihr Blick in die Ferne gerichtet, und selbst die Stelle der Lippe, auf der sie gekaut hatte, war bleich geworden. Das einzige an ihr, das ganz aus dieser Welt zu stammen schien, war das häßliche Stück Rabenschnabel um ihren Hals. *Das* war fest: dunkel mit Ölen von Raifs Haut, abgetragen an den Stellen, wo er es angefaßt hatte, das Horn so geborsten und mit Makeln behaftet wie der Fingernagel eines alten Mannes. Es gehörte in die Erde oder die Überreste eines ausgebrannten Feuers. Es gehörte nicht in dieses Land unter dem Eis.

Raif wartete. Er wollte das Eis mit den Fäusten zerschlagen und Ash wegschleppen, wie jemand ein Kind entführt. Aber er wollte ihr nicht weh tun. Sie war so dünn, beinahe wie Effie;

wenn er sie grob behandelte, würde er am Ende ihre Knochen brechen.

Langsam, Atemzug um Atemzug, kehrte sie zu ihm zurück.

Ihr Mund schloß sich, und nach vielen Minuten blinzelte sie, und als ihr Blick sich wieder in die Gegenwart richtete, ruhte er auf etwas, das sie beide sehen konnten. Es schien ihr schwerzufallen, die Arme zu entspannen, und sie machte ungeschickte kleine Bewegungen, als sie sie wieder an die Seite legte. Nach einem Augenblick hob sie die Hand an die Kehle und berührte das Rabenzeichen. Sie sah es mit ihren neuen silbrig-blauen Augen an, hob es an die Lippen und küßte es. »Es hat mich zurückgeführt«, sagte sie mit einer Stimme, aus der alle Kraft gewichen war. »Ich war verirrt, und es hat mich zurückgeführt.«

Raif schloß die Augen. Sein Herz war so lange ohne Freude gewesen, er wußte nicht mehr, was das war, das ihn da erfüllte. Er wußte nur, daß er zu ihr gehen und sie von diesem Ort wegführen mußte.

27
Herz der Dunkelheit

Das Denken wiederzugewinnen war das Schwierigste von allem. Er konnte schweigend warten, sich nicht regen, kaum atmen und nicht die geringste Reaktion zeigen, wenn die Netzfliegen an seinem Fleisch fraßen. Das war einfach. Das war sein Leben. Es war das Denken, was ihm unendlich schwerfiel.

Wenn er weg ist, werde ich an den Ort zurückkehren, an den ich ihn gebracht habe. Und diesmal gehe ich allein dorthin.

Der Namenlose ließ sich die Worte durch den Kopf gehen, lauschte jedem, prüfte ihre Bedeutung, besorgt, jeden Augenblick das Verständnis von einem davon oder von allen zu verlieren. Worte waren für ihn wie Wasser. Er griff und schöpfte, und dennoch konnte er sie nicht im Kopf behalten. Er hatte schon zuvor hier gewartet, in seiner eisernen Zelle, und sich bewußtlos oder erschöpft gestellt. Aber obwohl sein Körper ihm so gut diente, wie ein auf dem Rad gebrochener Körper es eben konnte, verließen ihn am Ende immer die Worte. Ohne Worte hatte er kein Ziel. Ohne Ziel war er genauso bewußtlos, wie er vorgab zu sein.

Aber diesmal würde es anders sein. *Diesmal gehe ich dort allein hin.*

Der Lichtträger beobachtete ihn, das Mißtrauen wie Nadelspitzen in seinen Augen. Es hatte ihm nicht gefallen, zurückgerissen zu werden. Zorn und Erschöpfung ließen ihn zittern. Der Namenlose roch Urin, der nicht sein eigener war. Der Lichtträger war in vielerlei Hinsicht schwach.

Der Schlag kam kaum überraschend. »Wach auf, verdammt! Ich weiß, daß du mich sehen und hören kannst! Ich weiß, daß du mich zu früh zurückgebracht hast.«

Der Namenlose gestattete, daß sein Kopf gegen die Eisenmauer zurücksackte. Seine verrosteten Ketten raschelten wie trockenes Holz.

Der Lichtträger beobachtete jeden seiner Atemzüge. »Glaubst du, daß du mit mir spielen kannst? Du, der du nur auf meinen Befehl existierst?« Seide glitt über Metall, als er näher kam. »Vielleicht habe ich dich zu lange unberührt gelassen. Vielleicht sollte Caydiss seine Haken wärmen.«

Der Namenlose ging nicht in die Falle der Angst. Angst verursachte, daß er Worte verlor. Ohne zu blinzeln konzentrierte er den Blick auf die linke Schulter des Lichtträgers und das Wolfsgeier-Wappen, das dort abgebildet war.

Zeit verging. Der Lichtträger spürte es deutlicher als der Namenlose, trat von einem Fuß auf den anderen, atmete schwer und schob sich schließlich von der Eisenkammer weg. Er war unzufrieden, aber was konnte er schon tun? Er konnte das Geschöpf, das die Quelle all seiner Macht darstellte, kaum schlagen.

»Ich werde morgen wiederkommen«, warnte er, als er nach der Steinlampe griff und die Treppe hinaufging. »Und das nächste Mal werde ich zwei Fliegen aus deinem Rücken holen.« Mit den letzten Worten verblaßte das Licht, und die Dunkelheit erhob sich in der Kammer wie immer vom Boden zur Decke hinauf.

Der Namenlose regte sich nicht. Als eine zufriedenstellend lange Zeit vergangen war, schloß er die Augen. *Diesmal gehe ich allein dorthin.*

Es war eigentlich ganz einfach. Der Lichtträger hatte ihm den Weg gezeigt. Und er hatte genügend Macht, denn er hatte gelernt, den Bodensatz für sich selbst aufzuheben. Der Lichtträger befürchtete dies, aber es war schwer, einem die Wahrheit zu entringen, der alle Angst vor dem Schmerz verloren hatte.

Mit dem sanften Klacken von Knochen, die in einen Topf geworfen werden, verließ der Namenlose seinen Körper. Aufwärts reiste er durch Schichten von Felsen und Kacheln, aufwärts durch den umgekehrten Turm. Er schob seine Nicht-Substanz vorwärts in den Himmel hinauf, überprüfte seine Haltung zur Freiheit. Es war dunkel hier und kalt wie Eisrauch, und der Horizont streckte und bog sich, streckte und bog sich, so weit das Auge sehen konnte. Er konnte nicht sagen, daß es ihn erfreute. Er war immer noch einsam, mit einem gebrochenen Körper und ohne Namen; das blaue Firmament über ihm änderte daran nichts. Auf der Flucht vor seiner Verzweiflung reiste er an den Ort, an den der Lichtträger ihn mitgenommen hatte.

Diesmal gehe ich allein dorthin.

Die graue Landschaft des Grenzlandes war immer noch in Aufruhr, wirbelnd und kochend wie ein Meer, das sich nach einem Sturm beruhigt. In seiner Erregung hatte der Lichtträger die Netzfliege trockengesaugt, hatte tiefer und weiter gehen wollen, hatte sehen wollen, ob er die Quelle finden konnte. Der Namenlose empfand jetzt ein gewisses Vergnügen dabei, sich zu erinnern, wie er seinen Meister zurückgerissen hatte. Es war die nachfolgende Überwachung und den Zorn wert gewesen. Und nun … nun hatte er die Macht, diesen Ort selbst aufzusuchen.

Riesige Kontinente von Äther trieben vor seinen Augen, gewaltige Steilhänge und Hochebenen von Staub, aber er verlor nur einen flüchtigen Gedanken daran. Der finstere Fluß war hier; er wußte es, er roch es, und dort befand sich sein Name. Tiefer und tiefer zog er, überflog die kalten Gipfel und unermeßlichen Täler, bis er ihn schließlich in der Ferne sah. Eine Linie vollkommener Dunkelheit. Er versuchte, sich keinerlei Hoffnung zuzugestehen, aber sie hob sich in seiner Kehle wie ein hartes, leuchtendes Ding, und plötzlich fühlte er sich wie ein Kind.

Er konnte den Fluß nicht schnell genug erreichen. Sein Wasser war kalt und stark die Strömung, so stark, daß es ihn flußabwärts riß. Das Wissen kam in verlockenden Ausblicken zu ihm; er erinnerte sich an das Gesicht eines Mannes und eine

Nacht voller Sterne, und die Hitze gelber Flammen an seiner Wange. Er erinnerte sich nicht an seinen Namen. Angestrengt schwamm er tiefer hinein, überließ sich ganz der Strömung, und als eine Unterströmung ihn mit eisiger Hand ergriff, kämpfte er nicht dagegen an.

Dunkles Herz der Nacht, du bist endlich da.

Eine Stimme sprach einen Namen, der nicht der seine war, aber er reagierte dennoch darauf. Hätte er einen Körper besessen, der schaudern könnte, hätte er dies bei der Antwort der Stimme getan.

Wir haben so lange gewartet, Dunkles Herz der Nacht.

Plötzlich war der Namenlose nicht mehr im Fluß, er stand an einem Ufer, und vor ihm hob sich eine Mauer, die sich bis an die Enden der Welt erstreckte. Er hatte diesen Ort einmal zuvor erblickt, als er mit dem Lichtträger hier gewesen war, und damals wie auch diesmal hatte er denselben Makel in der Mauer wahrgenommen.

Drücke dagegen, Dunkles Herz, wir werden dir zum Ausgleich deinen Namen geben.

Das war ein Angebot, das er nicht ablehnen konnte.

Die Substanz der Mauer verbrannte ihn, als er sie berührte, brannte mit einer so tiefen, gnadenlosen Kälte, daß er wußte, daß seine körperlichen Hände dafür zahlen würden. Aber es war gleich. Denn als die Welt schauderte und die Mauer riß und sich der Schrei von etwas nicht Menschlichem aus dem Riß erhob, empfing der Namenlose einen Gedanken.

Es war sein Name, und er sprach ihn laut aus.

»*Baralis.*«

EXCALIBUR

EXCALIBUR – fremde Welten voller Magie und ungekannter Gefahren, grandiose Epen von Mythen und Wundern, übermenschlichen Schicksalen und der erlösenden Kraft der Liebe.

(70109)

(70108)

(70100)

(70105)

(70110)

(70121)